KB109117

7 한국 여성문학 선집

1990년대

성차화된 개인과

여성적 글쓰기

1990년대 성차화된 개인과 여성적 글쓰기

7

한국 여성문학 선집

여성문학사연구모임 엮음

민음사

『한국 여성문학 선집』을 구상하고 모임을 꾸린 2012년 이후 12년 만에 책이 출간되었다. 연구 모임 구성원 중 김양선, 김은하, 이선옥, 이명호는 1990년대 한국여성연구소 문학분과에서 페미니즘 문학을 함께 공부하던 인연이 있었고, 이희원은 한국영미문학페미니즘학회와 협업을 모색하면서 인연을 맺었다. 마지막으로 현대시 전공자 이경수가 객원 에디터로 참여하면서 다양한 장르와 비교문학적 검토를 할 수 있게 되었다.

사실 우리 연구 모임은 더 오래전에 시작되었다. 지금으로부터 30년 전, 옹색하지만 활기만은 넘쳤던 사당동 남성시장 골목에서 큰 가방을 메고 '한국여성연구소'라는 현판이 걸린 2층 연구소로 향하던 한 무리의 여학생들이 있었다. 한국여성연구소는 1980년대 여성운동과 여성 연구의 발전을 토대로 탄생한 진보적인 여성 학술 운동 단체였고, 그 여학생들은 연구소 문학분과의 구성원이었다. 여학생들은 국문학의 문서고를 뒤져 오랫동안 '규수'라는 멸칭으로 '퉁'쳐지고 '여류문학'이라는 이름으로 게토화된 여성문학사를 함께 찾고 읽었다. 이들 중에 우리도 있었다. 이러한 회고는 우리 중 몇몇을 페미니즘 문학 연구의 기원으로 내세우며 역사를 사유화하려는 것이 아니다. 1980년대 후반부터 1990년대 초반까지 제도권 바깥에 일었던 진보적 학술 운동의 바람 속에서 자신을 페미니스트로 정체화하고 한국문학의 남성중심성과 불화하며 이를 의심하고 깨고자 하는 여성들은 어디에나 있었기 때문이다. 이 선집은 그 역사의 일부이자 불온한 여성 독자이기를 자처한 여성 연구자들의 보이지 않는 협업의 산물이라고 해도 좋을 것이다.

　페미니즘 문학을 공부해 온 연구자라면 누구나 여성 글쓰기의 역사를 계보적으로 정리하겠다는 꿈을 품었을 것이다. 왜 우리에게는『다락방의 미친 여자』같은 전복적인 여성문학사,『노튼 여성문학 앤솔러지』같은 여성문학 선집이 없는가? 왜 한국의 여성 연구자는 이 작업을 수행하지 못하고 있는가? 이런 아쉬움과 부채 의식이 우리가 여성의 시선으로 여성문학의 유산을 정리해 보자는 무모한 길로 이끌었다.『한국 여성문학 선집』출판 모임을 결성한 후 우리는 2주에 한 번 정도 작품과 관련 비평문을 읽고 연구사를 검토했다. 근대 초기부터 1990년대까지 한국문학장에서 정당한 평가를 받지 못했던 여성 작가들을 찾아내고 이들의 작품 중에서 선집에 수록할 작품을 선별했다. 사실상 근현대 100년을 아우르는 방대한 시대를 포괄하는 터라 작품을 읽는 것도 고르는 것도 만만치 않았다. 작품 선정을 둘러싼 의견 차이로 합의를 보지 못하고 수차례 논쟁만 이어 간 날도 많았다. 생각보다 기간이 길어지면서 모임을 오랫동안 중단한 때도 있었다. 그러나 우리가 그 세월을 버티며 작업을 계속해 올 수 있었던 것은 여성 연구자의 손으로 여성문학 선집을 출판해야 한다는 책무감 때문이었다.

　지금까지 한국문학(사)은 남성 중심의 문학사와 정전을 굳건하게 구축해 왔기에 여성문학은 전통을 이어 왔으면서도 그 역사적 계보와 독자적인 문학적 가치를 온전히 인정받지 못했다. 여성 작가의 '저자성'과 여성문학의 '문학성'은 언제나 의심받으며 주류 문학사에서 배제되거나 주변화되어 왔다. 여성문학을 문학사에 온전히 기입하기 위해서는 여성의 관점으로 독자적인 여성문학사가 서술되어야 하는 이유

책머리에

다. 그리고 독자적인 여성문학사 서술 이전에 선행되어야 하는 것이 바로 여성문학 선집이다. 여성의 시선으로 선별된 일차 텍스트들이 만들어진 이후에야 여성문학사 서술 작업을 시작할 수 있기 때문이다. 지금까지 간헐적으로 여성문학 선집이 출판되었으나 시기적으로는 일제강점기나 1960년대까지로 국한되고, 장르는 주로 소설에 한정되었다. 우리 선집은 특정 시기와 장르에 국한되지 않고 근현대 한국 여성문학의 성취 전체를 포괄하고, 여성의 지식 생산과 글쓰기 실천을 집대성하고 아카이빙한 최초의 작업이다.

우리가 작품을 선별한 기준은 남성 중심 담론과 각축하는 독자적인 여성 주체의 부상과 쇠퇴, 그리고 여성주의적 글쓰기의 새로운 내용적·형식적 전환을 보여 주는 작품의 등장이다. 여성 작가들은 남성 중심적 질서에 한편으로는 포섭되고 다른 한편으로는 저항하면서 나름의 전통을 형성해 왔다. 여성 작가들은 포섭과 저항, 편입과 위반의 이중성 가운데서 흔들리면서도 주체적인 여성의 목소리를 발화하고 그것을 드러낼 수 있는 새로운 미적 형식을 창조해 왔다. 우리는 여성 작가들이 수행해 온 주체화와 미적 형식의 창조를 작품 선정의 일차 기준으로 삼았다. 식민지 근대와 탈식민화의 과정을 겪어 온 근현대 한국의 역사에서 여성은 단일한 존재가 아니라 민족, 계급, 섹슈얼리티 등 다양한 사회적 범주가 교차하는 복합적 존재이다. 우리는 여성들의 이런 다면적 경험을 표현하는 글쓰기에 주목해 작품을 선정했다. 기존의 제도화된 문학 형식만이 아니라 잡지 창간사, 선언문, 편지, 일기, 독자투고, 노동 수기 등등 여성문학의 발전에 토대를 이루는 다양한 글쓰기들도 포괄했다.

여성문학 선집이 지닌 '최초'의 의미와 자료적·교육적 가치를 고려해 모든 작품은 초간본 원문을 우선해 수록했다. 근대 초기 작품은 가

독성을 고려해 현대어 표기를 함께 실었다. 각 권의 총론과 작품 해설을 겸한 시대 개관에서는 작품이 생성된 문학(사) 바깥의 맥락을 고려하고자 사회·정치·문화적 배경을 함께 서술했다.

『한국 여성문학 선집』은 시대별로 구분한 7권의 책으로 구성되었다.

1권은 근대화 시기인 1898년~1920년대 중반을 '한국 여성문학의 탄생'으로 조명한다. 시대적으로 한국 근대문학의 출발기인 이때, 신문과 여성잡지 등 공론장에 글을 읽고 쓰는 '조선의 배운 여자들'이 등장했다. 기존 근대문학사 서술에서 축출되었거나 폄하되었던 이 시기 여성 작가들은 계몽적·정론적 글쓰기와 문학적·미적 글쓰기를 횡단하며 '여성도 작가'임을 입증하고자 했다.

2권은 해방 전 일제강점기인 1920년대 후반~1945년 여성문학의 특징을 '계급·민족·여성의 교차'로 제시한다. 식민 통치가 공고해진 이 시기는 여성문학이 계급·민족·성의 교차성을 고민하고 이를 형상화하며 여성 작가로서의 정체성을 확보하려 한 근대 여성문학의 형성기이다. 사회주의와 민족해방, 여성해방에서 변혁의 가능성을 모색하고, 여성주의적 리얼리즘을 실험하는 방향으로 글쓰기의 성격이 뚜렷하게 변화한다.

3권은 해방과 한국전쟁을 거친 1945년~1950년대 여성문학을 '전쟁과 생존'이라는 주제로 바라본다. 해방과 한국전쟁, 포스트 한국전쟁기를 여성문학의 침체기라고들 하지만, 개인 혹은 작가로서 생존을 모색하던 여성작가들은 급진적 글쓰기 활동을 했다. 좌우익이 갈등하던 해방기에는 정치 현안에 적극 반응하면서 문학적 시민권을 획득하고자 했으며, 한국전쟁 후에는 가부장적 국가 재건의 흐름 속에서 실질적이고도 상징적인 폭력 가운데 놓인 여성들을 대변했다.

4권은 1960년대 여성문학을 4·19혁명의 자장 아래에서 일어난 '세대교체와 저자성 투쟁'으로 다룬다. 한국 여성문학이 여성문학장과 제도를 독자적으로 형성한 시기이다. 본격적으로 '여류'라는 용어가 심판대에 오르고 이전 세대의 불온한 여성들이 물러나면서, 지성을 갖춘 여성 주체들이 대거 등장하는 여성주의 문학으로의 갱신이 이루어졌다.

5권은 1970년대 개발독재기 여성문학에 나타난 '개발 레짐과 여성주의적 각성'을 다룬다. 개발독재기의 젠더 통치가 가시화된 1970년대에 여성의 신체와 섹슈얼리티는 혐오와 처벌의 대상이었다. 이런 통치에 대한 부정과 저항은 '중산층 여성의 히스테리적 글쓰기'와 '여성 노동자의 체험적 글쓰기'로 나타났다. 또한 페미니즘 이론이 번역 출판되고, 1975년 세계여성대회를 계기로 여성운동이 본격화되었다.

6권은 1980년대의 '운동으로서의 글쓰기'를 다룬다. 노동운동을 비롯한 조직적인 사회운동과 민족·민중문학론 논쟁이 활발하게 진행되었던 1980년대에는 민족·민중문학과 페미니즘의 교차성 그리고 민족·민중·젠더의 교차성이 여성문학의 핵심 의제로 부각되었다. 민중 여성의 삶을 반영한 시와 소설이 발표되었고, 마당놀이와 노래극 등 민중적 장르가 재현되었다. 또한 페미니즘 잡지의 발간과 함께 여성해방 문학 비평이 본격화되었다.

7권은 민주화가 이루어진 87년 체제 이후 1990년대 여성문학을 '성차화된 개인과 여성적 글쓰기'로 조명한다. 민족·민중문학이라는 거대 서사가 사라지고, 그로 인해 억압되었던 것들의 회귀가 여성문학에서 본격적으로 이루어진 시기이다. 성, 사랑, 욕망 등 사적인 일상의 영역이 새롭게 발견되며 '여성적 글쓰기'가 본격적으로 성장했다. 여성 작가와 여성문학은 더 이상 게토화된 영역에 머무르지 않고 한국문학의 중심에서 한국문학을 견인했다. 여성 작가의 증가와 함께 성차화된 개인 주체의 다양한 여성적 글쓰기가 이루어졌다.

이 선집이 국문학 연구자뿐 아니라 일반 독자들도 한국의 근현대 여성문학의 계보를 이해하고 여성주의 작품을 감상하는 데 길잡이 역할을 할 수 있기를 기대한다. 마지막으로『한국 여성문학 선집』은 여성문학의 종착점이 아님을 밝힌다. 여성문학 선집은 앞으로도 시대마다 문학 공동체마다 다시, 그리고 새롭게 쓰일 것이다. 본격문학과 국민문학을 넘어 대중문학과 퀴어문학, 디아스포라문학을 포괄하는 다양한 선집을 후속 과제로 남겨 두고자 한다. 선집 이후의 선집을 위한 도전이 계속되기를 바란다.

마지막으로 이 선집의 발간을 기대하고 지원해 준 많은 사람들이 있었다. 여기저기 흩어진 원본 자료들을 찾고 정리하는 수고를 한 정고은 선생님, 작가 소개 원고를 집필한 한국 여성문학 연구자들, 그리고 까다로운 저작권 작업과 더딘 작업 속도에도 교정과 출간 작업을 꼼꼼하게 진행해 준 민음사 편집부를 비롯해 모든 관계자분들께 감사드린다. 무엇보다 우리가 다채롭고 풍부한 여성문학의 전통을 담을 수 있었던 것은 이 역사를 만들어 온 작가분들 덕분이다. 고개 숙여 감사드린다.

여성문학사연구모임 일동

일러두기

1. 수록 작품은 초간본을 중심으로 삼았고, 초간본을 구득하지 못한 경우 최초 발표 지면 글을 수록했다. 저작권자나 저작권 대리인의 요청이 있는 경우 개정판 작품을 실었다. 출처는 각 작품 말미에 최초 발표 지면, 초간본, 개정판 순으로 밝혀 적었다.

2. 작품 수록 순서는 작가 출생 연도를 따랐고, 출생 연도가 같은 경우 이름의 가나다순을 따랐다. 작품의 최초 발표 연도 확인이 어려운 경우가 있어 한 작가의 여러 작품을 수록한 경우 시, 소설, 희곡, 산문 등 장르 순으로 정리했다.

3. 저작자, 저작권 대리인의 요청으로 작품을 수록하지 못한 경우, 분량상의 문제로 장편소설의 일부만 수록한 경우, 해당 작품과 부분을 선정한 이유를 '작품 소개'로 밝혀 적었다.

4. 어문학적 시대상을 고려해 맞춤법 및 외래어, 기호 표기는 원문을 그대로 살렸다. 띄어쓰기와 마침표는 현행 맞춤법 규정을 따랐다. 단, 현대어본을 별도 수록한 작품은 띄어쓰기를 원문대로 수록했고, 시의 경우에도 시인이 의도한 리듬감과 운율을 위해 띄어쓰기를 원문대로 수록했다.

5. 작품에서 오식·오타·탈락 글자가 있는 경우 원문대로 적고 주석에 이를 밝혀 적었다. 원문의 글자를 판독하기 어려울 때는 □ 기호로 입력했다.

6. 작품에서 뜻풀이나 부연 설명이 필요한 낱말과 문장에는 각주를 달았다. 한자는 원문대로 표기 후 한글을 병기했다.

차례

성적 주체로서 개인의 발견과 여성적 글쓰기의 실험

1990년대 여성문학은 진보와 젠더 사이의 자명한 연결 고리를 끊어 내면서 여성주의적 시각의 급진화를 도모했다. 사회주의권의 몰락과 함께 거대 서사의 전체주의적 억압성이 비판적 도마에 오르고 모든 '억압되어 사라진 것들의 회귀'가 일어나는 새로운 시대 변화에 맞춰 여성 문제 역시 본격적으로 공론화되었다. 페미니즘의 고전적 슬로건인 '개인적인 것은 정치적이다.'에 함축된 급진적 의미를 여성주의적 시각에서 탐색한 것은 1990년대 여성문학이 한국 문학에 공헌한 중요한 업적이다. 특히 성, 사랑, 욕망, 가족관계 등 흔히 사적인 것으로 치부되어 비판적 심문에서 면제되었던 일상의 영역이 가부장적 이데올로기에 침윤되어 있음을 밝혀 내고, 한 개인으로서 여성이 자율적인 성적 주체로 산다는 것의 의미를 천착한 것은 이들의 결정적 공로이다. 1987년의 형식적 민주화 이후 한국 사회가 신자유주의적 체제로 재편되기 전까지 일어났던 '심화된' 민주주의 실험, 이른바 '민주화 이후의 민주주의'에 대한 실험이 활발하게 일어난 영역이 여성운동, 그와 연동되어 폭발적으로 분출된 여성적 글쓰기이다. '광장의 민주주의'가 '방의 민주주의'로 이동하면서 그 '방'을 '외딴 방'으로 고립시키지 않고 '광장'과 '방'을 연결시켜 양자를 동시에 혁신하려는 것이 이 시기 여성문학의 지향점이었다.

민중 해방을 위해 투쟁했던 1980년대 변혁 운동의 열기 속에서도 여성들은 외딴 방에 고립되어 사라졌거나, 여성이 남성과 함께 변혁의 주체로 광장에 참여했으면서도 여성운동은 전체 변혁 운동의 한 '부분'으로 축소되어 독자성을 인정받지 못했다. 1990년대 여성문학은 여성을 고립과 침묵에 이르게 한 것이 무엇인지 드러내고 여성의 말해지지 않은 욕망과 가치를 복원함으로써 광장과 방의 부당한 분리에 맞서는 것을 주요 과제로 삼았다. 이 작업은 한편에서는 1980년대 운동권 문학을 여성주의적 개입과 성찰을 통해 바라보며 성 평등이 병행되지 않은 민주화는 여성을 주변화시키는 가부장적 기획의 연장이라는 점을 밝히고, 다른 한편으로는 사회적 금기와 제도적 억압에 가로막힌 여성들의 욕망과 열정을 드러내어 여성의 자유를 실험하는 것이었다. 특히 성차화된 개인으로서 여성의 자유에 대한 실험은 협소한 계급적·민족적 이데올로기 층위에 머물러 있던 정치성의 범위를 심리적·육체적 층위로까지 확대하도록 요구했고, 재현의 틀을 넘어 무의식적 충동과 신체적 정동을 드러내는 '체현된(embodied) 글쓰기'의 가능성을 탐색하도록 했다.

1980년대 민중운동의 거점 단위인 집단에서 개인으로 관심이 이동하기 시작한 것은 1990년대 문화계 일반에서 광범하게 나타난 현상이다. 문학 역시 개인의 일상적 경험과 내면에 대한 탐구가 주요 경향이었다. 문학평론가 황종연은 현대 한국 민주주의는 개인의 자율성에 대한 자유주의적 존중이 핵심적인 요소라고 보며, 1990년

시대 개관

대 한국문학의 중요한 특징 또한 내면의 자율성과 진정성에 토대를 둔 개인의 문학이라고 평가했다.[1] 문제는 그가 말한 개인이 고전적 자유주의에서 전제하는 '추상적 개인'이 아니라 사회적 맥락 속에서 특정한 위치를 점유하고 있는 '구체적 개인', 성적·계급적·민족적으로 특정한 표지를 자신의 몸과 마음에 새기고 살아가는 '상황적 개인'이라는 점이다. 특히 '사적인 것' 속으로 온갖 사회적 힘들이 몰려 들어와 각축전을 벌이는 상황에, 자유로운 개인으로 살아가는 일이 사회관계에서 절연되어 사적 영역 그 자체에 몰입하는 것으로 이루어질 수는 없다. 여성이라는 성적 표지를 지닌 존재가 주체적 개인으로 존재하려면 자신의 욕망과 자유를 실현할 주체 위치를 확보하기 위한 투쟁 없이는 불가능하다. 1990년대 여성문학은 남성적 상징 질서의 언어를 넘어 감각과 욕망에 충실한 언어, 느끼고 욕망하는 여자들의 낯설고 기괴하고 반역적이며 때로 자기 파괴적인 목소리라는 뚜렷한 차별성을 지닌다.

한국문학에서 1990년대는 진정한 의미의 '여성적 글쓰기'가 본격적으로 개화된 시기, 그리하여 여성문학이 더 이상 한국문학의 주변에 게토화된 영역이 아니라 중심부로 진입해 문학장을 재편한 시기이다. 제도권 바깥의 대항 담론이었던 여성문학이 중심부로 들어가 입지를 세우는 과정에서 일정 정도 제도화는 필연적이었다. 여성문학의 주류화는 시와 소설과 희곡 장르에 걸쳐 전방위적으로 이루어졌다. 여성 소설가들이 여성들의 사적 세계에 보인 관심, 가부장적 문학 제도에 의해 가려졌던 여성들의 생활 체험과 내적 투쟁을 복원하기 위해 기울인 노력, 그리고 이를 여성적 언어와 문체

---

1   황종연, 「민주화 이후의 정치와 문학」, 《문학동네》, 2004 겨울, 398~401쪽.

로 표현하기 위해 시도한 형식 실험은 한국 여성문학사에서 중대한 진전이다. 연극계에서는 '여성문화예술기획'의 결성으로 공연 예술 전반에 여성주의적 개입을 시도하고, 서구 페미니즘의 문제의식을 담은 각색·번역극들이 대중의 폭발적 인기를 얻는 한편, 여성주의적 문제의식을 주제화하는 희곡의 생산으로 이어져 엄인희, 정복근이라는 걸출한 희곡 작가를 배출하기에 이른다. 1990년대 문학 지형에서 여성적 욕망과 감각의 언어는 희곡과 소설보다 시에서 더 격렬하게 표출되었다. 이 시기 여성 시는 여성의 몸에 특별히 주목하는 경향을 보인다. 이는 당시 여성 시인들이 가부장적 규범을 전복하고 자신의 주체적 욕망을 읽어 낼 수 있는 원천을 몸에서 발견하고자 했기 때문이다.

1990년대 여성 작가와 시인들은 가부장적 상징 질서와 대결하며 이를 전복하고 파괴하기 위해 자신들의 몸을 "푸줏간에 걸린 고기"로 전시하기를 마다하지 않고[2] 피 흘리는 '살덩이의 글쓰기'를 지향했다. 장르와 주제, 스타일에서 상당한 차이를 보이는 이 시기 여성 작가들을 묶는 공통된 문제의식은 여성 주체에 대한 탐색이다. 그러나 다수 여성 작가들에게 주체성이란 타자와의 교섭을 배제하거나 스스로를 밀봉한 오만한 자기중심적 자아보다는 ── 그런 측면을 전적으로 배제할 수는 없지만 ── 내외부 타자들과 관계의 끈을 놓지 않는 자아로 나타난다. '관계적 자아'의 추구라 부를 수 있는 이런 기획에는 남성적 주체와 다른 여성적 주체 양식의 탐색과 실험이라는 문제의식이 내재되어 있다. 1990년대 여성문학은 한국 여성문학의 역사와 1990년대 문학장, 어느 관점에서 보더

---

2   신수정, 『푸줏간에 걸린 고기』(문학동네, 2003), 9쪽.

라도 공적 민주주의를 사적 민주주의와 접속시키고, 여성의 주체성 획득을 위한 전투를 최전선에서 치러 냈다고 평가할 수 있다.

1990년대 여성문학이 수행한 이 전투는 크게 여섯 개의 전략으로 전개되었다. 1) 1980년대 민중운동에 대한 젠더화된 기억과 애도의 글쓰기, 2) 가부장적 가족제도에 대한 도전, 3) 모성적 경험에 대한 여성주의적 재해석, 4) 사랑의 탈낭만화와 여성적 욕망의 추구, 5) 아버지 질서의 위반과 자기 파괴적 욕망의 추구, 6) 탈젠더화된 포스트개인의 흔적과 마이너리티 상상력의 선취. 아래에서는 이 여섯 개 전략들의 중층적 결합으로 1990년대 여성문학의 지형도를 그려 보고자 한다.

사라진 여성의 복원과 민중운동에 대한 젠더화된 사후적 기억

1990년대 후일담 문학은 1980년대 민주화운동에 대한 환멸적 청산이나 과거 혁명적 자아에 대한 회고적 향수로 받아들여져 호의적 평가를 받지 못했다. 주체의 기억에 작동하는 '청산'과 '향수'의 움직임은 과거와 대면하는 바른길이 아니다. 동구권 사회주의와 소비에트 체제의 몰락이라는 시대 변화 앞에서 혁명의 현실성과 정당성을 상실한 운동권 세대는 자본주의적 현실에 투항하며 과거를 폐기하거나 새 시대에 맞는 진보의 좌표를 설정하지 못하고 향수에 빠지곤 했다. 이 두 방향이 후일담 문학의 전부라면 시대 부적응자의 지체된 담론에 지나지 않을 것이다. 그러나 386세대 여성 후일담 문학은 정치의 광장에 운동 주체로 참여했으나 주변화되었던 '여성'들의 시선을 소환함으로써 진보 운동의 젠더 모순을 드러내

고, 변혁 운동의 역사에서 공백으로 남은 여성들의 활동을 복원하는 증언 서사로 기능한다.[3]

　최영미의 「서른, 잔치는 끝났다」(1994)는 시로 쓴 후일담 문학이다. 시의 화자는 1980년대 운동과 운동권 문학을 한바탕 잔치에 비유하며 이제 잔치가 끝났음을 선언한다. 여성으로 추정되는 화자는 1980년대 민중운동이 실은 투쟁이 아닌 감미로운 자기 사랑이었음을, 그 자기애 속에 자신도 빠져 있었음을 고백한다. 이제 잔치는 끝났고, '운동의 주체'를 자처했던 "그도" 마침내 사라졌다. 하지만 그녀는 안다. 누군가는 남아 "주인 대신 상을 치우고/ 그 모든 걸 기억해 내며 뜨거운 눈물 흘리리라는 걸/ 그가 부르다 만 노래를 마저 고쳐 부르리란 걸". 이 수정된 앎과 실천은 여성이 1980년대 남성 중심 운동권 문화에 내린 파산선고이자 그와 다른 길을 걷겠다는 결연한 의지의 표현이다.

　공지영의 소설 「무엇을 할 것인가」(1993)는 1980년대 진보 운동에 참여했던 여성을 통해 운동의 대의가 억압한 것이 무엇인지 드러낸다. 부르주아적 안락함을 폐기하고 노동운동 조직에 가담했던 주인공은 자기 분열에 시달린다. 남성 활동가의 지도 아래 다수의 여성들이 학습받는 젠더 불균형적 환경에서 그녀는 대학 선배이자 활동가인 남성을 사랑하지만 운동을 위해 자신의 욕망과 감정을 억누르고 정치적 존재가 되기 위해 중성적 존재가 되기를 강요받는다. 이 소설은 여성이 남성과 다른 몸과 감정을 지닌 성차화된 존재라는 진실을 드러내며 1980년대 운동의 부조리를 밝히는 사후적

3　김은하, 「살아남은 자의 드라마: 여성 후일담의 이중적 자아 기획」, 『문학을 부수는 문학들』(민음사, 2018), 310~336쪽 참조.

고발이다.

　신경숙은 기억과 복원을 글쓰기의 과제이자 윤리로 확장한다. 『외딴방』(1995)은 유신 체제에서 전두환 군부 정권으로 옮겨 가던 1979년에서 1981년 사이, 구로공단 근처 외딴 방에서 홀로 죽은 희재 언니를 애도한다. 자전적 요소가 짙은『외딴방』에서 작가는 희재 언니의 죽음이라는 트라우마적 사건으로 돌아가 글쓰기에 그녀를 불러들이려 한다. 희재 언니는 가난과 강도 높은 노동, 가족 부양의 책임, 억압적인 성 문화 등 겹겹의 고통 아래 놓인 당시 여공들의 삶을 압축해 보여 준다. 화자는 그곳에서 빠져나와 대학생이 되고 작가가 되었지만 희재 언니는 그곳을 벗어나지 못하고 스스로 생을 마감한다. 처절한 고통에 시달렸을 그녀에게 도움이 되지 못했다는 미안함, 그녀의 죽음에 자신도 개입되어 있다는 죄책감은 화자의 입을 다물게 만들었다. 십 년 뒤 화자는 희재 언니가 죽어 간 방의 열쇠를 채운 건 자신이라고 쓴다. 소설은 사건이 일어난 과거와 글을 쓰는 현재를 교차시키며 화자의 삶에 검은 우물처럼 남은 트라우마적 사건을 의미화한다. 화자는 어머니의 반짇고리에서 기억과 망각이 교차하는 트라우마적 글쓰기의 가능성을 발견한다. "앞 문장을 따라 반짇고리 속을 빠져나오다가 멈추고서 마음의 심층 속으로 더 깊이 숨어 버리는 색실이나 깨진 단추들도 있다. (……) 쉽게 끌려 나오지 않고 숨어 버리는 것들의 진실이 언젠가는 삶을 다른 각도로 바라볼 수 있는 심미안이 되어 돌아올 거라고 나는 생각한다."[4] 작가가 반짇고리에서 발견한 여성적 글쓰기 형식은 억압적 자본주의와 폭압적 정치 체제 아래에서 억눌리고 사라져 간 여성들

4　신경숙, 『외딴방 2』(문학동네, 1995), 265~266쪽.

의 삶과 마음의 진실을 복원하는 심미적 장치가 된다.

최윤의 「저기 한 점 소리 없이 꽃잎이 지고」(1992)는 광주항쟁에서 실성한 소녀의 트라우마적 기억과 실종된 언어를 복원하려는 시도이다. 오빠의 죽음을 통보받은 엄마가 '핏빛 도시' 광주 거리에서 가슴에 총을 맞아 구멍이 뚫리는 장면을 목격한 소녀는 그 이후 언어를 잃고 스스로를 광기 속에 유폐시킨다. 자신의 손을 움켜쥐는 엄마의 손을 뿌리쳤다는 죄책감은 소녀의 의식에 "검은 휘장"을 드리운다. 검은 휘장은 엄마의 죽음과 자신의 죄책감을 덮는 상징이다. 소설은 '장 씨'와 죽은 오빠의 친구인 '우리'라는 남성 화자들로 자기 내면에 갇힌 미친 소녀를 바라보고 소녀의 고통을 알아채는 외부자의 시선을 제공하면서, 소녀의 내적 독백을 언어화해 광주항쟁이라는 역사에서 지워진 여성의 경험과 언어를 복원한다. 이 소설은 언어화할 수 없는 것을 언어화하고 증언할 수 없는 것을 증언하려는 역설적 작업, 즉 궁극적으로 불가능한 복원을 시도한다.

가부장적 가족제도에 대한 도전과 여성의 홀로서기

여성의 삶을 옥죄는 불평등한 가족제도에 대한 문제 제기는 장르를 넘어 1990년대 여성 작가들이 공통적으로 마주한 현실 인식이었다. 여성의 사회참여가 더 이상 예외가 아닌 시대로 접어들었지만, 가부장적 가족제도 안에서 여성들이 감당하는 불평등한 노동과 이데올로기적 압박은 여전했다. 대학에서 여성해방 이론을 공부하고 자아실현의 가치를 당연한 것으로 받아들였던 1990년대 여성들은 결혼과 양육을 경험하며 남녀평등의 관념이 허구적이었음을 깨닫는다. 남성과 동등하게 대학 교육을 받고 사회에 참여한 386세대 여성들은 구시대의 유물로만 여겼던 가부장적 가족 질서를 더 억압적인 굴레로 느꼈고, 그로부터 벗어나기 위해서는 남성들의 허위의식뿐 아니라 자기 자신의 허위의식을 찢어 낼 더 예리한 칼날을 필요로 했다.

김인숙의 「칼날과 사랑」(1993)은 386세대 화자의 눈으로 평생 남편의 외도를 감내하다 뒤늦은 반란을 일으킨 이모가 종교를 거쳐 가족 질서 속으로 회귀하는 모습을 지켜보며, 가족이 여성들에게 가하는 질긴 구속의 힘을 드러낸다. 화자가 사회적 관습이라는 편리한 핑계로 숨어 버리는 남편과 싸움을 마다하지 않는 것은 허위의식에 빠지지 않도록 자신을 지키려는 노력이다. 공지영의 『무소의 뿔처럼 혼자서 가라』(1993)는 세 여성의 삶을 통해 가부장적 가족 질서 안에서 좌절과 실패를 경험하지 않을 수 없었던 386세대 여성들의 엇갈린 행보를 그린다. 남편의 성공을 위해 자신의 재능을 포기하고는 끝내 자살한 영선, 남성 질서에 맞서기보다 현실적 타협을 선택했던 경혜, 어머니라는 이유로 아이의 죽음에 대한 죄의식을 뒤집어써야 했던 혜완. 이 세 여성들은 대학에서 배운 남녀 평등과 여성해방이 현실에선 불가능한 허구였음을 깨닫는다. '스위트 홈'으로 포장된 가족제도 안에서 여성들은 지독한 억울함과 분노를 느낀다. 그러나 그 억울함과 분노에는 그녀들 자신의 책임도 있다. 소설의 말미에 드러나는 혜완의 깨달음, "넌 결국 여성해방의 깃발을 들고 오는 남자를 기다리는 신데렐라에 불과했던 거야." (526쪽)는 부당한 가족 질서에 순응하지도 타협하지도 않고 무소의 뿔처럼 혼자의 길을 걷겠다는 자기 선언이다. 이 선언은 386세대 여성들의 목소리를 응축한 1990년대 여성문학의 메니페스토이다.

엄인희의 희곡 「그 여자의 소설」(1987)은 한국의 전통적 남아 선호 사상과 축첩제도, 여성의 몸을 자손 번식 도구이자 거래 대상으로 여기는 가부장제의 폐습, 아내 위에 군림하는 남편의 폭력을 격렬하게 비판하면서 그 안에서 나름의 방식으로 견디고 맞서 온 여성들의 투쟁과 연대를 그린다. 작품은 가문의 대를 잇기 위해 후처를 들인 폭력적인 남편 아래에서 인고의 시간을 보내면서도 품위를 지키며 자매애를 나누는 본처 '큰댁'과 남편에게 저항하는 후처 '작은댁'의 목소리를 생생하게 들려준다. 엄인희는 이 두 여성 개인의 목소리를 일제강점기의 독립운동과 여성 위안부 문제, 한국전쟁, 연좌제 등 한국 현대사의 굴곡들과 교차시키며 새로운 공적 담론, 즉 여성의 시각에서 다시 쓴 한국의 근대사로 확장한다.

모성에 대한 여성주의적 재해석

어머니의 경험을 가족을 지탱하는 돌봄 제공자로 이상화하면서 욕망을 박탈하는 가부장적 억압에 맞서 재현하는 일은 여성문학의 영원한 숙제이다. 어머니가 된다는 것은 한 개체적 존재로서 자유의 실현을 가로막는 장벽이지만, 자기 안의 타자에게 열리면서 자신의 자유를 스스로 제한하는 윤리적 가능성을 담고 있다. 모성의 경험이 가진 이런 양가적 측면을 드러내고 주체로서 모성의 경험을 재현한 것은 1990년대 여성문학이 이룩한 소중한 성과이다.

허수경과 나희덕은 모성적 감수성을 타자에 대한 돌봄의 윤리와 생명에 대한 생태주의적 사랑으로 표현한다. 허수경의 시 「혼자 가는 먼 집」(1992)에는 "한 슬픔이 문을 닫으면 다른 슬픔이 문을 여는" 허허로운 상처의 시절을 살아왔으면서도 끝끝내 "당신"을 부르는 화자가 등장한다. "당신"은 "내가 아니라서 끝내 버릴 수 없는, 무를 수도 없는 참혹"이다. 그러나 화자는 그 "참혹"을 "킥킥"거리며 부른다. 여기서 "킥킥"은 상처를 외면하는 것도 그것에 매몰되는 것도 아니라, 상처를 삶의 한 부분으로 끌어안는 포용적 자세의 표현이다. 이런 포용적 자세를 어머니의 마음이라 볼 수 있다. 나희덕의 시 「어린것」(1994)은 어린 다람쥐 새끼의 눈에서 어미를 부르는 생명의 부름을 듣는다. 도망갈 생각조차 하지 않는 다람쥐의 "난만한 눈동자"를 마주하고서 화자는 차오르는 젖을 기억하고 생명을 떠나서는 아무 데도 갈 수 없다는 모성적 자의식에 이른다. 특이하게도 이 어머니의 사랑에는 결핍과 강박이 없다. 오히려 생명을 키워 내는 자의 기쁨과 자부심이 두드러진다. 「레이스 마을 이야기 ─ 할머니의 앞치마」(1999)에서 노희경은 모체라는 공간을 신화적 수준으로 끌어올려 세상의 폭력을 치유하고 만물을 생성시키는 근원적 힘을 부여한다. "레이스 앞치마"로 표상되는 이 근원적인 힘 안으로 세상 만물이 흡입되어 변용되고 생성된다. 시인은 이 생성의 세대적 연속에서 여성의 계보를 읽는다. 여기엔 낳고 기르고 돌보는 자의 위엄과 충만의 상상력이 흐르고 있다.

공선옥의 소설은 모성에 대한 가부장적 지배에 맞서 싸우고 욕망하는 어머니들을 인상적으로 그린다. 그는 이른바 '중산층 정상 가족의 표본'에서 벗어나 홀로 아이를 키우는 가난한 어머니들에게 관심을 기울인다. 「목마른 계절」(1993)의 주인공은 허름한 임대 아파트에서 두 아이를 키우며 글을 쓰는 싱글 맘이다. 그녀는 이혼녀 '현순 씨'의 아이를 돌봐 주며 신산한 삶의 고통을 나눈다. 아빠가 다른 두 아이의 엄마인 현순 씨는 생계를 위해 카페에서 술을 판다.

'정상 가족'에서 튕겨 나온 두 어머니가 가부장적 규범을 뛰어넘어 나누는 우정과 연대는 역사에서 상처 받은 이웃들까지 품어 안는다. 두 여성은 '애비 없는 딸'을 자신의 성으로 주민등록을 하고, "역사 귀신"(512쪽)에 잡아먹힌 미스 조의 죽음을 애도한다. 자신의 주체적 삶을 포기하지 않으면서 타자를 품어 안는 어머니의 경험은 공선옥의 소설을 통해 핍진성을 얻는다.

주체적 욕망의 탐구와 자기에 대한 배려

1990년대 여성문학의 주요 경향인 여성 욕망 탐구의 대표 작가인 은희경, 전경린, 한강은 각각 걸어간 행로가 다르다. 전경린은 여성들의 성애적 욕망과 열정적 사랑을 억누르는 가족으로부터 탈주를 시도하며, 한강은 '식물 되기'라는 급진적 상상력을 통해 여성의 자유를 옥죄는 현대적 삶의 억압성을 뚫고 나가려 한다. 은희경은 여성을 포획하는 낭만적 사랑이라는 환상으로부터 냉소적 거리를 유지함으로써 주체성을 지켜 내고자 한다. 이 세 작가가 보여 주는 욕망의 추구와 자아에 대한 배려는 자율적 여성 주체의 탐색이라는 1990년대 여성문학의 핵심 기획에 닿아 있다.

전경린의 「염소를 모는 여자」(1995)의 주인공 윤미소는 "자아주의"를 꿈꾸는 삼십 대 가정주부이다. 그녀는 결혼 제도 안에서 '나'를 스스로 방치해 왔음을 깨닫는다. "나의 손가락들, 나의 무릎, 나의 등, 나의 귀, 나의 가슴, 나의 겨드랑이 …… 그것이 왜 남편을 통하지 않고서는 내게 아무 의미도 없었다는 말인가. (……) 그것은 무엇보다 먼저 나의 것이 아니던가."(462쪽) '내 몸의 주인은 나'라는 이 깨달음은 검은 우산을 쓰고 다니는 미친 청년을 통해 까만 염소를 돌보게 되면서 새로운 단계로 접어든다. 이 소설에서 염소는 문명화된 세계에서 밀려난 낯선 자연이자 영혼의 성소를 상징하고, 숲과 연결된 야생적인 삶에 대한 갈구로 이어진다. 야생의 삶은 내면의 어두운 자연, "자기 속의 격정"(428쪽)이 해방된 삶이다. 작품의 끝에 윤미소는 가출을 감행한다. 우산을 쓰고 염소를 몰며 아파트 단지를 빠져나가는 그녀는 어디로 가야 할지 스스로도 알 수 없지만, 자기 내면의 열정이 가리키는 심연을 향해 뛰어내린다.

한강은 전경린 소설의 여성 인물이 보여 주는 원초적 열정의 추구라는 문제의식을 '식물 되기'의 상상력을 통해 더 극단으로 밀고 나간다. 한강의 「내 여자의 열매」(1997)는 신혼의 아파트에서 시름시름 앓는 젊은 아내를 바라보는 남편의 시선으로 시작한다. 결혼 전 아내는 자유를 갈망하는 사람이었다. 그러나 결혼 이후 답답한 아파트 공간에 갇히면서 몸에 멍이 들기 시작한다. 숨도 크게 내쉬지 못하고 한밤중 베란다에 홀로 서 있던 그녀는 마침내 진초록 식물로 변한다. 식물은 자유롭고자 하는 여성적 욕망이 발현된 존재 양태의 표상이다. 소설 끝에 아내는 자신의 몸이 자라나 "베란다 천장을 뚫고 (⋯⋯) 옥상 위까지 콘크리트와 철근을 뚫고 막 뻗어 올라가" 마침내 "이 집을 떠나는"[5] 꿈에 대해 어머니에게 편지를 쓴다. 한강이 「내 여자의 열매」에서 식물적 상상력을 통해 선보인 여성 섹슈얼리티의 발현은 2000년대 '채식주의자' 연작으로 이어지며 문명 질서 전체에 대한 비판과 부정으로 확장된다.

은희경의 「그녀의 세 번째 남자」(1996)는 자신의 사랑이 남자

---

5   한강, 『내 여자의 열매』(창비, 2000), 146쪽.

의 이기적 집착을 지탱하는 환상임을 깨달은 여자의 사랑 탈출기이다. 기업체 홍보실에서 일하는 삼십 대 주인공은 직장을 그만두고 영추사를 찾아간다. 영추사는 그녀가 팔 년 전 한 남자로부터 사랑의 서약과 함께 반지를 받았던 사찰이다. 그 남자는 사랑을 약속한 지 구 개월 만에 다른 여자와 결혼하고, 결혼 후에는 수시로 찾아와 연애 감정과 섹스를 인출해 간다. 그녀는 연애라는 이름으로 지속되었던 그 관계가 기만이라는 것을 깨닫는다. "사랑이란 천상의 약속"(398쪽)임을 알아차리고 더 이상 사랑의 미혹에 속지 않는 여자가 되어 서울로 돌아온다. 그러나 그녀가 얻은 지혜는 상처 받은 자아를 지키려는 방어적 욕구에서 비롯된 것이다. 절간에서 목공일을 하는 남자에게 몸을 내주는 '자기 포기'의 행위 또한 문제적이다. 성폭력을 연상시키는 비루한 상황과 자기 폐기를 통해서 사랑의 환상을 떨쳐 내는 이 해독 방식은 허무주의자의 자기 파괴적인 배려에 가깝기 때문이다.

낭만적 사랑에 대한 은희경의 냉소적 거리 두기는 1995년 장편소설 『새의 선물』에서부터 시작되었다. 이 소설에서 우리는 한국 문학에서 본 적 없는 낯선 여성 인물을 만난다. "열두 살 이후 나는 성장할 필요가 없었다."라고 선언하는 당돌한 소녀 강진희는 "보여지는 나"와 "바라보는 나"[6]의 분리를 통해 비판적 자의식을 획득한다. 그녀가 "보여지는 나"로 하여금 삶을 이끌어 가게 하면서 "바라보는 나"로 그것을 관찰하는 것은 응시의 주체가 됨으로써 '속지 않는 자'가 되려는 의지의 표현이다. 사실 강진희는 미쳐서 자살한 어머니와 재혼해 따로 사는 아버지를 둔 상처 입은 아이다. 이 뿌리 깊

---

6   은희경, 『새의 선물』(문학동네, 2022), 12쪽.

은 상처를 방어하고 호의 없는 세상에서 살아남으려면 대상을 정면으로 바라봄으로써 대상의 파괴적 힘을 좌절시켜야 한다. 작품에서 강진희가 극복해야 할 미망은 순분의 삶을 통해 나타나는 순결 이데올로기와 순진한 이모로 표상되는 감상적 사랑이다. 더럽혀진 여자라는 낙인에서 벗어나기 위해 자신을 강간한 남자와 결혼하고 매맞는 아내로 전락한 순분의 삶은 처녀막이라는 생물학적 기관에 터무니없는 신성성을 부여한 '이념의 포로'가 된 결과이다. 또한 낭만적 사랑에 순진하게 빠져들었던 이모는 결국 산부인과에서 태아를 지우는 형벌을 감수해야 했다. 순결과 사랑이라는, 여성을 사로잡는 환상을 정면에서 바라보며 그 힘을 무력하게 만드는 것이 은희경식 자아 보존 전략이다. 이 영리한 전략은 사랑의 탈낭만화라는 1990년대 여성주의 기획의 중요한 일부를 이룬다.

아버지 질서의 위반과 자기 파괴적 욕망의 추구

1990년대 여성문학의 지배적 경향인 주체적 개인으로서 욕망을 가장 격렬하게 추구한 장르는 시였다. 이 시기 여성 시인들은 여성의 육체적 체험에 주목해 가부장적 규범 아래에서 억압당하는 욕망과 감정을 표출했다. 특히 자발적으로 자신의 몸을 절단하고 파괴함으로써 가부장적 질서에 균열을 일으키고 아버지의 언어를 조롱하려는 경향, 세기말의 감성과 결합해 병리적이고 퇴폐적인 몸을 전시하며 순치된 '여성다움'에서 벗어나려는 경향을 보인다.

김혜순은 시집 『나의 우파니샤드, 서울』(1994)에서 몸의 상상력을 확장해 서울이라는 도시 전체를 거대한 욕망의 치마폭에 밀어 넣고, 그곳에서 먹고 자고 배설하며 살아가는 사람들의 일상을 욕망의 경전으로 읽어 낸다. 이 욕망의 아수라 속에서 여자들은 전쟁이라는 남성적 폭력에 맞서 누군가를 지키기 위해 '아니오'를 외치고 자신의 몸이 허물어 내리는 삶을 산다.(「여자들」) 최정례에게 현대적 삶은 햇빛이 쨍쨍 내리쬐는 도시의 건널목에서 호랑이를 만난 듯 위태롭기 그지없다. 그러나 "떡 하나 주면 안 잡아먹지." 하며 접근하는 호랑이를 꼿꼿이 노려보며 제 발로 물러나게 한 옛날이야기 속 "증조할머니"처럼, 화자는 일상 곳곳에 잠복한 위험을 피하지 않고 똑바로 쳐다본다.(「햇빛 속에 호랑이」) 이 정면 응시는 최정례의 시에서 여성이 현대적 삶 속에 우글거리는 호랑이 새끼들에 맞서는 방식이다. "일찌기 나는 아무것도 아니었다"(「일찌기 나는」)고 선언한 최승자는 1990년대 들어 '하루하루 자신을 삭제하고 살해'하는 삶을 산다.(「하안발 5」) 그러나 이미 무덤에 반쯤 몸을 눕힌 듯한 자기 파괴와 학대에도 그녀는 완전히 죽지 않았다. 자신의 꿈을 펼치기에는 협소한 현세의 감옥에서 그녀는 "해바라기"처럼 "무한"을 꿈꾼다.(「하안발 5」) 그녀가 꿈꾼 무한이 아버지의 질서에 결박당할 수 없음은 분명하다.

박서원, 이연주, 김언희, 김정란의 시는 아버지 질서를 위반하는 여성적 욕망을 격정적으로 표출한다. 박서원의 시 「엄마, 애비없는 아이를 낳고 싶어」(1990)는 낙태를 암시하는 상황에서 "이빨을 갈며 불온한 서적을 태우고 바로 당신이었던 육체에 세계를 심겠어 아이를 낳겠어 술을 마시면 더욱 맑아지는 정신으로 나만의 몫이었던 죄와 폭발만 살찌는 불바다에서 두 눈을 부릅뜨고 애비없는 아이 하나 낳겠어"라고 도발적으로 선언한다. 애비 없는 아이를 낳는 것은 '애비의 세계'에 경멸을 보내고 '애비의 질서'에 맞서는 행위이다. 이연주는 남성적 욕망이 지배하는 세속 도시에서 시궁창의 쥐처럼 썩어 가는 여성을 매음녀의 몸에서 발견하고 그 파괴적 병리성에서 생생하게 표출되는 여성의 욕망을 읽어 낸다.(「매음녀 1」) 김언희는 팥빙수 그릇에 담기는 얼음처럼 자신의 몸이 톱날에 썰리고 그 위에 피가 끼얹히는 광경을 보여 주겠다고 말한다.(「얼음여자」) 화자는 살과 피가 썰리는 자기 파괴적 장면을 전시함으로써 파괴되지 않는 역설적인 자기 존재를 증명한다. 김정란은 자기 파괴적 욕망과 "타락한 말의 독침"에 의해 죽어 간 여성을 다시 살려 내고자 한다. 화자는 이미 썩는 냄새가 진동하는 한 여자의 몸을 끌어안으면서 "어떻게든 널 살려 볼 방법을 찾아볼게"라고 소리친다.(「내가 아무렇게나 죽인 여자」) 1990년대 여성 시의 전위적 충동과 "피 흘리는 살덩이"의 글쓰기는 이 파괴와 소생의 이중 운동으로 이루어졌다.

탈젠더화된 포스트 개인의 등장과 마이너리티 상상력의 출현

배수아와 하성란 소설에 등장하는 신세대 여성들은 1990년대 여성 시에 등장하는 자기 파괴적 여성들이나 사랑의 탈낭만화를 선언한 은희경의 냉정한 여성들보다 더 모호하고 불행한 의식에 사로잡혀 있다. 1997년 한국 사회를 급습한 IMF는 여성 주체의 탐색이라는 1990년대 전반의 기획을 뒤흔든 물적 토대로 작용했다. 가족은 무너지고, 사랑은 존재하지 않으며, 가난이 자신들의 길동무가 되리라는 것을 어린 소녀들은 알았다. 싸워야 할 대타적 존재가 흐려지고 쟁취해야 할 미래가 보이지 않는 시대에 자본주의적 상품

질서가 주는 가상적 쾌락을 향유하는 '포스트모던 걸'들이 이 시기 소설에 등장한 청춘의 단면이다. 여기엔 젠더의 경계도 선명하지 않다. 탈젠더화의 징후를 노정하는 신자유주의적 자본주의 아래에서 여성들은 상품 질서에 정착하지 못하고 실종되거나 절멸을 꿈꾼다.

하성란의 「치약」(1998)은 실재와 이미지의 연결이 끊어진 시대에 상품 모델로 청춘을 시작한 여성 최명애가 자신의 삶이 '단추를 잘못 끼운 옷'처럼 일그러졌음을 고발하는 작품이다. 그 고발의 대상은 그녀를 모델로 캐스팅하고 카피를 쓴 광고 회사 남자 직원이다. 오 년 뒤 두 사람은 치약 광고의 모델과 카피라이터로 다시 만나지만, 남성 화자는 자신이 만든 광고 모델의 실물을 알아보지 못한다. 나중에 화자는 자신에게 힐난의 편지를 보낸 사람이 모델인 최명애라는 사실을 알게 되지만 두 사람 사이에 더 이상의 교감은 없다. 그러나 다시 광고 모델이 되어 이미지의 세계로 돌아온 최명애는 전과 다르다. 이미지로 만들어진 환상적 힘에 완전히 휘둘리지 않을 만큼의 자의식과 지적 거리를 갖게 된 것이다.

배수아의 「여점원 아니디아의 짧고 고독한 생애」(1996)는 세상의 규범에 순응하지도 그것에 맞서 싸우지도 않는 포스트모던 키즈의 낯선 내면 풍경을 그린다. 주인공 아니디아와 사촌 혁명은 서로를 마음에 두고 있지만, "강렬하게 집착하고 지옥을 예감하면서도 떠날 수 없는"(611쪽) 사랑의 존재에 대해서는 두 사람 모두 회의적이다. 혁명은 강간당한 여자 친구와 결혼하여 자기 아이가 아닌 아들을 키울 정도로 탈규범화된 남자이다. 그러나 그는 아니디아에 대한 사랑을 감행할 용기도 내지 못하고 아내에게 넉넉한 남편이 되지도 못한다. 혁명이 떠난 집에서 아니디아는 아버지가 누군지 모르는 아이를 임신한 채 혁명의 옛 직장 동료와 "한없이 비정서적이고 의사소통이 철저히 배제된 섹스"(645쪽)를 한다. 백화점 여점원으로 일하는 아니디아는 존재의 개별성을 인정받지 못하고 다른 누구로 대체되어도 무방한 단자화된 존재이다. 그런 그녀가 꿈꾸는 것은 아무것도 기억하지 않고 아무것에도 감동하지 않는 "쓸쓸하고 고독한 여점원"으로 살다가 흔적도 없이 사라지는 것이다. 그녀의 이름 '아니디아anitya'는 산스크리트어로 '무상無常'을 뜻한다. 배수아의 인물들은 의미를 잃어버린 세상에서 절멸을 꿈꾸는 낯선 여성들이다. 2000년대 문학을 선취한 듯한 탈가족, 탈국가, 탈젠더, 탈감정, 탈주체의 상상력이 그녀의 소설을 통해 한국문학에 도착한다.

이 '포스트 개인'과 다른 결에서 1990년대 한국 여성문학은 오랫동안 주류 문학에 모습을 드러내지 못한 퀴어 감수성과 SF 상상력을 출현시킨다. 최윤의 「하나코는 없다」(1994), 이남희의 「플라스틱 섹스」(1997), 송경아의 「바리 — 길 위에서」(1995)는 퀴어 경험과 SF 상상력을 드러낸다. 최윤의 「하나코는 없다」는 남성 동성사회에서 여성이 어떻게 부재의 자리만을 할당받게 되는지, 그리고 그 자리에서 여성들 사이의 퀴어적 연대가 어떻게 흐르는지 드러낸다. 장진자라는 이름 대신 하나코라는 별명으로 불린 여성은 남성 서술자와 그의 친구들이 여성에게 품고 있는 환상을 대변하는 암호일 뿐 실존하는 사람으로 호명되지 않는다. 그녀는 남성들이 억눌린 심사를 털어놓고 재빨리 일상으로 돌아가기에 지장이 없는 무해한 존재일 뿐이다. 그들이 취기를 가장하여 폭력적인 행위를 저지른 밤중에 하나코와 그녀의 여자 친구는 사라지지만 누구도 그들을 잡으러 나가지 않는다. 소설은 남성들의 자기중심적 시각과 환상을 통해 이들의 시선에 잡히지 않는 여성들의 존재를 드러낸다. 남성 화자의 눈을 빌려 하나코와 그의 여자 친구가 더 깊은 관계라는 것, 이 두 여성이 이방의 땅에서 유명 디자이너가 되어 나름 성공적인 삶을 꾸렸다는 점 정도만을 비춰 준다. 그러나 남성들에게는 보이지 않는 여성들 사이의 우정과 깊은 동반자 관계가 암시된다. 이남희의 「플라스틱 섹스」는 삼십 대 여성 소설가와 나이를 짐작할 수 없는 여성 '초록'과의 관계를 통해 레즈비언적 욕망과 성적 관계를 드러낸다. 레즈비언적 성관계와 육체적 경험을 문자화하는 것이 금기였던 시절에 발표된 「플라스틱 섹스」는 이성애 규범으로 고정될 수 없는, 여성들 사이의 유연한 몸과 섹스 경험을 표현한 선구적 퀴어 소설로 평가되어야 한다. 송경아의 「바리 — 길 위에서」는 한국 전통 설화 바리데기 이야기를 SF적으로 다시 쓴 작품이다. 정보의 무질서가 초래하는 종말론적 상황에서 '닫힌 체계'를 개방해 세상을 구하려는 것이 바리의 여정을 추동하는 사명이다. 바리의 여정에 양성애자인 언니 석금이 동행한다. 소설은 석금과 바리, 두 자매의 대화로 쓸모없는 데이터로 인해 무너져 내린 세계를 재건할 필요성을 밝히고, 바리의 지적 호기심으로 세계 구원의 과제를 수행한다. 송경아는 SF 상상력을 통해 가부장적 효심 이데올로기 안에 갇혀 있던 설화의 주인공을 여성주의 SF 주인공으로 재탄생시킨다. 1990년대 최윤, 이남희 그리고 송경아가 선보인 퀴어 감수성과 SF 상상력이 보다 다채로운 형태로 한국문학에 재출현하기까지는 십 년의 세월이 더 필요했다.

여성문학의 주류화와 대중화

1990년대 여성문학은 한국문학사에서 처음으로 주변적 위치를 넘어 문학장의 중심부로 진입하는 데 성공했다. 여성 글쓰기의 실험은 시, 소설, 희곡을 망라하는 다양한 장르에서 전면적으로 이루어졌다. 특히 1980년대 운동권 문학에 나타난 광장의 민주주의를 방의 민주주의와 접속시키고 젠더화된 개인으로서 여성의 자유를 실험한 것은 이 시기 여성문학의 지향점이자 성취였다. 그러나 젠더화된 개인으로서 자유와 평등을 획득하기 위해서는 그것을 가로막는 사회적 힘들과의 투쟁 없이는 불가능하다. 1990년대 한국 여성문학은 협소한 계급적·민족적 이데올로기에 갇혔던 정치성 범주를 젠더적 시각에서 확장했으며, 이를 통해 여성적 글쓰기를 실험하고 일정 정도 소수자적 문제의식을 포용해 들였다. 어느 때보다 다채롭고 풍성한 여성문학의 결실은 이런 시각의 확장에서 비롯되었다.

그러나 여성문학은 1997년 IMF와 함께 한국 사회가 신자유주의 체제로 재편되는 과정에서 강력한 저항선을 만들지 못했다. 자본의 새로운 이해관계가 광장의 민주주의를 퇴행시킬 때 방의 민주주의가 광장과의 접점을 찾지 못하고 시장에 투항하면서 그야말로 방 안에 갇혀 버리는 경우도 적지 않았다. 1990년대 여성문학은 당시 문화의 장에 의미 있는 수용 주체로 형성되고 있던 여성 독자들과 활발하게 소통하면서 여성문학의 저변을 넓히는 대중화를 이룰 수 있었지만, 대중적이면서 또한 정치적이어야 하는 이중 과제에 미달하는 측면도 없지 않았다. 2000년대 한국문학에 나타난 페미니즘 실종과 탈젠더 현상은 광장과 방을 연결하려는 1990년대 여성문학의 시도가 소비자본주의에 맞설 만큼 강고하지 못했음을 반증하는 것인지 모른다. 2010년대 중반 이후 한국 사회에 다시 불기 시작한 페미니즘 운동은 1990년대 여성문학을 소환하면서 시대의 제약에 갇혔던 그 가능성을 더 급진적으로 실현하는 방향으로 진화한다.

이명호

천양희(千良姬·1942~)

천양희는 1942년 부산에서 태어나 경남여고를 졸업하고 알 수 없는 병에 걸려 대학 진학을 포기했다가 국가고시를 치르고 이화여대 국어국문학과에 입학했다. 대학 재학 중이던 1965년 《현대문학》에 박두진의 추천으로 「정원 한때」, 「화음」, 「아침」을 발표하고 시단에 나왔다. 등단 후 '기독교시단' 동인으로 활동했다. 1969년 결혼 후 1982년까지 작품 활동을 하지 않다가 1983년 첫 시집 『신이 우리에게 묻는다면』으로 작품 활동을 다시 시작했고 1988년에 두 번째 시집 『사람 그리운 도시』를 출간했다. 이 두 권의 시집에는 세상과 불화하는 시적 주체의 고통이 담겼다. 1992년 출간한 『하루치의 희망』에는 좀 더 적극적으로 삶을 받아들이려는 태도가 나타나기 시작한다. 이후 시집 『마음의 수수밭』(1994), 『독신녀에게』(1997), 『그리움은 돌아갈 자리가 없다』(1998), 『오래된 골목』(1998), 『너무 많은 입』(2005), 『나는 가끔 우두커니가 된다』(2011), 『새벽에 생각하다』(2017), 『지독히 다행한』(2021) 등을 출간했다. 소월시문학상, 현대문학상 등을 수상했다.

천양희의 시가 시적 완성도를 높이면서 문학사에서 평가받기 시작한 것은 『마음의 수수밭』부터이다. 세상을 향한 원망과 분노에서 벗어나 시인이 겪은 고통을 진솔하고 감성적인 언어로 풀어내기 시작하며 독자와 공감대를 형성한 것이다. 담담하고 솔직한 목소리로 고독과 허무를 노래한 천양희의 시는 생의 고통을 승화한 절창이다. 「마음의 수수밭」은 "마음이 또 수수밭을 지"나는 상황에서 "산 옆구리를 끼고/ 절벽을 오르니, 천불산이/ 몸속에 들어와 앉"아 "내 맘속 수수밭이 환해"지는 극복의 체험을 아름답게 그려 낸다.

이경수

바람 부는 날

바람 부는 날입니다. 숲그늘이 어룽대면서 계곡이 웅성거립니다. 바위는 입을 다문 채 물끄러미 물길을 배웅합니다. 절벽들이 오래 산허리를 꺾고 나뭇잎들의 속이 파랗게 질려 있습니다. 바람 잘 날 없는 것들의 하루가 길어집니다. 이젠 잡목숲에 머무르는 것이 두려워지지 않습니다. 아직 귀가하지 못한 사람들이 산길을 쓸며 지나갑니다. 한때의 낙엽들 썩었던 거, 땅끝 어디로 쓸렸는지 발 한쪽을 헛디딥니다. 언덕이 따라가는 산정은 높았으나 산자락 끌고 내려가는 물은 평등합니다. 지금까지 우릴 지켜낸 건 마음끼리 튼 길이었습니다. 슬픔도 친숙해지면 불행 속에서도 기뻐하는 자 있을 것입니다. 능선을 타고 골수까지 찌르르 내려오는 찌르레기 소리 골짜기만큼 깊어집니다. 제 깊은 속에다 칭얼대는 새끼들을 품은 까닭입니다. 골이 너무 깊어 숨는 벌레들은 땅껍질을 뚫는 유지매미들을 모를 것입니다. 나는 둥근 새장 하나 등처럼 내다 걸고 기다립니다. 제 모양이 둥글어지길 기다리는 것이 너무 오래 기다린 사랑일 것입니다. 바람 부는 날입니다. 웅웅거리는 삶의 송전탑 위

40

로 하늘이 더 넓어지고 있습니다. 다시 마을로 내려갈 것입니다. 살아야 할 일이 남아 있기 때문입니다.

— 천양희, 『마음의 수수밭』(창작과비평사, 1994)

최승자(崔勝子·1952~)

최승자는 1952년 충남 연기에서 태어났다. 서울 수도여자고등학교를 거쳐 1971년 고려대학교 독문과에 입학해 교지《고대문화》의 편집장을 맡았다가 유신 시대에 블랙리스트에 올라 졸업을 하지 못했다. 이후 홍성사 편집부에 들어가 편집자로 일하던 중 1979년《문학과지성》에 「이 시대의 사랑」 등을 발표하며 시단에 나왔다. 홍성사를 그만둔 뒤로는 다른 직업을 갖지 않고 번역을 하며 시를 썼다. 시집으로『이 시대의 사랑』(1981),『즐거운 일기』(1984),『기억의 집』(1989),『내 무덤, 푸르고』(1993),『연인들』(1999),『쓸쓸해서 머나먼』(2010),『물 위에 씌어진』(2011),『빈 배처럼 텅 비어』(2016) 등이 있다. 긴 공백기를 거치고 11년 만에 출간한『쓸쓸해서 머나먼』으로 초시간적·우주적 사유를 선보이며 대산문학상을 수상했다. 최승자는 1980년대를 대표하는 독보적 시인이자『짜라투스트라는 이렇게 말했다』,『자살의 연구』,『워터멜론 슈가에서』,『상징의 비밀』,『빈센트, 빈센트, 빈센트 반 고흐』,『죽음의 엘레지』등을 번역한 뛰어난 번역가이기도 하다.

최승자는 1980년대를 대표하는 시인으로 한국 현대시사에 이름이 올라 있다. 살아남은 자들이 죄의식과 부끄러움을 느껴야 했던 1980년대에 최승자의 시는 버림받은 사랑과 광주 학살로 표상되는 시대 현실의 폭력에 맞서 자기 모멸의 태도로 부정 정신을 드러낸다. 여성 시의 주체가 어떻게 지독한 자기 모멸과 혐오를 딛고 반전의 계기를 마련하는지, 그리고 그것이 시대의 윤리와 보편성을 어떻게 획득하는지 보여 준다. 이후에도 최승자의 시는 무자비하고 참혹한 세계에 맞서 욕된 삶에서 벗어나기 위한 존재의 소멸, 죽음을 열망하며 시대와의 치열한 싸움을 지속한다.

　여성 시문학사에서 최승자의 시는 새로운 여성 주체의 선언으로 시대의 폭력성을 부정하는 방법을 보여 주었다는 점에서 높이 평가받았다. 「일찌기 나는」(1981)에 등장하는 "일찌기 나는 아무것도 아니었다"라는 문장은 자신의 존재를 부정하는 선언인데, '일찌기'라는 부사를 통해 이 선언은 역사성을 갖게 된다. 자신의 몸을 더럽고 하찮고 무의미한 아브젝트(abject)들에 비유함으로써 이 시는 자기혐오와 부정의 정동을 드러낸 1980년대 여성 시의 주체 선언이라는 의미를 획득한다. 『즐거운 일기』에 수록된 「Y를 위하여」는 낙태 시술을 받는 여성의 처참한 심경을 그린 시로 여성만이 경험할 수 있는 고통을 버림받음과 애증이라는 보편적 정서로 확장한다. 자궁이 무덤이 되는 상상력, "널 죽여" "내 속에서 다시 낳고야 말 거"라는 고백의 말은 우리의 신체에 강렬한 아픔을 아로새긴다. 최승자의 시에 지속적으로 나타나는 양가적 태도 또한 여성 시의 특징으로 재평가될 필요가 있다.

이경수

下岸發 하안발 5

죽은 사람의 손톱 발톱 머리칼이
무덤 속에서 조금은 더 자라듯,
아직 완전히 죽지는 않았다.
누워 있는 흐린 구름장들을 바라보면서
키 작은 여자는 낮은 창 곁에서
하루하루를 살해한다.

현세는 너무 비좁은 감옥이라고,
꿈꿀 수 있는 가장 큰 지도를 그리겠다고,
흐린 구름들이 엎어질 듯
코를 박고 있는 낮은 창 곁에서
키 작은 여자는 하루하루를 삭제시킨다.

오직 한 개씩의 커다란 눈망울만을 달고 흔들리는
해바라기들, 해바라기 들판의 무한을 꿈꾸면서.

— 최승자, 『내 무덤, 푸르고』(문학과지성사, 1993)

김언희(金彦姬·1953~)

김언희는 1953년 경상남도 진주에서 태어났다. 경상대학교 외국어교육과를 졸업하고, 1989년《현대시학》에「고요한 나라」외아홉 편의 시를 발표하며 시단에 나왔다. 1995년 첫 시집『트렁크』이후『말라죽은 앵두나무 아래 잠자는 저 여자』(2000),『뜻밖의 대답』(2005),『요즘 우울하십니까?』(2011),『보고 싶은 오빠』(2016),『GG』(2020) 등을 출간했다. 박인환문학상 특별상, 경남문학상, 이상시문학상, 시와사상문학상, 통영시문학상, 청마문학상 등을 수상했고, 진주문인협회 부회장, 형평문학선양사업회 회장 등을 역임했다. 경남 진주 출신의 시인으로서 김언희는 특히 지역 문학과 문화를 활성화하는 활동에 적극적으로 나섰다. 김언희는 시인 장만호, 박노정 등과 함께 서울 중심적인 문단 구조에 문제의식을 느끼며 서울과 다른 지역 간의 격차를 없애고 지역 발전을 도모하기 위한 진주 지역 중심의 '형평문학제'를 만들었다. 경상남도 사천시의 한 고등학교에서 영어 교사로 재직하다가 시 쓰기에 전념하기 위해 50대 초반에 교사직을 그만둔 것으로 알려졌다.

1990년대 등장한 개성적 목소리와 다양한 방식의 여성적 글쓰기를 선보인 여성 시인들 가운데서도 김언희는 특히 신체에 대한 해체적 사유로 독보적인 개성을 보여 주었다. 여성의 '몸'에 주목한 1990년대 여성 시인들 중에서도 김언희의 시는 여성의 '몸'을 생명

과 생산의 힘을 지닌 '자궁'으로서가 아닌 토막이나 절단 등 해체성
과 전복성에 기초한 신체 이미지를 강조한다.

　　김언희의 시는 '성'과 '육체'에 천착하며 가부장적 질서에서 규
정된 여성성을 전복한다. 여성의 몸을 생산적이고 모성적인 것, 성
적인 대상으로 보는 남성 중심적 시선을 거부하고, 오히려 '시체',
'오물' 등의 이미지로 형상화하며 가부장적 질서를 위협한다. 김언
희의 시에서 여성은 가부장적 세계를 조롱하고 성 역할을 전복하며
성적 욕망의 주체가 된다. 여성의 '몸'에 대한 거침없는 사유와 파
격적인 목소리로 김언희의 시는 1990년대 여성 시문학사에서 독자
적인 자리를 점한다.

공현진

얼음여자

1
보여주마
얼음답게, 몸 속을
드나드는 톱날들을 환히
보게 해주마
물이 되는 살의 공포, 나를
썰음질하는 실물의
톱니들을
만지게 해주마…… 얼음
톱밥, 물이 되는
시간의
닭살들을

2
얼음톱밥에

김언희

삶은 피를 끼얹어 먹는 팥빙수

비벼 먹어라 겁내지 말고

무색무취가 무섭대서
색소로 물들인
노랑 주황
얼음 핏방울

— 김언희, 『트렁크』(세계사, 1995)

김정란(金正蘭·1953~)

　　김정란은 1953년 서울에서 태어나 성심여자고등학교, 한국외국어대학교 불어과를 졸업하고 프랑스 그르노블 제3대학에서 문학박사 학위를 취득했다. 상지대학교 교수를 역임했다. 1976년 김춘수 시인의 추천으로 《현대문학》에 시 「스물네 살의 바다」를 발표하며 시단에 나왔다. '시운동' 동인으로 활동했으며, 《현대시세계》에 「이성복론」을 발표하면서 문학평론가로도 활동해 왔다. 1989년에 첫 시집 『다시 시작하는 나비』 이후 『매혹, 혹은 겹침』(1992), 『그 여자, 입구에서 가만히 뒤돌아보네』(1997), 『스.타.카.토 내 영혼』(1999), 『용연향』(2001), 『꽃의 신비』(2013) 등의 시집을 출간했다. 평론집으로 『비어 있는 중심』(1993), 『거품 아래로 깊이』(1998), 『말의 귀환』(2001), 『분노의 역류』(2004), 『빛은 사방에 있다』(2005), 번역서로 『상징 기호 표지』(1992), 『람세스』(1997), 『태어났음의 불편함』(2020) 등이 있다.

　　김정란의 시 세계는 환상적·몽환적인 특징을 보이면서도 그 바탕에 신화적인 상상력이 드리워져 있다는 평가를 받는다. 감성과 지성이 교차하며 환상적인 언어 세계를 구축하는 김정란의 시는 그가 활동을 시작한 1980년대 말에는 상당히 독특한 경향으로 여겨졌다. 당시 김정란 시는 대타자 이데올로기에 적극적으로 대항하는 시적 주체의 모습으로 당대의 부정적인 사회 현실과 부조리를 인식하게 했다는 평가를 받았다.

　한국 여성문학사에서 김정란의 시는 1980년대적 문제의식과 1990년대 여성주의 문학의 흐름을 잇는 자리에 놓인다. 김정란은 1980년대 시에서 시대의 억압에 응전하는 주체로서의 면모를 드러내면서도 1990년대 문학의 자장에서 시인이자 비평가로서 여성주의 문학의 흐름을 주도해 나간다. 김정란의 시와 비평은 시 텍스트의 생산과 담론 구성에 실천적으로 앞장서며 1990년대 문학장에서 '여성적 글쓰기'를 예각화한다. 김정란 시는 감각적이면서도 지적이고, 내면적이면서도 실천적인 특징을 지닌다. 김정란은 섬세한 감수성과 단호한 내면을 함께 지닌 시처럼 평론가로서도 '여성' 문학가라는 자의식을 가지고 문학 권력과 문단의 상업주의를 겨냥해 제도권 문학에 균열을 내는 글쓰기를 지속하며 여성문학의 장을 확장하는 데 기여했다.

　　　　　　　　　　　　　　　　　　　　　　이경수

내가 아무렇게나 죽인 여자

한 여자 어떤 여자 혹은 여자 다른 여자가
　　　　(감추어진)

쓰러지는 것이 보였다 나는 똑똑히 보았다 왜냐하면
나는 내 타락한 말로 그녀를 향해 원한의 독침을
쏘아댔었으니까 나쁜 년 너 때문이야
내 썩은 침이 그녀 위로 날아갔다

그녀가 힘없이 쓰러졌다 나는 그녀의 눈빛이
얼핏 흔들리는 것을 보았다 그리고 나는 깨달았다
오월의 미풍 어느 오후 나른한 不在부재의 감미로움
등교길의 플라타나스 감꽃목걸이…… 그리고 순결한
헤매임에게…… 안녕, 이라고 말해야 한다는 것을

그녀가 당장에 푹푹 썩기 시작했다 알게 뭐야

김정란

나는 되는대로 지껄였다 지겨워 난 지쳤어
나는 그녀를 내려다보았다……

가슴이 덜덜 떨렸다 오 아냐 내가 너를
얼마나 사랑하는데 나는 엉엉 울며 다가가
타락한 말의 毒汁독즙 밑에서 썩어가는

한 여자 어떤 여자 혹은 여자 다른 여자를

꼭 껴안았다 부패의 냄새가 확 풍겨왔다
(오 아냐! 어떻게든 널 살려볼 방법을 찾아볼께)

— 김정란, 『매혹, 혹은 겹침』(세계사, 1992)

이연주(李延珠·1953~1992)

이연주는 1953년 전북 군산에서 태어났다. 생전 기지촌에서 수간호사로 근무했다고 알려져 있으나 명확히 확인된 바는 없다. 문학 동인 '풀밭'에서 활동했으며, 1990년 「죽음을 소재로 한 두 가지의 개성 1」 외 한 편으로 《월간문학》 신인상을 수상하고 1991년 《작가세계》에 「가족사진」 외 아홉 편을 발표하면서 작품 활동을 시작했다. 첫 시집 『매음녀가 있는 밤의 시장』(1991)과 유고 시집 『속죄양, 유다』(1993)가 있다. 2016년에 두 권의 시집과 미발표 작품, 그리고 시극 「끝없는 날의 사벽」이 수록된 『이연주 시전집』이 출간되었다.

이연주의 시는 세계에 대한 부정적이고 비극적인 인식을 그로테스크한 이미지와 위악적 발화를 통해 드러낸다는 점이 특징적이다. 이연주의 시가 부정하고 비판하는 세계는 결혼 제도와 모성 신화를 전제로 하는 가족 공동체와 가부장제, 인간을 상품화하는 자본주의 등 개인을 억압하며 유지되어 온 사회 현실이라고 할 수 있다. 특히 첫 시집 『매음녀가 있는 밤의 시장』에 실린 「매음녀」 연작은 남성 중심적 질서와 자본주의의 폭력으로부터 이중의 억압을 받는 자리에 놓인 '매음녀'의 삶과 목소리로 세계의 폭력성과 부조리를 낱낱이 고발한다. 두 번째 시집이자 유고 시집인 『속죄양, 유다』에서는 비극적 세계를 치유할 가능성을 말하려 시도하지만, 시인의 죽음으로 인해 미완에 그치게 되었다. 그럼에도 이연주의 시는 세계의 폭력에 의해 소외된 타자들의 어두운 자리를 외면하지 않고 시화詩化함으로써 한국 사회의 비극을 직시하게 한다는 점에서 의미를 가진다.

여성 시문학사에서 이연주의 시가 지니는 의미는 가장 소외된 타자의 자리를 발견하고 재현함으로써 거대 담론의 모순을 예리하고 정직하게 고발했다는 데 있다. 이연주의 시적 작업은 시가 개인의 내면을 고백하는 자리일 뿐만 아니라 세계의 부조리를 비판하고 사유하고 저항하는 정치적인 장소라는 점을 다시금 보여 준다. 폭력과 억압으로 점철된 비극적 현실을 가장 치열하고 정직하게 폭로했던 목소리의 하나로 이연주의 시가 있다.

백선율

매음녀 1

팔을 저어 허공을 후벼판다.
온몸으로 벽을 쳐댄다.
퉁, 퉁 ―
반응하는 모질은 소리
사방 벽 철근 뒤에 숨어
날짐승이 낄낄거리며 웃는다.
그녀의 허벅지 밑으로 벌건 눈물이 고인다.
한번의 잠자리 끝에
이렇게 살 바엔, 너는 왜 사느냐고 물었던
사내도 있었다.
이렇게 살 바엔 ―
왜 살아야 하는지 그녀도 모른다.
쥐새끼들이 천장을 갉아댄다.
바퀴벌레와 옴벌레들이 옷가지들 속에서
자유롭게 죽어가거나 알을 깐다.

흐트러진 이부자리를 들추고 그녀는 매일 아침
자신의 시신을 내다버린다, 무서울 것이 없어져버린 세상.
철근 뒤에 숨어사는 날짐승이
그 시신을 먹는다.
정신병자가 되어 감금되는 일이 구원이라면
시궁창을 저벅거리는 다 떨어진 누더기의 삶은……
아으, 모질은 바람.

—이연주, 『매음녀가 있는 밤의 시장』(세계사, 1991)

최윤(崔允·1953~)

　　최윤은 본명 최현무로 1953년 서울 성북구 돈암동에서 태어났
다. 경기여고를 졸업한 후 서강대 국어국문학과와 동 대학원을 졸
업했으며, 프랑스 프로방스대학에서 마르그리트 뒤라스에 대한 연
구로 불문학 박사학위를 받았다. 1978년《문학사상》에「소설의 의
미 구조 분석」을 발표해 평론가로 먼저 문단에 발을 들여 놓았다.
1984년부터 서강대학교 불어불문학과 교수로 재직하던 중 1988년
《문학과사회》에「저기 소리 없이 한 점 꽃잎이 지고」를 발표하며
소설가로서 활동을 시작했다.「회색 눈사람」(1992)으로 동인문학
상을,「하나코는 없다」(1994)로 이상문학상을, 그리고「소유의 문
법」(2020)으로 이효석문학상을 수상했다. 최인훈의『광장』등을 프
랑스어로 번역해 1994년 대산문학상(번역 부문)을 수상하는 등 한
국 문학작품 번역가로서도 주목을 받았다.

　　언어와 이야기, 그리고 역사에 대한 천착은 최윤 소설에 나타
나는 일관된 문제의식이다. 5·18민주화운동 문학 가운데 가장 빼
어난 성취로 꼽히는「저기 소리 없이 한 점 꽃잎이 지고」에서는 언
어의 한계를 뛰어넘어 역사적인 비극과 고통의 재현을 실험한다.
특히 시점과 장면, 문체와 인물들의 의식 사이를 자유롭게 넘나드
는 기법으로 리얼리티와 허구 또는 비현실 사이의 경계를 흐릿하게
만들어 이성-감정, 남성-여성, 민족-개인의 이분법적 위계 구조를

해체한다. 「회색 눈사람」에서는 민주화운동의 역사에서 지워지거나 잊힌, 또는 가장자리에 흐릿하게 서 있었던 여성 인물의 시점을 택해 오랫동안 이야기되지 않았던 작은 것들의 역사를 복원한다. 「아버지 감시」(1990)나 「속삭임, 속삭임」(1994)과 같이 비교적 전통적인 소설 문법으로 분단이라는 한국 현대사의 굵직한 문제를 다루는 작품에서도 개인적이고 내밀한 목소리로 역사를 다시 이야기하는 방식을 택한다. 한편 「하나코는 없다」에서는 일상에 스며들어 있는 남성 중심 사회의 폭력을 아이러니한 시선으로 날카롭게 해부한다.

최윤은 역사의 주변부로 배제·소외되어 온 여성의 실존과 참여, 은폐되어 왔던 여성에 대한 억압과 폭력을 여성주의적 언어와 이미지로 포착함으로써 역사history를 여성의 이야기her story로 전유하는 문학 세계를 구축해 왔다. 1990년대 문학이 가부장주의를 넘어서는 여성의 욕망과 섹슈얼리티의 해방에 초점을 맞추는 흐름을 형성하는 한편, 최윤의 소설은 지나간 시대의 거대 담론과 이념에 짓눌려 있던 여성의 억압과 고통을 끈질기게 증언하고, 연대와 저항의 여성주의적 언어를 발견하는 특유의 미학을 수립했다.

배하은

저기 소리 없이 한 점 꽃잎이 지고

당신이 어쩌다가 도시의 여러 곳에 누워 있는 묘지 옆을 지나 갈 때 당신은 꽃자주 빛깔의 우단 치마를 간신히 걸치고 묘지 근처를 배회하는 한 소녀를 만날지도 모릅니다. 그녀가 당신에게로 다가오더라도 걸음을 멈추지 말고, 그녀가 지나간 후 뒤를 돌아보지도 마십시오. 찢어지고 때 묻은 치마폭 사이로 상처처럼 드러난 맨살이 행여 당신의 눈에 띄어도, 아무것도 보지 못한 듯 고개를 숙이고 지나가 주십시오. 당신이 이십 대의 청년이라면, 당신의 나이에 어쩔 수 없이 갖게 되는 야생의 빛나는 시선을 가지고 있다면, 먼지 낀 때에 절어 가닥 난 긴 머리채에 시든 꽃송이로 화관 장식을 하고 꼭 당신을 바라보고 있지만은 않은 초점 잃은 시선으로 머리채에 꽂힌 꽃보다 더 붉은 웃음을 흘리면서 당신 뒤를 쫓아올 것입니다. 그녀가 당신의 상의나 팔꿈치를 뒤에서 잡아당길 때, 원컨대, 무엇을 하는지도 모르고 당신에게 자석처럼 접근하는 그녀의 손을 되도록이면 부드럽게 떼어 놓아 주십시오. 그녀를 무서워하지도 말고, 그녀를 피해 뛰면서 위협의 말을 던지지도 마십시오. 그저 그녀의 얼굴을 잠시 관심 있게 바라보아 주시기만 하면 됩니다. 그리고 바쁜 당신에게 약간의 시간 여유가 있다면, 번진 분 자국과 입술의 윤곽을 무참히 벗어난 자줏빛이 범벅이 된 뺨을 그저 가볍게 만져 주시면 됩니다. 언성을 높이지도 말고 더더욱, 당신의 옷자락에 감히 때 낀 손가락을 대고자 하는 그녀에게 냉소적인 야유나 욕설을 삼가해 주십시오. 음지에서 양지를 갈망하다 시들어 버린 그 소녀를 섣불리 동정하지도 말고 당신의 무관심, 혹은 실수처럼 일어난 당신의 미소와 손짓에 온순히 멀어져 가는 그녀의 뒤에 대고 액땜하듯, 입안의 농축된 침을 힘껏 모아 그녀가 남긴 발자국 위에 퉤 내뱉지도 마십시오. 당신의 길을 잠시 막아서는 그녀를 구타하고 넘어뜨리고 짓밟고 목을 졸라 흔적도 없이 없애 버리고 싶은 무지스런 도피의 욕구가 일어난다 해도 말입니다. 설령 당신이 그렇게 한다 해도 또 다른 수많은 소녀들이 여전히, 언젠가는, 실성한 시선과 충격에 마모된 몸짓으로 젊은 당신의 뒤를 쫓아와 오빠라 부를 것이기 때문입니다.

1

열넷? 열다섯? 그래 기껏해야 열다섯.

남자는 여자아이의 면 샤쓰 밑에서 초라한 곡선을 그려 내고 있는 가슴 부분에 눈길을 주면서 그가 방금 내린 가정 때문에 조금 당황했을 것이다. 술 취한 여자아이가 숨을 헐떡거리면서 남자의 뒤를 바짝 따라오고 있었다. 허리춤에는 작은 보따리를 끼고 웃는지 어쩐지 알 수 없는 표정으로 숨을 몰아쉬고 있었다.

모년 모월 모시. 정확하게 오후 세 시.

공사 중인 강변은 비어 있다. 멀리 불도저에 달린 삽의 갈퀴가 금방이라도 떨어질 것처럼 불안정하게 공중에 멈추어 있다.

뙤약볕의 웅웅거리는 침묵 속에서, 술기가 벌겋게 오른 얼굴을 드러내 놓고 한 소녀가 강변과 그 위의 차도를 잇는 층계 위에 서서 층계를 반쯤 덮은 선명한 그늘을 부러운 듯이 바라보고 있었는지도 모른다. 멀리 그녀의 시야의 오른쪽에서 한 남자와 그의 그림자가 소리 없이 이동하는 것이 보였을 것이다. 그때 그녀는 층계 중간을 막아 놓은 출입 금지 표지판을 뛰어넘어 잰걸음으로 층계를 내려갔을 것이다. 그녀가 층계를 거의 다 내려갔을 때, 동물처럼 소리도 내지 않고 경사를 뛰어내리는 누군가가 있는 것을 알아채지 못하고 남자는 그 부분을 지나쳤을 것이다.

관자놀이에서 북처럼 쿵쿵대는 박동에 채찍질당하는 짐승처럼 소녀는 남자의 뒤를 쫓아가 그의 우람한 등 뒤에 바짝 붙어 섰다. 그때 그곳을 지나간 사람이 다른 그 누구였다고 해도 그녀는 그 사람의 뒤에 붙어 섰을지도 모른다. 그녀는 뒤를 돌아다보지 않는 남자의 발걸음에 힘들게 보조를 맞추느라 그때까지 자제했던 가쁜 숨을 단번에 터뜨렸다. 남자가 뒤를 돌아보았고 그가 후에 저주하고 구타하게 될, 그리고 더 후에는 고통스럽게 그리워하게 될 얼굴, 술기에도 불구하고 마르고 건조한 얼굴을 한, 폭발적인 호흡의 주인을 바라보았다. 남자가 멎자 그녀도 걸음을 멈추었고, 남자가 얼굴을 들여다보자 그녀 또한, 큼직하고 뾰족한 이빨 새에 반쯤 타들어 간 담배를 끼워 물고 따가운 햇살을 순간적으로 냉각시키는 시선으로 그녀를 내려다보는 남자를 올려다보았다.

남자는 별다른 반응 없이 다시 걸음을 옮겼고, 그녀는 약 일 미터 간격으로 — 마치 남자가 그 거리를 엄격하게 유지하라고 명령이라도 한 듯 — 자꾸 흐트러지려 하는 발걸음을 필사적으로 모았다. 남자의 등 뒤에서는 어느새 헉헉거리는 소리가 났다. 그렇다고 남자는 걸음을 멈추지도 뒤를 돌아다보지도 않았다. 남자는 그녀 또래의 여자애가 왜 대낮에 술을 마시고 공사장 인부 이외에는 통행이 금지되어 있는 지역에서 배회하는지, 왜 이토록 결사적으로 그의 뒤를 따라오고 있는지 하는 등의 질문을 던지지 않았다. 대낮에 술이 취해 비틀거리는 저 나이 또래의 여자애들이란 부지기수일 테고 그 이유란 게 뭐 그리 특출 날 것이 있겠는가. 쫓아 버릴 필요도 없는 것이 이런 종류의 여자애들이란 마치 존재하지 않는 것이나 다름없었으므로. 남자는 강변을 돌아 도로로 올라가는 대신 늘 하는 대로 방향을 바꾸어 입구에 잡목이 무성한 기슭의 숲으로 들어갔다. 비탈 위쪽 도로에서 차량이 내리뿜는 먼지를 고스란히 받아 쓴 채, 한밤중 혹은 대낮이라도 실수로 굴러떨어질 차 한 대, 트럭 한 대쯤은 흔적 없이 삼켜 버릴 수 있을 만큼 이 계절에 더욱더 야릇한 푸른 기색으로 무성히 얽혀 있는 건조한 숲. 남자는 후에 다른 날과 달리, 그날 그는 잠시 숲 앞에서 머뭇거렸다고 말할 것이다. 그러나 숲에 들어가기 전에는 정말 아무런 의도도 없었다고, 엄격한 조련사의 눈치를 보듯 온순하게 그의 뒤를 쫓는 여자애의 존재를 한순간 잊어버릴 정도로 그날의 숲이 이상했다고만 말할 것이다. 그래서 숲속의 경사지가 그날따라 가팔라 보였고 나른해진 오후의 신체에 조금 험하기까지 해서 남자는 경사지의 중간쯤에 주저앉아 담배를 피워 물었다. 그때 남자는 여자애를 다시금 바라다보았고, 더위와 가쁜 호흡으로 마치 얼굴 전체가 충혈되어 있기라도 한 것 같은 그녀가 왜 미친개처럼 그의 뒤를 여기까지 쫓아왔는지를 잠시, 아주 순간적으로 궁금하게 생각했다. 그리고 이제는 숲에 가려 거의 보이지 않는 강 쪽을 향하고 있는 여자애의 초라한 모습을 곁눈으로 바라보았다. 그녀를 쳐다보는 남자의 시선을 인식했음인지 여자애는 반쯤 그쪽으로 돌아앉아 그로서는 이해할 수 없는 몇 마디 말을 입안에서 굴리면서, 그를 섬뜩하게 하는 웃음을 흘렸다. 예쁘다거나 추하다거나 느낌조차를 무화시키는 다른 어떤 것이 무어라고 말로는 되어 나오지 않지만 이 작은 몸뚱어리가 머물러 있는 세상은 남자가 알고 있는 그것과는 전혀 다른 곳이리라는 결정적인 느낌이 그의 본능적인 방어적 근육들을 수축시켰다. 숲 저쪽 위의 포도에서 차들이 굴러가는 소리가 충동처럼 그의 관자놀이를 울렸다. 남자는 그가 느낀 이런 불편한 감정을 육체적인 공포라고 생각했다. 아니면 그는 모든 느낌을 육체적인 반응으로 번역해 내는 사람이었고 모든 종류의 육체적인 공포를 공격으로 해소하는 데 습관화된 사람이었을지도 모른다. 그는 그가 모르는 세계에서 그를 향해 — 일종의? — 웃음을 흘리고 있는 여자애를, 덫에서 빠져나오려는 몸짓으로 거칠고 무질서하게 뒤에서부터 덮쳤다. 남자는 그녀가 쉰 목소리로 깔깔거리며 웃는 것을 듣고 있다고 착각했다. 그는 웃음의 두꺼운 껍질을 벗겨 내듯, 그러나 너무 쉽사리 벗겨져 나가는 여자애의 누더기에 당황하면서, 도피하기 위해, 확인하기 위해 그녀의 빈곤한 신체를 공격했다. 해소도 쾌락도 없는 어두운 구멍의 심연 속에서 남자는 잠시 머물렀다. 여자애가 어느 순간 잠시 웃음을 멈춘 듯했고 남자는 진저리를 치면서 가차 없이 그녀를 밀어냈다. 웃음도 동작도 멈춘 여자애는 엎드려 누운 채 숨을 가삐 내쉬었다. 여전히 동그만 작은 보자기를 움켜쥔 채였다. 정적 속에서 남자는 그가 방금 한 일이 조금 무서워졌을지도 모른다. 사방

63

을 돌아본 후, 그의 시선이 허락하는 한도 내에서는 아무도 없었으므로, 일순간 남자는 이렇게 안식하고 취한 채 누워 있는 여자애를 없애 버릴 생각이 들었을지도 모른다. 그러나 다시 한번 무엇인가가, 그로서는 정체를 알 수 없는 무엇인가가 그를 설득했다. 저 애의 얼굴을 봐. 저 얼굴이 무서울 게 뭐 있어. 오히려 즐거워서 무슨 가락인가를 흥얼거리기까지 하지 않아. 눈빛이 이상하다구. 무슨 눈빛이. 그저 길들여지지 않은 눈빛인 데다, 저렇게 취해 있기 때문이겠지. 가락도 음정도 맞지 않는 흥얼거림은 어느새 멎었다. 눈을 감은 채로…… 여자애는 어쩌면 잠이 들어 버렸는지도 모른다. 남자는 최대한도로 소리를 죽이면서 일어섰다. 이대로 도망쳐 버리자. 제깟 것이 저 정신에 얼굴이나 기억하겠는가. 그러나 그것은 남자의 오산이었다. 채 발걸음을 떼기도 전에 여자애가 부스스 일어나 그를 뒤따를 채비를 했다. 남자의 생각을 모두 읽어 낸 듯 적당히 벌어지다 만 입술에 걸린 저 미소. 다시금 남자의 모공이 수축했다.

얼마 후, 여자아이는 여전히 오십 센티미터의 간격을 유지하면서 남자의 뒤를 쫓았고 그들이 마주친 곳에서 그다지 멀지 않은 곳에 위치한 남자의 숙소까지 마치 돌팔매질을 피하려는 것처럼 두 팔로 머리를 감싸 쥔 채, 그 어둡고 비좁은 공간으로 미끄러져 들어갔다. 이미 소녀의 얼굴에는 서서히 술기가 가시고 있었고 지하실의 어두움에 익숙해졌을 무렵에는 졸음으로 반쯤 눈을 감고 있었다. 그녀는 창고 한구석의 바닥에 누웠다. 다음 날 아침, 남자의 거친 발길질이 그녀의 허리를 한 번, 두 번, 세 번, 걷어찰 때까지, 그녀는 누울 때에 오그린 사지 한 번 움직이지 않고 봇짐처럼 내던져져 있었다. 남자는 한밤중에 이 여자애가 잠든 채로 죽어 버릴지도 모르고 그런 끔찍한 일이 일어나기 전에 그녀를 깨워 내쫓을까도 생각했다. 그러나 여자애는 나지막하게 코까지 골고 있었고 건수가 뒤틀려 버린 하루 일과가 되살아나 무력감으로 다시 잠자리에 들었다. 그는 후에 이 여자애는 애초부터 재수가 없었다고 말했다. 쥐처럼 소리 없이 움직여 다니고 내던지면 내던져지고 꺾으면 꺾이고 욕설과 구타를 스폰지가 물을 빨아들이는 것처럼 흔적 없이 다 받아 내고, 그의 변덕에 따라, 그의 지랄 같은 변덕이 명하는 대로 졸아들고 늘어나는 것처럼 보여도, 여자애의 존재는 그의 원인을 알 수 없는 무력감과 함께 누구에게인지 모를 분노의 감정을 유발시켰다고 말했다. 그녀와 동거한 몇 달이 바로 지옥이었고 그녀가 눈앞에서 사라진 이후에는 또 다른 방식으로 지옥은 계속되었다고 말했다.

남자가 참을 수 없었던 것은 그녀의 침묵이었다. 남자의 뒤를 쫓아 숙소에 기거한 지 한 달이 넘도록 여자애는 정말 한 번도 입을 떼지 않았고, 한 발자국도 밖으로 나가지 않았다. 남자는 처음에 그녀가 선도원 같은 데서 도망쳤거나, 어디서 일을 벌이고 난 뒤 숨어 있는 것으로 생각했다. 그럴 수도 있는 일이다. 그러나 남자는 질문을 던지는 수고를 하지는 않았다. 질문을 던져 보아야 대답을 하지도 않을 것이고 다그친다면 딴전을 부릴 것이었다. 창고를 개조한 남자의 좁은 숙소의 한구석에, 그녀가 기어 들어온 그날에 잡아 놓은 자리에 둥지를 쳤다는 표현이 적절한 것이, 적어도 남자가 머물러 있는 동안 다른 곳에 있는 것을 본 적이 없었다. 남자는 외출할 때는 문을 자물쇠로 잠갔다. 그는 왜 그렇게 하는지도 모르는 채로 문 밑에 자물쇠를 하나 더 달아 놓기까지 했다. 그녀가 방 밖으로 뛰쳐나가 그를 궁지에 몰아넣을 무슨 일을 저지를 것이 두려웠는지도 모른다. 아니면 주위의 눈초리가 무서웠거나, 아니 그보다는 위험한 전염병이 더 이상 퍼지지 못하게끔 격리시키는 절박한 기분으로 그녀를 그렇게 가두어 두었을 수도 있다. 그러나 그 이유가 남자에게 중요하지도 않았고, 중요한 것은 남자의 이러한 직감적인 조치에 대해 여자애는 거의 삼 주일 동안 아무런 반응도 보이지 않은 채, 언제 잠을 자고 언제 밥알을 주워 먹는지 감시하듯이 늘 같은 자리에 무릎을 감싸 쥔 자세로 그의 일거수일투족을 바라보면서 짧은 대면의 시간을 재수 없게 만들어 버리곤 했다. 다시 한번 남자는 이제 악취까지 풍기면서 존재를 공표해 오는 저 계집애를 가루가 되도록 두들겨 내쫓을까 하고도 생각했다. 아니면 앙상하고 볼품없는 저 애를, 새의 깃털을 뽑듯 발가벗겨 내쫓아 버릴 수도 있었다. 그는 무엇 때문에, 매번 그녀를 바라볼 때마다 격렬하게 솟아오르는 폭행의 욕구를 초인적인 힘으로 다스려야 했는지 끝내 알지 못했다. 설령 녹초가 되게 두들겨 놓아도 다시금 표정 하나 바꾸지 않고 누웠던 풀잎처럼 스스로 일어나 앉을 일이 무서워 오히려 그 자신이 기진맥진할 때까지 으르렁거렸다. 한동안 남자는 그녀를 건드리는 일은 엄두도 내지 못했다. 더러웠고 무서웠고 끔찍했다.

남자가 술에 취해 들어왔다. 그녀는 웅크린 채 구석의 비닐 위에 모로 드러누워 있었다. 그가 들어오는 소리에 움찔하지조차 않는 그녀의 죽은 듯한 모습이 눈에 띄자마자 남자는 머리카락이 온통 곤두서고 사지에 흥건히 고여 있던 술기운이 와락 빠져나가는 것 같은 지독한 느낌을 받았다. 남자는 다짜고짜 누워 있는 그녀의 초라한 몸뚱이 위에 대야로 물을 들이부었다. 세 번, 네 번, 여자애가 부르르 몸을 떨면서 눈조차 제대로 뜨지 못하고 일어나 앉았다. 아예 옷이라고까지 할 수 없는 때 절은 천 조각을 살가죽 벗기듯 떼어 내자 온통 보라색 멍으로 뒤덮인 허벅지와 앙상한 팔뚝이 남자의 취한 눈두덩을 갈기듯이 시선에 들어왔다. 갑자기 여자애가 눈을 번쩍 떴다. 미친 것처럼 부르르 치아를 떨면서 모공이 파랗게 질릴 때까지, 물통이 바닥이 날 때까지 네가필름[1] 속에서처럼 앙상하게 드러나는 뼈마디 위로 물을 들이붓기 시작했다. 추한 동물처럼 푸르륵거리면서 여자애는 바닥에서 깨진 시멘트 조각 하나를 집어 들었다. 남자가 말릴 틈도 없이, 설령 남자의 손아귀에 잡혔다 해도 어디서 솟는지 모를 힘으로 그것에서 빠져나오면서, 빠른 동작으로 경련적인 리듬에 사로잡힌 것처럼 집어 든 돌 조각으로 몸을 문지르기 시작했다. 돌 조각의 날카로운 이빨이 허벅지에 뱃가죽에 등허리에 종아리에 마구잡이로 가로세로 붉은 선들을 긁어내기 시작했다. 돌의 이빨이 만들어 낸 출혈의 자국이 풀리기도 전에 다시 거친 여자애의 손길이, 더 어찌해 볼 수도 없는 빈곤한 몸뚱어리 위에서 마구 춤추었다. 붉은 빗발이 후려쳐지고 또 후려쳐져 붉은 면이 되고 그녀의 손이 닿지 않은 부위에 흉칙한 흰 얼룩을 드문드문 남긴 채 한참을 경련은 계속되었고, 어느 한순간 자지러지는 듯한 외마디 소리를 내지르는 것과 동시에 그녀는 피에 절은 장작처럼 모로 쓰러졌다.

공포 때문에 남자는 완전히 눈앞의 악몽을 직시할 수 없었다. 증거를 지우는 범죄자의 불안정한 손길로 미지근한 여자애의 몸뚱어리를 들어 방바닥에 내던졌다. 그리고 여자애의 이가 부러질 정도로, 가는 숨결마저 가꾸러지도록 술병을 여자애의 입안에 들이대고 그렇게 한동안 천 길의 어둠 속에 그녀와 갇혀 병 속의 액체가 한 방울 남김없이 여자애의 수축된 목구멍 속으로 흘러 들어갈 때까지

---

1   네거필름(negative film).

사력을 다해 버티었다. 그리고 한참을 기다렸다. 오 분, 다섯 시간, 혹은 몇 겹의 겁에 질린 시간이었는지 남자는 알 수가 없었다. 서서히 한 가닥의 착각이 기정사실이 되어 그의 단선적인 의식 속에 자리 잡기 시작했다. 극도의 공포 속에서, 앙상한 뼈 가죽 위에서 길길이 난무하던 여자애의 손이 그의 손으로 변했고, 여자애를 날뛰게 하던 경련적인 자해의 리듬이 그의 몸속에서 끓어오르곤 하던 가해의 리듬으로 이전되었다. 그는 눈앞에 쓰러진 막대 같은 몸뚱어리를 보기가 무서웠다. 남자는 왜, 무엇 때문에 그가 이 여자애를 이 지경으로 구타했는지 알 수가 없었고, 언제, 어느 순간에 격렬한 첫 번째 파동이 그를 사로잡았는지 기억해 내고자 그 자신의 마디진 두 손을 눈이 시리도록 직시했다. 눈을 부릅뜨고 그는 그의 몸속에 숨어 살던 수치스런 악령의 분부대로 그의 두 손이 여자애의 몸 위에서 벌이는 구타의 난무를 생생하게 다시 보았다.

마침내 여자애의 목으로 해서 얼굴에 붉은 기운이 퍼졌다. 여자애의 누런 이빨이 드러나면서 입술이 벌어졌다. 그리고 독이 퍼지듯이 거친 숨결이 악취를 풍기며 퍼져 나왔다. 여자애가 초점 잃은 동공을 드러냈다. 남자도 그녀도 각자 다른 고비를 한 고개 넘고 있음을 직감적으로 알아차렸는지도 모른다.

그들은 각자 다른 방향으로 여러 번 이 같은 고비를 넘길 것이다. 아니면 매 순간이 고비이고, 그들의 흔들리는 그림자가 내딛는 매 발걸음 밑에 지뢰가 있었으므로 이 순간이나 저 순간이나 그다지 구별이 되지 않았을 수도 있다. 남자는 흉칙하게 붉어져 당장이라도 끈끈한 액체가 배어 나올 것 같은 자국들을 다시 한번 또렷이 바라보았다. 이후 남자는 사방에서, 무한한 하늘에서, 강변의 모래사장에서, 흰 쌀밥이 담긴 공기 속에서 후에 멀쩡해진 여자애의 살

갖에서, 사방에서 이 자국들을 보게 될 것이다. 남자는 이날 밤, 바로 이 영원히 각인된 상처 조각과 그 상처 조각이 숨 쉬고 있는 수치스런 흔적들과 정사했다. 여자애는 눈을 조그맣게 뜨고 거뭇거뭇한 천장의 벽지를 바라보고 있었다. 다시 한번 여자애의 입이 넓게 벌어지고 거기에서 웃음소리, 혹은 신음 소리 비슷한 괴음이 흘러나왔다.

2

몇 밤이나 지났나. 몇십 밤이, 몇백 밤이…… 벌써 어둠이 사방에 극성스럽게 와 있는데…… 나는 왜 이렇게 졸리기만 할까. 잠을 깨야지. 어서 잠에서 깨어나야지. 내 살은 꼬집어도 아프지도 않아. 비틀어도 피 한 방울 나지 않아. 그렇게 많이 걸었는데도 발가락 하나 부러지지 않았어. 아, 내 저주받은 창자는 어떻고. 시작해야지. 지금부터 정말 시작해야지. 그런데 무슨 시작이지. 벌써 여름이 한창이야. 아니면 여름이 이미 가고 있는지도 모르고. 그때는 늦봄이었는데. 나는 점점 멀어져 가고 있어. 무서운 속도로 멀어져 가고 있는 거야. 어디에서? 하늘은 왜 저렇게 부옇지. 연기가 사방을 덮은 게 틀림없어. 아무리 멀리 걸어야 소용없어. 늘 따라오는 희뿌연 하늘. 저기 좀 봐. 해에서는 꼭 검은 석탄 가루들이 쏟아져 내리고 있고. 어지러워. 그래 어지러워서 그런 거야. 무얼 먹어야 하나. 이 끝도 없는 구역질. 전에는 한 번도 맡아 본 적이 없는 이 냄새가…… 내 몸에서 나는 냄새가 분명해. 빗속에서도 이 냄새가 났어. 나는 비가 냄새를 씻어 내릴 줄 알았는데, 어디에서부터 이게 내 몸에 스며

들어와 내 피와 섞였을까. 누가 나를 가만 내버려 두겠어. 나 때문에 모든 사람들이 미쳐 버릴지도 몰라. 나는 숨 쉬기가 힘든 정도인데, 언젠가는 나를 가두어 버리고 얼굴과 목을 으깨고 그 위에 두껍게 뻥끼칠을 해 버릴 거야. 차라리…… 나는 없어져 버렸어야 했어. 머릿속의 속삭임도, 잠자는 동안에도 쉬지 않는 영사기처럼 철컥철컥 돌아가면서 춤추며 맞부딪치는 사진들도 운동을 멈추겠지. 그날부터 한 달이 지났을까, 두 달이 지났을까. 내 다리가 좀 더 길었으면, 내 팔이 좀 더 굵었으면…… 흐흐 끔찍해. 빠작거리며 갈라지기만 하는 이 가슴은 아직도 무심하게 통통 뛰기만 하고 있으니. 척 둘로 접혀지던 엄마 몸에 순식간에 구멍들이…… 사람 몸에 그렇게 빨리 구멍이 나고…… 그러고는 모든 게 끝이야. 내가 지금 뭐라고 했지. 엄마라고 했나. 우리 엄마. 구멍 나 버린 엄마. 내가 조금 더 빨리 튀어나왔다면. 나를 휘어잡는 팔을 빼내는 데 걸린 시간이 없었다면…… 모든 일이 바뀔 수 있었을까. 엄마가 시장 골목의 어두컴컴한 통로에 나를 밀어 넣고는 말했어. 무슨 일이 있어도 꼼짝하지 말고 있어. 엄마가 밤에 찾으러 올게. 나는 엄마 모습을 놓치지 않으려고 골목을 뛰쳐나왔어. 우리는 왜 거기 있었을까. 엄마. 허수아비처럼 휘둘려 채 비명도 지르지 못한 채 헉하고 고꾸라지던 엄마. 내가 뛰어나갔을 때는 이미 벌어진 눈자위를 되잡을 시간도 없이 상처가 공중으로 몇 번 튀다가 밀어닥치고 밀려가던 사람들 틈에 쓰러지던 엄마. 엄마랑 나는 그날 왜 거기 있었을까. 동네 사람들이 수군거리면서 웅성대던 자리마다 엄마가 섞여 고개를 숙이고 서 있었어. 구멍이 몇 개였는지, 어떻게 뚫렸는지 보지 못했어. 내가 엄마 손아귀의 뼈마디를 느꼈을 때 구멍은 이미 콸콸 흐르는 피에 엉겨 보이지도 않았어. 엄마가 내 손에 얼마나 힘을 주었을까. 아니 내가 엄마 몸에 구멍이 나는 걸 봤다고 생각하는 그때에 시커먼 휘장이 펄럭거리고 다가와 나를 덮쳤고 내 손을 움켜쥔 엄마와 같이…… 그냥 엎어졌나? 벌써 수천 번이나 생각해 봤잖아. 그 휘장 다음은 아무것도 없어. 어지럽게 움직이는 사람들, 소리치는 목소리들. 난 땅바닥 저 밑에서 들려오는 소리를 듣고 있었던 건가. 그날 아침에 나는 무얼 했지. 그 전날은, 그 전전날은? 모든 기억이 내 눈을 덮치던 검은 휘장에 말려 다 녹아 버렸어. 그날은 무슨 날이었을까. 그 많은 사람들. 점점 더 뒤죽박죽 섞이는 얼굴들. 엄마랑 나는 왜 거기 있었을까. 어떻게 해서 그 자리에 있었을까. 잔칫집에 가는 것처럼, 소풍이라도 가는 것처럼 엄마도 나도 단 한 벌밖에 없는 외출복을 차려입고…… 엄마랑 나랑은 버스를 탔지. 시내를 가려면 버스를 타야 하니까. 어떤 버스를 탔는지 버스 안에 누가 있었는지, 우리가 말을 주고받았는지, 입을 다물고 있었는지 아무 생각도 나지 않아. 버스 정류장까지 가는 길 위에서는 누구를 만났을까? 다리 앞에서 시내 나가는 버스를 기다리면서 엄마는 구멍가게 아저씨한테 여느 때처럼, 병이 나 드러누워 있는 구멍가게 아줌마 소식을 물었을까. 아니면 길은, 어느새 머릿속에 나 있는 길처럼 텅텅 비어 있었을까. 박씨 아저씨 가게도 문을 닫고 아줌마 병간호를 하러 집으로 돌아가 버렸던가. 아 정말 나는 난생처음으로 이렇게 멀리까지 왔어. 이제 다시는 돌아가지 못하게 될 거야. 다시 돌아가려 해도…… 안 돼. 돌아가면 안 돼. 이제는 엄마도 없는데 누가 나한테 말을 걸겠어. 엄마 뒤를 울면서 황급히 쫓아 나가던 나를 본 동네 사람들이 많을 텐데 이제 와서 내가 혼자 돌아가면 모두들 뭐라고 손가락질을 하겠어. 난 이제 혼자야…… 그날 이후 난 혼자가 된 거야.

무슨 일이 일어났던 걸까. 어떻게 해서 엄마랑 나는, 잔칫집에라도 가는 것처럼 외출복을 차려입고…… 제발 어서 빨리 내 머릿속 어느 구석에 쳐져 있는 검은 휘장이 걷혀야 될 텐데. 모든 게 모두 뒤섞이고, 대답은 없이 나는 질문만 던지고. 엄마가 억세게 잡아채던 내 손. 바스라질 것처럼 움켜쥐어 오므라지던 엄마의 손아귀. 엄마의 입이 움직이는 것 같았는데…… 엄마는 오빠 얘기를 하려고 했던 것 같은데 내 머릿속의 구멍에는 이 시린 바람만 들락날락할 뿐이고. 우리가 그러면 오빠를 보려고 시내에 왔던 것일까. 내가 미쳤어. 오빠는 이미 죽었다는데. 엄마는 나한테 아무 말도 하지 않았지만 이상한 아저씨들이 왔던 그날 밤 엄마가 나를 껴안고 통곡할 때 엄마 몸에서 전달된 무언가가 나한테 오빠가 죽었다는 걸 알려 줬지. 작년 가을에 양복 입은 아저씨 두 명이 툇마루에 앉아서 엄마가 시장에서 돌아오기를 기다렸어. (그 아저씨들이 그날 오빠가 죽은 것을 알려 줬던 거야.) 엄마는 그 아저씨들한테 알아들을 수 없이 목메인 목소리로 소리를 질러 대서 순식간에 동네 사람들이 다 모여들었었지. 나는 창피해서 방으로 숨었어. 나는 그 아저씨가 무슨 말을 했는지도 모르지만 직감으로 그 말이 거짓말일 거라고 단정지어 버렸어. 엄마가 양복 입은 아저씨들한테 그렇게 악을 쓰다가 소매를 잡고 늘어지면서 대들었어. 문틈으로 보니 양복 소매가 뜯겨져 나가고 있었고 한 사람은 바짓가랑이가 잡히는 바람에 미끄러졌어. 엄마는 몸부림을 치고 땅바닥에 누워 마치 향순네 개처럼 몸을 좌우로 패대기치면서 버둥거리고 머리를 땅바닥에 대고 마구 짓찧었어. 나는 뛰어나가서 엄마를 말리려고 했는데 양복 입은 사람들이 나가려는 걸 보고 엄마가 벌떡 일어서더니 막대기를 뒤흔들면서 못 나가게 했어. 엄마한테, 조그만 엄마한테 언제 그런 힘이 있었는지. 엄마 치마 깃도 터지고 그것도 상관 않고 엄마는 그 사람들한테 대들었어. 동네 사람들은 감히 말리지도 못했고 그렇다고 엄마를 따라서 그 사람들한테 덤비지 않고 눈을 둥그렇게 뜨고 때로는 혀를 끌끌 차면서 그냥 빙 둘러 서 있을 뿐이었지. 갑자기 그 사람들이 눈을 크게 뜨더니 엄마를 힘껏 떼밀어 놓고 엄마가 몸을 추스르는 사이 사람들 사이를 비집고 골목을 빠져나갔어. 이미 대절해 놨던 택시를 타고 뺑소니쳐 버린 거야. 그 후로 한참이 지나서야 엄마는 오빠가 죽었으니 정신차리라고, 공부 잘하라고 말했어. 엄마는 그때부터 이상해졌던 거야. 시장에도 안 나가고 삭신이 쑤신다고 누워 있는 일이 잦았지. 그런데 엄마는 지금…… 무슨 생각을 하고 있을까. 내가 이렇게 눈을 뜨고 살아 있는 것을 보고…… 뭐라고 할까. 난 이제는 가슴 밑이 뻐근하지도 않아. 아니면 내 심장이 벌써 타 버렸나. 엄마는 그 소식이 있은 후에 왜 그렇게 시내 외출이 잦았을까. 물건 받아 오는 것도 다 집어치우고 단 한 벌의 공단 치마를 꺼내 입고 일찍 시내에 나갔다가는 저녁때 내가 돌아올 때면 멍하니 툇마루에 앉아 내가 오는 것도 보지 못하고 무엇엔가 열중해 있는 일이 잦아졌어. 그때 나는 엄마가 무서웠어. 나를 버리고 어디로 도망갈까 봐 겁이 났지. 내가 엄마를 흔들면 왜 이 난리야, 뭔 일이 난지도 모르고 언제나 정신을 차릴 거여 이 병신아 하고 오히려 악을 써 댔어. 동네 아줌마들도 길가에 앉아 있다가 내가 지나가면 혀를 끌끌 차면서 쟤가 좀 모자라서 다행이지 그렇지 않았음 오죽 지 오래비를 찾을꼬 하는 소리를 들을 때마다 가슴이 철렁 내려앉았어. 오빠가 죽은 걸 내가 만져 보지 못했는데 어떻게 그걸 내가 믿으라는 건지. 오빠는 늘 먼 곳에 있었으니까 방학이 되면 또 내려올지 알 게 뭐야.

엄마가 그때부터 시장을 그만두고 무슨 다른 일을 준비하고 있었던 거나 아닐까. 정자가 그랬는데, 엄마가 정자 할아버지한테 어려운 편지를 써 달라고 몇 번씩 들렀다는 거야. 그런데 가끔씩 시장에 나가기도 하는 걸 보면 나는 엄마가 무슨 일을 따로 하고 있는지 아니면 내가 걱정하는 것처럼 어디로 나를 두고 도망가려는 건지 알 수가 없었어. 나는 엄마가 마루 끝에 앉아서 가만히 있는 게 제일 무서웠어. 나를 바라보지도 않고 눈물이 나오지도 않는데 눈자위가 온통 시뻘개 가지고. 눈물 대신 눈가에 피가 모였던 거겠지. 나는 새빨간 눈물이 흘러내릴까 봐 그것도 무서웠어. 엄마는 무얼 믿고 시장에 나가지 않았을까. 우리는 무얼 먹고살고 어떻게 오빠한테 돈을 부쳐 주려고. 난 정신이 나가 버렸어. 그래 오빠가 죽었으니까 엄마가 돈을 부칠 필요가 어디 있었겠어. 그런데 오빠는 정말 죽은 걸까. 죽는 건 어떤 건가. 그냥 구멍이 뚫리는 건가. 죽을 때는 굉장히 아프겠지. 죽지 않고 그게 얼마나 아픈지 나 같은 게 알 게 뭐야. 그래 그날 그냥 익사해서 사람들 물살에 밀려 시내에 넘쳐 들어온 것 같은 소리·몸짓·얼굴 들이 파도에 빠져 흔적도 없이 사라졌어야 했는데. 그날은 낯선 파도들이 춤추는 날이었는데 푸른 양미간에 묻힌 얼굴들이 어깨동무를 하고 밀려갔다가 밀려오고…… 엄마는 그 속에 뛰어 들어갔어. 나를 송충이 떼어 놓듯 팽개치고 뒤도 돌아보지 않고. 나는 악을 쓰고 엄마를 불러 댔는데…… 나는 뛰어갔어. 엄마가 까만 한 점으로 사람들 틈에서 영원히, 내게서 영원히 사라질까 봐. 그러고 나서 무슨 일이? 아, 그리고 갑자기…… 그렇게…… 빨리…… 한꺼번에…… 파도가 더 빨리 사방으로 몰리고…… 흩어졌다가…… 다시 모이고……그러고는 또 검은 장막. 그 이후는 아무것도 보이지 않아. 손톱으로 아무리 찢어 내리려 해 봐야 다시 휘덮는 휘장. 매 순간 뇌를 휘감는 이 뱀 같은 휘장.

엄마는 작년 가을부터 이상해졌어. 양복 입은 사람들이 앉았던 자리에 놔 두고 간 흰 봉투 속에는 뭐가 들어 있었을까. 오빠가 엄마하고 나한테 보낸 편지였을까. 나는 오빠를 찾아야 돼. 그런데 죽은 오빠가 엄마한테 편지를 쓸 수는 없잖아. 나는 오빠한테 편지를 쓴 적이 없어. 내 마음속에서 나오는 목소리를 대문짝만 하게 오빠아 하고 쓰고 나면 더 할 말이 없었어. 오빠는 우리한테 보내는 편지에 꼭 내 말을 써넣었어. 그런데 오빠의 편지는 일주일에 한 번이다가, 한 달에 한 번이다가 그러다가는 점점 드물어졌어. 작년 여름에는 할 공부도 많고 돈도 벌고 해야 한다고 나흘밖에 다녀가지 않았잖아. 그래, 작년 여름방학 때도 오빠 얼굴이 무슨 역귀신[2]이 씌운 것처럼 누르퉁퉁했어. 또 오빠 친구들이 몇몇 찾아왔다가…… 그냥 돌아갔지. 작년 여름방학에 오빠는 겨우 나흘을 머물렀어. 나흘 동안 오빠는 한 번도 집에서 보낸 적이 없었어. 아침 새벽에 산으로 들어가서는 해가 지고 난 다음에야 돌아왔어. 그리고 얼마 후에 오빠는 아주 사라져 버린 거야. 지금 아무도 없는 우리 방은 어떻게 됐을까. 정순이가 몇 번이나 왔다가 되돌아갔겠지. 얼마나 많은 사람들이 왔다가…… 그냥 되돌아갔을까. 아니면 마을이 전부 텅텅 비어 버렸는지도 몰라. 아무도 엄마나 오빠를 찾으러 오지 않았는지도 모르지. 빈 부엌은 얼마나 외로울까. 툇마루에 내가 앉아서 졸던 자리는 얼마나 서러울까. 그렇게 낡아 빤질빤질해진 나무도 울 수 있을까. 엄마는 어디로 사라져 버렸을까. 나는 꼭 오빠를 찾아야 해. 누군지는 모르지만 ─ 그 아저씨들인가 ─ 오빠 무덤이 있다고 그랬던가. 오빠한테 이렇게 할 말이 많은데. 오빠를 만나기 전까

2   역귀. 역병을 일으킨다는 귀신.

지 나는 이 검정색 휘장을 이빨로라도 벗겨 내야 되는데. 아으 지쳤어. 무슨 한이 있어도 그 장막을 벗겨 내야 돼. 역시 나는 길 떠나기를 잘했어. 그런데 왜 이렇게 졸리지. 아 졸려. 자면 큰일 나는데. 목이 말라. 늘 목이 말라. 어쩌면 이렇게 움직일 수조차 없담. 물을 마시면 정신이 좀 날 것 같은데. 자면 안 돼. 자 꼬집어 볼까. 잠을 깨야지. 내 살은 꼬집어도 아프지도 않아. 이렇게 비틀어도 살점 하나 부르트지도 않아. 손가락에 힘이 없으니 꼬집어지지도 않고…… 정말 잠이 들면 안 되는데…… 오빠를 찾아야 돼. 오빠 무덤이라도 찾아야 돼. 오빠가 얼마나 놀랄까. 엄마 소식을 물으면…… 뭐라고 대답해야 될까. 나 혼자만 살아서 먼 길을 왔다고 오빠가 돌아누워 버리면 어떡하지. 죽은 사람도 화를 낼 수 있는 걸까. 얼굴을 찡그리고 입을 벌리고 먼 길을 온 나한테 화를 낼 수 있는 걸까. 오빠는 무덤 속에서 얼마나 숨통이 막힐까. 아 목이 말라. 자면 안 돼. 길을 잃어버려서는 안 돼. 오빠는 지금쯤 자고 있겠지. 지금은 밤이니까.

3

그녀가 어떻게 해서 옥포까지 왔는지를 알고 있는 사람은 없다. 몇 명의 유흥객과 낚시꾼이 금강가를 돌아다니던 한 여자애의 모습을 기억하고 있지만 그것이 꼭 그녀였다고 말할 수 있는 증거는 아무것도 없다. 우리가 알고 있는 그녀의 신원에 대한 외적 정보통은, 그녀가 그날 아침 그녀의 모친과 마을을 떠난 이래 사라져 버린 그녀를 찾아내는 데 아무런 도움도 주지 못하거니와, 마을 사람의 도움으로 얻은 사진 한 장을 내밀었을 때 그나마 사람들은 아니라고 고개를 저었다.

그러나 이러한 부인하는 고갯짓 또한 믿을 만한 것이 못 될는지도 모른다. 한 여자애를 보았다고는 말해도 그들은 긴 머리채를 하고 있는 열서너 살가량의 여자애라는 것을 기억할 뿐이고, 자세히 물으면 별로 주의를 기울이지 않았다고 할 뿐이었다. 그날, 그 자리에서 그녀는 모친의 사망을 보고 공포에, 아니 공포보다도 더 큰 어떤 것에 밀려 은신처를 찾았을지도 모르고, 그 기간 동안 그녀가 어떻게 변해 있었을지를 누가 말해 줄 수 있겠는가. 머리채, 입고 있는 옷, 하다못해 얼굴 표정…… 이런 것들이 믿지 못할 증거물로 변하는 순간들이 있다. 만약 그들이 본 것이 그녀였다면, 그녀는 그날 이후 약 이십 일간 이 일대를 헤매고 다녔다고 볼 수 있다. 그녀는 그 기간을 어느 알지 못할 곳에서 꼼짝 않고 있다가 옥포에 나타났던 것일까? 그녀가 그사이에 무엇을 했고 어떻게 끼니를 연명했는지를 말해 줄 사람이 아무도 없다. (그녀 자신이 기억조차 못 하고 있을) 어떤 일들을 거치면서 그녀가 옥포까지 왔는지 우리의 상상력은 곧 어두운 벽에 부딪혔다. 대도시만 아니라면, 이 나라의 산하를 빈 배로 헤매는 사람의 마른입을 축여 주고 갉아 대는 위벽을 부드럽게 달래 줄 손길을 만나는 일은 아직 가능하지 않은가. 널려 있는 논밭, 과수원의 한쪽 귀퉁이에 숨어 들어가 그곳에 자라는 몇 포기 먹을 것을 서리했다 해서 뭐 그리 큰일이 났었겠는가. 어떻건 배를 채우는 일과는 다른 일에 그녀는 매달려 있었음에 틀림없다.

내산 마을의 외곽 강 씨 집 선산에 무덤에 기대 평화롭게 잠들어 있는 그녀를 강 씨 집 막내가 일하러 갔다가 만났다고 했다. 선친들의 무덤가를 맴돌다가 거기서 은신처를 찾은 여자라 해서 강 씨 집 막내는 선뜻 그녀를 내쫓지도 못했다. 그 길로 읍내에 있는 술집의 옥포댁에서 심부름꾼으로 맡겼다. 예비군복에 고무장화를 신고 있었던 강 씨 집 막내를 보자마자 그녀가 자꾸 마을 쪽으로 도망을 쳐 한참 애를 먹었다고 한다. 딸딸이에 얹혀 읍내까지 가는 동안 세 번이나 딸딸이에서 뛰어내린 걸 사정이 딱한 것 같아 도망가도록 내버려 두지 않고 옥포댁한테 어렵게 넘겨주었노라고 했다.

그녀는 옥포댁의 식당에서 꼭 일주일을 머물렀다. 오후 늦은 나절에 도착해서는 밤이 깊을 때까지 옥포댁의 발뒤꿈치를 떠나지 않았고 밤이 되어서 끝내 신열을 앓아 저녁나절 옥포댁이 갑자기 너무 많이 먹인 음식물을 모두 게워 냈다. 옥포댁은 긴 설명을 하지도 않고 뭐 딱 부러지게 덧붙이지도 않은 채, 가슴이 울컹하니 짐작하는 바가 있어 애를 씻겨 옷을 새로 입힌 후에 팔에 보듬고 잠이 들었다고 한다. 새벽이 되자 단지 신세가 서럽고 딱해 할딱거리는 그녀의 이마에서 열이 내릴 때까지 등을 토닥여 주었다고 했다. 옥포댁은 그녀에게 아무것도 묻지 않았다. 그녀 또한 입을 열지 않았는데 이튿날 일어났을 때는 이미 그녀의 눈자위가 많이 흐트러져 있었다. 그러나 옥포댁이 주의 깊게 살핀 이 징후는 아무런 증거도 되지 못한다. 그녀는 어쩌면 아무것도 보지 못한 그녀의 두 눈을 손가락으로 찌르고 싶었는지도 모른다. 아무것도 막을 수 없었던 두 팔, 짚더미 같은 무용지물의 육체, 감당하기 어려운 어린 나이, 이 모든 것을 자르고 내던지고 저주하고 싶었는지도 모른다. 가장 깊은 수면의 시간에조차 그녀의 기억을 덮쳐 누르는 가위의 무게에 몇 번이나 아직 완전히 성숙하지 않은 온몸을 패대기쳤을까. 옥포댁이 말한 대로 두 팔을 휘저어 대는 그녀의 이상한 잠버릇을 무엇으로 설명할 수 있을까. 그녀가 대항해 싸운 것은 어쩌면 잠 자체였을지도 모른다. 눈을 뜨면 수면의 휘장 대신 일상의 웅얼거림과 마른 가루 날리는 햇빛이 있다. 그녀가 모든 것을 잊어버리는 순간은 있었을 것이다. 그러나 작은 소리, 막연한 어떤 얼굴, 냄새, 잠깐의 침묵, 하찮은 무엇이 다시금 그녀를 벌떡 일어서게 하거나 혹은 그녀를 마비시킨 채 풀 수 없는 수수께끼의 속으로 내던진다. 늘 동일한 질문, 왜 그날, 거기에. 왜 엄마를…… 늘 동일한 강도의 고통이 되살아났을 것이다. 이 고통 속에 어느 순간 얼굴들이 둥둥 떠오르고 사건이 거센 물살로 이해할 수 없을 정도로 빠르게 흐른다. 그 고통의 박동 속에서 그녀는 수많은 잊어버린 얼굴과 사건을 다시 만난다. 소리 지르는 얼굴, 쓰러지는 얼굴, 위협하고 구타하는 얼굴, 피 흘리고 쓰러지는 얼굴, 발가벗겨진 채 숭어처럼 팔짝거리며 경련하는 얼굴, 헉하고 소리 지를 시간도 없이 사라져 버리는 얼굴, 쫓기는 얼굴, 부릅뜬 얼굴, 팔을 내휘두르며 무언가를 외치는 얼굴, 굳어진 얼굴, 영원히 굳어진 보통 얼굴들. 깔린 얼굴, 얼굴 없는 얼굴, 앞으로 나아가는 옆얼굴, 빛나는 아름다운 이마의 얼굴, 꿈과 힘이 합쳐진 얼굴, 그리고 다시 모로 쓰러지는 얼굴, 뒤로 나자빠지는 얼굴, 다시 깔리는 얼굴, 그녀의 이름을 부르다 말고 꺼지는 눈빛의 얼굴…… 그녀는 가끔 오열도 눈물도 없이 맹맹한 눈자위로 어깨를 들먹거리는 습관이 있다고 옥포댁은 말했다. 그녀는 모든 얼굴들을 두서없이, 선택 없이 그녀의 핏속에 용해해서 녹음해 가지고 있을지도 모른다. 그녀의 몸은 감당하기 힘든 많은 얼굴들을 녹음해 두느라 피폐해 버렸을지도 모른다.

옥포댁은 그녀에게 많은 것을 바라지 않았다. 그녀는 옥포댁이 넘겨주는 접시를 옮겨 받고, 더러워진 바닥을 치우고, 빈 주전자를 채우고 설거지를 하는 일은 순순히, 탈 없이 해냈다. 일주일은 이렇다 할 아무런 문제없이 지나갔다. 가끔 국그릇을 떨어뜨리고 종지를 깨는 일이 있었지만 일주일에 모두 합해 다섯 번을 넘기지 않았다. 일주일 동안 옥포댁이 알아낸 것은 그녀가 혼자라는 것과 어디먼 곳으로 살붙이를 찾으러 가는 중이라는 것이었다. 육 일째 되는날 옥포댁은 그녀가 일을 하지 않고 문 앞에 넋을 잃고 밖에 시선을주고 있는 것을 보았다. 낮에는 가는 비가 내렸고 밤에는 손님이 부르는 소리도 듣지 못한 채, 옥포댁이 넘겨준 음식 접시를 들고 문밖의 어두운 진창에 고인 물에 간간이 반사되는 빛을 주시하고 있었다. 그리고 다음 날 오후 한 떼의 장정들이 왁자하게 장거리를 지나가는 소리를 들었을 때, 그녀의 모습은 이미 사라진 뒤였다. 약간의돈, 그녀가 얻어 입은 옷, 올 때 지니고 있었던 작은 보따리가 없어졌을 뿐이었다. 그 속에는 무엇이 들어 있었느냐고? 며칠 동안이나그 더러운 것을 하도 움켜쥐고 있길래 뭐냐고 물으니 대답을 해야말이지. 그래서 그거 보자기가 너무 더러우니 빨아 주겠다고 해도막무가내야. 자는 틈에 보자기를 펴 보니까 꽃자주색 나들이옷 한벌인데 슬쩍 헹군 기척은 있었어도 흙물·핏물이 여기저기 절어 있었어. 설마 하니 이 어린애가 무슨 무서운 일을 저질렀거나 당했다는 생각보담 그저 다 사정이 짐작되어 그 당장에 정성 들여 깨끗이빨아 부엌 불가에서 말려 말쑥하게 다려 놨지. 선반에 다시 올려놓았는데 내 손길이 간 걸 눈치나 챘던감. 그 정신에 뭘 알겠어. 넋이빠져도 천 번은 더 빠지지 않았겠나 말이야. 옷 갈피에 지폐 두 장을 끼워 넣었는데, 그걸 일러 줄 틈도 없이 그냥 내처 떠나 버렸어.무슨 허깨비가 씌운 것처럼 늘 정신이 딴 데 팔려 있었는 게 얼마나냉가슴이었을꼬. 그런데 그 아가 찾는다는 피붙이는 찾았는가. 말좀 해 보시게. 그녀가 장거리의 무엇을 보고 그렇게 후닥닥 도망치듯 떠나 버렸는지 옥포댁은 알 수 없다고 했다. 그녀 자신도 무엇이 그녀를 끌어당겼는지 몰랐을 것이다. 그녀가 도망치던 날 장거리를 지나가던 장정들은 장항 쪽으로 공사를 맡으러 떠난 인부들이었다고 했다. 그러나 아홉 명의 인부들 중 그녀를 보았다는 사람은 없었다. 그날 그 시간 옥포에서 다른 곳으로 떠나는 모든 버스의 안내원들 중 어느 누구도 갈색 면 치마에 군청색 상의를 입은 채로 뛰어나갔다는 그녀의 모습을 기억하고 있지 않았다. 옥포 식당에 기거하면서 다시금 원래의 모습을 되찾은 그녀의 행적을 따라가는 일은 한동안 난관에 봉착할 수밖에 없었다. 그녀가 또다시 흙탕물에 뒤섞이고 얼굴에, 몸에 때가 끼고 헝클어진 머리가 다발로 엉키어, 보는 사람의 시선을 어쩔 수 없이 멈추게 하기까지는 얼마간의 시간이 필요한 것인가.

지도 위의 선과 점 들은 모두가 착시를 유발할 뿐이다. 정연하게 한 지점에서 다른 지점으로 연결되어 있는 선들은 실상은 얼마나 불분명하고 불안한 함정들인가. 한 지점은 수도 없이 많은 다른 방향으로 이어질 수 있다. 그리고 그녀가 그 많은 가능한 선들 중에서 어느 것을 선택했으리라고 추정하게 하는 아무런 확실한 좌표도 없다. 그녀는 떠나온 방향으로 되돌아갔을 수도 있고 오던 길을 계속해 갔을 수도 있다. 아니면 정반대의 각도를 택했을 수도 있으며 그녀가 위치했던 지점의 주변을 수없이 맴돌았을 수도 있다. 한 지점에서 다른 지점으로의 이동을 추정하는 일은 이러한 불확실성 때문에 선적인 이동이 아니라 그 주변 지역을 모두 답사해야 하는 면을 만드는 이동으로, 시간이 걸리고 말이 삭제된 무한한 내적 요인을 동시에 추리해야 하는 복잡한 이동이 된다. 그녀의 무분별한 여정을 포착하기 위해서는 그녀의 가능한 내면으로 들어가야 했고, 그 속에 그녀와 같이 머무르면서 내면의 지시를 따라야 했다. 그것은 시간이 걸리는 작업이었다. 매번의 추적에서 그녀는 우리를 멀리멀리, 시간적으로, 공간적으로 앞지르는 수밖에 없었고, 그 거리만큼 그녀의 흔적은 절망적으로 희미해졌다. 우리의 사랑하는 친구, 우리를 먼저 떠나 버린 친구의 누이동생의 흔적은 이미 상실해 버린 꿈처럼 우리의 빈곤한 일상의 갈피에서 매 순간 생생한 상처로 되살아났다. 그것이 우리의 여정을 결정짓는 단 하나의 확실한 지도였다.

4

내 눈 속에는 깔깔한 모래알들이 들어차 있고 내 내장은 썩어가고 있는 것이 분명해. 내 눈이 모래에 덮여 멀어 가고 있는 거야. 눈을 뜨려고 하면 눈까풀이 모래에 스쳐 내는 쉿쉿 소리가 들리기까지 하잖아. 눈이 멀면 정말 안 되는데. 누가 나를 알아볼까. 내가 나를 알아보지 못하는데. 아, 이상한 꿈인데. 왜 갑자기 이렇게 정신이 번쩍 나고 곤한 낮잠을 자고 일어난 것처럼 몸이 가벼워지는지 모르겠어. 어느 마을에 내던져졌어. 얼굴은 보지 못했지만 거대한 두 손이 뒤에서 내 허리를 잡고 들어올렸다가 한 번도 가 본 적이 없는 마을 한 귀퉁이에 내던졌어. 왜 그런지는 모르지만 고맙다는 인사를 하려고 쑤시는 몸을 뒤척여서 뒤를 돌아다보니까 아무도 없었어. 대낮이었는데 갑자기 멀리 있는 산이 천천히 움직이더니 그쪽만 깜깜하게 됐지. 이상하게도 무섭지가 않았는데, 꿈이어서 그랬을까. 허리 부근에는 여전히 나를 잡고 있었던 큰 손의 느낌이 그대로 남아 있는 채 가만히 엎드려 있는데 갑자기 마을 사람들이 하나

둘씩 나타나더니 내가 누워 있는 곳을 빙 둘러싸고 밑도 끝도 없이 사실을 본 대로 모두 말하라고 윽박지르는 거야. 내가 일어나려고 하니까 누군가가 발로 등을 누르면서 말하지 않으면 꼼짝 못 한다고 말했고 둘러섰던 사람들도 모두 박자를 맞춘 듯이 그 말을 반복했어. 꿈속에서도 나는 입을 꼭 다물고 꿈이니까 눈을 떠야지, 눈만 뜨면 되는데 하고 중얼거렸지만 내 눈에 모래가 들어차서 너무 껄끄러웠어. 어떻게 빠져나왔는지 모르지만 나는 언덕을 뛰어오르고 있었는데 멀리서 검은 점들이 움직이는 것 같더니 그 점들이 두꺼비만 한 징그러운 딱정벌레로 늘어나 엉금엉금 기어서 내 뒤를 쫓아오는 걸 보고 나는 더 힘을 내서 뜀뛰기를 했지. 언덕 꼭대기에 굴이 있다는 걸 알고 그리 뛰고 있었던 거야. 그러니까 나는 동굴이 있는 곳으로 뛰고 있었던 거지. 동굴이 있는 걸 내가 어떻게 알았을까. 꿈은 정말 이상해. 내가 굴 안으로 들어갔을 때 쉭쉭 소리를 내면서 이제는 내 몸의 삼분지 일 정도의 크기로 쑥쑥 자란 딱정벌레들이 여섯 개의 털이 빳빳하게 돋아나 있는 다리들을 힘들게 움직이면서 줄을 지어서 굴 입구를 향해 올라오고 있었어. 아, 그 끔찍스런 번들번들한 검정색 동공과 악취가 날 것 같은 잔등이와 흰 줄을 내보이면서 벌름거리는 가슴팍이라니. 나는 재빨리 동굴 벽에서 돌 조각을 떼어 냈는데 동굴에 들어서자마자 내 힘이 상상도 할 수 없을 만큼 세져서 내가 손가락만 대고 조금만 힘을 줘도 돌들이 쩍쩍 갈라져 떨어져서 나는 그 돌들로 한 마리씩 한 마리씩 마구 딱정벌레의 양미간과 가슴팍을 목표로 정하고 그 괴물들을 때려눕히기 시작했어.

그런데 꼭 전쟁 만화에서 그런 것처럼 나머지 딱정벌레들이 벌렁 뒤로 나자빠져서 사지를 흉하게 움직거리고 있는데 한 마리가 굴 입구까지 머리를 들이밀어, 두 팔이 뻑적지근하게 큰 돌덩이를 들어 너무 겁이 나 눈을 뜰 생각도 못 하고 마구 벌레를 향해 찍어 댄 후 행여나 흉칙하게 짓이겨진 번들거리는 촉수와 머리가 내 몸을 덮칠까 봐 눈을 감고 굴속으로 깊이깊이, 끝도 없이 도망가 한구석에 엎드려서 숨을 죽이고 기다리다가…… 순식이 할머니한테 이 꿈 얘기를 해 주면 뭐라고 할까. 불길한 징조라 해도 이젠 겁날 것이 뭐 있어. 기다릴 게 있어야지. 안 그래. 한번 말해 봐. 더 이상 잃을 게 아무것도 없는 나 같은 계집애에게. 아 한바탕 울 수나 있었으면. 내 몸의 물기가 다 빠져나갔어.

그래. 언젠가 한밤중에 덤불숲에 나를 내려놓은 손이 있었지. 단단하고 큰 두 손이 허리를 뒤에서 잡아 잠들어 있었던 나를 사람의 눈에 띄지 않는 덤불숲에 내려놓았어. 내가 정신이 들어 뒤척거리며 일어나서 돌아다보려고 안간힘을 쓸 때 이미 멀어져 가는 차 소리를 들었지. 나는 자고 있었던 게 아니야. 정신을 잃고 쓰러졌던 거지. 부서지는 것 같은 엄마의 몸뚱어리, 일그러져 허겁지겁 맞기 전에 내 이름을 입안에 담은 엄마의 얼굴을 보는 순간 검은 휘장, 두껍고 깜깜한 휘장이 내 눈을 덮어 버렸어. 휘장이 덮쳐지는 그 순간, 엄마가 비틀거리는 바로 그 순간의 전도 그 순간의 후도 나는 볼 수가 없었어. 그 휘장을 걷어 냈어야 되는데. 아 나는 그 휘장을 죽는 한이 있더라도 찢어 냈어야 하는데. 멍청이처럼 기절을 해 버렸다니. 나중에 어떻게 엄마 얼굴을 볼 거야. 그 휘장을 아직까지 머리 어느 구석에 씌워 두고선. 그 순간부터 얼마 동안이나 내가 휘장에 덮여 그 자리에 쓰러져 누워 있었을까. 그렇게 휘장에 덮여 쓰러져 있는 내 몸을 사람들이 밟고 지나갔는지도 몰라. 내가 정신이 들어 뒤척거리려고 할 때 내 등이 넘어진 장롱에 눌린 것처럼 꼼짝할 수도 없었고 등 전체에 누가 마구 망치질을 하는 것처럼 아팠지. 나는 내 등뼈가 부러진 줄 알았어. 아픈 것보다는 등뼈가 부러진 게 틀림 없다는 생각 때문에 나는 소리 내서 울기 시작했지. 거 봐, 네가 얼마나 멍청하고 바보 같은 계집앤지. 모든 사람이 널 놀리고 너한테 욕을 퍼붓는 건 당연해. 깜깜한 밤중이었어. 으실으실 추운 습기가 살 속을 파고들어서 나는 점점 더 땅속으로 파고 들어가려고 몸을 움직거렸지만 그럴 때마다 뼈마디가 외마디 소리를 지르면서 뚝뚝 꺾여질까 봐 그냥 추운 걸 참기로 했어. 고개를 조금 들어 주위를 바라보았지만 어디에고 불빛 하나 없었어. 눈을 감으면 머릿속에 떠오르는 괴물들이 무서워 눈을 떴지. 그러면 어둠의 산이 무너져 내려오고. 언제였던가 — 작년? 재작년? — 엄마가 사 준 나들이 치마에 눅눅하게 습기가 배고 습기에 섞여 땅바닥이 숨기고 있는 추악한 비밀이 스며 들어와 영원히 지워지지 않을 얼룩이 될까 봐 겁이 났지. 그렇지만 그런 걱정은 아무것도 아니야. 부러졌는지도 모르는 등뼈의 고통은 아무것도 아냐. 그에 몇천 배, 몇만 배나 되는 무서운 느낌이 서서히 내 젖어 버린 뼛속으로 스며 들어오기 시작했어. 서서히, 독약이 퍼지는 것처럼, 누웠던 신경을 모두 일으키면서. 그 무서움이 너무 커서 나는 부서질 것만 같은 등뼈를 추스르고 벌떡 일어나 사방을 휘돌아보며 꺼억꺼억 까마귀 소리를 냈어.

달도 없는 밤, 커다란 육식 조류의 날개처럼 하늘을 가로질러 덮어 내리고 있는 구름장, 그 사이로 진물 흐르는 종기처럼 아프게 반짝거리면서 내 목덜미에 소름을 돋게 했던 몇 개의 별. 어디서부터인가 새벽이 올 텐데. 저쪽, 저기 나무의 음산한 그림자들이 엉겨붙어 이리저리 움직이는 곳. 아니면 저쪽, 시야를 막는 아무것도 없이 어둠 속으로, 점점 더 짙은 검정색 어둠 속으로 빨려 들어간 도깨비 나라. 아니면 쳐다만 봐도 간장이 녹아들 것만 같은 저 산. 저 벅저벅 땅 위에 돋아나 있는 모든 것을 밟으면서 이쪽으로 움직여 오는 산. 아 저기 저 엄청난 산이 기울어 내게로 쏟아져 오네, 한 번, 두 번, 세 번. 아니야, 새벽은 산이 가로막지 않은 저곳에서 올 거야. 저기 길이 뻗어져 멀리멀리까지 나 있는 곳에서. 어디를 둘러보아도 살아 움직이는 것이라곤 찾아볼 수가 없어. 땅 위를 기어다니는 지렁이나 메뚜기 같은 벌레들밖에는, 아니면…… 독사뱀이나 구렁이. 나는 숨 한 번 크게 쉬지 않은 채로 울뚝불뚝 돋아난 소름을 쓰다듬지도 못하고 얼마나 오래 그렇게 앉아 있었을까.

누가 나를 이리로 데려다 놓았을까. 그리고 갑자기 아귀처럼 사방에서 울어 대는 풀벌레의 어지러운 소리가 귓속으로 쏴아 쏟아져 들어왔어. 그때서야 나는 모았던 숨을 터뜨리고 벌레들아 벌레들아 나 좀 살려 줘 하면서, 산이 쩡쩡 울리도록 목을 놓고 통곡하기 시작했어. 새벽이 내가 예상했던 대로 흙길 저쪽 끝에서 다가올 때까지. 목구멍까지 울컥울컥 솟구쳐 오르는 두 마디 '엄마야' '오빠야'를 꾹꾹 눌러 배 밑으로 내려보내느라 허리가 다 뻑적지근했지. 그 이름은 이제 아무렇게나 부르면 안 돼. 절대로 이렇게 어두운 산 밑에 앉아 울면서 불러서는 안 돼. 알았지. 절대 울면서 불러서는 안 돼. 너무 많이 울어서 나는 하룻밤 사이에 쪼글쪼글하게 늙어 버렸을 거야. 이제는 아무도 나를 알아보지 못할 거야. 마을 사람들을 다시 만나도 그들은 나를 못 보고 지나가겠지. 엄마나 오빠는 나를 알아볼까. 우리는 서로 닮았으니까 내 얼굴에 검버섯이 덮이고 상처가 나고 주름이 생겼어도 엄마나 오빠는 나를 알아볼 거야. 난 단숨에 늙어 버렸어. 그리고 나는 불러서는 안 되는 이름을 배 속에 뭉쳐 뒀어. 나는 혼자야, 혼자. 내 눈과 목을 단번에 덮어 버린 휘장을 벗겨 내지 못해서 나는 혼자가 되었어. 그런데 기절해 쓰러져 누워 있었던 나를 차에 실어 어두운 산 밑에 내려놓은 사람은 누구일까. 그 사람은 나를 알고 있는 사람일까. 그 이후 내가 길에서 만난 수십 명도 넘는 사람들 중에 그 사람도 끼어 있었을까.

그래. 나는 동이 틀 때까지 목을 놓고 울었어. 공포에 질려서, 검은 어둠에 대고, 풀벌레의 울음에 뒤섞여서 나중에는 내 이마에 더듬이가 생기고 어깻죽지에 녹색 날개가 생길까 봐, 그것이 무서워서 더 소리를 높여서 울었지. 그리고 길을 따라갔어. 새벽의 길이 그렇게 푸르스름한 눈을 하고 일어서는 것을 나는 그날 처음 보았어. 그 길을 어둠이 쫓아올까 봐 뒤도 돌아보지 못하고 걸으면서, 나는 오빠를 찾기로 결심했던 거야. 내 머릿속의 누군가가 그 길로 곧장 걸어가면 오빠가 누워서 나를 기다리고 있는 곳에 도착할 거라고 속삭이면서 용기를 북돋아 주었어. 나는 온몸이 삐걱거리고 다리를 삐어 절고 있는 것도 잊어버리고 내 앞에 펼쳐져 있는 빈 천지를 바라보았지. 나는 이제부터 그 빈 천지 속을 머리를 풀어헤치고 헤매야만 해. 오빠도 깜깜한 곳에 갇혀 얼마나 무섭고 외로울까. 누군가가 엄마와 내 소식을 가져다주기만을 기다리고 있을 거야. 그런데 정작 오빠가 소식을 물으면 뭐라고 대답을 해야 하나. 무슨 이야기로 내 상한 몸을 변명할 수 있을까. 내게는 아직 시간이 조금 있어. 차근차근하게…… 엄마와 나…… 그날…… 그리고 검은 휘장이 있었다고 어떻게 말할 수 있겠어. 오빠만 좋다면 우리 동네로 돌아가는 거야. 마을은 밤에도 환하게 불이 켜져 있겠지. 사람들은 누군가를 기다리고 있을지도 몰라. 눈을 부릅뜨고, 어쩌면 손에는 몽둥이를 들고. 난 못 해. 오빠가 그러자고 해도 난 그 환한 빛 속을 걸어 집까지 갈 수가 없어. 나는 결코 검은 휘장 얘기를 오빠한테 해 줄 수가 없어. 그것만은 절대로. 오빠의 죽은 몸이 슬픔으로 가루가 되어 흔적도 없이 사라지면…… 그땐 길을 떠난 걸 후회하긴 너무 늦었을 테니까.

　새벽빛이 점점 더 푸르게 길 저편에서부터 퍼져 왔고 나는 몸 둘 바를 모르고 그 속을 걸어가기 시작했지. 밤새도록 기다렸던 새벽빛인데, 그 빛이 부드럽게 내 몸을 감싸는 것이 죄스럽고 무서웠어. 나는 그때 어디에쯤 있었을까. 흙길이 촉촉하게 젖어 있었고 길 저쪽 끝에는 엷은 안개가 둘러쳐져 있었는데 그 속에서 꼭 살아 움직이는 사람들이 있는 것 같았어. 어쩌면 두 사람, 세 사람이 어깨에 무언가를 걸쳐 멘 형상으로 내가 있는 쪽으로 오고 있는 것 같은데…… 나는 한 걸음도 더 뗄 수가 없었어. 그리고 안개 속에 움직이는 것이 무엇인지 확인해 볼 생각도 하지 않고, 너무 무서워서 눈을 감았지. 우리 동네에 끼던 안개와는 달랐어. 난생처음 본 이상한 새벽, 난생처음 본 안개를 피해 어디론가 숨어야 하는데 나는 한 발자국도 뗄 수가 없었어. 나는 눈을 감고 밭을 가로질렀어. 두 번이나 논두렁에 빠지고 여전히 눈을 감은 채 덤불 가시에 종아리가 따가울 때까지 허우적거리면서. 아, 다시, 차라리 밤이 되었으면, 그래서 아무의 눈에도 띄지 않고 멀리멀리 길을 걸을 수 있었으면. 그래 산속에도 길이 있을 거야. 산속에는 먹을 것도 있을 거야. 얼마 동안이나 나는 굶었을까. 산기슭의 덤불에 숨어 푸르스름한 밭 쪽을 내려다보았지. 길 저쪽에도 내가 온 길 쪽에도 사람의 모습은 없었어. 뾰족한 갈퀴가 훑어 내는 것처럼 배창자가 뒤틀리고 쓰라렸어. 배 속에서 꾸르륵 소리가 멎은 지는 이미 오래되었지. 불쌍한 뱃가죽, 얼마나 바짝 말라붙어 있을까. 물 있는 골을 찾아서 내장 벽이랑 창자를 적셔 주어야지. 나는 운이 좋았어. 꽃잎도 따 먹고 순도 잘라 먹고 가끔가다 떫은 열매도 따 먹고 아주 드물게, 버려진 산등성이에 심어진 배추 뿌리와 고구마도 먹었어. 그리고 어느 날 정신없이 따 먹은 분홍빛 꽃잎과 싸리 순을 다 게워 냈어. 그래도 다음 날 아침에는 또 꽃가지를 찾으러 비탈을 오르내리고. 산속의 길로만, 그림자가 왼편에 생겨서 오른편으로 자지러지는 것을 어김없이 바라보면서 몇 날을 걸었지. 밤이 되면 바람 없는 골을 찾아서 나뭇가지를 덮고 잠을 잤지. 세 밤을 잤나, 다섯 밤을 잤나. 잠도 처음에는 연두색이다가 회색이다가 군청색이 되고 그때쯤이면 내 몸이 증발해 버리는 것처럼 아무런 소리도 들리지 않고 나는 멀리 빠른 속도로 빨려 가곤 했지. 그리고 엄마를 만났어. 가끔가다가 오빠를 만났지. 어느 날 번쩍 눈을 뜨니까 오빠가 비스듬히 서서 나를 내려다보면서 웃고 있었어.

그래서 오빠야 하고 불렀는데 그 얼굴은 곧 사라지고 그 자리에는 한 남자가 나를 똑바로 내려다보고 있었어. 상고머리에 반점이 있는 남자. 등에 걸친 망태기를 휙 풀숲에 내던지고 무서워하지 말라는 뜻으로 손을 내저으면서 괴성을 지르던 남자가 있었어. 다시 눈을 감았다가 뜨니까 남자가 찐 감자 두 알을 내게 내밀었어. 갑자기 모든 무서움이 달아나고 감자 두 알을 단번에 삼켜 버렸지. 천렵을 나온 벙어리 남자. 얼굴엔 검은 반점이 있었는데 그 반점 때문인지 내 가슴에 그늘이 덮이는 것 같았어. 남자가 개울물을 떠다가 주었지. 다음 날에도 벙어리 남자는 먹을 것을 가져다주었지. 호박 풀떼기하고 찐 옥수수였어. 구역질이 사라지고 딸꾹질이 생겨서 한번 시작하면 한참 동안이나 멈추지를 않았어. 남자가 내 등을 두드려 주어도 멈추지를 않았어. 너무 오랫동안 곡기를 끊었으니 창자가 동했던 거야. 세 번째 날에도 남자는 먹을 것을 가지고 왔어. 그리고 낡은 옷 한 벌도 가지고 왔어. 내가 입고 있던 옷을 나는 그때 처음 쳐다보았어. 그렇게 예쁘던 옷이 진흙에 범벅이 되어서 알아볼 수도 없게 되어 있었어. 나는 남자가 소리도 내지 않고 하는 말을 알아들을 수 있었어. 내가 벙어리하고 얘기한 것은 처음이 아니야. 우리 동네에도 예전에는 벙어리가 살았었는데 벙어리 장손이 아저씨가 가지고 있던 밭뙈기를 탐낸 여자한테 장가를 들었다가 그 여자가 장손이 아저씨 몰래 밭을 팔아 버리는 바람에 홀딱 망하고 도망간 여자 빚까지 뒤집어써서 그냥 이 집 저 집 막일을 하고 지냈지. 그런데 이 년 전에 서울 간다면서 마을을 떠나 버렸어. 내가 국민학교 들어갈 때 장손이 아저씨가 필통을 사 주었지. 장손이 아저씨 목에서는 아무런 소리도 나지 않았는데 이 벙어리 남자는 말을 하려고 하고 그때마다 목에서 괴상한 소리가 나. 나는 내미는 옷을 받아 들었어. 나더러 옷을 벗고 갈아입으라는 거지. 물에 가서 빨아 주겠다는 거야. 벙어리는 내가 옷을 갈아입는 것을 찬찬히 살펴봤어. 그리고 내 치마를 빨아 가지고 왔지만 거기에는 여전히 얼룩이 남아 있었어. 비누를 가지고 비벼 빨아야 되는데 언젠가 그럴 때가 오겠지. 이 옷을 잃어버려서는 안 돼. 내 얼굴이 쪼글쪼글하게 변하고 상처투성이가 돼서 엄마나 오빠가 나를 못 알아보면 이 옷을 꺼내서 보여 줘야지. 오빠랑 엄마랑 추석날 가서 산 옷이니 내가 누군지를 알아볼 수 있을 거야. 벙어리가 나뭇가지에 옷을 걸어 놓고 내 곁에 누워서 내 다리랑 배랑 한참을 쓰다듬었어. 그리고 무슨 말을 하려고 입을 자꾸 벌려도 이상한 소리만 새어나왔어. 한참을 그렇게 안간힘을 쓰다가는 그만 꺼억꺼억하면서 말 대신 주먹 같은 눈물이 벙어리 눈에서 뚝뚝 떨어졌어. 나는 신기해서 그 얼굴을 쳐다보았지. 내 눈에서는 엄마 눈에서 그랬던 것처럼 이제는 눈물조차 나오

지 않거든. 엄마도 어떤 때는 말도 못 하고 벙어리처럼 꺼억꺼억 소
리만 내면서 가슴을 쳤지. 그리고 저녁이 왔어. 벙어리 남자는 그때
까지 내 옆에 누워서 내 머리도 쓰다듬고 목에 붙은 검불을 떼어 주
고는 했지. 그리고 채 밤이 되기도 전에, 눈 깜짝할 사이에 내가 잠
시 눈을 붙인 사이에 파랑새 한 마리가 내 가랑이 사이로 해서 내 몸
속으로 들어왔지. 그리고 밤이 되니까 벙어리는 망태기를 들고 바
쁘게 산을 내려갔어. 떠나기 전에 꼭 이 자리에 있으라고, 다음 날
도 먹을 걸 가져오겠노라고 했어. 이미 어둠이 짙어져서 벙어리의
몸짓과 나무의 검은 움직임이 몽롱해진 내 눈앞에서 엉켜서 흔들렸
어. 나는 그때 내가 조금씩 돌로 변하고 있는 걸 알았어. 내 양손 안
에는 언제 주워 들었는지 모르게 돌멩이가 들어 있었어. 그리고 아
주 막연하게, 내용 없는 나쁜 꿈의 언저리처럼, 흐릿하게 왜 내 몸속
에 파랑새가 들어와 뾰족한 부리로 나를 쪼아 댔는지, 그리고 그게
무엇을 뜻하는지를 알 것 같았어. 그렇지만 그건 잠시 동안의 착각
일 뿐이야. 나는 어떤 일 하나 제대로 이해해 본 것이 없는걸. 모든
일은 비집고 들어가면 들어갈수록 복잡해지고 내 작은 머릿속에는
수없는 끈들이 마구 집을 치다가는 이내 온통 뒤엉켜 버려 꺼먼 석
탄으로 굳어져 버리니 말이지. 그러고는 끝이야. 파랑새가 비집고
들어올 때 많이 아팠지만 소리 지르지 않았어. 그 정도는 이제 아무
것도 아니야. 수천 마리가 덤벼 보라지. 나는 절대 소리를 지르고 무
릎을 꿇거나 빌거나 하지 않을 거야. 그날, 내가 정신을 잃고 까무라
쳤던 바로 그날, 나도 모르는 새에 나는 40년 아니 50년이나 백년을
살아 버렸던 거지. 이미 그날, 엄마가 고통으로 저절로 벌어진 입을
채 다물지도 못하고 충격으로 높이 쳐올려진 팔이 복부에 난 구멍
을 막기 위해 내려오면서 아직 공중에서 두 날개처럼 펄럭이고, 그

완성되지 않은 동작에 머무른 나의 기억에 검은 휘장이 덮친 바로 그날, 모든 것은 돌이킬 수 없이 망쳐져 버렸어. 내가 산그늘 속에서 한밤중에 깨어났을 때는 나 자신도 모르고 있었지만 나는 순식간에 무섭게 바뀌어 있었던 것에 틀림없어. 사람들한테 속임을 당했거나 모욕을 받고 난 후에 엄마는 자주, 두고 보라지들, 내일부터는 나는 더 이상 내가 아닐 거야, 나한테 똑같이 대했다가는 큰코다칠 테니. 그래두 엄마는 다음 날 바보처럼 그 사람들과 장터에서 시시덕거리곤 했잖아. 그런데 엄마는 어느 날, 엄마도 모르게 이상한 사람이 돼 버렸어. 사람들 말대로 엄마 혼백이 빠져나갔던 걸까. 그게 뭔지는 모르지만 내 생각에는 오히려 그 혼백이 엄마 속으로 들어온 것 같았어. 꾹 다문 입술에 마른 눈자위, 그을린 뺨에는 붉은 기운이 돌았고 걸음걸이 하나 흐트러지지 않은 채, 옆도 보지 않고 고개는 먼 곳을 향해서 꿋꿋하게 쳐들고 빠른 걸음으로 엄마는 걷기 시작했어. 한번은 마을 사람들이 모여 있는 데서 한 시간이 넘게 무슨 얘긴가를 했는데 나는 엄마가 사람들 입이 딱 벌어지게끔 그렇게 말을 잘 하는지 몰랐어. 그런 엄마가 글씨 앞에서는 늘 더듬거리는 나한테 종이 쪽지를 읽어 달라거나 내용을 알 수 없는 편지를 불러서 쓰게 하거나 하는 일이 참 이상했어. 아니 설령 하룻밤 사이에 엄마가 글을 쓸 줄 알게 되었다고 해도 나는 놀라지 않았을 거야. 엄마 같은 처지에 있었다면 내가 만난 벙어리라도 갑자기 말을 하게 되었을지도 몰라. 게다가 그날 벙어리는 어느 한순간 말 몇 마디를 거의 쏟아 놓을 것만 같았어. 나는 벙어리가 부탁한 대로 다음 날 그를 기다리지 않았어. 어둠이 짙어지다 못해 희부예졌을 때 나는 보따리를 들고 산을 내려가기도 했어. 등성이를 따라 길이 끝나는 데까지 걸었지. 길이 끝나면 또 다른 길을 찾아 한참 헤매고, 길을 찾았을 때는

또 그 끝까지 걸어갔어. 산이 끝난 곳에는 들판이 있었고 들판이 끝
난 곳에 길게 누운 강이 멀리서 나타났어. 그리고 마을을 만났지. 다
시 피해서 산속으로 들어갔어. 그러다가 너무 배가 고파서 거의 기
다시피 해서 산에서 내려왔고…… 사람들을 만났지. 처음에는 어쩌
다가 한두 번씩, 그러나 점점 자주 나는 앞으로 앞으로 걸어 나가는
목적을 잃었고 사람들을 만나면 마치 무엇에 홀린 것처럼 아무거나
주는 것을 다 받아먹으면서 하루, 이틀 혹은 더 오랫동안 이유 없이
그 사람들하고 머무르곤 했지. 사람들이 떠나면 나도 떠났어. 강가
에 닿을 때까지 나는 쉬기도 하고 뛰기도 했지. 내가 한 걸음 다가설
때마다 뒷걸음질치는 것 같았어. 강이 바로 내 앞에 나타났을 때 대
번 나는 바다를 생각했지. 그리고 마치 내가 길을 떠난 이유가 바다
를 보기 위해서인 것처럼 강변을 따라 물살의 흐름을 따라 걷기 시
작했지. 모든 것이 희미해졌지. 아무리 걸어도 바다를 만날 것 같지
가 않았어. 어느 날 강가에서 소나기에 깨어 일어났을 때에 나는 내
가 길을 떠난 이유를 겨우 다시 기억해 낼 수 있었어. 강가에서도 나
는 손으로 헤아릴 수 없을 만큼의 사람들을 만났지. 여자도 만났고
남자도 만났고, 도망치는 아이들, 내 길게 자란 머리채를 뒤에서 잡
아당기면서 낄낄거리는 아이들, 그리고 으르렁거리며 짖어 대기만
했지 내 뒤를 쫓아오지조차 않던 개들도 있었어. 나는 강변을 따라
바다가 있는 쪽으로 걸어갔어. 어느 날 다시 비가 내렸고 내 몸이 녹
아 물이 되기를 바라면서 한나절을 빈 강변에 누워 있었어. 그런데
날은 개고, 나는 녹지도 않고 흐무러지지도 않은 내 몸을 고스란히
일으켜 세우는 수밖에 없었지. 강가에서도 여러 번 파랑새가 부리
를 틀고 내 몸속으로 들어왔어. 지금 내 몸속에는 수십 마리의 파랑
새들이 제각기 둥지를 짓고 살고 있어. 내가 눈을 감고 가만히 있으

93

면 배 속에서 머릿속에서 무수한 새 울음소리가 뒤섞여 내 몸에 경련을 만들 때도 있지. 이 새들은 이렇게 갇혀서 어쩌자는 걸까. 밖으로 가려고, 주인을 찾아가려고 이렇게 쩍쩍거리는 건지도 모르지. 그러려면 그러라지. 나는 턱뼈가 아플 정도로 입을 크게 벌리고 헛구역질을 하면서 파랑새들이 빠져나오게 안간힘을 써 보지만 내가 잠든 사이가 아니라면, 한 마리의 파랑새가 내 입속에서 날아 나오는 걸 본 적이 없어. 어느 날 강변을 멀리까지 따라간 후에 나는 목적지인 바다를 잊어버렸어. 그래서 배를 타고 강을 건넜지. 강을 건너고 나서 나는 길을 떠난 후 처음으로 뒤를 돌아다보았어. 그리고 다시는 돌이킬 수 없는 곳에 내가 와 있다는 것을 알았어. 잠시 내가 걸었던 저쪽 멀리 반대편 강변 숲에서 황색 기운이 일렁거리더니 숲·강변·강물 모두가 벌겋게 온통 불길 속에 타오르는 것이 보였어. 누가 저쪽 기슭에 불을 놓았을까. 누가 내 눈 위에 불비를 내리게 했을까. 사람들이 무더기로 아우성을 치면서 강을 건너오는 것이 보였어. 모두 나를 향해서 팔을 내휘두르면서. 어디론가 피해야지. 너무 오랫동안 나는 할 일을 잊었던 거야. 이제 와서 저 강을 다시 건널 수는 없잖아. 이제는 영영 다시 건너갈 수는 없는 거야. 오빠를 만나기 전에는. 내가 물을 건너는 동안 수많은 얼굴들, 내가 길에서 만난 얼굴들, 모두 어느 한구석엔가 폭탄을 숨겨 놓고 있는 사람들의 슬픈 얼굴들이 물속에 다 녹아 들어갔어. 나를 몰매질한 사람들, 내게 잠자리와 먹을 것을 준 사람들, 내 이마를 짚어 주고 알약을 가져다준 사람들, 내 몸에 파랑새를 들이밀고 난 다음 황급하게 도망치던 사람들. 자 이 얼굴들은 강물아 모두 너의 것이다. 나는 힘이 없고 내 머릿속에는 더 이상 자리가 없으니 내 대신 이 모든 것을 지니고 있으렴. 어느 날 내 머릿속에 장막이 걷히고 내가 나를 그늘 없이 사랑하게 될 때 다시 돌아올 테니 그때까지만 간직하고 있으렴. 고마운 강. 안녕, 다시 만날 때까지 안녕.

5

　남자는 더 이상 여자애에게 술을 먹이지도 않았고, 울컥 치밀어 오르는 알 수 없는 분노 때문에 폭력을 휘두르지도 않았다. 그녀를 학대할수록 그다음 날은 기분이 좋지 않았고, 그의 손찌검이 여자애에게 아무런 변화도 일으키지 않는 것이 그의 신체를 무기력하게 만들었다. 저녁나절 그의 거처인 창고로 돌아올 때면, 외출할 때 그녀가 앉아 있던 바로 그 자리에서 어김없이 여자애의 모습을 발견하곤 했다. 때로 어지러워진 창고 안이 정리되어 있기도 했고 더럽혀진 그릇들이 말끔히 씻겨져 있기도 했다. 남자는 가끔 찬거리를 사 들고 귀가하는 일까지 생겼고, 그럴 때면 남자가 어떤 지시를 내리기도 전에 여자애는 기계적으로 앉았던 자리에서 먼지를 털고 일어나 창고 한 면에 있는 석유 곤로에 불을 당기고 밥을 하고 찌개를 끓이기도 했다. 여전한 침묵 속에서 그들은 준비된 쟁반을 앞에 놓고 식사를 했다. 벌레처럼 움츠린 몸을 더욱 움츠리고 입안의 밥알을 세기라도 하듯 천천히 입을 움직이고 있는 정신 나간 여자애의 얼굴을 남자는 가끔 반은 진저리 치면서 반은 홀린 듯이 쳐다보곤 했다. 자세히 쳐다보면 쳐다볼수록, 어림잡을 수 있는 그녀의 나이에 맞지 않는 표정, 청춘을 다 살아 버린 것 같은 망연한 표정이 드러나 그를 당황하게 만들었다. 무엇이 저 어린애를 저 꼴로 만들었을까. 질문을 채 던지기도 전에 그 꼴을 만든 데 자신도 한몫 낀 것만 같아 먼저 흠칫할 수밖에 없었다.

그녀를 그렇게 바라보고 있자면 남자는 그녀가 비록 멍하게 웃는 일이 잦다고 해도 그녀의 머릿속이 부분적이나마 고장이 났으리라는 평소의 생각이 부질없이 느껴지곤 했다. 그녀는 분명 그로서는 알 수도 없고, 다가가기에는 너무 먼 어떤 다른 나라에서, 그쪽 세상의 질서로는 지극히 정상적인 생활을 하고 있는지도 모를 일이었다. 다만 그것이 무엇인지 남자로서는 알 길이 없어 매번 그녀의 행동이 이상스럽게 보이는 만큼, 어쩌면 그 자신도 그녀에게 이상하게 비치리라는 생각이 들어 남자는 급히 시선을 거두었다. 그러나 저 애 머릿속에 생각이라는 것이 들어갈 틈이 있기나 할까.

남자는 지금까지 도시의 음지를 배회하는 수많은 미친 사람을 보았다. 대부분 그냥 지나쳐 버리거나 웃음거리로 돌렸던 비슷비슷한 얼굴들이 처음으로 남자에게 괴상한 의문부호로 다가왔다. 쟁반 건너편에 앉아 돌이라도 골라내듯이 조심스럽게 입을 오물거리고 있는 여자애의 얼굴에 그가 언뜻 본 수많은 실성한 사람들이 한꺼번에 겹쳐지더니 순간 쪼글쪼글 주름 잡힌 얼굴로 변했다. 그 쪼글거리는 살점이 녹아내리기라도 할 것처럼 흐물거려서 그는 빨리 손을 뻗어 여자애의 턱을 받치었다.

"많이 먹어라. 어서 기운 차려야지."

그가 상상도 하지 못한 보드라운 목소리가 그의 입에서 새어 나오는 것에 놀라면서 그는 좀 전의 끔찍한 영상 때문에 냅다 머리를 휘둘러 댔다. 그렇지만 남자는 여자애의 얼굴에서 손을 뗄 수가 없었다. 거센 돌풍을 동반한 뜨거운 물줄기가 내장을 태우고 위를 난도질하고 식도를 바싹 말리면서 몇 번 지나쳐 갔다. 남자는 이 이상한 신체적 현상을 얼버무리려 했다.

"얘야, 미안하다. 정말 미안하다."

남자의 눈자위가 붉어지는 것을 보고 여자애는 밥알 담긴 입을 크게 벌리고 와자하게 웃어 젖혔다. 밥알이 쟁반에 튀고 남자 또한 여자애를 따라서 어깨를 들썩이면서 울면서 웃었다. 남자는 그녀와 똑같이 되어, 그녀 속에 들어가서 어딘가에 망가진 장치가 있다면 그걸 고쳐 주고 싶었다.

이즈음의 어느 날 남자는 동료에게 꼭 무슨 열병에 감염된 것 같다고 말했다. 꼭 흑사병에 감염된 것만 같은데 그런 병이 요즈음 에도 있느냐고 농담처럼 묻고 절대 가까이 다가오지 말라고 말하기 도 했다. 때때로 남자는 새벽이 될 때까지 술을 마시고 화투짝에 집 중하면서 여자애가 잠들어 쓰러져 있는 사이에 도둑처럼 창고에 돌 아오곤 했다. 이럴 때면 목을 조이는 것처럼 사방에서 다가오는 알 수 없는 두려움 때문에 이 여자애와의 생활을 어떻게 해서든지 청 산해야겠다는 생각을 하기도 했다. 제발 그녀가 어디로 가 버려 주 었으면 하고 바라다가도 술에 취한 몽롱한 시선이 어둠 속에 자루 처럼 쪼그리고 누워 있는 그녀의 모습을 발견하지 못하기라도 할 때에는 갑자기 정신이 말짱히 깨서 황망히 그녀가 누워 있는 자리 를 더듬기가 일쑤였다. 마른 나뭇가지 같은 여자애의 팔목이 잡힐 때에야 불안으로 고동치는 그의 숨결이 안정되었다. 그의 당황한 손길에 여자애가 잠결에 작은 동물이 내는 신음 소리를 낼 때면 남 자는 그녀를 아기 다루듯 다독거렸다.

"그래 실컷 자거라. 안심하고 자."

남자는 여자애가 잠이 들어 있을 때가 좋았다. 이상스럽게 괴 성을 지르지도 않고 낄낄 웃어 대지도 않았다. 가끔 정상적인 사람 처럼 몇 마디 응얼대기라도 하면, 남자는 마치 대화를 하듯 "옳지.

그래서?" 하고 대답을 기다리곤 했다. 어떤 때는 밑도 끝도 없는 몇 마디의 대화를 나누기 위해 옆에 쪼그리고 앉아 그녀가 꿈속의 사건을 웅얼거리기를 오랫동안 기다리기도 했다. 대체로 여자애의 꿈은 평화로운 것처럼 보였다. 어둠 속에서도 까칠까칠한 뺨이 드러나는 그 딱한 얼굴을 하고서 누군가를 향하듯 쌩긋 미소 짓는 것도 남자는 보았다. 반수 상태에서 혹시나 무슨 결정적인 답이 나올 것을 기대하면서 남자는 여자애를 가만히 흔들어 깨우고 마치 신탁이라도 기다리는 사람처럼 양미간을 좁히고 귀를 기울였다. 그리고 물었다.

"네가 있는 데가 어디냐. 말해도 괜찮으니 대답해 봐."

속삭이면서 간지르는 그의 숨결에 여자애는 손으로 귓바퀴를 한번 쓸어내릴 뿐 다시 깊은 잠속으로 빠져들었다.

남자는 이제 호기심에서였건, 혹은 저지른 일에 대한 두려움에서였건 그녀와의 생활의 초기에 자주 그랬던 것처럼, 여자애의 신원이나 사연을 캐고자 하는 헛된 질문을 던지지 않았다. 호기심을 채우려고 그녀를 달래거나 윽박지르지도 않았다. 알아봐야 그만한 애의 사연이란 게 뻔한 것이어서가 아니었다. 그는 작은 머리를 쥐어짜 어린 여자애를 저 지경으로 실성하게 만들 수 있는 것이 무엇인지 가능한 사연들을 헛되이 짚어 보았다. 그러나 그 사연들은 그녀의 얼굴을 바라보자마자 그녀에게 알맞지 않은 것으로 변했다. 무언가 그의 한정된 상상력을 훨씬 뛰어넘는 것, 더 강한 색깔, 더 끔찍한 무엇이 있을 것만 같은데, 거기까지 다가가기도 훨씬 전에 그는 두통으로 상상을 포기하기도 했다. 어쩌면 그 끔찍한 어떤 일의 한중간에서 엉뚱하게 자기 자신의 얼굴이 그녀를 그렇게 만든 장본인처럼 드러날 것이 무서워 남자는 더 생각하기를 멈추었는지도 모른다.

언제부터인가 그녀에게 술을 먹이고 그녀의 몸을 거칠게 다루고 그 속에 침투하는 일이 불가능하게 되었다. 그와 반비례로 전혀 다른 욕구가 일어나기 시작했다. 대체 저 애가 나를 다른 사람과 조금이라도 구별하고 있을까. 저 애가 웃을 때 나를 보고 웃는 것인가. 아니면 망가진 뇌의 한구석에 매달려 있는 익명의 초상화를 보고 웃고 있는 것일까. 이미 두 달 전 강변에서 내 뒤를 쫓아왔을 때 나를 나로 알아보았기 때문일까. 남자는 여자애의 빈 시선 속에서 고통스럽게 그 자신의 모습이 확인되는 순간을 찾고자 했다. 그녀에게 구두를 사다 주고 옷을 사다 주고 머리빗을 사다 주었다. 매번 남자가 대가로 되돌려받은 것은 한참 동안이나 그의 등골이 오싹 진저리 치게끔 했던 붉은 빛깔이라고밖에 달리는 표현할 수 없는 웃음이었다.

6

그녀는 장항으로 가지 않았다. 그녀가 바다 쪽으로 갔으리라는 생각은 잘못된 것이었다. 다시 옥포로 돌아와 그가 머물던 술집에서 시작하는 수밖에 없었다. 각지로 떠나고 각지에서 오는 많지 않은 수의 버스들이 지나치는 곳이어서 그 장소에 매달리는 수밖에 없었다. 그녀가 다시 강을 넘어 집이 있는 쪽으로 되돌아갈 수도 있으리라는 생각이 잠시 스치기는 했지만, 그 가능성은 단번에 제외되고 우리는 강 이편의 여러 마을로 그녀의 이동 가능성을 한정시켰다. 무슨 이유인지는 모르겠지만 그녀가 다시 강을 되돌아 건너

는 일을 상상할 수가 없었다. 옥포댁의 고마움을 잊을 수가 없다. 옥
포댁의 수소문은 훨씬 체계적이었고 광범했다. 그리고 역시 옥포댁
의 도움으로 서천 옥포 간 용달차를 부리는 임 씨를 만났다. 서천으
로 가는 길녘에서 그녀 비슷한 모습을 한 여자애를 보았다는 것이
다. 더 정확히 말하면 서천의 알부자 김 아무개의 조카 김상태가 자
전거를 끌고 누구랑 동행하는 것이 눈에 띄었는데 상태 옆에 있었
던 것이 아마도 옥포댁이 찾는 그 여자애 비슷할지도 모른다고 말
했다는 것이다. 그런데 용달차 임 씨는 우리를 보자 옥포댁에게 한
것 이상의 얘기를 하기 꺼려 했다. 누구냐고 물었고 왜 찾느냐고 물
었고 김상태가 사는 곳이 어딘지 모른다고 말했고 어쩌면 잘못 보
았을지도 모르는 일이라고 말했다. 여러 이야기를 꾸며 대고 임 씨
를 안심시켰다. 옥포댁이 거들고 술잔에 안주까지 탁자 위에 놓았
다. 그녀가 옥포댁의 먼 친척이라고 했다. 임 씨를 통해 그녀와 동행
했다는 사람의 대강의 윤곽을 잡고 사는 언저리도 대강 알아낸 다
음에 옥포댁에게 후에 꼭 연락할 것을 약속하고는 서천으로 가는
차에 올랐다. 그날 오후 갑자기 비가 내리기 시작했다. 덜컹거리는
뒷칸에 앉아 바라보는 들판이 기적처럼 비옥했고 빗속에 산들이 더
욱 푸르게 짙었다. 무연한 풍경 위에 고르게 빗줄기가 떨어지고 있
었다. 아프지 않은 채찍처럼, 그러나 애무라고 하기에는 강하게 상
처를 남기지 않는 다스림의 매질처럼 비가 땅 위에 내리고 있었다.
차는 더욱 덜컹거렸다. 점점 더 지나치게 덜컹거리는 차의 요동에
따라 흐느적거리는 몸을 내맡기고 승객들은 꼭두각시처럼 불평 한
마디 안 하고 앉아 있었다. 우리는 침묵하고 차창 밖의 젖은 도로에
시선을 집중하고 각자 머릿속으로는 수많은 악몽을 재현하고 있는
지도 몰랐다. 갑자기 우리 중의 하나가 낮은 한숨을 길게 내쉬었다.

주체할 수 없는 격렬한 충동으로 그의 어깨가 들썩거렸다. 쉽사리 멎을 것 같지 않은, 그렇다고 오래 계속되기에는 숨이 막힐 것 같은 그러한 오열이었지만 우리 중 어느 누구도 그의 등을 토닥여 주고 눈물을 씻어 주지 않았다. 우리 대신 그가 소리를 터뜨리고 핏줄을 조이고 있을 뿐이었다. 서천으로 가는 길은 길었다. 적어도 그렇게 느껴졌다. 다행히 승객 중의 어느 누구도 우리가 앉아 있는 쪽을 돌아보지 않았다.

　이십칠팔 세가량의 길고 창백한 얼굴의 김을 쉽게 만날 수 있었다. 건강 때문에 학업을 포기하고 삼 년 전부터는 집안의 도움으로 임대 사업을 하고 있는 사람이었다. 어두운 사나이였고 입을 떼기를 꺼려 했다. 서천에서는 명목상 작은 운동기구점을 가지고 있지만 진짜 사업은 대천에 있는 한 건물의 임대업이라고 했다. 김의 신경은 불안정할 정도로 예민해 보였다. 그녀의 얘기를 꺼내자 놀란 시선으로 아예 입을 꽉 다물어 버렸다. 무언가를 숨기는 자의 표정보다는 일을 아예 덮어 두고 없었던 것으로 하고자 할 때의 표정으로 그 닫힌 문을 여는 데는 시간이 걸리리라는 생각이 들었다. 우리도 침묵하고 한참을 앉아 있었다. 거의 비어 있던 다방의 요란한 선풍기 소리만 들려왔다가는 이내 다른 생각의 물결 뒤로 사라져 버렸다. 사연을 그럴듯하게 꾸미고 돌려서 얘기할 필요가 없음을 직감적으로 알아차리고 김에게 그녀를 찾고 있는 이유의 자초지종을 설명했다. 그는 고개를 끄덕이고 더 길게 말할 필요가 없노라고 그도 대충 짐작해 알고 있는 이야기라고만 간단히 말했다. 그를 찾아오게 된 연유도 말했다. 김은 그렇다면 다 알 텐데 뭘 물을 게 있느냐는 듯이 냉소적인 표정으로 그의 입이 벌어지기만을 기다리고 있는 사람들을 하나하나 바라다보았다. 그는 한참 만에 용달차 운전사 임 씨의 말을 믿느냐고 물었다. 무슨 말인지 이해하지 못한 채 임 씨는 김에 대한 지극히 간단한 정보 외에는 아무 얘기도 덧붙이지 않았다고 대답했다. 무언가 모를 것이 우리를 초조하게 만들었다. 김의 표정으로 보아 그녀가 이 마을에 머무는 동안 어쩌면 돌이킬 수 없는 어떤 일이 일어나 버렸을지도 모른다. 더 이상 지체할 수가 없었다. 우리의 나이에 치명적인 결점은 참을성의 부족이다. 우리는 단번에 최상의 것을 바라는 버릇을 가지고 있고 그것이 더 많은 실수를 야기한다는 것을 알고 있음에도 우회나 기다림 같은 지혜가 설득력 있는 것으로 다가오지 않았다. 가능하면 그를 위협하고 윽박지를 생각을 가다듬고 있는 차에 김은 우리의 그러한 표정을 읽었는지 그녀는 무사한 곳에 가 있을 것이라고 우리를 안심시켰다.

그는 우리를 읍의 외곽으로 안내했다. 버려진 농가 주변에는 여름의 마구 자란 잡풀이 숲을 이루고 있었다. 얼마 전부터 서천에 이상한 소문이 돌았고 그 소문을 김은 운동기구점의 손님의 입을 통해 전해 들었다고 했다. 읍 외곽의 이 버려진 농가에 언제부터인지 여자가 하나 살고 있는데 수많은 서천의 남자들이 겁 없이, 무상으로 이 여자를 범했다고 하는 소문이었다. 언제든지 이 농가에 들르면 준비를 하고 있던 그 여자를 건드릴 수 있다는 것이었다. 묘령의 젊은 여인이라는 설도 있고 앳된 계집이란 설도, 또 이미 중년을 바라보는 무르익은 여자라는 소문도 있었다. 시집에서 쫓겨난 거지라는 얘기도 나돌고, 창녀촌에서 도망 나온 여자라고도 했고 아니면 그냥 미친 여자일 거라고도 했다. 소문은 돌고 돌았어도 김은 이 농가에 숨어 있다는 여자를 직접 찾아갔다는 사람은 만난 적이 없었다.

그런데 심부름을 다녀온 그의 점포의 직원이 문제의 농가 주변에서 건드리기만 해도 손바닥에 피가 날 정도로 날이 선 잡풀을 그야말로 미친 듯이 뜯어내고 있는 한 여자애를 보았다는 얘기를 전했다. 저녁이 되어, 그는 자기 자신도 모르게 농가 쪽으로 차를 몰았다. 김은 다시 한번 의심 어린 시선으로 그의 입을 주시하고 있는 우리들을 하나하나 도전이라도 하듯이 바라보았다. 진부한 상상일랑 집어치우라는 듯이 손을 내저었다. 그는 우리가 찾고 있는 그녀와는 상관없는 이야기를 하기 시작했다. 어려서부터 등에 업고 다녔고 좀 커서는 그의 연인이 된 동네의 여자애가 채 어른이 되기도 전에 죽었다고 했다. 나이 차이 때문에 동네에서는 말이 많았고, 그녀가 죽자 그의 탓이라고 했고 어떤 여자애들은 그만 보면 피해 달아나는 일까지 있었다고 했다. 그가 죽은 여자애 나이 또래의 애들에게 독기를 품어 병들게 한다는 소문 때문이었다. 처음에 사는 일이 지옥이다가 시간이 지날수록 죽은 여자애의 영상이 점점 또렷이 살아나 이제는 가슴 바닥에 놓아두고 그냥저냥 살아간다고 했다. 김은 가슴을 쓰다듬으면서 그는 혼자 몸이 아니라고 말했다. 김상태가 노상 병을 앓는다고 했던 임의 말이 이해가 되었다. 버려진 농가의 여자애 얘기를 들었을 때 김은 희생된 그의 과거를 생각했고, 죽은 그의 애인의 나이 또래의 여자애에게 해를 끼친다는 동네의 소문이 거짓임을 떠돌이 여자애를 구해 줌으로써 뒤집어엎고 싶었다. 우리는 초조함을 표시했다. 김의 감상주의에 휘말려 들어가기에는 너무 시간이 급했다. 일체의 질문을 삼가는 대신, 쟁점이 흐려지는 그의 말에 무언의 채찍질을 가했다.

　소문대로 행여나 움막 비슷한 그 안에 사람이 있을지도 몰라 버려진 농가에서 멀리 떨어져 한 시간을 기다린 후 김은 전등 하나를 들고 안으로 들어갔다. 그리고 맨바닥에 손등으로 회중전등의 빛을 막고 꼼짝도 하지 않고 누워 있는 그녀를 보는 순간…… 난생처음으로 자신이 그녀와 동일한 인간인 것이 수치스러웠고 무서웠다고 했다.

바로 그 순간에 우리들 중의 하나가 정확한 신원의 확인을 위해, 이미 수도 없는 사람에게 무수히 들이밀었던 그녀의 사진을 김에게 내밀었다. 그의 시선이 잠시 놀라운 기색을 나타냈다. 그리고 이내 평정을 되찾고 빨려들 듯이 사진 위에 잠시 머물렀다. 그러고는 천천히 고개를 흔들었다. 누군가가 주먹으로 탁자를 쳤다. 처음부터 시착할 일이 까마득했다. 그런데 김이 덧붙였다. 이건 내가 본 그 애의 얼굴은 분명 아니오. 그러나 그 애가 운이 좋았다면 지금쯤 이렇게 되어 있을지도 모르지요. 언제 찍은 사진인지 모르나 그저 겨우 그 애의 윤곽을 알아 볼 수 있으니 얼마나 끔찍한 일이오.

김이 그녀를 찾아냈을 때 그녀의 몸은 소문 이상으로 망가져 있었다고 말했다. 며칠, 몇 주일을 굶었는지 완전히 혼수상태에 빠진 듯 겨우 수족을 움직거릴 뿐, 그녀가 살아 있다는 것을 말해 주는 것이 하나도 없었다고 했다. 악취가 심했고 몸은 멍으로 뒤덮여 있었다고 했다.

그러니까 그녀가 서천에 도착한 것은 옥포댁을 떠난 지 약 열흘이 경과했을 때이고 그녀가 떠돌아다닌 지 약 사십 일이 넘어가고 있을 때였다.

김은 그날 밤 그녀를 병원으로 옮겼다. 누군가가 그녀를 차에 싣는 김을 보았고 병원 사람들의 입을 통해서 괴이한 소문이 퍼져나갔다. 소문은 냄새처럼 고약할수록 빨리 퍼지는 것인지. 그녀를 병원에 옮겨 놓은 다음 날부터 오래전부터 김을 괴롭히던 소문보다 더 흉하게 이야기가 꾸며지고 불리어져서 마구 서천 사람 입에서 입으로 전해졌다 한다. 소녀 적에 죽은 김의 연인의 혼이 고스란히 앙갚음을 하러 되돌아와 있다는 유의 시대착오적인 소문이었다. 병원 입구에는 사람들이 모여 쑥덕거렸고 그녀가 누워 있는 병실 유리 창문이 깨져 나가기도 했다. 사흘이 지난 다음에는 몇 사람이 병원 원장을 만나 부정한 여자, 남자 귀신이 씌운 여자를 서천에서 쫓아내 달라고 행패를 부리는 사람까지 있었다. 결국 그날 밤 김은 그녀를 대천으로 옮겼다. 차 안에 누워 그녀는 헛소리를 했다. 문장이 되어 나오지는 않는, 끊겨진 몇 마디의 단어를, 그리고 끝내는 더 이상 발설할 수 없는 말, 발설되어 나오지 않는 말들 때문에 호흡이 찬 입을 벌리고 차의 좁은 공간 안에서 몸을 뒤틀었다. 죽은……, 오빠, 검은……, 구멍, 빨간 구멍…… 등의 단어들이 수없이 반복해서 튀어나왔지만 그것은 이미 독립된 단어가 되지는 못했다.

그러니까 대천에서 그녀의 의식이 잠시 정상에 가까운 상태를 회복했을 수도 있다. 그녀가 김의 생소한 얼굴을 알아보고 무서운 듯 움칠했다. 어린 나이에 이미 그녀의 눈자위에 검은 무리가 여러 겹 지어져 있었다.

기억이 옳다면 그녀를 버려진 농가에서 데려온 후 그녀의 얼굴에 처음 나타난 표정다운 표정이었고 그것이 무서움의 표정이어서 김은 가슴이 아팠다. 김은 그녀를 안심시키고자 했지만 그녀의 눈에는 방어와 불신의 불꽃이 지펴져 있었다. 그러나 그는 병상 앞에 앉았다. 그것은 무해한 방어이자 불신이었고 마치 실수처럼 혹은 미처 지워 버리지 못해 우연히 남은 감정의 찌꺼기에 불과한 것이었다. 그녀의 나이가 감당하기에는 너무 크고 깊은 어떤 것으로 이미 늙어 버린 얼굴. 그 얼굴이 점점 일그러지고, 오랫동안 막아 놓았던 심연의 물살에 서서히 빠져 들어가는 김의 어두운 얼굴을 주시했다. 그때 이상한 일이 일어났다. 쇠꼬챙이처럼 바짝 마르고 검게 그을어 단단한 그녀의 손이 병상가에 놓인 김의 손을 잡았다. 그렇게 한참을 앉아 있은 후, 김의 입이 어떤 제어를 가하기도 전에 스스로 열렸다. 그리고 아무에게도 감히 말하지 못했고, 속으로 속으로만 으깨서 다져 넣고 꺼내 보기를 피했던 아픈 사연이 그의 입에서 물꼬 터지듯 흘러나왔다. 그녀가 그의 얘기를 듣고 있었는지, 듣고 있었다면 그의 말을 이해했는지 김은 알 수 없노라고 했다. 그녀는 아마도 김을 이해했을 것이다. 사연 자체를 설령 듣고 있지 않았다 해도 그녀는 김의 고통의 깊이를 손을 내밀던 그 순간에 이해했을 것이다. 이미 그녀에게 있어서 모든 사연은 군더더기에 불과했는지도 모른다. 고통에는 종류도 구별되는 색채도 없다. 모든 고통은 한 길로 통하는지도 모른다. 한 번 들어서면 감염될 수밖에 없는 그 길 위에서 모든 사연들은 그저 강도로 치환될 뿐 서로를 알아볼 수밖에 없었을 것이다. 초라한 병상에 엎드려 어깨를 들썩거리는 이 나이 많은 남자의 얘기가 끝나기도 전에 그녀는 다시 잠 속으로 빠져 들어갔다. 그러나 그것이 다였다. 그녀가 다시 깨어났을 때에는 여전히 무표정의 얼굴로 공포 혹은 방어의 어떤 표정도 배어 있지 않았고 내밀었던 손은 아주 거두어져 습관처럼 팔뚝이며 어깨 넓적다리를 꼬집는 동작을 되풀이하고 있었다. 마치 한 오라기의 의식이 남아 있는 한은 잠 속에 나가떨어지지 않으려는 것처럼, 아니면 살점에 감각신경이 남아 있는지를 확인하려는 것처럼 온몸을 꼬집어 댔다. 바람 속에 잘못 부착된 전구처럼 그때마다 어슴푸레한 그녀의 눈이 느리게 깜박거렸다. 때로는 여전히 해골을 닮은 얼굴을 들어 그에게 웃음을 흘려 보내기도 했다. 그의 얼굴과 그녀가 찾는 얼굴을 혼동이나 하는 것처럼 그를 부르려고 입을 움직거리는 때도 있었다. 어느 날 김은 별 기대 없이 혼자 말하듯이 나지막하게 그녀의 이름과 살던 곳과 어디를 가고 있는 중이냐고 물었다. 그녀 또한 혼자 말하듯이, 그러나 김을 똑바로 쳐다보면서 엄마가 구멍이 뚫려 죽어 오빠 찾아 서울 간다고만 말했다. 행여나 해서 던진 신상에 대한 다른 질문들을 그녀는 아예 이해조차 하지 못한 것 같았다.

그녀가 누워 있는 곳이 어딘지 궁금해하는 기색도 없이 주는 음식을 반쯤은 토해 내고 반쯤은 삼키면서 며칠이 지났다. 의사의 말에 의하면 그녀의 몸의 기능의 많은 부분이 마비되어 있거나 장기간의 치료가 요구되는 상태였다. 어쩌면 죽을 때까지 치유되지 않을 정도로 피해가 큰 부위도 있었고, 등과 허리 등에 심한 타박상의 흔적이 있는데 그 상태로 오랜 기간을 버틴 것 같은데 그럴 수 있었던 것이 기적이라고 말했다. 자세한 세부 상태는 큰 병원에나 가야 알 수 있을 거라고 덧붙였다. 마비된 기능들의 대부분은 대천의 개인 병원에 머물러 있던 일주일간으로는 조금의 차도도 보이지 않을, 쉽사리 회복될 정도를 이미 넘어선 단계에 놓여 있는 것이다. 단지 기이하게도 위의 소화 기능만은 놀라울 정도로 빠른 회복 속도를 나타냈다. 오랜 기간의 허기를 상상했던 김이나 의사에게 이 사실은 불가사의하게 보였을 수도 있다. 그것은 우리에게 오히려 당연하게 보였다. 그녀처럼 갑작스런 충격을 견디어 내느라 몸이 분쇄되는 것 같은 상실의 고통을 겪은 사람이 그 대가로 얻는 것은 잡초 같은 생명력일 것이다. 목숨을 부지하기 위해서 돌이라도 부수어 내는 소화력을 그녀의 위는 터득했을 것이다. 혹은 며칠을 비워두어도 썩지 않게끔 그녀의 위가 단련되었을 것이다. 기적이 있다면 그런 식으로라도 살아남아 여기저기 흔적을 남긴 그녀의 생명

자체가 아니겠는가.

　우리가 뒤늦게, 너무나 뒤늦게 그녀의 모친이 이미 이 세상에 없는 것을 확인하고 그녀를 찾아 나섰을 때 바로 이러한 잡초같이 재생했을 생명력에 희망을 두었다. 그녀에게 있어 몸은 마음보다 훨씬 강인했을 것이다. 설령 그녀의 의식이 때때로 알 수 없는 구렁텅이로 곤두박질해 들어가고 혼돈과 광기의 지하 지대를 치달을 때도 그녀의 육체는 그가 맡은 최소한의 기능을 철저히 완수했을 것이다. 해의 방향을 그 육체는 느꼈을 것이고 구렁을 피해 기계적인 발걸음을 떼었을 것이며, 어김없이 허기를 채울 것을 따라서 움직였을 것이다. 그녀가 살붙이와 생면부지의 사람을 혼동하고 어제와 오늘, 과거와 현재를 혼동하고 잊어버렸을 때에도 육체만은 어느 구석엔가 사건의 냄새를 녹음해 두고 있어서 어떤 이성적 추리보다도 정확한 방향감각으로 여정을 채우고 있었을 것이다.

　팔 일째 되는 날, 관 속에서 해골이 일어서듯, 그녀가 침대보를 휘젓고 일어섰다. 이미 그녀는 비틀거리지도 않고 머리맡에 놓여 있던 보따리를 집어 들고 곧장 문으로 향하는 것을 간호원이 붙잡았다. 간호원이 김에게 연락을 취해 주어 병원에 도착했을 때, 그녀는 이미 병원을 빠져나간 다음이었다. 그녀의 걸음은 빨랐을 것이다. 옆을 바라보지 않고, 그녀의 본능이 시키는 대로, 그녀의 의식 저 깊은 곳에 매몰되어 있던 한 시점을 향해 그녀는 직진했을 것이다. 김은 대천역을 이틀간이나 지켰으나 그녀를 발견하지 못했다고 한다. 대천에서 그녀를 보았다는 사람은 없었다. 김은, 병원을 떠날 때의 그녀의 상태로 보아 그녀가 그리 오랫동안 생명을 부지하지 못했을 것이라고 말했다.

7

　나는 울지 않았어. 사람들이 나한테 돌을 던지고 나의 흉칙해진 몸에 침을 뱉고 두들길 때 나는 소리를 지르지도 않고 눈물을 흘리지도 않았어. 염천에 갈라진 논바닥이 흠뻑 내리는 물줄기를 빨아들이듯이 나는 모든 것을 달게, 눈을 감고, 사지를 펼친 채 받아들였어. 아 그때마다 가벼워졌던 나의 어깻죽지. 갈증에 말라붙은 입, 결사적으로 다물어진 나의 입을 사람들이 찢듯이 열고 그 속으로 입안이 탈 듯 독한 액체를 마구 부어 넣을 때마다 나는 누구에겐가 손을 모으고 빌었지.

　이 액체가 창피스러운 나의 호흡을 정지시키고, 구더기들이 우글거리는 심장을 터뜨리고 바싹 마른 여름 나뭇가지에 불이 붙듯이 삐뚤게 삐뚤게만 흐르는 나의 핏줄들, 수치스러운 기억처럼 질길대로 질겨진 채 뼈에 달라붙어 있는 나의 살가죽, 그리고 윙윙대며 신음 소리만을 울리는 내 뼈를 남김없이 태워, 수분 한 방울 남기지 말고 태워, 흔적 없이 먼지로 사라지게 해 달라고 빌고 빌었지. 그렇지만 나는 깨어날 때마다 어김없이 어느 한구석 부서지지도 사라지지도 않은 내 몸을 동그마니 발견하곤 했어. 누군가가 나를 놀리고 저주하고 있는 거야. 그래서 나는 달갑게 이 저주를 받아들였지. 어느샌가 배 속 저 깊은 곳에서 공허한 공기가 자유롭게 이동하고 나는 그 공기를 밖으로 내보내려고 입을 벌렸지. 사람들은 내가 웃는다고 다시 때리고 윽박질렀어. 나는 죽을 힘을 다해 입을 다물었지.

　갑자기 내가 입을 벌리면 악취 나는 오물이나 흑록색의 벌레들, 번들거리는 가죽에 덮인 파충류가 기어 나올까 봐 무서웠던 거야. 어떤 사람들은 내가 입을 다물면 다물수록 더욱더 이를 악물고 내게 덤벼들었지. 내가 한마디 말도 하지 않았는데 사람들은 어떻게 내가 벙어리가 아니라는 것을 알았을까. 내가 만났던 그 벙어리처럼 나도 진짜 벙어리였더라도 사람들은 나를 윽박질렀을까. 아마도 내 폐 속에서 어김없이 독가스로 변하는 공기를 뿜어내는 것을 사람들은 웃음으로 생각했기 때문일 거야. 내가 조금씩 소리를 흘려 내보내는 것을 웃는다고 생각했을 거야. 그들은 무엇을 알고 싶었길래 그렇게 내가 말을 하지 않는다고 구박했을까. 내 이름? 내 나이? 아니면? 내가 무슨 몹쓸 비밀이나 숨기고 있는 것처럼 많은 사람들이 내 입을 쳐다봤어. 나는 그들에게 내 머리를 덮고 있는 장막을 찢어 버려 달라고 그러면 그 뒤에 있는 걸 다 보여 주겠다고 빌고 싶을 때도 있었지. 그런데 장막조차…… 그런데 정말 검은 휘장이 내 골속 어디에 정말 쳐져 있기나 한 것일까. 기차를 타고 굴속을 지나갔어. 긴 굴이었는데…… 정말…… 그게 굴이었는지 지금은 내 머릿속의 마른 해면이 기억이 흐르지 못하게 모두 빨아들이고 있는 거야. 나는 객차 사이에 있는 통로의 간이 좌석에 앉아 있었어. 밖에는…… 아마도 긴 굴을 지나고 있었을 거야…… 어두웠고 여닫이문에 붙은 유리창에 비친 한 얼굴을 보았어. 마치 창 저쪽 편에 붙어서서 감시하듯이 나를 바라다보는 난생처음 본 얼굴. 내가 차창으로 가까이 가자 그 늙어 빠져 생기 없는 얼굴도 저쪽에서 가까이 다가왔어. 꼭 미친년 같은……

그래 너무 오랫동안 잠을 잤고, 너무 오랫동안 입을 다무느라 미쳐 버린 것이 틀림없는 더러운 얼굴이 끈덕진 벌레처럼 끈적하게 창 위에 붙어 있었어. 기차는 바쁘게 숨 가쁘게 알 수 없는 공포 속을 달려가고 있었고, 주위를 돌아다보니 아무도 없었어. 마치 달리는 기차 안의 사람들 모두 잠이 들어 있는 것 같았지. 창 저편의 그 여자의 가쁜 숨소리가 기차 소리를 뚫고 내게 들려온 것 같기도 했지. 나는 일어섰어. 내가 일어서자 그 여자도 같이 일어섰지. 내 속마음을 훔쳐보기라도 하는 것처럼 무서움에 표정을 일그러뜨리고. 밖에서는 기차의 속도 때문에 바람이 문 밑의 텅 빈 구멍으로 번번이 몰려들었지. 나는 문만 열어젖히면 되었어. 아니면 창 저편에 악착같이 붙어 있는 그 여자가 기차에서 떨어져 어둠 속으로 흔적 없이 사라지게 하기 위해서 그저 달리는 기차의 문을 몇 번 흔들면 되었는데…… 갑자기 창 저편의 얼굴이 손을 내밀면서 멀어지기라도 하는 것처럼 모습이 흐릿해지더니, 그 얼굴이 있던 자리에 불 밝혀진 어떤 작은 역의 모습이 드러났어. 빈 역에서 기차가 잠시 멈추고 기차에서 내린 몇 사람이 역 쪽으로 가면서 통로에 앉아 있는 나를 흘낏 쳐다보았어. 알기도 전에 헤어져야 하는 수많은 얼굴들. 나는 한순간, 조금 전까지 창 저쪽에 걸려 나를 주시하던 흉한 얼굴, 그 얼굴을 없앨 수 있는 기회를 영영 놓쳐 버린 줄 알았어. 그러나 기차는 다시 어둠 속을 달렸고 사라진 얼굴이 차츰 유령처럼 차창에 다시 나타났어. 나는 그 얼굴에서 시선을 뗄 수가 없었어. 내 창자가 감추고 있는 악취의 강도만큼 일그러진 얼굴. 내 긴긴 여행의 유일한 동반자. 번득번득 휘감기는 살기 때문에 여행은 끝이 날 것 같지가 않았고 기차는 도깨비들의 소굴이 된 것만 같은…… 길고도 긴 여행이었어. 그러나 그 살기는 내가 기차의 창에서 처음으로 그 얼굴을 보았을 때의 충동에 비하면 정말 아무것도 아니었어. 천천히, 기차 바퀴의 단조로운 박자에 홀리듯이 나는 내 동반자의 얼굴에 익숙해지기 시작했어. 내가 눈을 감으면 그 얼굴이 어둠 속에 떨어져 가루가 되어 버릴까 봐 날파리 떼처럼 무더기로 사방에서 덤비는 회색 잠과 온몸으로 싸웠지. 뒤통수 근처에서 단지 펄럭거리기만 하면서 덮칠 기회를 보며 위험을 경고하는 검은 휘장의 자락을 움켜쥐려고 얼마나 발버둥을 쳤던지. 매번 곤두박질을 치고 그 얼굴을 쳐다볼 때마다 그 얼굴이 변하기 시작했어. 한번은 눈 주위를 둘러싼 검은 무리가 벗겨지더니 서서히 반점과 찌그러진 주름이 사라지고 우묵히 팬 뺨에 혈기가 돌기 시작했어. 완전히 변한 얼굴. 어디서 많이 본 듯한 얼굴. 내가 반수 상태에서 본 그 빛나는 얼굴은…… 바로 내 얼굴이었어. 그 뒤에도 나는 얼마나 자주 이 얼굴을 떠올렸던가. 엄마가 알아볼 수 있는 얼굴. 오빠가 알아볼 수 있는 얼굴. 그 일이 일어나기 전의 얼굴. 그날 아침, 엄마를 따라나서기 전, 꽃자주색 나들이옷에 마지막 안녕 인사를 하기 위해 거울 앞에 섰을 때의 얼굴.

　기차는 밤 속 더 깊이 달리고 통로를 지나가는 사람은 하나도 없었지. 마치 — 얼마 전이었던가, 아니면 벌써 오래전의 일인가? — 산 밑의 마을에서 한밤중에 혼자 깨어났을 때처럼, 습기 찬 냉기와 무섭도록 검은 그림자들과 눌려 죽을 것만 같던 공기의 무게. 지하에서 전진하는 군대처럼 쿵쿵 울리는 기차의 바퀴 소리. 나는 얼떨결에 눈을 감아 버리고 말았지. 쿵쿵거리는 바퀴 소리가 점점 더 커지고 내가 다시 창 저쪽에 매달린 얼굴을 바라보았을 때, 머리에 꽃까지 꽂고 있었던 발그스름하게 미소 지은 얼굴은 어느새 검고 쭈글쭈글 오므라들고 뺨이 다시 팬 괴물로 변해 있었어. 그 앙상한 팔뚝을 휘저으면서 그 얼굴이 입을 벌렸어. 그 사이로 처음에는 쉿소리 같은 숨소리가 새어 나왔어. 쉭쉭 소리를 내면서 끓는 주전자 주둥이 같기도 했어. 무슨 일인가가 일어나려고 하고 있었어. 나는 입을 벌리지 말라고 하려고 했는데…… 그 얼굴을 마주 보고 서서, 어찌해야 할 줄 모르고. 경련이 한바탕 사지를 휩쓸고 지나갔

112

어. 나는 창에 어린 얼굴에서 눈을 뗄 수가 없었지. 그 벌린 입에서
나는 악취가 내 코를 적셨어. 나는 거미나 실뱀이 그 입으로부터 기
어나와 내 발을 물지나 않을까 겁이 나서 한자리에 서 있을 수가 없
었어. 갑자기 창 속의 얼굴이 처음에는 작은 소리로, 그러나 지하에
서 쿵쿵대는 발소리가 점점 커지니까 그 작은 소리가 고함으로 변
했어. 그 얼굴은 입을 벌리고, 아, 해서는 안 되는 말을 하기 시작했
어. 내가 네 검은 휘장을 벗겨 주마, 언제부터 그 휘장이 네 머리를
덮었다는 거야. 거짓말, 나를 똑바로 쳐다봐, 자 어디 덤벼 봐, 네 골
을 열고 그 막을 단번에 이 손톱으로 빼내 줄 테니. 자 내가 다시 얘
기해 주지. 싫어? 싫어? 자 덤벼 봐. 나를 똑바로 보고 그 뻔뻔한 입
술로 흉악한 그림을 그려 봐. 그 얼굴이 악을 쓰기 시작했어. 나는
유리창을 마구 두들겼지. 더 엄청난 말들, 더 끔찍한 말들이 새어나
올까 봐, 그 입을 어떻게 해서든 막으려고. 유리 저쪽의 일그러진 얼
굴도 사지를 허우적거리면서 내게 덤볐어. 무엇이 안 보인다는 거
야. 네 엄마의 움켜쥔 손의 촉감이 여전히 뜨겁게 남아 있는데……
뭐 오빠를 찾겠다구. 오빠의 무덤을 찾아내겠다구. 그 몰골로, 그 더
러운 벌레처럼 우글거리는 기억들을 보자기에 가두고 대체 네가 뭘
하겠다는 거야. 넌 늘 저주받은 멍청이였어. 생물 선생님은 네게 자
주 얘기했잖아. 너는 늘 음지식물일 거라고. 자 사라져 버려, 네 주
제에 뭘 어떻게 하겠다는 거야. 나는 고함으로 벌어진 입을 다물게
하려고 죽을힘을 다해 유리창을 두드렸지. 힘이 모자랐어. 그 얼굴
은 여전히 근육을 씰룩거리며, 눈을 부릅뜨고 나를 향해 덤벼들었
고…… 달콤한 유혹이 순간 손을 벌렸어. 저 얼굴이 내게 덤벼들어
단번에 말들을 쏟아 내고 그리고 내 목을 졸라 하얀 평화의 나라로
나를 데려가게끔 나를 내맡기는 것. 그것은 순간이었고 하나둘 모

든 사람들의 희미한 모습이 창에 비치자 그 유혹보다 더 큰 힘, 수치의 힘이 내 몸을 온통 경련하게 했어. 주먹에 힘이 빠지고 나는 정말, 일 초라도 빨리 그 얼굴의 입을 막아야 했기에 머리로 유리창을 들이받았어. 점점 세게 한 번, 두 번, 세 번…… 몇 번인지도 모르겠어. 유리가 깨어져 가는 투명한 소리와 함께 고함은 사라지고, 그 얼굴은 산산조각이 나서 보이지 않았어. 그 얼굴이 마침내 박살나 버린 거야. 기차는 여전히 바람을 들여보내면서 깊은 밤 속을 달리고 있었고, 기겁해서 입을 막고 통로에 둘러선 사람들의 얼굴이 희미하게 아주 희미하게 흔들렸어. 그리고 나를 기차에 태워 주었던 표 받는 아저씨가 하얗게 질려서 통로로 뛰어왔지. 나는 애원하는 몸짓으로 그의 앞에 무릎을 꿇었지. 나도 모르게, 정말 오래간만에 눈물이 철철 흘러넘쳤어. 한밤중의 깊은 잠에 빠진 기차 안이 모두 깨어 일어나 통로 쪽으로 밀려오는 것 같았어. 가물가물 사라지려는 의식을 깨우려고 나는 사지를 꼬집으면서, 모여든 그들 앞에서, 더 늦기 전에 할 얘기가 있다는 것을 알았지. 창 저편의 얼굴을 왜 죽였는지를 변명하고 사죄를 받으려는 것이 아니었어. 나는 그냥 얘기를 하려 했던 거야. 그런데 사람들의 얼굴이 눈 위를 흘러내리는 끈적한 액체에 가려 보이지를 않았어. 말을 하기 위해서 일어서야 하는데 자꾸만 바닥에 자석이 달린 것처럼 나를 잡아당겼어. 누군가가 외쳤어.

"여기 애가 죽어 가고 있으니 빨리 기차를 멈춰요."

기차는 내 귀밑에서 여전히 지하 행진을 계속했지. 사람들이 외친 것처럼 나는 죽어 가고 있었던 모양이야. 숨긴 말들이 벌레가 되어 나를 안에서 갉아먹고 나는 껍질만 남은 채 죽어 가고 있었던 거지. 그러나 나는 다시 한번 살아났어. 늘 그렇듯이, 저주스럽게도.

그 후로 나는 얼마나 자주 창가에 잠깐 비쳤던 얼굴을 되살리려고 했던지. 찌그러지고 게거품을 뿜어 대던 그 얼굴이 아니라, 예쁘지는 않지만 붉은 뺨에 머리에 꽃까지 꽂고 있던 기적 같은 그 얼굴. 엄마가 알아볼 수 있는 얼굴. 오빠가 알아볼 수 있는 얼굴. 매번 그 얼굴이 자꾸 멀어져만 가는 지평선 위를 떠다니면서 내게 길을 가르쳐 주었지. 기차 내에서의 일이 있은 후에 내가 내 또래의 아이들과 같이 갇혀 있던 회색 건물에서 도망치는 길을 알려 준 것은 바로 공중에 떠서 미소를 지을락 말락 하면서 나를 바라보던 그 얼굴이었어. 얼마나 먼 길을 여기까지 왔나. 몇 밤이나 지났나. 그날이 꼭 어제 같은데, 아무리 멀리, 오랫동안 도망쳐도 내 뒤에 꼭 붙어 따라오는 그날. 조금만 뒤돌아보아도 사방 어디에서나 번쩍 눈앞에 마주서는 그날. 그래 검은 휘장은 있지도 않았어. 모든 것을 가려 줄 검은 휘장을 너무 열렬히 바랐기에 나는 오랫동안 그걸 믿었지. 물보다도, 유리보다도 더 투명한 그 기억의 막에 바로 내가 흰 페인트칠을 했던 거야. 그 끔찍한 사람들처럼 나도. 내가 죽어 버리기 위해서, 사람들의 눈에 띄지 않기 위해서 내 몸에 칠할 수 있었던 단 하나의 색깔이었으니까.

8

어느 날부터인지 여자애가 몸을 가꾸기 시작했다. 정성 들여 얼굴과 팔꿈치와 목을 닦고 헝클어진 머리에 빗질을 하기 시작했다. 대개는 시늉에 불과한 것으로 엉킨 머리카락에 빗이 박히는 적은 드물었다. 하수도 근처의 기둥에 붙어 있는 조각 거울 앞에서 보내는 시간이 많아졌다. 바빠진 손으로 빗질을 서두르면서 그녀는 끊임없이 입속으로 무슨 말인가를 중얼거렸다. 낮고 불분명해서 이해가 되지 않는 일련의 소리 사이로 가끔 고함이 섞여 나오기도 했으나 그것은 억 같기도 했고 악 같기도 했고 윽 같기도 했다. 아주 빨리, 혀를 굴리는 바람에 각 단어들의 모서리가 마멸되어 형체를 분간하기 힘들었다. 아침이면 벌떡 일어나 황망히 단장을 끝내고 여전히 거울 앞에 붙어 서서 맘대로 벌어진 제 얼굴을 들여다보고 깔깔거리기 일쑤였다. 그렇지만 여자애는 몸치장을 위해서 남자가 사다 준 옷가지며, 구두를 걸쳐 보는 것 같지는 않았다. 창고 안은 말끔하게 정리되어 있었고 시멘트 바닥을 씻어 내는 데 그녀의 일과가 소비되기도 했다. 여자애의 몸에 나 있는 멍이나 상처는 좀처럼 없어질 것 같지 않았다. 언제부터인가 여자애의 상처들이 남자의 몸에 하나하나 구멍을 뚫어 내는 것 같았다. 꼭 그녀의 상처가 눈에 거슬려서가 아니라 남자는 그녀를 대하는 매 순간이 고통스러웠다. 무엇이 고통스러운지도 모르는 채, 살이 타 들어가는 것 같아 남자의 우악스럽고 단련되지 않은 가슴속에 연소되지 않는 불덩이가 늘상 울렁거렸다. 도시마다 회오리처럼 퍼지는 소문의 물결, 입에서 입으로, 금기처럼 빠르고 세세하게 전달되는 가장 끔찍스럽고 믿기 어려운 그 소문의 한 자락을 귓바퀴에 걸칠 때마다, 남자는 왜 그 소문의 한 중간에서 그녀의 모습이 떠오르는지를 알 수 없었다. 더 정확히 말하자면, 남자가 그 악몽 같은 도시의 이야기를 들은 것은 단지 이 며칠 사이의 일은 아니었다. 그러나 그녀의 아물지도 않은 상처를 통해, 모든 의미가 비어 버린 실성한 웃음을 통해, 흔적이 없이 지워져 버린 인격의 모든 부재를 통해서 남자는 점점 더 자세히, 점점 더 강한 증폭과 깊이로 그녀가 겪었을지도 모르는 소문의 도시 전체를 보았다. 소문이 말하고 있는 바로 그 사건, 꼭 그 사건이 아니었다 해도 그에 버금가는 어떤 것을 그녀가 경험하지 않고는 저러한 상태에 다다를 수는 없었을 것이다. 그는 태산 앞에 앉은 기분으로 술잔을 기울였다. 그녀가 어떤 경로로 이곳까지 와서, 수많은 사람 중에 하필 그의 뒤를 쫓아왔는지를 남자는 알 수가 없었다. 그의 뒤를 쫓아오기 전에 벌써 얼마나 많은 사람의 얼굴을 혼동했을 것이며, 매번 사방에서 그녀를 부르는 흔들리는 초상화의 뒤를 쫓았을 것이다. 그가 누구인지, 무엇 하는 사람인지, 왜 그녀를 근심스럽게 바라보고 있는지에 생각이 미치지조차 않았음은 분명한 사실이었다. 그녀가 바로 그 핏빛의 소용돌이의 도시, 그 소용돌이의 한중간에서 이곳에까지 내던져졌으리라는 것은 남자의 머릿속에는 이미 기정사실이 되어 있었다. 애써 이 같은 가정을 뒤엎으려 하면 할수록, 몇 달 이래로 주변의 초췌하고 근심 어린 얼굴들이 그에게 전해 준 소식들이 어두운 밤을 내리치는 번개 속에 드러나는 경치처럼 수천 배 생생하게 기억에 떠올랐다. 그 얼굴들 중의 몇몇은 박동이 끊길 정도로 조여진 심장을 폭탄처럼 부여안고 차마 가족 걱정을 할 엄두도 내지 못했었다. 그렇다면 저 애는? 남자는 잠들어 있는 여자애가 잠든 그대로 죽어 버리는 일을 상상했다. 지금은 저렇게 생명력이 넘치는 거친 호흡을 내뿜고 있지만 이튿날 그녀는 평소에 하듯이 놀란 것처럼 벌떡 깨어나지도 않고 낡은 옷 보따리처럼 한구석에 누워 있는 그녀의 몸에 손을 댔을 때 그 몸은 이 차갑게 식어 굳어져 있고 아무리 흔들어도…… 남자는 황급히 사진기를 꺼내 잠들어 있는 여자애의 얼굴에 들이대고 서너 번 셔터를 눌러 댔다. 여자애는 사진기가 방사하는 빛에 아랑곳하지도 않은 채, 겨우 몸을 돌려 누웠을 뿐 깊은 잠 속의 생소한 세계에서 서서히 소멸되어 가고 있었다. 그날 밤 남자는 뜬눈으로 밤을 새웠다.

그녀의 제의에 가까운 아침 치장은 여전히 계속되었다. 늘 그녀의 베갯머리에 놓아두었던 보따리를 풀어 꽃자주색 옷을 걸치고는 작은 거울이 답답하다는 듯 거울 앞에서 뒷짐을 지고 가까워졌다 멀어졌다 하면서 거울 속의 잘려진 자신의 모습을 안타깝게 지켜보면서 미소 지었다. 남자가 돌아온 때면 어김없이 그 거울 앞에서 뒷짐을 지고 서성거리는 여자애를 발견하곤 했다. 저녁이 되면 입었던 치마를 벗어 정성스레 보자기에 싸 놓기를 잊지 않았다. 남자는 그녀의 상반신이 비칠 정도의 크기의 거울을 바꾸어 달아 주었다. 그러나 거울이 바뀐 것을 눈치도 채지 못한 것 같았다. 남자는 여자애가 무엇엔가 소일하는 것이 안심이 됐다. 그렇게 하나씩 하나씩 뇌신경의 나사가 풀리는 것이 당연한 것처럼 보였다. 그렇지 않고서 어찌 그 모든 악몽에서 압사하지 않고 살아남았겠는가.

남자가, 그의 부재 시에 규칙적으로 행해지는 여자애의 낮의 외출을 알아차린 것은 한참 후의 일이었다. 어느 날 귀갓길에 그는 시장의 양지 편에 쭈그리고 앉아 있는 여자애를 보았다. 그녀가 행여나 창고 밖으로 나오리라는 것을 상상해 본 적이 없었으므로 남자는 그녀를 못 알아보고 지나칠 뻔했다. 그러나 헝클어진 머리에 어디서 땄는지 시든 꽃까지 꽂고 행인들에게 뜻 모를 미소를 짓고 앉아 있던 그녀는 남자에게도 역시 동일한 미소를 던졌다. 그를 보자 눈이 약간 빛나는 듯했으나 그렇다고 그것이 그를 알아보았다는 증거일 수는 없었다. 이미 오래전부터 그곳에 있었던 듯 시장의 누구도 그녀에게 특별한 시선을 던지지 않았다. 그녀의 치마 앞자락에는 어처구니없게도 동전까지 몇 닢 놓여져 있었다. 시장 사람들의 말에 의하면 그녀가 오후 늦게 시장에 나와 그렇게 앉아 있은 지는 벌써 일주일이 넘었다고 했다. 남자는 그의 거처를 그들에게 알려 주고 친척 동생이니 무슨 일이 일어나면 알려 달라고 별다른 기대 없이 부탁했고 그들 역시 무심하게 그러겠노라고 했다. 남자가 여자애의 손을 잡아 일으키자 먼지처럼 가벼운 몸이 순순히 따라왔다. 치마폭에서 떨어진 동전들이 투명한 소리를 내면서 굴러 떨어졌다. 남자는 특별한 이유 없이 가슴이 철렁 내려앉는 걸 느꼈다. 흔한 동전처럼 그녀가 손가락 사이에서 어느 틈엔가 스르르 빠져나가 수많은 발걸음에 밟히고 흙에 덮여 쇳조각이 되어 영원히 잊혀질지도 모른다는 두려움? 그것보다 남자를 더 불안하게 한 것은 외양으로는 종잡을 수 없는 그녀의 행동거지가 어쩌면 그녀만이 알고 있는 비밀스럽고도 치밀하게 진행되는 어떤 계획의 단면일지도 모른다는 의심이었다. 그렇지 않고서야 어떻게, 비어 버린 것 같으면서도 정확하고 반복적인 저 애의 생활을 설명할 수 있을까. 게다가 그 계획이라는 것이 설령 있다면 그것은 남자로서는 비집고 들어갈 수도 없이 꽉 짜여진 것일 테고 그가 아무리 머리를 짜내 보아야 한 치도 이해할 수 없는 — 안 할 말로 미쳐 버린 사람들끼리만 통하는 — 어떤 것이리라는 확신이 다시 한번 그를 태산 앞에 앉아서 멍하게 한숨짓는 꼴로 만들었다. 에잇, 그는 누구에게인지 불분명하게 침을 탁 뱉고 끌다시피 여자애를 창고로 데려왔다.

그렇지 않아도 불규칙한 남자의 생활이 더욱 불규칙하게 되어 갔다. 그것은 꼭 여자애의 탓만은 아니었다. 실상 그녀가 남자에게 요구하는 것도 없었고 무엇이든지 스폰지 조각처럼 부으면 빨아들이고 쥐어짜면 내뱉으면서 한 번도 남자의 생활에 방해를 준 적이 없었기 때문이다. 그러나 원인은 말할 것도 없이 그녀였다. 그러한 그녀를 바라보는 것 자체가 악몽이었다. 완벽한 무반응이 고통이었다. 그녀를 깨우고, 정상은 아니더라도 조금만이라도 사람 비슷한 무엇으로 돌려놓기 위해 무엇을 어떻게 해야 하는지 깜깜한 것이 미칠 일이었다. 그렇다. 남자는 꼭 미칠 것 같았다고, 그녀처럼 아주 미쳐 버리기라도 했으면 좋겠다고 말했다. 남자는 일을 쉬고 여자애의 아침 치장이 끝나기 전에 창고를 나와 골목 어귀에서…… 지루하게…… 여자애가 문을 나서는 것을 기다렸다. 어디서 주웠는지 입술에는 새빨간 연지 자국이 톱니처럼 삐죽삐죽 번져 있기까지 했다. 여전히 자주색의 낡은 외출복에, 발에는 남자가 사다 준 에나멜 구두가 짝이 바뀌어 신겨져 있었다. 반쯤 돌아서서 담배를 피우고 있던 남자 쪽으로는 아예 시선조차 주지 않은 채, 몽유병자처럼 두 손으로 허공을 더듬으면서 앞을 보고 걸어갔다. 그녀는 시장을 지나치고 사람들에 부딪혀도 말 한마디 없이 느린 걸음으로 대로를 향해 걸어갔다. 가끔 여자애는 걸음을 멈추고 머리카락을 쓸어 올리거나 치마의 주름을 바로잡았다. 행인들은 바쁜 중에도 걸으면서 그녀를 뒤돌아보며 묘한 웃음을 던지곤 했다. 대로로 나오자 여자애는 정확하게, 잠시 망설이는 기색도 없이 왼쪽으로 돌았고 그 길의 끝에서 다시 한번 미끄러지듯이 왼쪽 길을 택했다. 그 길은 강변길로 이어져 있었고 그때까지 약 10미터의 간격으로 여자애를 뒤쫓고 있던 남자는, 여자애가 약 두 달 전 그의 뒤를 쫓아오던 강변의 공사장 길로 통하는 층계 쪽으로 발걸음을 돌리자, 지금까지 잠자코 있었던 원시적인 공포가 그를 사로잡는 것을 느끼고 걸음을 멈추었다. 그리고 사방을 휘둘러 보았다. 당장 쫓아가 그녀를 잡아채 다시 창고에 가두어 버리자는 생각이 스쳐 갔으나 그보다 더 강한 호기심에 이끌려 다시 그녀 뒤를 따르기 시작했다. 층계를 다 내려가기도 전에 강변과 도로 사이를 채운 숲속으로 여자애가 기어 들어가는 것이 보였다. 그는 걸음을 빨리해서 그녀가 사라진 곳에 서서 성긴 나무 사이로 여자애의 거동을 숨을 죽이고 살폈다. 여자애는 숲속 깊이 들어가지 않았다. 그리고 나뭇가지 사이로 내리비치는 햇살을 손등으로 가리고 좁게 나 있는 공간에 사지를 펼치고 누웠다. 그렇다고 그녀는 잠이 드는 것 같지는 않았다. 그녀를 처음 만나던 날처럼 제대로 풀려 나오지 않는 목소리로 노래를 부르고 있는지도 모른다. 어떻건 남자는 실제로 그 음을 들은 것 이상으로, 몇 달 전의 어느 날 그를 진저리 치게 했던 흥얼거리는 높낮이 없는 가락을 분명히 회상할 것만 같았다. 그는 층계에 웅크리고 앉아 기다렸다. 그녀가 그때처럼 아무 음절이나 흥얼거리기를 기다렸고, 아니면 저녁까지 잠이 든 채로 숲속에 남아 있기를 바랐다. 그렇게 기다리는 일이 초조하지 않았고 강가의 익숙한 풍경이 그의 불안정한 심정을 가다듬어 주는 것 같기도 했다. 그는 여전히, 지루한 것도 모르고, 그렇다고 어떤 생각에 몰두하지도 않은 채, 기다렸다. 큰 새 한 마리가 푸드득 날으는 것만 같은 기척에 그의 무릎에 기대었던 무거운 고개를 들었다. 그녀가 이미 경사지를 날렵한 동물처럼 기어오르고 있었다. 재빠르고 가볍게. 그가 층계를 되돌아 올라갔을 때 그녀는 이미 숲을 빠져나와 건널목 쪽으로 걸음을 옮기고 있었다. 저럴 때는 어디 미친 구석이라고는 하나도 없는데. 붉은 불 앞에서 멈추어서서는 머리에 붙은 지푸라기를 털어 내고 치마의 뒤를 훑어내렸다. 여러 번 정성스럽게 쓸어내렸다. 길 건너편은 묘지였다. 이편에서 보면 끝이 없이 층층이 펼쳐져 둔덕을 이룬 거대한 비석의 숲 한 자락이 비스듬히 보였다. 남자는 녹색 불이 붉은 불로 바뀌기 전에 바삐 저만큼 묘지의 입구로 향하고 있는 여자애의 뒤를 쫓았다. 설령 그가 계속 뛰어가 그녀가 했던 것처럼 뒤에 바짝 붙어서 걷는다 해도 여자애는 뒤를 돌아보지 않을 것이다. 여자애의 걸음걸이는 몰두한 사람의 불균형한 선을 그려 내고 있었다. 남자는 달려가 여자애의 어깨를 흔들어 말을 걸고 싶었다. 그러나 그가 마주칠 빈 시선, 동공 속에 비친 그의 모습을 그대로 반사해 버릴 것임에 틀림없는 그녀의 거부의 시선이 무서웠다. 그녀의 걸음이 빨라졌다. 묘지를 구획 짓고 있는 무수한 길 중에서 그녀는 이미 정해 놓은 방향이 있는 것처럼 망설임 없이 한길로 접어들었다. 그리고 길의 거의 끝부분에서 멈추어 섰다. 묘석들이 줄지어 정렬해 있는 상단으로 서둘러 뛰어 올라가는 것이 보였다. 남자는 그늘 한 점 없이 노출된 좁은 길에 멈춰 서서 숨을 만한 곳을 찾느라 사방을 둘러보았다. 갑자기 벌거벗긴 듯한 느낌, 벌거벗겨진 몸 위에, 채찍처럼 내리갈기는 햇살. 그는 여자애가 올라간 곳과는 반대되는 방향으로 피했다.

완전한 침묵. 마치 거리가 정지되기라도 한 것처럼, 어디에고 길이 없는 것처럼 갇혀 버린 느낌. 여자애는 끝도 없이 사방으로 정렬해 있는 묘비들 중에서 특정한 것을 찾고 있는 것 같지는 않았다. 그녀는 이미 예정된 절차를 따르는 사람의 익숙한 동작으로 묘석들 위에 드문드문 놓인 꽃다발에서 몇 송이씩을 골라잡아 비어 있는 묘비에 한 송이씩 내려놓고 그 앞에 차례로 주저앉았다. 서서히 그녀의 몸이 좌우로 흔들리고 분명 입으로는 무언가를 중얼거리기 시작했고, 그에 따라 좌우의 흔들림이 점점 격렬해졌다. 남자가 있는 곳에서는 들리지 않는 웅얼거림. 설령 남자가 그녀 가까이 다가간다 해도, 발음되어 나오기 전에 이미 입안에서 가루가 되어 풀썩거리는 먼지처럼 새어 나오는 이 말들을 이해할 수 없을 것임을 남자는 미리 알고 있었다. 거의 경련에 가까운 요동, 그에 따라 남자는 여자애가 점점 더 목소리를 높이고 끝내는 외마디 소리를 내지르고 있다고 생각했다. 남자의 귀를 때리는 소리는 점점 배가되어 묘지 전체를 누르고 있던 침묵을 몰아내고 함성이 되어 거대한 가상의 벽 안에 갇힌 채 쩡쩡 울렸다. 묘석들이 제각기 흔들거리는 듯했고 이제 그 함성은 벽에 금을 내고 그 틈으로 홍수처럼 사방으로 터져 나가려 하고 있었다. 남자는 모로 쓰러져 눈을 감고 그 소리를 들었다.

그러나 그것이 다였다. 다시금 침묵이 찾아왔고, 그는 조금 비틀거리면서 자리에서 일어나는 여자애의 모습을 보았다. 그로서는 한 번도 본 적이 없는 평화로운 얼굴을 하고 그녀는 뒤를 돌아서 걷기 시작했다. 머리에는 서너 송이의 시든 꽃이 꽂혀져 있었다.

그녀는 이내 빠른 걸음으로 묘지 지역을 빠져나갔다. 거리의 어느 얼굴, 어느 풍경에도 한눈을 팔지 않고, 그녀의 머리를 가득 채우고 있는 얼굴을 향해 풀린 미소를 흘리면서, 남자가 어떤 방법으로도 확인할 수 없는 어떤 일에 몰두한 채 기계적으로 발걸음을 옮겼다.

남자가 예상했던 대로 여자애는 시장 근처에 다다르자 남자가 그녀를 발견했던 그 자리에 가서 쪼그리고 앉았다. 옷매무새를 고치고 이미 비어 버린 시선을 들어 행인을 바라보거나 그녀의 코앞을 스쳐 가는 수많은 구둣발들을 놀란 듯이 바라보며 키들거리기도 했으며 갑자기 엄한 표정이 되어 앙상한 손등을 쓸어내리기도 했다.

남자는 수많은 행인들이 하듯이 여자애 앞을 지나쳐 숙소로 돌아왔다. 그리고 기다렸다. 해가 떨어지기 전에 여자애가 돌아왔다. 남자의 존재를 알아채지조차 못한 채 구석의 그녀 자리에 누워, 이

내 잠이 든 것 같았다.

　다음 날도, 그다음 날도 그녀의 외출은 조금의 변화가 없이 반복되었다. 강변의 숲속에서 그리고 돌아오는 길의 시장에서 머무르는 시간이 조금 줄어들거나 지연될 뿐이었다. 닷새째 되는 날 남자는 여자애의 뒤를 쫓는 일을 포기했다. 아침이면 어수선한 잠에 뒤척여 엉켜진 머리에 꽂혀 있던 마른 꽃들이 그녀의 머리맡에 죽은 나방처럼 널브러져 있곤 했다. 그녀 뒤를 쫓는 지난 나흘간을 남자는 어떤 방법으로도 위로받을 수 없는 절망 속에서 지냈다. 그걸 어떤 말로 표현해 볼 수 있을까. 열에 들뜬 절망, 일상의 삶에 가끔 투정처럼 다가오는 무너지는 느낌들의 비슷비슷한 한계를 턱도 없이 뛰어넘는 절망. 그는 그녀 뒤를 쫓으면서 언뜻 지하 저 깊은 곳, 여자애가 거주하고 있는 광기에 가까운 그 지대를 언뜻 보고야 말았다. 그곳에 이르는 길은 무한할 것이다. 각기 다른 사연으로 묘지에 와 통곡하는 사람들이 이 땅의 사방에서 수만 갈래의 다른 길을 통해서 몰려들 수 있는 것처럼 남자는 이렇다 할 계기도 없이, 그녀에 대해 더 알아낼 것도 없이, 서서히 광인들만이 사는 지하 지대로 미끄러져 내려가는 느낌이었다. 그녀의 행동이 이상해 보이지도 않았고, 그녀가 중얼거리는 말을 듣지 않아도 무조건 받아들일 수 있었다고나 할까. 그 지하 지대가 남자에게는 백색으로 보였다. 시신이 타고 난 다음의 뼛가루의 그 백색. 그러니까 이야기될 만한 고통거리마저, 타 버린 살처럼 모두 제거된 곳.

　남자는 그녀가 언젠가는 그 백색의 구멍 속으로 완전히 미끄러져 들어가 다시는 그의 앞에 모습을 나타내지 않으리라는 것을 알고 있었다. 그녀는 미끄럼을 타듯 그 속으로 빨려 들어가, 점점 잦아지는 그녀 특유의 웃음소리를 멈추지도 못하고 즐거이, 조건 없는 망각의 행복 속에 갇혀 버릴 것이다. 그리고 죽음 속의 삶이 시작될 것이다. 남자 혼자로서는 그녀를 운반하는 그 속도를 멈출 수 없음을 그는 점점 분명하게 인식하기 시작했다. 어찌 그녀가 마주하고 있는 그 거대한 태산을 그 혼자 거두어 줄 수 있다는 말인가. 갑자기 남자는, 그녀가 창고에 와서 거처를 정한 이후에 그녀가 그에게 말 한마디 건넨 적이 없었음을 새삼 기이한 사실처럼 상기했다. 그 사실이 남자의 가슴이 메어질 것 같은 아픔을 주었다. 그녀의 빈 시선 앞에서 남자는 매번 배반되었고, 그건 그녀의 잘못이 아니었다.

이제 그녀를 그녀로서 되돌려 놓기 위해서 남자가 할 수 있는 일은 단 한 가지밖에는 남아 있지 않았다. 그는 언젠가 찍어 놓은 적이 있는 여자애의 사진 석 장을 꺼냈다. 여자애는 석 장의 사진 속에서도 잠들어 있었다. 그러나 여자애를 알고 있는 사람이라면 비록 눈 감은 사진 앞에서라 할지라도 어떻게 그녀를 알아보지 않을 수 있을 것인가. 그는 난생 해 본 적이 없는 심인 광고 문안을 머릿속에서 고치고 또 고쳤다. 위의 사람의 가족이나, 알고 계신 분은 연락 바람. 이름 미상. 나이 약 십오 세. 신장 140센티미터 정도. 특징…… 남자는 이 부분에서 쓸 말을 잃었다. 지금 그녀가 지니고 있는 윤곽은 지하 지대로의 여행이 시작되기 전의 그녀의 얼굴에서 얼마나 지워지고 많이 파손되었을까. 주름살과 반점으로 흐물거리는 살갗, 앙상하게 드러난 턱뼈와 팬 뺨, 이미 흐려져 버린 시선. 남자는 특징 부분을 제외하기로 했다. 그녀가 그동안 설령 수천 번의 변신을 했다고 해도, 그녀를 한 번이라도 알았던 사람이면, 어찌 그녀를 알아보지 않을 수 있겠는가. 남자는 석 장의 사진 중, 그나마 분명하게 그녀의 얼굴의 전면을 제시하고 있는 사진을 들고 황망히 창고를 뛰어나갔다.

9

그래 검은 휘장은 있지도 않았어. 내가 내 마귀 같은 손으로 검은 휘장을 짜서 두껍게 쳐 놓았던 거야. 그리고 말하곤 했지. 절대 다시는 생각하지 말아. 매번 그 일을 생각하면 그때마다 휘장의 천이 조금씩 닳을 것이고 나중에는 올이 성기어져서, 그 사이로 탐조등 불빛에 드러난 밤의 골짜기처럼 그날의 일이 모두 알려질 테니까. 나는 너무 배가 고팠던 날이 많았고 그때마다 나하고 한 약속을 잊어버리고, 배고픈 것을 잊느라고, 자꾸 잠 속으로 오그라져 들어가는 나를 깨우느라고 그 일을 생각하지 않을 수가 없었지. 꼭 무엇을 잊기 위해서도 아니었어. 생각들이 줄을 지어서 나를 방문했어. 수시로. 내가 내 손으로 짜 놓은 검은 휘장은 이제 다 낡아 버린 거야. 아니, 그러니까 검은 휘장은 있지도 않았어.

엄마가 이상해진 건 양복 입은 신사들이 오빠가 죽었다는 소식을 가져온 다음부터가 아닐는지도 몰라. 그 아저씨들이 정말 집으로 왔었나? 아니면 엄마가 이미 소식을 들은 후에 흰 봉투를 가지고 왔었던 것일까. 모든 일들이 서로 뒤섞여 있어. 옛날 일과 가까운 일을 누군가가 모두 한 보자기 속에 가두어 놓고 뒤흔들어 놓은 것처럼. 그리고 나도 그 속에 뒤섞여서 갇혀 버렸어. 엄마가 시내에 가서 무얼 했는지 나는 알 수가 없어. 시장에만 나가는 것 같지가 않았어. 저녁이면 무슨 종이들을 가지고 돌아왔지. 그리고 나한테 읽어 달라는 거야. 엄마는 글자를 잘 읽을 줄 몰랐거든. 물론 나는 틀릴까 봐 겁이 나서 읽기가 싫었지만 엄마가 악을 쓰고 머리를 두들기는 바람에 더듬더듬 읽어 내려갔어. 그렇지만 나는 소리를 냈을 뿐이지 탄원서가 무엇인지 본인이 무슨 말인지 한 줄도 온전히 이해한 적이 없는 그런 지루한 글자들이었어. 엄마는 산 입에 거미줄 치겠느냐 하면서 새벽같이 물건 받으러 나가는 일도 내팽개치고 바쁘게 사람을 만나러 다녔지. 엄마는 몸이 완전히 지쳐서 되돌아왔고 나는 쳐다보지도 않았어. 어느 날 학교에 갔다가 오는 길인데 엄마가 목청을 높여 악을 써 대면서 통곡하는 소리가 밖에까지 들려왔어. 나는 엄마가 누구랑 싸우는 줄 알고 그게 누구인지 몰라서 겁을 먹고 방 안으로 들어갔지. 방 안에는 아무도 없었어. 엄마가 헐떡거리는 샤쓰 앞자락을 움켜쥐고 뜯어내려는 것처럼 온몸을 뒹굴면서 혼자서 그렇게 소리를 지르고 있었던 거야. 그때만 해도 나는 엄마가 계획하고 있었던 시장의 자리를 사는 일이 잘못되어서 그러는 줄만 알았지. 왜냐하면 엄마 앞에는 일이 잘 안 될 때만 도착하는 누런 편지 봉투하고 무엇인가 인쇄된 종이가 발기발기 찢겨져 있었으니까. 그런 일이 있은 후에 엄마가 일주일이나 넘게 앓아누웠지. 매일 우리 집에 와서 먹을 걸 찾는 순덕이네 똥개 말고는 아무도 우리를 찾아오지 않았어. 나도 학교를 이틀이나 빠지고 엄마 옆에 누워 뒹굴었지. 참 기분이 좋았어. 엄마가 그렇게 아팠으니까 꼼짝할 수도 없고 덕분에 긴긴 나절을 엄마 옆에 누워서 냉수 떠 오고 이불 하나 더 내리라면 또 그렇게 하고. 그 이후로 엄마는 다시 열심히 시장에 나가는 것 같았는데…… 그래 모든 게 지금은 분명하게 생각나지 않지만 엄마는 그 이후 조용하게 새벽이면 시장에 갔다가 내가 이미 잠들어 있을 때 돌아오곤 했어. 내가 전등불에 눈이 부시어 눈을 뜨면, 침을 묻혀 가지고 하루 번 돈을 세고 있는 엄마 모습이 보여 나는 안심하고 다시 눈을 감곤 했지. 그런데 그만…… 그 뒤로 오빠 없는 방학이 지나고, 오빠 없는 봄이 한창일 때…… 그날이 온 거야. 모든 일이 다시 예전처럼 시작될 수도 있었을 텐데. 아 엄마, 구멍 나 버려 고꾸라지던 엄마. 내 이 손이 빨리 썩어야 될 텐데. 아니면 독물 속에 첨벙 집어넣어 녹여 버리든지. 아직도 진저리가 날 정도로 생생한 엄마 손의 촉감. 열에 올라 뜨겁던 엄마의 손. 이제는 다 틀려 버렸어. 아무리 생각하지 않으려 해도 내 몸이 먼저 엄마 손의 촉감에 놀라 깨어 일어나곤 하는데, 어떻게 보지 않을 수 있고, 어떻게 내 머릿속의 바람을 막을 수 있단 말이야. 나는 천벌을 받을 거야. 그리고 더 큰 벼락이 떨어지기 전에 오빠한테 가서 모든 얘기를 해 주어야 돼. 오빠는 무덤 속, 밤이면 냉기가 엉덩이로부터 등골을 타고 올라오는 그 어두운 구멍에서 나를 기다리고 있을 거야. 눈이 빠지게 기다리고 있을 거야. 오빠가 나를 알아볼까. 이렇게 귀신처럼 변해 버린 나를 알아볼까. 단 한 순간만이라도 오빠가 알고 있는 그 얼굴을 되찾을 수 있다면, 설령 내 입에서 괴물의 혓바닥이 들락날락한다 해도 오빠는 옛날의 내 얼굴을 보고 나를 용서해 줄지도 모르는데.

오빠 나야, 너무 오랫동안 걸어서 그동안 좀 쉬었어. 나를 알아보지. 알아본다구 말해 봐. 너로구나 하고 말해 봐. 오빠한테 할 얘기가 얼마나 많은데. 자 이렇게 꽃을 꽂으니까 이제는 나를 알아볼 수 있겠지. 오빠도 알고 있는 이 옷 생각나지. 오빠가 추석에 온다고 엄마랑 시내 가서 산 옷. 오빠가 예쁘다고 그랬지. 시집보내 준다고 그랬지. 더 많이, 더 예쁜 옷들을 사 준다고 그랬지. 그런데 안 사 줘도 돼. 오빠가 나를 알아보면 돼. 아 이렇게 할 말이 많은데. 지금까지 왜 그렇게 무서웠는지 몰라. 절대 내가 얘기하는데 귀를 막으면 안 돼. 그러면 나는 그만 가루가 되어서 이 자리에 폭삭 무너지게 될 거야. 나는 내가 생각해도 징그럽게 여러 번이나 죽었다가 살아났어. 그래 나는 수천 번이나 내 몸이 가루가 되어서 넓고넓은 우주 위를 소리없이 떠다니기를 바랐었지. 그런데 바뀐 것은 하나도 없고 눈만 뜨면 동일하게 다가오는 검은 휘장. 아니 눈만 뜨면 나는 허겁지겁 내 얼굴을 두꺼운 휘장으로 덮었지. 언제까지 이 어두움이 계속될 수 있을까. 그래, 그날 얘기를 해 줄게. 그런데 그날이 언제였을까. 며칠 전부터 마을의 사방에서 사람들이 서넛씩 모여서 수군거렸지. 길은 평소하고 같았는데 아이들이 밖에 나와서 놀지 않기 때문에 더 넓고 길어 보였어. 그 빈 길 위에 어른들이 모여서 이마를 모으고 양미간을 찌푸린 채 가끔은 하늘을 보고 화염을 뿜듯이 숨을 터뜨렸지. 좋은 날씨였고, 사방에서는 이름 모를 향기, 달콤하지만 마음을 콕콕 찌르는 아픈 계절이었어. 나는 심심했고 엄마는 점점 더 내가 모르는 일에 열중하고 있었지. 엄마가 겉으로는 더 열심히 시장에 나가고 돈 몇십 원 때문에 이를 악물고 싸워도 나는 엄마가 딴 사업에 몰두하고 있고 그것을 숨기기 위해서 그런다는 것을 알고 있었지. 그날 아침에 비가 온 것 같아. 그런데 비를 맞은 기억은 없으니 이상하지. 내 머릿속의 그날은 바짝 말라 지붕이 활활 타 버릴 것만 같았어. 뭐라고 설명할 수는 없지만 왜 어른들이 모여 서서 동네 청년들이 마을 밖으로 나가는 것을 걱정스럽게 바라보는지 알고 있었어. 그래 그날 아침에는 비가 왔는지도 몰라. 아니면 엄마가 밤새도록 울었기 때문에 내가 방 안에서 어슴푸레한 새벽에 눈을 떴을 때 밖에 비가 온다고 생각했을까. 엄마가 거울 앞에 앉아서 머리를 다듬고 있었어. 시집가는 색시처럼 연분홍빛 아사 치마저고리를 차려입고. 거울 속에 비치는 엄마 얼굴이 잠깐 흔들렸지만 그 눈은 새벽의 어둠 속에서 광채가 났어. 내가 깨어서 가만히 쳐다보는 것을 알아차리자 엄마는 평소처럼 윽박지르지도 않고 오늘은 학교 가지 말라고 덧붙였지. 엄마 말투 속에는 나를 불안하게 하는 부드러움이 있어서 나는 벌떡 일어나서 엄마 따라 시장 가겠다고 했지. 엄마는 이년아 엄마가 오늘 시장 안 간다면 어쩔 테야, 내가 어디 가는 줄 알고 따라오겠다는 거여 이 멍청아 하고 말했지만 나는 이미 일어나서 세수할 차비를 했어. 이것이 죽을려고 환장을 했나 아침부터 설치구 야단이게 하는 엄마의 말은 콧물에 섞여 그만 흐려져 버리고 말았지. 엄마는 갑자기 뒤를 돌아서서 나를 똑바로 쳐다보았어. 나는 엄마 눈 속에 이상한 낌새가 있는 걸 봤어. 박수무당이 칼 위에 올라서기 전에 그렇게 텅 빈 불꽃을 눈에 지피면서 모인 사람들을 쳐다보고 부정한 사람들을 가려내곤 했지. 박수무당은 누구를 지목하고 굿판에서 내쫓는 일이 없었어. 그 끔찍한 시선을 하고 사람들을 바라보면 제풀에 부정한 사람들이 슬슬 굿판에서 멀어져 갔을 뿐이야. 나는 엄마의 시선이 무서웠지만 그것을 피할 수가 없었지. 나는 엄마가 그날 아침 시장에 가지 않을 것이라는 걸 알았지. 엄마가 영원히 나를 버려 두고 도망간다고 생각했어. 모든 의식이 순간적으로 이루어졌고 나는 죽자 살자 엄마를 쫓아가려고 파랗게 질린 채 엄마 눈 속에 내 시선을 박아 넣었어. 엄마는 이미 나를 바라다보고 있지도 않았어. 그러고는 무엇에 홀린 사람처럼 손지갑을 움켜쥐고는 뒤도 돌아보지 않고 방문을 열고 나갔어. 순간 나는 무언가가 쿵 하고 머리를 내려치는 소리를 들은 것 같았어. 그리고 바삐 움직였어. 내 머릿속 생각보다도 훨씬 빨리 몸이 움직여 주었지. 엄마를 따라가야 돼 하는 결정을 내리고 나니까 모든 일이 어지럼증보다도 빠른 속도로 이루어졌어. 나는 작년 추석에 엄마랑 시내에서 산 자주색 치마를 꺼내서 입었지. 그리고 나 자신도 놀라서 거울 앞에 섰지. 나 자신의 모습조차 알아볼 수 없을 정도로 내 얼굴에서 파란빛이 이는 것 같았어. 나는 그 얼굴한테 이유도 없이 안녕 하고 말했지. 게다가 이마 위의 머리를 쓸어 올리고 미소까지 지었어. 다시 한번 안녕 하고 인사했지. 그리고 뛰어서 벌써 골목 멀리 걷고 있는 엄마 뒤를 쫓아갔지. 그리고 집을 돌아다보았어. 엄마랑 나는 어쩌면 다시는 돌아오지 않을 집을. 나는 엄마를 허겁지겁 부르지도 않았어. 시내를 가려면 차를 타야 했고 어차피 정류장 앞에서 엄마는 차를 기다려야 할 테니까. 새벽길은 비어 있었어. 그런데 멀리 보이는 정류장 근처의 어두운 빛 속에 너댓 아니 예닐곱 명의 사람들이 서 있는 것이 보였어. 박 씨 아저씨 구멍가게는…… 생각이 나지를 않아. 닫혀 있었는지도 모르지. 그리 이른 시간도 아니었을 텐데. 아니 나는 엄마의 모습과 사람들의 모습만 빨아들이고 있었기 때문에 다른 것은 볼 수 없었는지도 몰라. 엄마가 땅속으로 꺼질까 봐 아니면 새벽안개 속에 녹아 버릴까 봐 겁이 났지. 무엇인가가 이번에 엄마 뒤를 쫓아가지 않으면 나는 엄마를 영영 찾지 못할 것이라고 겁을 주고 있었어. 이미 얼마 전부터 — 벌써 오래전부터 조금씩 조금씩 나를 떠나고 있던 엄마가 정말 나를 떠나 버린다면 나는…… 나는 뛰지 않으려고 애쓰면서, 최대한도로 두 발을 놀렸지. 마치 고속도로를 달리는 영화 속의 배우의 다리처럼 어디를 밟는지를 생각조차 하지 않으면서. 그렇지만 나는 뛸 수가 없었어. 뛰어서는 안 된다는 규율이 엄마와 나 사이에 있기라도 한 것처럼. 내가 다리가 짧은 어린애라는 것, 그리고 내 심장의 박동과 근육의 원대로 말을 들어 주지 않는다는 것을 얼마나 저주했던지. 드디어 엄마 옆에 다다르자 나는 엄마의 허리띠를 두 손으로 움켜잡고 품에 얼굴을 묻었어. 꼭 숨이 넘어갈 것 같았지. 그때 그냥 숨이 넘어가서 땅에 쓰러져 영원히 죽어 버렸어야 했는데. 엄마는 나를 보자마자 미친 것처럼 두들기면서 이년아 집에 좀 들어가

지 못하겠니, 당장 죽고 싶어서 그래, 들어가 어여, 어여 하고 악을
써 댔어. 처음에 나는 가만히 맞고 있었는데 엄마가 나를 질질 끌어
집이 있는 쪽으로 내던졌어. 다시는 이쪽으로 왔단 봐라. 나는 다시
벌떡 일어나서 이번에는 허겁지겁 뛰어서 엄마 허리춤에 매달렸지.
엄마는 이년아, 단 한 번만 단 한 번만 엄마 말 좀 듣고 집에 들어가
꼼짝 말고 있으라고 쉰 목소리로 말했어. 엄마가 절대 도망가지 않
고 밤중에 돌아올 테니 집에서 꼼짝 말고 있으라고. 나는 엄마 말을
믿을 수가 없어서 더더욱 엄마한테 매달렸지. 무서움과 울음이 복
받쳐서 발을 구르면서 엄마한테 대들었어. 그리고 한 치도 떨어지
지 않으려고 엄마 치마 허리춤에 아주 손목을 걸어 넣고 애걸했어.
이상하게 거기 모여 있던 사람들은 모두 외면을 하고 우리를 쳐다
보지 않았던 것 같아. 그런데 그 동네 사람들의 얼굴이 지금은 하나
도 생각이 나지 않아. 차가 왔어. 엄마는 마지막으로 나를 떼어 놓으
려고 했지만 나는 엄마 치맛자락을 뒤에서 붙들고 차에 올라탔지.
어떤 길로, 얼마나 가서 그날 엄마랑 내가 거기에 도착했는지 아무
런 기억이 없어. 아마 엄마 옆에 앉아서 잠이 들었었는지도 모르지.
단지 엄마 허리를 두 팔로 껴안고 있었던 것만 생각날 뿐이야. 한순
간 엄마는 허리에 둘러쳐진 내 두 손을 꽉 움켜잡았어. 으스러질 것
처럼. 엄마는 밖을 쳐다보고 있었지. 엄마 옆얼굴이 밉게 찌그러져
있었어. 나는 내 손을 꽉 움켜쥔 엄마 손 위에 뺨을 대고 잠이 들었
던 것일 거야. 내가 차 안에서 깨어 있었다면 모든 일이 다르게 일어
날 수 있었을까. 대체 무슨 일이 엄마 머릿속에서 일어났던 것일까.
갑자기 그날 아침, 사실은 갑자기가 아니야. 엄마는 오래전부터, 내
가 기억할 수 없을 만큼 오래전부터 그날처럼 매 새벽, 무언가를 향
해서 집을 떠나고 있었는지도 모르지. 어쩌면 오빠가 죽었다는 소

식이 도착하기 훨씬 전부터. 그렇지만 어떻게 그걸 내가 알 수 있었 겠어. 내 작은 머리가 무엇을 알 수 있단 말이야. 그런데 그날, 나는 벼락이 머리 위에 떨어지듯이 순식간에 모든 일을 알아 버렸어. 말 로 되어 나오지 않는 일. 그날이 한 번만 다시 돌아온다면, 엄마가 단 한 순간만이라도 살아 돌아온다면, 모든 일을 다시 시작해 볼 수 있을 텐데. 갑자기 거인이 된 내 몸 위로 엄마를 높이 높이 받들고 지평선 끝까지 춤추면서 걸어갈 텐데. 아, 불쌍한 엄마.

시내에 가기 위해 우리는 얼마나 많이 걸었는지. 우리는 시 외 곽 외딴길에서 차를 내렸지. 그리고 오래 걸었어. 그날 이후 내가 걸 은 거리에 비하면 아무것도 아니지만 시내는 매번 걸음을 내디딜 때마다 한 걸음씩 물러서는 것 같았어. 그래 냄새 때문에, 숨통을 막 아도 쑤시고 돌아오는 냄새 때문에 그 길이 악몽 속에서보다 더 멀 었어. 나는 엄마 허리춤에서 손을 빼고 길거리에 쪼그리고 앉아 빈 속에 남은 똥물만을 토해 냈지. 그리고 무서움에 질려서 벌써 멀어 진 엄마를 따라 비틀거리면서 뛰었어. 맞아, 그 냄새를 맡은 그 순간 부터 모든 것이 다 변해 버렸어. 나무도 산도 하늘도 지붕도. 오장육 부가 뒤집혀지는 것과 동시에 내 골 속에 그 냄새가 배기 시작한 거 야. 그리고 냄새가 둥지를 쳤어. 아주 잠깐 나는 엄마의 뒷모습을 후 회하면서 바라보았지. 그리고 이미 후회하기에는 너무 늦어 버린 것을 알았어. 피가 빠져나갈 정도로 빨리, 엄마랑 나는 생전 본적이 없는 골목을 수십 개나 돌고 또 돌았어. 엄마는 춤을 추는 것 같았 어. 춤을 추면서 학처럼 날으는 것 같았어. 거리를 메우고 있었던 수 많은 다른 춤추는 학에게 가기 위해서. 그림으로 그려 낼 수도, 말로 엮어 낼 수도 없는 그날. 엄마는 오랫동안 사람들에게서 떨어져 가 슴을 부여안고 서 있었어. 그리고 바로 엄마한테 꼭 붙어서 벌벌 떨고 있는 나를 바라다보았어. 공중에서는 헬리콥터가 돌아다니고 있었고 학들이 일제히 날개를 펼치듯이 사람들이 소리 지르기 시작했어. 엄마는 나를 한 건물 속에 집어넣고 문을 쾅 하고 닫았어. 나는 허겁지겁 어두운 통로에서 뛰쳐나왔어. 엄마는 말 한마디 안 하고 나를 번쩍들어 다시 통로에 집어던지고 나는 일어서자마자 다시 뛰쳐나오고. 나도 엄마도 한마디도 안 하고 서로 씩씩거리기만 했지. 엄마의 얼굴이 밉고 무섭게 변했어. 나는 엄마가 정나미 떨어지게 보이려고 일부러 그런 표정을 짓는다고 생각했지. 얼마나 오랫동안 반복되었을까, 이 소리 없는 실랑이가. 엄마도 지치고 나도 지쳤어. 마침내 나는 엄마 손목을 양손으로 꼭 쥐고 놓지 않았지. 그리고 엄마는 미친 학처럼 춤추러 갔어. 사람들의, 함성의, 냄새의 홍수에 실려 그 물살에 뼈가 녹을 때까지 나도 물살에 섞였지. 점점 더 물살이 높아졌어. 사방에 소리와 높은 벽이 앞으로 앞으로 나를 운반했어. 엄마는 내 손을 으스러지게 움켜잡고 내 가랑이가 찢어질 정도로 앞으로 앞으로 나갔다가는 밀물처럼 밀려오곤 했어. 귓속에 가득, 멀리 하늘에서 내려오는 것처럼 함성이 밀려오고 물살이 내 입안으로 들어오듯이 나는 숨을 쉴 수가 없었어. 이 파도의 밀물 썰물이 얼마나 오랫동안 반복되었을까. 나는 엄마 얼굴을 쳐다볼 수가 없었어. 엄마는 딴 세상에서 딴 세상 사람들과 춤추고 있었어. 엄마 얼굴이 그렇게 불그스레하게 빛나는 걸 보는 게 눈이 부셨어. 그러면서도 마치 내가 있는 세상과 한 가닥 인연을 가지려는 것처럼 내 손을 놓지 않았지. 내 머리 뒤에서 합창하는 그 수많은 얼굴들. 잊어버릴 수 없는 얼굴들.

갑자기 아우성이 터졌어. 저 앞에서 무슨 일이 일어나고 있던 거야. 그리고 그 거대한 물살이 뿔뿔이 흩어지기 시작했어. 그 빛나던 얼굴이 일그러지고 찢겨지고 젖혀지면서 무더기로 바닥에 나뒹그라졌어. 그래 그 얼굴들을 똑같이 물들이고 있었던, 피, 피. 빨간 피. 갑자기 그 큰 시가지가 비어지는 것처럼 사람들의 물살이 사방으로 흩어졌어. 악을 쓰면서, 신음하면서, 피를 토하면서, 엎어지고, 그 위로 떨어지는 광란의 막대기들, 번쩍이는 금속의 날들. 잔혹한 웃음을 낭자하게 흘리면서 도망가는 학 떼를 덮치는 얼굴들. 꺾이는 얼굴, 일그러진 얼굴, 얼굴들. 빛을 모두 잃은, 순식간에 비어버리는 얼굴들. 나는 도망가야만 했어. 누군가가, 나는 먼저 마치 한밤중의 고요 속을 혼자 걷기라도 하는 것처럼 우리 뒤에서 누군가가 달려오는 것을 들었지. 그리고 엄마가 달려 나가는 저쪽에서도 한 무리의 사람들이 우루루 몰려오는 것을 보았지. 쓰러지는 얼굴, 일어서다가 다시 억 하고 쓰러지는 얼굴, 신음하고 다시 일어서다가 소리도 없이 풀썩 쓰러지는 얼굴, 잠시 땅바닥에 내던져진 붕어처럼 팔딱거리며 경련하다가 소리 지를 시간도 없이, 고통스러워할 시간도 없이 굳어져 버리는 얼굴들, 영원히 굳어져 버린 얼굴들, 깔린 얼굴, 얼굴 없는 얼굴. 엄마는 내 손을 움켜잡고 달렸어. 소리 지르면서, 땅바닥의 얼굴들을 뒤로하고. 누군가가, 아니 한 무리의 사람들이 뒤에서 오고 있었지. 나는 뒤를 돌아보지도 않고 눈을 감았어. 누군가가 엄마를 뒤에서 덮쳤고 저쪽 먼 곳에서는 소리보다도 빨리 무언가가 엄마 가슴에 와 꽂혔어. 엄마는. 그건 한순간의 일이야. 그 일은 동시에 일어나 버렸는지도 몰라. 그래 눈을 똑바로 뜨고 그 순간을 바라보아야 해. 엄마 얼굴이 뒤로 꺾였고 구멍이 나버린 엄마가 나를 향해 얼굴을 돌리면서 입을 벌렸을 때 엄마의 눈은 이미 흰자위만 보였어. 나는…… 그래. 자 천천히 머릿속에서 일어난 일을 되새겨 봐. 내 뼈가 고통으로 녹을 정도로 천천히, 아주 천천히. 엄마의 목이 뒤로 활처럼 휘었지. 마치 어려운 춤을 추어 내는 것처럼. 얼굴이 내 쪽으로 돌려지고 입이 조금 벌어졌지만 아무 소리도 새어 나오지 않았어. 그래 그 순간 내가 뭘 했는지 가르쳐 주지. 자 잘 봐. 내가 세세하게 말해 주지. 너는 눈을 똑바로 뜨고 엄마 복부의 구멍에서 흘러나오는 검은 액체를 바라보았어. 갑자기 주위의 아우성 소리가 선명하게 가락가락 귓속으로 쏟아져 들어왔지. 그리고 소리로 되어 나오지 않는 고통 때문에 너를 더욱 움켜쥐고 있는 엄마 손, 돌처럼 순식간에 굳어져 버린 것만 같은 엄마 손, 뜨거운 손, 달아오른 돌, 내 손을 까맣게 태워 버릴 것만 같은 엄마 손 아귀에서 손을 빼려고 너는 미친 듯이 팔을 휘둘렀지. 엄마의 일그러진 얼굴을 보지 않으려고 눈을 감고 아니면 엄마의 뒤집혀진 흰자위를 괴물 보듯 바라보면서. 그런데 소용돌이 속에서 굳어져 버린 엄마의 손이 너를 놔 주지 않았어. 너는 이미 마른 장작처럼 쓰러지는 엄마의 무게에 끌려가면서 다른 손으로, 그래 잔인하게 엄마 손가락의 갈쿠리를 하나씩 떼어 내려 했어. 그다음에 너는 어떻게 했지. 눈을 크게 뜨고 그 일 분도 안 될 순간에 네가 한 일들을 천천히 머릿속에서 하나하나 다시 돌려 봐. 독이 퍼져 네 몸을 태우더라도, 억눌려진 뜨거운 호흡에 네 피가 말라 가루가 되어 버리더라도. 너는 급기야 한 발로 엄마의 내팽개쳐진 팔을 힘껏 누르고 네 손을 빼어 냈어. 엄마의 근육살이 발밑에서 미끈거렸지. 너는 사력을 다해 밟았어. 그러고는 무더기로 이동하는 무리를 피해 달아났지. 몇 얼굴을 밟았는지도 모르는 채, 몇 얼굴이나 네 다급한 발길로 차내던졌는지도 모르면서 뒤도 돌아보지 않고 골목으로 뛰어 들어갔어. 그러고는 눈을 감고 어디로 뛰는지도 모르면서 뛰었어. 넘어지면서, 등뒤에서 끊임없이 들려오는 산만한 발소리가 들려오지 않을 때까지. 아니 엄마의 손이 점점 늘어나 나를 다시 덮칠 것만 같아서 두 손을 겨드랑이에 끼워 넣고. 아 발밑에서 미끈거리던 엄마 팔의 느낌. 내 손아귀 속에서 아직도 뜨거운 엄마 손의 촉감. 눈앞에 선연하게 흔들리면서 달라붙는 영상들을 쫓기 위해 연신 도리질을 하면서 나는 뛰었어. 함성은 여전히 나를 따라오고 있었고 숨이 막혀서 꼭 피를 토할 것만 같았지. 등 뒤에서는 거머리처럼 발소리가 달라붙고.

　그리고 이후 나는 다시 그날 그 자리로 돌아올 수 없었어. 내 끔찍한 범죄의 자리. 나 혼자 살아남으려고 나는 엄마의 손, 팔, 흰 눈자위를 내 발로 짓이겼어. 엄마가 눈자위도 없이 나를 보고 있었어. 나를 원망할 줄도 모르고 이미 숨이 멎어 뻣뻣한 뼈와 살의 덩어리가 된 채. 엄마는 거친 삽날이 다시 한번 피도 나오지 않을 상처, 더 이상 고통 없는 상처를 내는 것도 모르고 어디론가 실려 갔겠지. 입을 벌린 채 엄마는 무슨 말을 하려고 했을까. 내 쪽으로 돌려진 으깨진 얼굴은…… 그러나 평화로웠어. 내가 엄마의 꿈을 짓이겼지.

　나는 이제는 다시 고향으로 돌아갈 수 없을 거야. 그 수많은 사람들이 모두 나를 기억하고 있겠지. 얼마나 지옥같이 긴 시간 동안 나는 엄마의 손아귀에서 내 손을 빼내려고 실랑이를 벌였는데. 그날 그 자리에 있던 사람들의 무수한 입을 통해 그 끔찍한 소문이 여름 산의 불처럼 퍼져 나갔겠지. 늘 귓전에서 들리는 쉿쉿거리는 소리들. 소문이 숨 가쁘게 퍼지는 소리. 그래 동네 사람들이 모두 막대기를 들고 마을 어귀에서 내가 돌아오기만을 기다리고 있을 거야. 등불을 밝히고 밤이나 낮이나, 손에는 각목을 들고. 나는 이제 갈 데가 없어. 오빠의 무덤밖에는. 오빠를 두 번 죽이게 된다 해도 이 이야기는 꼭 해야 돼. 그러고 나면 나는 그 자리에서 가루로 변해 땅속으로 스며들 수 있겠지. 자 이제는 무섭지 않아. 검은 휘장을 뜯어내고 내 흉악한 얼굴을 달처럼 무덤 위에 떠올리는 거야. 모든 사람이 다 볼 수 있도록 내일 다시 곰팡이 난 내 몸을 햇볕에 말려야지. 그리고 오빠에게 모두를 말해야지. 사방에서 서성거리는 무수한 오빠들, 무덤 속에서 기지개를 켜고 일어나 앉아 그들이 다른 행사에 몰두하기 전에.

10

우리는 부지하세월로 대천에서 머물렀다. 그녀를 되찾으리라는 가능성 없는 어두움 속에서 머물렀다. 우리가 흘려보내는 매일매일이 그녀와 우리 사이에 점점 더 큰 시간적 거리를 만들어 내고 있음을 인식하고 있으면서도, 몸은 마치 마비되기라도 한 것처럼 끝없는 무기력 속에서 모든 일이 다시는 돌이킬 수 없이 결정적으로 어긋나기만을 기다리는 듯했다. 우리는 안절부절하지도 않았다. 그녀는 대천역에서 기차를 타지 않은 것이 분명했다. 우리는 더 이상 지도를 쳐다보지 않았다. 길 가는 사람을 붙잡고 낡은 사진을 내보이며 공연한 질문을 던지지도 않았다. 잘못된 과거에 매일 조금씩 물을 주면서 온실 속에 괴물을 키우며 자위하는 김 씨의 퇴폐성이 당시의 우리의 무기력과 잘 조화되었다. 그가 제공한 거처에 머물면서 술 속에서, 잠 속에서 우리의 장식할 것 없는 청춘이 조금씩 해체되어 갔다. 가끔 우리는 그녀가 대천역에서 기차를 타지 않았음을 상기했다. 그러나 시간이 경과하고 그 말조차 우리의 몸뚱어리에 조금의 반응도 불러일으키지 않은 채, 그릇에 담긴 액체처럼 잠시 기울다 다시 원위치로 돌아오곤 했다. 김은 그녀가 시골의 어느 한구석에서 신음 소리조차 못 내고 죽어 버렸을 것이라고 취중에 반복했다. 조금만 그대로 기다리고 있다가 대천과 그 주변의 경찰서에 신고된 변시체들을 점검해 보는 것이 나을 거라고 하기도 했다. 그러나 우리는 비이성적인 기적 같은 것에 기대고 있었다. 어느 날, 그녀가 뚜벅뚜벅 걸어 우리 눈앞에 나타날지도 모른다는 기대. 피로가 우리를 미신적으로 만들었고 잠시 정신이 깨었을 때 우리는 자학적이 되었다.

그리고 어느 날 우리는 다시 수소문에 나섰다. 이 지역에 꼭 그녀와 동일한 이유는 아니더라도, 그렇게 많은 사람들이 그녀처럼 무엇엔가 홀린 채 떠돌아다니고 있다는 사실은 놀라운 일이었다. 그러나 그녀를 보았다는 사람을 찾을 수는 없었다. 그녀 비슷한 여자 아이들만 있을 뿐이었다. 그녀를 찾아내지 않고는 그녀를 찾기 이전의 생활로 돌아갈 수가 없었다. 설령 그녀를 찾아낸다고 해도 어찌 그사이 아무 일도 없었던 것처럼 태연한 생활을 할 수 있겠는가. 그녀의 영혼이 정신 나간 도깨비불처럼 깜깜한 밤 속을 휘젓고 돌아다니는데…… 무엇으로 친구의 빈자리를 메우고, 이 빠진 빗살처럼 호적부에서 지워져 보는 이를 섬뜩하게 할 그 빈 공간들을 어떻게 재생해 낼 수 있겠는가. 죽음은 죽은 자에게는 사건이 아니다. 그 죽음은 남아 있는 사람에게만 혹독하게 생생한 사건이 된다. 죽음은 대답이 없기 때문에. 모든 죽음은 완성되어야 할 것의 미완성이기 때문에.

그녀를 그중 가까이서 볼 수 있었던 김 씨의 말을 믿는다면, 그리고 우리가 어느 날 그녀를 만난다면 그녀는 우리에게 죽은 사람 이상의 고통을 줄 것임에 틀림없다. 바로 그녀가 살아 있음으로 해서. 그녀의 몸은 사는 일에 몰두해 있음에 반해 다른 것을 너무 순 간적으로 어찌 해 볼 겨를도 없이 미완성 속에 고정돼 버린 채, 죽 음 이상의 어두운 광기의 방 속에 갇혀져 버렸을 것이기 때문에. 살 기를 그친 산 사람을 만나는 일이 보는 이에게 얼마나 극심한 고문 일까. 이것을 사람들은 단순히 미쳐 버렸다고 자주 말한다. 얼마나 간단한 말인가. 그렇게 말해 버리고 나면 다시금 세상에 질서가 잡 히는 것 같아 사람들은 여럿이 모여 이구동성으로 친숙한 이름들을 들먹거리고 무릎을 쳐 가면서, "글쎄 그 친구가 그만 돌아 버렸다는 구만" 하고 딱한 표정을 지으며 말한다. 어쩌면 김의 말대로 그녀가 그냥 죽어 버리고 다시는 우리 앞에 나타나지 않는 편이 나을지도 몰랐다.

　김이 외출하고 없는 사이 우리는 연락처를 남겨 놓고 대천을 떠났다. 도둑놈같이 또는 찰거머리처럼 달라붙는 정부가 잠든 사이 에 줄행랑을 치는 가짜 신분증에 가짜 직업을 가진 놈팡이처럼. 우 리의 가 버린 친구의 고향, 그러니까 그녀의 고향에서 시작된 지난 한 달 넘어의 시간이 우리에게 남긴 용납할 수 없는 인상을 안고 대 천에서 밤 기차를 타고, 차창 밖으로 시선조차 주지 않은 채, 맨 처 음의 계획대로 역마다 내려 수소문할 엄두도 못 내고, 그것보다는 그녀가 우리가 탄 기차보다 훨씬 앞서 이미 이 길을 달려갔으리라 는 직감 때문에 모든 허탈한 상상을 엄격히 검열하면서 귀를 모아 발밑에서 들려오는 기차 바퀴 소리에 집중했다.

　한밤중에 우리들 중의 하나가 소스라쳐 우리를 모두 깨웠다. 우리는 허둥대면서 황망히 창밖을 바라다보았다. 기차는 천안역을 향해 달리고 있었다. 그러나 우리를 깨운 친구는 말도 못 한 채 입만 벌리고 기차의 통로 쪽을 가리켰다. 차칸의 맨 마지막 좌석에 한 얼굴이 잠들어 있었다. 열두너섯 기껏해야 열다섯 정도 될까 한 여자애가 아무렇게나 자란 헝클어진 머리카락에 얼굴이 반쯤 덮인 채, 좌석에서 비스듬히 미끄러져 잠들어 있었다. 이미 오래전부터 씻지 않은 땟국 낀 얼굴, 팬 두 뺨, 움푹 들어간 그늘진 눈자위. 그러나 입에는 가벼운 미소가 깃들여진 채 묘사될 수 없는 지극히 평화로운 옆얼굴을 드러내 놓고 깊디깊은 수면에 몰입해 있었다. 이미 올이 풀린 면바지의 무릎 위에는 때가 끼어 무늬조차 구별할 수 없는 작은 보따리가 놓여져 있었고, 마른 가지처럼 미동도 하지 않은 채, 그러나 가끔 가다 미소 지은 입술에 작은 경련이 일었다. 그리고 서서히 우리는 완전히 잠에서 깨어났다. 그와 동시에 가슴이 무너지는 충격과 함께 우리의 착시 현상도 끝이 났다. 숨을 들이쉬고 다시 통로 옆을 바라보았을 때, 우리는 20대 중반의 지극히 평범한 시골 여인의 곤하게 잠든 얼굴을 발견했을 뿐이었다. 이 동시적인 착시 현상은 그러나 우리들의 뇌 속에 오래 남아 있었다. 착시 속에서 본 지복의 미소가 우리들이 그녀에 대해 상상한 모든 영상을 지우고 우리의 기억 속에 끊임없이 되살아났다. 그 미소가 그녀를 찾아 떠난 우리의 동기들이 모두 경솔한 것이라고 비웃기라도 하는 것 같아 우리는 말짱하게 잠이 깬 채, 새벽까지 남은 시간을 왜 우리가 그녀를 찾고자 여행을 떠났었던지에 대해 곰곰이 생각하는 데 보냈다. 이미 가 버린 친구의 누이를 찾아 위안해 주려고? 그리고 그의 어머니의 죽은 혼을 안심시키려고? 그날, 그 도시, 그 이후 무언가를 했어야 했기 때문에? 그렇지 않고서는 더 이상 사는 일이 불가능했기 때문에? 우리의 미성숙한 고통을 섣불리 치유하기 위해서? 그녀의 모습에서 끔찍함의 구체적인 흔적을 찾고자 하는 자학 심리? 아니면 이미 피폐될 대로 피폐된 그녀를 보호해 주겠다는 경박한 인도

주의? 어딘가를 돌아다니고 있을 그녀처럼 잠을 두려워하면서 깨어 있기 위해서? 악몽을 암처럼 세포 속에 품고 그러고도 앞으로 나가기 위해서?

우리가 착시 속에서 흘끗 본 그녀의 미소의 뜻을 이해한 것은 이로부터 많은 시간이 흐른 뒤였다. 그리고 자연스럽게 어느 날 그녀가 그 미소를 머금고 우리에게 나타날 것을 기다렸다.

새벽이 다가오고 있었다.

친구의 기일이 다가오고 있었다. 그의 누이를 찾지 못한 채 가을이 가고 있었다. 우리는 그날을 준비하기 위해서 모였다. 누군가가 하숙집 방문을 벌컥 열어젖혔다. 기차 안에서 우리를 황망히 깨워 모두를 기적 같은 착각의 회오리 속으로 몰아넣었던 그 친구였다. 그의 손에는 구겨진 신문 한 장이 들려 있었다. 그가 우리 앞에 신문을 펼치고 신문 하단, 심인 광고란에 들어 있는 한 얼굴을 가리켰다. 빈 미소를 입꼬리에 흘린 채 눈을 감고 있는 광고 속에 있는 한 얼굴은 아주 미약하기는 해도, 우리가 친구의 고향 사람에게서 구한 그의 누이의 사진 속의 얼굴과 분명 닮아 있었다. '위의 사람의 가족이나 알고 계신 분은 연락 바람. 이름 미상, 나이 약 십오 세. 신장 140센티미터 정도…….' 우리는 신문의 발행일자를 확인했다. 이미 한 달 반경이나 지난 신문이었다. 우리들은 당장 자리를 털고 일어났다. 그러나 꼭 그녀를 찾을 수 있으리라는 확신은 없는 채였다.

우리는 신문에 적힌 주소로 찾아갔다. 창고 비슷한 지하실의 유리문을 두드리자 한참 있다가 키가 크고 우람하나 창백한 얼굴을 한 우리보다 서너덧 살 웃돌아 보이는 남자가 나왔다. 그 남자의 어딘가가 우리에게 충격을 주었다. 그 충격은 곧 이상한 친근감으로

142

변했다. 남자는 강변 공사장에서 일하는 장이라고 자기소개를 했다. 남자는 조금 말을 더듬었다. 우리가 그를 찾아온 이유를 말하자 이미 남자는 제정신이 아니었다. 그녀는 결국 다시 돌아오지 않은 것이 분명했다. 남자는 처음보다 더 심하게 말을 더듬거리면서 띄엄띄엄 그녀에 대한 얘기를 시작했다. 남자가, 어떻게 해서 그녀가 귀가하는 자기의 뒤를 무작정 쫓아왔는가를 어렵게 설명했을 때, 우리는 그 남자를 보는 순간 우리를 사로잡던 이상한 친근감이 어디서 오고, 왜 그녀가 난데없이 강변을 지나는 수많은 사람 중에서 그 남자의 뒤를 쫓았는지를 이해했다. 남자의 옆얼굴과 큰 체격의 어딘가에는 이미 일 년 전에 우리 곁을 떠난 친구의 모습이 서려 있었다. 남자의 이야기는 몇 시간에 걸쳐 계속되었다. 우리는 그가 말을 중단하지 않도록 되도록 질문은 삼가면서, 거의 오열 섞인 독백에 가까운 남자의 이야기를 무한히 깊은 심연을 뛰어내리는 기분으로 들었다. 남자는 매 구절마다 자책하고 있었다. 오히려 우리들에게 매달렸다. 그녀를 꼭 찾아 달라고 그녀를 찾을 수 있는 방도를 알려 달라고 애원했다. 우리는 그 남자를 위로하지 않았다. 그를 거짓된 약속으로 안심시키지도 않았다.

남자가 이야기를 다 끝냈을 때 우리는 늘 그렇듯이 연락처를 남겨 두고 우리의 하숙방으로 돌아왔다.

그리고 며칠 뒤에 있을 친구의 기일에, 친구의 조촐한 젯상에 올릴 서한을 작성하기 위해 마주 앉았다.

우리는 오랫동안 침묵했다.

우리가 한 번도 직접 본 적이 없는 그녀의 미소가 우리 주변에 떠돌고 있었고, 머리에 시든 꽃을 꽂고 꽃자주색 치마를 팔랑거리면서 오빠의 있지 않은 무덤 앞에 가볍게 내려앉는 한 소녀의 영상이 아주 잠시 우리의 뇌리에 스쳤다.

—《문학과사회》, 1988년 여름호;
최윤, 『저기 소리 없이 한 점 꽃잎이 지고』(문학과지성사, 1992)

하나코는 없다

폭풍이 이는 날에는 수로의 난간에 가까이 가는 것을 금하라. 그리고 안개, 특히 겨울 안개에 조심하라…… 그리고 미로 속으로 들어가라. 그것을 두려워할수록 길을 잃으리라.

로마에서의 일을 끝내자마자 그는 기차에 올라탔고 저녁 늦게 베네치아에 도착했다. 그리고 방향 잃은 김이 하얗게 서려 오는 새벽의 어느 창가에서 그는 이 환상에 가까운 팻말을 보았다. 여전히 정리되지 않은 몽상을 헤매는 피곤한 꿈속에서였다.

그러나 그것은 이탈리아에 도착한 이래 그가 읽은 여러 여행 안내 책자 속의 단어들이 거의 무의식중에 조립된 것일 뿐.

그가 눈을 떴을 때 기차는 어두움 속에서 육지와 베네치아를 잇는 철로 다리 위를 달리고 있었다. 약간 설익은 어두움. 겨우 여덟 시를 넘겼을 뿐이다. 이윽고 베네치아 산타 루치아라는 진짜 팻말이 어둠 속에 떠오르며 기차는 역 안으로 들어섰다. 기차에서 내리는 사람들의 흐름을 따라 역을 나왔을 때…… 그는 서른두 살의 생애에 그가 본 것 중 가장 놀랍고 이상한 도시 앞에 있음을 알아차렸다. 무거운 장식을 머리에 이고 있는 건물들이 물 위에 가득 떠 있는 도시, 그것은 침몰 직전의 거대한 유람선처럼 수로 위에서 흔들리고 있었다.

그러나 거기에는 난간도, 안개도 없었다.

숙소까지 태워다 줄 작은 배에 오르면서 그는 서서히 여행 초기부터 그를 지배하던 이상한 최면 상태에서 깨어났다. 유령들처럼 말이 없는 승객들에 섞여 그는 혼자 중얼거렸다. 아, 이것이 베네치아군. 지금부터 여기서 뭘 한담?

이탈리아 거래처의 한 직원이 그의 부탁에 따라 예약해 둔 여인숙은 이 물과 안개의 도시, 구시가의 중심에서 멀지 않은 리알토 다리 근처에 위치해 있다고 했다. 꼬불꼬불한 수로의 자락들, 그리고 누군가가 오래전에 그려 놓아 색이 바래고, 시간이라는 습기에 침윤되어 낡아 버린 건물들이 늘어서 있는 거리가 내려다보이는 작은 방. 거래처 직원은 한번 그 여인숙에 머물렀던 적이 있다고 하면서 괜찮다면 예약하겠노라고 했다. 물론 그는 반대할 이유가 없었다.

그는 이렇게 비현실적으로 베네치아에 와 있었다. 이탈리아에 도착한 이래 점점 잦아드는 용기를 길어 올리기 위해, 혹은 그의 용기를 부추기는 무언가에서 도망하는 것처럼.

모든 일은 갑작스럽게, 우연히 이루어졌다. 일상의 자리를 떠난 지가 기껏해야 나흘밖에 되지 않았음에도 그 가까운 어제가 몇년 전의 시간처럼 느껴지는 허구에 가까운 여행의 시간.

여행의 시간으로는 정확하게 잴 수 없는 어느 날, K의 전화가 있었다. 족히 오륙 개월은 되었던 것 같다. 그때 그는 먼 출장에서 돌아왔다고 말했다. 고등학교 때부터의 친구. 대학 시절의 크고 작은 악행의 공범자이자 사회에서의 동업자. 그 자신과 K, 그리고 서너 명의 고등학교나 대학 동창들은 최소한 한 달에 두어 번은 만나게 되어 있었다. 서로 할 말이 딱히 있지도 않고 그들 중 대부분은 서로 다른 일에 종사하고 있는 데다가 꼭 서로를 열렬히 그리워하는 것도 아니지만, 친구니까. 때로는 그들 친구들끼리, 주말에 만날 때면 너 나 할 것 없이 아이 한둘은 매단 채, 아내를 데리고. 건강식품 광고에 나오는 이상적인 가족 세트처럼. K가 출장에서 돌아왔다면 어찌 그에게 전화하지 않고 다시 일을 시작하겠는가. 그들은 물론 모자에 대해서 얘기했다. 그들의 사업 종목인 모자에 대해서. 모자에 대해서 얘기하면서 그들은 그 직업적 정보 속에 전달할 만한 것은 대충 다 전달한다. 하다못해 음담패설까지.

화학도 사회학도 모자와는 아무런 관계가 없었지만, 대학 졸업 후 취직한 한두 회사를 거치면서 그와 K는 각기, 어쩌다가, 아주 우연히 모자 전문가가 되었다. 그것이 고정적으로 만나는 그들 중에서 그와 K를 각별히 맺어 주는 이유였다. 모자에 대해 얘기할 때 그들은 진지했다. 그들은 이제는 달리 할 말이 많지 않았기 때문에 제법 오랫동안 사업 얘기를 했다. 그렇지만 그 얘기가 조금 억지로 길어진다고 생각했던 것은 꼭 그 혼자 감지한 것은 아니었다. 그들은 그 정도는 서로를 잘 알고 있는 것이다. 그리고 K가 갑자기 말했다. 마치 우연히 생각이 났다는 듯이.

"하나코…… 말이야."

"……?"

"누구한테 들었는데 하나코가 이탈리아에 있다는군."

"그래? 그런데?"

"그냥 그렇다는 거지. 혹 네가 궁금해할 것 같아서."

"왜 꼭 나야?"

"그래, 다들 궁금해하고 있을 거야. 조금쯤은."

누가, 언제, 어디서, 무엇을 하고 있는 하나코를 보았다는 것인지. 그런 자세한 내용을 그가 K에게 묻지 않은 것처럼, 그 소식을 전달한 사람이 누구든, K 또한 자세한 질문을 틀림없이 피했으리라. 그들의 차가운 우아함은 이런 식의 예절을 잘도 배치할 줄 알고 있었다. K와 그 사이에 잠깐 어색한 침묵이 흘렀지만 그는 상큼한 농담을 끝으로 적당히 전화 통화를 끝냈다. 그리고 며칠 뒤에 있는 술자리에서 K는 그 전화에 대해서 그에게는 물론 다른 친구들에게도 더 이상 한마디도 언급하지 않았다. 그도 그 전화 건을 까맣게 잊어버린 것처럼 굴었다. 그러고 나니 정말 잊어버린 것 같은 느낌이 들었다. 그러고는 정말로 그 작은 전화 건을 잊어버렸다.

늘 그렇듯이 그들은 술자리에서 토론이 되면 곧바로 세상이 바뀌기라도 할 것처럼, 잘못 돌아가는 세상의 이모저모를 들추어 대며 잠시 열을 올렸다. 술자리의 열기가 식어 간다는 징조였다. 그들은 더 이상 젊지 않았고, 조금씩, 견고한 사회에서 겁을 먹기 시작했고 갑자기 삶이 즐거울 수 있는 확실한 대책이 없었으며…… 그래서 그들은 자주 만났다.

하나코. 그것은 그들만의 암호였다. 한 여자를 지칭하기 위한 그들 사이의 암호.

한 여자가 있었다. 물론 그 여자에게도 이름이 있었다. 그 이름은 그들의 도시적 감성에는 그다지 매력적으로 다가오는 이름이 아니었다. 그렇다고 그 때문에 암호를 사용한 것은 아니다. 그리고 하나코 앞에서 그녀를 별명으로 부른 적도 없다. 그들끼리만 모였을 때, 지루하고 전망 없는 하루 저녁 술자리에서 그녀를 지칭하느라 우연히 튀어나온 농담조의 이 별명이 암호가 되었다. 그들은 암호를 만들기를 좋아하는 삶의 그리 밝지 못한 단계를 지나고 있었다. 약간씩의 차이는 있지만 그들은 대충 스물너덧 정도의 나이를 먹고 있었고 모두들 대학 졸업을 앞둔 상태였다.

어느 날 그들 무리 중의 하나가 비슷한 나이 또래로 보이는 한 여대생을 소개했다. 키가 유난히 작고, 낮은 목소리로 그들의 대화에 무리 없이 끼어들고, 이마를 왼쪽으로 기웃하면서, 가끔 논리를 벗어난 그들의 객기에 대해 진지한 표정으로, 아주 심각하게 질문을 던지던 여자.

"왜 그렇게 생각하죠?"라든지,

혹은, 약간 우울한 눈을 하고,

"아마 우리가 모두 젊기 때문에 그럴 거예요. 어떻게 그 젊음을 써야 할지 모르기 때문에 말이죠."

같은 말을 해서 그들 모두를 당황케 만들던 여자가 하나코였다.

그러나 이제 와서는 많은 것이 불분명하다. 그게 정확하게 언제였던지, 어떤 모임이 계기가 되었던 것인지, 그녀를 그들에게 소개한 것이 P였던지 Y였던지 아니면 그도 저도 아닌, 지금은 그들에게서 멀어진 그 시절에 알고 지내던 어떤 누구였던지……

그래, 그녀는 코가 아주 예뻤다. 그녀의 용모가 그다지 눈에 띄지 않는 어떤 분위기를 전달하는 반면, 그녀의 코 하나는 정말 예뻤다. 정면에서 보건, 옆에서 보건 일품인 코를 가진 여자. 그래서 붙여진 별명, 하나코. 그러나 이 암호는 그들이 어울려 다니던 시절에 만들어진 것은 아니었다. 그리고 이 별명이 붙여지기 전에, 그녀를 생각하면서 맨 먼저 떠올리는 것이 그녀의 코는 분명 아니다. 그녀의 별명이 하나코가 된 데는 숨기고 싶은 그들 모두의 실수가 있었다. 아무도 꼼꼼히 되돌아보고 싶지도 않으며, 더욱이 인정하기 싫은 취기 속에서 일어난, 많은 사실들을 숨기고 있었던 작은 실수. 이렇게 별명으로 불러야 마음이 편한 상대를 누구나 한 명쯤 숨겨 가지고 있다면 그들에게 이 대상은 하나코였다.

대부분 고등학교 때부터의 동창인 그들은 취직 시험을 앞둔 대학 마지막 해에는 거의 매일 만나 같이 취직 공부를 했으며, 사회 초년생 시절에도 분주하게 핑계를 만들어 자주 모였다. 가끔, 한 달에 한두 번쯤, 그들 중의 누군가가 하나코에게 전화를 걸었고, 그녀는 혼자 혹은, 이 세상에 하나밖에 없는 것 같던 늘 똑같은 여자 친구 한 명을 대동하고 그들의 모임에 합세하곤 했다. 지금은 이름조차 기억나지 않는 하나코의 친구에 대해 남는 기억은, 그녀가 한 번도 모임의 끝까지 남은 적이 없었다는 정도가 다였다. 집이 멀다든가 하는 이유로 모임의 분위기가 무르익으려고 하면 그녀는 하나코의 귀에 몇 마디 말을 던지고는, 그녀가 타는 지하철이 호박으로 변할 것을 두려워하는 신데렐라처럼 황급히 자리를 떴다. 이상하게도 어느 누구도 비록 빈말이라도 그녀를 붙잡지 않았다. 그들의 관심을 끈 것은 말이 없던 그녀보다는 가끔 재치 있는 농담도 하고, 모든 대화에서 가끔 오호! 하는 감탄사까지를 유발시키는 발언을 나직나직한 목소리로 할 줄 아는 하나코였다.

그들은 모임에 분위기 쇄신이 필요할 때라든가, 각자 사귀고 있던 여자와의 까다로운 심리전에 지쳐 있을 때, 또는 그렇고 그런 각자의 얼굴에 조금은 싫증이 나지만 안 볼 수 없는 관성 때문에 만나서 술잔이나 기울이게 되는 그런 모임이 있을 때 그들은 하나코에게 전화를 걸었다. 전화를 받으면 그녀는 늘 흔쾌히 그들과의 만남을 수락했으며, 기억하건대 한 번도 설득되지 않을 만한 이유로 그들의 제안을 거절한 일이 없었다. 뭐 생리통이라든가, 고향 친구가 와 있다거나 하는 어쩔 수 없는 이유들이었다. 그것이 진짜건 가짜건 무슨 차이가 있겠는가. 그녀의 어조는 늘 진지했고 박물관에나 넣어 둘 만한 그 진지함을 재미있게 생각했으며 예상 외로 잘 설득되었다. 사회 초년생이 되면서 그들은 더 자주 만났다.

그들은 그녀에 대해 아는 것이 거의 없었다. 어떤 대학에서 미술을 전공했다는 것 외에 그녀가 그림을 그리는지, 조각을 하는지, 혹은 이런 모든 것을 다 하는지 알지 못했던 것이다. 그들 주변에는 이 방면에 정통한 사람이 없었기 때문에 가끔 그녀가 밝힌 사항들은 그들에게 매우 막연하게 들렸다. 그들은 마티에르라는 단어를 알고는 있었지만 대학을 졸업하고 난 다음까지 왜 돌과 흙과 나무를 그렇게 중요하게 구분해야 하는지 깊게 알고 싶지 않았다. 그녀의 집안에 대해서는 더 말할 것도 없이, 그들이 알고 있는 것은 단지 그녀의 전화번호와 가끔 도착하는 편지 봉투에 적힌 주소뿐이었다. 그들이 그녀를 알고 지내던 몇 년 동안에도 그녀의 주소는 여러 번 바뀌었거나 아니면 그녀는 동시에 여러 군데 주소를 가지고 있었다. 한번은 기숙사였고 때로는 ×××씨 댁이었고, 한번은 ○○아틀리에…… 이런 식이었다.

조금 이상하게 느껴질 수도 있었던 이런 그녀의 일상사는 어쩌면 한 번도 그들의 궁금증을 자극하지 않았다. 오히려 그런 것이 하나코에게는 아주 자연스럽게 보여 궁금증을 표현하기가 멋쩍어졌다고나 할까.

그들의 모임에 여성이 끼어드는 것은 하나코가 처음은 아니었지만 하나코만큼, 모임의 균형을 깨지 않으면서 오래, 지속적으로 만나게 되는 여성은 많지 않았다. 왜 그랬을까. 아마 그녀가 마치 공기나 혹은 적당한 온기처럼 늘, 흔적 없이 그들 옆에 있다가는 사라져 버렸기 때문이었을까. 그 일이 일어나 그녀가 아주 그들의 모임에서 사라져 버리기까지. 그래 그때까지 그녀는 그렇게 늘 없는 듯 있었고, 어느 누구도 그녀가 어느 날 그들의 부름에 대답하지 못할 미지의 곳으로 사라져 버리리라고는 한순간도 생각해 본 적이 없었다.

그는 역 근처에서 지도를 한 장 사 들고 이탈리아인 동업자가 적어 준 여인숙의 위치를 찾았다. 바포레토라고 불리는 배를 타고 리알토에서 내려 다리를 건너지 말고 왼쪽으로 왼쪽으로 도십시오…… 그는 하루 종일을 기차 안에서 보낸 터여서 지칠 대로 지쳐 있었다. 이탈리아에 도착한 이래 쉴 시간이 없었거니와, 서울을 떠나던 당시의 조금은 탐닉적인 구석이 없지 않은 우울이 어디를 가든 질기게 쫓아다녔다. 그는 정거장에 배가 도착할 때마다 밧줄을 능숙하게 풀었다가 되감는 멋진 옆얼굴의 청년 옆에 서서 물 위에 떠 있는 건물들을 멍하니 바라보았다. 따뜻한 오렌지 빛깔의 조명에 비추어진 건물들의 내부가 초가을의 습기 찬 대기를 더욱 스산하게 만들고 있었다.

대체 이 생판 모르는 나라, 생판 모르는 도시에서 이틀 동안이나 무엇을 한담. 관광? 야, 아무리 바빠도 베네치아는 꼭 다녀오라구. 먼저 거래선을 트고 이탈리아를 다녀갔던 K의 말이었다. 그렇지. 누구나 한 번 정도는 베네치아에 가고 싶어 한다. 특히 사랑에 빠진 남녀나 신혼부부가 가장 가고 싶어 하는 도시 중의 하나라는 베네치아. 그의 입가에 쓸쓸한 미소가 떠올랐다 사라졌다. 마치 모든 것이 서서히 바다에 빠져들 것만 같은 느낌을 주는 이 도시에서 그가 상상할 수 있는 것은 아주 어두운 것들뿐이었다. 그렇지만 그가 새롭게 튼 이탈리아 거래처와의 일의 첫 단계를 마무리하자마자 베네치아행을 결정했다면 그것은 K의 조언 때문만은 아니었다. 그의 목적지는 이 도시가 아니었다. 이 도시에서 아주 가까운 또 다른 도시의 한 주소였다.

다리를 건너지 말고, 왼쪽으로 돌고, 또 돌면…… 이후 이틀 동안 지루할 정도로 보게 된 낡은 4층짜리 건물에 이틀 밤이 예약된 여인숙, 펜치오네 알베르고 게라토. 거기에는 다리 저는 여자가 이탈리아어 영어 불어 삼 개 국어를 자유자재로 구사하면서 무섭도록 커다란 개를 한 마리 데리고 근무를 하고 있었다.

그 여인이 안내해 준 방은 삼 층의 7번. 상사 사람의 말대로라면 그 여인숙의 방에서는, 낮에는 색색의 과일과 야채상이 늘어서서 볼거리를 제공해 준다는 아담한 거리가 창문 밑으로 내려다보였다. 좀 더 멀리에는 중앙 수로와 약간 숨어서 부분만이 내보이는 불 밝혀진 리알토 다리도. 한적한 밤 시간, 거리는 완벽히 비어 있었다. 멀리서 한두 번 젊은 웃음소리가 투명하게 울렸다가는 여운 없이 사라졌다. 그리고 아주 가까이에서는 배가 지나가면서 물살을 가르는, 이상한 외로움을 자극하는 평화로운 소리. 저처럼 부드러이, 곤두선 삶의 비늘들을 쓸어 줄 얼굴이 있다면. 왜, 이렇게, 어디를 가나 무너지는 소리뿐이람. 서른 살이 넘어 갑자기 방문한 감상에 그는 확실히 당황하고 있었다.

그들은 하나코의 신상에 대해 아는 것이 많지 않았다. 대학을 졸업하기 전에는 동급생들과 함께 미술 학원에서 아이들을 가르친 적이 있다는 것 외에, 정확히 생계를 어떻게 꾸려 가고 있는지, 혈액형이라든지 형제가 몇이나 되는지…… 이런 것들을 한 번도 그녀에게 터놓고 물어본 적이 없는 것이 이상했다. 설령 그 비슷한 일이 화제에 오를 때면 꼭 일부러 그랬던 것처럼 그녀는, 자신의 일로 시간을 소비해 버리기가 아깝기라도 한 것처럼, 자연스럽게 다른 방향으로 말머리를 돌리기도 했다.

그러고 보니, 한 번쯤 그녀의 전공이 조각이라는 정도의 얘기를 들은 적이 있는 듯하다. 그렇다고는 해도 그저 명성 있는 조각가 밑에서 조수로 일을 도와주고 있는 정도라고 웃으며 덧붙이던 얼굴도 생각난다. 자신의 키보다 서너 배가 더 큰 돌덩이와 씨름한다고. 사실 그녀의 키는 유아처럼 작았기에 어느 누구도 그녀의 이 드문 신상 발언을 상상 속에서나마 구체적으로 떠올리지 않았다. 삼 년 남짓한 그들의 교류 기간 동안 그녀가 자신에 관계된 일로 그들 모임에서 주의를 끈 적은 없었다. 늘 동일한 표정. 나탈리 우드의 코를 꼭 닮은 그녀의 코가 돋보이도록 약 사십오 도 각도로 허공을 향해 비스듬히 치켜든 얼굴. 그것이 다였다.

자그마한 방. 이탈리아에 도착한 이래 자주 보게 된, 모퉁이에 부조가 새겨진 높은 천장, 그는 잠시 전화기 앞에서 망설였다. 수화기를 들고 잠시 윙 하는 소리를 듣고 있다가 다시 놓았다. 지구의 저쪽 편은 아마도 대낮. 그리고 그만큼이나 거리가 나 버린 아내와의 삶. 사 년이라는 시간이 무색할 정도의 가속도로. 처음에는 제법 진지한 대화도 있었다. 실존이니, 가치관이니, 공유니 하는 단어들을 섞은 고상한 공방전은 아주 빨리 적나라한 언쟁이 되었다. 시시껄렁한 물건 구입이나 중간부터 치약을 짠다든지, 또는 늘 조금은 연기가 풍기게 담배를 비벼 끄는 그의 일상의 습관 같은 사소한 일을 두고 생겨나는 말다툼이 단번에 두 사람의 온 존재를 부정하고 뿌리에서부터 뒤흔든다.

모든 단어들이 어디론가 증발해 버린 것처럼, 서로가 굳건히 지키는 침묵이 트집이 된, 그들 사이의 마지막 불화는…… 완전한 침묵 전야의 고함처럼, 격렬하고도 길게 계속됐다. 그 일이 아니었더라도 얼마든지 찾아질 수 있는 다른 원인들. 서로를 부정하기 위해 필수불가결한 정기적인 말다툼. 그러고도 세상에 대한 연극은 계속된다. 부부 동반으로 친척을 방문하고, 모임에 참가하며, 극이 끝나면 다시 냉전에 들어가는 나날들.

만약 그런 불화가 없었더라도, 아무것도 아닐 수 있는 가장 진부하고 지루한, 서로의 약점이 가장 비하되어 드러나는 그런 불화가 없었더라도 그는 이탈리아 출장을 서둘러 맡았을까. 아침에 출근한 그 차림으로, 집에는 알리지도 않고, 몰래 도망치듯이 엉성하게 채워진 여행 가방을 들고 출장을 떠났을까. 그는 작게 고개를 흔들었다. 만약 그랬더라도 그는 하나코의 소식을 기억해 냈을까. 그리고 아주 비밀스럽게, 그가 알고 있던 그녀의 친지를 수소문하고, 여러 날, 여러 사람을 거쳐서 그녀의 이탈리아 주소를 알아냈을까.

그는 절대 비밀 문서를 손에 넣기라도 하듯이 단계적으로, 하나코의 현재 주소를 수소문하는 데 바쳤던 시간을 약간은 흔쾌한 기분으로 다시 생각했다. 만약 아내가 그의 이탈리아 출장의 진의를 알게 되었을 때의 표정을 떠올리며. 그렇지만 그다지 강한 보상의 느낌은 아니었다. 그런 상상으로 기분이 전환되기에는 그들이 상대편에게 가지고 있는 무감각의 악의가 너무 두터웠다. 상대편과의 말다툼은 하나의 구차한 핑계일 뿐, 어느 누구도 이렇게 어긋난 관계가 수시로 만들어 내는 불안과 불화에 능숙하게 대처하지 못한다. 하고 나서 후회가 될 만큼.

대체 여기서 무엇을 하고 있는 거지. 이곳에서의 이틀을 무엇을 하고 보내야 한담. 그는 시큰둥하게 중얼거리면서 안내 책자를 여행 가방에서 꺼내 들고 침대에 누웠다. 더 공허하게 높아지는 천장. 더 멀어지는 지구의 저쪽. 그는 서서히 잠이 들었다. 이렇게 최소한 몇 시간 정도는 탈없이 지나가겠지.

　이튿날 아침의…… 창밖은 온통 소란스러운 안개였다. 여행 안내서에 씌어진 바로 그대로. 그리고 거래처의 직원이 설명해 준 바로 그대로 창문 바로 밑의 길 양편에는 어느새 아침 야채 시장의 좌판이 촘촘히 들어차 있었다. 그는 창문을 열어 놓은 채로 식당으로 내려갔다. 이른 시간이어서인지 식당 안에는 서너 명만이 낮은 목소리로 속살거리면서 아침 식사를 하고 있을 뿐이었다. 미국 젊은이들로 보이는 그들은 날씨에 대해 얘기하던 중이었던지, 낮이면 날씨가 맑을 거리고 그들을 안심시키는 주인 여자의 건조한 목소리가 들렸다. 커피 두 잔, 토스트 한 장. 그의 주문은 간단했고 식사를 마치자 이상한 피곤감으로 그는 서둘러 다시 방으로 돌아왔다. 아침 여덟 시. 마음속의 서울은 어두운 무늬 가득한 날짜 없는 한밤중.

　그는 여행 안내 책자의 펼쳐진 면에 커다란 활자로 인쇄된, 산마르코 광장, 토르첼로, 살루테…… 같은 단어들에 멍하니 시선을 주었다. 혼자 하는 여행은 질색이군, 그는 생각했다. 어쩌면 그가 한 출장 여행 중 이렇게 이틀간의 공백이 온전하게 생겼던 것은 이번이 처음이다. 마치 일부러 그런 것처럼. 대체 그가 혼자 하는 여행이 이번이 처음이 아니던가. 늘 공무였고, 그렇지 않으면 몰려서 하던 여행이었다. 빠르게 머릿속에 떠오르는 얼굴들, 아내, 친구, 동료 어느 누구의 얼굴도 그가 바라는 가상의 여행 동반자의 모습으로 일 초 이상 뇌리에 머무르지 못했다. 먼 그림자처럼 어두운 강변을 걷는 하나코의 뒷모습이 역광으로 슬쩍 스쳐 지나갔다. 여행 시즌이 아닐 때, 베네치아만큼 관광 명소의 개장 시간이 맘대로인 데도 없더라구, 하나라도 더 보려면 아침을 이용해. 세 시 이후면 다 닫히니까. 늘 정력적인 정보의 소비자인 K의 목소리가 바래져 귀에 울렸다.

그는 전화기를 들었다. 그리고 수첩에서, 방심한 듯이 아무렇게나 씌어진 전화번호가 적혀져 있는 면을 펼쳐 들었다. 서울의 전화번호가 아닌 하나코의 전화번호.

그냥 사업차 왔다가 그녀 소식을 들었다고 하지. 그때 있었던 그 작은 불편한 사건, 그런 정도의 일은 지금쯤 아마 다 잊었을 거야.

처음으로 그는 하나코가 이 지구 반대편의 나라에서 무엇을 하고 있을까 하는 가벼운 궁금증이 일었다. 그의 기억으로 하나코가 이탈리아에 친척이나 친구가 있다거나 그들이 좀 더 젊었을 때 이 나라 말을 배웠다거나 하는 말은 들어 본 적이 없었다. 하기는 자신도 그런 이유로 이 나라에 와 있는 것은 아니지만. 그는 최소한 네 명의 사람을 거치면서 하나코의 주소와 전화번호를 수소문할 수 있었다. 물론 그는 더 빠른 방법을 택할 수도 있었다. 그러나 그의 신원을 구태여 밝히면서 그녀의 소재를 파악하기 싫었고, 그러느라 정작 하나코의 연락처를 알려 준 그녀의 동창이라는 불친절한 목소리의 남자에게 그녀의 근황에 대한 솔직한 질문을 던질 수가 없었던 것이다.

전화번호는 베네치아에서 약 한 시간 정도 기차로 가야 하는 작은 도시의 지역 번호를 달고 있었다. 아주 작은 도시라는데, 그녀는 거기서 뭘 하는 걸까. 왜 그는 그 순간 수도원이나 혹은 그 비슷한 정적의 공간이 뇌리에 떠올랐는지 알 수가 없었다. 골목만 바꾸어도 모습을 드러내는 무수한 성당들 때문일까. 꼭 수녀는 아니라고 해도 그 비슷한 어떤 모습의 그녀. 그렇지만 그 그림의 자리에 구체적으로 떠오르는 하나코의 얼굴이 들어섰을 때 그는 작은 불편함을 맛보았다. 예전에 여러 번 느껴 본 그런 느낌이지만 생소하기는 여전히 마찬가지였다. 기분이 슬쩍 구겨지고 짜증이 뒤섞이는 그런 생소함.

그는 수화기를 들고 외부로 연결되는 번호를 누르고…… 이후 단번에 일곱 개의 번호를 재빨리 눌렀다. 신호가 가고…… 신호가 계속되고…… 아마도 빈 공간에 울리고 있을 그 신호음에서 어떤 전언을 해독하려는 사람처럼 그는 그 반복적이고 규칙적인 리듬에 귀를 기울였다. 아무도 전화를 받지 않았다. 너무 이른 시간인가. 시계는 여덟 시 반을 넘고 있었다. 그는 슬며시 수화기를 내려놓았다. 마치 미루고 싶은 숙제를 연기하고 난 사람의 가벼운 마음으로.

그는 생각했다. 리알토에서 산마르코 광장까지 아무에게도 길을 묻지 않고 걸어가야겠다. 미로같이 얽힌 골목에서 방향을 잃더라도 아무에게도 길을 묻지 말아야지. 그는 여인숙의 이름과 전화번호가 인쇄된 명함을 하나 들고 밖으로 나왔다. 열린 카페의 커다란 유리벽 저쪽에서 선 채로 카푸치노를 마시고 있는 사람들, 고급 의류 상점이나 가죽 제품 상점들의 진열장을 닦는 점원, 바쁘게 장바구니를 들고 상점들이 늘어선 좁은 거리를 지나가고 있는 사람들에게서 그는 막연히 하나코를 닮은 누군가를 찾고 있었다.

이처럼 강박적으로 하나코에 대한 기억이 떠오르는 것은 이상한 일이었다. 강박적? 그보다는 고집스럽게라고 말하는 편이 낫겠군, 하고 그는 중얼거렸다. 그녀가 산다는 곳에서 멀지 않은 곳까지 와 있기 때문일까, 아니면 안개와 미로 같은 짧고 좁은 길과, 길을 따라가다 보면 어김없이 한끝이 드러나는 물 때문일까. 그렇지. 이상하게도 하나코 하면 물이 연상되었다. 그래서 모두 마지막으로 자연스럽게 그 강변으로의 여행을 생각했는지도 몰라.

그들의 모임과는 별도로, 하나코가 가끔 그들 중의 하나와 따로 만나기도 한다는 것을 각자는 막연히 알고 있었다. 우선 그 자신부터 그러했으니까. 그렇지만 대체로 이에 대해서는 어느 누구도 일언반구 말하지 않았다. 어떻건 그녀와의 연락이 두절되기 이전에는 그러했다. 다른 친구들하고는 어쨌는지 모르지만 그로 말할 것 같으면 하나코와 만날 때는 늘 예식처럼 일정한 절차를 밟았다. 그가 하나코를 따로 만날 때, 그녀는 무리들과 만날 때 들르는 다방이 아닌 다른 장소를 택했다.

"아주 편한 소파가 있는 기분 좋은 카페를 알고 있는데 가 볼까요?"라고 하면서.

아, 기분 좋은 장소에 대해서라면 서울에서 편안하고도 그들의 마음의 상태에 잘 맞는 장소를 그녀만큼 잘 고를 줄 아는 사람은 아마도 없을 것이다. 그녀가 택하는 장소는 다방이건 술집이건, 어떻게 지금까지 이곳을 발견하지 못했을까 하는 생각이 들 정도로 그들이 자주 지나치는 거의 아주 평범한 곳에 위치해 있었다. 그러나 꼭 인상에 남을 만한 한 가지 특징들을 가지고 있는 곳. 기억에 남을 정도로 편안한 등받이가 있는 좌석이라든지, 각별한 장식이나 혹은 독특한 모양의 찻잔…… 그녀는 그런 것을 잊지 않고 지적했고, 그 방면에 다소간 둔감한 그 같은 사람도 얼마 후에는 말을 거들 정도는 되었다. 이렇게 해서 평범한 듯한 장소는 인상에 남는 추억의 실내로 변신하는 것이다. 그녀는 꼭 서울의 숨어 있는 명소의 목록을 다 준비해 가지고 다니는 사람처럼, 그와 만날 때 그 장소가 어느 동네에 있건, 슬그머니, 자기 집에 초대하듯이 그런 기분 좋은 장소로 안내하곤 했다.

그렇게 만나 잠시 얘기를 나누다가 그들은 거리를 걷는다. 그리고 간단한 식사를 한다. 참 이상한 일이었다. 학생 시절에야 그렇다고 해도 취직을 하고 난 후에도 하나코에 관한 한 그들은 스스로 생각해도 잘 이해되지 않는 인색한 습관을 가지고 있었다. 그것은 그들이 경제적으로 제법 풍족해진 후에도 고쳐지지 않았다. 다른 여자들과 데이트할 때와는 달리, 하나코와 만날 때 주로 그가 택하는 식당은, 돈을 꼭 그가 낸 것도 아니면서, 아주 볼품없고 값싼 식당이었다. 식사 후에 그들은 탁구나 혹은 볼링을 한두 게임 한다. 다시 걸어서 그녀가 선택한 처음의 장소로 되돌아온다.

그러고는…… 이상한 힘에 이끌려, 마치 고해성사라도 하듯이 어느 누구에게도 말할 수 없었던 구질하면서도 내밀한 자신의 얘기를 그녀에게 하는 것이다. 사귀고 있는 여자에 관한 얘기만 빼놓고는 모든 얘기를. 몇 살 때 자위를 시작했다든지, 자신이 은밀하게 가지고 있는 괴로운 습관 같은 것, 또는 하나코도 잘 알고 있는 가까운 친구들에 대한 숨겨진 불만 같은 것까지도.

그녀는 그 얘기들을 고개를 약간 갸웃이 쳐들고 듣는다. 얘기가 무르익을 때까지 그녀는 결코 그의 얘기를 중간에서 끊는 법이 없었다. 아무리 충격적인 얘기를 해도 그녀 입가에 깃들인 미소가 변질되는 일이 없어서 어쩌면 일부러 과장해서 그의 숨겨진 악을 스스로 고발한 적도 있었다. 그녀처럼 집중해서 그의 시시껄렁한 얘기를 들어준 여자를 그는 알지 못했다. 그러면서도 언뜻 그의 친구들 중의 누구와 동일한 장면을 연출할 그녀의 모습이 떠오르기도 했다. 그것은 조금만큼의 질투도 자극하지 않았다.

"하기 어려운 얘기였을 텐데 내게 해 주어서 고마워요."

매번 그런 것은 아니었지만 그녀는 드물게 이런 식으로 피곤함을 전달하기도 했다. 그녀가 집에 돌아가고 싶다는 의사를 표시하는 말이었다.

　늦은 시간에 밖으로 나와서는 그녀의 집 방향으로 가는 버스가 오는 것을 같이 기다려 주지도 않고 그녀를 혼자 어두운 정류장에 놔둔 채, 그는 지하철 입구를 향해 걸어간다. 그녀 또한 그런 것에 대해 한 번도 반응하지 않았고. 어쩌다 뒤돌아볼 때의 그녀의 표정은 이미 다른 곳에 있었다. 왜 하나코에 관한 한 그들은 모두 최소한의 인내심과 배려가 부족했던 것일까.

　갑자기 말라 오는 목. 그는 유리창이 유난히 맑은 한 카페에 들어가서 남들처럼, 부드러운 생크림이 기분 좋게 입천장에 달라붙는 카푸치노를 한 잔 마셨다. 남들처럼 서서. 그들처럼 생생한 표정을 짓고. 산마르코 광장으로 가는 길이 어느 쪽이죠라고 묻고 싶은 것을 애써 눌렀다. 다시 밖으로 나와서 그는 화살표의 방향보다는 사람들이 많이 다니는 길들을 골라 수도 없는 골목과 수도 없는 작은 광장을 돌았다. 마치 이 도시의 매력에 매혹되지 않으려고 마음을 다잡아 먹은 사람처럼 상의의 깃을 세우고 목 언저리를 여민 채, 놀랍도록 빠른 속도로 안개가 밀려가는 수로를 따라 작은 다리들을 건넜다.

　그들 중에서 맨 처음으로 객기를 부린 것은 아마 J가 아니었던가. 그들 무리 중에서 제일 먼저 결혼을 했던 친구. 어느 날 자정이 넘어 J에게서 전화가 걸려 왔다. 그는 침대 옆에 놓인 수화기를 살짝 놓고 다른 방으로 가서 전화를 받았다. 그리고 혹시 아내가 들을 것을 저어하여 침대 곁의 수화기를 다시 제자리에 얹어 두는 것도 잊지 않았다. 술 취한 J가 하나코 얘기를 꺼냈기 때문이었다. 하나코와 그들 사이의 연락이 두절된 지 일 년여가 넘은 다음의 일이었다. 늦은 전화에 궁금한 표정으로 올려다보는 아내에게 그는 대수

롭지 않다는 듯 말했다.

"J야. 밤늦게 술주정을 하려는 모양이군."

J는 형편없이 취해 있었고 그런 상태에서 이어지는 횡설수설 헛소리는 그의 잠기를 싹 쫓을 정도로 그의 호기심을 자극했다. 넌 잘 모르지만 한때 상당히 망설였다구. 내가 멍청했지. 좀 더 적극적으로 밀어붙여 보면 어떻게 되었을 텐데 말이지. 괜찮아, 괜찮아. 이 사람은 친정 가서 있다구. 잠깐만 기다려라, 그 편지가 어디 있더라. 하나코가 답장으로 보낸 것…… 잠깐만. 좀 깊이 숨겨 두었거든. 자 들어 봐. 중요한 부분만 읽을게. J는 술 취한 목소리로 어조를 과장해서 낭독을 시작했다.

J 씨는 늘 중요한 말을 장난같이 하는 습관이 있었지요오. 그렇다고 J 씨의 진의를 내가 가볍게 일축한다는 뜻은 아닙니다아. 나는 당신이 꼭 그런 편지를 한 번쯤 쓰지 않으면 안 될 정도로 어려운 때를 보내고 있다는 것을 잘 이해해요. 그렇지만 J 씨, 한번 생각해 보세요. 내가 정말 그런 편지의 적합한 수신자인지를 말이지요. 한 일주일이나 열흘 정도 어디로 한번 떠나 보세요. 그리고 대답이 찾아지면…… 그때 우리가 할 얘기는 따로 있을 거예요오……

끝을 길게 늘이면서 편지의 내용을 엉망으로 만드는 J의 목소리를 들으면서 내심 그는 자신이 하나코의 입장이 되어, J가 앞에 있다면 당장 한 방 먹여 주었을 정도로 신경이 거슬렸다. 그러나 숨겨진 호기심이 더 컸기 때문에 J에 대해 솟은 신경질은 오래가지 않았다. 너 하나코의 글씨체 생각나지. 내가 어떤 편지를 보냈는지 알면 너는 아마 까무러칠 거다. 나는 그러니까 그때 열렬한 구혼을 했던 거야. 그냥 꼭 그렇게 해 보고 싶더라구. 그런 사실 너희들 전혀 몰랐지. 요즘 그냥 생각이 나서 말이야. 물론 일주일 후에 나는 결혼

날짜를 잡았다만 말이다. 이런 편지를 어떻게 버리냐. 아 생각난다, 하나코!

J는 정말 혀 꼬부라진 낭만적 회고를 하고 있었고 그는 적당히 그의 고백을 들어 주었다. 그 자신도 예외는 아니었다. J의 경우와 다소간 달랐지만 그들은 모두 한두 장 정도의 편지는 간직하고 있었던 것이다. 그것이 무슨 전리품이라도 되는 것처럼. 그녀가 그들 모임에서 자취를 감춘 직후에, 그들 사이에서는 주로 그들의 만남의 초기인 학생 시절에 가끔 주고받던 낡아 버린 하나코의 편지를 서로에게 읽어 주는 짧은 유행의 기간이 있었다. 그즈음에 마련된 한 술자리에서 그들은 그녀에게 하나코라는 별명을 붙여 주었던 것 같다.

그들의 편지에 꼭 대답을 하던 하나코. 어쩌면 그녀는 세상의 모든 편지에 대답을 하기 위해서 태어났을지도 모른다는 생각이 들 정도로, 그것도 이유를 알 수 없게 가슴을 찡하게 하는 편지를 보내곤 했다. 그녀의 편지처럼 어딘가 깊은 것 같고, 어딘가 철학적이며 고상한 것 같은 편지를 주고받을 여자가 있다는 것이 그들을 조금은 우쭐대게 만들었다.

하나코는 세상에 태어나 처음으로 그에게 편지를 쓰고 싶은 욕구를 불러일으킨 여자였다. 아내와 연애하면서도 편지를 쓰고 싶다는 생각이 든 적은 한 번도 없었다. 한번은 어디서 익은 시구를 베껴서 멋을 부려 본 적이 있었는데 그녀는 그 편지의 대답에 "시 제목을 알아맞히는 수수께끼 놀이를 하자는 거지요?"라는 농담 어린 답장을 보냈다. 하나코와는 자존심이 상할 일이 없었다. 하나코와는 일이 덧나도 별 두려움이 없었다. 그 일이 있고도 그는 이렇게 출장을 핑계로 그녀를 찾아보려고 하지 않는가. 왜일까?

"우리는 친구잖아요."

언젠가 그의 실언 앞에서 그것을 무마하느라 하나코가 한 말이었다. 어떤 실수였는지는 물론 기억에 없었다. 그렇지만 그 말이 야기한 불편한 파장은 생생하게 기억에 남았다.

그 자신을 포함해 무리들 중의 누구도 하나코에게 자신들의 결혼 날짜를 알리지 않았다. 딴 친구들은 어떤 이유에서 그랬는지 알수 없지만 그로서는 그저 단순한 부주의였다. 물론 그는 청첩장을 준비하던 때만 해도 그녀에게 보낼까 하고 생각했다. 그렇지만 분주한 일정에 밀려 그만 잊어버리고 말았다. 무의식적으로 계획된 건망증. 늦게 결혼을 한 친구들이야 이미 하나코와의 연락이 끊어져서 그랬다고 하지만 적어도 P와 J는, 그들이 하나코와 만나고 있을 즈음에 결혼했음에도 하나코에게 그 사실을 알리지 않은 게 분명했다. J의 결혼식 후에 그가 하나코를 만나 J 대신 사과를 했을 때, 그녀는 한마디 했을 뿐이었다.

"설마 결혼식 같은 것을 그토록 중요하게 생각하는 건 아니겠죠?"

멀리서 사진으로 본 산마르코 광장의 첨탑이 보였다. 일찍이 바닷가로 몰려나온 인파들이 광장에 가까이 온 것을 알려 주었다. 바다를 향해 버티고 있는 두 마리의 금박 사자가 인파가 없는 텅 빈 광장에 서 있었더라면 어쩌면 그는 감격했을지도 모른다. 평소에 그는 인파를 좋아하는 편이었다. 그렇지만 거기에는 너무도 많은 사람과 상인과 유난히 살찐 비둘기 떼들이 빈틈없이 몰려 있었다. 성당을 방문하기 위해 매표구에서 막 입장권을 받아 들었을 때, 그는 카메라도 망원경도 모두, 여인숙에 두고 온 것을 알아차렸다. 일부러 구입한 성당 내부의 모자이크에 대한 설명 안내서까지. 그것이 그의 기분을 그만 순식간에 구겨 버리고 말았다. 그렇다고 여인숙까지 되돌아가고 싶은 마음은 추호도 없었다.

사람의 대열에 밀려 안에 들어갔으나 모든 관광객이 입을 벌리고 감탄사를 내뿜으며 바라보는 둥근 천장과 벽, 그리고 기둥까지 빈틈을 남기지 않고 덮고 있는 금박 모자이크 장식은 화려한 색채와 뒤덮인 넓이에 대한 놀라움 외에는, 여행 준비를 서투르게 한 사람만이 맛볼 수 있는 심오한 지루함을 그에게 줄 뿐이었다. 전 세계인이 경탄해 마지않는 교회에 발을 들여놓고도 머릿속에서 하품하는 잡념은 다른 시간과 장소를 헤매고 있었다. 그는 의자 한 귀퉁이에 앉아 그가 알고 있는 성경의 지식을 모두 동원하여 모자이크로 그려 낸 겨우 몇 장면만을 식별해 냈다. 그는 오랫동안 그렇게 넋을 반쯤 놓고 게으르고도 지루하게 시간이 가기를 기다렸다. 주변을 스치는 수많은 언어들 사이에서 한국말을 하는 목소리가 들려오자 그 목소리에만 귀를 기울이면서 그는 고집스럽게 성당에 남아 있었다. 나이 많은 노인을 대동한 한 젊은 여자의 낭랑한 목소리가 그가 앉아 있는 바로 앞부분의 천장에 장식된 모자이크의 내용을 설명하고 있었다. 「출애굽기」의 한 장면. 다정한 부녀지간.

여기서 대체 무엇을 하고 있지? 그는 집에 두고 온 딸을 생각했다. 이제 겨우 두 살. 그는 자신을 엄습하는 답답함을 누르며 자리에서 일어섰다. 그가 앉았던 자리를 딸이 아버지에게 권했다. 출구는 입구 이상으로 붐볐다.

그는 부두 쪽으로 가서 심호흡을 했다. 부둣가에 띄엄띄엄 늘어선 공중전화 부스가 자꾸 그의 시선을 끌었다. 서울은 아마도 침침한 초겨울의 저녁나절. 바다의 안개는 완전히 걷혀 있었다. 그때 그가 서 있던 데서 그리 멀지 않은 곳에서 커다란 외침 소리가 들려왔고 갑자기 그 소리 주위로 군중이 몰려들기 시작했다. 그는 자

165

신도 모르게, 순식간에 만들어진 둥근 원의 가장 안쪽에 서 있었다. 그곳에서는 이탈리아말로 욕설을 퍼부으면서 세 명의 남자가 엉켜서 전문 복싱 선수 이상의 솜씨를 보이면서 서로를 두들겨 패고 있었다. 가만히 보니 이 대 일의 싸움이었는데, 그 주위로 몰려든 어느 누구도 말릴 생각 없이 그 자신처럼 눈을 동그랗게 뜬 채 구경만 하고 있었다. 그렇지만 혼자 대항하는 사내의 기세 또한 만만치 않았다.

원이 점점 커짐에 따라, 부두를 따라 지어진 고급 호텔의 테라스에서도 사람들의 얼굴이 싸움 구경을 위해 하나둘 나타나기 시작했다. 세 명 모두 가죽점퍼를 입은 건장한 젊은이였다. 그들은 가끔 내지르는 외마디 소리와 거친 숨소리 외에는 입을 앙다문 채 엎치락뒤치락을 계속했다. 아무래도 수적으로 강세인 두 남자는 막 바닥에 깔리기 시작한, 궁지에 몰린 적수가 힘이 빠진다고 생각하자마자, 집중적으로 발길질을 하기 시작했다.

그들이 어떤 의미로 침묵의 싸움을 벌였다면, 그와 반비례로 군중 속의 소란은 점점 커졌다. 이 나라 말을 모르는 그로서는 그들이 마치 씨름 경기라도 응원하는 것처럼 보였다. 그의 주먹도 부르르 쥐어질 정도의 격렬한 광경이 배가되고 있었다. 역시 아무도 그들을 말릴 엄두를 내지 못하고 있었다. 그는 두 사람의 공격자의 주먹과 발길질에 그의 흥분이 고조되고 있음을 알아차렸다. 자, 한 방만 더, 쳐라. 결정적인 한 방, 그러고 나면 끝이다…… 바로 그때 어디서 나타났는지 군중을 헤치고 경찰들이 우르르 몰려들어 순식간에 세 명을 모두 일으켜 세워 어디론가 끌고 사라졌다.

모여 섰던 사람들이 하나둘 흩어지고 다시 공중전화 부스가 드러났다. 그를 부르기라도 하는 것처럼. 그는 빠른 동작으로 전화번호를 꺼냈다. 지구 반대편이 아니라 바로 옆의 작은 도시에. 누군가 '여보세요'에 해당하는 이탈리아 말을 서너 번 반복하고, 그 뒤로는 그가 알아들을 수 없는 빠르고 긴, 고음으로 즐거운 기분을 전달하는 여자의 목소리가 들려왔다. 그는 서둘러서 영어로 하나코를 찾았다. 물론 그녀의 본명을 대고. 잠시 대기음이 들리고 다시금 즐겁고 부산스럽게 이탈리아말을 하는 여러 음성들이 뒤섞이고⋯⋯ 그리고 그에게 익숙한 밝은 목소리가 들려왔다. 하나코의 목소리. 이탈리아말이 아닌 그리운 '여보세요.' 바로 그 순간에 부두에 도착한 바포레토가 한 무리의 승객들을 내려놓았다. 서로의 허리에 팔을 두르고 작은 갑판에 내려서는 젊은 남녀가 웃으면서 그가 서 있는 옆을 지나갔다. 그때까지 그를 사로잡고 있었던 조심성이 사라지는 것을 느꼈다. 그것은 꼭 갑자기 오른 취기와 같았다.

그는 자신의 이름을 대고 어색하게, 과장을 섞어 한바탕 웃었다. 그녀의 반응을 기다리지도 않고 그는 장황하게 설명을 붙이기 시작했다. 출장 여행 중이다. 계약서가 준비되는 동안 베네치아에 와 있다. 다시 로마로 돌아가야 한다. 그러기 전에 당신을 만나고 싶다. 당신의 거처와 연락처를 알아내는 데 얼마나 힘이 들었는지 아느냐. 그는 이유도 없이 자주 크게 웃음을 섞으면서 상대편이 얘기할 틈을 주지 않고, 마치 무엇에선가 도망하듯이 빠른 말투로 떠들었다. 그리고 갑작스런 정전으로 마비된 라디오처럼 침묵했다. 그가 침묵했을 때에야, 그녀도 밝게 큰 목소리로 웃으며 말했다.

"반가워요. 오세요."

이어 그가 잘 기억하고 있는 낮고 침착한 그녀의 목소리가 천천히 이어졌다. 기차에서 내려야 하는 정거장의 이름, 사무실이 위치한 거리의 이름, 그리고 그녀가 디자이너로 고용되어 있다는 실내장식 사무실의 이름과 외양…… 같은 것을 그녀는 친절하게, 띄엄띄엄 말해 주었다. 당신이 전화하고 있는 베네치아에 비하면 그다지 구경할 만한 도시는 아니라고 미안한 듯이 덧붙이면서.

그녀의 모든 것이 다 예전과 같아도 무언가가 달라져 있었다. 목소리도 아니고 어조가 덜 친절했던 것도 아니었는데…… 그녀는 정말 반가운 기색으로 그에게 말을 하지 않았던가. 그는 갑자기 힘이 조금 빠지는 것을 느꼈다. 그녀를 보러 기차를 타고, 그녀가 말해 준 이름의 거리를 찾아 헤매고, 그녀가 일하는 사무실을 찾아 안으로 들어가고, 그녀의 책상 옆에 앉아 일이 끝나기를 기다려, 그녀의 생활 공간으로 초대되고, 이 나라에서 하듯이 집에서 준비한 식사를 하고 환담을 할 엄두가 나지를 않는 것이다. 그리고 더욱이 그녀가 결혼이라도 했다면, 난생처음 본 그녀의 남편이라는 사람과 또 예의를 차려서 얘기를 해 주어야 하고……

그는 물었다. 능청스럽게. 지금 애가 몇입니까? 그녀는 웃고 그 물음에는 대답하지 않았다. 그녀의 목소리에서 무엇을 느꼈을까. 그녀에게 방해가 되지 않겠느냐고 물었을 때, 그녀는 대답 대신, 잠시 침묵한 후, 나를 그렇게 몰라요? 하고 반문했다.

전화 카드의 잔액이 다 되었음을 알리는 음이 들려오자 그녀는 덧붙였다.

"J 씨처럼 전화만 하고 안 오는 것은 아니죠? 혹은 P 씨처럼 차 한잔도 제대로 마시지 않고 떠난다든가? 오세요. 정말 반가운데요."

마치 시간이라도 잰 듯이 그녀의 말이 끝나자 전화가 끊겼다. 그의 머릿속에서도 무언가 찰칵하는 소리가 들렸다. P가? J가?

그는 여행을 떠나기 전에 있었던 술자리를 떠올렸다. 그들에게까지 비밀에 부치고 훌쩍 떠나고 싶었던 그 출장 계획은 분위기가 무르익자 자신도 모르게 입 밖으로 튀어나왔다. 그때 아주 오래간만에 모임에 합세한 누군가가 느닷없이 하나코 얘기를 꺼냈었다. 왜 꼭 왜색이 도는 그런 별명을 그녀에게 붙였지? 코하나가 더 낫지 않아. 대체 누가 붙여 줬어, 그 별명? 알면 참 기분 나빠 할 거야. 또 누군가가 말했다. 알 리가 없잖아. J도 P도 그 자리에 있었고 뭐라고 한마디씩 거들었던 것이 생각났다. 몇 달 전에 그에게 하나코의 소식을 전했던 K의 전화도 생생하게 기억이 났다. 어느 누구도 이탈리아에 사는 하나코의 소식을 제삼자를 통해 전해 들었다고만 했지 직접 만났다거나 통화를 했다거나 하는 말을 하지 않았던 것이다.

당장 가겠다고 호탕하게 대답한 것과는 달리, 그는 부두를 떠나 좁은 수로를 따라 나 있는 골목길을 걸었다. 겨울이어서 더욱 습기가 차 보이는 두터운 이끼에 덮인 채 물속으로 무너지는 듯한 벽들, 벽의 끝에 나타나는 작은 다리, 그리고 소꿉장난 같은 삶이 진행되고 있을 것만 같은 좁은 정면의 집들. 가끔 그곳에서는 음악 소리나 회한 없는 일상의 호들갑스러운 소음이 들려왔다. 마치 물속에 기우는 이 도시를 더욱 기울게 하기 위한 것처럼, 칠이 벗겨지는 이끼 긴 표면의 슬픔을 더욱 드러내려는 듯이.

수로와 골목과 다리들의 무한한 변주. 그는 그 변주에 흔들리는 걸음을 내맡겼다. 한번 우연히 시선에 잡힌 거리의 팻말은 그가 리알토 다리에서 점점 멀어지고 있는 것만을 알려 주는 막연한 지표가 되었을 뿐이었다. 낯선 도시에서 지도 없이, 목적지도 없이 걷는 낙망한 자의 자유, 말할 수도, 이해할 수도 없는 이국의 말을 쓰는 나라에서 침묵으로 미로를 헤매는 자의 안식에 그는 음울한 미소를 지으면서 빠져들었다. 몇 번인가, 하나코, 아니 스코베니 회사

소속, 인테리어 디자이너, 장진자의 목소리가 가볍게, 이 도시의 배음처럼 울렸다. 그렇게 날 몰라요? 그렇게도? 그것은 함정이 많은 수수께끼처럼 점점 더 깊이 그를 미로투성이의 한 도시 속으로 이끌었다.

창밖으로 북쪽 도시행 기차 한 대가 막 떠나고 있었다. 이미 저문 역 구내의 조명 속에서 그는 다시 한번 산타 루치아라고 씌어진 흰 간판을 보았다. 이제 곧 그가 탄 로마행 밤 기차가 떠날 것이다. 아직 잠들기에는 이른 시각이라 좌석은 맨 위쪽만 올려져 침대로 바뀌어져 있었다. 그 말고 두 명의 승객이 복도 쪽의 창문으로 배웅 나온 사람들과 이야기를 나누고 있었다. 그는 일찌감치 자신에게 예약된 위쪽의 준비된 침대에 올라가 누웠다. 기차가 서서히 움직이기 시작하고 베네치아와 내륙을 잇는 긴 다리 모양의 철교 위를 달리기 시작했다. 올 때와 거의 비슷한 시각. 누워 있으므로 더 멀리 보이는 바다 위로 드문드문 오렌지색의 램프가 긴 곡선을 만들면서 행진하는 수도사들처럼 늘어서 있었다. 검은 테를 두른, 끝이 뾰족한 나무둥치들이 합창하듯 모여 있는 수로 표시의 말뚝에 밤 뱃길을 알리기 위해 램프들이 걸려 있었다. 기차의 속력은 점점 더 빨라졌고 이내 바다는 시야에서 사라져 버렸다. 공연히 무언가 아주 먼 곳에서 다시 한번 무너지는 느낌을 남기고서.

잠시 머무르다 떠나는 도시. 이제 기차는 불빛이 점점 드물어지는 인적 없는 어두운 풍경 속을 달리고 있었다. 아래 좌석의 승객들도 등받이를 올려 침대를 만드느라 부산하다가는 언제부터인가 갑작스런 침묵이 왔다. 복도의 소음도 점점 더 줄어들고 기차는 짙은 밤을 향해 전속력으로 달렸다. 여전히 세 개의 침대는 비어 있었다. 한밤중이나 새벽에 모두가 잠들어 있을 때 누군가가 어떤 이름 모를 역에서 예약된 자신의 침대를 찾아 올라오겠지. 볼로냐, 피렌체……

그 일은 대체 어떻게 일어났던 것일까. 그런데 그런 것도 사건이랄 수 있을까.

그들이, 갈대밭 근처의 늪지대같이 질퍽거리던 곳의 그 술집을 어떻게 발견했는지는 아무리 생각해 보아야 알 수가 없었다. 그들 중의 두 명이 비슷한 때에 중고 자동차를 구입했던 것이 일의 발단이었던 것만은 틀림이 없다. 그들은 무려 일곱 명이나 몰려서 사흘간의 연휴에 서울을 떠난 것이 낙동강까지 왔던 것이다. 원래 그들의 목표는 마음에 드는 해변을 찾는 것이었다. 그러나 바다를 찾다가 그들은 강에 다다랐다. 그를 포함한 다섯 명의 친구와 하나코, 그리고 그녀의 여자 친구, 이렇게 일곱이 두 대의 중고차에 나눠 타고 운전 연습 겸 내려온 것이 낙동강 가까지 왔던 것이다.

회, 매운탕…… 이런 비슷한 간판이 언뜻 눈에 띄었었고 그 간판에서부터 좁은 흙길로 접어들어 한참을 달린 곳에 식당 하나가 나타났다. 너무 외따로 떨어져 있었던 식당이었음에도 그들은 그곳을 그날의 종착지로 삼기로 했다. 그 식당에 들어가기 위해서는 구두가 푹 빠지는 진흙 마당을 지나쳐야 했고 그 마당 가에는 역겨운 냄새가 나는 풀꽃이 잡초처럼 무성하게 한구석을 채우고 있었던 것같다. 늦가을이었던가. 아니면 초겨울. 지금처럼.

음식이 준비되는 동안, 세상의 끝이라는 느낌이 들 정도로, 시선이 닿는 한 사방에 아무 불빛도 보이지 않는 강가를 거닐다가 식당으로 돌아왔다. 음식과 술이 조금씩 들어가고 밤이 깊어짐에 따라 그때까지의 흥분되었던 여행의 분위기는 조금씩 우울하고 불안정한 것으로 변하기 시작했다. 세상에서 차단되어 당장이라도 늪에 가라앉아 버릴 것 같은 개인 집을 방불하는 그 횟집의 건넌방에 들어앉자마자 그 이상한 분위기가 누구에게랄 것도 없이 그들 모두에게 퍼지기 시작했다.

운전대를 잡았던 W는 너무 멀리 온 것에 대해 후회하는 눈치가 역력했다. 그중의 하나는 서울에 전화를 걸어야 한다고 반복했고, 누군가는 다음 날로 예정된 중요한 거래처 사람과의 약속을 잊어버렸다고 불평했다. 연락처도 아무것도 가지고 오지 않았다는 것이다. 당시 그들 모두가 은근히 부러워하던, 부유한 집 딸과 결혼을 앞두고 있었던 P는 갑작스런 여행을 강력하게 주장했었음에도 누군가가 조심스럽게 꺼낸 숙박 문제에 대해 가장 신경질적인 반응을 보였다. 그로 말할 것 같으면, 조금은 굳은 표정으로 그들의 변화를 지켜보고 있는 하나코와 그 여자 친구에 대해 공연히 적개심이 솟았었다.

모두들 사회생활을 이삼 년 한 뒤에 생긴, 애써 감추어 두었던 허탈감이 연휴의 여행 중에 무장해제되었던 탓일까. 아니면 삶의 피곤과 술과 여행이 기묘한 화학작용을 일으킨 돌이킬 수 없는 불안감. 누군가가 나갔다 오더니, 숙박 문제를 해결했으니 술이나 마시자고 했다. 은행에 들어간 이후로 그들의 모임에 조금 뜸해졌던 친구였다. 그는, 거금으로 주인을 매수해 방 두 개를 빌렸다고 연극조로 말했다.

그 뒤로는 순식간에 누구도 예상 못 한 방향으로 미끄러져 버린 일이었다…… 일곱 시간 이상을 달려온 후라 이야깃거리가 고갈된 그들은 노래를 불렀다. 아니 악을 써 댔다. 돌아가면서 돼지 멱따는 소리로. 그리고 이렇게 변질되기 시작하는 분위기 속에 당혹감을 숨기고 앉아, 조용히 술잔을 비우는 두 명의 여자에게 그들 모두가 집중적으로 노래를 강요하기 시작했다.

그것은 더 이상 놀이가 아니었다. 하나코가 그런 자리에서 노래라면 질색한다는 정도는 그들 모두가 알고 있었고 실제로 그녀는 노래 같은 것은 빵점이었다. 그것을 알고 있기 때문에 그들은 농담 반, 협박 반 노래를 요구했다. 하나코의 여자 친구가 일어났다. 모두가 입을 모아 하나코의 이름을 외쳐 댔다. 하나코의 여자 친구는 그때까지만 해도 쑥스러운 미소를 지으면서 다시 자리에 앉았다. 그래도 하나코는 웬일인지 일어나지 않았다. 그녀의 얼굴 또한 조금은 변했던 것 같다.

누군가가 벌떡 일어섰다. 부르나 안 부르나 내기하자면서 하나코에게 다가갔다. 그의 악물어진 이가 드러났다. 동시에 하나코 건너편의 누군가가 그녀를 일으키느라 팔을 위로 잡아당겼고 그녀의 친구는 하나코를 거머쥔 그 손을 떼어 놓으려고 엉거주춤 일어섰다. 그가 일어섰다. 뒤에서부터 하나코를 일으켜 세우기 위해서. 누군가가 술병을 벽에 던졌다. 또 누군가가 고함을 내질렀다. 아무런 뜻도 없는 고함. 그리고 누군가가 잡아당기는 바람에, 하나코도, 그녀를 일으켜 세우려고 몰려든 두 친구도 주저앉았다.

얼마 동안이나 이런 종류의 실랑이가 계속되었을까. 아무도 말리는 사람이 없었다. 말리다니, 단언컨대 모두들 즐거이 엉켜들고 있었다. 하나코의 노래 따위는 문제도 아니었다. 그녀의 친구가 지르는 고함 따위는 아무런 것도 막지 못했다. 게다가 고함이라야 겨우 방 밖을 나갈까 말까 한 크지 않은 우스꽝스러운 목소리였다. 그 엉켜든 실랑이 속에 나름대로의 일사불란한 질서가 지배하고 있기라도 한 것처럼, 각자가 맡은 바 역할을 잘하고 있는 것처럼 보이는 이상야릇한 아수라장이었다. 거친 몸싸움과 깨어져 나가는 유리 조각과 서로에게 짖어 대는 그들의 고함. 그들은 그들끼리 걸고 넘어지고 있었다. 적어도 그때까지 그들 중의 어느 누구도 진짜 취해 있지 않았다. 취기를 가장하고 있었다. 모두가. 어쩌면 하나코도.

얼마 전부터 일으켜 세워진 하나코와 그녀의 친구의 얼굴은 창백했고, 뒤로 올려진 하나코의 머리는 볼품없이 흐트러져 있었다. 그녀의 상의가 반쯤은 옆으로 돌아가 있었다. 누군가가 그녀의 그런 몰골을 손가락으로 가리키면서 웃음을 터트렸다. 그것은 순식간에 모두를 감염시켜서 조금씩 퍼지더니 얼마 지나지 않아 전반적인 광란의 웃음이 되었다. 일종의 벌을 받고 있던 두 명의 여자들에게까지 퍼져, 그녀들 또한 웃음을 참을 수 없을 정도로. 그렇지만 그것은 웃음인지 울음인지 구별이 되지 않는 아주 찡그려진 표정의 웃음이었다.

하나코와 그 친구는 미친 듯이 웃으면서 가방을 집어 들었다. 그리고 벗어 놓은 외투를 집어들었다. 그리고 여전히 웃으면서, 한밤중의 역겨운 찬바람을 방 안으로 밀어 넣으면서 방문을 열었고, 이미 그사이 몇 배로 두터워진 어둠 속으로 걸어 나갔다. 그녀들이 그때까지도 웃고 있었는지는 기억에 없다. 마당 저쪽으로 긴 방죽 같은 것이 어슴푸레 보일 뿐이었고 빛이라고는 마당을 밝히고 있던 낮은 촉수의 불빛뿐. 그녀들의 멀어져 가는 뒷모습이 점점 더 어둠 속에 검게 풀리고 더 이상 아무런 것도 구별되어 보이지 않았다. 가끔 바람에 뒤집히면서 언뜻 여린 빛을 반사하는 풀잎의 모서리 외에는.

모두들 시선을 그녀들이 사라진 어둠의 덩어리 쪽으로 두고 있으면서도, 어느 누구도 그녀들의 위험한 걸음을 되돌리려 뒤따라 뛰어 나가지 않았다. 누구나가, 그녀가 인가를 찾을 때까지, 혹은 대로에 나설 때까지 오래 어둠 속을 걸어야 하는 것을 잘 알고 있었다.

그러나 광란의 웃음을 계속하도록 태엽이 감겨진 장난감 악기처럼 그들은 웃음을 멈출 수가 없었다. 누군가가 문을 닫아 버렸다. 모두가 침묵했고, 무슨 일이 일어났는지 알아차릴 정도로 정신이 깨었기 때문에 다시, 새벽까지 마셨던 것이다.

이튿날 둘, 셋으로 나누어 차를 타고 서울로 올라오는 길은 무겁고 조용했다. 하나코는 이렇게 해서 그들의 모임에서 사라졌다.

그 후, 그들 사이에서 그녀, 장진자가 언급될 때 그녀는 하나코로 명명되었다. 그녀에 대해 얘기하고 싶은 마음과, 그녀에 대해 애기하는 것을 자제하고 싶은 두 가지의 상반된 욕구가 교묘하게 절충되면서 그런 별명이 붙여졌던 것이다. 가끔 그 별명으로 그녀가 술자리의 객담에 등장하는 일은 있어도, 그날, 모두가 낙동강 가로 표류했던 그날, 어둠 속으로 사라져 버린 그림자의 실상에 대해서는 굳건히 침묵했을 뿐이었다.

그날의 밤은, 생소해서 더욱 어두워 보이는 이 여행지의 밤만큼 속수무책이었던 것 같다. 그는 어둠을 등지고 무릎을 오므려 벽쪽으로 돌아누웠다. 태평스러운 낮은 휘파람을 부르면서 누군가가 복도 쪽으로 빨리 지나갔다. 아래쪽의 좌석에서는 요란한 코 고는 소리가 들려오고, 침대는 여전히 세 개가 비어 있었다.

로마에 내리자마자 서울에 전화를 걸리라. 그의 마음은 예전에 비해 한 치도 바뀐 것이 없다고. 당신의 자리가 너무도 비어 있었노라고. 꼭 한번 아이를 데리고 베네치아에 같이 오자고. 그런 기약 없는, 확신 없는 전언을 전하기 위해 전화를 걸리라. 모든 것이 아주 쉽게 이루어지리라. 지금까지 그래 왔던 것처럼. 그렇지만 아내가 이렇게 말한다면. 이번에는 그렇게 할 수 없어요. 얘기를 합시다. 단 한 번만이라도 서로에 대해 솔직하게. 그는 양미간에 깊은 주름을 지으면서 잠이 들었다.

　서울에서 그는 저녁 술자리를 마련했다. 그것은 여느 술자리처럼 사업 얘기와 세상 돌아가는 얘기와 이권이 있는 장소에 대한 점검……들로 이루어졌다. 그 또한 J처럼 혹은 P처럼 혹은 다른 누구처럼 이탈리아의 여행과 베네치아의 곤돌라 ─ 어쩌면 그토록 유명한 그 도시의 명물이 한 번도 그의 의식에 와닿지 않았을까 ─ 의 이국적인 아름다움에 대해 침이 마르게 칭찬했다. 그리고 모두들 취했고, 늘 그렇듯이 결론조로 세상이 그런대로 그럭저럭 굴러가고 있으며, 아이들은 잘 크고 아내들과는 근본적인 마찰만 피하면 잘 지내며, 다음 날은 오늘보다 조금 덜 피곤할 것이며, 아마도 조금 더 풍족할 것이라는 정도로 요약되는 이야기들을 주절주절 늘어놓으며, 그들은 이튿날의 출근을 위해 흩어졌다.

　"그렇게 날 몰라요?"라고 전화로 말하던 하나코의 음성은 가끔 유령의 목소리처럼 그의 귓가에 울리기도 했다. 그렇지만 그런 종류의 질문에 대답하기에 그의 삶은 너무 원대한 이유로 분주했다. 이탈리아 모자 원단 회사와의 거래는 끊임없이 번창했지만 그는 이후 한 번도 출장을 자청하지 않았다. 그의 욕구에 비해서는 늘 불충분했지만, 먹어 가는 나이에 걸맞은 위치로 승진해 있었기 때문에 그런 종류의 출장 여행을 직접 할 필요가 없기도 했다. 그는 더 중요한 것을 결정하는 사람이 되었고 그런 일로 바빴다. 아내와 초등학교 입학을 눈앞에 둔 딸아이를 데리고 이탈리아 베네치아로 가족 여행을 도저히 할 수 없을 정도로.

　거래가 활발해지기 시작한 이래, 이탈리아 상공회의소에서는 매년 외국 바이어들을 위한 홍보 잡지 형식의 영어판 상업 정보지를 꾸준하게 그의 회사로 보내왔다. 그의 출장 여행에서 수년이 지난 어느 달에도.

그 달의 잡지에는 두 명의 동양 여자를 담은 커다란 사진과 함께 인터뷰 기사가 실렸다. '동양의 매력을 의자에 담는 한 쌍의 한국인 디자이너, 귀국 전야의 인터뷰.' 이런 제목이 붙은 기사를 대동한 사진 속의 한 명은 하나코의 얼굴이었고 그 옆에서 활짝 웃고 있는 얼굴은 지금은 이름조차 기억나지 않는, 하나뿐인 것 같던 그녀의 여자 친구였다. 거기에는 그들이 우연히 참여한 이탈리아 주최 국제 인테리어 디자이너 대회에서 시작해, 촉망받는 독창성을 지닌 한 쌍의 디자이너로 독립하기까지의 과정이 대담 형식으로 씌어져 있었다. 바로 그들과 가까이 지내던 시절의 하나코, 하나부터 끝까지 생소할 뿐인, 그녀의 학창 시절의 약력도 소개되어 있었다.

언제, 이렇게 하나코는 그들도 모르는 사이 이렇게 살았던 걸까.

인터뷰 기사는 이 한 쌍의 여인이 의자 디자인만 고집하는 전문성에 대해, 신체적인 편안함과 감각적인 미를 동시에 조준하는 그들 디자인의 독특한 매력에 경의를 표했다. 나머지 부분은 그녀들이 고안한 의자 사진이 곁들여진 전문적인 내용으로, 이탈리아와 한국에 동시에 개점할 그녀들의 사업에 대한 구체적인 절차와 계획을 다루고 있었다. 이 두 여인에 대해 기사는 때로는 동업자, 때로는 동반자라고 썼다.

하나코의 얼굴은, 옆에서 웃고 있는 친구의 얼굴 쪽으로 반 정도 돌려져 있어서 오똑하게 돋아난 코가 더욱 부각되어 보였다.

—《문학사상》 1994년 6월;
최윤, 『열세 가지 이름의 꽃향기』(문학과지성사, 1999)

김혜순(金惠順·1955~)

김혜순은 1955년 경상북도 울진군에서 태어났다. 건국대학교 국어국문학과를 졸업했고 동 대학원에서 박사학위를 취득했으며, 현재는 서울예술대학 문예학부 문예창작전공 명예교수다. 1978년 《동아일보》 신춘문예에 문학평론 「시와 회화의 미학적 교류」가 입선해 비평가로 먼저 등단했고, 1979년 가을 계간 《문학과지성》에 시 「담배를 피우는 시인」 외 네 편을 발표하며 시단에 나왔다. 시집으로 『또 다른 별에서』(1981), 『아버지가 세운 허수아비』(1985), 『어느 별의 지옥』(1988), 『우리들의 음화』(1990), 『나의 우파니샤드, 서울』(1994), 『불쌍한 사랑기계』(1997), 『달력 공장 공장장님 보세요』(2000), 『한 잔의 붉은 거울』(2004), 『당신의 첫』(2008), 『슬픔치약 거울크림』(2011), 『피어라 돼지』(2016), 『죽음의 자서전』(2016), 『날개 환상통』(2019), 『지구가 죽으면 달은 누굴 돌지?』(2022)가 있고, 시론집으로 『여성이 글을 쓴다는 것은』(2002), 『여성, 시하다』(2017), 『여자짐승아시아하기』(2019), 시산문집으로 『않아는 이렇게 말했다』(2016) 등이 있다. 2019년 시집 『죽음의 자서전』으로 그리핀 시문학상을, 2023년 시집 『날개 환상통』으로 미국 전미도서비평가협회상을 수상했다.

김혜순의 시 세계는 글쓰기를 하나의 운동처럼 파악해 민중·민족·젠더가 교차하는 데 그 정체성이 있다. 첫 시집 『또 다른 별에서』는 시적 대상을 주관적으로 바라보고 섬세한 언어로 표현함으로써 대상과 세계의 새로운 면을 발견하게 했다. 이후 김혜순은 한자리에 고정되지 않는 역동적인 언어로 출산, 미술·연극·판소리 등 예술작품, 무가 바리데기, 시대의 폭력성 등을 재조명했다. 김혜순에게 시인은 귓구멍처럼 텅 빈 자이면서 귀처럼 열려 있는 자다. 여성에 의한 여성적 시 쓰기의 의미를 질문하며 몸으로 쓴 시를 실험해 온 김혜순에게 시는 '쓰는' 것이라기보다 '하는' 것이다. '하다'는 김혜순의 시 세계를 대표하는 시적 언어이자 태도이다. 시론집 『여성, 시하다』에서 여성은 '시하는' 존재이며, 시인 스스로 '새의 시집'이라고 명명한 시집 『날개 환상통』은 '새하는' 기록이다.

　김혜순에게 글쓰기는 여성으로서 거대 담론과 제도에 파문을 일으키는 꾸준한 운동이다. 타락, 몰락, 퇴폐, 쓰레기들, 유령은 기존의 시 장르 문법에 구멍을 내기 위해 그가 포착하고 발명한 시적 대상이자 정체성이다. 성실한 시인이자 시론가로서 김혜순은 타자의 목소리와 구별 없이 함께 발성할 복수 화자의 가능성을 발견했다. 또한 김혜순은 여성 시를 시 장르의 억압에 질문하는 일종의 메타시로 보았다. '여성시=고백'이라는 편견과 여성 시의 화자가 단지 독백적 진술을 할 뿐이라는 고정관념을 부수며 여성 시를 둘러싼 풍문을 비판했다. 한국 여성 시사에서 김혜순은 모든 이분법들 사이에 존재하고자 하는 여성 시를 발견했다는 평가를 받는다. 김혜순이 추구한 여성 언어는 위반의 언어이자 사랑의 이름이다.

황선희

나의 우파니샤드, 서울

1
아침 일고여덟시경
나는 생각한다
서울에서 지금
일천이백만 개의 숟가락이 밥을 푸고 있겠구나

동그랗구나
숟가락들엔 모두 손잡이가 달렸다
시끄러운 아스팔트 옆
저 늙은 나무엔 일천이백만 개의 손잡이가 달린 이파리들이 달
렸다

2
하늘이 빛의 발을 서울의 동서남북
환하게 내다 걸면 태양이 일천이백만 쌍

우리들 눈 속으로 떠오른다 그러면

서울 사람들, 두 귀를
가죽배의 방향타처럼 쫑긋거리며
이불을 털고 일어난다

바람이 내 안으로 들어왔다 그대 안으로
들어가고, 다시 그대 숨이 내 숨으로
들어오면 머리 위에서 신나는 풀들이
파랗게 또는 새카맣게 일어선다 오오

그러다 밤이 오면 죽음이 오백 년 육백 년 전 할아버지의
배꼽을 지나 내 배꼽으로
들어오고 일천이백만 개의 달이
우리의 가슴속을 넘나들며 마음 갈피갈피
두루두루 적셔준다

한밤중 서울의 일천이백만 개의 무덤은 인중 아래
모두 봉긋하고 오오오
또 한강은 일천이백만의 썩은 무덤 속을 헤엄쳐나온
일천이백만 드럼의 정액을 싣고 조용히 내일로 떠난다

다시 하늘이 빛의 발을 서울의 동서남북 내다 걸면
일천이백만 쌍의 태양이 눈을 번쩍 뜨고
저 내장들의 땅속 지하 삼천 미터 속까지

김혜순

빛살 무늬 거룩하게 새겨진다

—《현대문학》1993년 9월;
김혜순, 『나의 우파니샤드, 서울』(문학과지성사, 1994)

여자들

우리가 가지 않은 길에 대한
슬픔으로 견디겠다고 나는
썼던가 내가 사랑하는……이라고
청승을 떨었던가 아니면 참혹한 여름이라고
엄살을 떨었던가 너 떠나고 나면 이 세상에 남은
네 생일날은 무슨 날이 되는 거냐고 물었던가
치마폭에 감추면 안 되겠냐고 영화 속에서처럼 그러면
안 되겠냐고

문을 쾅쾅 두드리며 그들은 올까
모든 전쟁의 문이 열리고
모든 전쟁의 문을 막아서며 없어요 없어요
고개를 젓는 여자들이 쏟아져나온다

치마폭에 감추면 안 되겠냐고…… 치마폭에 한 남자를 감춘 여

김혜순

자가 총을 맞고 쓰러진다. 남자는 지금 막 숨이 끊어진 여자의 피를
벌컥벌컥 마신다. 소파의 솜을 다 뜯어내고 한 여자가 거기에 그를
숨길 방을 만든다. 피아노 속을 다 뜯어내고 한 여자가 그 속에 그의
침대를 숨긴다. 그 피아노는 건반을 두드려도 소리가 나지 않는다.
항아리에 결사적으로 걸터앉은 여자가 소리친다. 없어요 없어요 난
안 감췄어요. 헛간에까지 쫓긴 여자가 지푸라기 속에 감춘 남자 위
에 드러눕는다. 없어요 없어요 난 안 감췄어요. 그들이 지푸라기 위
에 불을 싸지른다.

　　이 다음에 나 죽은 다음에
　　내 딸은 나를 어떻게 떠올릴까

　　이마를 다 뜯어내고
　　아무도 몰래 다락방을 만든 엄마
　　밤이 무거워 잠이 안 와
　　자다 일어나 안경을 쓰고
　　없어요 없어요 난 안 감췄어요
　　잠꼬대하는 그런 엄마

　　비녀 꽂을 머리칼도 몇 가닥 남지 않은 할머니
　　지팡이에 온몸을 의지한 채
　　저녁마다 언덕에 올라 동구
　　밖 내려다보시며
　　민대머리 절레절레
　　없어요 없어요 난 안 감췄어요

무화과나무 한 그루 그 큰 손바닥으로
꽃도 안 피우고 맺은 열매를 가리고
비 맞고 서서
고개를 절레절레 흔들고 있다

— 김혜순, 『나의 우파니샤드, 서울』(문학과지성사, 1994)

엄인희(嚴仁喜·1955~2001)

엄인희는 1955년 인천에서 태어나 경기도 일대 농촌 지역을 옮겨 다니며 유년기를 보냈다. 서울예술전문학교 연극과에 진학해 1981년 《조선일보》에 「부유도」, 《경향신문》에 「저수지」가 동시에 당선되면서 문단에 나왔다. 1983년 대한민국문학상 희곡 부문에서 신인상을 수상하고 2001년 폐선암으로 46세에 숨을 거둘 때까지 희곡 집필에 열정을 쏟아 짧은 생애 동안 30여 편이 넘는 작품을 남겼다. 또한 1980년대 중반부터 안양문화예술운동연합과 함께 활동하며 노동자, 빈민, 어린이를 대상으로 연극 교실을 열고 작가이자 연출가로 전국 각지를 순회했다. 오랜 현장 경험을 거친 후 1993년 제도권 무대로 되돌아와 희곡 작가이자 연출가로 무대 활동을 지속했다. 수필, 시나리오, 희곡 이론서도 집필했으며, 자신의 희곡 대다수를 연출했다. 한국여성단체연합, 민족문화작가회의, 민족극운동협의회, 어린이문학회, 여성의 전화, 민요연구회에서도 활동했다.

엄인희는 현실 참여적 혹은 현실 밀착적 여성주의 단계를 밟아 작품 세계를 구축한 작가이다. 그는 1970년대 대학에서 연극을 배우고, 1980년대에는 노동현장에서 다양한 경험을 쌓고, 「마침내 가리라」(1989), 「이제는 하나다 전노협」(1989), 「따뜻한 손 마주 잡고」(1990), 「하늘 아래 방 한 칸」(1990) 등 노동 문제를 다룬 작품들과 「선생님 힘내세요」(1989) 등 청소년극을 집필하고 연출하다

1990년대 중반에 현장 민중의 시각에서 사회와 여성을 다룬 극을 무대에 올린다. 1995년 아들을 못 낳은 본처 '큰댁'의 삶과 독립운동가 남편 대신 생계를 위해 씨받이가 된 후처 '작은댁'의 삶을 그린 「그 여자의 소설」이 크게 주목받은 뒤, 그는 구체적인 현실과 밀접하게 얽힌 여성의 성, 몸, 이혼 문제를 다룬 일련의 여성주의 희곡들을 발표한다. 성폭력 문제를 다룬 「절망 속에 빛이 있다」(1996), 이혼과 재혼 등 성 문화를 파헤친 「이혼해야 재혼하지」(1997), 여성의 성욕을 비하하는 한국의 가부장적 여성관에 파문을 던진 「생과부 위자료 청구소송」(1997), 여성의 생리를 다룬 「비밀을 말해 줄까」(1998) 등이 있다. 엄인희는 극작술 면에서도 점진적 발전 단계를 밟는다. 등단작 「부유도」와 「저수지」 등 서양의 서사극과 부조리극 기법으로 시작한 엄인희는 다수의 전래동화 아동극과 전통 놀이극 탐구를 거쳐 「그 여자의 소설」과 「생과부 위자료 청구소송」에 이르면 서양과 우리 전통이 함께 숨 쉬는 무대 기법을 창출한다.

엄인희의 희곡은 가부장제와 자본주의 등 사회의 부조리한 억압에 대해 날카롭게 비판하면서 한국 전통 놀이극의 통쾌한 해학 정신을 이어받아 여성, 어린이, 청소년, 노동자 등 민중에게 따뜻한 마음과 희망을 전한다. 또한 일상적인 대사로 재미와 의미를 동시에 전달하며, 역사·사회적 맥락 속에 여성 문제를 구체화시키면서 해결점을 찾도록 유도한다. 즉 엄인희는 현실적인 주제를 일상적인 말과 감정으로 공감을 불러일으키는 지적이며 대중적인 작가이다.

이희원

그 여자의 소설

등장인물

── 작은댁

──큰댁

──남편

──조춘 아버지

──귀분네

──조춘이

제1장

(귀분네 방, 42년 봄)

흙벽이 무너져 내릴 것 같은 초가이다.
창호지 갱지로 더덕더덕 기운 문이 삐끔 열려 있다.
윗목에 작은댁이 앉아 있다.
아랫목에는 큰댁이 앉아서 샅샅이 훑어본다.
귀분네 바가지에 떡을 담아서 들고 들어온다.

귀분네 　(큰댁한테) 그냥 오시지. 웬 쌀떡이래요. 김이 무럭무럭 나네.
　　　　 (조금 떼며) 앗 뜨거. 아직 뜨겁네. (작은댁한테) 자네도 먹어.

작은댁, 얼른 손이 가려다 멈추고 눈치를 살핀다.
작은댁, 침만 꿀꺽 삼킨다.
큰댁, 기침을 한다.

귀분네 　아이고, 참! 형님! 아직 말도 안 건네셨어요? 이제 한 식구될
　　　　 텐데 뭘 뜸 들이구 그러세요.

귀분네, 떡을 먹는다.

큰댁　　 아이가 올 스물셋이라구 했지?

귀분네 　예? 그런가…… 자네가 열여섯에 박 씨한테 시집와서…… 열

189

여덟에 조춘이를 낳고······ (손가락을 짚어 가며) 맞네요, 맞
아. 그렇지?

작은댁   (모기만 한 소리로) 예!

큰댁   달거리는 꼬박꼬박 하나?

귀분네   그럼. 조춘이 엄마도 자신 있으니까 이런 자리에 오겠다고 하
겠지. (작은댁한테) 이것 봐. 거르거나 오랜만에 하지는 않지?

작은댁   (수줍어 하며) 예!

큰댁   홀시아버지를 모신다는데 괜찮겠나?

귀분네   이 사람 남편이 중국서 광복군 한다고, 일본 순사 놈들이 데
려가서 겁탈하려고 했잖아요. 오히려 이 집 시아버지가 더
서두르는 거예요. 일본 놈 노리개가 되느니 남의 집 첩살이
가 낫다고.

큰댁   (혀를 끌끌 차며) 첩살이를 시킨댔나. 아들 하나 낳아 주면 살
만큼 하게 해 주고 내보낸다고 했지.

작은댁은 그동안 안절부절못한다.

귀분네   그러다 딸부터 낳으면 어째요. 사람 일이 그렇지. 생각대로
씨만 받을 수 있수?

큰댁   (화를 내며) 이게 무슨 재수 없는 소리야? 냉큼 소금 가져와!
(작은댁한테) 자네! 앉은 태도가 그게 뭔가? 오줌 쌌나?

작은댁   (놀라며) 아닙니다. 옷을 빌려 입었더니 조심스러워서요.

귀분네, 씨부렁거리며 소금 가지러 나간다.

큰댁   자네 애기 아버지한테 통 기별이 없나?

작은댁   예.

큰댁   내가 영순이란 딸 하나 낳고 올해로 십 년이네.

작은댁, 알고 있다고 고개를 끄덕인다.

큰댁   우리 집 바깥어른이 아들 없는 집에 들어오기도 싫다고, 아
         예 기생집 사랑에서 주무신다네. (한숨을 쉬며) 거기서라도
         하나 낳아 오면 좀 좋아. (떡을 집어 주며) 먹게. 오랜만에 떡
         구경할 텐데…….

작은댁, 무릎으로 기어 와서 두 손으로 공손히 받는다.
작은댁, 맛있게 먹는다.

큰댁   애기 아버지하곤 어땠나? 첫 정이 좋았나?

작은댁   마님! 어르신한테 정 안 붙일게요. 그냥 아들만 하나 낳아 드
         리고 다시…….

큰댁   다시 뭐?

작은댁   우리 아버님한테 돌아오려구요.

큰댁   (웃으며) 시아버지가 친정아버지인 줄 아나? 내 혼자 살 수
         있게 해 줌세. 염려 말게.

작은댁   (실망하며) 그래요…… 아버님 다시 모실 수 없어요…… 조
         춘이 하고도요?

큰댁   모르지. 조춘이야 딸인데 자네 줄 수도 있지. 아버지 생사도
         모르겠다…….

작은댁   다시 갈 수 없다구요.

큰댁   행여 딴생각 말어. 물은 엎질러졌으니까.

       작은댁, 시무룩하다.

큰댁   자네 친정 어머니나 언니는 주로 무얼 많이 낳았나? 아들인
       가?

작은댁   언니는 없구요. 어머니는 저를 낳다가 돌아가셨어요.

       큰댁, 끄응하며 돌아앉는다.

작은댁   오라버니가 세 분 있습니다.

       큰댁, 얼굴에 화색이 돈다.
       뻐꾸기가 낭랑하게 노래한다.

작은댁   (혼잣말) 벌써 쌀 한 가마 받았으니 무를 수도 없고…… 다섯
       말이나 팔아서 빚을 갚았으니 무를 수도 없고……

       귀분네, 누더기 옷과 물 한 대접을 들고 들어온다.

귀분네   (누더기 옷을 내밀고) 미친놈의 여편네. 빌려준 지 얼마나 됐
       다고 내놓으래. 더러워서.

작은댁   (놀라며) 옷 달래요?

작은댁, 돌아앉아서 옷을 갈아입는다.

큰댁, 작은댁의 몸을 눈여겨본다.

귀분네   (큰댁한테) 어떠우?

큰댁   (웃으며) 다음부터 그런 옷 빌려 입지 마라. 그건 속치마다.

귀분네   이렇게 좋은 옷이 속치마라구요?

큰댁   우리 집에 오면 겉치마 속치마 고쟁이 다 입게 해 주마.

작은댁   고맙습니다.

큰댁   어디 저 멀리 함경도 같은 데서 데려오면 좋을 텐데, 같은 소사 사람이라 민망하네.

귀분네   그건 그래요. 어쩌겠수. 형님 혼자 꾸미는 일인데 가까이서 못 구하면 영 틀린 일이죠. 저기…… 바깥어른은 아셔요?

큰댁   그 양반이 열 계집 싫달 사람인가. (일어나며) 길게 있으면 만날 테니까 일어나겠네.

셋, 함께 일어선다.

귀분네   여기 있어. 나오지 말구.

큰댁   내 곧 무당한테 날 받아 가지구 일습을 마련해서 보내겠네.

귀분네   알았어요. 어서 가세요. 아무리 가깝다 해도 두어 시간 걸어야 가시잖아요.

작은댁   마님! 안녕히 가세요!

큰댁   마님은 무얼. 이제부터 형님이네.

큰댁, 작은댁의 손을 꼬옥 잡는다.

작은댁, 수줍어한다.

제2장

(큰댁 앞마당, 43년 여름)

큰댁의 아담한 기와집이다.
작은댁, 부엌에서 바가지를 들고 나온다.
평상에 걸터앉아 바가지 안의 밥을 비빈다.
참기름 냄새가 코를 찌른다.
작은댁 싱글벙글하며 밥을 맛있게 먹는다.
귀분네와 큰댁이 옥수수를 한 광주리씩 가득 담아, 이고 들어
온다.
작은댁, 깜짝 놀라며 바가지를 얼른 감추고 옥수수 광주리를 받
아 내린다.

큰댁	아구구구! 밥은 앉혔나?
작은댁	(고개를 외로 돌리며) 예! 지금 보리 삶아서 가마솥에 들여놨어요.
큰댁	아니, 그럼 불 안 때고 뭐 해?
작은댁	예. 하지요.
귀분네	(코를 찡긋거리며) 이게 무슨 냄새야. 이 집에 참깻묵 재어 노셨나…… 고소하네.
큰댁	(작은댁을 흘끗 보며) 자네 또!

작은댁   (얼른 바가지를 꺼내 보이며) 찬밥 얼른 비벼 먹고 한다는 것
        이 그만…… 실은 형님! 눈꼽만큼 넣으려고 했는데요…….

큰댁   이게 무슨 조화랴?

귀분네   (바가지를 보며) 시제사 기제사 나물에도 귀해서 못 쓰는 참
        기름을…… 쯧쯧!

큰댁   아들 낳아 달라고 데려왔더니, 이년이 삼 년을 넘기고도 애
        는 못 낳고, 처먹는 것은 참기름이니 꿀이니 쏙쏙 쑤셔 먹어!

큰댁, 잡고 때릴 게 없나 이리저리 찾는다.
작은댁, 얼른 부엌으로 들어간다.

귀분네   왜 화를 내슈? 동네 웃음거리 만들려구 이러세요? 당신이 선
        보고 데려와 놓고 당신이 시샘을 한다고.

큰댁   귀분넨 뭘 잘했다고 나서! 중신을 하려면 똑똑한 것으로 해
        야지. 영감이 뭐라는 줄 알어? 다른 여자를 보자고 했더니,
        밭농사를 이리저리 옮기면 씨만 버린대요.

귀분네   어마! 속정이 깊숙이 드셨나 보네.

큰댁   웃을 일인가? 웃음이 나와? 한 두어 달 방 합치고 고개 너머
        보내서 몸 풀려고 했지. 데리고 살려고 했난 말이야.

귀분네   (퉁명스럽게) 아이, 또 뭐 알아요. 영감이 나이가 드셔서
        잘…….

큰댁   (말을 자르며) 아, 마흔둘이 늙었어? 작은집 얻을 땐 서른아
        홉이었다구.

작은댁   형님! 부지깽이 가져왔어요.

작은댁, 돌아서서 종아리를 올린다.

귀분네	딸년이유, 며느리년이유, 때리다 정 붙어요. 아예 한 식구 만들 모양이신가 보네.
큰댁	가서 불이나 때. 새참 늦어.

귀분네, 부엌에서 불을 때며 밖을 내다본다.
큰댁은 부지깽이를 다부지게 잡고 종아리를 때린다.
작은댁은 소리는 못 내고 펄쩍펄쩍 뛴다.

큰댁	벌써 몇 번째냐? 참기름은 영순이하고 영감님만 드시는 거라고 했지?
작은댁	네, 형님!
큰댁	지난 삼 년 동안 못 해 준 게 뭐 있어! (때리며) 이팝을 안 해 줬나. 보약을 안 데려[1] 줬나. 동경에서 보낸 오렌지라는 것도 나는 입에도 안 대고 갖다 바쳤으면…… 천하대장군 장승 머리에서 새싹이 나고, 염병 앓다 죽은 사람도 살아서 일어나, 이년아!
작은댁	잘못했어요.
큰댁	잘못했으면!
작은댁	제가요. 어떻게 해서든지 아들을 낳아 볼게요.
큰댁	사람이 염치가 있어야지. 먼저 박 씨 댁에서 낳은 딸년이 보고 싶다고 울어서, 그걸 데려다 안 키웠나. 그 배배 틀리고 눈

1 달여.

만 툭 튀어나온 것을 데려다 보얗게 살을 안 찌워 줬난 말이야. 논물에 발 한번 담그라고 했나.

작은댁　형님! 은혜 꼭 갚을게요.

큰댁　아들 못 낳고 밥만 축내려거든 마님이라고 불러. 밥값도 못 하는 년이 무슨 건넌방에서 작은마님 행세냐, 행세가.

귀분네　(내다보며) 그만하세요. 매달 달마다 가슴 졸이며 사는 여자는 오죽하겠어요.

큰댁　그게 아니라구. 자넨 몰러. 입 밖에 낼 말은 아니네만…… 내가 이 사람 들어온 뒤론 영순 아버지 곁에 한 번도 가지 않은 사람이에요. 그동안 손끝이라도 한 번 잡아 봤으면 성을 간다구. (부지깽이를 내던지며 나간다.) 어서, 일꾼들 먹을 거나 내다 줘. 옥수수 쪄 놓고.

작은댁, 풀썩 주저앉아 종아리를 주무른다.

귀분네, 다가온다.

작은댁, 옥수수 껍질을 깐다.

귀분네　자네 고생이 많아. 형님 속마음은 알아듣는 거야?

작은댁　(종아리에 침을 바르며) 같은 여자니까요.

귀분네　어디 봐!

작은댁, 종아리를 보여 준다.

귀분네　그래도 자네 같은 시앗이 어딨나?

작은댁　아이, 시앗 소리 마셔요. 아들만 낳으면 그다음 날로 나갈 테니까.

귀분네　허유, 젖도 안 멕이구? 지 자식인데?

작은댁　(소리를 죽이며) 조춘이는 어때요? 잘 있어요?

귀분네　몰러. 여기서 일 끝나고 집에 가면 새벽닭이 울 판인데, 거기 들여다볼 새가 어딨나. 뜸 들이지 말구 얼른 하나 낳아. 그래야 자녠 여기서 나가고, 나는 이 옆으로 움막이라도 지어야 일 살러 들어올 것 아냐.

작은댁　마음대로 돼야 말이지요.

귀분네　조춘이 아버지는 진짜 죽었는지 살았는지 모르나?

작은댁　(한숨을 쉬며) 몰라요.

귀분네　이 댁에서 준 밤말이 밭 두 마지기. 자네 시댁에 아주 준 건가, 도지 준 건가?

작은댁　아주 줬어요. 문서도 받은걸요.

귀분네　아, 참! 자네 정신대로 끌려간다고 일본 헌병이 도락꾸 타고 왔댔어. 딴 데로 시집갔다고 하니까 조춘이라도 데려간다고…….

작은댁　조춘이를요?

귀분네　걔가 열 살만 넘었어도 끌려갔을걸. 아홉 살에다가 몸은 오죽 작어. 애기지. 데려다 걸레질도 못 시킨다고 통사정하고…… 조춘이는 뒷산으로 빼돌리고 그랬대지.

작은댁　(울먹이며) 조춘이가요…….

귀분네　말이야 바른 말이지…… 나라를 해방시킨다고 나선 집안인데, 동네서 뒷구멍으로 도와주지는 못하고, 나부터도 이런 데 중신이나 들고…… 썩을 놈의 세상!

작은댁　그런 말 마셔요. 귀분네서 소처럼 끌어다 판 것도 아니잖아요.

귀분네   그런데 왜 안 하던 짓은 해? 참기름은 왜?

작은댁   영 밥이 싫어요.

귀분네   밥이 왜? 굶는 사람 천지인 세상에 무슨 호강에 바친 소리야?

작은댁   냄새가 싫어요.

귀분네   냄새가? 뭐야? 그러니까…… 저 저 달거리는 어떤데?

작은댁   (웃으며) 없어요.

귀분네   얼마나?

작은댁   이제 세 번 거르네요.

귀분네   틀림없지?

　　　　귀분네 큰댁한테 달려가려고 한다.

　　　　작은댁, 붙잡는다.

작은댁   아무도 모르게 혼자 낳을 수는 없을까요?

귀분네   왜? 이럴 때 세도 한번 부리지.

작은댁   딸이면 어떡해요?

귀분네   딸이라…… 무얼 먹고 싶나? 뭐가 먹혀?

작은댁   아들만 낳아 주고 바로 떠날래요.

귀분네   아이구, 여자는 팔자 한 번 고친 걸로 족해. 어딜 가? 아들만
　　　　낳아 봐. 누가 알아. 자네가 안방 차지할지.

작은댁   (펄쩍 뛰며) 쉿! 형님 들으셔요.

귀분네   어이구, 철없기는…….

작은댁   이 집 남자 질색이에요. 짐승…….

　　　　큰댁, 헐레벌떡 들어온다.

큰댁	이게…… 이게…… 입덧이 아니면 그럴 리가 없어. 달거리하는 빨래도 요즘엔 안 나왔구.
귀분네	맞아요. 애가 들어섰나 보우. 경사 나셨수.
큰댁	근데 왜 비벼 먹어?
귀분네	애가 서서 먹는 걸 가지구 무슨 타박이시우?
큰댁	벌겋게 비비면 딸이래잖아. 자네 조춘이 뱄을 때는 무얼 먹었나? 아냐. 당장 가자.
귀분네	어디요? 일이 태산인데.
큰댁	무꾸리한테 가야지. 뭘 줄 알아야 발이 땅에 닿지. 이거 나는지 서 있는지 분간을 못 하겠네.
귀분네	(큰댁 손을 잡아다 작은댁 손을 쥐여 주며) 형님이 먼저 한마디 하시구요.
큰댁	(손을 꼭 쥐며) 수고했네. 고맙네.
작은댁	형님! 아들 한번 꼬옥 낳아 보겠습니다.

큰댁, 기특해서 작은댁을 쓸고 닦고 만져 준다.
외양간에선 송아지가 운다.

제3장

(창경원 가는 길, 45년 봄)

활짝 개인 봄날이다.
창경원으로 벚꽃놀이 가는 큰댁, 남편, 작은댁이다.

전차에 몸을 흔들리며 앉아 있는 세 사람. 남편은 모자, 양복, 지팡이, 흰 구두로 단장했다. 작은댁, 한복을 곱게 입고 남편 옆에 앉아 있다. 손에는 수가 예쁜 손가방을 들었다.

큰댁은 애기를 업고 있다.

앞에는 먹을 것이 든 보따리가 두 개 놓여 있다.

전차가 흔들린다. 남편 작은댁을 얼른 감싸 안는다. 큰댁은 앞으로 고꾸라질 뻔하다가 도로 앉는다.

남편   허어, 애기 업은 사람이 조심성이 없어. 남의 장손을 맡았으면 눈 똑바로 뜨고 앉아야지.

작은댁   형님! 이리 주셔요. 제가 업을게요.

남편   됐어. 제 아들 제가 간수해야지. (작은댁 얼굴을 보며) 저번 날 박하분 사다 준 거 발랐나?

작은댁   예.

남편   많이 발라야지. 통 이런 델 데리고 다니지 않으니까 촌스러워서 원…… 서울 여자들은 어떻게 하고 다니나 잘 보고 배워. 이따가 화신 백화점 귀경도 시켜 줄 테니.

전차가 선다.

남편   자, 내리세!

작은댁, 보따리를 들려고 하자, 남편이 손을 끌며 내린다.

큰댁은 낑낑대며 보따리를 들고 내린다.

작은댁, 보따리를 받아 머리에 이려고 한다.

남편   허어, 김칫국물 떨어지면 어쩌려고. 어서 가자.

      남편은 작은댁을 끌고 앞서 간다.

남편   (휙 돌아서서 큰댁한테) 잘 보고 따라와. 잃어버리면 혼날 줄
      알아!
작은댁   형님!
남편   쯧쯧. 밖에서는 형님이라고 마라. 영순이 어멈이라고 해!

      큰댁, 보따리 하나는 머리에 이고, 하나는 손에 들었다.
      두 사람 앞서서 걸어간다.
      뒤뚱거리며 따라가는 큰댁.
      남편은 지팡이로 이것저것 가리키며 이야기를 해 준다.
      작은댁은 신기한 구경거리 때문에 큰댁이 따라오는 것을 잠시
      잊는다.

큰댁   (업은 아기를 어르며) 진범아! 저거 봐! 우리 아들, 오늘 처음
      기차 타고 전차 타고 했지?
남편   (소리 지르며) 얼른 못 와!

      남편과 일행 창경원으로 들어간다.
      남편은 벚나무 밑에 서서 지팡이로 자리를 깔 곳을 가리킨다.
      큰댁, 낑낑대며 자리를 꺼낸다.
      남편 자리 가운데 터억 버티고 앉는다.
      큰댁 물병에서 물을 따라 작은댁한테 준다.

작은댁 물그릇을 남편에게 준다.

남편 크윽 소리를 내며 마신다.

벚꽃 잎이 세 사람 머리 위로 떨어진다.

남편 일어난다.

남편   내 한 바퀴 돌아보고 올 테니까 앉아 있어.

남편, 바람처럼 걸어간다.

큰댁, 아이를 자리에 누인다.

작은댁은 도시락을 가져다 상을 차린다.

작은댁   거 봐요. 형님! 안 간다고 했잖아요. 진범 아버지가 저렇게 나올 줄 모르셨어요?

큰댁   어때. 이 틈에 하루 나들이하고 좋지. 진범이도 바깥바람 쐬어 보고.

작은댁   형님 앞에선 더 그려서.

큰댁   당신도 딱하지 뭐야. 여편네가 둘이니 하나만 데려갈 수도 없고, 데려와 노니 좋을 게 뭐 있나.

작은댁   그러길래…… 형님! 진범이 젖 그만 줘도 되니까……

큰댁   (소리를 죽이며) 글쎄 누가 모르나. 이 양반이 눈치가 뻔해서 요즘은 내 손에 동전 한 닢 남겨 주질 않아. 사람을 내보내도 뭐가 있어야 보내지. 아들만 달랑 빼앗고 맨몸을 떠다미나?

작은댁   땅문서 주셨잖아요.

큰댁   그거야 자네 시댁에 들어갔잖아. 제발 아무 소리 말고 꾹 참게. 내 얼마만이라도 요령을 부려서 자네 몫을 챙겨 줄 테니까.

203

작은댁 어느 세월에요. 형님이 가운데 끼겨서 고생하시는 것도 싫구
       요. 영감 추근대는 것도 징그럽구요. 몸에서 나는 담배 냄새
       도 역겹구요.

큰댁   싫을 때가 좋을 때야.

작은댁 형님! 진범이는 왜 호적에 안 올리나요?

큰댁   일본 이름으로 올리래잖아. 장손 이름을 그렇게 할 수 있나.
       학교 갈 때까지 기다려 볼 수밖에. (김밥을 건네주며) 이것 좀
       먹어. 젖 먹이는 사람은 쉬 배가 고프니까.

작은댁 놔두세요. 또 큰소리 나요. 남편이 수저를 들기 전에 계집이
       어쩌구저쩌구…… 그놈의 계집, 계집…… 타박을 해도 그때
       그때 마땅한 까닭을 대는 것이 아니고, 무조건 계집이라서
       나쁘다고 하시니…….

큰댁   맞는 소리지 뭐. 나를 봐. 남의 집 장손 며느리로 들어와서 아
       들 못 낳으니 이 꼴이 뭔가? 계집이 아니었으면 만주로 어디
       로 돌아다니면서 독립군이 되든가 장사치가 되든가 했지.

작은댁 형님! 진범 아버지 기분 살펴서 내가 말할래요.

큰댁   (한숨을 쉬며) 어쩔거나. 내 힘이 부치는 일이니.

작은댁 꼭 할래요. 나중은 나중이고 당장 견딜 수가 없어요. 아들 하
       나 더 낳으라고 성화를 부리니…… (진저리 치며) 끔찍해서.

큰댁   진범이한텐 정 안 가?

작은댁 나는요. 조춘이 떼어 놓고 여기서 오 년이나 산 독한 에미예
       요. 형님! 절에 들어갈래요. 글자 한 자 모르는 까막눈이 장사
       를 하겠어요, 혼자서 농사를 짓겠어요. 절에 들어가서 공양주
       보살이나 할래요. 자식들 잘되라고 불공이나 드리구요.

남편 돌아온다.

두 여자 얼른 일어나 자리를 내준다.

남편, 큰 알사탕을 던진다.

남편   (큰댁한테) 꼭꼭 씹어서 진범이 먹여.

큰댁   예.

남편   시장하다. 밥 먹자.

두 여자, 부지런히 상을 차린다.

맛있는 도시락을 포개서 차린다.

큰댁은 맨밥과 숟가락을 들고 자리 끝으로 가서 앉는다.

작은댁, 민망해서 큰댁을 돌아본다.

남편, 기침을 한다.

작은댁, 얼른 젓가락을 남편 손에 쥐여 준다.

작은댁, 자신은 먹지 못하고 남편 먹는 시중을 든다.

남편   굴비 남았었나?

작은댁   예.

남편   자네도 들어.

작은댁   예.

작은댁, 굴비를 뜯어 입에 넣어 준다.

작은댁, 술을 따라 준다.

남편   닭 잡는 것을 봤는데?

작은댁   (닭다리를 뜯어 입에 넣어 주며) 백숙을 좋아하셔서 푸욱 고
         았습니다.

         작은댁, 고기를 더 뜯어서 넣어 주려고 한다.

남편   됐다. 술이나 먹겠다. (큰댁한테) 어이! (작은댁을 가리키며)
         이 사람 혼자 먹으면 많이 못 먹으니, 가져다 먹어.
큰댁   저는 무나물에 무쳐서 먹으면 됩니다.
남편   허어! 남편이 뭐라고 하면 예, 못 하나?
큰댁   (찔끔하여) 예!

         두 여자, 밥자리를 약간 옮기고 먹는다.

남편   담배 어딨는가?

         작은댁 벗어 논 겉저고리 주머니를 뒤져 담배를 가져다 불붙여
         준다.
         봄바람이 불며 벚꽃 잎들이 휘날린다.

남편   (기침을 하며) 코피²⁾를 타라고 일렀는데……

         작은댁, 얼른 일어나 작은 도자기 호리병에 담은 커피를 따라서
         가져다준다.

2   커피.

남편   신발 좀 벗겨라.

작은댁, 신발을 벗겨 준다.

남편   영순 어미 뭐 해? 진범이 안 보고 밥만 처먹어?
큰댁   (얼른 숟가락을 놓고) 다 먹었습니다.
남편   입도 큰 년이 왜 애는 못 낳누…… (술을 마시고) 내 유성기판
에서 들은 소리한다. (헛기침을 늘어지게 하고) 황성 옛터에
밤이 오니 월색만 고요해 폐허에 어린 세월을 말하여 주노라
아 아 그립다 이 내 몸은…….

남편, 작은댁한테 다가가 손을 잡고 춤을 추는 흉내를 낸다.
작은댁, 손을 빼려 하면서도 강하게 거절을 못 한다.
남편, 작은댁을 껴안고 입을 맞추려고 한다.

작은댁   지나가다 누가 봅니다.
남편   괜찮아, 괜찮다니까.

남편은 막무가내로 껴안고 입술로 얼굴을 비빈다.
작은댁, 싫다는 소리를 내며 피하려고 애쓴다.

작은댁   형님! 형님!
남편   (소리 지르며, 큰댁한테) 어여 애 업고 벌떡 일어나! 귀경거리
가 얼마나 많은데 앉아 있어!
큰댁   당신이 자꾸 그러시니까 저 사람이 집 나간다고 하는 거예요.

남편 집을 나가?

큰댁 예.

남편 누가? 자네가?

작은댁 형님이 왜요? 제가 나가요.

남편 어디로? 갈 데가 어딨어?

작은댁 절이라도 들어가면…….

큰댁 당신이 살 만큼 살림 장만을 해 주시면…….

남편 (작은댁한테) 너의 형님이 뭐래? 두 집 살림하라고. 나더러? 허어! 아들 못 낳아서 쫓겨날 팔자를 조강지처라 데리고 살 았더니, 질투를 해!

작은댁 영감님! (무릎을 꿇고) 이제 아들도 낳아 드렸으니 제 할 도 리는 다 했습니다. 집에서 나가게 해 주세요.

남편 아들 낳게 해 달라고 산으로 절로 기도 다니더니만, 어떤 놈 이냐? 이번엔 중놈하고 붙었냐?

작은댁 아이구 망칙한 말씀을…… 진범이 듣습니다.

남편 (큰댁한테) 그러기에 내가 뭐랬냐? 처녀로 데려오라고 했지. 이놈 저놈 맛본 년은 몸이 더러워 장손 자리 볼 피가 아니라 고 했지.

남편, 지팡이를 쥐고 부르르 떤다.

큰댁 참으세요. 놀이 나왔다 이러시면 큰 망신입니다.

남편, 지팡이로 벚나무를 화가 풀릴 때까지 후려친다.
벚꽃 잎이 후두두둑 떨어진다.

큰댁과 작은댁은 꼭 붙어 서서 무서워 벌벌 떤다.

남편, 홱 돌아선다.

남편   행여 작은년이 집 나가면 큰년 너도 쫓겨날 테니 각오해. 아
      들이 없어도 족보에 오른 년이라 끼고 살았더니. 감히 남자
      들 하는 일에 콩 놔라 팥 놔라 참견질이야! 너희 둘! 아뭇 소
      리말고 살아! 내 아들 하나 더 볼 테니.

작은댁   (무릎을 꿇고) 나으리! 어르신네!

남편   (작은댁한테) 어디 니 마음대로 해 봐! 도둑년으로 몰아서 콩
      밥 먹여 줄 테니까. 밤말의 땅문서 훔쳐서 도망간 년으로 만
      들 테니까. 일본 놈 세상에 너 같은 년 감옥 보내기는 누워서
      떡 먹기다.

작은댁   그러면요. 어르신네! 저기 형님 방에도 가서 주무시구요…….

큰댁   (다급하게) 아닙니다. 절대 아닙니다.

남편   (어이없어서) 흥, 흥! 밤이 외로와?

큰댁   (울음 섞인 목소리로) 아니에요. 진범이 끼고 자니까 아무것
      도 몰라요.

남편   (지팡이를 들고) 어디서 여자가 내놓고 남자 품을 찾아! 이러
      구도 가정집 아낙이냐?

큰댁   억울합니다.

작은댁   나으리! 우리 두 여자 살려 주세요.

남편은 화가 나서 어쩔 줄 모른다.

지팡이로 자리를 홀떡 뒤집어 버린다.

남편   다 치워! 입맛 싹 가셨다!

두 여자, 부지런히 자리를 치운다.

남편   (작은댁의 궁둥이를 지팡이로 툭툭 치며) 어떤 놈 좋으라고
        이걸 내보내! 너희 두 년 계속 앙탈을 부리면, 내 한 방에서
        양옆에 끼고 잘 테다!

두 여자, 놀라며 아연실색한다.

남편   망할 년들! 감히 어디다 대고…….

제4장

샘에서 오는 길, 46년 이른 봄. 새벽 안개가 잔뜩 끼었다.
깡마르고 남루한 옷을 입은 사내가 서 있다. 추운지 몸을 웅크
리고 있다.
작은댁 동이에 몸을 담아서 이고 온다. 임신 중이라 배가 불러
서 천천히 걷는다. 무심코 걸어오다 웬 남자가 서 있으니까 옆
으로 돌아서 걷는다.
지나친다. 몇 발자국 걷다가 흠칫 멈춰 선다.
작은댁, 뻣뻣하게 서서 사내만 바라본다.
사내, 다가온다. 사내, 다리를 전다.

작은댁   (혼잣말) 조춘 아버지…….

사내, 동이를 내려 준다.
작은댁, 어쩔 줄 모른다.
그러다 물을 떠서 바가지를 내민다.
사내, 받아서 마신다.

작은댁   다리를 다치셨나 봐요.
조춘 아버지 조금. 발목까지 짤랐소.

작은댁, 조춘 아버지의 발목을 잡는다.
조춘 아버지, 움찔하며 다리를 뺀다.
작은댁도 놀라며 일어선다.

작은댁   언제 오셨어요.
조춘 아버지 해방되고 바로 왔어요. 김구 선생 보다 일찍 돌아왔소.
작은댁   뵐 낯이 없어요.
조춘 아버지 그런 말 말아요. 당신 얼굴을 어떻게 보나, 망설이다 이제야
        왔소. 용서하시오.
작은댁   철이 없어서…… 스물셋에 다른 이 같으면 사리 분별을 할
        나인데…… 아이 하나 낳아 주고 돌아와도 되는 줄 알고……
        이런 바보가 또 어디 있어요.
조춘 아버지 우리 아이를 낳았다면서요?
작은댁   예. 조춘이.
조춘 아버지 몰랐소. 정말 몰랐소.

작은댁   조춘이를 만나 보셨어요?

조춘 아버지 아니요, 아직. 내 생각에 제 어미가 사정 얘기를 하고 난 뒤
         만나야 순서가 아닐까 해서요.

작은댁   (눈물을 훔치며) 조춘이가 젤 딱해요.

조춘 아버지 가족한테 못 할 짓만 했소. 광복군이 되려면 장가나 들지 말
         걸……. 만주에선 다리를 다쳐 동지들에게 짐만 되고.

작은댁   당신이 애쓰셨으니까 우리가 다시 만났죠. 일본이 물러가고.

조춘 아버지 애쓰긴요. 나는 별로 큰일도 못 했어요. 이동영 장군 부대에
         서 짐 나르는 수송병하다가, 연해주 블라디보스톡…… 추운
         겨울에 무장해제를 당하고 본대를 찾아 헤매다 동상을 입었
         소. 그게 답니다.

작은댁   아니에요. 그게 다가 아녜요. 아들 낳으려고 남의 여자 돈 주
         고 사 오는 일보다 천배 백배 훌륭하세요.

조춘 아버지 조춘이는 애 보기 하러 남의 집에 들어갔다면서요?

작은댁   예. 여기 김 씨 집에서 구박한 건 없어요. 형님 딸 영순이는
         학교를 가는데 저는 못 가니까 심술을 내고, 공책을 찢고 그
         래서요. 제가 보냈어요. 거기서 돈 벌면 보내 주려고.

조춘 아버지 조춘이한테 제 아버지 얘기 해 줬소?

작은댁   안 해 줘도 알아요. 자라면서 동네 사람들한테 귀동냥한 것
         도 있구요.

조춘 아버지 빨리 만나고 싶군요.

작은댁   오늘 아침 치우고 형님께 말씀 드려 볼게요.

조춘 아버지 이제 조춘이는 내가 데려가서 키우겠소.

작은댁   예.

조춘 아버지 (속주머니를 뒤적이며) 당신이 그동안 우리 아버님 끼니 거

르지 않게 보살펴 준 것하고…… 몰래 돈하고 사람을 보내서 아버님 시신 거두어 준 것하고…… 언제라도 기회가 오면 꼭 은혜를 갚으리다.

작은댁   장사 치르는 건 형님이 신경 쓰셨어요.

조춘 아버지 (땅문서를 내밀며) 이거…… 김 씨네 밭문서. 이제 나도 돌아왔으니 설마 밥이야 굶겠소, 김 씨 댁이 워낙 경우가 바른 양반이라 그럴 리야 없지만, 어려운 일을 당하면 도움이 될 겁니다.

작은댁   아니에요. 이건 박 씨 댁으로 간 문서예요. 이제 토지개혁을 해서 땅을 나눠 주는 세상이 온다는데…… 남의 것도 그냥 받는다는데…… 이건 제가 시댁 어른들에게 못다 한 사람 도리를 갚는다고 드린 거예요.

조춘 아버지 우리가 당신한테 못할 짓 시킨 거요. 당신 겁니다. 받아요.

작은댁   (거절하며) 난 됐어요. 멀쩡한 서방 버리고 팔자 고쳐 간 년이 무슨 사람이라구. 당신 새로 장가가려면…… 처녀를 데리고 오려면…… 가진 게 있어야 합니다. 다리도 성치 않구요.

조춘 아버지 이거 받지 않으면 나 이 소사 바닥에서 얼굴 들고 못 삽니다. 서로 먼 발치에서 바라보고 살기라도 하려면…… 어서 받아요.

작은댁   (원망하며) 이거 주려고 오셨어요?

조춘 아버지 어서 받고 용서해 주시오.

작은댁, 주위를 두리번거린다.

미루나무 앞으로 간다.

작은댁 (땅을 파며) 여기다 간직할래요. 이 문서는 우리 조춘이 몫으로다.

사내, 땅문서를 건넨다.
가지고 온 초 칠한 봉투를 건넨다.
작은댁, 봉투에 문서를 넣고 묻는다.

조춘 아버지 곧 낳겠구려.
작은댁 (영문을 모르고) 예? (자기 배를 보고) 예 두 달 남았어요.
조춘 아버지 집에서 찾으러 나오겠소. 그만 들어가 보시오.
작은댁 아닙니다. 먼저 가세요.
조춘 아버지 (하늘을 보며) 일본 놈 세상에선 아내와 딸을 지키지 못하고, 남의 손에 해방이 되고 보니, 아무것도 도로 찾을 수가 없구려. (뚜벅뚜벅 걸으며) 나 갑니다!
작은댁 저기 여보!

사내, 돌아본다.

작은댁 얼른 장가가세요.
조춘 아버지 (혼잣말) 착한 사람!

사내, 절뚝이며 뛰어간다.
작은댁, 그 자리에 털썩 주저앉는다.

작은댁 여보! 배 속에 이것만 들어 있지 않아도, 날 데려가려고 왔지

요? 날 끌고 가려고 왔지요? 여보! (배를 안고 뒹굴며) 이것
만 들어있지 않아도…….

작은댁, 땅이 꺼져라 서럽게 운다.

제5장

(묘지가 듬성듬성 있는 야산 언덕, 51년 초)

밤새 서리가 내려앉은 언덕배기 한구석이다.
작은댁이 진범이 동생 정순이를 업고 괭이를 들고 구덩이를 판다.
가운데 긴 네모꼴로 팠다.
작은댁은 옷소매로 눈물을 닦아 가며 괭이로 흙덩이를 부순다.
새벽녘이라 주위가 발그스레하다.
구덩이 판 뒤쪽에는 연합군용 레이션 박스가 두 개 정도 놓여
있다.
그 앞에는 가마니에 쌓은 큰댁의 시체가 누워 있다.

작은댁　형님! (꺼이꺼이 운다) 형님!

작은댁, 시체 앞으로 가서 엎어지며 운다.

귀분네　(소리만) 정순 어매! 어디야?
작은댁　여기예요!

귀분네	아무리 전쟁판이래도 횟가루를 섞어서 묻어야지. (그릇을 들고 건네며) 이거 좀 들고 해. 술찌게미 좀 얻어 왔네. (화를 내며) 어여, 한 술 떠! 기운내야 애 젖먹이고 진범이 걸려서 집을 돌아가지.
작은댁	어딜 가요? 못 가요.
귀분네	가건 못 가건 나중 일이고 어여 먹어. 먹으라니까.

귀분네, 몇 숟가락 강제로 먹인다.
작은댁, 오물오물 씹고 있다.

귀분네	쌀은 못 구해 오고 벼 낟알하고 동전 몇 닢 얻어 왔어. 염은 제대로 못 해 드려도 해 볼 대로 해 봐야지. (한숨을 쉬며) 천안서 소사 사람들 다 놓치고…… 대전이나 충주쯤에다 약속을 하지. 충주가 어디야?
작은댁	형님은 통영이라고 하셨어요.

귀분네, 숟가락을 작은댁한테 쥐여 준다.
작은댁, 한숨을 쉬며 그릇 바닥을 긁는다.

작은댁	귀분네는요. 드셨어요?
귀분네	그랴. (레이션 박스를 가리키며) 저건 뭐야? 사람이 죽었다고 갖다줬어?
작은댁	그런가 봐요.
귀분네	형님도 참…… 거기가 어디라고 들어가셨어. 진범이 며칠 굶었다고 죽기야 하겠어. 귀한 장손 죽게 생겼다고…… 천막

부대가 얼마나 무서운 덴지 몰랐단 말이야?

작은댁 　미국 사람들은 깨끗이 안 먹는다구요. 버린 거 주워 오신다
　　　　구…….

　　　　작은댁, 참았던 울음을 터트린다.

귀분네 　떠나올 때 남자들처럼 보이게 쪽머리 짜르라고 안 했어? 말
　　　　을 안 듣더니만 그예…….

　　　　귀분네, 삼태기에서 횟가루를 쏟는다.
　　　　흙과 횟가루를 섞는다.

귀분네 　(일을 하며) 형님! 그런 일 당했다고 뭐하러 목을 매요? 우리
　　　　만 입 다물면 되지.

　　　　애기가 운다.
　　　　작은댁 애를 돌려 앉아 젖을 물린다.
　　　　귀분네 괭이를 땅에 꽂고 쌀 그릇을 가져다 시체 옆에 앉는다.

귀분네 　(염을 하며) 어찌 간대요. 금쪽처럼 귀한 자식 진범이를 두고
　　　　어찌 간대요! 이 차가운 바닥에, 낯설고 물설은 타향 땅에 형
　　　　님을 두고 어찌 간대요!
작은댁 　형님!
귀분네 　약대에 살던 이야꼬 봐요. 일본 놈 첩 살다가도 씻은 듯이 잘
　　　　살던데…… 미국 군인들이면 어때요. 하나면 더 낫고 여럿이

면 죽어야 합니까? 세상에 험 잡힐 일 하나 없이 살던 양반인
데…… 아이구우! 난리가 사람 잡네! 사람 잡어. 형님! 어찌
눈을 감으슈! 야속한 사람! 매정한 사람!

작은댁 내가 죽어야 하는데…… 죽을 년은 여기 있는데…… 모진 것
은 살아 있구.

귀분네 이리와! 얼른 하자. 진범이 혼자 됐는데……

둘, 낑낑대며 시체를 구덩이 안에 넣는다.
작은댁, 구덩이 안을 넋 빠지게 바라본다.

귀분네 떠나보내 드려. 작별 인사해!

작은댁 (절을 하려다) 진범이 데려와야겠어요. 상주 노릇을 해야 하
는데……

귀분네 왜 이래? 즈이 아버지한테 본 대로 얘기하라구? 정 섭섭하면
내일 이리로 지나가면서 인사시켜.

귀분네, 먼저 절을 한다.
작은댁, 따라한다.

귀분네 아무 소리 말고 시키는 대로 해. 천안서 비행기 폭격 맞을 때,
그때 잊어버렸다구.

작은댁 난리 끝나면 형님 고향으로 모셔야죠.

귀분네 글쎄 통영서 만나면 그렇게 하라니까. 난리야 우리 맘대로
끝나는 게 아니잖아. 십 년이 갈지 이십 년이 갈지…… 자, 흙
떠 넣어.

작은댁   지가 먼저 할래요.

작은댁, 횟가루 섞은 흙을 괭이로 뿌린다.

작은댁   형님은 나한테는 돌아가신 어머니여요. 조춘이 아버지 만났
          다고 죽도록 맞고 애가 죽어서 나올 때 혀를 깨물고 죽으려
          고 했는데…… 형님이 따라 죽으신다고 펄펄 뛰셔서 목숨 이
          어갔는데……
귀분네   그러게 말야. 무슨 본처가 여동생 다루듯이 얼러 주시냔 말
          야. 어여 내려가 밟아 드려. 달구질은 못 하더라도 단단히는
          막아야지.

작은댁, 구덩이로 내려가 단단히 밟는다.
작은댁, 울다가 웃다가 한다.

작은댁   내가 가야 하는데…… 아들도 낳아 드렸겠다. 몸 더러운 년
          이 나서야 하는데……
귀분네   (야단치며) 쓸데없는 소리. 형님이 어떻게 가셨다고 소사에
          말이 쫙악 퍼져 봐. 영순이 국민핵교 선생 된다고 저러는데
          취직이 되겠어? 시집갈 수 있겠냐구. 잊어. 이 시간 이후로
          싹 잊어. 알았지?
작은댁   (울면서) 전쟁아 전쟁아 사람 망치는 전쟁아. 나라야 나라야
          여자들 울리는 나라야. 신세야 신세야 첩살이 종살이 내 신
          세야. 형님아 형님아 살아도 죽은 몸이던 우리 형님아. 가소
          가서 얼른 가소 한 많은 세상 홀쩍 버리고 손 털고 발 털고 후

219

딱 가소. 어여 가소 어여 가소 가 바삐 가소 바삐 가…….

귀분네, 구덩이로 들어가서 작은댁을 밀어낸다.
작은댁 밖으로 나온다.

귀분네   내려가. 내가 다 할 테니. 애 감기 들겠어. 진범이 뭣 좀 먹여
         야지.

귀분네, 레이션 박스를 머리에 이어 준다.

귀분네   이거 뜯어서 고기 깡통 열어 장손 주고, 옆에 앉은 강화에서
         왔다는 할머니도 드려. 행여 미군 부대에서 또 나오면 모른
         다고 그래. 상관없는 사람이라고. 피난도 못 가게 붙잡으면
         어떡해.

귀분네, 작은댁을 떠민다. 작은댁 몇 발자국 가다가 선다.
귀분네는 재빨리 괭이로 흙을 퍼붓는다.

작은댁   (분통을 터뜨리며) 내 꼴을 봐요. 형님! 내 꼴을! 이 잘난 년
         먹을 것 이고 가는 꼴을 좀 봐요!

작은댁, 레이션 박스를 머리에 이고 한없이 눈물을 흘린다.

제6장

(읍사무소 마당, 60년 가을)

밤이다.

읍에서 동네 사람들한테 영화를 틀어 준다고 해서 모여 있다.

귀분네가 궁둥이를 들썩이며 하얀 막을 쳐다보고 앉았다.

작은댁이 머리 수건을 묘하게 쓰고 들어온다.

귀분네 먼저 알아보고 손을 흔든다.

귀분네   정순 어매! 여기야! 이리 와!

작은댁, 다가와 앉는다.

귀분네   (머리 수건을 만지며) 밤중에 웬 멋이야?

작은댁, 수건을 꽉 잡는다.

작은댁, 입술이 조금 찢어지고 눈두덩이가 시퍼렇다.

귀분네   또 맞았어?

작은댁   이 재미난 귀경을 하려면 이 정도는 맞아야지 않겠어요?

작은댁, 실실 웃는다.

귀분네   속도 좋으니. 또 그 타령하면서?

작은댁	예. 나 때문에 형님이 어디 멀리 가서 숨어 버렸네. 아들 하나 더 낳으랬더니 이년이 정순이 낳고 어디 가서 독한 약을 쳐 먹었네.
귀분네	미친놈의 영감. 질리지도 않나. 그 소리는 안 해? 새장가 든 다고.
작은댁	왜요? 큰년처럼 어디 가서 처녀 하나 구해 오라시죠.
귀분네	속 탄다. 속 타. 형님 얘기 하긴 해야 하는데…… 형님 제삿밥 좀 떳떳이 드셔 보시게. 진범이가 제사를 모셔야 귀신도 한 이 풀릴 텐데……
작은댁	보통 무서운 사람이라야 말을 꺼내 보죠.

귀분네, 지나다니는 처녀를 유심히 본다.

귀분네	이것 봐. 자네 딸 아냐?
작은댁	누구요? 조춘이요? 어디?

작은댁, 귀분네가 가리키는 쪽을 본다.
작은댁, 얼굴이 굳는다.

귀분네	누굴 찾나 보네…… 혹시 자네 찾는 거 아냐?
작은댁	아니에요. 몇 년째 안 봤어요. 나를 찾을 일이 어딨겠어요. 남 남인데……
귀분네	아냐. 정순이 붙들고 물어보잖아. 온다! 온다! 얼른 데리고 다른 데로 가. 진범 아버지 보면 또 타작감이다.

작은댁, 당황하며 일어선다.

조춘이, 작은댁을 발견하고 다가온다.

작은댁, 조춘이를 잠깐 마주 보다가 앞서서 종종걸음 친다.

조춘이, 따라간다.

어디만큼 가서 돌아선다.

가을밤 벌레 소리가 은은하다.

조춘이, 팔짱을 끼고 서 있다.

작은댁   (쉐타3)를 벗어 주며) 춥니?

조춘이   (뿌리치며) 됐어요.

작은댁   (멋쩍어하며) 집에 다니러 왔니? 가회동에 식모 살러 갔잖
         아?

조춘이   아직도 때려요? 그 아저씨는?

작은댁   그게 아니고. 다쳤어.

마당에서 영화를 틀었는지 빛이 환해진다.

영화 소리가 간간히 들린다.

조춘이   저 결혼해요.

작은댁   벌써? 아니다. 올 스물여섯이니 늦었지. 그래, 어떤 사람하
         고? 직장은 다니니? 가족은 있구?

조춘이   다리를 절어요. 절름발이에요.

작은댁   왜? 왜 하필 험 있는 사람하고……

3   스웨터.

223

조춘이	힘은 내가 더 많아요. 아버지도 다리를 저시구요. 추석 지나 면 식 올릴 거예요. 아버지가 오시겠냐구 물어보래요.
작은댁	새로 살림 차린 어머니는 어떡하구?
조춘이	그 여자 집 나간 지 오래됐어요. 아버지 벌이가 시원찮으니 까……
작은댁	시댁에서는 알아? 나를 알아?
조춘이	어머니 호적이 아직 우리 집에 있잖아요.
작은댁	내 호적……
조춘이	왜 이혼 수속을 안 하셨어요?
작은댁	그건…… 그건 니 외삼촌들이 챙피하다고 하셔서…… 한 번 나간 호적을 다시 받느냐면서…….
조춘이	김 씨 집으로 가져가면 되잖아요.
작은댁	여긴 형님이 계시니까…… 네 아버지가 별 말씀이 없으시 구…….
조춘이	아버지가 그러셨어요. 아무리 섭섭한 어머니래도 자식이 결 혼하는 걸 모르면 안 된다구요. 오시겠어요?

작은댁, 대답을 못 한다.

조춘이	오신다면 따로 준비할 것이 있어서 그래요. (작은댁을 흘깃 보고) 못 오시는 것으로 알겠어요.
작은댁	혼수는 어떻게 해 가니?
조춘이	식모살이 십 년 넘게 했어요. 염려 마세요.
작은댁	(무슨 생각이 나서) 아냐. 이리 와라! 이리 와! 따라와!

작은댁, 급하게 걸어간다.

조춘이, 어리둥절하다가 따라간다.

작은댁, 뛰어간다. 영화 소리 점점 멀어진다.

작은댁, 손에 호미를 들고 미루나무 밑으로 간다.

나무 밑을 판다. 종이 봉지를 꺼낸다.

봉지 속에서 땅문서를 꺼낸다.

작은댁, 문서를 조춘한테 준다.

작은댁   이거 밤말 밭문서야. 왜 네 오촌 아저씨가 농사짓잖아. 이거
          가지고 가.

조춘이   내가 왜요?

작은댁   네 할아버지가 돌아가시기 전에 주신 거야. 아버지는 여기
          없었구. 너 크거든 물려주라고…….

조춘이   나도 다 알아요! 이거 어머니 이름으로 해 두세요.

작은댁   (문서를 건네며) 여자가 무슨 재산이냐. 아들 있으면 됐지.

조춘이   (문서를 던지며) 그럼 가져가서 진범이 주세요.

작은댁   아니다. 아니야. 그런 뜻이 아닌데…….

조춘이   이리 주세요.

          조춘이, 문서를 받는다.

          자기 가슴에 품는다.

          다시 꺼내서 작은댁 손에 쥐여 준다.

조춘이   마련해 주신 혼수 잘 받았어요. 마음으로 받을게요.

작은댁   똑 부러지기는…… 아버지를 닮아서…….

조춘이 왜 영순이 어머니 돌아가신 건 숨기고 계세요.

작은댁 (놀라며) 뭐야? 어떻게 알았냐? 어떻게?

조춘이 구지리 아저씨한테 들었어요. 아버지가 내 호적 때문에 고민 하시니까, 사실을 알려 주면서 어머니를 김 씨 댁에 보낼 수 있다고…….

작은댁 그이가? 모르는 줄 알았는데…… 그 사건이 난 다음 며칠 있 다 찾아오셨는데…….

조춘이 왜 바로 말하지 않았어요? 왜 그렇게 미련하세요?

작은댁 넌 모른다. 니 아버지 살림 차리기 전이라…… 진범 아버지 가 그리로 가라고 내쫓으면 어째? 여긴 아들이 있고, 늙어서 의지할 수도 있고.

조춘이 나는요? 자식이 아니에요?

작은댁 딸이 뭐냐? 나 같은 여자 아니냐? 나 시집온 다음, 팔자 고친 다음 사람 노릇 못 해 봤다. 딸이 뭐냐? 한 번 호적 파냈으면 다시 못 돌아온다고 우겨서 이 꼴이 됐는데. 너한테 못 할 짓 을 하는데…….

작은댁, 가슴을 땅땅 친다.

조춘, 고개를 숙이고 입술을 깨문다.

조춘이 따지거나 괴롭히지 말자고 결심하고 왔는데…… 죄송해요. (가방에서 편지지와 연필 몇 자루 꺼낸다.) 이거 받으세요. 요 새 한글 배우러 다니신다면서요?

작은댁 편지지구나.

조춘이 나도 주인집 고등학생 딸한테 배웠어요. 우리 편지해요. 서

로 만나기 힘드니까 어머니 생각이 가장 많이 났어요. 편지
를 쓰면 서로 속도 알게 되고…… 가끔 만나도 남 같지 않
고…….

작은댁   (민망해서) 아직 못 써. (고맙게 받는다.) 빨리 배워서 꼭 쓸게.

조춘이   어머니는 함 받을 때 못 오실 테니까, 혼전에 마지막일지도
모르니까, 큰절 올리고 오랬어요.

작은댁   아버지가?

조춘이   이런 데서 인사를 드려서 죄송합니다.

작은댁   괜찮아. 괜찮아. 나 갈게. 너 잘 살면 돼. 무슨 낯으로…….

작은댁, 도망가려 한다.
조춘이, 작은댁을 붙잡아 앉힌다.
보름달 빛이 잔잔하다.
작은댁, 옷소매로 눈을 훔친다.
조춘이, 큰절을 한다.

조춘이   (앉아서) 언젠가 사위, 손주 절을 받으실 때가 있겠죠. 어머
니! 그 사람 다리만 절었지 목욕탕 주인이에요. 성실하고 착
한 사람이에요.

작은댁   (울먹이며) 다리를 절면 어떠냐. 마음을 절지 않으면 된다. 마
음 병신이 더 나빠!

둘, 꽉 끌어안는다.

제7장

(절 마당, 73년 가을)

아름드리 나무들이 서 있는 절 앞마당이다.
뒤쪽으로 절에 올라가는 돌계단이 있다.
입구에는 석등 하나가 외롭게 서 있다.
절 마당을 빗자루로 쓰는 작은댁.
작은댁은 쪽머리를 자르고 짧은 머리로 바꿨다.
다리를 절며 마당을 쓰는 작은댁, 걸음걸이가 성하지 않다.
귀분네가 할머니가 다 되어 절로 올라온다.
귀분네도 쪽머리를 잘랐다.
숨을 헉헉 몰아쉬는 귀분네.
작은댁이 먼저 알아보고 달려온다.

작은댁   여기까지 어떻게 오셨대요. 이 먼 데까지.
귀분네   쯧쯧쯧! 집 나간 지 한 달이 넘었는데 아직도 몸이 그 모양이
         야? 소사에선 당신이 집 나가서 죽었다고 소문이 돌았어. 그
         렇게 얻어맞고 살았겠냐구.
작은댁   다 나았어요.
귀분네   망할 놈의 영감! 그러니 죄 안 받어. 풍 맞고 쓰러졌어.
작은댁   풍이요? 언제?
귀분네   자네 죽인다고 원두막으로 대붓둑으로 칼을 들고 뛰어다니
         다가 핏줄이 터졌대야. 아이구 잘 도망쳤지. 안 그랬으면 꼼
         짝 못 하고 죽었어.

작은댁 정말. 진범이 욕볼 뻔했네.

귀분네, 무슨 소리냐고 쳐다본다.

작은댁 살인자 아버지를 두면 어째요? 손주들 앞날도 그렇고.
귀분네 자넨 아들만 걱정인가? 자기 죽는 건 뒷전이고.
작은댁 귀분네는…… 죽는 게 무서워 도망쳤잖수.
귀분네 아이, 나 물 좀 줘. 땀 흘리며 걸었더니 목이 타네.

작은댁, 바위틈에서 내려오는 물을 떠다 준다.

귀분네 왜 그 말은 불쑥 했어? 큰댁 얘기는 내가 한다고 했잖아. 매
       를 맞아도 내가 맞겠다구. 그렇게 말렸는데도 왜?
작은댁 (웃으며) 왜 고시 붙어서 외교관하는 승택이 알우? 진범이
       친구.
귀분네 응. 알지. 노냥 함께 공부했잖아.
작은댁 둘이 사랑에서 술을 먹는데 진범이가 주정을 하더라구요. 육
       이오 때 행방불명된 사람이 있어서 시험에 떨어졌다구요. 애
       저녁에 공무원은 안 되는 거라지 뭐예요.
귀분네 행방불명이 뭐야?
작은댁 큰형님이 사라진 거지 뭐예요.
귀분네 그러면 시험에 걸려?
작은댁 그렇대요. 외국도 못 나가구요. 사업할려면 나가야 하는
       데…….
귀분네 사업에도 지장 있대?

작은댁   손주들 앞길도 문제고…….

귀분네   아이고, 당분간 외국 나갈 일 없네요, 당신 집은.

작은댁   왜요? 무슨 일 있어요?

귀분네   부도수표를 냈다고 잘못하면 감옥에 가나 봐.

작은댁   부도수표가 뭐유?

귀분네   돈 쓰고 빚 안 갚는 거래. 남의 돈 떼어먹는 거래.

작은댁   돈 길이 막혔대요?

귀분네   하여튼 진범이 밤도깨비 됐어. 도망 다녀.

작은댁   돈 있으면 괜찮나?

귀분네   그럴 테지.

작은댁, 골똘히 생각한다.

작은댁   아이구, 참! 시장하실 텐데. 올라가세요. 얼른 상 차려 내올
        게요.

작은댁, 귀분네를 계단 쪽으로 모시고 간다.

작은댁   그럼 영감은 지금 어덨어요?

귀분네   진범이 처가 맡았어. 똥오줌 치우고 살아 주면 뭐가 나올까
        해서. 당신네 집 근처만 가도 송장 썩는 내가 나요.

작은댁   영감이 집문서 안 내놔요?

귀분댁   어덨는 줄 알아야 꺼내 가지. 자넨 알아?

작은댁   짐작 가는 덴 있어요.

작은댁, 계단을 오르려다 허리를 잡고 어쩔 줄 모르며 가만히 서 있는다.

귀분네 그놈의 영감. 뼈 마디마디 다 분질러 놨구먼. 이 사람아! 자넨 쉰이고 그 인간은 일흔이여. 그걸 하나 꺾지 못해? 도망가든가 막아 내든가. 어이구 어이구 미련통아!

귀분네, 작은댁의 등을 탁탁 친다.
작은댁, 아프다고 소리를 지른다.

작은댁 얼른 가요. 부지런히 드시고 가야 해 지기 전에 들어가지.
귀분네 괜찮아. 오늘 여기서 묵고 새벽 예불 올리고 간다고 했어.
작은댁 우리 진범이는 어쩌구요?
귀분네 간다구? 집에? 관둬! 정 급하면 아버지 집 팔아먹으면 돼. 일생을 별러서 나온 집을 왜 들어가? 아들 하나 낳아 주고 나오기까지 삼십 년이 걸렸네.
작은댁 내 땅 있잖수.
귀분네 그래 안 해도 진범이가 묻데. 어머니 땅문서 조춘이 줬냐구.
작은댁 세상에…… 진범이가 오죽 급하면 그런 말을 다 해. 잔꾀라곤 못 부리는 애가.
귀분네 뭐 하러 땅 있는 거 다 팔아 공장을 지셨어. 좀 남기고 주지.
작은댁 영감이 며느리 못살게 굴면 우리 진범이 구박받아요. 내가 막아야지.
귀분네 맞어. 진범이 처는 빚쟁이 등쌀에다 시아버지 유난벌떡한 성질 받으랴, 미친년이 사촌하자 하게 생겼구. 손주들은 학교를

231

가는지 뒷동산을 가는지 몰라.

작은댁   내가 가야 일단락 나지…….

귀분네   이 사람아! 종살이 그렇게 하면 집이 열 채요. 흥부처럼 매품을 팔면 논이 백 마지기야.

작은댁   (웃으며) 뭘 걱정이우. 영감이 풍이 들었으니까 때리지 못하잖아요.

귀분네   송장 치러 가?

작은댁   예. 내 입에 풀칠하자고 진범이 낳았잖수. 지가 아무려면 낳아 달라고 했겠수? 요즘 애들처럼 자식을 사랑으로 낳는 세월이 아니구. 아들 보자고 아무 여자나 들여서…… 그렇게 외교관이 하고 싶다고 했는데 결국…… 태어난 까닭대로 장손 노릇이나 하게 생겼잖아요. 걔 마음의 고통, 무슨 수로 씻어 주겠수. 한번 원 없이 안아 보지도 못하고 기른 자식이유. 내가 맡아야지. 그게 도리지.

귀분네, 도리가 없다는 표정을 짓는다.

작은댁   왜요? 바보 같수?

제8장

(김 씨 집 안방, 75년 여름)

하얀 요 위에 모시 이불을 덮고 할아버지가 누웠다.

벽에는 TV 시청용 등받이 의자가 있다.

할아버지(남편)는 깔끔한 모습이다.

작은댁은 남편의 몸을 뒤척이며 일한다.

작은댁 아니 왜 가면 갈수록 더해요, 왜! (받침대에 걸린 꽹과리 채를 들어 치며) 이건 심심할 때 치고 놀라고 갖다 논 줄 아세요. 소변이 마려우면 이렇게 치란 말이에요. 이렇게. 몇 년째 이러구 아껴 두고…… 아유, 지린내야! 몸서리가 난다, 몸서리가 나.

남편 손모가지는 너 때리려구 아껴 둔다, 왜!

작은댁 장하슈!

남편 (꽹과리 채를 흔들며) 나가 이년아! 조춘이 아버지하고 히히덕거리는 꼴을 보니까, 안 나올 오줌도 촬촬 쏟아진다. 요년아! 요 요 깍쟁이 같은 년아!

작은댁 아니, 왜 욕은 하세요. 며느리 듣고 손주 듣는데.

남편 (채로 작은댁의 머리를 때리며) 이년이! 이 썩을 년이 남편 말하는데 꼬박꼬박 말대꾸야! 네 이년! 감히 대들어! 이 호랑말코 같은 년아!

작은댁, 머리를 맞고 아파서 감싸 쥐고 엎드린다.

남편 진범아! 에미야! (부르르 떨며) 진범아!

작은댁 이러다 또 넘어가겠네. 좀 가만히 계세요. 다 못 치웠잖수. 누가 좋아한다고 툭하면 애들을 부르세요?

남편 그러기에 왜 큰댁은 잡아먹고 들어와, 이년아! 배라먹을 년

아! 너나 가서 뒈지지 않고. 작은마누라는 열이고 백이고 갈
수 있지만 조강지처 큰마누라는 한 번 죽으면 끝이야, 이년
아! 재수 없는 년아!

작은댁   (자기 가슴을 치며) 어유! 어유! 욕아, 나와라! 제발 터져 나
        와! 나도 실컷 좀 퍼뷔 보자.

남편   (채로 가슴을 때리며) 이년아! 바람도 피워 본 놈이 피우는
        거야. 멀대 같은 년아!

작은댁   (가슴을 쓸어 쥐며) 아유, 아파! 그만 때려요. 그걸로 치면 얼
        마나 아픈 줄 아세요?

남편   아프라고 때리지 트림하라고 때린 줄 알아!

작은댁   (남편의 허리를 쳐들며) 궁둥이 좀 치켜 드세요. 웬 수박은 그
        렇게 자셔 가지고…… 한강이야, 한강. 아유, 내 팔자야!

남편   니년 팔자가 그렇게 드러우니 내가 노망이 안 나냐, 이년아!

        남편, 다리 사이를 닦아 내는 작은댁의 궁둥이, 가슴을 채로 툭
        툭 건드린다.

작은댁   왜 이러세요? 예?

남편   드런 년! 아직 생각은 있어 가지고…… 자지 잡고 흔들지 마,
        이년아! 해 줄 줄 알아?

작은댁   (어이없어서) 아니, 왜 늙어도 늙어도 그 생각뿐이세요. 당신
        이 개유?

남편   미친년! 개는 이년아 가끔 붙지. 나는 매일 열 번도 좋다, 이
        년아! 네년 때문에 아들 볼려고 한 구멍만 판 청춘이 아깝다,
        이년아!

작은댁   누가 다른 여자 들이지 말랬어요? 제발 내쫓아 달라고 사정
        했잖우?

남편   누가 좋으라고? 조춘이 아버지 좋으라고? 어떤 중놈 좋으라
        고? 에라, 이년아!

남편은 작은댁의 머리를 채로 톡 때린다.
작은댁, 머리를 감싸 쥐고 주저앉는다.
작은댁, 일어나서 남편을 의자 쪽으로 옮긴다.

남편   아이구, 사람 죽이네. 병신 남편이라고 밟아 죽이네. 동네 사
        람들! 이년이 쥐약 타 왔어요!

작은댁   조용히 하세요. 하도 때리니까 의자에 옮기는 거예요.

남편   그래? 고마워.

작은댁   (놀라며) 예?

남편   고맙다구. 너 아녔으면 내가 어디서 아들이 났겠냐? 김해 김
        씨 대를 어떻게 이었겠냐? 고맙네.

작은댁   나 아녀도 영감은 아들 얻었수. 큰형님 정성으로다.

남편   (채로 작은댁 등을 탁 때리며) 이년아! 아들은 왜 하나밖에 못
        낳아? 정순이 그년이 내 씨냐, 조춘 아버지 씨냐?

작은댁   뭐, 뭐요? 별 망칙한 소릴 다…….

남편   이년이 어디서 눈을 부라리고 지랄이야. 일평생 궁둥이나 흔
        들어서 먹구산 년이.

작은댁   뭐? 이 손, 발로 뭐 했는데? 과수원 농사, 밭농사 누가 다 했
        어? 정순이 여고 때 홍수 났을 때, 우리 집 돼지들 다 누가 구
        했어? 내가 이 머리에서 꾀를 내 가지고 구했어. 도망 안 가

고 돼지들 데리고 산으로 올라가서.

남편   (아무거나 집어 던지며) 이년이 반말을 찍찍 갈겨!

작은댁   진범이가 중학교 때, 깡패 한다고, 당신이 나 때리는 거 보기
싫어서 막 나가겠다고 술 먹고 돌아다닐 때, 당신 어딨었어?
울릉도 집에서 계집 끼고 들어오지 않았잖아. 진범이 이 가
슴에 폭 싸안고 사람 만들었어. 이 가슴에서 정이 나와서 애
를 고쳤어. 뭐 알어? 뭐 궁둥이를 어째?

남편   궁시렁거리지 마라. 이년아! 그 궁뎅이 아녔으면 보릿고개도
못 넘기고 황천길 갔다, 잡년아! 화냥년아! 여자란 것이 원래
사내들 애 낳아 주려고 사는 년들인데, 뭐가 어째? 머리에서
꾀가 나와? 그렇게 잘난 년이 왜 평생 맞고 살어? 이년아, 개
도 대들지 못하고 깨갱거리기만 하면 더 맞어. 이 벼락 맞을
년아!

남편, 기어다니며 작은댁을 채로 때린다.
작은댁, 엉금엉금 기며 피한다.

남편   이년이 그렇게 맞아도 입이 살았어. 너 오늘 잡히기만 해! 아
가리를 쭉 찢어 놓을 테다.

남편, 작은댁의 치마를 잡는다.
치마가 벗겨지려고 한다.
작은댁, 치마를 벗어 던지지 못하고 손으로 잡고 뒹군다.
남편 올라탄다.

남편   (씩씩대며) 네년 속을 모를 줄 알고? 치마만 잡으면 자빠지는
         년. 이년아, 또 씨 내릴 줄 알어? 비린내 난다, 이년아! 평생
         씨나 받으려고 걸궁거리는 년! 퉤! 퉤!

         작은댁은 진심으로 화가 난다.
         작은댁, 막무가내로 달려들어 엎치락뒤치락하다가 남편을 올라
         탄다.
         작은댁, 멱살을 쥐고 흔든다.
         너무 거세게 흔들기 때문에 남편 캑캑거리기만 한다.

작은댁   (부르르 떨며, 또박또박) 나한테 잘못했다고 빌어. 평생 잘못
         했다고! 어서!

         남편, 캑캑댄다.
         뭐라고 중얼댄다.

작은댁   예. 난 당신 못 죽여. 하지만 날마다 때릴 거야. 때린다구!

         작은댁, 손을 들고 부들부들 떤다.
         남편, 이빨로 작은댁의 발을 문다.
         비명을 지르며 남편의 따귀를 때린다.
         작은댁, 자기 손을 보고 놀란다.
         남편, 몸부림치며 작은댁을 물어뜯으려 한다.

작은댁   봤지? 어서 잘못했다고 빌어!

남편   이년! 뼈를 씹어 먹을 테다!

        작은댁, 남편의 멱살을 쥐고 몸을 일으킨다.
        눈을 딱 감고 한 대 올려붙인다.
        남편, 힘없이 나가떨어진다.
        작은댁, 아무거나 집어 들고 달려든다.
        남편, 무서워서 소리를 지르며 이불을 뒤집어쓴다.

남편   잘못했어요! 잘못했어요!

        작은댁, 기세를 멈춘다.
        남편 억울하고 분해서 어린애처럼 운다. 펑펑 운다.

작은댁   시끄럽수.

        남편, 뚝 그친다.

작은댁   당신이 뭘 알우. 몰라요, 몰라. 그동안 얼마나 잘못했는지…….

        작은댁, 남편을 둘러업는다.

작은댁   난생처음 잘못했다는 말을 하니까 눈물이 나요? 난 평생 당
        신한테 손이 닳도록 비비고 살았수. 자존심 상해요?

        남편, 등에 업혀서 울음 끝을 운다.

작은댁   억울하우?

남편, 단단히 업는다.

작은댁   가요! 목욕시켜 드릴게.

작은댁, 나무처럼 서 있다.
등에 엎드린 남편은 잠이 들었다.
그들 뒤로 작은댁이 조춘이한테 쓴 편지가 자막으로 보인다.

(편지)
조춘아 보아라
조춘아
모난 어머니 잘난 여감을 때리 주어따
어미다 이제 사람 가트다
사람 꾸실하니 시어나다
조춘아
나를 언망 마라 다오
자 리꺼라
어머니가.

—《또 하나의 문화》3호

(평민사, 1987, 발표 당시 제목 '작은 할머니')

생과부 위자료 청구 소송

작품 소개

「생과부 위자료 청구 소송」은 초고인 1997년 공연 대본(아르코예
술기록원 소장, 1997년 2월 14일~21일 집필)과 유고집 『엄인희 대표 희
곡선』(북스토리, 2002)에 수록된 대본이 있는데, 이 책에는 유고집 판
본으로 수록했다. 두 대본의 차이점을 간단히 비교하면 다음과 같다.
1997년 공연 대본은 남녀 성 대결이라는 희극적 구도로 여성의 성적
권리를 풍자와 해학으로 풀어내는 데 비해, 2002년 유고집 수록 대
본은 1997년 초고의 과도한 풍자와 희화화를 전반적으로 수정했다.
1997년 초고와 달리 2002년 유고집 대본에서는 정리 해고와 권고사
직, 노동법 등 IMF 이후의 노동 문제를 깊게 다루어 문제의식의 변화
를 드러냈다.

「생과부 위자료 청구소송」은 법정극 형식과 풍자적 한국 전통 재
담극을 결합해 1990년대 한국 자본주의사회의 노동과 성 문제를 희
극적으로 다룬 극이다. 평범한 주부인 유경자는 자본주의 사회의 평

범한 노동자 부부의 성적 권리에 대해 솔직하고 당당하게 법정에서 말하는데, 이 법정 발언은 조롱과 희화화를 넘어 중요한 사회적 발언으로 기능한다. 지면 관계상 이 극의 형식과 내용을 압축해 볼 수 있는 일부만 발췌한다.

이희원

등장인물

—유경자

—명 변호사

—오 판사

극 중 장소는 민사소송을 담당하는 재판정이다. 재판정의 책상은
앞이 트여 있는 것이라 다리 움직임 등을 볼 수 있게 디자인한다.
극 중 계절은 여름이다. 무지무지하게 더운 여름날이다.
객석은 재판정을 보러 나온 방청석으로 여긴다.
방청석에는 이 사건에 흥미를 갖고 있는 여론, 여성 단체, 대기
업 노무과나 홍보과에서 나와 있다.

명 변호사는 피고석에 앉아 있다.

유경자는 원고석에 앉아 있다.

(소리) 일동 기립!

두 사람, 일어선다.

오 판사가 들어온다.

오 판사가 앉으면 두 사람도 앉는다.

오 판사　지금부터 원고 유경자가 일조만 그룹 총회장 강영수한테 청
　　　　구한, 남편과 성생활을 하지 못한 것에 대한 위자료 청구 소
　　　　송 제3차 공판을 시작하겠습니다. (망치로 세 번 때린 후) 원고
　　　　유경자는 1996년 6월부터 현재까지 남편 추형도 씨와 성생활
　　　　을 하지 못했다고 소송을 냈습니다. (유경자한테) 맞지요?

유경자　예.

오 판사　남편 회사 총회장을 원인 제공자로 지목해서 지난 2차 공판
　　　　까지 밀고 당기는 설전을 해 왔습니다. 오늘은 피고 측 대리
　　　　인이 원고를 증인 신청했지요?

명 변호사　예, 그렇습니다.

오 판사　이를 원고가 받아들였기 때문에 오늘 공판은 증인 신문을
　　　　하겠습니다. 원고는 증인석으로 나와 주시지요.

유경자, 앞으로 나온다.

오 판사　증인 선서를 해 주십시오. 서기!

오 판사가 서기를 부르면 유경자는 마임으로 증인 선서를 한다.

오 판사   증인 앉으세요. 피고측 대리인은 신문하시기 바랍니다.

명 변호사 일어난다.
명 변호사는 재판 중에, 준비한 질문서를 훑어보며 질문을 펼친다.

명 변호사 증인은 1958년 7월 29일에 태어나셨죠?
유경자   네.
명 변호사 대학은 유명여자대학교 가정관리학과를 나오시구요.
유경자   네.
명 변호사 현재 일조만 그룹의 일조만 종합상사 아시아 담당 부장인 추형도 씨의 부인이시죠?
유경자   네.
명 변호사 추형도 씨와 결혼한 것은 대학 졸업하고 3년째 되는 해이지요?
유경자   네.
명 변호사 연애결혼을 하셨지요?
유경자   네.

(127~128쪽)

유경자   (화를 내며) 가능하지 못할 게 뭐가 있어요? 쵯가루도 녹여 먹을 스물여섯 총각이 일조만 그룹에 입사한 지 18년 만에

244

폐물이 된 것은 상식입니까? 내가 무슨 유전자가 잘못돼서 어우동처럼 성욕이 승천한다고 강제로 검사를 받게 하는 것은 상식입니까? 내가요. 성욕이 뻗쳐서 돌아 버린 년이라면요. 이런 짓 안 해요. 그까짓 위자료 껌값이라 이거예요. 차라리 꽃뱀, 아니라 꽃살모사라도 돼서 변태로 지랄로 놀다가 돈 많은 멍청이 물고 자빠지는 게 천 번 만 번 낫지. (정신을 차리고) 어머나…… (무얼 찾는 시늉) 내 교양이 다 어디로 갔지? 소송을 하면서 세파에 시달리다 보니까 입술이 수챗구멍이 됐네요. 재판장님! 허락하신다면 잠시 쉬고 싶네요. (관객한테) 여보! 실망하셨죠? 그래도 내 편이죠?

오 판사   못 말려. 10분간 휴정합니다.

오 판사, 망치를 두드린다.
오 판사, 나간다.
명 변호사, 자료를 들고 나간다.
유경자, 일어나서 증인 대기실로 간다.

유경자는 숨을 몰아쉬며 물을 벌컥벌컥 마신다.
유경자는 중얼거리며 화장을 고친다.
외롭게 전의를 다지는 유경자.
무대에는 이 연극의 주제가가 흐른다.

(가사)
1. 돌아누운 당신 어깨너머로
사계절이 넘실대며 지나가네요

잠꼬대처럼 내뱉는 한숨 소리에
잊었던 우리 사랑 바스라져요.

(후렴)
거친 이 세상 어떻게 만나
저 멀고먼 끝까지 가려 했던가
이제는 돌아와 흰머리 기대는 야속한 사람아

2. 불 꺼진 거실 소파에 누워
차디찬 포도주에 시름 담고서
당신의 자동차 소리 기다리며
먼지처럼 사라진 내 청춘 돌아봅니다.

유경자　(자기 뺨을 때리며) 미쳤어, 미쳤어. 거기서 왜 막말이 튀어
　　　　나오는 거냐구. 아니, 여자 오 판사 명 변호사는 다 어디 갔
　　　　어. 어디 있는 거야. 왜 할머니 오 판사는 없느냐구. 잘못하
　　　　다간 옴팡 뒤집어쓰게 생겼어. 힘내라 유경자, 정신 차려 유
　　　　경자. 말 못 하고 끙끙 앓는 주부들의 대변자 유경자. 꼭 이
　　　　겨야 여성들의 성권이 보장된다. 성권? 그런 권리도 있나?
　　　　하여튼, 두고 보자 일조만. 꼭 이길 거야. 꼭 이겨야지. (요상
　　　　한 표정을 지은 다음) 화장실은 어디지?

유경자 화장실로 들어간다.
오 판사와 명 변호사가 재판정으로 나온다.
유경자도 재판정으로 나온다.

유경자, 증인석에 앉는다.

오 판사는 가방에 담아 온 얼음주머니를 꺼내 바닥에 깐다.

법복을 펼치고 맨발을 그 위에 올린다. 차갑다.

법복 안에는 바지를 입고 있지 않다.

오 판사 심리를 재개합니다.

오 판사, 망치로 세 번 두드린다.

명 변호사 재판장님! 지금부터 슬라이드를 보겠습니다.

오 판사 지난 공판 때 신청한 슬라이드 시청 요구 말씀이죠?

명 변호사 네.

오 판사 필름 준비는 됐어요?

명 변호사 네, 준비됐습니다.

오 판사 좋습니다. 허락합니다.

명 변호사, 슬라이드를 틀라는 손짓을 한다.

슬라이드가 나온다.

거의 다 유경자가 속옷만 입고 섹시한 포즈를 취하고 찍은 사진이다.

진짜로 섹시하지는 않고 흉내를 냈기 때문에 나오는 사진마다 웃음이 터진다.

명 변호사 증인! 이 사진에 나오는 사람이 증인이지요?

유경자 네.

마지막 사진을 뒤에 남기고 재판정에 불이 들어온다.

명 변호사 언제 찍었죠?

유경자 하도 답답해서 한 일 년 전에 찍어서 남편 주머니에 넣어 주었어요.

명 변호사 이 사진이 남편의 고개 숙인 성을 되살릴 수 있다고 믿으셨나요?

유경자 참고 있으면 누가 알아줍니까? 내 섹스의 유일한 상대한테 의사표시라도 마음 놓고 해 보고 싶었어요.

명 변호사 여자가 돼 가지고 감히 섹스를 하고 싶다는 의사표시를 한단 말씀입니까?

유경자 네. 여자 주제에 감히.

명 변호사 남편이 허락합니까?

유경자 본능도 허락 받고 표현해야 합니까? 가정생활이 무슨 독재자 밑에서 신음하는 철권통치인 줄 아세요? 그래요. 우리 남편도 똑같아요. 어쩌다 남편 허리를 감고 코맹맹이 소리라도 내면 어쩌는 줄 아세요? (남편 말투로) 니 환장했나? 제 정신이가? 여자는 그저 옴팍 엎어져 자다가 남편이 이리 온나 할 때 화장실로 발랑발랑 뛰어가 샤워기로 뽀득뽀득 씻고, 그래 오는 기다. 알긋나? 알았으면 뒤비져 자라.

명 변호사 증인의 아이들이 있지요? 여고 1년 2년, 연년생이지요?

유경자 네.

명 변호사 혹시 딸들이 이걸 보았다면 뭐라고 하겠습니까?

유경자 요즘 애들은 어려서부터 선정적인 누드 광고를 가지고 딱지 접어서 놀아요. 지들끼리 모여서 인터넷에 들어가 플레이보이도 보고 비디오방에 가서 포르노 실컷 보는 애들이라구요.

명 변호사 어린 딸들이…… 순결을 지켜야 할 가녀린 딸들이 봐도 상관없다는 말씀입니까? 자녀 교육에 해롭다는 생각은 안 하셨습니까?

유경자 이롭다는 생각을 했어요.

명 변호사 이롭다구요? 나 원…… 나도 딸 둘에 아들 하나유. 세상에 어느 어머니가 벌거벗고 찍은 사진을 보여 주며 인생에 이롭다 하겠어? 청소년 아이들한테 이런 비윤리도 다 있나? 딸들을 고이고이 유리그릇 깨질까 조심조심 키워서 가풍 좋은 집에 시집보낼 생각은 못 할망정, (유경자 흉내) 어려서부터 플레이보이를 봤어요. 이거 뭐 섹스 조금 못 했다고 소송을 걸은 것까지는 봐줘. 어차피 변호사 수임료는 나오니까. 우리 미쓰 오 만나러 가다 흙탕물에 튀겼다고 치면 되는데…… 아니, 어떻게…… 완전히 돌지 않으면 어떻게 자식을 기른다는 어머니 입에서 저런 말이 튀어나오냐구. 아, 진짜 여자의 몸에서 나와야 하는 사나이들의 신세가 처량하다. 그것도 다리 가랑이 사이를 뚫고 나와서 저런 여자들 먹여살리려고 뼈 빠지게 일하는 남자들 팔자가 기구하다. 아하하. 사나이 자존심, 법조인의 전문성이 봉변당하는구나.

오 판사 명 변호사, 질문이나 해요. 증인이 돌았다면 그건 정신과 의사 담당이자 판결과 상관없잖아요.

명 변호사 증인, 아이들한테 왜 이롭죠?

유경자 아, 깜박하고 화장대 위에 놔뒀다가 들켰다니까요.

명 변호사 딸들이 봤다? 어머니의 저런 모습을? 딸들이 뭐라고 하던

가요?

유경자   다시 찍으라고 했어요.

명 변호사 한참 사춘기인 여학생들한테 조심성 없이 사진을 보여 주는
어머니의 정신 상태에 대해 주목해 주시기 바랍니다.

유경자   정신 상태는 무슨…… 난 내 딸들이 자신의 성욕을 표현하
고, 누리고, 때로는 금욕하며 완전히 자신의 몸을 자신의 결
정에 따라 살아 주길 바래요. 그래서 성생활 얘기를 이해할
수 있는 선에서는 자유롭게 해 줬어요. 교육을 철저히 시킨
거죠. 쉬쉬하면서 뒷구멍으로 포르노 보게 만드는 현실이
더 나빠요. 변호사님이나 재판장님은 고등학생 때 도색 잡
지 안 보셨나요?

(146~151쪽)

명 변호사 회사에서 마지막 프로젝트를 할 때 강제로 합숙을 시켰나
요?

유경자   강제는 아니지만 강요를 했죠.

명 변호사 자원자에 한해서 편의를 제공받았죠?

유경자   열다섯 명이 100% 자원하는 것도 자기가 원하는 겁니까?

명 변호사 남편은 주말에 가끔 들르셨지요?

유경자   아니요. 아래 직원들 분위기 흐트린다고 오지 않았어요. 휴
일도 없고 명절도 없었어요. 감옥 생활이지 뭐예요?

명 변호사 감옥은 무슨. 주말마다 온천, 골프장 다니는 죄수도 있어요?
프로젝트 중간에 단체로 일본 규슈 관광도 했구만…… (증
거로 관광 사진을 오 판사한테 준다.) 여깄습니다.

유경자　　내가요. 규슈 갈 때 마누라들 좀 데려가 달라고 탄원서까지 냈어요. 도장 받으러 다니느라 얼마나 고생했는데…….

명 변호사　그랬겠죠. 어련하시려구. 증인은 언제나 늘 그 생각밖에 없으니까. 섹스!

유경자　　(화를 내며) 이것 보세요. 남편 회사에 파견 나온 영국 사람은요. 3개월마다 집에 갔다 왔어요.

명 변호사　왜요?

유경자　　그 나라 노동법은 섹스할 권리를 인정하니까 그렇죠. 오죽하면요. 디지털 이동 전화 개발할 때, 현대전자에서, 연구원 부인들이 사장 앞으로 탄원서를 냈겠어요, 남편들을 가정으로 돌려 달라구요. 칠십 년대에 남편을 중동에 보내고 2년, 3년 기다린 아줌마들이 있으니까 오늘날이 있는 거라구요. 이제는 여자들 인권도 배려해야 합니다.

명 변호사　증인. 증거도 없는 헛소문 퍼뜨리지 마세요.

유경자　　(무시하며, 신문 스크랩을 꺼내 흔들며) 1997년 6월 13일 금요일자 중앙일보 경제면을 참고하시기 바랍니다, 재판장님.

명 변호사　이 아줌마가 재판장님 헷갈리게 하고 있어. 아줌마! 증거는 변호사만 제출하게 돼 있어요. 증인이 무슨 건방지게 참고하라 마라야! 이번 소송 때문에 회사에서 남편을 섹스 클리닉에 보낸 적이 있죠? 알고 계시죠?

유경자　　네.

명 변호사　(진단서를 오 판사한테 주며) 여기 진단서인데요. 진단서에는 정신적인 스트레스로 인한 의욕 상실로 나와 있습니다. 어때요? 동의하십니까?

유경자　　의욕 완전 상실은 아니구요. 잠정적인 상실입니다.

명 변호사 정신적인 스트레스라면 어떤 것을 들겠습니까?

유경자 남편은 자기보다 2년 늦게 입사한 후배가 먼저 과장이 됐을 때 충격이 컸습니다. 입사 때는 타이피스트가 쳐 주던 업무가 점점 컴퓨터로 바뀌는 것에도 스트레스를 받았구요. 새벽에는 영어 회화 학원을 다니다, 중국하고 무역이 늘어나는 바람에 중국어 어학원에 들어가 살기도 했죠. 통관 절차가 복잡해서 공항에 나가 서류 집어넣을 때는 잠도 못 이뤘습니다. 집에다 팩스까지 놓고 회사일을 봤죠.

(153~155쪽)

오 판사 좋습니다. 원고 측 변호인 반대 신문은 다음 4차 공판에서 기회를 드리겠습니다. 다음 재판은 두 주일 후, 오후 두 시에 이 법정에서 다시 열겠습니다. 이것으로 원고 유경자가 일조만 그룹 총회장 강영수한테 낸, 성생활을 하지 못한 데 대한 위자료 청구 소송 제3차 공판을 마칩니다. 땅! 땅! 땅!

이후 오 판사와 명 변호사, 유경자가 마임을 벌인다.
몇 차 공판이 지나가는 것을 알려 주는 마임이다.
세 사람은 음악을 타고 춤추는 것처럼 마임을 한다.
이 마임은 뮤직비디오처럼 액정 화면으로 처리할 수도 있다.
중간중간에 오 판사는 망치를 두드린다.

음악은 단순하고 경쾌하다.

(가사)

어쩌면 우린 지나치게 굳어 버렸는지도 몰라

세월이 가면 모든 것이 한꺼번에 이해될지도 몰라

아, 와드드드드 하늘이 조각나고

으, 다리로리야 땅이 뒤틀리더라도

사람이란 즐거워야 해, 암 행복해야 하구 말구

사람이란 단순한 것부터 만족해야 하구 말구 암

이젠 저 멀리 내다보면서 우리

나날의 행복도 소중하게 여기고 살아

내가 있고 니가 있어 더불어 사는 세상

참 좋은 세상을 향해 빵야 빵야 빵야 빵야

어떤 문제가 있더라도 우리

해결점을 찾을 수 있다고 믿자

내가 있고 니가 있어 더불어 사는 세상

참 좋은 세상을 향해 빵야 빵야 빵야 빵야

음악도 멈추고 마임도 멈춘다.

명 변호사와 유경자는 긴장해서 오 판사만 뚫어지게 본다.

오 판사, 서서히 망치를 든다.

오 판사   판결을 하겠습니다. 일조만의 강영수 총회장은 위자료를 줘
　　　　　야 합니다. 낮의 근로 때문에 부부 생활에 위기가 온 점을 인
　　　　　정합니다. 돈은 일 조를…… 주라는 것은 아니고, 일 조에
　　　　　서 9천9백9십9억 6천7백8십만 원을 빼고 지급하기를 명합
　　　　　니다.

오 판사, 망치를 두드린다.

유경자, 이겼다 하면서 환호하는 모습에서 정지.

극이 끝난다.

(167~168쪽)

── 극단 '이다', 1996년 7월 11일 동숭아트센터 초연;
엄인희, 『엄인희 대표 희곡선』(북스토리, 2002)

최정례(崔正禮·1955~2021)

최정례는 1955년 경기도 화성에서 태어나 고려대학교 국어국문학과를 졸업하고 동 대학원에서 박사학위를 받았다. 1990년《현대시학》에「번개」를 발표하며 시단에 나와 1994년 첫 시집『내 귓속의 장대나무 숲』에 이어『햇빛 속에 호랑이』(1998),『붉은 밭』(2001),『레바논 감정』(2006),『캥거루는 캥거루고 나는 나인데』(2011),『개천은 용의 홈타운』(2015),『빛그물』(2020) 등을 출간했다. 미국에서 자선 시집 *Instances: Selected Poems*과 2019년 미국의 초현실주의 시인 제임스 테이트의 산문시집『흰 당나귀들의 도시로 돌아가다』를 번역하고, 연구서『백석 시어의 힘』(2008)을 출간했다. 김달진문학상, 이수문학상, 현대문학상, 백석문학상, 미당문학상, 오장환문학상 등을 수상했다. 2020년 혈구 탐식성 림프조직구증식증 판정을 받고 항암 치료를 받으며 투병하던 중 2021년 별세했다.

최정례의 시는 1990년대 시문학사에서 일상의 체험을 바탕으로 특유의 시간 감각을 보여 주며 독자적인 자리를 개척했다. 일상에서 길어 올린 시로 시 세계를 확장해 온 최정례는 이후 시와 산문의 경계를 허무는 작업을 했다. 속수무책 갇혀 있는 일상에서 벗어나려는 충동과 지향이 최정례 시의 원동력을 이루었다고 할 수 있다. 최정례의 시에 등장하는 다른 시간과 공간은 불가항력의 일상으로부터 벗어나려는 지향과 무관하지 않다. 일상에 사로잡힌 포로의 삶에서 벗어나고 싶은 욕망으로 들끓는 최정례의 시 한가운데를 관통하는 것이 바로 이 땅에서 살아온 여성들의 역사이다.

초기부터 대대로 이어지는 여성들의 삶과 여성들에게 가해지는 억압을 시로 써 왔던 최정례는 1990년대 여성 시의 계보에 놓이면서도 특유의 구어체 어투가 자아내는 리듬감과 독자적인 어조, 시간을 부리는 개성적인 방법으로 독특한 자리를 개척해 왔다. 응집보다는 확산의 효과를 발휘하는 최정례의 시는 이야기와 음악을 한 몸에 품고 한층 더 자유로운 산문시의 자리로 나아간다. 이러한 시인의 시적 지향은 독자들에게도 자유로운 시간을 체험하게 한다. 자유로운 연상을 통해 한 이야기에서 다른 이야기로, 하나의 이미지에서 다른 이미지로 건너가는 최정례의 후기 시는 다른 시간과 공간에 불쑥 독자들을 데려다 놓던 시작 기법의 연장선에 놓이면서도 새로운 시를 향한 열망과 실험 정신의 발현이기도 했다. 구체적 시어를 통해 일상성의 힘을 체현하고자 한 시인은 여성이 일구어간 삶의 역사에 생동감을 불어넣었다는 점에서 여성 시문학사에서도 남다른 의미를 가진다.

이경수

햇빛 속에 호랑이

나는 지금 두 손 들고 서 있는 거라
뜨거운 폭탄을 안고 있는 거라

부동자세로 두 눈 부릅뜨고 노려보고 있는 거라 빠빳한 수염털
사이로 노랑 이그르한 빨강 아니 불타는 초록의 호랑이 눈깔을

햇빛은 광광 내리퍼붓고
아스팔트 너무나 고요한 비명 속에서

노려보고 있었던 거라, 증조할머니 비탈밭에서 호랑이를 만나,
결국 집안을 일으킨 건 여자들인 거라, 머리가 지글거리고 돌밭이
지글거리고, 호랑이 눈깔 타들어가다 못해 슬몃 뒤돌아 가버렸던
거라, 그래 전재산이었던 엇송아지를 지켰고, 할머니 눈물 돌밭에
굴러 싹이 나고 잎이 나고

그러다가 떡 하나 주면 안 잡아먹지 하는
식의 호랑이를 만난 것이라

신호등을 아무리 노려봐도 꽉 막혀서

— 다리 한 짝 떼어놓으시지
— 팔도 한 짝 떼어놓으시지

이젠 없다 없다 없다는데도
나는 증조할머니가 아니라 해도

— 머리통 염통 콩팥 다 내놓으시지
— 내장도 마저 꺼내 놓으시지

저 햇빛 사나와 햇빛 속에 우글우글
아이구 저 호랑이 새끼들

— 최정례, 『햇빛 속에 호랑이』(세계사, 1998)

노혜경(盧惠京·1958~)

노혜경은 1958년 부산에서 태어나 부산대학교 국어국문학과를 졸업하고 동 대학원 박사과정을 수료하고 북한대학원대학교에서 북한학으로 박사 학위를 취득했다. 부산 가톨릭센터 문화부, 천주교 부산교구 교구공의회 사무국 스크립터 등으로 일했으며, 열음사, 실천문학사 등의 출판사에서 근무했다. 1991년 《현대시사상》을 통해 시인으로 등단했다. 부산대학교, 부산외국어대학교에서 강의했고, 부산언론운동시민연합 부의장, 부산민예총 정책위원, 안티조선 '우리 모두' 사이트의 운영위원, 노사모의 출판위원장과 대특위 여성위원장 등을 역임했다. 1995년 첫 시집 『새였던 것을 기억하는 새』 이후 1999년에 펴낸 두 번째 시집 『뜯어먹기 좋은 빵』으로 시단의 주목을 받았다. 시집 『캣츠아이』(2005), 『말하라, 어두워지기 전에』(2015), 수필집 『천천히 또박또박 그러나 악랄하게』(2003), 『페니스 파시즘』(2001), 『유쾌한 정치 반란 노사모』(2003), 『요즘 시대에 페미도 아니면 뭐해?』(2019), 『그러나 최소한 나는 저항한다』(2020) 등을 출간했다. 또한 그는 페미니즘 관련 저술가로도 활발히 활동했다.

노혜경의 시는 1990년대 문학사에서 여성주의적 글쓰기를 통해 근대 물질문명의 폐해를 인식하고 탈근대적 지평으로 나아갔다고 평가받으며, 다성적 목소리로 자본과 미디어에 대한 비판을 거침없이 수행한 것이 특징적이다. 특히 『뜯어먹기 좋은 빵』에 수록된 「레이스마을 이야기」 연작시에서는 신화적 공간을 구축해 내고 있는 점이 주목된다. 신화적 공동체 속에서 생명을 지키는 역할을 담당하는 여성 주체는 현실의 폭력과 가난을 치유하는 힘을 발휘한다. 설화적 화법을 빌려 "태어날 때부터 레이스 앞치마를 두르고 있었다는"(「레이스마을 이야기 ― 할머니의 앞치마」) 할머니를 생산자이자 치유자의 형상으로 그려 내며 노혜경의 시는 에코페미니즘을 명랑하게 실천한다.

이경수

레이스마을 이야기 — 할머니의 앞치마

옛날에 우리 할머니는 신기한 앞치마를 가지고 계셨다. 전설에 의하면 할머니는 태어날 때부터 레이스 앞치마를 두르고 있었다는데, 옷을 입히자 신기하게도 앞치마가 옷 위로 나와서 척 걸치더라는 것이다. 한번도 벗은 적 없는 그 앞치마를 두르고 할머니는 군불도 지피고 아기들도 만드셨다.

게으른 달이 산그늘에 얼굴을 베어 먹히며 꾸물거리는 늦여름 새벽에, 덜렁거리는 젖가슴 밑으로 앞치마를 질끈 동여매고는 나머지는 홀딱 벗은 채로 시냇물에서 미역을 감는 할머니를 보기란 쉬운 일이었다고 한다. 할아버지가 할머니를 처음 본 것도 그런 새벽이었다. 할머니가 손바닥으로 물을 떠 끼얹을 때마다 앞치마는 스스로 척척 비비고 두드려서는 금세 하얀 무명으로 새로 태어나곤 했는데, 그런 할머니가 젖가슴을 덜렁거리며 지나가고 나면, 할아버지는 나무 밑에서 나와 시내로 달려갔다. 막 빨아진 레이스에서 떨어져 나온 실비늘들이 물바닥에 하얗게 모래로 깔리는 것을 밟고 싶었다. 할아버지가 밟는 자리마다 모래알 눈들이 팍팍 터졌고, 으

261

스러진 모래들이 끈적이는 즙으로 변하는 동안 할아버지의 눈에선 피눈물이 났다. 여름이 다 갈 때까지 숨바꼭질은 계속되었지만, 모래 시내가 실의 강으로 바뀌었을 뿐, 할머니의 앞치마는 조금도 닳지가 않았다. 그리고 어느 날 산그림자가 달을 다 잡아먹은 새벽에 할아버지는 완전히 닳아서 할머니의 앞치마 속으로 들어가버리고 말았다. 할머니의 배가 산만해졌다.

그 뒤로 우리 마을에선 신랑이 각시의 뱃속으로 들어가는 것이 전통이 되었다. 할머니의 앞치마는 단 하나뿐이었기에, 우리 엄마는 앞개울에서 건져낸 실로 커다란 레이스를 떠서 밥상 위에 펴고는 아빠를 그 보에 싸서 먹었다. 아빠는 엄마의 뱃속에서 행복했지만, 엄마는 늘 배가 무거워 언제나 입에서 실을 게워내고 계신다. 사실 진짜 전설은 우리 엄마 아빠의 얘기가 아닐까 한다. 왜냐하면 나는 할머니의 앞치마를 본 적은 없지만 우리 마을의 모든 이모들이 짜고 있는 밥상보는 매일같이 보기 때문이다.

— 노혜경, 『뜯어먹기 좋은 빵』(세계사, 1999)

이남희(李男熙·1958~)

이남희는 1958년 부산에서 태어나 청주에서 학창 시절을 보냈다. 충남대학교 철학과를 졸업한 후 서울에서 중학교 윤리 교사로 재직하다가 1986년 《여성동아》 장편소설 공모전에 갑신정변에 대한 소설인 『저 석양빛』이 당선되어 등단했다. 이후 교직을 그만두고 1980년대 말부터 본격적으로 작품 활동에 뛰어들어 여성 노동자의 삶과 투쟁 및 사회변혁 운동에 대한 소설을 쓰기 시작했다. 소설집으로 『지붕과 하늘』(1989), 『개들의 시절』(1991), 『사십세』(1996), 『플라스틱 섹스』(1998), 장편소설 『바다로부터의 긴 이별』(1991), 『갑신정변』(1991), 『산 위에서 겨울을 나다』(1992), 『사랑에 대한 열두 개의 물음』(1993), 『음모와 사랑』(1994) 등을 출간했다.

『지붕과 하늘』과 『개들의 시절』에 실린 초기 작품에서는 1980년대 민족·민중문학의 이념적 세례를 받은 경향이 두드러지게 나타나며, 주로 여성 노동자의 억압·착취당하는 삶과 계급적 각성의 과정 가운데 여성이 저항하며 여성해방의 주체로 거듭나야 한다는 메시지를 전달한다. 1980년대 초 사회적 문제가 되었던 온산 공업단지 주변 마을 공해 문제를 모티브로 한 『바다로부터의 긴 이별』에서는 계급 이념으로부터 다소 비켜나 환경 문제의 측면에서 자본주의 모순을 고찰한다. 그러나 거대 자본을 상징하는 공단으로부터 자신의 고향 공동체를 지키기 위해 싸우는 여성 주인공의 의식화와 투쟁 과정을 그린다는 점에서 이 소설 역시 저항의 주체로서 하층민 여성을 형상화하는 앞선 작품들의 연장선상에 놓여 있다고 볼 수 있다. 한편「플라스틱 섹스」연작 소설에서는 여성 동성애를 소재로 삼아 여성의 사랑과 섹슈얼리티 해방이라는 주제를 전면적으로 다룬다. 이 연작에서 이남희는 1990년대에 무르익었던 '성 해방'이라는 의제와 개방적이고 파격적인 신세대 문화 현상을 엮어 1980년대와는 완전히 다른 '혁명'으로 나아가는 사회 변화의 새로운 방향성을 포착한다.

　　이남희의 소설은 주요 문제의식과 그것을 둘러싼 콘텍스트를 노동, 환경, 그리고 여성운동으로 바꾸어 나가는 가운데서도 여성 주체의 투쟁과 자기 해방에 대한 서사 구조를 일관되게 고수한다. 이를 통해 사회구조 전반에 내재하는 가부장주의, 가족 이데올로기, 국가주의, 젠더 이분법과 이성애중심주의의 폭력성과 억압적 현실을 파헤치고 고발하는 여성문학의 가능성과 가치를 지속적으로 탐색·추구했다는 의의를 갖는다.

배하은

플라스틱 섹스

'헤븐 더스트?'

간판이 눈에 들어올 때마다 고개를 갸웃거리며 참 기묘하게 조합된 단어라고 생각한다. 천국과 쓰레기라는 뜻일까? 천국의 쓰레기? 아니면 쓰레기들의 천국일까…… 단어 사이는 하얀 공백이어서 어떤 뜻으로 해석하든 상관없을지도 모른다.

홍대 정문에서 피카소 거리 쪽으로 곧장 걸어가면 '바이 더 웨이'라는 24시간 편의점 간판이 나오는데 그 골목에 숨어 있는 라이브 클럽 이름이 바로 그랬다. 마치 코카콜라 광고판처럼 하얀 바탕에다 빨간 글씨로 끔찍하게 Heaven Dust라고 쓰고 그 꼭대기에 아주 작은 글씨로 얼터, 핑크, 그런지라고 덧붙여 놓았다. 처음 그 간판이 눈에 띄었을 때 은명은 얼핏 천국과 쓰레기를 연상했던 게 아니라 무연히 사막을 떠올렸다. 먼지 자욱이 품은 칙칙한 황사 바람이 휩쓰는 사막, 눈을 뜰 수가 없다. 바람이 머리를 풀어헤치고 사방으로 울부짖고 다니는 황무지, 굉음이 귀를 막아 버릴 것이다. 거기서는 말로도 눈짓으로도 의사소통을 할 수 없을 것이다. 고독으로 울타리 쳐진, 사람들과 더불어 있으면서도 언제나 혼자일 수밖에 없는 장소…… 마음이 끌려 층계를 내려가 묵직하게 스펀지를 댄 문을 열었고, 아마추어 냄새가 풀풀 나는 아이들이 자신이 좋아하는 종류의 음악을 서투르게나마 연주하는 것을 보았고, 그곳에서 이초록이란 아이를 알게 되었다. 지난가을의 일이다.

그 무렵, 은명은 사귀던 남자와 헤어졌다. 무작정 걸어 다니기 시작했다. 연애가 한 건씩 종 칠 때마다 나오곤 하는 버릇이다. 점심때쯤 집을 나서서 아무 거리나 지치도록 걸어 다니다가 밤이 이슥해서야 돌아오곤 하는 것이다. 목표는 보이지 않았다. 보이지 않는 끈으로 조종되는 인형처럼 기계적으로 걷고 또 걸었다. 끝없이 반복되는 동작으로 머릿속은 하얗게 바랬고 생각은 지워졌다. 그 가을은 무척 가물었다. 햇빛은 노랗게 아스팔트를 태웠고, 사람들은 지친 개처럼 헐떡거리며 거리를 헤맸다. 모두들 입가에는 허옇게 갈증을 내비친 채 딱딱하게 굳은 표정을 달고 있었다. 걸음을 멈추는 사람은 드물었다. 언제나 거리에는 성급한 흐름이 지배했다. 아무도 뒤돌아보지 않고 사람들의 시선은 어디에도 머무르지 않는다. 서로가 사물인 것처럼 서두르며 스쳐 지날 뿐이다. 이것이 이즈음의 거리를 걷는 방식이었다. 마치 익사에 저항하는 사람이 힘을 다해 헤엄쳐 가듯 서둘러 걷기만 하는 것이다. 은명도 그 물결에 휩쓸려들어 바쁘게 걷고 또 걸었다. 등에 땀이 축축이 내뱄다. 목적지는 없었고 어디에 닿으리라는 짐작도 하지 못했다. 시간은 그렇게 흘러갔다. 푸르던 여름의 이파리는 차차 흑갈색으로 변하며 삭아 부스러지고, 따갑던 햇살도 점점 사위어 들었다. 바람은 칼날을 곤두세우고 파랗게 번득였다. 소매를 끌어내리고 단추를 잠갔다. 그 위에 나프탈린 냄새가 짙게 밴 캐시미어 스웨터를 걸쳤다. 어디선가

는 걸음을 멈추어야 하리라. 하나 그곳을 알지 못했다. 홍대 앞까지
와서 헤븐 더스트의 간판을 쳐다본 건 순전히 갈증 때문이었다.

"언닌 여기 오는 사람들하고 어딘진 몰라도 좀 다르단 말야. 낯
설다는 느낌이 든달까, 암튼 언니가 무섭다는 아이도 있으니까……
전부터 물어보고 싶던 건데 말야. 언닌 이 가게에 들어올 때마다 이
상한 행동을 꼭 하더라?"

초록이가 술에 발갛게 달아올라 지껄였다. 광란하며 노래하던
아이들이 들어가고 정적이 찾아왔다. 다시 레코드 음악이 나오기
시작했다. 마침 초록이가 좋아하는 '라디오 헤드'의 노래였다. "아
이 앰 어 크립(I am a creep)" 그래, 난 속물이다, 어쩔래? 하고 퉁기
며 배 내미는 노래. 누군가 등 뒤에서 큰 소리로 "야, 그리니, 니 주
제가 나온다. 마이크 안 잡아?" 하고 외쳤고 초록이는 돌아다보지
도 않고 "니 좆이나 빨아"라고 구시렁거렸다. 물론 은명에게만 들릴
정도로 작은 소리였다. 초록이는 내놓고 욕을 하고 다니는 아이는
아니었다. 그런 여자는 싸구려로 취급당한다는 정도는 충분히 알고
있었다.

"이 가겔 들어올 때 말이지, 언닌 꼭 층계 앞에 서서 한참을 있
거든. 대체 왜 그러는데? 여기 들어오기 싫어서 망설이는 거라면 이
렇게 자주 여길 오진 않을 거고, 돈이 없어서 그러는 거라면 여기 와
서 내게 술을 사 주지도 않겠지…… 암튼 한 번도 안 빼고 볼 때마다
꼭 그래."

초록이가 지적해 주기 전까지는 자신에게 그런 버릇이 있다는
걸 몰랐다. 자기도 모르게 걸음을 멈추고 헤븐 더스트라고 쓴 글자
를 올려다보며 한참이나 사막을 연상하면서 몸을 떨어 온 것이다.
그럴 때마다 사막에 홀로 내동댕이쳐진 것처럼 등이 서늘했다. 입

버릇처럼 "정말 싫어, 난 따뜻한 인간관계를 원해"라고 불평하면서도 실은 은근히 즐기고 있는 감각이었다.

"그랬니? 사실은 가게 이름이 이상해서 말야. 전부터 한번 물어본다고 하구선 잊었어. 헤븐 더스트라니? 천국 쓰레기? 이상한 조합 아냐? 주인은 무슨 맘으로 두 단어를 붙여 놓은 걸까?"

"더스트가 왜 쓰레기야? 가루, 먼지라는 뜻이잖아. 천국으로 뿅 가게 해 주는 가루. 그러니까 바로 그거잖아."

그제야 은명은 지난 두 달 동안 단어의 뜻을 착각해 왔음을 깨달았다. 가루라는 뜻도 알아차리지 못하다니. 이건 알츠하이머 초기 증세로군. 쓴웃음이 나왔다. 자주 그랬다. 예전에 독일어를 배우던 시절, 짧다는 뜻인 영어의 브리프와 편지라는 뜻인 독어의 브리프를 혼동하여 브리프 시즌을 편지의 계절이라고 착각하는 실수를 저지른 적도 있었다. 아무튼 초록이 앞이라 적잖이 무안했다.

"하지만 마약을 가리키는 슬랭은 드럭이라고 따로 있잖아?"

"그중에서도 코카인은 헤븐 더스트라고 부르기도 하는걸. 물론 통하는 사람끼리 말이지만."

초록이는 코카인을 코캐인이라고 제대로 악센트를 넣어 말하면서 설명했다. 물론 영어 단어라면 언제나 본토 발음에 가깝도록 신경 쓰는 아이이기는 했다. 그러나 어쩐지 퍽 친숙한 단어인 것처럼 들렸다. 문득 궁금했다. 초록이는 코카인을 사용해 본 적이 있을까?

알 수 없는 일이다.

사실 안 지 반년이 넘었고, 몇 달씩 같이 살기도 한 지금도 은명은 초록이에 대해 아는 것이 별로 없다. 초록이 대신 이력서를 써야 한다면 제대로 메울 수 있는 칸은 이름 정도일 것이다. 아니, 초록이가 정말 본명인지, 부모는 누구며 어디에 살고 있는지, 어떤 성장 과정을 거쳤는지 등등 확실하게 아는 것이 없었다. 그걸 물어보았다면 초록이는 미국인처럼 어깨를 으쓱하면서 이런 대답을 했을 것이다.

"좆나 시시한 걸 다 따지네. 그딴 게 나란 인간이랑 무슨 상관 있다고 자꾸 캐는 거야?"

그럼 은명은 대꾸할 말을 찾지 못하고 머쓱해졌을 것이다.

그 가게에선 익숙한 단골끼리 그 아이를 그리니라고 불렀다. 가게에 앉아 있다 보면 큰 소리로 야, 그리니 어쩌구 하는 말이 자주 들려 자연스럽게 귀에 익었다. 용기를 내어 바텐더에게 물어보니 초록이란 이름이어서 그렇게 부른다고 대답해 주었다. 작은 여자아이가 저쪽에서 자기 말을 하는 걸 알아차리고 관심을 보였다. 바텐더는 고갯짓으로 은명을 가리키며 눈을 끔뻑거렸다. 여자아이는 내숭 떨거나 하지 않았다. 다가와 씩 웃으며 은명의 어깨를 툭툭 쳤다.

"튀니까 좋잖아? 언닌 싫어? 그리니라는 이름은 내 맘에는 쏙 드는데. 담에 예명을 쓰게 되면 그린 리라고 하려고 맘먹구 있어. 근데 언닌 누구야? 못 보던 얼굴인데?"

그게 헤븐 더스트에 드나든 지 한 달가량 지난 뒤의 일이었고 초록이는 거기서 일하는 사람을 제외하면 은명에게 최초로 말을 걸어온 사람이었다. 겨울이 시작되고 있었다.

초록이는 키가 작지 않았다. 그럼에도 첫인상은 우선 귀엽다고 해야 할 것이다. 해맑긴 했지만 예쁜 얼굴이라곤 할 수 없었다. 몇 살쯤일까? 나이를 짐작하는 데 젬병인 은명으로선 늘 헷갈렸다. 여중생으로 보일 때도 있었고 숙성한 처녀처럼 여겨질 때도 있었다. 대개는 현란한 원색이 뒤섞인 가로 줄무늬 스웨터에다 까만 누비

조끼를 입고 아래는 착 달라붙는 레깅스에다 나찌 대원처럼 무릎까지 덮는 부츠를 신었다. 발그레한 얼굴은 야구 모자를 푹 눌러써서 반이나 가리고 다녔다. 대충 그런 차림이었고 치마를 입는 경우가 없었다. 얼핏 소년으로 착각되기도 했으나 어딘지 모르게 세련되었다는 인상을 강하게 풍겼다. 곧 은명은 초록이와 함께 다니면 사람들의 주목을 받게 된다는 걸 깨달았다. 부러움인지 호기심인지 몰랐지만. 초록이에겐 사람들의 눈길을 끄는 광채가 있는 것만 같았다. 아무튼 초록이와 함께 돌아다니는 건 어깨가 으쓱해지는 일이었다.

일주일이면 네 밤쯤, 헤븐 더스트에선 무명 그룹들이 자기네 곡으로 공연을 했다. 은명은 그들이 아마추어인지 프로인지 알지 못했다. 그들은 노래보다는 쇼맨십 면에서 더욱, 외국의 그런지나 펑크록 가수들을 흉내 내고 있는 것 같았다. 그들에겐 더럽고 괴상하다는 말이 칭찬으로 들리는 모양이었으며 혐오감을 주고 미움을 받는 게 지상 목표라는 듯 행동했다. 따라서 헤븐 더스트에선 갖가지 해프닝이 속출했다. 은명은 자주 거기를 찾아갔고 '어떻게든 남과 다르게 행동해서 한번 튀어 보려고 기를 쓰는' 그들의 공연을 무척이나 즐겁게 구경했다. 재미도 재미지만 그들이 내뿜는 싱싱한 열기를 한바탕 즐기고 나면 도로 젊어지는 느낌이었다. 사실 은명은 거기에 출연하는 그룹들은 전혀 모른다고 해야 할 것이다. 그중 이름을 들어 본 그룹이라곤 '친구네 화장실'이 고작이었는데 그나마 그들의 노래는 들어 본 적이 없고 신문에서 '친구네 화장실'이란 언더 밴드가 방송 출연을 금지당했다는 기사를 읽은 정도가 전부였다. 그들이 텔레비전 카메라에다 침을 뱉고 악기를 때려 부수려고 해서 온 사회의 지탄을 받게 되었다는 내용이었다.

은명은 생각했다.

온 사회의 윤리니, 보통 사람들의 도덕이나 불편이라는 말로 강요되는 이 사회의 획일성이라니, 정말 질렸어. 사실 그 정도가 무슨 문제인가? 진정한 언더 정신을 가진 밴드라면 흔히 하는 행동이 아닌가? 기존의 모든 것에다 일단 물음표를 던져 보는 게 그들의 존재이유가 아닌가? 그보다 더 큰 문제는 겉늙어서 눈치만 반드르르한 청년들의 계산속이고, 또 그런 기사가 나가자 겁먹고, 얌전하게 착한 청년으로 얼른 되돌아가서 자신들의 행동을 공개 사과하고 마는 나약함이 아닌가? 벌써 썩은 냄새가 나는 거 같아. 사람들이 다 똑같은 행동과 생각과 반응을 보여야만 하는 사회라니, 숨이 막힐 거 같잖아…….

"와우, 더럽다. 졸나 냄새난다. 치워라."

드물긴 했지만 어쩌다 '친구네 화장실'이 무대에 나오면 초록이는 발을 구르며 그렇게 고함을 질러 댔다. 못마땅하다는 것이다. 물론 초록이도 그들이 노래를 못한다고 생각하는 건 아니었다. 꽤 괜찮게 연주한다고 했다. 그러나 기성세대의 요구에 타협해서 금방 굽실대고 만 그들의 비겁성이 바로 그들의 음악이 내용 없는 흉내라는 걸 증명하는 거라고 했다.

"넌 기성세대하고 무슨 전쟁이라도 치르는 것처럼 늘 격앙되어 있어."

이미 서른 살이 넘어 적당히 모가 닳아 버린 은명은 초록이를 그렇게 걱정했다.

"젊다는 게 워낙 그런 거 아니겠어? 어느 시대든, 어떤 방식으로든 앞세대의 발자취를 부정하고 넘어서려고 시도하는 게 바로 청년의 존재 이유라고 생각해. 그런 의미에서 반항 정신이 없다면 록이라고 할 수도 없지 뭐야. 언니도 내 나이 때는 물론 다른 모습, 다른 방식이긴 했겠지만 그래도 이 세상이 변해야 한다고 아우성을 쳤을 거 아냐? 그렇지? 자, 술이나 한잔 더 해."

　도대체 초록이의 주량은 어느 정도일까? 아무리 술을 사 주어도 끝도 없이 들어갔으므로 은명도 그녀의 지갑도 좀 질렸다. 은근히 걱정되기도 했다. 그러나 건강이 어쩌구, 인생을 보람 있게 만들고 어쩌구 하는 말은 그곳에서 나올 꿈도 꾸지 못했다. 그런 소리는 첫 음절만 나와도 고리타분하다며 우우 소리 지르며 경멸당하게 되어 있었다. 거기서는 시간이 언제나 현재였기 때문이다. 과거나 미래 따위는 없었다. 있다고 하더라도 뭉개 버렸을 것이다. 따라서 그곳에선 다들 행복했고 천국이라고 불러도 좋았다.

　"야, 요즘은 매일 출근이네요. 하지만 오늘은 너무 이르지 않아요?"

　은명이 나타나자 헤븐 더스트의 바텐더가 알은체를 했다.

　초록이가 없어졌다. 지난 두 주일 가까이 은명은 하루도 거르지 않고 나타났고 바텐더나 눈에 띄는 단골들을 붙잡고 초록이를 못 보았느냐고 묻곤 해 왔다. 전에 초록이와 어울리는 걸 분명히 보았는데도 그들은 소문만 떠들썩하다가 사라진 UFO의 행방을 추궁받기라도 한 양 한결같이 입을 꾹 다물고 고개만 저었다. 은명은 자신이 거기서는 상식 밖이라고 간주되고 있는 행동을 하고 있다는 걸 몰랐다. 그들은 어지간히 귀찮게 느꼈지만 어쨌든 그건 은명의 문제에 지나지 않았고, 그 점을 일부러 깨우쳐 주지는 않았다.

　오후 여섯 시, 가게는 아직 한산했다. 술에 취한 건지 잠이 든 건지 벌써부터 구석 테이블에 엎드려 있는 아이가 한 명뿐, 주인조

차도 나와 있지 않았다. 여섯 시라면 가게가 슬슬 시작되는 시각이다. 요즘은 여섯 시라고 해도 아직 날이 훤하다. 푸르스름한 박명조차 여전히 밝다. 아무리 성질이 급하다고 하더라도 술에 중독되었거나 이곳 물정을 모르는 사람이 아닌 한, 이런 시각에 나타나는 사람은 드물다. 분위기가 제대로 무르익고 흥이 나려면 두어 시간은 족히 지나야 하는 것이다.

그러나 초록이는 달랐다. 물론 아홉 시 무렵의 시끌벅적하고 소란스런 분위기도 좋아했지만 여섯 시 무렵 막 가게 문을 열었을 때의 한적한 분위기도 좋아했다.

"막 물걸레질을 끝낸 마룻바닥에선 젖은 나무 냄새가 풀풀 올라오고, 테이블이며 유리잔들은 깨끗이 닦여서 가지런히 줄을 서 있고, 바텐더의 와이셔츠며 행주는 깨끗이 빨려서 하얗게 빛나는 그런 시각이야. 모든 게 완벽하게 준비되어 숨죽이며 우리를 기다리고 있어. 이럴 때 오면 와우, 흥분되는데! 드디어, 하는 맘이 들지. 이런 시간에 마시는 하루의 첫 잔은 정말 사람을 죽이는 거야. 가슴이 두근두근해. 기대가 되거든. 오늘은 또 무슨 멋진 일이 생길까 하고 말야."

은명은 바 카운터에 앉아 바텐더를 똑바로 주시했다. 정말 그의 와이셔츠는 하얗게 빛나 보였다. 그는 스피커에서 나오는 노래를 따라 '이야야야 쇼킹 쇼킹' 하고 흥얼거리며 술잔들을 닦아 정돈해 두느라 여념이 없었다.

"밀러 한 병. 그리고 저 노래 좀 끌 수 없어요?"

미리 짜증부터 난 은명이 말했다. 바텐더는 힐끗 은명의 눈치를 살폈다.

"언닌 주주클럽을 워낙 싫어했던가?"

"처음엔 싫지 않았어요. 좋았어. 하지만 이젠 지겨워. 어딜 가도 쇼킹 쇼킹 하고 악쓰는 소리만 듣게 되니까. 이젠 그만 좀 듣고 싶어요."

바텐더는 펑 소리가 나게 마개를 따고 저쪽에 선 채로 술병을 쓰윽 밀어 주었다.

"그러면 라됴머리를 틀어 줘요? 「크립(creep)」 좋아하죠?"

어쩐지 그의 입가에 빈정거리는 미소가 슬그머니 피어오르는 듯했다. 초록이를 찾아다닌다고 비웃는 것일까? 그래서 더욱 시치미를 떼는 것일까? 답답했다. '라디오 헤드'(팬을 자처하는 사람들은 라됴머리라고 부르기도 한다)는 초록이가 좋아하는 영국 그룹이고 초록이는 '라디오 헤드'의 보컬 톰 요크 못지않게 「크립」을 잘 불렀다. 어쩌면 더 멋지게 부를지도 모른다.

그 아이의 배짱, 그 아이의 빈정거림, 그 아이의 냉소…… 아무도 못 따라가지. 하지만 대체 어떻게 된 일이야? 그 아이를 왜 찾을 수가 없지?

새삼 초록이의 모습이 눈에 선했다. 은명은 맥주의 첫 모금을 삼키곤 미간을 찌푸렸다. 끓어오르는 짜증을 지그시 억눌렀다.

"이봐요, 철수 씨. 나 오늘은 단단히 작정하고 왔어요. 그러니까 내 말 좀 진지하게 들어줘요. 초록이가 없어진 게 벌써 이 주일째야. 난 꼭 걜 만나야만 해. 정말 중요한 문제라서 그래요. 난 당황스럽고 난처하고…… 정말 어떻게 해야 좋을지 모르겠어. 왜 모두들 내가 초록이를 봤느냐고 물으면 날 비웃듯이 쳐다보는 거지? 무슨 영문인지 모르겠어요. 여기서 초록이에 대해 아는 사람이 하나도 없다는 게 말이나 돼요? 단골이고, 게다가 전엔 여기서 노랠 부르기도 했다면서?"

"정말 끈끈하게 구네요. 난 모른다니까. 내가 말할 수 있는 건 여기선 누가 어디에 살고, 뭘 하고 다니고 하는 그딴 거에 신경 쓰는 사람은 하나도 없다는 정도뿐예요. 언니는 이런 말 하면 어떻게 받아들일지 모르겠는데…… 떠난 사람은 잊어요. 떠난 건 떠난 거야. 괜히 질질 끌다가 쪽팔리지 말고 말이죠. 전에도 그리니를 쫓아다니는 사람 하나 봤는데, 걘 한 번 돌아서면 그걸로 끝이야. 절대 뒤도 안 돌아봐요. 언니는 지금 헛수고하고 있는 거라구요. 이건 다 언닐 생각해서 하는 얘기예요."

모두들 그렇게 오해하고 마음의 문을 굳게 닫는 것이다. 그걸 깨닫자 은명은 신경질이 나서 어쩔 줄을 몰랐다. 그렇다고 사실을 그대로 말할 수도 없었다. 그 애가 내 컴퓨터를 가져가 버려 그 때문에 찾아다닌다고 말했다간 모두들 더욱 입을 굳게 다물 터였다. 어떻게든 바텐더를 이해시키려고 했다. 말을 고르며 천천히 설명했다.

"그런 게 아니라니까. 어떻게 설명하면 좋을지 모르겠는데…… 이건 내 직업과 관계된 중대한 문제라구요. 초록이를 못 만나면 큰일나요. 지난 서너 달 동안 작업해 오던 게 다 물거품으로 돌아갈지도 모른다구요. 제발 내 사정 좀 봐줘요. 초록이를 만나면 다른 얘긴 안 할 거예요. 딱 한 가지만 물어보면 돼요. 걔는 한 가지만 대답해 주면 되는 거고. 그거면 우리 볼일은 다 끝난다구요. 정말이에요…… 친구라도 알 거 아녜요? 전에 여기서 노래할 때 친하게 지낸 친구 몰라요?"

드디어 은명은 결심하고 초록이를 찾는 이유를 간접적으로나마 설명하려고 해 보았다. 바텐더가 고개를 갸웃했다.

"그 그룹이 해산한 건 오래전 일인걸요. 같이 보컬을 맡았던 애가 랩으로 제도권으로 진출하는 바람에 흐지부지하더니 해산한 거죠. 암튼 옛날 얘기예요."

"그때 친했던 친구가 있을 거 아녜요?"

"글쎄, 그 시절엔 드럼 치는 김희완하고 단짝이었는데…… 뭐 중학교 때부터 친구라나 그러더군요. 김희완은 요 앞 미대 다니는 학생이라죠, 아마…… 지금은 서로 만나나 몰라요."

"김희완? 어떻게 해야 만나죠?"

"요즘은 타임 아웃(Time Out)인가 하는 가게서 연주하고 있다던데. 그룹 이름이 '우는 땅콩'이라나 그렇게 부른다고 들었어요. 타임 아웃은 요 아래로 죽 내려가면 제일은행 코너 골목 지하에 있는 가게니까 찾긴 쉬워요. 가거든 너무 놀라지 말구요. 되게 터프한 가게거든…… 하지만 걔네들 요즘도 만나는지 몰라."

은명은 남아 있는 맥주를 쭉 마셨다. 일어나 타임 아웃으로 가기로 했다.

아침마다 초록이에겐 이상한 행동을 하는 버릇이 있었다. 전날 밤 몇 시에 잠자리에 들었건 해가 뜨면 일단 잠을 깨고 일어나는 것이다. 물론 제대로 잠기운을 털어 버리고 침대에서 나오는 건 점심 무렵이 다 되어서였지만. 아침 일찍 눈을 뜨면 별 볼 일 없이 잠시 밖에 나갔다 온 다음 다시 잠을 자곤 했다. 이유는 없었다. 어떤 때는 새끼 새 같구나 감탄하기도 했다. 해만 뜨면 못 참고 쨕쨕 떠들어 대는. 그 아이 말로는 자기는 안 그러려고 하지만 저절로 눈이 떠지고 바깥이 궁금해서 나갔다 오게 된다는 거였다. "도대체 뭐가 그렇게 궁금해?" 은명이 신기해했다. "왜 안 궁금해? 날씨도 달라질 수 있을 거구, 내가 잠자는 사이에 세상이 무너졌을 수도 있고." 말로는 그러면서도 초록이는 하나도 안 궁금한 심드렁한 표정을 하였다.

이 주일 전 아침에도 마찬가지였다. 잠결에 차갑게 식은 그 아이의 알몸이 안겨 와 은명은 화들짝 잠을 깨고 말았다.

"앗, 차가워. 무슨 일이야?"

번번이 은명은 놀라 소리치곤 하였다.

"지금 밖에 비 와. 비 맞아서 그래. 나 무지 졸리니까 냅 둬, 응."

초록이는 눕자마자 다시 잠에 빨려들며 웅얼거렸다. 거꾸로 은명이 사정없이 잠이 깨어 버려 일어나지 않을 수 없었다.

일곱 시, 일어나야 할 시각이기는 했다. 정말 비가 오고 있었다. 창밖 희부윰한 회색 박명 속에 가는 빗방울이 추적추적 떨어지고 있었다. 계절이 바뀌려는 비였다. 끝을 녹색으로 물들인 그 아이의 짧은 머리칼은 비에 젖어 베개를 축축하게 적셨고, 벗어던진 추리닝도 젖은 채로 욕실 문 앞에 걸레처럼 내동댕이쳐져 있었다. 목에 둘린 그 아이의 팔을 떼어 내고 침대에서 빠져나왔다. 세면대에 차가운 물을 받아 한참이나 얼굴을 담그고 있었다. 머릿속에 뿌옇게 끼었던 연기가 서서히 걷혔다. 서둘러야 했다. 바쁜 날이었다. 오전 중에 칼럼을 한 편 써서 부쳐야 하고 점심 약속도 있었다. 그런데도 어젯밤엔 초록이와 함께 비디오를 보며 빈둥거리다 일을 미루고 만 것이다. 커피를 끓여 책상 앞에 앉았다. 창문을 열자 바람이 들어와 메모판에 붙여 놓은 종이쪽들이 펄럭거렸다. 그중 가장 큼직하게 써 붙인 「어머니의 식민지」라는 제목이 신경을 쿡쿡 찔렀다. 쳐다볼 때마다 마음이 불편해졌다.

그것은 은명의 게으름을 힐책하고 있었다. 몇 달째 지지부진이었다. 노는 데 정신 팔려 「어머니의 식민지」라는 소설의 작업 진행표는 공백이나 다름없었다. 시작은 분명 멋졌었다. 은명을 몰두하게 만드는 구석이 있었다. 전혀 상관없을 것 같은 어머니의 삶과 외할머니의 삶, 그리고 자신의 삶에 대한 반성에서 출발한 소재였다. 은명의 머릿속에는 지워지지 않는 몇 개의 그림이 있었는데 자신이 직접 목격한 것인지 전해 들은 이야기로 상상해 낸 것인지는 몰랐다. 첫 번째 그림은 한밤중 방문 앞 툇마루에 쪼그리고 앉은 외할머니의 모습이었다. 그 방문 안쪽에는 외할아버지가 다른 여자와 잠자리를 함께하고 있었다. 또 하나는 첩의 소생인 예분이 이모가 수녀원에 들어가던 날, 오후 내내 어떤 여자와 마주 앉아 술을 마시던 외할머니의 모습이었다. 두 사람은 빨갛게 취한 얼굴로 막걸리를 서로의 잔에 따라 주기만 할 뿐 말이라곤 없었다. 마치 오랜 세월 함께 전쟁터를 누빈 동지여서 말이 필요 없는 사이인 것처럼 보였다. 의아스러워하고 있는데 누군가가 귓속말로 그 여자가 바로 예분이 이모의 생모라고 말해 주었다. 은명은 그 장면들을 잊지 못했고 그것들을 이런저런 방식으로 설명해 보려고 했다.

그러나 초록이가 머물게 된 후로 일에 대해서는 시간도 열의도 부족했다. 소소한 짧은 글이나 간신히 써낼 뿐이었다. 초록이를 머무르게 한 게 잘못인지도 몰랐다. 인정하기는 싫지만 방 하나인 이집에선 그 아이의 존재에 방해받지 않을 수 없는 것이다. 처음 머물기 시작했을 때 분명하게 깨달았어야 했다.

'눈치라곤 없는 애야. 뭐든 저 좋을 대로, 저 편한 대로 해.'

은명은 문득 맹렬한 적의를 느끼며 속으로 투덜댔다. 그러나 막상 초록이가 이틀쯤 나타나지 않으면 마음이 불안해서 헤매다가 헤븐 더스트로 찾아 나서는 것 또한 인정하지 않을 수 없는 사실이었다.

한숨을 쉬고 컴퓨터를 켰다.

열한 시가 가깝도록 칼럼을 끝내지 못하고 허우적거리는데 목덜미에 슬그머니 뜨거운 손이 얹혔다. 끈적끈적하게 달아오른 손이었다. 이체 초록이가 제대로 잠을 깬 것이다. 그 아이는 잠을 깼을 때 기운이 넘쳐 났다. 은명은 자기도 모르게 몸서리를 쳤다. 징그러워졌다.

"나 바빠. 손 치워."

은명은 냉담하게 말했다. 평소 초록이는 예민하게 은명의 기분을 느꼈으나 그날 따라 손을 멈추지 않고 등을 따라 내려가며 슬금슬금 어루만졌다. 침 삼키는 소리가 크게 울렸다. 은명은 다시 몸을 떨었다. 화면의 문자열이 헝클어졌다. 어제도 같이 비디오를 본답시고 일을 미루지 않았는가. 열이 확 올랐다.

"치우라고 하잖아."

"언닌 또 머릿속에 걸리적거리는 게 생겼군."

"아냐. 급해서 그래. 이 일을 오전 중으로 끝내지 않으면 안 된다구."

간신히 신경질을 누르며 은명은 조용하게 말했다.

"솔직하게 말하라구. 남의 눈이 겁난다구. 별나다는 소리가 두렵다구……"

초록이는 킬킬거리며 운율을 맞추어 노래하듯이 말했다. 은명은 이를 꽉 물었다. 머릿속에서 폭탄이 터진 것처럼 열이 뻗쳤다.

"그런 게 아니라니까. 일할 땐 제발 방해하지 마. 이거 해야만 한다니까."

갑자기 초록이가 세차게 등을 때렸다. 장난이 아니었다. 꽉 쥔 주먹으로 힘껏 쳤기 때문에 돌로 맞은 것처럼 얼얼했다. 돌아다보니 작은 도깨비처럼 얼굴이 새빨개져서 씩씩거리고 있었다.

"언니도 결국은 다른 사람들하고 다를 게 하나도 없다니까. 뭐 뭐 해야만 한다, 뭐뭐 하지 않으면 안 된다, 그 말 빼면 아주 시체야. 좆나 난 체 하고 있군. 언니도 용기가 없으니까 말로 핑계나 대고 빠져나가려고 해. 정직하지 못해."

"왜 핑계야? 현실이지."

은명은 지독히도 초조했고 짜증도 났으나 차분하게 설득해 보려고 했다.

"제발 골 부리지 마. 너도 나도 어른이잖아. 어른이라면 자기 생활을 책임지지 않으면 안 돼. 너한텐 글쓰는 게 노는 짬짬이 취미 활동 하는 것으로 보일지는 몰라도 내겐 바로 이게 책임지는 방식이야. 그리고 너하고 난 나이 차이가 십 년 이상이나 나잖아. 그러니 같이 노는 것도 한계가 있어. 노상 니 기분에 맞춰서 같이 놀 수는 없어."

그러나 초록이는 말을 듣고 있지 않았다.

"그래, 언닌 말은 번드르르하게 하지. 결국 언니도 솔직하기가 두려운 거야. 아마 남의 눈치나 보다가 자기가 누군지도 모르고 끝나 버릴걸. 언닌 날 심심풀이 땅콩 정도로 대해. 첨부터 신기한 구경 거리를 대하는 그런 식이었다구."

"쓸데없는 소리 관둬. 나중에 우리 이야기해. 근데 세상에 이렇게 큰 땅콩도 있어? 무게가 사십오 킬로그램은 나가겠는데? 자, 저리 가 있어. 지금은 날 놔둬."

농담 비슷하게 얼버무리며 은명은 가볍게 입을 맞추고 돌아앉았다. 씩씩거리는 숨소리가 거칠었으나 신경 쓸 짬이 없었다. 서둘러 칼럼을 끝내고 통신으로 보냈을 때가 열한 시 삼십 분이었다. 나갈 준비를 했다. 초록이는 침대에 도로 누워 머리끝까지 시트를 잡아당기곤 꼼짝도 하지 않았다. 한숨이 나왔다. 칙칙하게 가라앉은 분위기가 그들을 짓눌렀다. 사실 은명은 자신이 없었다. 어느 쪽이라고 확실하게 자신의 느낌을 정하지 못했다. 비겁하다는 초록이의 말이 맞을지도 모른다. 아무튼 달래려면 충분히 시간을 들여야 했다. 어쩌면 저녁때 들어와 보면 제풀에 기분이 풀려 헤헤거리고 있을지도 모른다. 그런 기대를 하며 집을 나섰다.

밤에 돌아와 보니 초록이가 없었다. 은명이 쓰던 노트북 컴퓨터도 함께 사라졌다. C드라이브에 저장된 「어머니의 식민지」 초고도 함께.

평소와 특별히 다르지 않았다. 늘 그렇듯 집 안은 엉망으로 어질러져 있었고 비가 오는데도 베란다 문은 활짝 열려 있었으며 불은 모조리 꺼져 있었다. 오디오에선 CD 한 장이 끝없이 돌아갔다. 문득 무슨 생각이 떠올라 충동적으로 집을 비운 것 같은 모양새였다. 잠시 담배가 떨어져 사러 갔을까? 하지만 이상하게 가슴이 떨렸다. 맥없이 쇼핑 봉지를 식탁에 올려놓고 불을 켰다. 왠지 허전했다. 전화 메시지를 되감아 보다가 비로소 책상 위에 있던 컴퓨터가 없어진 것을 알았다. 다시 돌아오지 않겠군, 기어이 떠났군, 하는 생각이 머릿속에 불쑥 솟아올랐다. 증거는 없었지만 은명은 초록이가 아주 가 버렸다고 생각했다. 쾅쾅대는 노래의 반주음이 가슴을 두드렸다.

"……닥쳐, 닥쳐, 닥쳐, 닥치고 내 말 들어.

싸워라, 짓밟아라, 이겨라, 악착같이 성공해라.

난 속물처럼 살긴 싫어, 성공하면 뭐할 건데……"

적막한 집 안에서 그 노래는 초록이가 남긴 메시지인 것처럼 계속 아우성쳐 댔다. 오디오를 껐다. 추적거리는 빗소리가 덮쳤다.

한껏 무릎을 껴안고 태아의 자세로 웅크리고 있었다. 어떻게 생각하면 길었고, 또 너무 순식간이어서 정신차릴 사이도 없이 지나가 버린 몇 달간이었다. 초록이는 아주 가 버렸다. 후련하고 그러면서도 몹시 허전했다. 놀라지는 않았다. 어쩌면 그동안 가슴 한구석에선 그 아이가 곧 떠날 거라는 예감이 있었는지도 모른다.

타임 아웃은 헤븐 더스트와는 서울역 뒷골목과 압구정동만큼이나 차이가 있었다. 헤븐 더스트는 그래도 원목과 회벽으로 치장하여 그럭저럭 여느 까페와 비슷한 모양새를 유지하고 있다면 타임 아웃은 내려가는 층계부터 더럽기 짝이 없었다. 벽면은 온통 색색의 페인트 스프레이로 낙서를 해 놓아 어지러웠다. '절대적으로 현대적이어야 한다'든지 '나는 정신적 무정부주의자' '좀비를 쓸어내자' 등등 랭보나 초현실주의를 연상시키는 구호가 어지럽게 겹쳐 씌어져 있었다. 달 표면처럼 발아래가 닿지 않아 버석거리는 느낌이었다. 노랗게 물들인 머리에 무스를 발라 사방으로 뻗쳐 세운 청년이 층계참에 주저앉아 입장료를 받았다. 청바지 뒷주머니에서 만 원을 꺼내 주자 오천 원과 성냥을 내밀었다. 안은 어둡지 않았다. 갱도처럼 철망을 씌운 알전구가 군데군데 밝혀져 있었다. 사방 벽은 마찬가지로 스프레이 낙서와 잡지에서 찢어 붙인 사진들로 얼룩덜룩했다. 카운터 뒤 환한 벽면에 펑크록 그룹 '클래시'가 무대에서 기타를 때려 부수는 사진이 테이프로 아무렇게나 붙여져 있어 특히 눈에 띄었다. 그 밑에는 '영광이 아니면 죽음뿐'이라고 씌었고 79년 9월 21일 뉴욕 팔라디움 공연이란 설명이 덧붙여져 있었다. 라이브 까페라고 했으나 무대와 객석은 같은 바닥이었다. 둘을 나눠 주는 것은 한 줄의 굵은 쇠파이프뿐이었다. 거기에 중고생 정도로 보이는 소녀들이 빽빽이 달라붙어 음악에 맞춰 펄쩍펄쩍 뛰어오르며 악을 썼다. 기둥에 붙인 시험지에는 오늘 공연이라고 하여 그룹 이름이 적혀 있었다. '허리 아래 밴드' '옐로우 재킷' '우는 땅콩'이었다. 무대를 둘러싼 관중들은 격렬하게 몸을 흔들며 악을 쓰거나 담배를 피우거나 캔 콜라며 맥주를 마시거나 했다. 은명은 그들을 뚫고 카운터로 갔다. 마실 건 오로지 캔 종류뿐이며 선불이라고 했다.

"오늘 '우는 땅콩'이 연줄 하나요?"

"그럼요. 하지만 좀 기다려야 할 거예요. 그들은 여덟 시 반부터니까."

'클래시'의 거대한 사진 밑에 선 청년이 대답했다. 무슨 좋은 일이 있는지 터져 나오는 웃음을 참지 못하고 싱글벙글했다. 역시 갈색으로 물들인 긴 머리였고 커트 코베인의 프로필과 니르바나(Nirvana)라는 하얀 글자가 들어간 검정 티셔츠를 입었다. 아직은 봄이고 난방을 하지 않는데도 반소매였고 목덜미로는 한여름인 것처럼 땀을 줄줄 흘리고 있었다. 입 귀퉁이에는 작은 은색 고리를 달았다. 입을 열 때마다 그 고리는 찰랑찰랑 흔들렸다. 문득 은명은 자신이 이 청년보다 곱절은 더 나이를 먹었을 거라고 생각했다. 갑자기 몹시 늙어 버린 것처럼 후줄근해졌다.

"거기 드러머가 김희완이란 사람 맞아요? 만날 수 있어요?"

"팬인가요? 저길 봐요. 구석에 서 있는 세 사람. 빨강 머리하고 빡빡이, 연두색 야구 모자를 쓴 사람들 보이죠? 저 사람들이 바로 '우는 땅콩' 멤버예요."

그가 가리키는 구석에 머리색이 제각각인 청년들이 있었다. 머리를 불타는 빨강으로 물들인 청년은 맛이 간 얼굴로 눈을 감고 경런하듯이 펄쩍펄쩍 뛰어올랐는데 족히 일 미터는 될 높이였고, 벽에 비스듬히 기대선 빡빡머리는 뚱뚱한 몸집이었으며, 형광빛 나는 야구 모자를 쓴 청년은 고개를 까딱거리며 머리 긴 여자아이와 이야기를 하는 중이었다. 여고생 정도로 어려 보이는 여자아이는 양주병을 손에 들고 있다가 생각나면 한번씩 돌렸다. 그들은 컵도 없이 돌아가며 한 모금씩 마시곤 했다. 다가가자 소란스런 음악 소리 사이로 그들의 말이 또렷하게 들렸다.

"암튼 말야. 드러머 중에는 돌이 많아. 이런 얘기도 있잖아. 베이시스트가 말야. 드러머를 골려 주려고 화장실에 간 사이에 드럼스틱을 하나 살짝 감췄대. 그랬더니 화장실에서 돌아온 드러머가 스틱이 한 짝만 남은 거 보고 뭐라고 했는지 알아?"

야구 모자를 쓴 청년이 킬킬거리며 농담하고 있었다.

"뭐라고 했는데, 오빠? 되게 궁금하다."

"이랬대. 아, 하느님. 감사합니다. 전 드디어 지휘자가 되었습니다."

야구 모자를 쓴 청년이 목소리를 높이자 머리 긴 여자애는 까르륵 숨이 넘어가게 웃어 댔다. 빡빡머리 청년이 주먹으로 야구 모자를 세게 때리며 외쳤다.

"무슨 개똥 같은 소리야. 자기는 멍청하게 베이스나 긁는 주제에."

은명은 깜짝 놀랐다. 찢어지는 그 목소리는 여자의 것이었다.

"김희완 씨?"

아무튼 다가가 주의를 끌려고 했다. 빨강 머리는 여전히 음악에 취해 신들린 듯 펄쩍펄쩍 뛰어오를 뿐이었다. 벽에 기대선 빡빡머리가 몸을 바로 세우며 반응을 보였다. 허옇게 바랜 버뮤다식 반

바지에다 실밥이 뜯어진 노란 티셔츠를 입어 더욱 뚱뚱해 보였고, 두툼한 농구화를 신었으며 그리고 옛 우물처럼 깊고 진한 눈빛을 가졌다. 정면에서 마주 응시하려면 눈이 부셔서 선글라스라도 필요할 것 같았다. 머리털이 없어 눈빛이 더욱 강렬하게 도드라지는지도 몰랐다.

"난데요, 누구죠? 첨 보는데?"

"잠시 이야기 좀 할 수 있어요?"

"안 될 거야 없지만…… 우린 지금 차례를 기다리고 있어요."

"잠시면 돼요. 바 카운터로 가서 맥주 한 캔 할래요?"

김희완은 무뚝뚝한 표정으로 따라왔다. 잠시 고민하더니 다이어트 콜라가 낫겠다고 했다. 맥주는 체중 때문에 조심하고 있다는 것이다. 땀이 밴 얼굴은 젖먹이처럼 동그스름하여 천진스러워 보였다. 그들은 구석으로 물러나 아무 테이블이나 자리를 잡았다. 공연을 보느라 테이블은 대개는 비어 있었다. 책가방들만 수북이 쌓여 있을 뿐이었다. 어떤 가방에선 고등학교 영어 참고서가 삐죽이 고개를 내밀고 있기도 했다.

"난 노은명이라고 해요. 좀 놀랍네요…… 드러머라기에 여자라고 예상하진 못했어요. 그리고 드러머가 체중에 신경 쓴다는 것도 그렇고."

은명은 가볍게 이야기가 풀리기를 기대하며 말을 꺼냈다. 김희완은 인상을 북 긁으며 담배에 불을 붙였다. 손톱 밑에 물감이 덕지덕지 끼어 색색으로 얼룩져 보였다.

"남자라면 물론 신경 안 쓰겠죠. 아무리 뚱뚱해도 상관없을 테니까. 혹시 힘이 좋아서 드럼을 박력 있게 친다는 소리를 들을지도 모르구요. 하지만 여잔 드러머건 뭐건 안생기면 안 된다 그거죠. 무

285

대 뒤켠에 쑤셔 박혀 스포트라이트 한번 못 받을지라도 여자라면 일단 용모가 돼야 한다는 거죠. 우습잖아요? 여긴 인습이며 뭐를 타파하고 자유를 구가하는 언더라면서도 말이죠. 우리나라, 너무 지독하게 성차별한다고 느끼지 않아요? 여자라면 언제 어디서나 생긴 게 가장 먼저니 말이죠. 전에도 택시를 타고 가는데 여자 딴따라가 어쩌구 하더니 나중엔 내가 생긴 게 아니라는 소리까지 하길래 운전사하고 싸우다가 목동까지 갔던 거 있죠…… 하긴 유니섹스라더니 점점 남자하고 여자하고 구별이 없어지는 것도 같아요. 요즘은 잘생겨야 한다는 압력이 남자한테도 심하니까. 쟤네들 봐요. 좋다고 악악거리는 여자애들. 미쳐서 정신 나간 거 같죠? 저 그룹은 음악이 아니라 보컬이 미남이라서 인기가 있죠. 저런 식이라면 보컬 쟤, 곧 티브이로 진출하겠죠. 용모가 받쳐 주니까…… 정말 개똥 같아…… 원래 내 꿈은 실력만으로 인정받는 여자들의 그룹인데 말이죠…… 참 무슨 일이죠?"

김희완은 혼자 흥분해서 투덜투덜하다가 뒤늦게 은명의 존재를 의식하고 똑바로 바라보았다. 몸매와는 다르게 찌르는 듯 서늘한 눈빛이었다.

"이초록이라고 알죠? 처음에는 같이 활동했었다면서요? 그 앨 만나려고 해요. 어디 있는지 알아요?"

은명이 조심스럽게 말을 골랐다. 김희완은 은명을 머리에서 발끝까지 살살이 훑어보았다. 서서히 미소가 피어올랐다.

"오, 알겠어요."

"뭘요?"

의미심장하게 빛나는 그 눈빛과 미소에 영문을 몰라 불쾌했다.

"댁도 그리니를 쫓아다니는 아줌마들 중 한 사람이군요."

286

"무슨 소리를 하는지 모르겠군요."

"말 그대로요. 그리니를 찾으러 다니는 아줌마들, 전에 여러 번 봤기 때문에 하는 소리죠. 그걸 뭐라고 해야 하죠? 호모라고 하면 틀릴 거고…… 그러니까 맥도 그리니 애인이었고 근데 갑자기 그리니가 날라 버렸다. 그거겠죠? 아녜요? 그리니 걔, 찾아 봤자 소용없어요. 끝난 거예요. 걘 아무도 못 말려요. 워낙 그런 앤걸요."

김희완은 아주 쉽게 말했다.

"무슨 소리를 하는지 모르겠어요."

은명은 얼굴이 붉어지면서도 당황한 것처럼 보이지 않으려고 애를 썼다. 이처럼 거리낌 없이 말하는 상대는 처음이었다. 젊기 때문인지도 모른다. 김희완은 빙글빙글 웃으며 다 안다는 듯 그녀를 바라보고 있었다. 한 손으로는 드럼 치듯 테이블을 톡톡 두들겼다. 철판 한 장으로 만들어진 테이블은 리듬감 있는 소리를 냈다. 악의가 있어서 그러는 것 같지는 않았다. 다만 나이가 너무 어려 상대방의 기분을 배려할 줄 모르는 것뿐일 것이다.

"김희완 씨가 짐작하는 그런 용건이 아녜요. 난 컴퓨터 때문에 초록이를 만나야 해요."

"뭐, 그렇게 둘러댈 수도 있겠죠. 하긴 아줌마들, 다 그런 핑곗거리를 하나씩은 만들어서 찾으러 다니죠. 그리니란 애가 아까워서 제대로 생활하도록 도와주고 싶다든가, 키워 주고 싶다든가 하는 식으로 말이죠."

갑자기 화가 치미는지 김희완이 언성을 높였다.

"정말 웃겨. 말도 안 되는 소리 아녜요? 키우다뇨? 그리니가 뭐 애긴가요? 걔 어른이에요. 더구나 걔는 중학생 때도 이미 어른이었다구요. 그 나이에도 지가 어떻게 살고 싶은지 똑똑히 알고 실행하는 그런 타입이었다구요. 그런데 사랑이니 뭐니 해 가며 자꾸 억압하니까 애가 튈 수밖에요. 단념해요. 걘 붙잡을 수 없어요. 돈을 산더미처럼 쌓아 놓고 꼬셔도 소용없어요. 그리니 걔네 부모도 알아주는 부자예요. 재벌까지는 아니라도 부잣집 외동딸이어서 부러운거 없이 살았죠. 그게 싫다고 튀어나온 앤데 붙잡으려는 게 무리죠. 날랐으면 날랐구나 하고 단념하고 말아요. 그게 쪽팔리지 않는 유일한 방법이라구요."

"오해 하고 있군요. 김희완 씨가 생각하는 그런 관계 때문에 찾는 거 아니라구요. 난 초록이에게 물어볼 게 있는데 중요한 문제라서 반드시 만나야만 해요. 그건 비지니스적인 질문일 테니까 김희완 씨에게 내가 그런 말 들을 이유 없어요."

본능적으로 은명은 방어적인 태도가 되어 딱딱하게 말을 받았다. 김희완은 믿지 않는 눈치였다. 답답하다는 듯 콜라를 쪽 소리 내어 들이켜면서 혼잣말처럼 투덜댔다.

"어른들은 정말 웃겨. 뭣 땜에 그렇게 창피해하면서 쉬쉬하는거죠? 그런다고 누가 잡아먹어요? 그게 무슨 죄예요? 우리가 못 참아하는 게 바로 그런 위선이라구요. 사람이 사람 좋아하는 건데 남자냐 여자냐 하는 그딴 사소한 문제로 물고 늘어질 까닭이 없잖아요. 남들 눈치나 보고 비위나 맞추며 자신을 속이며 사는 거, 그게 나쁜 거 아녜요? 그리니가 그렇게 팔팔하고 매력적인 것은 솔직하기 때문이죠. 걘 절대 위선 떨지 않았어요. 걔는 처음부터 여자들에게만 연애 감정을 느꼈죠. 그리고 그런 취미를 숨기지 않았기 때문에 학교에서도 떨려 났구요. 하지만 어른들이 생각하는 것처럼 그렇게 막 나가는 애는 아니었어요. 남들 눈치 보지 않고 자신에게 솔직했다는 거뿐. 조금만 타협했더라면 집을 나올 필요도 없었을 거

예요. 코에다 피어스, 코걸이 말이죠, 그걸 했다는 이유로 걔네 엄마
는 방에다 그리니를 가둬 놓고 일주일이나 밥도 주지 않았어요. 그
엄마는 대학교수씩이나 되는데 지독한 여자죠. 일주일 뒤 방문을
열어 줬더니 그리니가 뭐랬는 줄 알아요? 씨팔, 코걸이를 했다고 밥
까지 굶기는 건 어느 나라 법이야? 그러구선 뒤도 안 돌아보고 집을
나와 버린 거죠. 그 후론 다시는 집에 가지 않았어요. 부모에게 동
전 한 닢 얻은 적도 없구요…… 근데 이상하죠. 그러면서도 엄마가
그리운지 그리니가 선택하는 상대는 늘 나이가 훨씬 많은 아줌마들
이거든요. 걔네 엄마는 깡마르고 그리니 상대들은 모두 뚱뚱하다는
차이는 있지만…… 그런데 삼십 대로 보이는 아줌마는 댁이 처음이
네요. 얘가 변했나……"

순간 은명은 몸을 부르르 떨었다. 초록이의 전 애인들에 대한
이야기를 들으리라곤 예상하지 못했다. 심한 배신감이 밀려왔다.
김희완이 문득 말을 끊고 벌떡 일어났다. 앵콜 소리가 요란했다. 감
사합니다,란 말이 반복되더니 서투르게 연주하는 '크랜베리스'의
「드림」이란 곡이 흘렀다.

"'옐로우 재킷'이 끝났어요. 우리 차례예요."

잔뜩 기대된다는 듯 김희완의 얼굴이 환하게 밝아졌다. 신나고
행복해 보였다.

"너무 신경 쓰지 말아요. 보통 애들에 비하면 사는 방식이 좀
튀는 애니까. 참, 우리 노래도 들어 보고 가요. 어른들은 몰라요. 실
제로 밑바닥에선 혁명이 진행 중인데요, 음악에서도 그렇고, 섹스
에서도 마찬가지죠. 눈치채지 못하는 사이에 마구마구 변하고 있다
구요. 우리 노랠 들으면 아마 그게 느껴질걸요?"

빠르게 말을 던지더니 겹겹이 둘러선 사람들을 뚫고 앞으로 나

갔다. 삑삑거리는 앰프의 단속적인 소리가 신경을 긁었다. 은명은 기다려 보기로 했다. 그곳에선 무대가 보이지 않았다. 뒤에 있는 몇 몇 아이들이 그러듯 은명도 의자 위에 올라가 섰다. 간신히 보였다. '우는 땅콩'의 팬도 만만치 않은 모양인지 그들이 나오자 객석에선 그들의 노래를 청하는 "리퀴드 데이, 리퀴드 데이"하는 합창이 터졌다. 야구 모자는 베이스, 김희완은 드럼이었다. 빨강 머리는 여전히 맛이 간 얼굴로 마이크를 잡더니 쉰 목소리로 인사했다.

"그럼 여러분이 요청하신 흐느적거리는 날이라는 노래부터 시작하겠습니다."

그들은 객석에서와 마찬가지로 펄쩍펄쩍 뛰어오르며 연주를 시작했다. 사이키하면서도 단조로운 화음으로 만들어져 펑크 냄새가 나는 곡이었다. 첫 소절만으로도 객석은 흥분해 버려 길길이 뛰며 같이 노래를 불렀다. 대단한 소란이었다.

은명은 배신감을 곱씹었다. 초록이가 거짓말을 했던 것이다. 처음이라고.

사랑을 하게 되면 누구나 하게 되는 거짓말이 있다. 아니, 그건 거짓말이 아니라 그 당시 느끼게 마련인 감정의 충실한 표현인지도 모른다. 지나간 사랑은 다 연습에 지나지 않았고 이제부터 시작하는 사랑이야말로 진실한, 자기 생애에서는 단 한 번뿐인 제대로 된 사랑인 것처럼 착각하게 되는 것. 그래서 연인들은 흔히 서로에게 이런 고백을 한다. '이런 느낌은 처음이야' 혹은 '하느님께 감사드리고 싶을 정도로 특별한 감정을 느끼고 있어' 등등. 초록이도 마찬가지였다. 은명을 유혹하면서 그런 말을 했었다. 순진하게도 은명은 그 말을 진심으로 받아들였고 따라서 자신이 아닌 다른, 초록이가 사랑한 사람이 있었으리라곤 생각하지 못했던 것이다.

본격적인 그들의 관계는 헤븐 더스트가 아닌 장소에서 우연히 마주친 것으로 시작되었다.

문학의 해였던 지난해 끝 무렵, 출판계에선 작은 화젯거리가 생겼다. 『너도 나처럼 해 봐』라는 도전적의 제목의 소설이 나왔는데 거기엔 처음부터 끝까지 흔히 볼 수 없는 성행위 묘사가 가득 차 있어 주목을 받았다. 처음부터 아예 포르노 소설을 쓰고 싶다며 되뇌고 다녔던 저자는 한국 땅에 없었으나 당국에선 사법 처리 방침을 내세웠고, 외설이냐 예술이냐 하는 해묵은 공방전이 다시 벌어졌다. 라이브 극장 한마당에서 열린 '문화 한마당'의 1부에서 그것을 주제로 섹스와 해방이라는 공개 토론회가 열린 것은 어떻게 보면 시류에 맞는 행사였다. 꽤나 열띤 자리였다. 의견은 중구난방이어서 사법 처리를 반대하는 같은 입장에 있는 사람들도 서로 모순된 주장을 하기도 했다. 소설은 예술이니까 사법 처리라는 속물적인 잣대를 들이대는 게 잘못이라고 하는가 하면 또 그와는 반대로 소설이란 단순히 읽을거리에 불과한 것인데 거기에다 심각한 의미를 부여하여 사회의 도덕적 지침이라도 되는 양 무거운 책임을 맡기려는 게 잘못이라는 식의 정반대 의견도 나와 은명을 어리둥절하게 했다. 또 그럴 때마다 으레 들먹여지는 『채털리 부인의 사랑』이 또 거론되어 하품 나게 하기도 했다.

같은 소설가로서 한마디하기로 되어 무대 끝에 자리 잡고 있었으나 은명에게 말할 기회는 거의 주어지지 않았다. 사람들 앞에 나선 것만으로도 잔뜩 당황해 버린 그녀는 또 그러기를 바라지도 않았다.

사실 은명은 찬성이나 반대 어느 쪽에다 표를 던지겠다는 확고

한 신념을 갖고 있지 못했다. 그 소설이 포르노든 아니든 뭐 그리 대단한 문제인가 하는 생각이 들기도 했다. 이즈음 흔히 그러하듯 은명도 판단중지 상태로 살아간다고 해야 할 터였다. 다만 사법 처리라는 대목이 눈에 거슬렸고, 또 그 소설을 읽고 나자 사람들이 분명히 같은 시대를 살아가고 있으면서도 공통분모라고는 찾을 수 없는 단절된 각각의 시간대를 살아가는 것 같은 이즈음의 현상을 생각하게 되었으며 그 이야기를 좀 하고 싶었다. 예를 든다면 같은 1990년대를 살아가고 있음에도 서로의 생활 방식이 낯설기만 한 자신과 어머니와 외할머니의 삶을 내세워 설명해 볼 수도 있을 것 같았다. 앉아 있는 내내 아롱거리는 비눗방울이 바람을 타고 두둥실 떠돌아다니는 것처럼 각자의 삶이 그 하나로 닫혀 있는 비눗방울처럼 혼자 떠돌고 있을 뿐이 아닌가 하며 그 광경을 상상하고 있었다.

이상한 자리였다. 원형 무대를 빙 둘러 어두컴컴한 객석이 있고 무대에 나선 사람들은 조명을 받아 표본병에 채집된 곤충처럼 드러나 있었다. 스멀거리는 긴장감이 정전기처럼 피부를 타고 흘렀다. 사람들의 시선은 맨살 위에 뿌려진 소금처럼 따끔거렸다. 심문을 받는 것 같기도 했다. 힐난을 담은 질문들이 날아와 발밑에 수북이 쌓이기도 하고 공격적인 답변이 그걸 말끔히 쓸어 내기도 했다. 문득 은명은 생각했다. 결국 말에 지나지 않는 것이 아닌가. 이 문제를 진정으로 자기 삶의 방식에 의문을 제기하는 것으로 받아들인다면 이처럼 앞뒤가 맞지 않는 비난과 옹호가 난무할 것인가…… 이상스런 전율이 왔다. 은명과 달리 나란히 앉은 다른 출연자들은 흥분하기도 했고 농담하는 여유를 보이기도 했다. 끝으로 출연자들이 의무적으로 한마디씩 말해야 하는 시간이 왔고 은명은 꼭 하려고 별렀던 말을 제대로 전하려고 단어를 골랐다. 긴장하여 말을 더듬었다.

"나는 찬성한다, 반대한다고 단언하기 전에 우리가 섹스의 개념을 시대의 흐름과 떼어서 지나치게 근시안적으로 보고 있지 않은가 하는 생각을 하게 되는데요…… 기술의 발전이 사회의 기본단위인 가정의 개념을 바꾸어 놓았듯이 과학의 발달이 섹스의 개념을 변화시키고 있는 시대에 우리가 살고 있다는 생각을 하고 있습니다. 이런 식의 진통은 그 변화의 와중에서 어쩔 수 없이 일어나게 마련인 필연적인 과정이라고 주장하고 싶은 거죠. 옛날에는 섹스가 생식과 연결되어 있었습니다. 그 대표적인 예가 옛날엔 생식과 연결되지 않은 성을 도착적인 것, 변태적인 것, 잘못된 것으로 정의했다는 겁니다. 성경을 보면 그런 예를 많이 발견할 수 있습니다. 그러나 과학의 발달로 생식과 섹스는 분리되고 있는 중입니다. 피임 기술은 놀이로서의 성이라는 개념을 강화했으며, 아마도 몇 년 지나지 않아 인공수정이나 복제가 섹스와 분리된 생식의 개념을 완성하게 될 것이고 생식으로서의 성이라는 개념은 놀이로서의 성이라는 개념에게 완전히 자리를 내주게 되지 않을까 하고 생각하고 있습니다. 만약 우리가 놀이로서의 성이라는 개념을 받아들인다면 여지껏 우리가 가져 왔던 정상적인 성이니 변태적인 성이니 하는 판단 기준은 모호해지고 쓸모없어질 겁니다. 결국 성은 놀이에 지나지 않는 것일 테니까요. 이건 우리가 원하든 원치 않든 필연적으로 진행되고 있는 변화입니다. 그러므로 변태적인 성행위를 묘사했다는 판단 역시도 적당치 않게 될 것이고 어떻게 보면 이런 시대의 흐름 속에서 그런 성행위가 공공연하게 이야기되는 것은 당연하다고도 할수 있겠죠……"

문득 자신이 무슨 소리를 하고 있는지 모르겠다는 답답한 느낌이 들었다. 마이크를 잡기 전에는 꽤 괜찮은 의견인 것 같았지만 막상 말로 표현하고 보니 횡설수설할 뿐이라는 느낌이었다. 서둘러 말을 맺고 앉았다.

간신히 1부가 끝나자 은명은 그 극장에서 얼른 나오려고 했다. 한참이나 불빛을 받은 덕분인지 얼얼해서 출구를 찾기가 쉽지 않았다. 더듬더듬 짚어 가야 했다. 어둠 속에서 슬그머니 소매를 잡아당기는 손이 있었다.

"와우, 정말 언니였군. 응? 얼굴이 왜 그래? 무서웠어?"

초록이었다. 놀라기에 앞서 무섭냐고 묻는 그 말에 빙긋 웃음이 나왔다. 긴장이 확 풀려 버려 한참 울고 난 것처럼 노곤해졌다. 사석에서는 말이 매끄럽기 때문인지 다들 은명을 용감한 사람인 줄 알고 있었고 그 내면에 숨은 또 하나의 자아, 나약하고 겁 많고 보호를 기대하는 측면이 있다는 걸 알아주는 사람은 없었다.

"더러웠어, 기분."

은명이 아이처럼 웅얼거렸다. 초록이가 깊숙이 고개를 끄덕이며 공감을 표시했다.

"그랬을 거야. 나라도 충분히 그럴 거야. 뭣 땜에 저 사람들, 자기 어깨로 세상을 떠받치지 않으면 무너지기라도 할 것처럼 인상 쓰고 흥분하는 거지? 그래 봤자 결국은 남의 일이라는 얼굴로 집에 갈 거면서. 남은 냅두고 저나 잘하지……"

그러면서 초록이는 쿡쿡 웃었다. 마치 은명을 마중 나왔던 것처럼 자연스럽게 어깨를 끌어안고 밖으로 나갔다. 은명은 안도의 숨을 내쉬었다.

벌써 어둠이 깔리고 있었다. 토요일이라 도심은 일찌감치 비어 갔다. 바람이 몹시 불었다. 허전했다. 다가오는 겨울은 예년에 비해 추울 것이라는 일기예보대로 싸늘하고 매운 초겨울 바람이었다.

"술 한잔하지 않을래?"

옷집이 가득한 길을 따라 걸어가며 막연해하다가 그들은 발길 닿는 대로 술집을 찾아 들어갔다. 론섬 시티(Lonesome City)라는 이름으로 통나무집을 흉내 낸 실내장식으로 벽면과 높은 천장 모두 나무였고 서까래가 그대로 드러나게 꾸며졌다. 그 때문인지 음악 소리가 한결 부드럽게 제대로 울려 퍼지는 듯했다. 주로 록 음악만 틀어 주는 곳이었다. 구석 자리에 앉자 은명은 비로소 초록이가 한마당에 나타난 것을 이상하게 여겼다. 초록이가 설명했다. 아는 친구들이 3부에서 노래를 부르기로 되어 있기 때문에 구경 왔다는 것이다. 그러나 언니를 만났으니 그 친구들 노래는 안 들어도 그만이라고 했다.

"심심해서 와 본걸 뭐. 노래도 되게 고리타분하게 하는 친구들이야."

고리타분하다는 건 흔히 보던 것이라 심심하고 지루하다는 뜻이었다. 그 반대는 죽인다는 표현으로 드문 것, 진기한 것, 재미있는 것을 뜻했다. 초록이 또래들에겐 사물이 죽이는 것과 고리타분한 것 두 가지만 있는 듯했다.

은명은 긴장을 풀려고 했다. 앞에 앉은 초록이의 존재가 하늘에서 툭 떨어진 선물인 것처럼 신기하고 고마웠다. 만약 혼자였다면 이런 기분일 땐 서울 시내를 절반쯤이라도 정신없이 걸어 다니게 되었을 것이다. 은명은 인상 쓰며 술을 마셨다. 어쩐지 우울한 기분을 추스를 수 없었다. 음악에 맞춰 몸을 끄떡이고 있던 초록이가 갑자기 허리를 꼿꼿이 폈다. 그리곤 이곳이 혜븐 더스트인 것처럼 보이지 않는 사람들을 은명에게 소개하는 시늉을 하거나, 그 사람인 척 목소리를 바꾸거나, 몸짓을 흉내 내는 식으로 장난치기 시작했다. 퍽 재치가 있어 그에 보조를 맞추다 보니 점점 재미가 났다. 결국 바텐더 철수 씨를 흉내 내는 대목에서 은명은 참지 못하고 웃음을 터뜨리고 말았다. 긴장이 풀렸다.

술이 오르자 은명은 초록이를 붙잡고 횡설수설 떠들어 댔다. 소설에 대해, 인생에 대해, 사랑과 고독에 대해…… 사람들이 늘 화제로 삼지만 그래도 미진하여 갈증을 느끼곤 하는 주제들이었다.

"정말 사랑을 제대로 정의할 수 있는 사람이 있을까?"

"사랑? 섹스?"

초록이는 반쯤 음악에 취한 채 무심히 반문했다. '크랜베리스'의 「드림」이 흐르고 있었다. 돌로레스의 독특한 고음이 안개를 뚫고 습지를 굴러오는 듯 서늘했다.

"어디선가 읽었는데 말야. 시대가 달라진 걸 느끼게 만드는 현상으로 이런 게 있었어. 어떤 처녀가 우연히 남자랑 자고 나서 변명하는 거야. 어머나, 그건 사랑이 아니라 실수였어요, 하고. 옛날이라면 그 처녀는 사랑이라고 강변했을 거라더군."

"정말! 그게 언니 세대와 우리 세대의 차이점이라고 할 수도 있겠네."

"하지만 그렇게 사랑과 섹스가 확연하게 구분 지을 수 있는 것일까? 근데 이 나이를 먹도록 나도 꽤 여러 번 연애를 해 봤는데 말이지, 여지껏 제대로 통한다고 느껴지는 상대가 없었어. 사랑한다면 적어도 일체감을 느껴야 제대로 된 거 아닌가? 제대로 된 섹스라고 해도 마찬가질 테구. 내가 지나치게 바라고 있는 것일까? 정말 알 수가 없어. 내가 확실하게 말할 수 있는 건 이거뿐인데 사람끼리의 완전한 일치란 없어. 아무리 좋아하는 사이라도 그래. 한구석에는 뭔가 오해하고 잘못 대해지고 있다는 느낌이 조금씩이라도 있는 거 있지. 마치 앙금이 가라앉는 것처럼. 도대체 진술하게 통한다는 느낌이 안 들거든. 어쩌면 남자와 여자는 영원한 평행선인지도 몰라. 사소한 차이라고는 하지만 그게 때로는 국경을 만드는 강처럼 엄청난 갭으로 벌어져 좁혀지지 않는 거. 그래서 연앨 해도 마찬가지로 외롭다는 거. 그게 삼십여 년을 살아 본 내 결론이지……"

은명은 공중을 떠다니는 비눗방울들을 상상하면서 계속 떠들어 댔다. 초록이는 마치 자기가 어른이고 은명이 아이인 것처럼, 또 자기는 인생이란 시시한 문제 정도는 죄다 도통해 버렸다는 식의 미묘한 미소를 띠고 흘려들었다.

"그렇담 언니는 두 사람이 남김없이 서로 통한다고 느끼면 그걸 사랑이라고 부르고 싶은 거야? 아무 거리낌도 없는 상태? 언니 세대에 그게 가능할까?"

초록이는 시험하려는지 비아냥거리는지 모를 무심한 미소를 띠고 말을 던졌다.

그날 밤 초록이는 당연하다는 듯 집까지 따라왔다. 그리고는 자기 집인 것처럼 천연덕스레 머물렀다. 은명이 소파에다 담요와 쿠션으로 잠자리를 꾸며 주려 하자 초록이는 침대에서 자겠다고 고집을 부렸다.

"거긴 내가 자는 데야."

"와우, 치사빤쓰다. 두 사람이 자도 충분한데 뭘 그래?"

초록이는 허락받을 것도 없이 옷을 사방에다 홀홀 벗어 던지고는 침대에 뛰어들었다. 잠옷은 필요 없다고 했다. 알몸으로 자는 게 버릇이라고 했다.

"그렇게 명청히 섰지 말고 언니도 누워."

어이가 없어 구경만 하고 있는 은명에게 초록이가 말했다. 은명은 이를 닦고 파자마를 입었다. 목까지 단정하게 단추를 채우고 불을 껐다. 둘 다 술을 마시기는 했으나 취했다고 할 수는 없었다. 잠의 문턱에 한 발을 들여놓을 즈음 초록이가 말없이 팔을 내밀어 은명을 안았다. 별다른 거부감이 들지는 않았다. 누구와 잠자리를 같이 쓰는 습관은 없었으나 은명을 어루만지거나 쓰다듬기를 좋아했고 동성 친구끼리의 가벼운 포옹은 일상에서 늘 있어 온 일이기 때문이었다. 그러나 점차 포옹이 애무가 되고 그것이 섹스를 위한 몸짓으로 바뀌자 몹시 당황하게 되었다. 어찌할 바를 몰라 망설였으나 결국은 잠자코 있었다. 그 손길에 잔뜩 달아오르고 만 자신이 부끄럽기도 했고 또 초록이가 아무 말도 하지 않았기 때문이었다.

나중에야 알았지만 초록이는 매번 새로운 금기를 만들면서 섹스하기를 즐겼다. 마치 놀이의 규칙을 새롭게 혹은 더욱 복잡하게 만들어서 재미를 돋우는 것처럼. 말을 하지 않는 것도 그중 하나였고, 자기의 성적 환상을 상대방에게 들려주는 것도 있었으며, 입만 사용하기로 한다든가, 이런 자세만으로 한다든가 하고 선을 그어 놓고 그 선을 넘어가지 않으려고 애쓰며 섹스를 하는 거였다. 그것은 마치 코드 세 개만 가지고도 음악이 성립될 수 있을까를 실험하던 70년대 후반의 펑크록 가수들과 비슷한 시도를 하는 것처럼 느껴졌다. 그렇게 해서 만들어진 펑크 음악이 듣는 사람들에게 파괴적으로 때로는 드높은 고양감으로 색다른 정서를 체험하게 하듯이, 그렇게 금기를 만들어 놓고 즐기는 것은 쑥스러움을 지우고 섹스에 색다른 묘미를 부여하는 것이기도 했다. 금기를 범할 때의 재미란 대단했다. 어쩌면 그것이 놀이로서의 섹스에서 재미의 핵심일지도 몰랐다. 비록 자신들이 그어 놓은 선이었지만 그 선을 넘어가게 되면, 서로 잔뜩 흥분된 상태에서는 그러기가 쉬웠지만, 그들은 더욱 흥분했고 때때로 머리 뒤쪽에서 냉정하게 관찰하고 있는 자의식을 잊어버리는 경우까지 있었다. 그 정도로 재미있었다.

혼자 있을 때 조용히 생각하다 보면, 그런 섹스가 대단히 재미있고 어색하지도 않다는 사실을 깨닫고 놀라곤 하였다. 좋은 점도 많았다. 같은 성이기 때문인지 서로의 욕망에 민감했고 같은 감정에 빠져드는 때가 많았으며 굳이 말로 표현하지 않더라도 서로를 아주 잘 이해할 수 있었으며 서로에 대한 배려도 어디까지나 동등하게 주고받는 편이었다. 남자와 관계할 때의 미진한 느낌, 때로는 맛보게 마련인 굴욕적인 느낌은 이런 섹스에서는 없었다. 적어도 '누가 누구를 범한다'는 굴욕적인 표현은 전혀 적용되지 않는 것이다. '그것만 해도 대단하잖아.' 은명은 감탄하였다.

그러면서도 서걱거렸다. 머리 뒤쪽에서 일거수일투족을 관찰하고 있는 카메라는 꺼져 있는 경우가 많지 않았다. 은명은 몇 번이나 자기 경험을 되씹어 보고 새삼 놀랐으며, 과거의 다른 경험들과 자꾸 비교하려고 했고, 이해하려고 노력하기도 했고, 심지어는 자신이나 초록이의 성장 과정에서 무슨 문제가 있는 것은 아닌지 분석하려고까지 해 보았다. 그래서 말을 직업으로 삼은 은명은 초록이에게 묻지 않고는 못 배겼다.

"넌 이상하다는 느낌도 안 들어?"

"뭐가?"

섹스가 끝나면 초록이는 알몸인 채로 배부른 고양이처럼 한껏 늘어져 널널하게 뒹굴곤 했다. 하얗고 팽팽한 그 몸은 여자인 은명이 보기에도 매혹적이었다. 은명은 자기도 모르게 초록이를 쓰다듬었다. 담담하면서도 충만된 시간이었다. 그 아이의 피부는 매끄러

왔다. 초록이는 얼굴이 작고 콧날이 날카롭기 때문인지 옷을 입었을 때는 야윈 것처럼 보이지만 벗겨 놓으면 어디까지나 풍만한 무르익은 여인의 분위기였다. 조금만 더 살이 찐다면 렘브란트의 누드모델로도 손색이 없으리라.

"부자연스런 일이라든지…… 아님 거북하다고도 표현할 수 있겠지. 암튼 어떤 느낌이 있을 거 아냐? 누구라도 이런 걸 평범한 보통 일이라곤 하지 않을 테니까 말야."

초록이는 입이 찢어져라 하품을 했다.

"언닌 그렇게 느껴? 난 이게 편하고 좋은데."

"하지만…… 뭐랄까…… 여지껏 내 취향은 남자였어."

"그랬겠지. 음, 그럴 수도 있을 거야. 하지만 좋으면 그걸로 된 거잖아? 무슨 말이 필요해?"

"하지만 편치는 않아. 뭔가가 자꾸 걸려."

자신이 느끼는 거리낌을 설명하기가 어려워 은명은 초조해졌다. 초록이가 다시 하품을 하곤 피식 웃었다.

"말하는 거하고 다르네? 언니는 한마당에서 이야기할 땐 그런 식으로 말 안 했어. 그때 난 그 말 듣고선 언니가 꽤 트인 사람이라고 생각했거든. 내놓고 생식이 아닌 놀이로서의 성을 말하다니, 꽤나 용감한 사람이구나 감탄했었어. 놀이라면서 무슨 정상, 비정상이 있어? 여여 사이, 남남 사이, 혹은 남녀 사이, 더 나아가서 여자 둘에 남자 하나, 물론 그 반대도 가능하겠지. 암튼 아무래도 상관없는 거잖아. 아니야? 그럼 그건 그냥 해 본 소리였어? 하긴 언니라고 다른 사람하고 다르기를 바라는 게 무리겠지. 내가 젤 싫은 건 말야, 사람들이 말만 앞세운다는 거야. 나는 나야, 내 인생은 나의 것 어쩌구 말은 번듯하게 하는 주제에 실제론 남의 눈치에 맞춰서 대강 살거든. 언니는 좀 깨야 돼. 자기가 느끼는 걸 왜 부정하려고 해? 언니도 이걸 바라고 좋아하고 즐긴다는 거 난 느낄 수 있는데…… 난 이처럼 간절하게 만져 보고 싶은 사람은 언니가 처음이었어. 그 사람이 좋고 만지고 싶은데 같은 여자니까 안 된다, 그게 더 부자연스러운 거 아냐? 자신의 욕망을 표현하는 게 아름다운 거잖아?"

기분이 나빠졌는지 초록이로선 전에 없이 말이 길었다.

"그렇지만…… 그렇지만 말야. 한번 이런 가정을 해 보자. 만약 니가 이십 년 전, 동성애라는 말이 보편화되기 전에 살았다면 어떨까? 그랬더라도 넌 내게 느끼는 감정이 그저 좋아하는 우정 이상의 감정이라고 생각할 수 있었을까?"

"그러니까 역사가 진보한다는 거 아니겠어? 사실 진본지 진분지 모르겠지만. 자기 자신이 느끼는 감정을 속이지 않고 재대로 된 표현을 달아 줄 수 있다는 거, 그게 옛날보다 오늘이 나아진 점이라고 생각해. 이십 년 전? 지금이 그땐 아니니까 그런 가정은 쓸데없어. 근데 언닌 왜 계속 똥 씹은 얼굴이야? 결국 언니도 다른 사람들처럼 위선과 인습의 고리에서 못 빠져나오는 거야? 진보나 변화는 그저 말로 하고, 사는 건 관습에 안주해서 편하게 살자? 치사하고 고리타분해. 에이, 말은 그만둬. 할수록 오해만 쌓이니까. 난 간절하게 언닐 만지고 싶고 같이 자고 싶어. 그래서 그렇게 할 뿐야."

초록이가 비웃듯이 말했다.

어쩌면 그 말이 맞을지도 몰랐다. 은명은 말의 울타리에서 벗어나기가 힘들었다. 생각부터 앞서는 타입이었다. 삶의 기능보다는 관찰의 기능이 우세했다. 함께 자는 순간에도, 절정의 순간만 빼놓으면, 머리 뒤쪽에서는 이런저런 궁리가 많았다. 이게 옳은 일인가? 이게 정상적인가 아닌가? 남들도 이렇게 살까? 하는 시시한 의문에서 시작하여 남자랑 자는 것과 달리 이런 섹스에는 좋은 점이 많군 하고 감탄한다든지, 설명하지 않아도 통한다는 게 바로 이런 것이 었구나 하는 깨달음, 혹은 이런 식의 섹스란 결국 수음하고 다를 게 없지 않은가 하는 껄끄러움까지. 아마도 같은 성이기 때문이겠지 만 그런 느낌을 혼자만의 것으로 하여 초록이에게 비밀로 해 두기 는 어려웠다. 그들은 사소하게 스쳐 가는 느낌에도 예민했기 때문 에 서로에게 거짓말은 거의 통하지 않았다. 친한 여자 친구 사이에 서는 비밀을 만들기 어려운 것과 비슷할 터였다. 은명의 머릿속에 서 번잡할 정도로 오가는 여러 생각들을 초록이는 어느 정도까지는 다 눈치채고 있었다.

'우는 땅콩'이 마지막으로 연주한 노래는 「좀비」라는 제목의 번안곡이었다. 쇠붙이로 박박 긁는 소리를 내 가며, 세상은 살아 있 는 시체들로 가득하지만 자기네는 그렇게 살지 않겠다고 노래했다. 앵콜로 한 번 더 그 곡을 연주하고 나자 아홉 시 반이었다. 김희완은 땀에 흠뻑 젖은 밝은 얼굴로 무대에서 나왔다. 시선이 마주쳤다. 환 하게 웃었다.

"안 갔어요? 우리 어때요?"

"좋더군요, 연주는. 하지만 보컬이 좀 약한 것 같았어."

은명이 건성 대꾸했다.

"그렇죠? 내가 들어도 샤우트가 절절하질 않아요. 이런 노래는 음악성 자체보다는 충격적인 느낌을 주는 게 더 중요한데 말이죠."

삑삑거리는 앰프의 잡음이 사라지고 스피커에선 레코드 음악 이 흐르기 시작했다. 미친 것처럼 소란을 떨던 아이들은 흩어져 각 자 겉옷을 챙겨 입고 자기 가방을 찾느라 부산했다. 몇몇 아이들은 가게 문을 닫을 때까지 눌러붙어 있을 모양인지 테이블로 가서 제대로 자리 잡고 앉았다. 썰물처럼 빠져나가기 시작했다. 파장 분위기였다. 모두들 한바탕 신나게 놀고 가는 것처럼 발그레하니 땀범벅이었고 표정들이 환했다. 제법 스트레스 해소를 했다는 얼굴들이었다.

"안 가요?"

김희완이 카운터 뒷방에 들어가 모자를 쓰고 재킷과 배낭을 찾아 나오다가 은명을 보고 물었다. 은명은 대답하지 않고 그녀 뒤를 따랐다.

"헤이, 뒤풀이 안 할 거야?"

"그럴 기분 아냐. 오늘은 먼저 간다."

김희완이 인사를 던지고 나갔다. 보폭이 컸고 성큼성큼 걸었다. 초록이와 비슷한 걸음걸이였다. 소년 같았다. 농구화를 신은 때문인지 발소리는 거의 나지 않았다. 놓치지 않으려고 은명은 종종걸음을 쳐야 했다. 텅 빈 밤거리에서 은명의 구두 소리만 홀로 메아리를 달고 울려 퍼졌다.

"이젠 내게 이야기해 줄 수 있겠죠?"

"우와, 정말 질기네요. 그리니를 꼭 만나야 하겠어요? 그래 봐야 쪽팔리기만 할 텐데?"

김희완은 꼿꼿한 자세로 앞만 바라보고 걸어가면서 빈정거렸다. 은명은 결심했다.

"그런 용건이 아니라고 몇 번이나 말했어요. 이런 말은 하지 않으려고 했지만…… 초록이가 내 집을 나가면서 내 컴퓨터를 가져가 버렸어요. 컴퓨터가 없어진 것까지는 좋아요. 문제는 그 속에 내 소설 원고가 들어 있다는 거죠. 그건 아직 초고 상태여서 인쇄하거나 다른 디스켓에 복사해 놓거나 하지 않았어요. 못 찾으면 그건 그걸로 끝이란 말예요……"

갑자기 김희완이 깔깔거리며 소리를 높여 웃었다. 소리는 어두운 거리 위로 마구 굴러갔다. 시간이 지날수록 눈덩이처럼 점점 크게 불어나는 것만 같았다. 열 시밖에 안 되었지만 주중이어서 그런지 피카소 거리는 휑뎅그렁하니 비었다. 드문드문 붉은 가로등만 빛났다. 그 빛으로 만들어진 그림자가 문 닫은 상점들의 셔터 위로 길게 아른거렸다. 불 꺼진 긴 행렬 속에서 어쩌다 하나씩 환하게 불 켜진 커피집들이 있었다. 황량한 밤의 사막에 피어난 오아시스처럼 보였다. 밤바람이 얼굴을 어루만졌다. 하루가 다르게 모가 닳아 스러지는 부드러운 바람이었다. 봄이었다. 한숨이 나왔다. 김희완은 오랫동안 웃음을 그치지 못했다. 그러나 아무도 그들에게 눈길을 주지 않았다. 다른 이들은 벽에 어른대는 그림자처럼 무심히 스쳐 갔다.

"웃지 말아요. 내겐 심각한 문제라구요."

드디어 참고 있던 화가 폭발했다. 그래도 김희완은 웃음을 멈추지 못했다.

"미안해요. 웃는 게 아닌데. 그리니는 그런 애가 아닌데…… 그리니가 그런 걸 보면 걔 기분을 상하게 한 게 컴퓨터에 있었나 보죠. 걔가 컴퓨터를 노려보며 투덜거리는 꼴이 하도 눈에 선해서 말이죠. 걔는 무생물도 살아 있는 사람처럼 대하는 버릇이 있잖아요…… 그런데 어디까지 날 쫓아올 셈이죠?"

"김희완 씨는 초록이가 있는 델 알고 있으리라 믿어요."

"난 정말 몰라요. 그리니를 본 지도 꽤 됐구요. 혹시 그리니를 만나게 되면 말을 전해 줄 수는 있겠죠. 댁이 컴퓨터가 없어서 난처하게 됐다고. 난 지금 집에 가는 길인데 거기까지 쫓아올 건가요?"

"버텨 보겠어요. 내겐 굉장히 심각한 문제니까."

은명은 짐짓 가벼운 척 말을 받았다. 그들은 서교호텔 앞까지 걸어왔다. 벚꽃처럼 환하게 불 켜진 버스들이 넓은 도로를 질주해 갔다. 버스 정류장에 서서 김희완은 잠시 궁리했다.

"좋아요. 갈 만한 데로 댁을 데리고 가 보죠. 어쩌면 그리니가 거길 올지도 모르겠어요. 자신할 순 없지만. 그러나…… 좀 색다른 데니까 놀라거나 고리타분하게 굴진 않겠다고 약속해 주면 좋겠어요. 구경하는 티를 내면서 두리번거리지도 말구요. 거기 사람들은 구경꾼을 젤 싫어하죠. 그들의 취향이 평범하지 않은 건 사실이지만 그렇다고 남의 구경거리가 될 이윤 없으니까요. 남들에게 피해를 주는 것도 아니구요. 따라와요."

김희완과 함께 택시를 탔다. 압구정동을 말했다. 로터리를 지나치는데 환하게 불 켜진 전광판이 예년보다 열흘쯤 이르게 피기 시작한 꽃 소식을 전하고 있었다. 그것은 서서히 북상 중이라고 했다. 눈부신 벚꽃이 전광판에 가득 피어났다.

"드디어 봄이 오는 모양이네요."

김희완이 무심히 말했다. 은명은 몹시 궁금했다. 그러나 운전사의 귀를 의식해서 한참을 주저하다가 물었다.

"저…… 그럼 김희완 씨도 좋아하는 상대가……"

"나요? 난 남자 쪽이죠. 남자 애인이 있구요. 난 사소한 차이가 있는 편이 좋더군요. 하지만 무슨 상관 있어요? 설혹 내가 그렇다고 한들? 관계의 외형이 뭐 그렇게 중요하다고 남의 성생활에 그렇게들 관심을 보이나 몰라요. 이제 그딴 거 고리타분하지 않아요? 시대가 바뀌면 섹스도 외형적인 모양새보다는 그 내용이나 마음의 참

305

됨이나 거짓, 진정성 같은 게 더 중요하게 되지 않을까요? 불과 얼마 지나지 않아 그렇게 될 거예요…… 댁도 아마 우리 나이에는 변화를 요구하면서 청춘을 보냈겠죠? 우리하곤 다른 거였겠지만, 정치나 사회의 민주화니 하는 것들. 이젠 시대가 달라졌죠. 지금 우리에게 필요한 것은 사소한 일상성에서의 변화들이라구요. 이젠 섹스에서도 그 관념보다는 일상성에서의 구조 변동이 필요하다는 거죠. 일대일의 관계에서의 변화요."

김희완은 눈치 볼 것 없이 단호하게 말했다. 확신에 찬 어조였다. 이야기 중간에 섹스라는 단어가 나오자 운전사의 귀가 쫑긋하니 일어서는 것이 느껴졌다. 갑자기 라디오 볼륨이 낮아진 것도 같았다. 정말…… 은명은 쑥스러워했다.

"미대생이라더니 대단한 이론가군요. 못 당하겠는데요."

혀를 내두르며 침묵을 지키기로 했다. 은명으로선 아무래도 눈치를 보며 어색해할 수밖에 없었다. 사서 눈총 받아 가며 살고 싶지 않았다. 불필요한 소모를 감당하기엔 자신이 너무 나이 들었다고 느꼈다. 이게 위선이라면 위선일 것이다. 자신에게도 그런 걸 비난하던 시절이 있었다. 하지만…… 은명은 생각에 잠겨 차창 밖을 내다보았다. 아무튼 곧 초록이를 만날 수 있을 것이다. 그 생각만으로도 몸이 뻣뻣하니 긴장되며 온 땀구멍이 오톨도톨 일어서는 것이 느껴졌다. 초조해졌다. 더욱 간절하게 그 아이가 보고 싶었다. 곧 택시가 다리를 건넜다. 몇 번이고 길을 꺾어 들었다. 기대감으로 소름이 돋은 팔뚝을 자꾸 문지르며 자신이 찾는 것은 꼭 「어머니의 식민지」 초고만은 아닐지도 모른다고 중얼거려 보았다. 그렇게 쑥스럽지만은 않았다. 어두운 골목 입구에서 차가 멈췄다. 골목 저편에 노란 아크릴 간판에다 '사포(Sapho)'라고 쓴 글자가 빛나 보였다.

"저기예요."

김희완은 익숙한 듯 성큼성큼 걸어가더니 그 간판 밑에 있는 문을 열었다. 실내는 몹시 어두웠다. 앞이 보이지 않았다. 문득 카메라 플래시 같은 번쩍임이 눈앞에서 확 터졌다가 꺼졌다. 원자폭탄의 버섯구름을 목격한 양 눈이 시큼거렸다. 햇빛에 아롱거리던 비눗방울들이 일제히 터진 것 같은 느낌이기도 했다.

—《실천문학》, 1997년 여름호;
이남희, 『플라스틱 섹스』(창작과비평사, 1998)

은희경(殷熙耕·1959~)

　　은희경은 1959년 전라북도 고창에서 태어나 숙명여대 국문과, 연세대학교 대학원 국문과를 졸업했다. 1995년《동아일보》신춘문예에 중편소설「이중주」가 당선되어 등단했고, 같은 해 첫 장편소설『새의 선물』이 문학동네 소설상을 수상하면서 평단의 주목과 독자의 사랑을 동시에 받는 1990년대 대표 여성 작가의 반열에 올라섰다. 첫 소설집『타인에게 말 걸기』(1996)로 동서문학상을, 단편소설「아내의 상자」(1998)로 이상문학상을, 소설집『아름다움이 나를 멸시한다』(2007)로 동인문학상을 수상했다. 연애와 결혼을 둘러싼 낭만적 사랑의 환상으로부터 냉소적 거리를 유지하는 여성의 주체성에 천착하던 은희경의 문학은 2000년대 들어 세상에 대한 조롱 섞인 공격성 대신 한국 사회의 마이너리그를 이루는 보통 사람들의 모순적 삶과 흔들리는 인간관계를 한결 담담하게 서술하는 경향을 보인다. 소설집『타인에게 말 걸기』,『행복한 사람은 시계를 보지 않는다』(1999),『상속』(2002),『아름다움이 나를 멸시한다』,『다른 모든 눈송이와 아주 비슷하게 생긴 단 하나의 눈송이』(2014),『중국식 룰렛』(2016)이 있고, 대표적인 장편소설로는『새의 선물』(1995) 외에『마지막 춤은 나와 함께』(1998),『비밀과 거짓말』(2005),『소년을 위로해줘』(2010),『태연한 인생』(2012),『빛의 과거』(2019),『장미의 이름은 장미』(2022) 등이 있다.

30여 년에 걸친 작품 활동에서 작품 세계의 변화가 일어나지만, 은희경 문학의 가장 큰 특징은 첫 장편소설 『새의 선물』과 그의 연속선상에 있는 단편소설 「그녀의 세 번째 남자」에서 찾을 수 있다. 어린 소녀 '진희'의 위악적 시선으로 사랑에 빠진 여성들의 자기기만과 환상을 가차 없이 드러내며 이룬 사랑의 탈낭만화는 은희경 문학이 1990년대 여성문학에 가져다준 중요한 공헌이다. 사랑의 탈낭만화는 주인공이 성인 여성인 이후 단편소설에서도 계속된다. 「그녀의 세 번째 남자」에서 30대 주인공 '그녀'는 사랑이란 "천상의 약속"임을 알아차리고 더 이상 사랑의 미혹에 속지 않는 자가 되어 현실로 귀환한다. 그녀에게 운명적 사랑을 약속했던 연인은 '그녀의 세 번째 남자'로 격하되어 그 절대성을 상실한다. 은희경 소설의 많은 여성들은 사랑의 절대성을 스스로 버리면서 사랑 없는 세계를 외로이, 그러나 자유롭게 유랑하는 길을 선택한다. 이 선택은 자신의 자유를 의지하고 자기를 배려하는 욕망에서 비롯된 것이다. 은희경의 여성 인물들이 지향하는 자유에의 욕망이 과연 상처받지 않으려는 방어적 제스처를 넘어섰느냐에 대해서는 논란이 있을 수 있지만, 가부장적 사회에서 '속지 않는 자'가 되기 위해 치러야 할 대가임을 그녀들은 알고 있다.

이명호

새의 선물

작품 소개

여성을 가부장적 굴레 아래 종속시키는 낭만적 사랑의 이데올로
기는 1990년대 여성문학이 혁파하고자 했던 주요 전선 가운데 하나
이다. 이 이데올로기적 전투를 최전선에서 치렀던 대표적 작품이 『새
의 선물』이다. 이 작품에 등장하는 화자이자 주인공 '강진희'는 낭만
적 사랑의 허위성을 폭로한다. 당돌한 냉소주의자 강진희는 "보여지
는 나"와 "바라보는 나"의 분리를 통해 낭만적 사랑의 환상에 속지 않
는 비판적 자의식을 획득하고 자신을 보호한다. 발췌한 부분은 스스
로를 대상화하고 먼 거리에서 바라보며 자기 비판적 시선을 습득하는
강진희를 보여 주는 인상적인 대목이다.

이명호

환부와 동통을 분리하는 법

내가 왜 일찍부터 삶의 이면을 보기 시작했는가.

그것은 내 삶이 시작부터 그다지 호의적이지 않다는 것을 알았기 때문이다. 삶이란 것을 의식할 만큼 성장하자 나는 당황했다. 내가 딛고 선 출발선은 아주 불리한 위치였다. 더구나 그 삶은 내가 빨리 존재의 불리함을 깨닫고 거기에 대비해 주기를 흥미롭게 기다리고 있었다. 나는 어차피 호의적이지 않은 내 삶에 집착하면 할수록 상처의 내압을 견디지 못하리란 것을 알았다. 아마 그때부터 내 삶을 거리 밖에 두고 미심쩍은 눈으로 그 이면을 엿보게 되었을 것이다. 그러다 보니 나는 삶의 비밀에 빨리 다가가게 되었다.

엄마가 죽은 것은 내가 여섯 살 때라고 한다. 내게는 엄마에 대한 기억이 단 한 가지도 없다. 그래서인지 그리움도 없다. 엄마를 떠올리게 하고, 내게 엄마에 대한 그리움이 없다는 사실을 자각하게 하는 것은 오히려 엄마의 존재를 한사코 감추려 하는 할머니이다.

할머니가 나를 바라보는 눈빛에는, 모든 할머니에게는 귀하기 마련인 제 손녀딸을 보는 대견함 이상의 안쓰러움이 있다. 그 눈빛이 바로 내게 엄마라는 존재의 상실을 떠올리게 하는 한편, 그 눈빛의 넉넉한 울타리 안에서라면 굳이 엄마를 그리워할 이유가 없다는 걸 깨닫게 해 주기 때문이다.

지금도 할머니는 부엌문을 열고 나오다가 나를 보고는 눈 속에 그 대견하고 안쓰러운 빛을 담은 채 말한다.

"진희 일어났냐? 이모도 좀 깨워라."

앞섶에 진주색 납작 단추가 주르르 달린 헐렁한 지지미 웃옷에다 몸빼 차림인 할머니는 우물가로 가서 손에 묻은 석유풍로의 그을음을 씻어 낸다. 나는 마루 기둥의 못에 걸린 색색으로 바랜 칫솔 네 개 중 빨간색 칫솔에 치약을 짜면서 할머니가 자신의 머리에 쓰고 있던 수건을 풀어서 손을 닦는 것을 쳐다본다.

"삼촌은?"

"삼촌은 놔두고. 밤에 못 잤을 텐데 늦게까지 자야지."

하지만 할머니의 말이 끝나기도 전에 삼촌 방 문이 열리고 어깨 위에 수건을 걸친 삼촌이 성큼 마루로 내려선다. 삼촌이 나오자 마루 밑에서 강아지 해피도 쑥 빠져나와 머리를 몇 번 흔들어서 먼지를 털어 낸 뒤 꼬리를 살래살래 흔들기 시작한다. 이모를 깨우러 안방으로 들어가는 나를 삼촌이 힐끗 보며 마루 기둥의 못에서 초록색 칫솔을 빼고 있다.

할머니가 내게 보내는 대견하고도 안쓰러운 눈빛에서 안쓰러움이 빠진, 그러니까 대견함만 가지고 바라보는 대상이 바로 삼촌이다. '서홍동 감나무집 아들' 하면 우리 읍에서 알 만한 사람은 다 안다. 군대에 가기 위해서 지금은 휴학을 하고 집에 내려와 있지만 삼촌은 우리나라에서 가장 들어가기 어렵다는 서울대 법대생이다.

"영옥이 아직 안 일어났어요?"

"지가 무슨 당나라 소동성이라고 매일 늦잠이다."

"놔두세요. 한두 살 먹은 어린애도 아니고."

"놔두긴, 말만 한 기집애가 늦게까지 자긴 왜 자. 밤새도록 공부한 지 오래비도 벌써 이렇게 일어났는데."

이모가 그렇게 늘 늦잠을 자지 않았다면 나는 천년도 전에 중국에 살았던 잠꾸러기 소동성을 알 리가 없었을 터였다. 이모는 이불 속에 엎드려서 라디오의 주파수를 맞추고 있다가 할머니와 삼촌이 밖에서 자기를 두고 하는 말이 들려오자 "어유, 신경질 나" 하면서 이불을 확 젖히고 일어나 앉는다. 그러고는 무릎걸음으로 이불을 질겅질겅 밟으며 윗목으로 가더니 맨 먼저 집어 드는 것이 거울이다.

"밖에 장군이네 식구 나왔디?"

"아니, 아직."

"에이 참, 엄마는. 우물가가 복잡해서 그 집 식구들 세수 다 한 다음에 나갈랬더니…… 나 늦잠 자는 꼴을 그렇게 못 보더라."

'장군이네 식구'라고 표현했지만 이모가 우물가에서 마주치기 싫어하는 사람은 장군이네 식구 전체, 즉 장군이와 장군이 엄마, 그리고 그 집 하숙생인 최 선생님과 이 선생님 모두를 말하는 것이 아니다. 그중에서 최 선생님을 가리키는 말이다. 최 선생님은 우리 학교의 남자 무용 선생인데 여자애들에게 스스럼없이 신체적 접촉을 하곤 한다. 솔직히 말하면 능글맞은 데가 있다. 최 선생님이 여자애들의 가슴을 은근히 건드리거나 블라우스 깃의 파인 부분을 유심히 쳐다보거나 하는 일은 이미 학교에서도 소문이 난 사실이다. 그 최

선생님이 러닝셔츠와 파자마 바지 바람으로 우물가에 나타나는 아침 시간에 이모가 선뜻 우물가로 나가기를 꺼리는 것은 당연한 일인지도 모른다. 할머니 말처럼 아예 더 일찍 일어나서 미리 세수를 하면 되겠지만 그러기에는 또 이모의 게으름이 만만치가 않다.

도로 이불 속으로 들어가 라디오를 끌어당기는 이모를 보면서 나는 일단 할머니의 심부름은 마친 셈이므로 다시 방에서 나온다. 우물가에는 그새 광진테라 아줌마가 나와서 자기가 업고 있는 두 살배기 아들 재성이의 얼굴만 한 감자의 껍질을 세 개째 벗기고 있다. 광진테라는 우리 집 가게채에 세 들어 있는 양복점 이름이다. 삼촌 말로는 '테일러'라고 해야 맞는다지만 우리 읍내 양복점의 이름은 모두 광진테라처럼 무슨무슨 '테라'가 붙는다.

우리 집은 마당 안쪽으로 들어앉은 살림집 두 채와 대문 쪽에 자리 잡은 가겟집 한 채까지, 다 합해서 세 채의 집으로 되어 있다.

살림집 중에서 왼쪽 집은 장군이네가 세 들어 살고 있는 곳으로, 방 두 개 가운데 한 방에는 장군이 모지가 살고 다른 한 방에서는 최 선생님과 이 선생님이 함께 하숙을 한다. 그 오른쪽에 있는 집이 주인집인 우리 집인데 부엌과 가까운 안방은 할머니와 이모와 내가, 가운뎃방은 삼촌이 쓰고 있다. 대청마루를 지나서 좀 후미진 곳에 돌아서 있는 조그만 뒷방은 빈방이다.

가겟집은 네 칸 모두 세를 주었다. 가장 넓은 칸이 '뉴스타일양장점'이고 그 옆이 '광진테라'와 '우리미장원', 그리고 뉴스타일양장점 지붕 위로 올린 반쪽짜리 이 층은 '문화사진관'이다.

그리고 이 세 채의 집 한가운데에 우물이 있다.

그 우물이야말로 장군이네 집과 우리 집, 그리고 가게문은 한길 쪽으로 나 있지만 살림하는 방의 문은 모두 우리 집 마당으로 향해 있는 가겟집들까지, 모든 식구들의 끼니 준비며 세수며 설거지며 빨래, 그리고 정보 교환이 이루어지는 곳이다. 위치로 보아서도 컴퍼스로 그리면 꼭 중심이 되는 삶의 구심점이다. 몇 년 전 바깥채를 헐어 버리고 가겟집을 새로 들일 때에 인부들이 뒤란에 펌프를 하나 설치해 주긴 했지만 우리 집 사람들은 눈에 번연히 보이는 물을 두레박으로 퍼 쓰는 것에 익숙해져서 안 보이는 물을 뿜어 올려야 하는 펌프질을 낯설어했고, 그러다 보니 펌프는 녹이 슬어 쓸 수가 없게 되었던 것이다.

밖에서 들어올 때면 나는 대문을 들어서자마자 습관처럼 우물가 쪽을 먼저 쳐다보곤 한다. 집에 사람이 있다면 으레 그곳에 있게 마련이므로 그런 것이다. 이따금 우물가에 아무도 없는 것을 보고 마음을 놓았다가 대문 바로 옆에 있는 변소에서 누군가가 불쑥 나오는 바람에 깜짝 놀라는 일도 있긴 하지만 어쨌든 우물가는 우리 집의 모든 소문과, 그리고 비밀의 샘터이기도 했다.

우리 집 어른들은 모두 나를 귀여워한다. 장군이 엄마는 내가 부모 없이 외할머니 밑에서 자라는 것이 불쌍해서라고 하고 광진테라 아줌마는 공부를 잘하기 때문이라고 한다. 문화사진관 아저씨는 인사성이 밝아서 그렇다고 하는가 하면 또 뉴스타일양장점의 시다 미스 리 언니는 내가 속이 깊어서라고 한다.

하지만 나는 어른들이 나를 귀여워하는 진짜 이유를 알고 있다. 그것은 바로 내가 자기들의 비밀을 알고 있다고 생각하기 때문이다. 비밀을 저당잡혀 있기 때문에 그들은 나를 귀여워할 수밖에 없다. 나는 사람들의 마음속에 그런 비굴함이 있다는 것을 진작에 알았다.

내가 어른들의 비밀에 쉽게 접근할 수 있었던 이유는 바로 어린애이기 때문이다. 정확히 말해서 '어린애로 보이기' 때문이다. 어른들은 자기들이 다루기 쉽도록 어린애를 그저 어린애로만 보려는 준비가 되어 있으므로 어린애로 보이기 위해서는 귀엽다거나 영리하다거나 하는 단순한 특기만으로 충분하다.

나처럼 일찍 세상을 깨친 아이들은 어른들이 바라는 어린이 행세를 진짜 어린이 수준밖에 못 되는 아이들보다 훨씬 더 그럴듯하게 해낸다. 그래서 어른들 비밀의 겉모습은 조금 엿봤을망정 그 비밀의 본질에 대해서는 아무것도 모르는 척 행동한다. 그것이 어른들을 얼마나 안심시키면서 또한 귀여움을 촉발시키는지 모른다. 비밀이란 심술궂어서 자기를 절대 보이기 싫어하는 것만큼이나 누군가와 공유되어지기를 간청하는 속성이 있기 때문이다.

또 한 가지 내가 어른들의 비밀에 접근하는 방법은 관찰이다. 할머니가 늘 칭찬하는 대로 나는 눈썰미가 있는 데다 내가 본 것들을 내 나름대로 분석하는 데 흥미를 갖고 있다. 이따금 나는 동정심, 의리, 탐욕 등 사람의 마음속을 헝클어 놓는 것들에 대헤 실험을 하기도 한다. 이모 같은 만만한 상대나 장군이처럼 내가 변변찮게 여기는 동급생들이 주로 대상이 되는데, 그런 실험은 내게 어른들의 비밀을 해석하는 통찰력을 길러 준다.

내가 이렇게 어른들의 비밀 속에서 삶의 비밀을 캐내는 것은 내 삶을 거리 밖에서 보려는 긴장의 한 방법이다. 내 삶을 거리 밖에 떨어뜨리고 보지 못했다면 나는 자폐를 일으켰을지도 모른다.

내가 여덟 살인가 아홉 살 무렵이었다. 도시에서 왔다는 할머니의 조카뻘 되는 친척 아주머니 둘이 방 안에서 얘기를 나누고 있다가 내가 들어가자 말을 뚝 멈추었다. 나를 뚫어져라 쳐다보기 위해서였다. 마치 진기한 구경을 하듯 한참 나를 요모조모 뜯어보더니 아주머니들은 이런 말을 주고받았다.

"쟤가 그 앤가 봐요, 그렇죠? 에미가 그랬어도 애는 정신이 온전한가 보죠?"

"그 병이 내림은 아니거든."

"누가 알아요? 언제 어떻게 될지."

"아무튼 부모 없는 애 키우느라고 작은어머니가 고생이구만."

"그러게 말예요. 정신도 성치 않은 것을."

"동생도 참, 어린것을 갖고 무슨 소리야."

"아무리 어려도 저 눈 보니까 귀신이 지키고 있는 것 같아서 어째 등뒤가 서늘한걸요."

"귀신이라니, 쟤 에미가 얼마나 참했는데…… 전쟁통에 실성한 사람 우리가 어디 한둘 봤어? 다 멀쩡했던 사람들이지 누가 배속에서부터 그런 병 지니고 나왔다던가."

"그냥 실성해 죽은 것도 아니고 쟤 에미는 목을 맸잖아요. 쟤삼촌이 누이 시신을 거둬다가 화장했다면서요. 저게 커서 어떻게 될지 알고…… 아무튼 나 같으면 손녀 아니라 뭐라도 께름칙해서 못 키워요."

"아이고, 그만해 동생. 작은어머니 들어오실라."

나에게도 귀와 눈이 있다는 것 따위는 전혀 생각할 필요가 없다는 듯이 그들은 할머니가 들어오실까 봐 바깥 기척에만 신경을 쓰며 내 앞에서는 드러내 놓고 그 얘기를 길게 늘어놓았다. 자기들의 얘기를 더욱 실감 나고 흥미 있는 것으로 만들기 위해서 나라는 물증을 수시로 흘깃흘깃 두드려 보고 뒤집어 보고 흔들어 보면서……

그때부터였을 것이다, 내가 남의 시선을 싫어하게 된 것은. 한

317

동안은 누가 나를 쳐다보고 수군거리기만 해도 엄마 이야기라고 지레짐작했으며 남에게 그것을 눈치채이기 싫어서 짐짓 고개를 숙여버리곤 했다. 그러나 바로 그렇게 남에게 관찰당하는 것을 싫어 했기 때문에 나는 누구보다 일찍 나를 숨기는 방법을 터득했다.

누가 나를 쳐다보면 나는 먼저 나를 두 개의 나로 분리시킨다. 하나의 나는 내 안에 그대로 있고 진짜 나에게서 갈라진 다른 나로 하여금 내 몸밖으로 나가 내 역할을 하게 한다.

다른 나는 남들 앞에 노출되어 마치 나인 듯 행동하지만 진짜 나는 몸속에 남아서 몸밖으로 나간 나를 바라본다. 하나의 나로 하여금 그들이 보고자 하는 나로 행동하게 하고 나머지 하나의 나는 그것을 바라보는 것이다. 그때 나는 남에게 '보여지는 나'와 나 자신이 '바라보는 나'로 분리된다.

물론 그중에서 진짜 나는 보여지는 나가 아니라 바라보는 나이다. 남의 시선으로부터 강요를 당하고 수모를 받는 것은 보여지는 나이므로 바라보는 진짜 나는 상처를 덜 받는다. 이렇게 나를 두 개로 분리시킴으로써 진짜 나는 사람들의 눈에 노출되지 않고 나 자신으로 그대로 지켜지는 것이다.

진짜 나가 아닌 다른 나를 만들어 보인다는 점에서 그것이 위선이나 가식일지도 모른다는 생각을 한 적은 있다. 꾸며 보이고 거짓으로 행동하기 때문에 나를 두 개로 분리시키는 일은 나쁜 일일지도 모른다고 생각했던 것이다. 그러나 내가 '작위'라는 말을 알게 된 뒤부터 그런 의혹은 사라졌다. 나의 분리법은 위선이 아니라 작위였으며 작위는 위선보다 훨씬 복잡한 감정이지만 엄밀한 의미에서 부도덕한 일은 아니었다.

그러므로 이제 내가 아는 어른들의 비밀을 털어놓는 데에 나는 아무런 거리낌도, 빚진 마음도 갖고 있지 않다.

자기만 예쁘게 보이는 거울이 있었으니

나에게 모든 비밀을 털어놓은 가장 대표적이고도 중요한 인물은 이모이다.

솔직히 말해서 올해 스물한 살인 이모가 나와 비밀을 공유한다는 것이 결코 어른다운 일은 아니다. 하지만 상관없다. 무슨 일에 있어서건 어차피 이모는 어른스럽다는 것과는 거리가 멀었으며 어쭙잖은 어른 행세를 하지 않을 때가 차라리 어른스러웠기 때문이다. 나는 이모의 비밀을 통해 삶을 배웠다.

이모가 펜팔을 취미로 삼은 것은 스무 살 무렵부터이다.

펜팔이란 것이 정숙한 처녀의 행실로는 그다지 어울리지 않는 다소 발랄한 취미였기 때문에 처음 이모가 펜팔을 하게 된 공개적인 동기는 영어 공부를 위해서라고 알려져 있다. 어디까지나 실용 영어를 확실히 공부할 목적이라는 데야 고지식한 할머니도 이모의 해외 펜팔에 강력한 반대 이유를 대지 못했다. 이모의 직업이 명색이 영어 과외 선생이었으니 할머니로서는 펜팔이 '쓰잘데없는 편지질'의 다른 표현이라는 짐작은 있었지만 직업적 지평을 넓히겠다는 이모의 기백을 막무가내로 가로막을 수만도 없는 일이었던 것이다.

그 펜팔의 시작은 여간 호들갑스럽지 않았다. 먼저 무슨 국제 교류협회인가 하는 회사로 자기 사진과 신청서를 보내야 했다. 그 사진과 신청서를 접수받은 '협회'는 자체 판단에 따라 조건에 맞는 외국인의 집 주소를 하나씩 소개해 주었다. 물론 이모는 거기에 보낼 사진을 문화사진관에서 새로 찍었는데, 한 번은 눈이 짝짝이다 한 번은 너무 촌스럽게 나왔다 하여 두 번이나 다시 찍어 달라고 하는가 하면 실물의 특장을 전혀 반영하지 못한다면서 아저씨의 직업적 자존심을 건드리기까지 했다. 그러고 나서 협회로부터 소개받은 주소가 캐나다에 사는 해럴드 뭐라고 하는 열여섯 살 소년의 주소였다.

막상 편지를 쓰려고 하니 생각처럼 쉽지 않은 모양이었다. 이모는 포켓판 영어 회화 책과 사전, 고등학교 때의 영어 참고서까지 쌓아 놓고 밤늦도록 끙끙대는가 싶더니 간신히 두 장의 편지지를 채웠는데 노력은 쓰고 열매는 달다고, 자기가 쓴 그 편지를 눈앞에 높이 쳐들고 읽어 내리는 이모의 목소리는 사뭇 떨렸다.

그날 당장 이모는 자신의 영어 과외 교실로 그 편지를 들고 갔다. 학생들에게 '독일어는 울며 들어갔다가 웃고 나오고 영어는 웃으며 들어갔다가 울고 나온다'는, 어디선가 주워들은 말을 외국어 학습에 관한 최고의 금언이라도 되는 것처럼 인용하면서 이모는 이번 경험을 통해 영어가 어렵다는 사실을 새삼 깨달았음을 강조하는 한편 그럼에도 편지를 훌륭하게 완성한 자기의 영어 실력에 대한 감탄을 굳이 숨기려고 하지 않았다. 그 편지를 학생들 앞에서 몇 번이나 되풀이하여 읽어 주었음은 물론이요, 영어 발음이 좀 되는 학생들의 리딩 연습에 교재로 사용하기도 했다.

그 당시 이모의 과외 선생 노릇은 사실 비전문적인 점이 많았다. 이모는 고등학교를 졸업하고 몇 달 빈둥거리다가 중학교 1학년생만으로 서너 개의 팀을 짜서 영어를 가르치고 있었는데 알파벳과 발음기호, 그리고 고작해야 영어 교재 『톰 앤 주디』의 맨 앞 챕터 몇 개만을 가지고 기초적인 리딩 연습을 하는 것이 전부인 그 과외 지도는 공부를 가르친다기보다 아이들과 함께 논다는 게 더 정확한 표현일 듯싶었다.

　그동안 이모는 비록 뜻한 바 있어 대학 진학은 하지 않았지만 고등학교 때까지 영어만큼은 남에게 지고 싶은 마음이 전혀 없었노라고 공언해 왔다. 가끔 포켓판 회화책을 펴 들고 이리저리 방 안을 걸어다니면서 영어를 중얼거리고 팝송을 따라 부르는 걸 보면 자신의 주장대로 영어 실력이 꽤 있는 것도 같았다. 하지만 이모의 과외 지도 방식은 그런 정도의 영어 실력조차도 필요 없어 보였다. 마치 친목회 같은 분위기였다. 중학교에 들어가면서 서로 만날 기회가 적어진 남학생과 여학생들이 이모의 과외 교실에 무릎을 맞대고 둘러앉아서 홍조를 띠고 서로를 힐끗거리는 모습을 볼 때마다 그런 느낌이 들더니, 과연 과외 시간이 다 지나고도 돌아갈 생각을 않고 마루 앞의 평상에 앉아서 노닥거리며 다음 팀이 끝나기를 기다리다가 몇몇은 저희들끼리 짝을 이루어 나가기도 하고 나머지 애들은 단체로 과자 파티를 벌이거나 일요일에 놀러 갈 계획을 짜는 것을 한두 번 본 게 아니었다.

　어떤 날은 야외 수업이라는 구실로 아예 공부를 때려치우고 근처의 국민학교 운동장에 가서 짝을 지어 배드민턴을 치기도 했으며 또 어떤 날은 굳이 자리를 따로 마련하지 않아도 충분히 잘되고 있는 친목 도모의 날을 정해서 이모가 가르치는 모든 남학생 여학생들이 좁아터진 방에서 발 냄새와 땀 냄새를 나눠 맡으며 몇 시간이고 키득거렸다.

　학생들은 남학생 여학생 할 것 없이 모두가 이모를 '시스터'라는 호칭으로 불렀다. 선생님이라는 말보다 친근감이 갈 뿐 아니라 가족적인 분위기에서 더욱 자발적으로 수업에 참여할 수 있다는 이모의 교육철학이 담긴 호칭이었다. 하지만 친근감과 가족적 분위기라는 이모의 의도는 지나치게 좁은 의미로만 반영되었다. 서로 죽이 맞아 키득거리고 있는 이모와 학생들의 모습은 또래 친구들처럼 천진하기만 했다.

따라서 이모의 과외 지도는 오래갈 수 없었다.

이모는 학생들이 '시스터'를 그렇게나 따르는 데에 흡족해하면서 계속 그 인기의 비결을 공부를 강요하지 않는 자유스러운 수업 분위기에서만 찾았다. 그 결과 학생들은 '시스터'와 함께 즐거운 시간을 보낸 뒤 집에 돌아가 '실력 없는 영어 과외 선생'을 불평했고 이모의 예상을 뒤엎고 몇 달 안 가 과외 교실에는 수강생이 몇 명 남지 않게 되었다.

이모가 해럴드 뭐라는 소년과의 펜팔을 그만둔 것도 그 무렵이었다. 먼 이국에서 온 편지를 받는 재미에, 그리고 그것을 학생들 앞에서 읽어 주며 으쓱거리는 맛에 서너 번쯤은 답장을 주고받았다. 그러나 과외 교실을 닫게 된 마당에 화호해 줄 학생들도 없는데 스무 살 넘은 한국 처녀가 열여섯 살의 캐나다 소년과 공통 화제가 있는 것도 아니려니와 '디어 해럴드'를 쓴 다음부터는 쓸 말이 막막하여 사전을 끌어다가 문선공처럼 사전 안의 단어를 한 글자씩 조립해 가면서 편지지를 메워 나가는 일도 여간 실속 없는 짓이 아니었다. 그렇게 해서 이모의 첫 번째 펜팔은 실패로 돌아갔던 것이다.

그러나 두 번째 펜팔은 좀 달랐다. 상대가 외국인이 아닌 한국인이고 성인 남자였으며(어쩌면 결혼도 가능하다는 점에서 이것은 중요한 조건이었다) 그리고 무엇보다 군인이라는 신분이 어느 이국의 여드름투성이 사춘기 소년의 존재와는 비교도 안 될 만큼 현실감이 있었다. 맨 처음 이모에게 쓴 편지의 서두를 인용하여 본인의 말을 직접 들어 보자면 그는 '이십이 세의 신체 건강한 대한민국 남아로서 국토방위의 의무에 여념이 없는 육군 상병 이형렬'이었다.

이형렬의 첫 편지가 도착한 날 우리 집은 발칵 뒤집어졌다.

남향 마루에 봄볕이 몹시 따사로운 날이었다. 나는 새로 받은 5학년 교과서의 표지를 싸기 위해서 흰 달력 종이를 자르고 있었고 아침부터 심심하다고 노래를 부르던 이모는 마침내 나갈 곳이 생겼는지 우물가에서 머리를 감고 있었다. 머리를 다 감은 뒤 이모는 물이 뚝뚝 떨어지는 머리카락을 수건으로 감싼 채 내 옆에 와 앉더니 물기를 털기 시작했다. 고개를 내 반대쪽으로 돌리고 힘차게 머리카락을 터는 이모는 남진의 〈미워도 다시 한번〉을 보다 구성지게 부르는 일에 정신을 집중하느라고 물방울이 내 책 위로 마구 튀어오는 것을 깨닫지 못했다.

내가 그것을 지적하려고 얼굴을 쳐든 순간 갑자기 이모의 노랫소리가 뚝 멈추었다.

"어? 우리 집에 편지 왔나?"

이모의 시선을 따라가 보니 커다란 가방을 멘 우체부가 막 대문간으로 들어서고 있었다.

"이 집에 전영옥 씨 있어요?"

"전영옥이요? 전영옥은 전데……"

"여기, 편지요."

우체부에게서 그 군사우편을 건네받은 이모는 처음에는 의아한 표정이더니 겉봉을 뒤집어 본 뒤 뺨 위로 배시시 홍조가 떠올랐다. 그런 다음에는 몇 줄 읽자마자 갑자기 안절부절 일어서서 읽기 시작했는가 하면 그때부터는 무엇이 그리 급한지 중얼중얼 읽는 속도가 빨라졌으며 편지를 손에 든 채 마루 위를 왔다 갔다 하는 품이 보는 사람을 여간 정신 사납게 만드는 게 아니었다. 다 읽고 난 뒤 이모는 그 편지를 무슨 합격 통지서를 내밀듯이 자랑스럽게 팔을 뻗어 내게 건네주었다.

"진희야, 너도 볼려면 봐. 펜팔 편지야."

나 혼자만 듣기에는 이모의 목소리가 너무 컸다. 그 목소리는 그대로 방문을 뚫고 들어가서 동여맨 머리띠 아래로 반만 내놓아진 삼촌의 귀에까지 전해졌다. 삼촌이 곧바로 방문을 박차고 나왔다면 나는 이형렬의 첫 편지를 읽지 못했을 것이다. 삼촌은 경솔하게 행동하는 사람이 아니었다. 이모의 두 번째 목소리가 들리지 않았다면 아마 삼촌은 바깥 동정을 살피느라 방문께로 돌렸던 시선을 그냥 다시 책상 위의 법전으로 가져갔을지도 모른다. 그랬다면 원래는 할머니의 한복 허리끈이었던 머리띠의 한끝을 분연히 휘날리며 이모의 뺨을 갈기는 일도 일어나지 않았을 것이다. 그러나 내게서 편지를 다시 돌려받으며 이모가 내뱉은 말은 내가 생각해도 누이동생을 가진 오빠를 충분히 흥분시킬 만했다.

"인제 군인이 애인 되면 통닭 사 가지고 면회도 가고 재밌겠지? 면회 가면 길 가던 군인들이 막 휘파람 불고 히야카시한다던데, 아유, 얼마나 웃길까."

그 말이 끝나기가 무섭게 삼촌 방 문이 거칠게 열렸고 "아이고, 엄니!" 하면서 자지러질 듯 놀라는 이모의 얼굴 위로 손바닥이 날아왔던 것은 그러니까 어느 모로 보나 이모의 자업자득인 셈이었다.

다저녁에 밭에서 돌아온 할머니는 아직까지 쿨쩍거리고 있던 이모를 보더니 일그러진 표정을 지었다. 그리고 나에게 자초지종을 듣고 나자 그 얼굴이 한층 더 일그러졌다. 이모를 소리쳐 부르면서 부지깽이로 마구 부엌 바닥을 두드리는 것이 당장이라도 이모를 후려칠 기세였다. 이모가 두 팔로 머리를 싸안고 비루먹은 개처럼 옆걸음을 치면서 슬금슬금 부엌으로 들어오자마자 할머니는 이모의 팔을 거칠게 붙들어서 바닥에 앉힌 뒤 또 한번 부지깽이로 바닥을 세게 내리쳤다. 하지만 삼촌이 겁을 주었다면 할머니는 가시를 박는 격이었던 것이, 그때부터 끈질긴 문초가 시작되었기 때문이다.

이모의 자백에 따르면 이모는 그 펜팔을 잡지나 가요책 뒤의 펜팔난에서 주소를 보고 시작한 것은 아니었다.『명랑』이라는 잡지의 펜팔난에서 한 군인의 주소를 베껴 와 펜팔을 시작한 사람은 이모가 아니라 이모의 친구인 면장집 딸 경자 이모였다. 경자 이모는 펜팔 상대인 군인으로부터 자기에게 진실한 친구가 하나 있는데 그에게 어울릴 만한 진실한 상대를 한 명 소개해 달라는 부탁을 받았다. 그래서 경자 이모는 그 진실한 상대로서 우리 이모를 점찍었고 이 이상 진실한 상대를 찾을 수 없으리라는 주석과 함께 이모의 주소를 적어 보냈다. 이모는 "네가 하도 쑥맥이라 허락하지 않을 것 같아서 무조건 주소를 먼저 보내 놓았으니 편지를 받더라도 놀라지 마라."는 경자 이모의 말을 듣고는 "너 나를 어떻게 보고 그런 짓을 하는 거니?" 하고 펄쩍 뛰면서 절교를 선언하고 집으로 돌아와 버렸…… 여기까지가 이모가 할머니에게 자백한 내용이었다.

그러나 여기에는 물론 왜곡이 있었다. 경자 이모가 자기의 애인에게 이모의 주소를 써 보낸 뒤 이모에게 그 사실을 말했다는 것은 아무래도 이해가 가지 않는 부분이었다. 인생을 제대로 파악하고 있는 사람이라면 이모 쪽에서 경자 이모에게 압력을 가해 펜팔 상대를 소개받은 것임을 짐작하기 어렵지 않을 것이다. 이모가 펄쩍 뛴 것은 사실이었지만 뛴다는 말에는 여러 가지 뜻이 있다. '뛸 듯이 놀랐다'는 말도 있지만 이모의 경우는 그보다는 '뛸 듯이 기뻐했다' 쪽의 해석이 타당할 듯하다. 그리고 이모가 절교 선언을 하고 돌아와 버렸다는 것도 사실과는 다르다. 그 장면은 이모가 취조관인 할머니를 따돌리고 훗날 나에게만 털어놓은 '사실과 진실' 인터뷰에서 이렇게 정정된다.

자기에게도 펜팔 상대가 생기게 될 것이란 소식을 미리 전해 듣고 이모는 크게 기뻐했다. 상대에 대한 궁금증을 참을 수 없었으므로 경자 이모에게 연거푸 질문을 퍼부어 대기도 했다.

"근데 어떻게 생긴 사람이래? 키는 크다니?"

"응, 미남인가 봐. 별명이 록 허드슨이래."

"뭐? 그럼 순 아저씨같이 생긴 거 아니니? 록 허드슨이 뭐야, 제임스 딘이라면 몰라도."

그러더니 이모는 경자 이모 쪽으로 바싹 다가앉으며 또 물었다.

"너 그쪽에다 내 별명은 뭐라고 했어? 너도 나에 대해 뭔가 소개를 했을 거 아냐."

"했지. 문희 빰친다고."

"얘는 문희가 뭐니, 나타리 우드라고 할 것이지. 그리고 너, 취미는 독서와 음악 감상이라고 했겠지?"

"그래애, 장래 희망은 현모양처고."

절교 선언을 하고 당장 집으로 돌아와 버리기는커녕 이모는 이런 식으로 경자 이모와 더욱 긴밀한 우정을 나누다가 저녁때가 다 되어서야 아쉬운 마음으로 헤어졌다. 그날의 헤어짐이 특히 아쉬웠던 것은 경자 이모의 입에서 나오는 소리가 모조리 이모의 마음을 달뜨게 했기 때문이었다. 경자 이모에 따르면 이형렬이라는 군인은 서울 사람에다가 부잣집 아들, 대학생, 취미는 영화 감상, 특기는 오토바이 타기…… 들으면 들을수록 설레는 얘기뿐이었다. 이모는 자기에게 닥쳐온 행운이 믿어지지 않아 가장 연한 허벅지 안쪽 살을 살짝 꼬집어 보고 싶을 정도였다.

그러므로 그날 이모가 할머니의 부지깽이 앞에서 자기의 잘못을 심각하게 반성하고 다시는 펜팔 따위를 하지 않겠다고 두 손을 싹싹 모아 빌며 개전의 정을 호소한 것은 이 보 전진을 위한 일보 후퇴라는 제 나름의 전략적 속셈이 있었기 때문이었다.

문초를 끝낸 할머니는 "나가 봐라." 한마디를 마지막으로 등을 돌리더니 말없이 뒤주에서 쌀을 퍼내기 시작했다. 할머니의 말 없는 등에는 삼촌과 할머니가 이모에게 이처럼 과격해졌던 것은 어디까지나 가족애의 표현이라는 함축이 깃들어 있었다. 이모는 소리 높여 흐느껴 울면서 그 가족애를 받아들였다.

그러나 바로 그날 밤 당장 이모는 그 가족애에 배반되는 심각한 제의를 내게 던졌다. 앞으로 이형렬의 편지 관리를 나더러 맡아 달라는 것이었다. 부엌에서 물러 나온 뒤 한동안 좌식 책상에 엎드려 있다가 반성의 기색이 역력한 표정을 지은 채 기운 없이 밖에 나갔다 들어오더니 사실은 어느새 그길로 경자 이모한테 찾아가 이형렬의 편지가 경자 이모네 집으로 배달될 수 있도록 일을 꾸며 놓은 모양이었다. 그러니까 내가 맡게 될 관리란 경자 이모한테서 편지를 찾다가 무사히 이모에게 전달하는 역할이었다.

나는 한순간 어리둥절해졌다. 이형렬의 편지를 갖고 있다가 들키는 일이 문제인 것이지 경자 이모네 집에서 편지를 찾아 오는 일이야 이모가 하든 내가 하든 상관없는 일 아닌가. 그 사실을 지적받고 이모는 잠시 혼란에 빠졌다. 그러더니 깜빡 잊었다고 사과를 하며, 사실 자기가 내게 그 중책을 맡기는 중요한 이유는 바로 그 들켰을 때에 대비하기 위해서라고 말했다. 이형렬과 펜팔하는 것을 들

327

키더라도 내가 연루되어 있다는 사실이 밝혀지면 내가 우리 집에서 차지하는 위상으로 보아 이모 자신에게 미칠 파문이 적어질 게 아니겠냐며 나에게는 무척 미안한 일이고 이모로서의 체면도 서지 않는 일이긴 하지만 달리 좋은 방법이 없어 부탁하는 것이라고 거듭 사과를 했다.

하긴 어린애들의 편지 심부름이란 하나의 유행 같은 것이었다. 골목 하나를 사이에 두고 있는 상대일지라도 자신이 젊은 베르테르나 된 것처럼 동생 혹은 조카를 시켜 편지를 전하게 하는 것이 청춘 남녀가 상상해 낼 수 있는 낭만의 일종이었다. 이모가 편지 심부름을 원하는 이유도 그 때문인 것 같았다. 아마 이모는 유행에 따르고 싶기도 하려니와 자기의 편지질을 더욱 낭만적으로 하기 위해 비밀의 고리를 만들고 싶은 것인지도 모른다.

비밀을 공유한 대가로, 또 비밀을 지키겠다는 결심을 보여 주는 한 방법으로서 나는 이모의 제안을 받아들여야만 했다.

이제 6월도 막바지에 접어들었으니 이모가 이형렬과 편지를 주고받은 지도 그럭저럭 석 달이 되어 간다. 그러나 이모의 감정 기복에 꽤나 시달렸던 때문에 한 삼 년은 된 기분이다. 그동안 삶에 대한 이모의 응석을 나는 정말 싫도록 보아 왔던 것이다.

우선 이모는 조금만 편지가 늦어도 조바심이 나서 이불을 들쓰고 눕기 일쑤였다. 밥상을 들이밀면 겨우 일어나 힘없이 벽에 기대앉는 품이 영락없이 한국 영화에 자주 나오는 비련의 여주인공이었고 밥맛이 없다며 슬프게 도리질을 할 때는 시한부 인생을 선고받은 부잣집 외동딸 같기도 했다. 할머니의 계속되는 채근에 밥을 먹기는 하되 그 젓가락질이 모래알 헤는 양했고, 할머니가 상을 들고 방문을 나가기가 바쁘게 그동안 어렵사리 벽에 지탱하고 있던 몸을 내 쪽으로 던지며 급기야는 "진희야, 난 어떡해, 응? 어떡하면 좋아"라는 대사를 읊을 때는 '문희 뺨친다'는 경자 이모 말대로 연기력이 문희에게 결코 뒤지지 않았다.

그러다가도 이형렬한테서 편지만 오면 이모는 그날로 사람이 달라졌다. 하루 종일 콧노래를 부르는 것은 물론이요, "자, 가케우동 사 먹어도 사십 원은 남을 거다!" 하면서 웬일로 생색도 전혀 안 내고 내게 백 원짜리 종이돈을 주는가 하면 할머니에게 다가가 "엄마, 힘들죠? 내가 시집가면 식모 두고 엄마 잘 모실 테니 기다리세요, 네?"라고 안 하던 짓을 하여 할머니를 걱정시켰다.

그런 날이면 또 거울을 들여다보며 하루의 거의 절반을 보내는 게 예사였다. 여드름을 짜거나 족집게로 눈썹을 고르기도 했지만 그보다는 주로 표정 연습을 했다. 치켜올린 턱을 모로 비틀며 거만한 표정을 지어 보더니 이내 눈을 내리깔고 이마를 찡그리며 슬픈 표정을 짓고, 다시 눈을 치떠서 사선으로 시선을 주면서 화난 표정, 다시 고개를 젖히면서 눈을 가늘게 뜨고 먼 곳을 보며 아련한 표정, 다시 눈을 내리깔고 천천히 도리질을 하며 무슨 말을 할 듯이 입을 쫑긋거리는 애처로운 표정, 다시 입술을 내밀고 고개를 트는 토라진 표정, 다시 턱을 약간 든 다음 눈에 힘을 빼고 입을 조금 벌리는 유혹적인 표정, 그리고 무슨 표정인지 입을 꼭 다물고 눈을 동그랗게 뜬 뒤 고개를 짧게 젖히면서 "흥!" 하는 콧소리를 내 보고서야 비로소 이모의 표정 연습은 끝이 났다. 어떤 때는 그 실없는 훈련을 몇 번이나 진지하게 되풀이할 때도 있었다.

그러고도 도저히 제 기분을 이기지 못하는 날은 할머니 몰래 내게 이형렬의 편지를 보여 주었는데 중요한 문서를 열람하기 전 비밀 엄수 등의 여러 가지 다짐을 요구하는 것은 물론이고 봉투를 건네주는 마지막 순간까지 처녀의 수줍음을 가장한 값 올리기 작전을 어찌나 오래 끄는지, 단지 이모의 기분을 맞춰 주기 위해서 그 편지가 보고 싶다는 표정을 짓고 있던 나를 번번이 포기 직전에까지 끌고 가곤 했다. 그렇게 해서 받아 든 이형렬의 편지는 나의 수고를 전혀 보상해 주지 못하는 그저 그런 글솜씨였다.

그의 편지는 항상 '보고 싶은 영옥 씨'로 시작되었다. 그다음에는 언제나 날씨 이야기가 이어졌는데, 지난봄에서 초여름을 거치는 동안 편지의 서두는 항상 비슷했다. '따뜻한 날씨입니다' '날씨가 따뜻해졌습니다' '점점 따뜻해집니다'와 '여름이 오는가 봅니다' '여름이 오고 있습니다' '이제 여름인가 봅니다' 정도에서 더 바뀔 줄을 몰랐다.

날씨 다음에 이어지는 말은 으레 '누구는 이런 말을 했습니다'로 시작하는 명언 명구였다. 그것이 명구라는 것은 알겠지만 그다음 나오는 내용과 어떤 연관을 갖고 인용된 것인지 알 수가 없다는 점이 문제라면 문제였다. 이를테면 '소크라테스는 인간을 사회적 동물이라고 했습니다'라고 써 놓고 '그동안 안녕하신지요?'로 이어지거나, '패트릭 헨리는 자유가 아니면 죽음을 달라고 했습니다' 다음에 대뜸 '오늘은 아침 일찍 눈을 떴습니다'가 나오는 식이었다. 그러나 일단 그 관문만 지나면 어려운 단어나 비유법 없이 평이한 문장이 죽죽 나열되므로 아주 읽기가 편하다는 것이, 짧다는 사실과 함께 그의 편지의 장점이었다.

내용을 간추려 본다면 대강 이런 이야기였다.

나, 이형렬은 서울에서 사업을 하는 이 아무개 씨의 이남 일녀 중 막내로 태어났다. 나이는 이십이 세. 대학에서의 전공은 토목과. 누나는 결혼을 했고 형은 가업을 물려받기 위해 아버지의 회사에서 사회 경험을 쌓는 중이다. 장래 소망은 전공을 살려 토목 회사에 취직을 하거나 공부를 계속하여 교수가 되는 것이다. 하지만 고리타분하게 살고 싶은 마음은 조금도 없으며 결혼을 빨리 해서 가정을 이룬 다음부터는 아내와 함께 테니스도 치고 여행도 다니며 즐겁게 살 계획이다. 다룰 줄 아는 악기는 하모니카이고 특기는 오토바이 타기인데 애인을 뒷자리에 태우고 숲길을 쌩 달려 보는 게 오랜 꿈이었지만 아직 애인이 없어서 그렇게 해 보진 못했다. 그동안은 공부밖에 몰랐고 아직 그럴 때가 아닌 것 같아서 여자를 사귀지 않았기 때문이다. 영옥 씨의 사진을 받아 보고 특히 눈이 아름답다고 느꼈다. 그리고 영옥 씨의 편지를 받아 볼 때마다 어쩌면 이렇게 순수한 마음을 가졌을까 깜짝 놀라고 말았다. 아름답고 순수한 영옥 씨를 알게 된 것은 신의 은총이다……

　이모가 편지를 쓰는 시간은 대개 할머니가 잠든 밤이었다. 할머니는 저녁 설거지를 마치고 들어오면 연속극을 듣기 위해 라디오 앞에 앉곤 했다. 하지만 초저녁잠이 많아서 그 좋아하는 연속극을 언제나 끝까지 듣지 못하고 코를 골았다. 귀로 듣기만 하면 되는데도 할머니는 연속극 시간에는 다른 일을 모두 폐하고 꼭 그 앞에 바짝 앉아 굳이 라디오를 지켜보면서 연속극을 듣곤 했다. 그렇게 보고 있지 않으면 그사이에 이야기가 그냥 지나쳐 버리기라도 한다는 듯이 라디오에서 눈길을 떼지 못했다.

　그러면서도 정작 중요한 대목에서 할머니 쪽을 바라보면 대개는 곤하게 잠이 들어 있기 일쑤였다. 내가 할머니를 흔들면서 "할머니, 할머니! 들어 보세요. 지금 드디어 그 딸이 전쟁 때 헤어진 엄마하고 만났어요. 지금요!"라고 연속극의 진행 상황을 설명해 주면 그토록 중요한 순간에 잠이 들어 버렸다는 데 무안해진 할머니는 전

331

혀 졸지 않았던 사람처럼 목소리를 높게 내며 "나도 안다, 알어" 하고 눈꺼풀에 힘을 주지만 조금 있다 보면 어느새 또 푸푸, 하는 일정한 리듬의 숨소리를 내며 도로 잠들어 있었다.

할머니의 초저녁잠이 그렇게 깊었기 때문에 이모는 마음껏 금지된 편지를 썼고 나는 그동안 이모가 우리미장원에서 빌려 온 『선데이 서울』을 뒤적이고 있다가 이모가 맞춤법이나 표현에 대해서 물어오면 자문관 역할을 해 줄 수 있었다.

이모가 이형렬에게 보내는 편지는 대충 이런 식으로, 이형렬이 보내오는 편지와 사이좋은 대구를 이루었다.

나, 전영옥은 경찰 고위직에 있었던 전 아무개 씨의 일남 일녀 중 막내이다. 오빠는 현재 법대 3학년이고 어머니가 농업과 건축업(가겟집 세놓은 일을 표현할 고상한 말을 찾던 이모는 집과 관계된 직업 중에 이 말이 가장 무난하다고 생각했다)에 종사한다. 아버지가 6·25 때 순직해서 국가유공자 집안이다. 나이는 이십일 세. 서울에 있는 대학에 합격했지만(이건 나도 처음 듣는 일이었지만 이모가 원서를 낸 것까지는 사실이라고 얼굴을 붉혀 가며 주장했기 때문에 더 이상 진위를 가리지 않기로 했다) 어머니 곁을 떠날 수 없어 학업을 포기하고 고향에서 영어를 가르치고 있다. 성격이 조용하여 취미는 독서와 음악 감상이고 장래 소망은 현모양처. 남자 친구는 전혀 없으며 기회는 많았지만 집안이 엄격하여 교제를 해 보지 못했다. 좋아하는 계절은 가을, 좋아하는 꽃은 '나를 잊지 마세요'라는 꽃말을 지닌 물망초. 그리고 이상적인 남성형은 변함없이 나를 아껴 주는 진실한 남성.

그러나 이모의 편지가 언제까지나 이런 입문 단계에 머물렀던 것은 아니었다. 시간이 지날수록 이모의 편지는 점점 센티멘털하게 변해 갔다. 그러더니 그리움이라는 단어가 이따금 눈에 띄고 애틋한 구절이 많아진다 싶을 무렵부터 더 이상 편지를 보여 주지 않았다. 그때부터는 표현에 대한 자문도 구하지 않았고 그런 형식적인 포장을 극복할 만큼은 이형렬과의 관계가 발전한 것인지 맞춤법을 물어 오는 일도 거의 없어졌다. 이제 그에게서 온 편지도 보여 주지 않았다.

　　그래도 편지를 전해 주는 일은 내 소관이었으므로 나는 여전히 이모의 비밀을 혓바닥 밑에 감추고 있는 셈이었다.

　　　　　　　　　　　　　　　— 은희경, 『새의 선물』(문학동네, 1995, 2022)

그녀의 세 번째 남자

구름 두께 10킬로미터

　그녀는 신문을 읽고 있었다. 오후의 햇살이 비쳐 들어 사무실 안은 나른했다. 그녀의 책상이 있는 곳은 창가 바로 아래 자리였다. 열어 놓은 창으로 바람이 들어와 신문지 귀퉁이가 펄럭거렸다. 신문 오른쪽 면을 향해 고개를 돌린 채 그녀는 손바닥으로 왼쪽 귀퉁이를 쓸어 냈다. 바람이 세지 않은데도 신문은 자꾸만 들쳐졌다. 그녀는 귀찮다는 듯이 아예 신문 위에 왼손을 올려놓고 읽었다. 넷째 손가락에서 장식 없는 반지가 햇빛을 받아 반짝였다.

　책상 오른쪽에는 연필꽂이와 메모지, 슬라이드 필름이 끼워진 원고, 그리고 필름을 확대해서 보는 루페가 놓여 있었다. 왼쪽에는 화면 보호 상태인 컴퓨터 모니터가 지루한 궤도로의 우주여행을 반복하고 있었다. 그녀는 생각난 듯이 안경을 벗어 닦았다. 그 작고 날렵한 수입 뿔테는 그녀의 갸름한 얼굴에 잘 어울렸다. 어제 세탁소에서 찾아온 크림색 시폰 블라우스와 올리브색 체크무늬의 랩스커트 안에서 그녀는 왼쪽으로 꼬았던 다리를 오른쪽으로 바꾸었다. 다른 날과 다른 것은 아무것도 없었다.

　신문 기사도 마찬가지였다. 세상 어디에선가 또 폭탄 테러가 일어났고 그에 대처한 중요한 회의들이 열리고 있었다. 선거철이 되었으므로 그 회의에서의 발언은 신경증적이 될 수밖에 없었는데 유권자에게는 자신만만하고 웃는 표정만을 보여 줘야 하기 때문에 전속 유머 작가들이 연설문 작성에 동원되었다. 그리고 또 누군가가 뇌물을 받았다. 계좌 추적과 출국 금지. 그녀는 신문을 넘겼다. 몇 년 전에도 왔었던 영국의 팝 가수가 공항에 도착했으며 재작년에 죽은 영문학자의 제자들이 기념비를 세우려고 모금을 시작했다.

　그 영문학자는 그녀도 잘 아는 사람이었다. 전 직장이었던 출판사에서 그 학자의 전집을 출간했다. 그의 책을 열 권 만드는 동안 그녀는 육 년의 세월을 흘려보냈고 직원 셋을 거느린 과장이 되는 한편 서른 후반의 싱글도 되었던 것이다. 그녀는 영문학자의 기사만은 제목만 훑어보지 않고 처음부터 끝까지 내용을 샅샅이 읽었다. 그러나 관심이 없기는 다른 기사와 똑같았다. 그녀는 다시 신문을 넘겼다.

　'한밤 같은 서울 대낮'

　그 제목을 향해 그녀는 약간 얼굴을 기울였다. 그리고 고딕체로 된 사진 설명을 읽어 내려갔다.

　25일 오후 4시 10분부터 약 30여 분간 서울 일원 하늘에 시커먼 먹구름이 끼어 '한낮 속의 밤' 같은 현상이 일어났다. 이 때문에 차량들이 모두 라이트를 켠 채 운행했고 시민들은 불안해 기상청에 문의 전화를 걸기도 했다. 기상청은 한랭전선이 지나갈 때

대기가 불안정해지면서 구름 두께가 평시보다 2배 이상 두꺼운 10km 정도 되는 경우가 있으며 어제 낮에도 같은 현상이 일어났다고 설명했다.

그녀는 계속해서 신문을 볼 수가 없었다. 그때 바로 전화벨이 울렸으며, 십 분 후에는 회사 앞의 카페에 앉아서 오늘로만 세 잔째인 커피를 마셔야 할지 아니면 떫은맛을 참아 가며 녹차를 마셔야 할지 결정을 내려야 했기 때문이다.

그녀를 불러낸 친구는 망설임 없이 커피를 시켰다. '아르바이트'라는 글씨를 가슴에 달고 초록빛 에이프런을 입은 여자애는 친구가 "커피 주세요" 하자 "네에"라고 끝을 올리며 상냥하게 대답한 다음, 묻는 눈을 하고 그녀 쪽으로 얼굴을 돌렸다. 저도요. 그녀는 여자애의 눈 속을 똑바로 쳐다보며 말했다. 블렌드 커피 두 잔요? 감사합니다! 여자애는 그 말을 터무니없이 쾌활하고 들뜬 목소리로 발음했다. 기계적인 동작으로 인사를 한 뒤 뒤돌아 사라지는 여자애의 에이프런 속을 발목 교정을 하는 구두처럼 투박한 검은 부츠가 걸어가고 있었다. 그녀는 마치 자동인형 같은 여자애의 뒷모습을 주의 깊게 쳐다보았다. 그러나 그 뒷모습에 태엽 같은 것은 보이지 않았다. '아르바이트'란 표식과 초록 에이프런을 벗으면 저 여자애도 엄마에게 스커트를 다려 놓지 않았다고 짜증을 내고 약속시간에 늦은 남자 친구에게 신경질을 부릴 것이다. 타인에게는 친절할 수 있기 때문에 서비스업이 생겨났다. 그녀는 여자애에게 벌써 관심이 없어졌다.

친구는 숄더백 안에서 영화 잡지를 꺼내더니 다시 그 잡지 안에서 청첩장을 꺼내 탁자 위에 놓는다. 그녀는 청첩장을 집어 들고 펴 보았다. 7월이면 얼마 안 남았네? 응, 보름 뒤야. 그녀의 고개가 끄덕여졌다. 하기야 동거를 이 년이나 했으니 준비할 것도 없겠지. 그녀는 무심코 청첩장을 접어서 다시 봉투에 넣으려고 했다. 그러다가 갑자기 청첩장 속의 어떤 글자에 시선을 박은 채 한참을 가만히 있었다. 그런 그녀를 뚫어져라 쳐다보며 친구도 가만히 있는다.

먼저 입을 연 것은 친구 쪽이었다. 그 사람 아니야. 다른 남자하고 결혼해. 친구는 무릎 위에 있던 영화 잡지를 다시 백에 집어넣으려다가 책갈피를 활짝 펼치고는 그 속에 든 청첩장들이 빠지지 않도록 단단히 집어넣었다. 그 페이지에는 클로즈업된 한 남자의 얼굴이 커다랗게 박혀 있다. 그녀는 그 얼굴을 안다. 친구와 동거하는 영화 평론가이다.

"그 사람을 사랑하지 않는 게 아냐. 아마 내 생에서 그 사람 말고는 아무도 사랑할 수 없을 거야, 하지만 난 지금의 내 인생이 싫어. 몽땅 바꾸고 싶다구. 근데 대체 뭘 바꿀 수 있겠어? 이름? 나이? 성별? 출신 학교? 지금까지 읽은 책 제목들? 같이 잔 남자들과의 과거? 내가 거쳐 온 몇 가지 직업, 옷 입는 취향, 버섯과 카레를 싫어하는 식성, 다 지긋지긋해. 넌더리가 난단 말야. 이렇게 내가 싫어하는 나로 죽을 때까지 그럭저럭 살아야 한다고 생각해 봐. 얼마나 끔찍하니. 그래서 낯선 사람과 결혼하려는 거야. 결혼할 사람? 글쎄. 막연히 몇 시간쯤 차를 달리다가 국도변의 주유소에 딸린 한적한 식당에서 옆 테이블에 앉아 우거지탕을 먹던 남자쯤으로 알면 돼. 지금까지 내가 살아왔던 그 어떤 삶과도 공통점이 없는 사람이야. 이제 난 낯선 세계로 가서 낯선 사람으로 살아갈 거야. 행복? 그거야 알 수 없지. 어쨌든 다른 인간이 되어 본다는 것으로 만족해. 지금보다 훨씬 나쁘더라도 지금보다는 나은 거야."

친구는 덧붙였다.

"나는 결혼이 모험이란 건 알아. 그렇기 때문에 사랑하는 사람과는 할 수 없는 거야. 사랑하는 사람과는 결혼하지 말아야 한다는 것을 사람들은 알아야만 해."

그녀는 친구가 몹시 변덕스럽고, 게다가 지금처럼 자기의 변덕스러움을 인과관계 속에서 해석해 내려고 하는 쓸데없는 버릇이 있음을 잘 알았다.

"사랑하는 사람과는 결혼하지 말아야 한다구?"

"그래. 만약 결혼해서 그 사람이 불행해지면 그걸 어떻게 견딜 수 있겠니?"

그녀의 오른쪽 엄지와 중지가 왼손가락의 반지를 잡고 천천히 돌리기 시작했다. 결혼한 사람은 모두 불행을 견디고 있어. 사랑하는 사람과 함께 견디기에 가장 어려운 것은 불행이 아니라 권태야. 하지만 사람을 무력하게 만들기 때문에 현상을 바꿀 의지 없이 그럭저럭 견딜 수 있게 되는 것이 권태의 장점이지.

그녀는 그 말을 입 밖에 내지는 않았다. 반지에서 손을 떼고 찻잔을 들어 식은 커피를 마셨다.

지금보다 훨씬 나쁘더라도 지금보다는 나은 거야…… 그녀는 이 말에 대해 생각해 보기로 했다. 비슷한 말을 언젠가 들은 적이 있는 것 같았다. 대학교 2학년 때 군대에 자원하며 남자 친구가 했던 말이던가? 아니면 바로 저 친구가 재작년에 약을 먹었을 때 유서에 썼던 말 같기도 하고, 저 친구와 같이 본 어느 영화 속의 대사인지도 모르겠다. 기억이 잘 나지 않았다.

시계를 보더니 친구는 그만 가 봐야 한다고 말했다. 영화 아카데미에서 같이 공부한 선배가 다큐멘터리를 찍었는데 그 시사회에

간다는 것이다. 거기 가서 청첩장 돌리면 다들 날 나쁜 년이라고 욕
하겠지? 하면서 친구는 입술을 비틀고 웃었다. 그러라지 뭐. 난 욕
먹는 게 좋아. 욕을 먹기 시작하면 못 할 일이 없거든. 그런 게 자유
아냐? 그러면서도 친구는 가뿐하게 자리에서 일어나지 못한다. 비
어 버린 찻잔을 들어서 마시기도 하고 테이블 위에 나 있는 갈색 담
배 자국을 손가락으로 문지르기도 하면서 그대로 앉아 있다. 한참
동안 말없이 창밖을 쳐다보더니 시선을 그대로 창밖에 둔 채 무심
한 목소리로 그녀에게 물었다.

"어제 날씨, 봤니?"

한밤 같은 대낮. 하늘에 먹구름이 뒤덮이고 대기는 으스스한
공포 영화 속의 화면처럼 부옇다. 길 가는 사람들의 눈 밑에는 붉은
그늘이 지고 자동차는 라이트를 켜고 느리게 지나간다. 불안해진
시민들의 전화가 폭주하여 기상청 전화는 불통이 된다……

"봤어. 이상한 날씨라고 신문에도 났더라."

"기분이 어떻디?"

"글쎄. 지구 종말 같던데."

그녀의 목소리는 건조하지만 친구는 먼 데를 보는 눈빛이 된다.

"붉은 필터를 끼우고 보는 세상. 짐 자무시의 화면 같지 않았
어?"

"자무시?"

"그래. 〈천국보다 낯선〉."

친구는 유학을 갔다가 중간에 공부를 포기하고 돌아오더니 한
때 수녀를 지원하여 수녀원에도 들어갔었다. 남자와 헤어지고 난
뒤 위세척을 하고 병실에서 깨어난 것이 두 번이고, 혼자 낳아 기르
겠다고 우는 것을 겨우 달래서 산부인과의 수술대에 올려 보낸 일

도 세 번이다. 직업도 방송국 구성 작가에서부터 여성 단체 간사, 번역가, 이벤트 회사의 플래너, 출판사의 기획자 등 여러 가지를 거쳤다. 그러고도 낯선 삶을 원하는 일에 결코 지치는 법이 없었다. 아직 삶에 대해 기대가 많다는 것이 그녀가 그 친구를 좋아하는 가장 큰 이유였다.

낯선 것은 불편하지만 매혹적이다. 삶을 익숙한 것과 낯선 것으로 채운다면 황금분할은 어떤 것일까. 그러나 그녀는 그에 대한 생각을 진전시킬 수 없었다. 카페를 나온 뒤 또다시 십 분 후에는 교정지를 읽고 제목 뽑기를 먼저 해야 하나 아니면 '이달의 문화 인물'이라는 제목의 인터뷰 원고를 먼저 써야 하나 결정을 내리기 위해 두 손을 맞잡고 반지를 돌리고 있었다.

다른 날과 다른 것은 아무것도 없었다. 그녀는 책상 위에 몸을 구부리고 무엇인가를 썼고 오른쪽의 펜꽂이에서 붉은 펜을 꺼내 교정을 봤다. 그러다가 사전을 펼쳐 놓은 채 낱말의 뜻이나 맞춤법을 확인하기에는 지나치게 길다 싶을 동안 그것을 뚫어져라 쳐다보았다. 그녀에게 그런 일은 처음이 아니었다. 뭐랄까, 이따금 그녀에게는 알 수 없는 정지 동작이 있었다. 일상의 시간 속에 녹아 있는 자신을 잠깐씩 어디론가 놓아 보내주는 순간이라고나 할까. 차를 갖고 다닌 지 삼 년이 넘었어도 교통 위반 딱지 하나 떼지 않은 그녀에게 어떤 사람은 아직 운전을 두려워하는 거라고 꼬집었지만, 그녀는 세상을 그다지 기운차게 살아갈 필요는 없다고 생각했고 그 방식에 큰 불편은 없어 보였다. 아무튼 그녀가 반지를 만지작거리면서 멍청하게 생각에 잠겨 있는 모습은 사보를 만드는 일이 주 업무인 이 홍보실에서 흔히 볼 수 있는 장면이었다.

다른 날과 다른 게 있다면 전화를 걸었다는 것뿐이다. 전화를

거는 일이 특별한 일은 아니다. 그러나 그 전화번호로 그녀 쪽에서
전화를 거는 건 드문 일이었다. 신호가 오래 울린다 싶더니 낯선 목
소리가 전화를 받았다. 그녀는 몇 마디 하더니, 아네요, 제가 다시
전화하죠, 라고 말하고 끊었다. 그녀는 메모를 남기지 않았다. 복도
로 나가서 십오 분쯤 거리를 내려다보다가 자리로 돌아와서 다시
한번 전화기를 들고 번호를 눌렀지만 벨이 울리기 시작하자 그냥
내려놓았다. 그런 일마저 그녀는 부장이 거래처에 간다며 사실은
사우나에 가기 위해서 자리를 비우는 네 시에 맞춰서 했다. 그녀는
여섯 시 정각에 퇴근했다.

오래전 여관

　톨게이트에서 그녀는 잠깐 머뭇거렸다. 그러나 일단 고속도로
로 접어들자 세 시간을 내리 달렸다. 그녀의 표정은 불안이나 결연
함, 그 어느 쪽도 아니었다. 휴게소의 현금 지급기가 고장 난 것을
알았을 때, 그리고 관광버스 승객들이 북적거리는 공중화장실의 문
을 열고 쏟아져 나올 때 딱 두 번 이마를 찡그렸을 뿐이다.
　밤이 깊었다는 것을 그녀는 좀 늦게 깨달았다. 영동이라는 표
지판을 보고 벌써 다 왔나 싶은 얼굴로 그제서야 차 안의 디지털시
계를 내려다보았던 것이다. 고속도로를 벗어나 읍내로 들어서서 불
꺼진 우체국 앞에 차를 세우고 우체통 속으로 사표를 집어넣을 때
에도 그녀의 표정은 평소와 그다지 다르지 않았다. 우체통 옆에 있
는 공중전화 부스에 들어가 어딘가로 전화를 걸었지만 그녀는 신호
가 떨어지자마자 수화기를 내려놓았다. 그때에도 얼굴이 담담했다.

'영빈장'이라는 간판 앞에 그녀는 차를 세웠다. 그 근처에서 가장 높은 건물인 그 삼 층짜리 여관은 낡고 한산했다. 방을 잡아 들어가자마자 그녀는 샤워를 했다. 눅눅한 발닦이에 발을 닦고 뿌연 거울 앞에 섰다. '증'이라는 글자에서 이응이 반쯤 떨어져 나가고 지읒이 시옷이 되어 '수'처럼 보이는 거울 속의 붉은 글씨. 그녀는 분명 전에 이 여관에 온 적이 있었다. 아니라면 지금처럼 그 거울이 뿌옇지 않고 반짝반짝 빛나며 '수'가 아니라 '증'이라고 또렷이 새겨진 궁체의 기억을 갖고 있을 리가 없다. 그러나 그녀는 아무것도 기억나지 않는 사람처럼 침대 밑에서 기어 나오는 바퀴벌레를 보고 짐짓 놀랐다.

다음 날 그녀는 정오가 다 되어서야 일어났다. 너무 늦게까지 잤다는 것을 알고는 급히 몸을 일으켰지만 다음 순간 놀랄 이유가 없다는 것을 깨닫고 다시 퀴퀴한 베개에 머리에 내려놓았다. 삼십 분쯤 더 누워 있다가 일어난 그녀는 느릿느릿 세수를 하고 밖으로 나갔다. 그녀는 '내실'이라고 쓰인 작은 창문을 두들겨서 주인 여자에게 해장국집의 위치를 물었다. 오른쪽으로 돌아 나가면 바로 식당이 있어요. 그녀가 하루 더 묵을 거라고 하자 주인 여자는 뒤엉킨 파마머리를 긁적이며, 선불이에요, 하고 말했다. 다 지워지고 입술 테두리에만 남은 붉은 립스틱, 콧등과 이마에 얼룩진 분 자국, 졸음이 덮쳐 와서 뭉개진 얼굴 표정. 주인 여자의 얼굴에 선명한 것이라고는 문신으로 새긴 반달형 눈썹뿐이었다.

돈을 지불하며 그녀는 주인 여자에게 물었다.

"영추사로 가려면 어느 길로 가야 하죠?"

"영추사? 그럼 무주로 들어가서 물어봐야지. 터미널 가서 물어봐요. 터미널 옆에 새로 난 길이 있는데 그리로 한 한 시간은 올라가야 할걸. 산꼭대기에 있으니까."

"산꼭대기라고요?"

그녀가 되묻자 반쯤 눈을 감은 주인 여자는 되는대로 고개를 끄덕이며 말했다.

"전에 영추사에 가 본 적이 있나 보네?"

"……"

"그 영추사는 없어졌어요. 물속으로 들어간 지 삼사 년 됐을 텐데. 한전에서 발전소인지 댐인지 만들 때 산꼭대기로 절을 옮겼다고 하데요. 아무튼 무주 가거든 거기서 물어봐요."

그 말을 끝으로 작은 유리문이 탁, 소리를 내며 닫히고 내실이라는 글자가 그녀의 눈앞을 가로막았다.

그녀는 늘 졸고 있는 그 주인 여자의 영빈장에서 사흘을 더 묵었다. 텔레비전과 바퀴벌레, 그리고 권태로운 자에게도 너무 많다싶은 시간들과 함께.

사 일째 되던 날 그녀는 다른 때보다 일찍 일어났다. 아침을 먹기로 마음먹은 것도 변화라면 변화였다. 그날은 주인 여자에게도 변신의 날이었던지 그녀가 내실 앞을 지나는데 주인 여자가 작은 창문을 열고 인사를 했다. 막 화장을 마친 새빨간 입술, 거기에서 나오는 말투도 다른 날과 달리 또렷했다.

"아침 먹으러 나가요?"

"네."

"그럼 장 구경도 좀 하지 그래요."

"장 구경이요?"

"오늘이 여기 영동에 장날이에요. 서울 사람들은 일부러 구경

343

도 오던데. 살 것은 없어도 구경은 할 만할걸?"

짙게 선팅된 여관문을 나서자마자 밝은 햇살이 쏟아져 들어왔
다. 그 햇살 아래에 어지럽게 노점이 펼쳐져 있었다. 좁은 길 양쪽
으로 꼬리를 물고 이어진 좌판과 리어카들. 죽은 닭들이 털을 뽑힌
채 수북이 쌓여 있는 한옆에는 살아 있는 닭들이 목에 줄을 매고 뒤
뚱거렸으며, 어린애 키만큼 높이 쌓인 표고버섯 봉지들 뒤로 옷걸
이에 걸쳐진 아기 옷들이 귀후비개와 손톱깎이 쪽을 손짓하며 짧은
소매를 펄럭이고 있었다. 그녀는 여관 문 앞의 계단 위에 서서 노점
속을 이리저리 돌아다니며 북적대는 사람들 무리를 눈을 가늘게 뜨
고 내려다보았다. 그러고는 천천히 그 사이를 헤집고 들어갔다.

그녀는 식당에서 아침밥을 먹었다. 그런 다음 노점으로 나가
헐렁한 자주색 폴리에스테르 바지와 난삽한 영문이 새겨진 티셔츠
를 골랐다. 한 번 빨면 목이 늘어나고 물이 많이 빠질 질 나쁜 날염
티셔츠였다. 엉성한 대나무 발과 나무 자루가 달린 비, 빨랫줄 따위
도 샀다. 그 밖에 앞이 막힌 보라색 플라스틱 슬리퍼, 드문드문 김이
박힌 센베이, 대만제 향 부채, 손가락 쪽이 뭉툭하게 모아져 있는 등
긁는 효자손, 발부리 부분에 흰 고무를 댄 납작한 천 운동화 등이 그
녀가 쥐고 있는 검은 비닐봉지 속에 든 물건들이었다.

그녀는 꼭 이곳에 장을 보러 오기 위해 별렀던 사람처럼 당연
하게 움직였다. 슬리퍼를 살 때는 주인이 보라색과 파란색을 번갈
아 쳐들어 보이는 바람에 색깔을 결정하지 못해서 머뭇거렸는데 그
녀가 사지 않을까 봐 불안해진 주인이 삼백 원을 깎아 주자 기쁘기
까지 했다. 사람들 사이에 이리저리 휩쓸려 다니는 그녀의 모습에
서 특별히 눈에 띄는 점은 없었다. 시폰 블라우스와 랩스커트가 때
묻고 구겨져서 다소 칠칠찮게 보이긴 해도, 뒤로 묶은 생머리나 화

장기 없는 부석부석한 얼굴에 약간 어리둥절한 표정이 산후조리를 마치고 오랜만에 외출한 새댁 같기도 했다. 그러나 그녀가 산 도무지 맥락이 닿지 않는 물건의 종류를 보면 그녀가 아무 생각 없이 시간을 보내고 있다는 사실은 쉽게 짐작할 수 있는 일이었다.

그녀가 마지막으로 산 것은 은색 모조진주에 금도금으로 잔뜩 모양을 부린 조잡한 반지였다. 검은색 우단 위에 한 줄로 꽂혀 있는 반지를 구경하고 있었더니 액세서리 리어카의 젊은 주인이 그녀의 손가락을 쳐다보며 말을 붙여 왔던 것이다.

"원, 아가씨가 할머니같이 금반지가 뭐요. 깐깐한 보석 반지가 이렇게 많은데 하나 골라 봐요."

주인은 바로 전에 나이 든 아주머니에게 고리 부분에 벌써 도금이 벗어지기 시작한 금속 목걸이를 팔고 나서 상당히 고무돼 있었다.

"이거 한번 껴 봐요. 이런 세련된 물건은 아가씨 같은 멋쟁이가 껴 줘야지 반지 입장에서도 보람이 있지. 한번 껴 보라니까. 부담 갖지 말고, 자. 어디 봐요. 야아, 진짜 임자 만났네. 팔천 원은 받아야 하는데 임자가 가져간다니 어떡해. 칠천 원만 받아야지."

그녀는 가운뎃손가락에 진주 반지를 끼었다. 넷째 손가락에서 장식 없는 금반지가 진주 반지의 침입을 마치 나란히 누운 시앗처럼 마땅찮게 바라보았다. 그 금반지는 꽤 오랜 시간 동안 그녀를 저 혼자서만 구속해 왔던 것이다. 팔 년 전에는 영추사가 물에 잠기지 않았었다. 거기에서 그녀는 그 반지를 손가락에 끼었고 그의 손을 손바닥에 땀이 배도록 꼭 잡고 있었다.

해발 1천 미터, 안개 위의 절

안개 때문에 앞이 잘 보이지 않았다.

주위에는 아무것도 없었다. 안개 말고는 두터운 어둠이 있을 뿐이었다. 차바퀴가 길 위를 굴러가는 것이 아니라 허공 위에 떠서 하늘을 향해 올라가는 느낌이었다. 헤드라이트 불빛이 비추는 것도 길이 아니라 짙은 안개였다. 먼지 같은 뿌연 입자들이 검은 허공을 메우고 있다가 불빛 속에 몸이 드러나자 가볍게 몸을 떨며 차창으로 달겨들었다. 그것들을 가르고 지나가면 똑같은 것들이 끝도 없이 눈앞을 가로막았다. 도시에서만 살아온 그녀는 밤이 이렇게까지 어둡다는 사실을 몰랐었다. 도대체 얼마나 온 걸까.

'저 끝에 가면 절이 있기는 있는 건가.'

그녀는 글자가 새겨진 커다란 입석을 발견하고 차를 세웠다. 헤드라이트를 위로 조절하니 겨우 글자를 알아볼 수 있었다. 양수 댐. 그럼 저 엄청나게 큰 어둠의 구덩이가 골짜기가 아니라 댐이란 말인가. 저기에, 밤안개 밑바닥에, 영추사가 잠겨 있다고?

그 가을 영추사 자갈길을 올라가며 그는 주머니에서 반지를 꺼냈다. 일주문 앞에 멈춰 서서 그녀의 손가락에 그것을 끼워 주었다. 이 반지에 사랑을 맹세하는 게 아냐. 이 절에 맹세하는 거야. 반지는 잃어버릴 수 있지만 장소는 사라지지 않으니까. 그리고 그녀의 입술에 입을 맞췄다. 그러고는 아홉 달 뒤에 다른 여자와 결혼했다.

— 사랑하는 사람과는 결혼하지 말아야 해.

친구의 말대로라면 그녀는 제대로 가고 있는 셈이었다.

그가 결혼한 뒤에도 그다지 달라질 것은 없었다. 여전히 그는 그녀를 찾아와서 연애 감정과 섹스를 인출해 갔다. 마치 돈이 떨어졌을 때 잔고의 일부를 인출하듯이 당연하게. 그의 뻔뻔스러움을 그녀는 이해했다. 이해한 게 아니라 단지 습관을 바꾸지 못한 것인 지도 모르지만.

그녀는 영추사의 모습을 떠올리려 해 보았다. 그러나 그녀의 기억은 자갈길과 일주문에서 멈춰 있었다. 대웅전, 탑, 산신각, 요사 채, 아무것도 기억나지 않았다. 그때 우리가 영추사 안으로 들어가 긴 했던가? 일주문을 들어선 다음 천왕문 앞까지 갔다가 무서운 사 천왕 신장에 마음이 켕겨서 돌아가 버린 것은 아닌가. 그가 그런 말 을 한 기억은 났다. 큰 절이 아니라 그런지 영추사에는 불이문이 없 어. 불이문? 응. 분별을 떠난 절대의 경지야. 해탈문이라고도 하고. 그 기억이 맞는다면 아마 불전까지 가긴 한 모양이다. 그런데도 그 녀의 머릿속에 그가 사랑을 맹세했던 장소에 대한 기억은 한 가지 도 남아 있지 않았다. 그녀는 영추사의 수장을 애도할 자격도 없었 다. 애도할 마음도…… 없었다.

그녀는 다시 어둠 속으로 차를 출발시켰다.

끊임없이 안개를 뿜어 올리는 거대한 댐을 지나서 밤길을 더듬 어 해발 천 미터 위의 절을 찾아가는 그녀는 마치 저주받은 성을 찾 기 위해 안개 속을 헤매는 중세의 기사 같았다. 그러나 그녀에게 명 예로운 모험심 따위는 없었다.

영동에서 늦게 출발한 데 대해 후회하진 않았다. 내일 아침을 다른 곳에서 맞고 싶다는 생각이 너무 늦게 들었기 때문에 하는 수 없는 일이었다. 그것뿐이었다. 내일 아침이 좀 다를 수 있다면.

만남들

'서역 기행'이라는 비디오를 보다가 깜빡 잠이 들었던 스님은 일주문을 올라오는 자동차의 엔진 소리를 듣고 눈을 떴다. 차가 멎는 소리가 나더니 조금 있다가 요사채 쪽에서 스님의 거처로 건너오는 발소리가 들려왔다. 절 살림을 맡아 보는 원주 보살이자 사무장 격인 미타심 보살의 발소리였다. 스님, 주무세요? 스님! 목소리에 짜증이 들어 있다. 스님이 문을 열자 미타심 보살은 댓돌 쪽으로 한 발을 내디뎠다. 어떤 젊은 보살이 와서 재워 달라고 하는데요. 젊은 보살이? 이 밤에 무슨 일로 여기까지 올라와? 스님의 마땅찮은 말투에 미타심 보살은 그럴 줄 알았다는 듯이 대답했다. 그러게 말예요. 차를 갖고 왔던데 그냥 내려가라고 할까요? 터미널 앞에 서림장도 있고 잘 데는 많잖아요. 스님은 하품을 하며 시계를 본다. 자정이 가까운 시각이었다. 미타심 보살 방에서 재우고 내일 내려가라고 하지. 새벽 예불 끝나면 좀 나와 보라고 하고. 스님은 다시 서역 기행 화면으로 눈을 돌리면서 깊은 생각을 하지도 않았다. 길 잃은 중생에 대한 연민도 아니었고 무슨 인연설 따위에 대해 예감을 품은 것도 아니었다. 스님은 끄덕끄덕 졸다가 얼마 안 가 이부자리를 펴고 누웠다.

스님이 방문을 닫아 버리자 미타심 보살은 못마땅하게 입을 다물었다. 미타심 보살은 불심이 두터운 만큼 그렇지 않은 속세의 사람을 자기와 구별해 생각하는 버릇이 있었다. 절을 피신처로 생각하여 속된 사연을 잔뜩 짊어지고 오는 사람들이나 절에 왔으면 부처님께 절부터 올릴 일이지 법당에는 관심 없고 쓸데없이 요사채만 기웃거리며 소란을 피우는 호기심 많은 소풍객들이 미타심 보살에게는 다 장군죽비로 따끔하게 다스려야 할 이방인이었다. 미타심 보살은 외부 사람에게 선방을 선선히 빌려주는 스님이 못마땅할 때도 적지 않았다. 작년에는 자칭 불자라는 낯선 사람을 선방에 재워 주었다가 귀한 탱화를 도둑맞은 적도 있다. 스님도 그 뒤로는 낯선 사람을 절에 재우기를 꺼려 왔다. 낯모르는 젊은 보살을 재워 주다니 스님답지 않은 일이었다. 스님이 있는 수선당을 물러나와 요사채로 향하는 미타심 보살의 발걸음은 내키지 않아 하는 기색이 역력했다.

스님의 방 옆에는 법회 때에 집회 장소로 쓰는 커다란 마루방이 있었다. 그리고 그 건너에는 조그만 선방이 두 개 있었는데 그중 하나에서 막 잠에서 깨어난 남자가 있었다. 새로 불사를 벌이는 절에는 일꾼들이 자주 와서 머물렀다. 남자는 목수였다. 불단도 손질하고 마루도 칠하고 문루도 새로 꾸미고, 할 일이 많아서 며칠 묵는 중이었다. 그는 잠귀가 어두운 편이었는데 왜 깨었는지 몰라 몇 마디 투덜거렸다. 부엌일을 하는 나이 든 공양주 보살이 담가 두었던 잣술을 마시고 잔 탓에 목이 말랐던 남자는 물을 마시러 밖으로 나와 요사채 쪽으로 올라갔다.

남자는 자기가 원하던 물 주전자가 마루 끝에 놓여 있는 것을 보았다. 반대편 마루 끝에는 젊은 여자 하나가 멍하니 앉아 있었다. 물 주전자의 주둥이를 입에서 조금 떨어뜨리고 주전자를 기울여서 물을 콸콸 마시며 남자는 옆눈으로 여자를 힐끔거렸다. 시골에서 흔히 보아 온 헐렁한 자주색 나일론 바지에 영문이 새겨진 티셔츠를 입고 어울리지 않게 안경을 쓴 젊은 여자는 남자 쪽에 눈길 한 번 주지 않았다. 절 마당에 가득 찬 안개만 홀린 듯 바라보고 있었다.

그러나 그녀는 안개를 보는 것이 아니었다. 개를 보고 있었다.

개가 세 마리나 되었다. 두 마리는 털이 누렇고 늠름한 게 수컷 같았고 나머지 한 마리는 귀가 쫑긋하고 몸집이 작은 하얀 개였다. 암컷이 틀림없을 하얀 개는 희미한 불빛 아래에서 보기에도 보통 매력적인 자태가 아니었다. 그녀를 경계하느라 이를 드러내 놓고 낮게 크르렁거리며 서 있는 두 마리의 수컷 뒤에 새침하게 도사리고 앉은 품이 은빛 여우 같았다. 조금 전 미타심 보살이 와서 퉁명스럽게 이 방으로 들어오세요, 했을 때 그녀는 잠깐 마루에서 엉덩이를 들었는데 그것을 보고 두 마리의 수컷이 안심한 듯 마루 밑으로 기어 들어가는 데 반해 하얀 개는 늘씬한 다리를 펴고 서더니 작게 컹, 하고 그녀를 향해 짖는 것이었다. 그녀는 하얀 개가 마음에 들었다.

그녀는 마루에서 몸을 일으켰다. 앞부리에 하얀 고무를 덧댄 납작한 그녀의 운동화가 마루 왼쪽에 있는 수돗가로 향했다. 그녀가 외다리 수도관에 비스듬히 기대 있던 양은 대야를 내려놓자 바닥에 흙이 있었던지 찌그럭 소리가 났다. 그 소리는 생각보다 컸다. 깊은 밤에 산꼭대기의 절에서 손을 씻는 그녀의 물소리는 퍽 조심스러웠다. 너무 긴장했던 탓인지 쭈그렸다 일어나던 그녀는 자기 등 뒤에 서 있던 하얀 물체를 보고 급하게 숨을 멈췄다. 그러나 그것이 하얀 개임을 알자 자기가 안심했다는 것을 보여 주기 위해서 무심코 하얀 개의 머리를 만지려고 손을 뻗었다. 그것은 대단히 부주의한 행동이었다. 갑자기 마루 밑에서 두 마리의 수컷이 여왕의 친위대처럼 커엉, 하고 진군나팔을 불며 그녀를 향해 달려 나왔던 것이다.

남자가 말려 주지 않았다면 그녀는 개에게 물렸을지도 모른다. 남자는 개를 발로 내지르며, 이놈의 개새끼들이, 가서 콱 못 처박히냐? 하고 위협했다. 개들이 마루 밑으로 들어가자 또 한번, 개애새끼들, 하고 욕을 덧붙여 준 다음 그녀를 향해 이를 드러내며 흐흐흐 웃음으로써 자기가 한 일에 대해서 거칠게 만족을 표시했다. 그러고는 손에 들고 있던 주전자를 높이 쳐들고 이번에는 입을 직접 주둥이에 대고 빨더니 입안 가득 물었던 물을 여자의 발밑에 토사물처럼 좌악, 뱉고는 슬리퍼를 질질 끌며 가 버렸다.

미타심 보살의 생각

이튿날부터 그녀는 남자의 옆방에 머물게 되었다. 스님이 방을 치워 주라고 하자 미타심 보살은 영문을 모르겠다는 듯 눈을 동그랗게 뜨더니 알든 모르든 불쾌하기는 마찬가지였으므로 반발의 뜻으로 얼굴을 붉혔다.

"저 보살한테 선방을 내주라고요?"

영추사에서 미타심 보살은 출타가 잦은 주지 스님보다 오히려 실세였다. 미타심 보살의 목소리가 꼿꼿했으므로 스님은 달래듯 말했다.

"오래 있진 않을 거예요."

"뭐 하던 여잔 줄도 모르고 함부로 들였다가 어쩌시려구요."

"며칠 쉬게 해 준다고 해서 남의 속내까지 일일이 물어볼 것 뭐 있겠어요."

그러나 그쯤에서 넘어가려던 스님은 미타심 보살에게 설명을 하는 편이 낫겠다고 생각을 바꿨다.

"새벽 예불 마치고 얘기를 좀 해 봤는데, 아마 영추사가 물에 잠기기 전에 거기에서 결혼식을 올린 모양이에요. 왜 혼자서 다시

오게 됐냐고 물어보니까 영 입을 못 떼더라고요. 아무래도 남편이 어떻게 됐구나 싶어서 나도 더는 안 물어봤지."

그때부터 미타심 보살은 그녀를 눈여겨보기 시작했다.

그녀는 부엌일이나 법당 청소를 말없이 도왔다. 장마가 오기 전에 부실한 곳을 고치느라 요즘 들어 부쩍 절 출입이 많아진 일꾼들의 간식을 나르기도 했다. 불목하니 처사 하나 없이 미타심 보살과 공양주 보살뿐이라 그렇지 않아도 일손이 달리는 영추사에서 그녀는 그럭저럭 밥값은 하는 셈이었다. 이삼 일 그녀를 눈여겨본 미타심 보살은 젊은 여자가 차를 갖고 온 것으로 보아 만만찮은 직업이나 배경을 갖고 있으리라던 처음의 선입견을 버렸다. 옷차림과 갖고 온 보퉁이를 보아도 그녀의 말대로 도시 변두리의 가구점 점원이었다는 말이 사실인 듯싶었다. 그녀가 자기 이름조차 말하지 않을 정도로 워낙 입이 무거웠으므로 까탈스러운 미타심 보살로서도 더 이상은 그녀에 대해 알 수가 없었다.

만등 불사에 참여하기 위해서 등을 사는 신도들에게 오천 원씩을 받고 장부에 이름을 올리는 일도 점점 미타심 보살 대신 그녀가 맡게 되었다. 공양주 보살이 글자를 쓸 줄 모르기 때문에 만등 불사의 접수를 받기 위해서는 잠시도 법당을 뜰 수 없었던 미타심 보살로서는 그녀의 존재를 마땅찮아할 수 없게 되었다. 무엇보다 그녀는 매일 새벽 예불에 참석했다. 잠귀가 너무 밝고 한번 깨어나면 다시 잠들 수 없는 그녀에게 예불이 잡념 많은 아침 시간을 보내는 방편이었음을 알 턱이 없는 미타심 보살로서는 그녀를 더 이상 이방인으로 경계할 이유가 없어졌다. 그녀가 부엌일이든 절에서 일어나는 일이든 모든 데에 서툰 것 또한 미타심 보살의 마음에 들었다. 미타심 보살은 그녀에게 법당에서 큰절하는 법부터 가르쳤다.

"세 번 큰절을 하고 마지막에는 바닥에 댔던 손바닥을 뒤집어서 위로 올려야 해요. 그걸 고두례라고 하는데, 불보살을 받들겠다는 뜻이에요."

그녀가 꽤 고분고분해 보였으므로 미타심 보살은 자꾸만 더 가르쳐 주고 싶은 마음이 들었다. 그녀는 아무것도 몰랐다. 염주와 목탁 정도야 알았지만 목어, 운판, 죽비 같은 것은 설명을 해 주어야 했다.

"목탁의 손잡이는 물고기의 꼬리가 붙은 모양이지요. 구멍 두 개는 물고기의 아가미이고. 잘 때도 눈을 뜨는 물고기처럼 수도하는 자들이 평생 부지런해야 한다는 뜻이 담겨 있어요."

"법당에 들어갈 때 가운데 문으로 들어가면 안 돼요. 거기는 큰스님이 출입하는 곳이고 불자들은 옆문에서 신발을 벗어야 해요."

"대웅전 앞에 있는 탑 말예요. 평지에 있는 절에는 보통 두 개, 산사에는 하나가 있지요. 돌 때는 꼭 오른쪽으로 도는 거예요."

시간이 지날수록 미타심 보살은 그녀가 만만한 여자라는 확신을 굳혀 가는 한편 점점 그녀를 마음속에 들이게 되었다.

"아침 예불 때도 서 있기만 할 것이 아니라 스님이 하시는 예불문 독송을 함께해야 해요. 다른 것은 몰라도 반야심경 정도는 외워야 하는데……"

그녀가 대답을 하지 않자 미타심 보살은 약간 양보심을 발휘했다.

"그럼 이것만 외워요. 아제아제바라아제바라승아제모지사바하."

그것을 종이에 적어 주면서 미타심 보살은 아래에 주석을 달아 주었다.

'가네 가네 건너가네 건너편에 닿으니 깨달음이 있네. 아, 기쁘구나.'

다음 날 새벽 예불 때 그녀가 반야심경의 마지막 구절을 따라 입술을 들썩이는 것을 보고 미타심 보살은 만족한 나머지 불단에 청정수를 올리는 기쁨을 양보하기도 했다. 미타심 보살이 새벽에 일어나 맨 처음 하는 일은 법당에 설치된 방범 장치의 전원을 차단하는 것이었다. 미타심 보살은 그 일도 그녀에게 맡겼다. 영추사는 외지고 작은 절이었다. 자신은 잘 모르고 있었을 테지만 미타심 보살도 외로움에서 완전히 해탈한 것은 아니었다.

남자의 생각

남자는 호기심을 가지고 그녀를 눈여겨보았다. 옆방을 쓰고 있다고는 해도 그녀가 방 밖으로 잘 나오지 않으므로 말을 걸어 볼 기회는 별로 없었다. 밤에도 요사채에서 선방으로 돌아오자마자 그녀의 방에는 바로 불이 꺼졌다. 댓돌 위에 보라색 플라스틱 슬리퍼를 벗어 놓고 한번 방으로 들어가면 새벽 예불 때까지 기척이 없었다. 남자는 일부러 라디오 볼륨을 높여 보기도 하고 요란하게 문소리를 내며 들락날락해 봤지만 소용없었다. 막일을 하는 나보다도 더 잠이 깊다니, 남자는 그녀가 둔해서 그런 건 아니라고 생각했다. 무슨 병이 있거나 아니면 자기를 의식해서 일부러 시치미를 떼고 가만히 누워 있는 거라고 여겼다.

개에 관한 그녀의 생각

그녀는 개에게 가끔 센베이를 주었다. 그녀가 방에서 나오는 기척이 들리면 어떻게 알았는지 벌써 개들이 달려왔다. 수컷 두 마리는 그녀의 무릎에 머리를 비비기도 하고 손바닥을 핥기도 했지만 하얀 개는 언제나처럼 몇 발짝 뒤에 서 있었다. 그녀는 김이 박힌 센베이 몇 개를 무릎에 올려놓고 부서뜨린 다음 개들에게 던져 주었다. 수컷들은 정신없이 센베이를 핥기 시작했다. 거친 콧김을 내뿜으며 자기 발밑에 있는 부스러기를 주섬주섬 핥으면서도 그사이 다른 놈의 발밑에 떨어진 부스러기를 그놈이 다 먹어치워 버릴까 봐 옆눈으로 연신 그쪽을 쳐다보았다.

하얀 개도 센베이를 먹고 싶어 했다. 입맛을 다시듯이 분홍색 혓바닥을 몇 번 날름거렸고 마치 자동차 뒷좌석에 놓인 목이 헐거운 강아지 인형처럼 고개를 갸우뚱갸우뚱하면서 수컷들을 쳐다보았다. 그러면서도 가까이 오지는 않고 계속 그대로 버텨 서 있는 것이었다. 그녀는 조금 다가가기만 해도 하얀 개가 멀리 도망쳐 버린다는 것을 알고 있었다. 조심스럽게 겨냥을 하여 센베이를 하얀 개의 앞발에까지 던져 주었다.

센베이를 준 이후부터 개들이 그녀를 따르기 시작했다. 며칠 뒤부터인가 그녀는 마음이 시들해서 개를 보고도 센베이를 주지 않았다. 이상한 일은 그런데도 개들이 여전히 그녀를 좋아한다는 것이었다. 법당이나 요사채 마당, 그녀의 방이 있는 수선당의 선방 마루, 어디에서건 그녀와 마주치기만 하면 달려와 꼬리를 흔들었다. 과자를 주면 좋아하지만 안 준다고 해서 원망을 하지도 않는 모양이었다. 개들은 자기가 과자를 먹게 해 줘서 그녀를 좋아하게 되었는지, 아니면 개에게 인정을 베푸는 인품을 흠모해서 좋아하게 되었는지에 대해서 복잡하게 생각하지 않는 듯했다.

그동안 개를 좋아하지도 않고 키워 본 적도 없었으므로 그녀는 개에 관해 아무런 견해도 갖고 있지 않았다. 그러나 이제 개를 알 듯도 싶었다. 개는 주인이 매일같이 귀여워하다가 갑자기 걷어차더라도 오랫동안 슬퍼하거나 노하지 않는다. 그 일의 심각성에 대해 십 분 이상 고민할 만큼 진지하지도 않다. 다음 날이면 또 와서 꼬리를 친다. 왜 부당하게 걷어차여야 하냐고 항변하거나 이렇게 살아서 뭐하냐고 자기 연민에 빠지지도 않으며, 걷어차이지 않을 권리가 있다고 태업을 하거나 단식을 하지도 않는다. 언제든지 주인의 발밑에 엎드려 있다가 불러 주는 순간 감격하며 달려가는 게 개이다. 그녀는 영추사에서 거의 생각 없이 시간을 보내고 있었다. 만약 생각하는 게 있다면 이처럼 개에 관한 것이었다. 자기의 삶도 개를 대하듯이 그렇게 발로 찼다가 도로 불러서 머리를 쓰다듬었다가 할 수는 없을까. 반지를 돌리기 위해 왼손 위로 올라갔던 그녀의 오른손에는 진주알이 이물스럽게 스쳤다.

두 마리의 수컷과 하얀 개는 아무 데서나 흘레를 붙었다. 그녀가 본 것만도 서너 번이나 되었다. 처음 그 장면을 보았을 때 그녀는 하얀 개에게 무척 실망을 했다. 거만함이 사라지고 한낱 암컷으로서의 정체를 드러내고 있는 그 동물의 곁을 그녀는 차갑게 스쳐 지나가려 했다.

그러나 그녀는 하얀 개의 눈가가 젖어 있는 것을 보았다. 수컷과 엉덩이를 이어 붙이고 일직선으로 서 있는 하얀 개는 몹시 고통스러워하고 있었다. 어떤 종류의 쾌감에서 오는 적극적인 고통이 아니었다. 하얀 개는 견디고 있을 뿐이었다. 수컷이 하얀 개의 꽁무니에서 삘겋고 길쭉한 것을 빼낸 뒤 하얀 개는 몇 걸음 절룩거리다가 기운 없이 바닥에 엎드렸다. 수컷이 와서 핥으려고 하자 하얀 개는 머리를 비스듬히 바닥에 붙인 채로 낮게 크르르, 하면서 수컷에 대한 증오를 표시했다.

수컷과 하얀 개는 법당 앞에서 엉덩이를 붙이고 있다가 미타심 보살에게 여지없이 작대기를 얻어맞기도 했다. 저것들이 하필 법당 앞에서! 하면서 미타심 보살은 발을 동동 굴렀다. 주지 스님의 출타가 잦았으므로 영추사에서는 비구니 절처럼 절 지키는 개가 필요했다. 그런데도 미타심 보살은 개들을 아랫동네로 보내 버려야겠다고 입버릇처럼 말했다. 미타심 보살은 하얀 개를 특히 싫어했다. 꼭 여우같이 생겨 갖고 수컷들 홀리는 것 좀 봐요. 저게 산에서 내려온 산개예요. 주인이 팔았는데 개장수한테서 도망쳐 산으로 갔대요. 그다음부터는 저렇게 사람을 안 따라요. 먹을 게 없어서 그랬는지 작년 겨울에 산에서 내려왔는데 내려오자마자 암내를 풍기더니 숫놈들 정신을 쏙 빼갔어. 새끼 한 배만 낳으면 쫓아 버려야지. 저것들이 절에서 안 다니는 데 없이 엉켜 갖고 뒹굴고 다니면 좋을 게 뭐 있겠어요.

미타심 보살이 그런 말을 하고 밥상머리를 떠나면 남자는 비식 웃으면서 혼잣말을 하곤 했다. 참 내, 귀양살이 같은 산꼭대기에서 개들이라도 할 짓 다 해야지. 누가 말려. 그러고는 그녀를 흘끗 쳐다보는 것이었다.

수컷들은 하얀 개를 건드리지 않으면 좀이 쑤시는 모양이었다. 하얀 개가 앞서 걸어가면 어느새 달려가 엉덩이를 핥았고 하얀 개가 싫다고 으르릉, 하면서 이를 드러내면 어느 틈에 등 위에 올라타서 목을 깨물었다. 그러면 하얀 개는 입을 벌리고 고기를 낚아채듯

357

이 턱을 이리저리 움직이며 몇 번인가 수컷을 향해 위협을 했지만 두 마리의 수컷은 아랑곳없이 양쪽에서 하얀 개를 공격해 들어가 마침내 세 마리가 엉키면서 서로 몸을 부비게 되곤 했다.

개들이 핥고 엉키는 것을 그녀는 물끄러미 바라보고 있었다. 남자가 지나가면서 쉭! 하고 발을 굴러 개들이 놀라 달아나게 만들었다.

"남자도 아니고 여자가 웬 개 구경을 그렇게 좋아해요?" 라고 남자는 약간 음흉하게 웃었다.

"붙는 거 보려고 기다리는 거요?"

목에 건 수건을 풀어서 더러운 바지에 대고 탈탈 털자 그녀의 눈앞으로 먼지가 일었다. 남자가 말했다. 절에만 있기 안 답답해요? 저녁에 내려가서 커피 한잔할래요? 도망친 개 쪽을 바라보던 그녀는 시선을 돌려 먼지 나는 남자를 물끄러미 쳐다보았다.

장마철, 먼 곳으로의 전화

그에게 꼭 한 번 전화를 걸었다. 장마가 시작되어 비가 억수같이 퍼붓는 밤이었다.

날짜 가는 데에 마음을 쓰지 않았으므로 서울을 떠나온 지 며칠 만인지는 모른다. 아마 열흘은 넘지 않았을 것이다.

비가 쏟아지던 날 밤 그녀는 혼자 영추사를 지키고 있었다.

저녁나절만 해도 잔뜩 흐리기만 하고 비는 오지 않았었다. 낯선 스님 한 사람이 요사채 쪽으로 들어서며 미타심 보살을 불렀다. 그녀와 함께 푸성귀를 다듬던 공양주 보살이 나가 보더니 반색을 했다. 아이고, 스님! 그 스님은 공양주 보살과 한 고향 사람이자 미타심 보살의 큰오빠였다. 그녀가 법당에 가서 만등 불사 접수 장부를 뒤적이고 있던 미타심 보살을 불러왔다. 한달음에 달려온 미타심 보살은 언제나 머리카락 한 올 흐트러지지 않는 단정한 얼굴에 눈물을 흘렸다. 미타심 보살이 잠긴 목소리로, 어떻게 여기까지 올라왔수?라며 먼 걸음을 했다는 뜻의 인사를 하자 스님은, 아, 어떻게 오긴. 버스가 안 다니니까 이만 원 내고 삼거리에서 택시 타고 왔지, 하고 껄껄 웃었다.

그녀가 다시 쭈그리고 앉아 나물을 다듬고 있는데 미타심 보살이 부엌으로 들어와, 보살님! 하고 그녀를 불렀다. 조금 뒤에 미타심 보살과 낯선 스님, 그리고 공양주 보살은 저녁을 먹으러 마을로 내려갔다. 그들을 태워 가기 위해서 연장과 자재가 잔뜩 실려 있던 남자의 픽업트럭과 남자도 같이 가야 했다. 그녀에게 맡기고 절을 비우는 데 대해서 공양주 보살은 마음이 놓이지 않는 얼굴인 데 반해 오히려 미타심 보살은 들떠 있었다. 절대로 이런 일이 없을 텐데다 보살님을 믿으니까 맡기는 거예요. 다른 건 신경 쓸 것 없고 전화만 잘 받으면 돼요. 스님한테 연락 오면 일곱 시까지는 들어올 거라고 해 주고. 미타심 보살은 전에 없이 빈틈을 보였다. 만약 그때까지 못 오게 되면 보살님이 얘기 좀 잘해 줘요.

비는 픽업트럭이 출발한 지 한 시간쯤 뒤부터 쏟아지기 시작했다.

그녀는 요사채 마루에 앉아서 비를 쳐다보았다. 오른쪽으로 보이는 대웅전과 그 앞에 서 있는 탑, 조금 아래로 문루며 돌아앉은 화장실 건물이 다 비를 맞고 있었다. 대웅전 뒤에 지붕만 보이는 극락전도 극락이 있다는 서쪽을 등진 채 묵묵하기만 했다. 선방이 있는 수선당은 멀찌감치 떨어져 있기도 했지만 빗줄기와 어둠에 가려서 잘 보이지 않았다.

무섭도록 캄캄한 밤이었다. 빈 절에는 숨막힐 듯한 정적과 어둠뿐이었다. 그리고 그 위로 쏟아져 내리는 빗줄기와 귀가 아픈 빗소리.

전화는 한 통도 걸려오지 않았다. 멍하니 비를 보고 있던 그녀는 불현듯 부스럭거리는 기척을 느꼈다. 그녀는 깜빡 잊고 있었다. 절에는 그녀 혼자만이 아니었다. 마루 밑을 내려다보자 소리도 없이 웅크리고 있던 세 마리 개의 눈이 희미하게 빛나며 그녀 쪽을 향했다. 그녀는 일어나서 개들에게 밥을 주었다. 그리고 그의 집에 전화를 걸었다. 한 번도 걸어 보지 않은 전화의 번호를 정확히 외우고 있다는 데에 그녀는 약간 놀랐다.

"여보세요."

그의 목소리였다.

그녀는 물론 그와 통화를 하기 위해서 전화를 걸었다. 하지만 막상 그의 목소리를 듣자 말문이 막혀 버렸다. 할 말이 아무것도 없었구나 하는 생각뿐이었다.

"여보세요?"

수화기에서 그의 예의 바른 목소리가 한 번 더 흘러나왔다. 아니 예의 바르다기보다는 평온한 목소리였다. 잘 있다는 뜻이다. 아무런 변화 없이. 그녀는 한마디도 할 수 없는 기분이었다. 그렇듯 잘 흘러가고 있는 그의 일상에서 그를 빼내 올 자신이 없었다. 그곳에서 그를 돌출시킬 만한 아무 이유도 권한도 없다고 생각되었다. 그는 거기에 잘 있다. 나는 여기에 있다.

그가 '여보세요'를 두 번 발음하는 시간은 아주 짧았다. 그러나 그녀는 그 정도면 대충 다 알 것 같았다. 어떤 많은 말로도 그 단조롭고 부드러운 억양 속의 안부를 그처럼 정확히 전달해 줄 수는 없으리라. 밤 시간 아내와 과일 접시를 앞에 하고 텔레비전 뉴스를 보다가 전화를 받는 가장의 목소리…… 이 밤에 누굴까. 괜찮아요. 그래도 우리는 방해받지 않으니까. 누가 불러내도 나가지 않을 테고 누가 긴 소식을 전해도 짧게 통화를 끝낼 테니까. 전화를 끊은 다음 아내가, 누구야? 하면 응, 아무개 있잖아. 논문이 통과됐다고 내일 저녁이나 먹자고, 점심으로 때울 일이지 술 마시기 싫어하는 사람을 꼭 저녁 시간에 불러내. 응, 당신 아무개 알지? 아버지 상 당했다는데 계좌로 부조금이나 보내지 뭐. 우리에게 전화를 건 사람이 누구이든 틈입자일 뿐이며, 사실 우리는 그렇게 틈을 내줄 마음이 없으므로 당신은 초라한 틈입자인 거죠. 아, 여보세요?

그녀가 전화기를 내려놓자 전화를 하는 동안 잠시 숨을 죽이고 있었다는 듯이 쏴아…… 하며 빗소리가 거세게 귀청을 때렸다. 그녀는 다시 마루에 나와 앉았다. 한참 동안 빗줄기를 보고 있으려니 마음속이 조용해졌다. 미타심 보살은 그녀에게 평상심에 대해서도 가르쳤다. 사람이 뭔가를 안다는 것은 잘못 안다는 뜻과 똑같다. 도란 아무것도 분별하지 않는 것이다. 도에 이르면 텅 비어서 확 트일 것이니 옳고 그름도 없다. 평범하고 예사로운 일상의 마음이 도이다. 그러나 그녀는 도에 대해서 그다지 관심이 없었다.

밥을 일찍 먹어 치운 하얀 개가 부엌 앞에 멀찌감치 앉아서 그녀를 쳐다보고 있었다. 그녀는 하얀 개를 향해 희미하게 웃어 주었다.

그들이 사랑한 시간

세수를 하고 와서 거울을 들여다보던 그녀는 며칠 사이에 얼굴이 많이 그을렸다는 것을 알았다. 직장 생활을 하면서 시작한 화장이 재작년에 서른을 넘기면서부터 점점 진해진다 싶었던 그녀는 맨얼굴로 사람들 앞에 나서는 일이 거의 없었다. 그를 만나러 갈 때는 주름살을 감추려고 신경을 썼다.

너도 많이 늙었구나. 어느 날 그가 창이 커다란 찻집의 창가 자리에서 말했다. 하긴 처음 만났을 때 우리는 스물다섯 살이었어. 그때는 내 인생이 이런 식으로 옥편이나 뒤적거리다가 끝날 줄은 몰랐지. 그는 국학연구소에서 고전 총서의 편집을 책임지는 일을 그런 식으로 자조적으로 말하곤 했다. 그뿐이 아니었다.

치질 수술을 하고 며칠 후에 만났을 때는, 벌써 서른셋이라니, 예수는 이 나이에 세상을 구원했는데 나는 내 몸뚱이 하나 건사하기도 힘들어, 하고는 앉음새를 고치면서 얼굴을 찡그렸다. 탁본을 뜬다고 한학자 몇 명과 강원도 어디를 다녀온 뒤에는, 밥줄이니까 할 수 없다고는 해도 참 내, 서로 최고봉이니 석학이니 하고 다투고 있는 노인네들 비위 맞추는 짓도 이제 더는 못 할 것 같아, 하고는 짐짓 한숨을 내쉬었다. 나중에 들어 보니 그는 초저녁부터 초당두부에 막걸리를 마시고 일찌감치 잠이 들었다고 했다. 그런데도 언제나 그녀 앞에서 자기 인생에 대해 탄식했으며 그것을 거의 즐기는 정도였다.

그럴 때마다 그녀는 미간을 약간 좁히며 다정하게 위로했다. 그렇게 말하지 마, 네가 아니면 누가 그렇게 전문적인 지식을 가지고 원본을 살려 낼 수 있겠어. 그가 심각해할수록 일부러 장난스럽게 말하기도 했다. 치질이 무슨 큰 병이라고 그래. 설마 반대쪽에 있는 다른 기관에는 영향 없겠지? 그러면 됐지 뭐. 밥줄이라 할 수 없다고? 어른들 모시는 거 잘한다고 늘 칭찬받으면서 뭘 그래. 그리고 다음 날부터 탁본 뜨는 일은 밑에 직원이 한다고 했잖아, 등등.

　그러면서 속으로 생각했다. 넌 꼭 그렇게 누구한테서 잘하고 있다는 말을 들어야만 마음이 놓이나 보구나. 하긴 소심한 사람은 평판에 예민하니까. 그런데 말야. 예수가 세상을 구원한 나이라고 해서 그 나이에 무슨 의미가 있는 거야? 그렇다면 예수가 몇 살에 죽은 줄 모르고 그냥 살아가는 수많은 서른세 살짜리들은 다 너 같은 지식인들의 들러리로 사는 하급 인생인가?

　알고 있어. 너는 내게 와서 얼굴을 찡그리고 인생을 마음껏 탄식한 다음, 나를 괴롭힘으로써 훨씬 가뿐해진 마음으로 집에 돌아가서 네 아내의 설거지를 도와주겠지. 파자마를 입고는 아이의 사진 액자를 걸 못을 박고 커다란 벤저민 화분을 창가로 옮기고, 과일을 먹으며 텔레비전을 보다가 밤이 깊어지면 문단속을 하겠지. 일찍 퇴근한 평일 저녁에는 배드민턴을 옆에 끼고서 가까운 공원으로 산책을 가고 말야.

　올해는 하필 내 생일이 일요일이어서 너는 금요일에 미리 축하를 한 다음, 미안해, 주말을 비우면 마누라가 의심한다구, 라고 했어. 생일날 나는 『내 생일날의 고독』이라는 외국 에세이집을 읽은 다음 하루 종일 바게트빵과 커피를 먹으며 집에 틀어박혀 비디오를 보고 있었는데 며칠 뒤에 너는 강화도 가는 길이 너무 좋더라며 근데 일요일에는 막혀서 말야, 라고 덧붙이더라.

　언젠가 그녀가 여관 욕실에서 샤워를 하는데 방 안에서 전화를 하는 그의 목소리가 들려왔다. 비누질을 하느라고 물을 잠그고 있

363

어서 그녀의 귀에까지 들려온 것이었다. 응, 한 시간 후에 갈게, 일이 그렇게 됐다니까, 저녁은 집에 들어가서 먹을 거야. 그녀는 다시 물을 틀었기 때문에 다음 말은 들을 수 없었다. 오늘은 왜 이렇게 새침해? 영 젖지를 않네. 좀 움직여 봐. 그런 말을 하며 그는 그녀를 안았고 약속대로 한 시간 후에는 집으로 돌아갔다.

그러나 그런 일들로 상처받기에는 그녀의 성격은 좀 건조했다. 그녀는 삶을 받아들이는 편이었다. 무엇이든 깊이 생각하지 않았으며 특히 가지지 못할 것에 대한 무모한 열정 따위는 일찍 폐기시키는 법을 알고 있었다.

— 지금보다 훨씬 나쁘더라도 지금보다는 나은 거야.

생각해 보니 그 말은 친구가 자주 했던 말이었다. 낯선 곳으로 몸을 던질 때마다 친구는 불안하지 않다는 듯이 그 말을 되풀이했다. 하지만 그녀의 머릿속에는 지금보다 나은 어떤 것이라곤 도무지 떠오르지 않았다. 달력을 넘기면서 시간이 흘러가는 것을 지켜볼 뿐이었다.

그를 만나러 갈 때마다 주름살에 신경을 쓰는 것은 그녀보다 어린 그의 아내를 의식해서가 아니었다. 그녀의 주름살을 보고 그가 언짢아하는 것은 그녀의 나이를 엿보기 때문이기도 하지만 그보다는 그 자신의 지나간 시간들을 보기 때문이었다. 함께한 세월의 흔적이란 편안한 것만은 아니다. 그와 더불어 나이를 먹었다는 사실이 그녀에게 때로 지긋지긋하듯이, 그 또한 그녀의 얼굴이 시들어 가는 것을 느긋하게 바라볼 수는 없을 것이다. 그런 점에서 본다면 어쩌면 지금쯤 그는 그녀를 그리워할 것이다. 자신의 위악성이 해소되지 않기 때문에 아내와 한 번쯤 싸웠을지도 모른다.

그녀는 다시 거울을 보았다.

피부 손질을 하지 않아 얼굴이 당겼다. 마른 살갗에 주름살과 잡티가 두드러졌고 처지기 시작하는 눈시울 아래로 검은 그늘이 자리를 잡아 가고 있었다. 그녀는 언제나 그보다 먼저 샤워를 하고 화장을 마친 다음에야 욕실을 나왔다. 지금의 맨얼굴을 본다면 그는 그동안 그녀가 꽤 노력했음을 알 수 있을 것이다. 하지만 그녀는 지금의 얼굴이 싫지 않았다. 결점을 보완하는 화장법, 젊게 보이는 화장법, 장소에 어울리는 화장법…… 화장대 앞에 앉아 메이크업 베이스의 뚜껑을 열 때마다 그녀는 지겨워서 한숨을 내쉬었다. 회사 화장실의 거울 앞에서 번들거리는 콧등에 파우더를 누르면서도 내심 넌더리가 났다. 그녀는 때로 아무것도 감추지 않고 나이 먹은 그대로, 그리고 스스로 내키는 대로 자기 자신을 내보이고 싶었다. 특히 그에게.

"사람의 꾸미지 않은 본래면목(本來面目)이 어떤 모습인 줄 알아요?"

"본래면목이요?"

"그런 가르침이 있어요. 모든 인연을 쉬고 한 생각도 하지 말라, 선도 생각하지 말고 악도 생각하지 말라. 바로 그러한 때에 자신이 갖춘 있는 그대로의 모습이 보이는 거예요."

그녀에게 틈만 나면 불법을 가르치도록 미타심 보살의 마음을 움직인 것은 어쩌면 남편을 잃은 젊은 여자에 대한 자비심이었는지도 모른다.

법당 마당 쪽에서 위잉위잉 하는 전기톱 소리가 요란하게 들리기 시작했다.

그 소리를 듣고 불현듯 거울 속의 그녀 얼굴이 흐려졌다. 어제 저녁 미타심 보살이 그녀에게 나이를 물었다. 글쎄요. 그녀는 애매하게 웃기만 했다. 친구의 말이 생각났다. 이름? 성별? 나이? 출신 학교? 대체 뭘 바꿀 수 있겠어?

미타심 보살의 물음에 대해 그녀의 대답을 기다리기는 옆에서 시래깃국을 뜨던 남자가 더했던 모양이었다. 남자는 그녀가 말없이 젓가락으로 밥 위에 나물만 얹고 있자 기다리다 못해 한마디 거들며 재촉했다. 서른 넘었어요? 글쎄요…… 얼버무리는 그녀의 말이 맺어지기도 전에 남자는 이렇게 말했다. 서른이면 나하고 동갑이게? 아무리 봐도 두어 살 아래 같던데, 안 그래요? 그때 공양주 보살이 고개를 끄덕이며, 그래, 얼굴이 아직 애기 살결 같은데……라고 하자 남자는 마치 자기 아내가 칭찬을 받았을 경우에나 지어야 할 웃음을 만들며 좋아했던 것이다.

이곳에서는 사물을 보는 방식이 서울과는 많이 달랐다. 그러나 그녀는 서로 다른 방식들을 비교해 볼 마음은 없었다. 어떤 쪽에서 보는 것이 진정한 자신과 가까운 모습인지에 대해서도 궁금할 것이 없었다. 이곳에서 그녀는 자기 자신이 누구인지에 대해 거의 아무런 생각 없이 지냈으며 그런대로 잘 지내고 있었다. 그에 대해서도 별로 그리움이 없었다. 스스로 생각하기에도 뜻밖이긴 했지만 그 역시 이유를 따져 보고 싶지는 않았다.

미타심 보살의 말에 따르면, 백팔번뇌의 108은 사람의 여섯 가지 감각이 여섯 가지의 번뇌를 일으킬 때 과거·현재·미래가 있어 그것들을 곱해서 나오게 된 숫자라고 했다. 여섯 가지 번뇌에는 좋음·나쁨·즐거움·괴로움뿐 아니라 '좋지도 나쁘지도 않음'과 '즐겁지도 괴롭지도 않음'도 들어 있었다. 그 말을 들으니 그녀는 자기를 떠나오게 한 것이 무엇인지는 알 듯도 싶었다.

목각 인형

남자는 늘 소매 없는 티셔츠만 걸쳤다. 그 검은 티셔츠는 가슴
팍이나 등이 땀에 절어서 언제나 허옇게 소금기가 얼룩져 있었다.
하긴 그녀가 입고 있는 티셔츠도 남자의 것처럼 조잡한 영문이 날
염되었고 여러 번 빨았던 탓에 보푸라기가 일어서 남자보다 나을
것도 없었다.

빵과 우유를 쟁반에 받쳐 들고 남자가 일하는 법당 앞으로 가
면서 그녀는 하얀 개가 따라오지 않는지 뒤를 흘끔 돌아보았다. 공
양주 보살은 비 오던 날 밤 오랜만의 외식으로 배탈을 얻었다. 세끼
밥도 겨우 지었다. 그래서 그녀가 남자의 간식을 나르는 것이었다.

그녀가 부엌문을 나서는 모습을 처음부터 보고 있었는지 마당
으로 발을 내딛자마자 미리부터 전기톱 소리가 조용해졌다.

"제기, 또 빵이야?"

남자는 쟁반을 건네받자마자 한입에 빵을 욱여넣으며 둔한 발
음으로 말을 이었다.

"안 되겠구만. 이따가 읍내 내려가서 짜장면이라도 한 그릇 먹
어야지. 고기 맛 본 지 벌써 며칠째야" 하더니 "같이 내려갈래요?"라
며 그녀를 힐끔 쳐다보았다. 스스로도 소용없는 말인 줄 다 안다는
듯이 입가에 빵가루를 붙인 채 지레 벌쭉 웃기도 했다.

그녀는 남자의 귀뿌리 쪽에 시선을 멈추었다. 남자의 귓속에는
대팻밥이 가득해서 마치 비울 때가 다 된 연필깎이의 통 속 같았다.
지저분하고 입자가 거친 나무 가루들이 그의 귓속에서 꾸역꾸역 쏟
아져 나오고 있는 것처럼 보였다. 수염을 깎지 않은 턱과 뺨에도 대
팻밥들이 아무렇게나 들러붙어 있었다. 남자는 뺨의 근육을 푸는

367

사람처럼 입을 벌리고 이쪽저쪽으로 한껏 돌려 가며 입천장에 들러붙은 빵덩이를 떼더니 그 속으로 우유를 들이부었다. 입 가장자리에 흘러내린 우유는 손등으로 문질러 헐렁한 바지에 쓰윽 닦았다. 바지를 직접 입까지 끌어올릴 수는 없는 노릇이니 손으로 닦아 바지에 문지르는 것은 당연했지만 어쨌든 무척 지저분해 보였다.

남자는 작업대 위에 올려진 나무를 한 손으로 가볍게 탁탁 치며 물었다.

"이런 거 해 봤어요?"

"네?"

"목수질 말예요. 이거 전기 대패인데 한번 밀어 볼래요?"

하고는 한 걸음 다가와 선뜻 그녀의 팔을 잡았다. 바로 귓가에서 남자의 목소리가 들려왔다.

"괜찮아요. 이렇게 한번 해 봐요."

남자에게 반쯤 안긴 자세가 된 그녀는 자기의 손 위에 겹쳐 놓인 남자의 커다랗고 울퉁불퉁한 손을 내려다보았다. 손톱 밑이 참 새까맣다고 생각하는데 그 순간 몸이 부르르 떨렸다. 남자가 갑자기 전기 스위치를 눌러 전기 대패가 작동되기 시작했던 것이다.

전기 대패를 작동시킨 남자는 그녀에게 혼자 해 보라는 것인지 손을 떼고 뒤로 물러났다. 그렇지 않았다면 그녀는 숨이 막혔을지도 모른다. 땀 냄새가 너무나 지독했기 때문이었다. 그녀는 반사적인 동작으로 손안에서 움직이고 있는 낯선 전기 도구를 놓칠까 봐 힘주어 붙잡고 있었다. 그것을 움직이는 일까지는 할 수 없었다. 남자가 스위치를 끄더니 투덜댔다. 제기랄, 나무 다 패어 버렸네. 그러고는 전기 대패를 잡고 다시 스위치를 올려 능숙하게, 팬 자국을 깎아서 매끄럽게 만든 뒤 만족스럽게 말했다. 것 봐요. 쉬운 게 아니라고요.

그녀는 맹세코 그 일이 쉽다고 생각해 본 적도 없었으며, 그 일이 쉽지 않다는 사실을 좀 알게 해 달라고 남자에게 부탁한 적도 없었다. 그렇다고 그런 것을 말할 생각도 없었다. 남자는 그녀가 자기를 존경이라도 하게 됐다고 믿었는지 말투가 의기양양했다.

"내일은 진짜로 고기 좀 먹어야 한다고 미타심 보살한테 말해 줘요. 칠을 하는 날은 먼지를 많이 먹으니까 기름기가 들어가야 속이 씻어지거든. 참, 스님이 서울 가서서 고기 사러 갈 차가 없겠구나. 그럼 나라도 내려가서 사 와야지."

스님이 절에 계신다고 한들 고기를 사러 갈지 안 갈지는 그녀로서도 알 수 없는 일이었다. 그녀는 남자의 픽업트럭을 떠올렸다. 그 옆에는 영추사에 그녀를 실어 오는 것을 끝으로 잊혀져 버린 그녀의 자주색 엑셀도 있었다.

"같이 가자구요, 바람도 쐬고."

남자는 오른팔을 쳐들어 왼쪽 어깨를 긁적이면서 이래야만 직성이 풀린다는 표정으로 또 비죽이 웃으며 실없는 말을 던졌다. 쳐든 팔 밑으로 겨드랑이의 수북한 털이 보였다. 그 털 속에 붉은 땀띠가 톡톡 두드러져 있었다. 그리고 바람도 없는데 그녀 쪽을 향해서 땀 냄새가 밀려들었다.

쟁반을 들고 돌아서 가는 그녀의 걸음은 아무렇게나 늘어놓은 목재 사이를 골라 딛느라 비틀비틀했다. 목재 틈에 슬리퍼 뒤축이 끼어 잠깐 걸음이 삐끗한 순간 그녀의 등 뒤에서 남자가 휘이익, 하고 휘파람을 불었다. 휘파람 소리는 꼬리라도 달려 있는지 그녀의 뒷모습을 결박하듯 휘감았으며 길고 천박했다.

오후가 되자 모래자갈을 실은 차 한 대가 도착했다. 비가 오면 흙이 조금씩 쓸려 내려가곤 하는 법당 앞마당을 돋우기 위해 며칠 전 스님이 주문한 모래자갈이었다. 운전사는 스님이 안 계셔서 일당을 줄 수가 없다는 미타심 보살과 몇 차례 실랑이를 벌이더니 모래자갈을 일부러 멀리 일주문 옆에 부려 놓고 가 버렸다. 미타심 보살은 분을 이기지 못해 소매를 걷고 스스로 모래자갈을 법당 앞마당으로 옮기기 시작했다. 그녀도 함께 고무 대야에 자갈을 퍼서 날랐다. 몇 번 나르지 않아 벌써 다리가 후들거렸다. 티셔츠가 등에 척 달라붙었다. 남자가 돼지고기를 사 갖고 돌아온 것은 그때였다. 남자는 트럭에서 뛰어내리더니 먼저 두 여자의 고무 대야를 보고 피잉, 코웃음을 친 다음 그 두 배가 넘는 통을 가져와서 몇 번 만에 간단히 모래자갈 한 부대를 다 옮겨 버렸다. 마당을 쓸고 대야를 치우는 그녀에게 슬쩍 다가와서는, 미타심 보살 혼자 하고 있었다면 곧 죽어 자빠진다고 해도 몰라라 했을 거요, 라고 속삭이는 것도 잊지 않았다.

그날 공양주 보살은 저녁 밥상을 수선당 선방의 뒷마루에 차렸다. 언제 손님이 들어올지 모르는 요사채에서는 절대 고기 냄새를 풍길 수 없다고 미타심 보살이 펄쩍 뛰었기 때문이다. 고추장에 볶은 돼지고기를 상 한가운데에 남부럽지 않게 벌여 놓은 남자는 절 아래 텃밭에서 따온 상추와 깻잎의 물기를 상다리 옆에다 뿌려서 털어 내며 입이 한껏 벌어졌다. 그날따라 다른 일꾼도 없어 식구가 단출했다. 공양주 보살까지 서둘러 밥을 먹고 전화를 지키고 있는 미타심 보살을 부르러 자리를 뜨자 뒷마루의 저녁상은 남자와 그녀 둘만의 겸상이 되어 버렸다. 남자가 그녀를 타박했다.

"쌈은 그렇게 먹는 게 아녜요. 된장도 듬뿍 바르고 마늘도 좀 넣고 그래야 맛이 나지. 왜 그렇게 콩새같이 밥을 콕콕 찍어 먹어요?"

그녀가 아무 말 하지 않자 남자는 볼이 미어져라 우적우적 씹으며 또 말을 붙였다.

"뭐 하던 사람예요?"

"예?"

"여기는 뭐 하러 왔냐고요."

남자의 앞니는 반 이상이 초록색 잎으로 뒤덮여 치열이 보이지 않았다. 상추에 고기를 얹으면서 남자는 연신 쩟쩟 소리를 내며 혀로 잇새를 빨아 대더니 또 불쑥 물었다.

"남편이 죽었다면서요?"

"……"

"식은 올린 거요? 반지를 보니까 결혼반지는 아니던데."

"……"

"근데 그거 진짜 진주요? 반지가 이쁘더라구. 그래서 쳐다본 건데 오해는 마쇼."

남자의 목소리가 잦아드는 품이 분명 자기 말의 경솔함을 변명하는 말투였다. 그녀는 천천히 밥 한 공기를 비웠다. 물을 마시고 일어설 때까지도 미타심 보살은 오지 않고 있었다. 마루 기둥에 몸을 기대고 앉아서 쇠젓가락으로 이를 쑤시던 남자는 눈을 위로 치뜨고 그녀가 일어나는 것을 올려다보았다.

밤이면 읍내로 내려가 술을 마시거나 당구를 치던 남자는 그날 밤에는 요사채에서 텔레비전을 보겠다며 공양주 보살이 설거지를 마치기도 전에 먼저 와서 방에 드러누워 있었다. 미타심 보살이 곱게 볼 리가 없었다. 남자는 눈총을 받고 쫓겨 갔다. 그러나 다음 날 남자가 새로 텔레비전 받침대를 만들어 주자 미타심 보살도 더 이

371

상 구박은 하지 못하게 되었다. 남자는 저녁나절에 뚝딱뚝딱하더니 그녀에게도 조그마한 옷상자를 하나 만들어 주었다. 귀퉁이를 돌려 깎은 것이나 뚜껑에 꽃을 새겨 넣은 것이 뜻밖에도 앙증맞았다. 그녀는 그 안에 넣을 옷이 없었으므로 은근히 탐을 내는 미타심 보살에게 그 상자를 주었다.

그다음 날인가 그녀는 자기 방문 앞에 무언가가 놓여 있는 것을 보았다. 그것은 목각 인형이었다. 몸통은 장승처럼 밋밋하게 길쭉했지만 얼굴은 꽤 섬세하게 조각돼 있었다. 그런데 눈이 지나치게 크다 싶어서 자세히 보니 안경이었다. 누군가가 그녀를 만들고 있었다. 자기도 모르는 사이에 누군가가 자기를 해석하고 만들어 내고 있다는 것은 섬뜩한 일이었다. 더구나 스스로 생각할 때 지금의 그녀는, 그녀도 아니고 아무것도 아니었다.

그녀는 목각 인형을 한참 내려다보다가 풀숲 쪽으로 내던져 버렸다.

그녀는 남자의 방 안을 들여다보았다. 언제나 문이 열려 있는 방이었지만 안을 들여다보기는 처음이었다. 방구석에 신문지로 덮인 것을 한번 들춰 보았다. 깎다 만 목각 인형이 여러 개 뒹굴고 있었다. 모두 안경을 끼고 있었지만 그녀의 방문 앞에 있던 인형과는 달랐다. 하나같이 여자의 알몸을 갖고 있었다. 젖가슴과 허리, 음부까지 섬세하게 조각이 된 목각 인형들. 그녀는 목각 인형의 아랫도리를 한참 동안 가만히 바라보았다. 이윽고 팔을 쳐든 그녀는 눈을 후벼파듯 인형의 안경을 손톱으로 꾹꾹 짓이겼다. 만약 그녀가 그녀의 친구처럼 뭔가를 바꿀 수 있다고 생각한다면 그것은 아랫도리가 아니라 자의식이라는 안경이었던 모양이다.

요사채를 향해 걸어가며 그녀는 실제로 남자가 그녀의 몸을 보앉을지도 모른다는 데에 생각이 미쳤다. 그녀는 저녁 설거지를 마친 뒤에 부엌문을 걸어 잠그고 몇 번 목욕을 했다. 불안한 목욕이었다. 특히 그제 저녁인가는 남자가 마루에 있는 것을 알았기 때문에 다른 날보다 더욱 서둘렀다. 모래자갈을 나르는 바람에 몸이 땀에 절어서 씻지 않을 수도 없었다. 그녀는 찬물을 어찌나 급하게 쏟아부었던지 밤에 잔기침을 했었다.

법당 마당에서 위잉위잉, 요란한 기계 소리를 내며 나무를 만지고 있던 남자가 그녀를 보고 소리쳤다.

"스님 돌아오셨어요!"

그녀는 걸음을 빨리하려다가 생각을 바꾸어 발을 멈추고 남자쪽을 쏘아보았다. 남자가 전기 스위치를 끄자 갑자기 사방이 조용해졌다.

"인형 봤어요?"

웬일인지 남자는 수줍어하고 있었다. 그녀의 벗은 몸이 생각나서 어색해하는 건지도 모른다. 그녀는 무슨 말인가 하려다가 그럴것까지는 없겠다 싶어서 가볍게 고개만 끄덕이고는 다시 걸음을 옮겼다. 남자는 그녀의 등 뒤에 휘파람도 불지 않았고 같이 마을에 내려가자는 둥 실없는 말도 던지지 않았다.

스님은 영가천도일이 가까워져서 서둘러 돌아왔다고 했다. 서울에서 같이 왔다는 손님과 겸상으로 밥을 차리라 했을 때 상을 내간 것은 그녀였다. 상을 내려놓자 손님은 두 손을 합장하며, 어이구, 고맙습니다. 보살님, 하면서 그녀를 한번 올려다보았다. 그녀는 그 옆에 밥상을 하나 더 차려야 했으므로 나무 밥상에 행주질을 하고 있었다. 그녀에게 손님이 말을 걸었다. 그 안경테 알마니죠? 끝에 큐빅이 박힌 것 보니 올해 나온 모델인데. 백화점에서 샀으면 한,

이십오만 원? 뭐 하던 분인지 돈 많이 버는 보살이신가 보네. 그녀가 입을 벌린 채 돌아다보자 손님은 감탄하는 스님을 향해 껄껄 웃어 보였다. 아, 안경 장사가 벌써 몇 년째인데요, 이 정도도 모르면 밥숟가락 놓아야죠.

그동안 절에 드나든 손님은 일꾼들까지 합해서 적지 않은 사람이었다. 그러나 영추사에 오기 전의 그녀에 대해 한 가지라도 제대로 눈치챈 사람은 아무도 없었다. 그녀는 시폰 블라우스도 입지 않았고 머리에 컬을 만들지도 않았으며 화장도 하지 않았다. 보라색 플라스틱 슬리퍼에 나일론 바지를 입고 공양주 보살에게서 얻은 고무줄로 머리를 질끈 묶고 있었다. 굴러다니는 신문쪽 하나도 읽지 않았다. 물론 교정도 보지 않고 제목도 달지 않았으며 그동안 그녀가 글씨라고 쓴 것이라면 만등 불사를 접수한 신도들의 이름뿐이었다. 그녀는 간단한 일상적인 대화 외에는 말도 거의 하지 않았다. 그러나 껍데기를 다 바꾸었는데도 안경이라는 껍데기가 최후까지 남아 그녀의 불필요한 신분을 나타내고 있었던 것이었다. 그 안경 알마니죠? 그 말을 들었을 때의 기분은 자신의 알몸 목각 인형을 볼 때 못지않게 섬뜩했다.

점심 공양을 마치고 공양주 보살이 배추를 솎으러 밭에 가자는 것을 그녀는 감기 기운이 있다는 핑계를 대고 방으로 들어왔다. 그러고는 얼마 안 가 잠이 들어 버렸다. 누군가 부르는 것 같아서 잠이 깬 그녀는 온몸이 땀에 젖었음을 알았다. 방문을 여니 남자가 마루 기둥에 기대서 있었다.

"아프다면서요? 지금 읍내 내려가는데 약 사다 줄까요?"

괜찮다고 말하고 난 뒤에야 그녀는 머리가 빠개질 듯 아프다는 것을 깨달았다.

"어젯밤에도 기침을 하는 것 같던데요?"

그녀는 약을 사다 달라고 간신히 말한 다음 방문을 닫았다.

드르륵, 남자가 자기 방의 문을 여는 소리가 들렸다. 옷을 갈아
입는지 휘파람 소리를 내며 한참을 꾸물거렸다. 남자의 휘파람 소
리를 들으며 누워 있으려니 그녀는 불현듯 그 소리가 정다웠다.

처음 그와 여관에 갔던 날. 오래전 일이라 자세히 기억이 나진
않는다. 술에 취한 그들은 손을 잡고 골목을 한없이 헤매다가 불쑥
어떤 문을 열고 들어갔었다. 마치 술래의 눈을 피해 이리저리 돌아
다니는 숨바꼭질하는 아이들 같았다. 남자아이는 숨어 있기 좋은
장소를 발견하자 여자아이의 손목을 잡아당겨 덤불 속으로 들어갔
다. 남자아이가 끄는 대로 덤불 속으로 몸을 구겨 넣으며 여자아이
는 술래를 따돌렸다는 쾌감 때문에 흥분해 있었다. 그러나 남자아
이의 몸이 너무 밀착돼 여자아이는 거북해지기 시작했고 차라리 술
래가, 그녀가 믿고 의지해 온 바깥세상의 눈길이 빨리 그들을 발견
해 주기를 바랐다. 아무래도 그들은 너무 깊이 숨은 거였다. 술래는
그들을 찾다가 엄마가 부르는 소리를 듣자 그대로 저녁밥을 먹으러
간 모양이었다. 밤이 되었고, 덤불 속에 웅크린 채 여자아이는 곰곰
이 생각했다. 이렇게 돼 버렸으니 난 이제 이 남자아이와 결혼하지
않으면 안 될 거야. 그러다가 깜빡 잠이 들었다.

다음 날 아침 술이 깬 여자아이는 사과를 따먹은 이브처럼 부
끄러움을 알게 되었으므로 얼굴을 들고 여관 문을 나갈 자신이 없
었다. 골목을 나가기만 하면 길 가던 사람의 무리에 천연덕스럽게
섞여 들어 걸어갈 뻔뻔스러움은 있었지만 문을 여는 순간 얼굴로
쏟아질 아침의 빛을 도저히 마주할 수 있을 것 같지는 않았다. 그들
이 묵은 방은 이 층이었다. 몇 계단 앞서 내려가는 그의 뒤에서 그녀

의 내딛는 걸음은 묵직하게 끌렸다. 그때 그가 그녀를 돌아봤다. 그녀의 눈을 보고 그는 알았다. 그는 계단을 다시 성큼성큼 올라와 계단 중간에 머뭇대며 서 있는 그녀를 다정하게 껴안고 마치 구원의 여성을 대하는 남자의 당연한 자세라는 듯 그녀의 어깨에 팔을 두른 채 계단을 내려와서 여관문을 활짝 열어젖혔던 것이다.

마지막으로 언제 함께 잤더라.

그가 결혼한 뒤로는 아침까지 함께 있어 본 적이 없었다. 당연한 일이었다. 그녀는 받아들였다. 이따금 그는 낯선 자세를 원했다. 다리를 이렇게 해 봐. 자, 등을 돌리고. 그것은 그가 다른 여자와의 섹스를 응용하는 것이었다. 그녀는 독점할 수 없는 섹스 파트너라는 존재가 얼마나 깊은 자기모멸감과 비애를 안겨 주는지 경험해야 했다. 그녀의 허리나 등을 쓰다듬다가 잠깐씩 그의 손길이 멈출 때도 있었다. 그의 손끝이 다른 여자의 감촉을 기억했기 때문이었다. 지금 만지고 있는 감촉과 선의 흐름이 다른 여자의 것과 다르다는 걸 느끼고는 그 다름의 간격을 좁히기 위해 멈추는 것임을 그녀는 알았다. 어느 날은 그가 이렇게 말했다. 넌 소리를 별로 안 내는 것 같아, 그렇지? 글쎄, 그런가? 그녀는 무심코 대꾸하다가 또 그의 아내가 침대에서 어떻게 하는지 한 가지를 더 알게 되었음을 깨달았다.

이제 생각이 났다. 마지막으로 함께 여관에 간 날, 그는 그녀가 쓰고 난 비누에 머리카락이 엉켜 있다고 투덜댔다. 먼저 욕실을 쓰면 뒤처리를 좀 잘하고 나와야지, 라면서. 머리를 빗던 그녀는 등 뒤에 서 있던 그를 거울 속에서 물끄러미 쳐다보았다. 팔 년이란 한 남자의 애인으로 지내기에는 확실히 긴 시간이다. 짜증이 날 때마다 치켜올라가곤 하는 그의 왼쪽 눈썹에 힐끗 시선을 던진 뒤 그녀는 손가락으로 빗살 사이의 머리카락을 빼냈다. 머리를 빗기 전에 먼저 빗이 더러운지 아닌지 살펴보는 것이 그의 오랜 버릇이었기 때문이다. 그녀는 빗을 거울 앞에 놓고 일어났다. 그가 빗을 집어 들더니 빗살을 점검하는 것이 보였다.

선방 다락에 두고 쓰던 것이라서 그녀가 덮고 있는 이불에서는 눅눅한 냄새가 났다. 그녀는 불현듯 이불을 젖히고 일어나서 마루로 나갔다. 옆방 남자는 이미 나가고 없었다.

잠시 마루 끝에 서 있다가 방으로 들어갔던 그녀의 손에는 자동차 키가 들려 있었다. 그녀는 외롭지 않다. 확신할 수 있었다. 외로움에 이따금 속아 넘어갈 만큼 마음속이 메마르고 비어 있을 뿐이었다. 그리고 감기 기운도 있었다. 뜨거운 물에 목욕을 하고 오 밀리미터쯤의 거품이 덮인 맥주를 마시고 싶었다. 그러고 나서, 어쩌면 전화기가 눈에 띄면 그에게 전화를 걸어 잘 있다는 말을 전할 수도 있을 것 같았다.

보름은 넘었을 거라는 그녀의 짐작과는 달리 절을 내려가는 것은 열흘 만이었다. 그녀의 생각처럼 거기에서도 시간이 그렇게 쉽게 흘러가 준 것은 아니었다.

터미널 앞 삼거리

그녀는 터미널 앞 삼거리에서 일단 차를 멈췄다. 한쪽 길이 터미널을 향해서, 또 한쪽은 읍내로, 그리고 나머지 한쪽 길은 영추사로 가는 길로 갈라진 그 삼거리는 영추사로 올라가려는 사람들이 택시를 부르는 장소이기도 했다.

삼거리에는 서림장이라는 이름의 제법 번듯한 모텔이 있었다. 그녀는 그 모텔의 지하에 있는 사우나로 들어갔다. 선탠을 짙게 한 아가씨 둘이 키득거리고 있을 뿐 사우나 안은 썰렁했다. 아가씨들은 귀를 서너 개씩 뚫어 갖가지 귀고리를 달고 진한 파란색 에나멜을 발톱에까지 칠하고 있었는데 시골 사우나에서 보았기 때문인지 세련되기보다는 이질적으로 보였다. 게다가 아직 스무 살도 되어 보이지 않는 얼굴이었다. 탈의실에서 담배를 피우던 그들은 함께 벌거벗고 사우나를 했던 여자가 헐렁한 자주색 바지와 조잡한 날염 티셔츠로 신분을 드러내자 자기들끼리 수군대기도 하고 킥킥대기도 했다.

그녀는 젖은 머리 그대로 사우나 옆에 있는 지하 카페로 들어가 맥주를 주문했다. 카페 역시 한산했다. 카운터에 앉아 있던 기다란 파마머리에 마스카라를 짙게 칠한 주인 여자가 직접 맥주 두 병을 쟁반에 받쳐 왔다.

얼마가 지난 뒤 그녀는 화장실에 가면서 맥주 한 병을 더 주문했다. 화장실에서 나와서는 공중전화 앞으로 갔다. 그의 회사에 전화를 걸어 보고 나서야 그녀는 그날이 일요일이란 것을 알았다. 그녀는 전화기를 오른손으로 옮겨 쥐고 이번에는 집 전화번호를 눌렀다. 그녀의 손가락이 움직일 때마다 진주알이 경쾌하게 따라 움직였다. 술기운이 퍼져 그녀는 조금 쾌활해져 있었다. '괴로움도 즐거움도 아님'과 '좋음도 싫음도 아님'이 그녀의 번뇌였다면 어쩌면 지금 이 모습이 그녀의 본래 면목에 더 가까운 것인지도 모른다.

만약 그의 아내가 받더라도 끊어 버리지 않을 작정이었다. 그녀가, 아무개 씨 계신가요? 하고 물으면 그의 아내는, 네 잠깐 기다리세요, 할 것이다. 그러고는 싫어도 할 수 없이 그를 그녀에게로 넘겨주어야만 한다. 괜찮은 기분일 것 같았다.

"여보세요."

전화를 받은 것은 그였다. 그녀가 말했다.

"나야."

"……"

그녀는 그의 침묵의 의미를 파악하려고 하지 않았다. 안다는 것은 어차피 잘못 안다는 뜻이다. 분별은 모두 소용없다.

"잘 지냈어?"

"나야 늘 그렇죠 뭐."

그의 목소리는 어쨌든 예의 바른 것이었다. 그러고 나서 세 마디쯤 더 얘기를 나누긴 했다.

그녀는 맥주를 세 병 더 마셨다. 그동안 사우나에서 보았던 두 아가씨가 몸에 달라붙는 검은색 끈 원피스에 화려한 화장을 하고 나타나서 누군가를 기다리기 시작하는 것, 주인 여자가 바닥에 엎질러진 팝콘을 주워 담으려고 몸을 구부렸을 때 스판 바지 위에 생리대 자국이 선명하게 두드러지는 것, 머리에 무스를 잔뜩 바른 덩치 큰 남자가 와서 주인 여자에게 화를 내더니 핸드폰을 맡겨 놓고 어디론가 다시 나간 것 등등을 다 보고 있었다. 그러고 보면 그녀는 그렇게까지 취하지는 않은 것 같았다. 그런데도 그와 전화로 나누었던 말은 한마디도 기억이 나지 않았다.

그녀의 기억은 다른 시간 속을 헤매고 있었다. 그들이 사랑했던 지루한 시간들.

그녀가 약속 시간에 늦을 때마다 그는 차갑게 비꼬았다. 시간 좀 지켜라. 이제 나한테 호의는커녕 예의도 없구나. 그는 그녀가 운전을 할 때 결코 서두르지 않는다는 점을 처음에는 얼마나 칭찬했는지 모른다. 그러나 이제는 그녀를 기다리며 흘려보낸 자기의 시간에 더 의미를 두었다.

그녀가 미처 화장을 고치지 못하고 피곤한 모습으로 나온 날 그는 못마땅해서 어쩔 줄을 몰랐다. 그녀는 그날 그가 왜 그렇게 말끝마다 트집을 잡는지 눈치채지 못했다. 길가의 레코드 가게에서 마침 그가 좋아하는 노래가 흘러나왔다. 그녀는 언제 들어도 좋다고 일껏 마음에 없는 소리까지 했지만 그는 창법이 천박하다며 그 노래를 깎아내렸다. 심지어 그런 노래를 좋아하는 취향을 가진 사람이 눈앞에 있다면 당장 침이라도 뱉어 주고 싶다고 말하는 것이었다. 오늘 기분이 영 안 좋은 모양이네. 왜 그래? 라고 물었더니 그는 아니야, 라고만 대꾸했다. 조금 있다가 그녀는 다시 물었다. 정말이야. 무슨 안 좋은 일 있는 것 같은데? 그러자 그는 화를 버럭 내며, 이러다 정말 멀쩡한 기분까지 안 좋아지겠다. 사람을 왜 이렇게 피곤하게 해, 라고 소리쳤다. 그날 밤 헤어지면서 그가 잘 가, 라고 한 다음, 그리고 거울 좀 자주 보고, 라고 덧붙일 때에야 그녀는 그 밤 내내 그를 짜증 나게 한 것이 그녀의 모습이 초라해 보였기 때문이라는 사실을 깨달았다.

피곤한 날 그는 더욱 그녀의 존재를 그리워하긴 했다. 그래서 만났고 만난 다음에는 피곤한 나머지 예민해졌다. 점점 그들은 예전과 달리 상대방의 피곤을 알아채고 기분을 풀어 주기 위해서가 아니라, 서로가 함께 있음에도 불구하고 여전히 피곤하다는 사실을 파악하는 데에, 그리고 그것을 감춰야 하는 데에 예민함을 사용했다. 그들은 여관 앞을 지나고 있었다. 피곤한데 들어가자, 그가 말했고 그녀는, 아직 해도 안 졌는데? 했으며 그의, 언제부터 그렇게 남의 눈을 의식했어? 라는 말에 그녀가 차갑게, 그러게 말야. 남을 의식해야 할 처지에 있는 건 당신일 텐데, 라고 비꼬았다. 그러자 그는, 마누라가 기다린단 말이지? 깜빡 잊었는데 가르쳐 줘서 고마워, 한 뒤 입을 다물었다. 그들은 약 십 분쯤 한마디도 하지 않고 걷다가 택시 정류장이 보이자 약속이나 한 듯이 줄을 섰다. 그가 앞에 서 있었기 때문에 먼저 택시를 타고 떠났다.

그가 직장을 옮기겠다고 할 때 그녀는 그가 얼마나 소심하고 변화를 두려워하는지 알고 있었으므로 아무런 충고도 하지 않았다. 과연 그는 그대로 눌러앉았으며 그녀가 자기 인생에 관심이 없다고 원망했다. 그녀는 더 이상, 너는 긍정적인 성격이기 때문에 쉽게 직장을 옮기지 않고 적응하는 미덕을 갖고 있잖아, 따위의 말을 하지 않았다. 그는 자신이 그런 말을 원한다는 걸 알고도 말해 주지 않는다는 사실까지 알았기 때문에 그녀를 원망하는 거였다.

그들은 질투에도 지쳤다. 그는 그녀 주변의 남자라면 그녀가 다니는 홍보실뿐 아니라 삼십육 층짜리 사옥의 전 직원은 물론이고 일흔이 넘은 창업주까지 질투했다. 누군가의 옷차림을 칭찬하면 낭비벽이 있을 거라고 헐뜯었고 성격이 좋다고 하면 이중인격자라고 못 박았다. 그들은 더 이상 주말에 함께 영화를 보러 다니지 않았다. 그러면서도 그녀가 영화 본 이야기를 꺼냈다가는 친구와 같이 봤다고 아무리 설명을 해도 그 친구가 여자라는 증거를 대지 못하고 있지 않냐며 헤어지는 순간까지 신문을 당해야만 했다. 생각해 보니 그것은 사랑에서 비롯된 질투가 아니었다. 집착이었다. 사랑이라면 그녀의 입장을 이해하고 얼마쯤 용서할 수도 있는 여유가 있지만 집착은 매섭고 가차 없는 감정이었던 것이다.

침대에서 그녀를 안으면서 그는 이렇게 말하곤 했다. 미안해. 사는 게 지겨워서 너한테 자꾸 화를 내게 되는 것 같아. 널 사랑해.

알지? 나한테는 너뿐이야. 그의 머리통을 안으며 그녀도 녀까렸다. 나도. 그러고는 다음 순간 문득 그들은 둘 다 사랑한다는 말의 뜻에 대해서는 생각해 본 지 오래되었음을 깨달았다.

아마 그가 그녀를 사랑하긴 했을 것이다. 한동안 만나지 않으면 금단증세처럼 불안이 나타났다. 그가 익숙하고 편한 친구이자 섹스 파트너로서 원하는 여자가 있다면 그녀뿐이었다. 그녀에게는 그가 첫 번째 남자였다. 사실 그녀는 몇 번째라는 서수를 의식해 본 적도 없었다. 다른 경우를 생각해 보지 않는 것은 그녀다운 일이었다.

그러나 더 이상 서로에 대해서 알 것도, 알고 싶은 것도 없이 사랑하는 관계란 지긋지긋했다. 어떤 날은 어쩌다 보니 너무 이른 시간에 만나 버렸기 때문에 그들은 저녁을 먹고 여관에 가기 전까지의 시간을 어떻게 보내야 할지 몰라 하다가 결국 또 싸울 수밖에 없었다.

서림장의 지하에 들어간 지 몇 시간 만에 그녀는 지상으로 나왔다. 밖은 이미 어두워져 가고 있었다. 그녀의 차는 일단 삼거리에 도착했다. 하지만 영추사 쪽 길로 올라가지 않고 읍내 쪽으로 방향을 잡았다. 술을 마신 데다 길이 어두워서 그녀는 차를 천천히 몰았다. 먼지가 잔뜩 앉은 그녀의 자주색 엑셀은 마치 밤거리를 어슬렁거리는 바람난 아줌마 같았다. 으슥한 다리를 지나고 시장통과 초등학교 교문, 읍사무소의 게시판 앞을 지나도록 시골의 거리는 어둠침침했다. 그것이 무척 자연스럽고 마음 편했다. 혼자만 환하게 불을 켜고 있는 편의점이 되레 음흉스러워 보였다. 드디어 찾고 있던 간판이 눈에 들어왔으므로 그녀는 차를 세웠다. 로얄호프.

자리마다 칸막이가 있고 크리스마스이브처럼 울긋불긋한 오색등이 점멸하는 로얄호프에서 그녀는 처음에는 왕족처럼 호사스럽게, 그리고 나중에는 취한 왕족답게 거나하게 맥주를 마셨다. 건너편 자리에서 왁자지껄하게 술을 마시던 한 떼의 남자들이 그녀를 힐끗거리며 저 아줌마가 왜 술집에서 혼자 술을 마시는지에 대해 빈약한 상상력을 동원하며 저희들끼리의 음담에 그녀의 존재를 이용하기도 했다. 그러나 별다른 일은 없었다. 별다른 일은 생각지도 않게 일어나는 것이지만 또 이상하게 기다리는 사람에게는 여간해서는 일어나지 않는다. 사실 그녀가 별다른 일을 기다린 것은 아니었다. 그녀에게는 삶에 대한 기대가 그다지 없었다. 어쩌면 적극성이 없었던 것인지도 모르지만 말이다.

하지만 익숙해서 지긋지긋하고 편한 나머지 넌더리 나고, 그런 시간들, 그들이 사랑했던 그 시간들 속에서 그녀인들 지금과는 다른 시간을 기다리지 않았을까.

그녀가 헤어지기로 결심을 하면 곧바로 그는 자리에 앉아서 몇 마디 하기도 전에 그녀의 내리깐 눈빛, 숨소리, 찻잔을 드는 팔꿈치의 각도만 가지고도 그녀의 마음속을 눈치챘다. 그런 날이면 침대에서 더욱 다정했다. 그녀의 몸속에 들어가서 움직이며 숨 가쁘게 말했다. 제발 내 곁에 있어 줘. 알잖아. 네가 없다면 난 사는 것도 아냐. 그녀는 그의 말의 반 이상이 거짓이란 것을 알면서도 그가 그녀의 마음속을 그렇게 눈치챌 만큼 그녀에 대해 너무 잘 알고 있다는 사실, 그 습관과 필요에 번번이 주저앉고 마는 것이었다.

정작 헤어지자는 말을 자주 한 것은 그녀가 아니라 그였다. 약 서른세 번쯤 했을 것이다. 정말 다시는 안 만날 사람들처럼 인사까지 하고 헤어진 적도 있었다. 하지만 얼마 안 가 그가 전화를 걸어왔다. 뭐해? 응, 원고 쓰고 있어. 잘돼? 그럭저럭. 몇 시에 만날까? 글쎄, 야근할 것 같은데. 끝나면 몇 시쯤 되는데? 늦을 거야. 늦으면 몇 시? 한 열 시? 그럼 열 시에 기다릴게. 거기 알지? 지난번…… 알고 있어. 그래, 그럼 이따 봐. 응. 그들은 자신들이 너무 천연덕스럽다는 것도 점점 느끼지 못했다.

로얄호프를 나왔을 때는 시간이 꽤 늦어 있었다. 그녀는 몇 시나 되었는지 여기가 어디쯤인지 알 수 없었다. 아무것도 알 수가 없었다. 차를 세워 둔 곳으로 걸어가다가 자기가 운전을 하지 못할 만큼 취했다는 것을 깨달았는데 그것조차 그녀로서는 가까스로 알아낸 현실이었다. 그녀는 택시를 잡았다. 영추사까지 가는데요. 택시 기사는 그녀의 티셔츠와 헐렁한 바지를 위아래로 훑어보더니 오만 원을 달라고 했다. 그녀가 선뜻 그러마고 했는데도 타라는 말을 하지 않고 가만히 있더니 무슨 생각에서였는지 다시 십만 원을 요구했다. 그녀는 지갑 안에 십만 원은 있을 거라고 생각했다. 그렇게 가세요, 라고 술 냄새를 풍기며 호기롭게 말했다. 그러자 운전기사는 돌았군, 하면서 그냥 가 버렸다. 그다음 택시가 왔을 때 그녀는 터미널까지만 가자고 말했다. 터미널 삼거리에 가면 영추사를 오가는 택시가 많이 있었다.

그녀는 몇 시간 만에 다시 삼거리로 돌아왔다. 길 건너에 그녀가 목욕을 하고 술을 마셨던 서림장 모텔이 화려한 네온을 밝히고 있었다. 그 앞에 줄지어 서 있는 택시들도 보였다. 지금 그녀가 내린 곳은 어두웠다. 토할 것만 같았다. 그녀는 그 자리에 쭈그리고 앉았다.

어느 날 그녀는 깨달았었다. 그와 그녀. 그들처럼 사랑하면서 더 이상 서로에 대해 알 것이 없는 사람들은 누구나 결혼해 있다는 것을. 사랑은 서로 마주 보는 것이 아니라 함께 같은 방향을 바라보는 것이다. 그 말은 그녀가 중학교 때나 좋아했던 어떤 프랑스 소설가의 말이었다. 그러나 그 말이 서로를 애증에 차서 노려보게 될 즈음이면 이제 슬슬 아이를 낳고 집을 장만하는 일상의 길로 함께 접어드는 것이, 언젠가는 끝나기 마련인 사랑의 종말로 향해 가는 가장 관습적인 수순이라는 뜻인 줄은 몰랐었다.

토하고 나니 머리가 좀 맑아지는 것 같았다. 그런데도 그녀는 그대로 쭈그리고 앉아 있었다. 건너편의 불빛을 보았다. 서림장. 팔 년 동안 그들이 드나든 여관 중에 저런 이름도 있었을 것이다. 은하장, 우래장, 세종여관, 금수장, 유명파크모텔, 제일여관, 미화장, 목화장여관, 스타장, 덕수장. 그러면서 그녀는 생각했었다. 언제까지 이 남자아이와 짝이 되어 숨바꼭질을 해야 하는 걸까. 이제 그만 결혼해서 사랑을 끝낼 때가 되지 않았을까. 다른 아이와 함께 새로운 숨바꼭질을 하거나 아니면 다른 방법으로 어른이 되어야 하지 않을까. 그래, 결국은 다 지루한 일이겠지만.

갑자기 헤드라이트의 불빛이 그녀의 얼굴로 쏟아졌다. 누군가 일부러 하는 짓이 틀림없었다. 그녀는 한 손으로 눈을 가리고 불빛을 피해 고개를 돌렸다.

"여기 왜 이러고 있어요."

픽업트럭에서 남자가 내렸다.

"목욕 갔다는 사람이 왜 여기 쭈그리고 있냐고요. 내가 절까지 두 번이나 올라갔다 왔어요. 여기 말고는 다른 길이 없으니까 이 삼거리에서 한 시간 전부터 기다리고 있는 거란 말요."

남자는 화가 난 것 같지는 않았지만 목소리가 거칠었다. 술 덕분인지 그녀는 남자가 가까이 오는데도 그의 지독한 땀 냄새를 느낄 수가 없었다. 남자가 바지 주머니에서 뭔가 꺼내 주는 것을 그녀는 멍청하니 쳐다보았다. 그것은 구겨진 약봉지였다. 반지일 리는 없었다.

취한 밤, 수문 근처

또 안개였다. 안개는 댐이 가까워질수록 두터워졌다. 포장도
로 위에서도 밤 숲에서도 하늘에서도 허공에서도 사방에서 온통 안
개가 뿜어져 나오고 있었다. 차바퀴 밑에서까지 스물스물 기어 나
왔다. 그녀와 남자는 밤안개를 헤치고 천상의 절을 향해 한없이 한
없이 올라가고 있었다. 양수댐이라고 적힌 입석이 있는 곳에 이르
자 남자의 차는 옆으로 방향을 틀었다. 댐을 끼고 천천히 한 바퀴 도
는 것이었다. 세상은 너무 어둡고 조용했다. 그들 또한 아무 말도 하
지 않았다. 남자는 수문 앞에서 차를 세웠다. 바닥에 깡통 따위가 굴
러다니고 있었는지 차가 서자 바퀴 밑에서 찌그럭 하고 이그러지
는 소리가 났다. 운전석에서 내린 남자는 기지개를 한 번 켜더니 댐
이 내려다보이는 풀밭에 가서 앉았다. 그녀도 차 문을 열고 내려왔
다. 그들은 나란히 앉아서 안개가 피어오르는 댐을 내려다보았다.
영추사가 잠겨 있는 검은 골짜기. 거기에 또 무엇이 잠겨 있을까. 혼
자 와서 마시고 울컥 던져 버린 빈 술병, 근처에 뒹굴던 쇳조각과 돌
멩이들, 혹은 주머니칼, 맹세의 시효가 지난 반지, 그 밖의 모든 무
거운 것들, 죽음들. 남자가 말했다. 무서워요? 그녀는 미타심에게
들은 적이 있었다. 저 댐에 여자도 하나 빠져 죽었어요. 밤에 망루
에 올라가서 술을 마시다 떨어져 죽은 사람도 있고. 그뒤부터 망루
올라가는 문을 막아 버렸지요. 그때 남자가 다시, 안 무서워요? 라
고 말하며 그녀의 윗몸을 가만히 밀쳤다. 그녀는 뒤로 쓰러지면서
도 남자가 무섭냐고 묻는 것이 남자 자신이란 것을 끝내 깨닫지 못
했다. 얼굴을 덮쳐 오는 남자의 뒤로 안개에 싸인 희미한 망루를 보
면서 그녀는 중얼거렸다. 안 무서워요. 자기의 입술을 거칠게 빨아

들이는 남자의 입술을 느끼며 그런 생각은 했다. 조금 전 토했는데, 그 사람이라면 내가 양치질을 하기 전에는 절대 입을 맞추려 하지 않을 텐데, 라고. 그녀는 남자가 벗긴 자기의 안경이 풀밭 위로 툭, 하고 기운 없이 떨어지는 소리를 들었다. 바지를 더듬는 남자의 손 길을 느꼈지만 그녀는 내버려 두었다. 남자가 몸속으로 들어오자 역겨운 이물감 때문에 구역질이 올라왔다. 그러나 남자가 움직이는 대로 가만히 있었다. 남자의 품이 따뜻했다. 풀밭이 축축하게 젖어 서 그녀의 몸은 흠칫 떨렸다. 그럴 때마다 남자는 그녀를 더욱 꼭 안 았다. 그 위로는 또 안개가 그녀의 얼굴을 깊숙이 덮어 주었다. 시간 이 꽤 지나가기는 한 것 같았다. 어디선가 차 소리가 들려왔다. 헤드 라이트 불빛을 비추며 차 한 대가 느리게 수문 쪽으로 오고 있었다. 숨소리를 고르면서 그녀의 몸 위에 엎드려 있던 남자가 벌떡 일어 나 바지 앞섶을 추스렸다. 그녀의 어깨를 붙잡아서 일으켜 주며 남 자는 헤드라이트 쪽을 향해 얼굴을 찡그리고는 낮게 내뱉었다. 씨 팔, 어떤 씹새끼야.

세 번째를 향해 놓인 사다리

안경을 잃어버렸기 때문에 그녀는 운전을 할 수가 없었다. 스 님이 내려가는 차에 같이 타고 가서 로얄호프 앞길에 세워 놓은 그 녀의 자주색 엑셀을 찾아온 것은 남자였다. 미타심 보살과 공양주 보살은 초저녁잠이 깊어서 밤 아홉 시 이후에 일어난 일은 아무것 도 알지 못했다. 그러므로 그녀는 아홉 시 십 분에 돌아온 것으로 되 어 있었다. 남자가 그녀를 위해 만든 거짓말은 그것만이 아니었다.

목욕탕에서 안경을 도둑맞은 그녀가 삼거리에서 자기를 만나기 전까지 저녁 내내 얼마나 곤경에 빠져 있었는지 설명하는 남자의 말을 듣고 공양주 보살은 혀를 끌끌 찼다. 원, 안경이 없으니까 차도 몰 수 없고, 목욕만 갔다 온다고 나갔으니 주머니에 택시비가 있을 리도 없고, 고생했구만. 남자가 으쓱한 얼굴로 그녀 쪽으로 던진 시선을 그녀는 표정 없이 받았다.

그녀의 거처는 요사채로 옮겨졌다. 감기 기운이 있는 몸이 술과 밤안개 속에 함부로 부려졌던 탓에 열이 높았다. 읍내에서는 열대야로 잠을 못 이루는 7월이었지만 해발 1096미터나 되는 영추사의 밤은 꽤 추웠다. 요사채의 두 보살은 언제나 군불을 때고 잤다. 미타심 보살은 그녀의 열이 높은 것을 알자 그렇지 않아도 그녀가 불이 들지 않는 선방에 머무는 것이 마음에 걸렸다며 부엌 곁방으로 옮기라고 했다. 그녀는 그렇게 했다. 그녀의 엑셀을 가지러 로얄호프에 다녀온 남자는 그사이에 그녀가 그 방으로 떠나 버린 것에 불만이었겠지만 어제의 것과 똑같은 모양의 구겨진 약봉지를 주머니에서 꺼내 던져 놓고 일을 하러 갔다. 그녀는 남자가 사 온 약을 먹고 어두운 방에서 앓았다. 감기 몸살인데 아랫도리와 엉치께는 왜 뻐근한 것인지를 그녀는 법당 쪽에서 전기톱 들들거리는 소리가 들려오기 시작할 때 불현듯 깨달았다. 약 기운 덕분인지 방이 따뜻해서인지 땀을 흘리며 깊은 잠을 잤다. 저녁 무렵 어둑해진 방 안에서 눈을 뜬 그녀는 이불 속에서 일어나 벽에 기대앉았다.

마루로 나와 보니 미타심 보살이 방바닥에 흰 종이를 펴 놓고 이름을 길게 써 내려가고 있었다. 영가천도일이 이틀 뒤로 다가와서 마음이 분주하다고 했다. 미타심 보살은 마침 그녀가 나타나서 가르쳐 줄 수 있게 되어 다행이라는 얼굴로 설명을 늘어놓았다.

"영가는 죽은 사람의 넋이고, 천도란 그 넋을 극락으로 인도하는 거예요. 산 사람들이 재를 올려서 죽은 사람을 극락왕생하게 도와주는 거지요."

흰 종이 위에 나란히 적힌 이름들은 마치 줄을 맞춰 늘어선 묘비 같았다. 이름이 세 글자가 되지 못하여 박 씨 김 씨 하는 식으로 짤막하게 기우뚱거리는 묘비도 있었다. 미타심 보살이 그녀를 힐끗 쳐다보며 말했다.

"보살도 이름 하나 올릴래요?"

그녀는 미타심 보살을 물끄러미 쳐다보았다. 그러다가 미타심 보살의 말뜻을 알아채고는 말없이 마당 쪽으로 고개를 돌렸다. 미타심 보살은 그녀에게서 시선을 거두고 다시 흰 종이를 내려다보고 있었지만 붓을 든 손을 멈춘 채 가만히 있는 것이 그녀의 대답을 포기하지 않은 것 같았다. 마루 아래에서는 개 세 마리가 달그락거리며 밥그릇을 핥고 있었다. 법당 마당을 질러서 요사채로 오고 있는 남자의 모습이 부옇게 보였다. 그녀는 시야가 흐릴 때의 버릇대로 안경을 올리려다가 빈 콧등 위에서 허전해진 손을 다시 반지 쪽으로 가져갔다. 그런 다음 그대로 가만히 앉아만 있었다. 이윽고 그녀가 그의 이름을 불러 주자 미타심은 특별 대우라는 듯이 차례를 어기고 흰 종이에 그 이름을 먼저 써넣었다.

남자의 슬리퍼 소리가 더욱 가까워지기 전에 그녀는 일어나서 부엌 곁방으로 건너갔다. 남자는 꽤 늦게까지 요사채에 머물러 있는 모양이었다. 아마 아홉 시 오 분 전까지 있었을 것이다. 다른 때처럼 큰 소리로 여자 탤런트에 대한 유치한 평판을 지껄여 대지는 않았다. 선방으로 되돌아가는 슬리퍼 소리도 질질 끄는 것은 다른 날과 마찬가지였지만 어딘가 풀이 죽어 있는 듯싶었다.

스님의 독경 소리가 산사의 새벽을 깨우고 있었다. 스님이 안 계신 동안 미타심이 대신 올리던 예불 때는 들을 수 없었던 맑은 소리였다. 미타심은 오랜만에 늦잠을 자는지 그날 예불에는 스님과 그녀 둘뿐이었다. 그녀는 예불을 마치고 스님을 뒤따라 법당을 나왔다. 댐에서 안개가 올라와 대웅전 마당이 자욱했다. 장삼을 벗어 접으면서 스님이 그녀에게 말을 건넸다.

"내가 보살한테 줄 법명을 하나 생각해 봤는데……"

스님은 안개로 덮인 낮은 산들을 먼눈으로 내려다보며 말을 이었다.

"보림이라고 달마 스님이 수도를 했던 산이 있어요. 거기서 따온 건데 '보림월'이 어때요. 불가에서 달은 지혜를 뜻하거든."

"……"

"달마 스님은 구 년 동안 벽을 쳐다보고 지냈어요. 번뇌가 들어올 수 없도록 마음을 집중시켜 벽처럼 되려고 그랬답니다. 인연과 망상을 그치고 자기의 심신을 잊어버리면 맑고 깨끗한 자신의 본래 마음이 보이는 것이고 그게 바로 안심(安心)이라는 것이지요. 보살님도 이제 지나간 인연을 잊어버리고 바깥의 번뇌가 들어오지 못하도록 마음을 장벽처럼 만들어 보세요."

미타심 보살이 그녀의 법명을 지어 달라고 부탁했다며 스님은 이렇게 덧붙였다. 이곳에 온 지도 꽤 여러 날 되었고 당장은 떠날 생각이 없는 것 같다고 하던데, 아마 이름도 없이 같이 지내기가 불편했던 모양이에요.

스님이 수선당 쪽으로 내려간 뒤에 그녀는 요사채의 수돗가로 갔다. 양은 대야에 물을 쏟아붓고 나서 그녀는 습관대로 먼저 안경을 벗으려고 했다. 차가운 물로 얼굴을 씻었고 일어나서 마당 쪽을 보니 걷혀 가고 있는 안개 속에서 세 마리의 개가 이리저리 뛰어다니고 있었다. 가운데에 있는 하얀 개와 그 주위를 둘러싸고 장난을 치는 수컷들이 실눈을 떠야만 분간이 되었다.

아침상을 물리면서 미타심 보살은 남자에게 장을 좀 봐다 줄 수 있냐고 물어봤다. 오후에 신도들이 올라와서 일을 돕겠지만 미타심 보살은 늑장을 피우는 그들을 영 믿지 못하겠다는 눈치였다. 천도재에는 명부 사자에게 음식을 대접해야 하므로 음식 장만에 소홀해서는 안 된다는 말을 어젯밤 그녀에게도 했었다. 남자는 무엇 때문인지 다른 날 같지 않게 퉁명스러웠다. 내일은 사람들이 몰릴 텐데, 그럼 법당 마당에 깔아 놓은 자재하고 연장들 다 치워야 할 거 아녜요, 시간 없어요. 그러나 그녀가 안경을 맞추기 위해서는 읍내에 내려가야만 하는데 그 방법은 자동차를 이용하는 것뿐이고, 또 이곳에 자동차라고는 주지 스님의 승용차와 남자의 픽업트럭뿐인데 주지 스님에게 데려다 달라고 할 수는 없는 노릇이라는 사실을 알자 남자의 태도는 대번에 달라졌다. 영동 장이 오늘 아닌가? 까짓 거 영동까지 갔다 와 버릴까요, 하면서 적극적이 되었던 것이다.

그녀가 미타심 보살에게 사야 할 물건의 목록이 적힌 쪽지를 건네받고 조수석에 올라타자 남자의 픽업트럭은 기세 좋게 출발했다. 댐 근처를 지나갈 때 남자는 휘이익, 하고는 전에 몇 번 들은 적이 있는 길고 천박한 휘파람까지 불었다. 그러면서 곁눈으로 그녀를 슬쩍 쳐다보았지만 그녀는 아무 생각도 하고 있지 않았다.

미타심 보살이 조바심을 낸 것에 비해 사야 할 물건은 몇 가지 되지 않았다. 그녀는 안경을 먼저 맞추려고 했지만 안경점을 쉽게 찾을 수 없어서 장을 먼저 보았다. 그리고 남자의 도움으로 시장 근처에서 안경점을 하나 찾아냈다. 그러나 거기에서 안경을 맞추지는 못했다. 읍내를 반 바퀴쯤 돈 뒤에야 신용카드를 쓸 수 있는 안경점을 찾을 수 있었다. 안경집 주인은 그녀가 자신이 권해 주는 첫 번째 테로 쉽게 결정해 버리는 것을 보고는 더 비싸게 불러도 될 뻔했다고 후회하는 모양이었다. 정말 싸게 하시는 겁니다, 라는 말을 몇 번이나 되풀이하면서 아쉬움을 표시했다. 시력검사를 한 다음 주인은 한 시간 후에 찾으러 오라고 말했다. 자기네 같은 최신 설비나 되니까 이렇게 빨리 찾을 수 있는 거라고 생색을 낸 다음 주인은 그녀가 외지 사람이기 때문이라며 먼저 계산을 해 달라고 요구했다. 안경값을 지불하기 위해 그녀는 신용카드가 들어 있는 지갑을 꺼냈다.

명함 넣는 빽빽한 칸 속에 들어 있어서 신용카드는 잘 빠지지 않았다. 그녀가 힘주어 카드를 빼내자 그 뒤에 들어 있던 사진 한 장이 같이 딸려 나왔다. 카드를 주인에게 준 다음 그녀는 유리 진열대 위에 떨어진 그 사진을 집어 도로 지갑 속에 넣었다. 주인은 신용카드를 꼼꼼히 들여다보고 있었다. 아, 골드 카드네요? 주인은 새삼 그녀를 위아래로 훑어보았다. 비씨카드에다, 또, 제일은행 거고. 그녀는 뒤쪽으로 몇 걸음 떨어져 서 있던 남자가 주인의 말을 들으려고 가까이 다가오는 소리를 들었다. 주인은 계속해서, 에, 98년까지이고, 이름이 박…… 하더니 다음 영문을 읽는 데 자신이 없는지 거기서 멈추고 카드를 신용 확인기 안에 집어넣었다. 매출 전표를 찍기 전에 남자는 한 번 더 다짐을 두었다. 이 카드, 본인 것 틀림없지요?

주인은 서너 마디 말을 했을 뿐이었다. 그러나 그 말은 그녀에게 구체적인 자신의 모습, 그 편린을 환기시켜 주었다. 즉 그녀가 삼 년 전에 친구의 권유로 친구의 남편이 다니는 은행에서 이 신용카드를 만들었고 친구 남편이 실적을 올려 줘서 고맙다는 뜻으로 서류를 잘 꾸며 주는 바람에 골드 카드를 쓰게 되었다, 는. 그녀는 남작한 신용카드 속에 숫자와 기호로 들어 있다가 안경집 주인의 말에 의해 모양을 갖추고 살아나서 눈앞에 등장한 자기의 모습이 낯설었다. 그러나 그녀의 이름은 박 아무개였다. 설령 보림월로 불린다고 해도 이름이 아예 바뀌는 것은 아닐 것이다.

남자는 그녀의 바로 옆에 다가와 있었다.

"성이 박이요?"

라고 말하며 남자가 그녀의 어깨 위로 손을 올려놓자 구부리고 앉아서 렌즈를 꺼내던 주인 남자는 호기심을 이기지 못하고 유리 장식장 아래에서 고개를 비죽이 쳐들었다.

"저런 카드도 갖고 있고, 정말 가구점에 다녔어요?"

남자의 말에 그녀는 아무 대꾸 없이 남자를 빤히 쳐다보았다. 남자는 여자가 지금 자기를 난생처음 보는 사람을 쳐다보듯이 아무 생각 없이 보고 있다는 것을 깨달은 듯했다. 여전히 손톱 밑이 새까만 울퉁불퉁한 손을 그녀의 어깨 위에서 스르르 내리더니, 씨팔, 잘 나갔던 모양이구면, 하고 혼잣말을 내뱉고는 안경집의 유리문을 열고 나가 버렸다. 픽업트럭의 시동을 걸고 기다리던 남자는 그녀가 올라타자마자 거칠게 차를 몰기 시작했다.

천변의 공터에는 차들이 길게 늘어서 있었다. 아마 낮 동안 주차장으로 사용하는 모양이었다. 남자는 버드나무 가지가 드리워진 그늘을 골라서 그곳에 차를 세웠다.

"한 시간 뒤라고 했죠? 나는 그때까지 한숨 잘 거요."

남자의 말을 듣고 두리번거려 보니 옆에 세워져 있는 차 안에서도 자고 있는 사람들이 눈에 띄었다. 대부분 트럭 운전사들이었다. 남자가 차창을 연 다음 등을 기대고 눈을 감아 버렸으므로 그녀는 반대 의견을 말할 기회도 없었다. 다른 좋은 생각이 있는 것도 아니었다. 얼마 안 가 남자는 코를 골기 시작했다. 입김을 내뿜을 때마다 입안에 고여 있던 심한 냄새가 차 안으로 퍼지며 그녀의 콧속을 괴롭혔다. 남자는 입가에 흘린 단침 위에 파리가 세 마리나 앉은 것도 모르고 잠을 잤다. 남자의 입가에 커다란 점처럼 붙어 있는 파리들은 더 이상 나은 곳은 찾을 수 없을 거라고 확신하는지 봄날 양지쪽에 몰려 앉은 꼬마들처럼 꼼짝도 하지 않았다.

더운 날이었다. 물가라고는 해도 시멘트 바닥에 내리쬐는 한낮 햇볕이 따가웠다. 달구어진 바닥에서 뜨거운 기운이 끼쳐 왔다. 그나마 차를 나무 아래 세웠기 때문에 그녀는 남자가 잠든 옆에서 그 시간을 견딜 수 있었다. 물 가까운 곳에 팬티만 입고 슬리퍼를 신은 아이들의 노는 소리, 그리고 멀리서 다리를 지나가는 차 소리가 들릴 뿐 조용하고 나른했다.

— 바깥의 번뇌가 들어오지 못하도록 마음을 장벽처럼 만들어보세요.

스님의 말이 떠오르기도 했고 이어서 친구의 얼굴도 떠올랐다. 결혼식 날짜가 지났을 텐데 잘 치렀을까. 현실을 견딜 수 없다며 군대로 떠났던 남자 친구는 제대를 하고 돌아오자 한동안 발목까지 올라오는 농구화만 신고 다녔다. 군화에 너무 익숙해졌나 봐. 그냥 단화를 신으면 꼭 넘어질 것 같아. 군대가 나를 많이 바꿔 놓았어. 하지만 몇 달이 지나지 않아 남자 친구는 다시 단화를 신었고 게을러졌으며 여전히 현실에 울분을 터뜨렸다. 그 남자 친구가 그렇게나 혐오하던 군사정권도 끝이 났으니 지금은 더 이상 그런 말을 하지 않을까. 알 수 없다. 팔 년 전부터 그 남자 친구의 소식은 들은 적이 없으니까.

그녀는 잠이 오는 듯도 싶었다. 남자의 코 고는 소리가 일정했다. 그녀는 잠깐 남자에 대해서 생각을 했다. 아무 관련 없이 미타심 보살의 말도 떠올랐다.

— 달을 보았으면 손가락을 잊어버리고 지붕 위에 올랐으면 사다리를 잊어버리고 개울을 건넜으면 징검다리를 돌아보지 않으며…… 이게 다 깨달음을 얻었으면 그것을 표현하는 말에 집착하지 말라는 뜻이에요.

그럼 남자는 사다리였을까. 세 번째를 향해 놓인 사다리. 그리하여 이제 그녀가 세 번째 남자라는 지붕에 오르면 사랑하고 안 하고의 분별 없이 사랑을 하게 되는 걸까.

정신이 가물가물해지면서 그녀는 어린 시절의 기억도 떠올랐다. 잠으로 떨어지기 전까지 그녀는 곧잘 어린 시절의 온갖 기억 속으로 이리저리 끌려다니곤 했던 것이다. 지금 그녀를 끌고 가는 것은 어린이 잡지를 읽던 마루였다. 그녀는 '믿거나 말거나'라는 페이지를 읽고 있다. 어린이 여러분, 아프리카의 어떤 원시인들은 숫자를 둘까지밖에 세지 못한대요. 하나, 둘…… 그다음부터는 어떻게 세는지 아세요? '많다'예요. 셋 이상은 무조건 많다고 하는 거래요. 셋부터는 다 똑같다고 생각하나 봐요. 재미있죠? 믿거나 말거나, 그것은 여러분의 마음에 달려 있지만 말예요.

한참을 자고 일어난 남자의 눈은 빨갛게 충혈돼 있었다. 더위에 벌겋게 익고 땀과 기름기로 번들거리는 얼굴을 손바닥으로 아무렇게나 문지른 다음 남자는 옆에서 잠들어 있는 그녀를 흔들었다.

그들이 영추사에 돌아갈 무렵에는 해가 꽤 기울어 있었다. 남자는 별로 말을 하지 않았다. 삼거리와 영추사의 중간쯤에 가게가 하나 있었다. 그 가게 앞에 차를 세우더니, 목 타는데 콜라 좀 사 와요, 라고 말할 때와 절에 거의 가까이 오자 길이 구부러지는 곳에서 갑자기 급브레이크를 밟아 그녀의 몸을 자기 쪽으로 쏠리게 한 다음, 놀랐어요? 라고 말할 때, 그 두 번 정도 입을 열었을 뿐이었다.

부엌 곁방에서 그녀는 일찍 잠들었다. 그러나 한밤중에 악몽을 꾸고 깨어난 그녀는 누군가 방문을 긁어 대는 소리를 들었다. 한참 듣고 있으려니 밤나방이 얇은 종이 문에 날개를 부비고 있는 소리였다. 나방은 밤새도록 그녀의 방문 밖에서 흐느끼듯 날개를 떨었다. 그녀는 다시 잠을 이룰 수가 없었다.

새벽에 그녀는 지갑의 명함 넣는 칸에 들어 있던 사진을 꺼내 태웠다. 그녀가 사진에 불을 긋자 피어오르는 불꽃에 그의 얼굴이 일그러지기 시작했다. 짜증을 내듯이 일그러지던 그의 얼굴은 그녀의 손끝에서 천천히 녹아 없어졌다. 그녀는 그의 얼굴이 녹아드는 것을 끝까지 보지는 못했다. 손가락이 뜨거워서 반쯤 탔을 때 떨어뜨려 버렸던 것이다.

영가천도재 날의 검은 재

법당 안은 발 디딜 틈도 없었다. 분위기도 다른 날과는 사뭇 달랐다. 본존불 옆에 앉은 관세음보살과 지장보살의 얼굴이 굳어 있었다. 불보살을 모신 상단뿐 아니었다. 좌우에 신중단과 영단이 다 긴장에 싸여 있었다. 천장의 용과 극락조, 아름다운 연꽃과 길상을 상징하는 갖가지 무늬들도 마치 긴한 볼일이 있어서 살아난 것처럼 보였다.

천도재는 삼귀의(三歸依)로 시작되었다. 귀의불 양족존 귀의법 이욕존 귀의승 중중존…… 신도들이 침통하게 따라 외었다. 재를 여는 취지를 밝히는 스님의 목소리. 그리고 명부 사자를 맞이하기 위한 분향과 사자를 초청하여 축원하고 공양하는 순서가 이어졌다. 그 다음이 오늘 극락으로 가기를 원하는 외로운 넋들을 부를 차례였다.

흰 종이 위에 적혀 있던 이름이 하나씩 불리기 시작했다. 영가의 이름이 불릴 때마다 그 이름을 올린 사람들이 일어나 절을 올렸으며 그중 몇몇은 불단 옆에 놓인 함에 종이돈을 집어넣기도 했다. 죽은 넋들이 산 자의 불공으로 극락에 한 걸음 다가가는 시간이 숨막히게 지나가고 있었다. 절을 올리면서 우는 사람들도 많았다. 그녀의 옆에 앉아 있던 흰 블라우스를 입은 젊은 여자는 유난히 섧게 울었다. 절을 올릴 때는 물론이고 제자리로 돌아와 다시 무릎을 꿇고 앉아서도 여전히 눈물을 멈추지 못하고 흐느꼈다. 그 여자의 어깨가 들먹이는 것을 가만히 보고 있던 그녀의 귀에 갑자기 낯익은 이름이 들려왔다. 그녀의 얼굴에는 핏기가 가셨다. 반소매 밑에 드러난 팔에는 온통 소름이 비늘처럼 돋아나 있었다.

그녀는 눈을 들어 검은 묘비가 빽빽이 서 있는 흰 종이를 보았다. 너무 작아서 글씨는 잘 보이지 않았다. 그의 이름은 거기 어딘가에 죽은 이들의 옆에 나란히 누워 있을 것이다. 절을 올린 다음 그녀는 넷째손가락에서 반지를 빼 함 속에 넣었다. 자리로 돌아오자 그녀는 옆에 앉은 젊은 여자와 똑같이 어깨를 떨었다.

수아차법식, 하이아란찬, 기장함포만, 업화돈청량……

나의 이 법식을 받으면 어찌 해탈식과 다르리오.
주린 배는 다 부르며 업의 불길은 일시에 청량하리다.
탐욕과 어리석음을 한꺼번에 버리고 항상 불법 앞에 귀의하여 생각 생각이 보리심이면 곳곳이 극락세계이리라.

축원하는 자들은 마지막으로 독경 소리 속에 참회와 서원을
했다.

'중생무변서원도, 번뇌무진서원단……'
그녀는 네 가지를 다 다 외우지 못했기 때문에 두 번째 서원
만 되풀이했다. 끝없는 번뇌를 끊으오리다. 끝없는 번뇌를 끊으오
리다.

스님이 독경을 외며 법당을 나가자 신도들이 열을 지어 뒤를
따랐다. 두 손을 합장하고 둥근 원을 만들며 오른쪽으로 도는 동안
그녀와 젊은 여자는 서로를 의지하듯 꼭 붙어서 슬픔을 나누었다.
종이 타는 냄새가 나며 독경 소리가 높아졌다. 스님의 손끝에서 흰
종이가 불에 타고 있었다. 죽은 이들의 이름이 적힌 종이에서 불꽃
이 너울거리면서 사방으로 검은 재가 흩어졌다. 그리고 한가운데에
서 희미한 연기가 솟더니 하늘로 올라갔다. 극락으로 가는 것이었
다. 그도 극락으로 갔을 것이다. 사랑을 맹세한 영추사가 물에 잠겨
버려 지금까지 그의 넋은 구천을 떠돌았다. 이제 오래된 반지를 노
자 삼아 극락으로 떠났다, 그는. 그러나 그녀가 보내는 것은 그가 아
니었다. 천상의 약속을 천상으로 돌려보내는 것이었다. 사랑이란
천상의 약속일 뿐이다. 그녀의 머리와 어깨에 검은 재가 와서 앉았
다. 그 밤 수문 앞에서 안개에 둘러싸일 때처럼 그녀는 무언가가 자
기의 어깨를 다정하게 안아 주는 것을 느꼈다.

작별 인사를 하기가 싫다면 지금처럼 요사채가 안팎으로 북적

거릴 때 떠나는 편이 나았다. 신도들의 점심을 차리느라고 두 보살
은 정신이 하나도 없었다. 그녀는 뒷마당으로 빠져서 일주문으로
나갈 생각이었다. 그러나 뒷마당 끝에 거의 다 가서 그녀는 불현듯
방 앞으로 되돌아왔다. 그리고 새벽에 그의 사진을 불태웠던 자리
를 찾아보았다. 그 자리에는 아주 보잘것없는 검은 재가 조금 흩어
져 있을 뿐 아무것도 없었다. 그녀는 쉽게 일어섰다. 뒷마당 문을 열
고 나가려던 그녀는 문 옆에 하얀 개가 서 있는 것을 보았다. 그녀가
쳐다보자 하얀 개는 경계하며 뒤로 한 걸음 물러났다. 누런 털 한 가
닥 없이 새하얀 개의 등 위에 검은 재가 몇 개 올라앉아 있었다. 그
녀는 마당 안쪽으로 눈을 돌렸다. 그녀의 짐작대로 벌써 마당 귀퉁
이에서 수컷들이 이쪽을 향해 뛰어오는 게 보였다.

흐린 날

서울이 가까워 오자 에프엠 방송이 또렷이 잡혔다.
　— 구름이 잔뜩 낀 날씨인데요. 이렇게 흐린 날 듣기 좋은 음악
으로 골라 봤습니다.
　그녀는 음악을 거의 듣고 있지 않았다. 구름에 대해 생각하기
시작했다.
　얼마 전에 그녀는 신문을 읽고 있었다. 그런 구절을 읽은 기억
이 났다. '기상청은 한랭전선이 지나갈 때 대기가 불안정해지면서
구름 두께가 평시보다 두 배 이상 두꺼운 십 킬로미터 정도 되는 경
우가 있으며……'
　평시보다 두 배 이상 두꺼운 십 킬로미터. 그렇다면 보통 때에

도 구름 두께는 오 킬로미터나 된다는 말이다. 머리 위에 늘 오 킬로미터나 되는 구름이 싸여 있어 보지 못했던 것일까. 타인 속의 허상을.

'사랑이 식었다고 생각했었지.'

그녀는 가볍게 웃었다.

'그것은 사랑의 본색일 뿐인데.'

서울로 들어오기 전 마지막 휴게소에서 그녀는 국수를 사 먹었다. 문득 생각이 나서 핸드백 안주머니에 들어 있던 호출기를 꺼내고 그동안 빼놓았던 전지를 다시 끼웠다. 국수를 먹은 뒤 자판기에서 커피를 한 잔 뽑아 드는데 기다렸다는 듯이 호출기가 울어 댔다. 커피를 천천히 마시고 나서 그녀는 전화를 걸었다.

"너 지금 어디야? 정말 그럴 수 있는 거야? 대체 어떻게 된 거냐구?"

그는 쉴 새 없이 질문을 퍼부었다. 내가 이놈의 삐삐를 하루에 몇 번씩 친 줄 알아? 전화는 또 그게 뭐냐? 전화를 했으면 있는 데나 말을 해 줄 것이지 그렇게 끊어 버리면 어떡해? 그러고는 다급하게 말을 이었다.

"아무튼 만나서 얘기하자. 지금 어디야?"

"……"

"별일 없는 거지?"

"……"

"일곱 시에 기다릴게. 거기 알지?"

그녀는 어린 시절 어린이 잡지에서 읽은 아프리카 사람들의 숫자 세는 방식에 대해 생각하고 있었다. 하나, 둘…… 그다음부터는 무조건 '많다'예요. 셋부터는 다 똑같다고 생각하나 봐요. 믿거나 말거나, 여러분 마음에 달려 있지만 말예요.

그녀는 믿는 쪽으로 마음을 정했다. 셋부터는 다 똑같다. 그도 세 번째 남자 중의 하나가 되지 말란 법은 없다. 그 생각을 하느라고 잠시 대답이 늦어졌던 것뿐이었으므로 그녀는 천천히 입을 뗐다.

"……알고 있어."

"그래, 그럼 이따 봐."

공중전화 부스에서 나온 그녀는 서울 쪽을 바라보았다. 이제부터 그녀가 진입해 들어갈 도시의 하늘에는 구름이 잔뜩 끼어 있었다. 거기에서 그녀는 세 번째 남자들을 만날 것이다. 그리고 그녀가 첫 번째로 만나는 '세 번째 남자'는 아마 지금 손목시계를 힐끗 본 다음 머리카락을 한 번 쓸어넘기고 나서 다시 책상 위의 펜을 집어 들고 있을 것이다. 그녀는 그라는 타인에 대해 그 정도는 알고 있었다.

─《문예중앙》 19권 4호, 1996년 겨울;
은희경, 『타인에게 말 걸기』(문학동네, 1996, 2023)

박서원(1960~2012)

　박서원은 1960년 서울에서 태어났다. 1989년《문학정신》에
「학대증」외 일곱 편을 발표하며 본격적인 활동을 시작했고, 총 다
섯 권의 시집과 두 권의 산문집을 출간했다. 시집으로는『아무도 없
어요』(1990),『난간 위의 고양이』(1995),『이 완벽한 세계』(1997),
『내 기억 속의 빈 마음으로 사랑하는 당신』(1998),『모두 깨어 있
는 밤』(2002)이 있고, 산문집으로는『천년의 겨울을 건너온 여자』
(1998)와『백년의 시간 속에 갇힌 여자』(2001)가 있다. 2017년에 첫
시집인『아무도 없어요』가 개정·복간되었고, 2018년에『박서원 시
전집』이 출간되었다.

　박서원의 시는 폭로에 가까운 자전적 고백으로 주목받았다. 박
서원 시의 언어는 무의식과 환상의 영역에서 발화된다는 특성을 보
인다. 자유연상, 그로테스크한 이미지, 히스테리적 언어 등 분열적
이고 해체적인 시적 발화를 통해 개인에게 억압을 가하는 남성 중
심적 체제를 고발하고 위반하는 상상력을 보여 준다고 평가된다.
박서원의 시는 체제로부터 소외된 타자의 비극성을 고백하는 데 머
무르지 않고 폭발하는 언어를 통해 상징 질서를 전복하는 자리에
서 고유의 정체성을 탐색하고자 한 데 의미가 있다. 박서원의 대표
작 중 하나인 「난간 위의 고양이」에서 '난간'이라는 경계 위에 서 있
는 '고양이'처럼, 그의 시는 세계에 동화되는 대신 경계 위 주체가

되어 예민한 감각으로 경계 안의 질서를 위반하고 전복하며 자신의
정체성을 찾고자 한다. "난간에 섰을 때"만 가질 수 있는 "가장 위대
한 힘"을 위하여 "거듭나야 하는 괴로움"을 온몸으로 맞닥뜨리고 이
를 날것의 언어로 표출했다는 점이 박서원 시의 개성과 가치라고
말할 수 있다.

　여성적 글쓰기에 대한 다양한 실험과 도전이 이루어진 1990년
대 시사詩史에서도 박서원의 시는 독특한 자리를 차지한다. 기성의
언어적 관습과 질서에 따르지 않고 내면에서 분출하는 자신만의 언
어를 선보였다는 점에서 박서원의 시는 여성적 글쓰기의 영역을 확
장시켰다고 평가받는다.

　　　　　　　　　　　　　　　　　　　　　　　　　백선율

엄마, 애비없는 아이를 낳고 싶어

엄마, 애비없는 아이를 낳고 싶어
가로등 밑으로 머리숱 많은 여자가 지나가고
하얀 자동차 세워진 도로에서
엄마, 애비없는 아이를 낳고 싶어
모든 게 진실하기만 하다면 얼마나 욕되겠어
싸울 게 없는 일방통행인 우리는 얼마나 불행하겠어 때로는 가
식이 필요해
엄마, 아직 이른 새벽에 부슬비 오는데
이빨을 갈며 불온한 서적을 태우고 바로 당신이었던 육체에 세
계를 심겠어 아이를 낳겠어 술을 마시면 더욱 맑아지는 정신으로
나만의 몫이었던 죄와 폭발만 살찌는 불바다에서 두 눈을 부릅뜨고
애비없는 아이 하나 낳겠어
은구슬 금구슬 꽃따라 철따라 피어나는 백모란 밤마다 꿈마다
피어나는 가시밭
흥분한 채로 겨울의 찬공기 달려가며

등에 난 내 혹을 키우겠어

검은 비옷을 입고 소름을 키우며

모든 걸 부정하며 그토록 충실하려 드는 세계 악마의 휘발유

아아 살해하면서

애비없는 아이 하나 낳겠어

천 갈래의 길을 묶어

비참할수록 평온한 일생의 아이

엄마, 비틀거리는 강산 비틀거리는 조국 방방곡곡 팔 다리가

가느다란 사람들

청천벽력 종려나무 참나무 아래

엄마, 애비없는 아이를 낳고 싶어 모욕을 받고 싶어 만일 모욕

이 없다면 우리의 나날은 얼마나 지루하겠어 때로는 잃어버린 고통

을 찾아 나서야 해

엄마, 아직 깊은 겨울 눈은 내리는데

한 계절 동안 핼쑥했던 얼굴을 벽에다 짓이기며

바로 당신이었던 세계에 경멸을 심겠어 아이를 낳겠어 엄마,

은방울 금방울 아직은 순결한 종소리 용기와 열정이 빨아먹을수록

말라가는 하늘 아래 망가진 인형을 꿰매며

어두워지면 한껏 타오르는 난로에 양은 주전자 가득 물을 끓

이고 마약보다 화려하게 가랑이를 벌리고 악을 쓰며 애비없는 아이

하나 낳아 보이겠어

저녁 정거장에 쭈그리고 앉아 하염없이 껌을 씹던 나의 그리운

형제 곱지 않은 피부, 등에 짐을 지고 떠나는 사람들 두고두고

살껍질을 벗기고 뼈를 갈구며

병든 밭을 일구는
커다랗게 커다랗게 탄생하는 붉은 혀의 아이를

　　　　　　　　— 박서원, 『아무도 없어요』(열음사, 1990)

마리아가 목수의 아들 예수에게 주는 메시지

主주여
主주여
主주여
主주여
主주여
主주여
主주여
主주여
主주여
主주여
主주여
主주여
씹새끼

노란 위액을 흘리며 공이 날아온다 골고다 아기무덤이 먼저 골

대에 골인한다 총을 멘 병사가 골대를 난사한다 철조망에 멍울꽃이
부서진 어린 유골들의 축제로 매음녀 막달레나로 살아난다 골대가
부활한다 붉은 노을이 살아난 막달레나를 가마니처럼 뒤덮는다 총
을 든 병사는 숫자가 늘어난다 동네방네 TV, 신문에선 두더지잡기
로 입맛을 다시는데 이런, 입맛이 가셔야 입맛을 알지 외로움으로
막달레나는 붉은 노을을 뒤집고 불끈 일어선다. 한번 튄 공은 여전
히 튀지 主주여 씹새끼 막달레나는 혀도 없다 胃위도 없다 불면증으
로 가려워 미치겠어. 도졌나봐. 도졌나봐. 정신병원은 철조망이 없
는 유일한 곳이야. 피부병이 생겨도 그만. 그만. 진짜 암흑이 없는
유일한 곳이야. 두더지도 없지. 독방에서 불이 나도 그만. 그만. 막
달레나는 자신을 느낀다 고독이여 영원하라 총을 든 병사는 총을
버리고 골대가 살아난다 골대는 어린 유골을 가지고 바이올린을 켠
다 막달레나는 달려간다.

　　　主주여主주여
　　　主주여主주여
　　　主주여主주여
　　　씹새끼

　　　　목소리가 들린다
　　　　　내 아들아, 치마폭에 휘감기어라
　　　　　　곤혹스러운 횃불이 북두칠성이 될 때
　　　　　　　에미는 창녀가 된 기쁨을 누리리니

主주여

씹새끼　　사탄 : 옳소

　　　　　천사 : 옳소

이제까지 여기 한 말은 없었던 걸로 합시다.

　　　　　사탄 : 옳소

　　　　　천사 : ·····················

　　　　　　　　　　　— 박서원,『난간 위의 고양이』(세계사, 1995)

(원주) 막달레나는 예수의 제자인 동시에 여자 친구였으며 과거
엔 창녀였고 예수의 부활 후 첫 모습을 본 절대적인 신앙인이었
다. 그녀는 가장 천한 신분의 여자였지만 믿음으로 가장 아름다
운 인간이었으며 성모 마리아의 저주받은 몫을 성경 속에서 은
유와 상징으로 대속하여 살아 움직이는 인물로 느껴졌다.

최영미(崔泳美·1961~)

최영미는 1961년 서울에서 태어나 선일여자고등학교를 거쳐 서울대학교 서양사학과와 홍익대학교 대학원 미술사학과를 졸업했다. 대학 시절 학내 민주화 시위에 참여했다가 무기정학을 당했다. 1980년대 말 소비에트 정권의 붕괴를 체험하며 거대 담론과 이데올로기에 회의를 품게 되었다. 1992년《창작과비평》겨울호에「속초에서」등 여덟 편의 시를 발표하며 작품 활동을 시작했다. 1994년 첫 시집『서른, 잔치는 끝났다』를 출간해 문단의 주목을 받았고 한국 사회에도 큰 반향을 일으켰다. '시로 쓴 1980년대의 후일담'이라고 부를 만한 최영미의 첫 시집에는 1980년대 현실에 대한 전면적이고 충격적인 고발이 풍자적인 언어로 담겨 있다. 그 밖에도 시집으로『꿈의 페달을 밟고』(1998),『돼지들에게』(2005),『도착하지 않은 삶』(2009),『이미 뜨거운 것들』(2013),『다시 오지 않는 것들』(2019),『공항철도』(2021),『아름다움을 버리고 돌아와 나는 울었다』(2024) 등이 있다. 장편소설『흉터와 무늬』(2005), 자전 소설『청동정원』(2014) 등과『시대의 우울』(1997)을 비롯한 여러 권의 산문집을 출간했다.

첫 시집『서른, 잔치는 끝났다』가 평단과 대중의 주목을 한 몸에 받으며 베스트셀러가 되는 바람에 최영미의 시는 오히려 충분히 평가되지 못한 면이 있다. 1990년대 문학의 포문을 열었던 이 시집에서 최영미는 변화한 시대의 정서를 부정과 환멸과 해체의 사유로 드러낸다. 이후 최영미의 풍자는 『돼지들에게』에서 다시 빛을 발해 한국 사회와 문단과 자본을 향한 고발로 많은 논란과 풍문을 낳았다. 2006년 "한국 사회의 위선과 허위, 안일의 급소"를 날카롭게 고발한 시집이라는 평을 받으며 이수문학상을 수상했다.

여성문학사에서 최영미는 1990년대 여성 시의 한 획을 그은 시인으로 평가받는다. 1980년대 운동권 세대와 진보 진영에 대해 자기 반성적 후일담의 시로 써 내려간 첫 시집은 지난 시대에 대한 환멸과 부정의 시선으로 1980년대와 결별하고 1990년대의 해체적 사유를 연 상징적인 의미를 지닌다. 첫 시집의 표제시 「서른, 잔치는 끝났다」는 우리가 통과해 온 1980년대가 낮은 목소리로 부르던 사랑 노래마저 허용하지 않던 시대임을 보여 주면서 동시에 "잔치는 끝"나고 시대는 바뀌었지만 "여기 홀로 누군가 마지막까지 남아" "그 모든 걸 기억해 내며/ 뜨거운 눈물 흘리리란 걸", 그리고 그러한 애도가 바로 시인의 목소리라는 걸 전한다. 2017년 《황해문화》 겨울호에 「괴물」을 발표해 고은 시인의 성추행을 폭로하며 페미니즘 리부트 시대의 상징적인 인물이 되었다.

이경수

서른, 잔치는 끝났다

물론 나는 알고 있다
내가 운동보다도 운동가를
술보다도 술 마시는 분위기를 더 좋아했다는 걸
그리고 외로울 땐 동지여!로 시작하는 투쟁가가 아니라
낮은 목소리로 사랑노래를 즐겼다는 걸
그러나 대체 무슨 상관이란 말인가

잔치는 끝났다
술 떨어지고, 사람들은 하나 둘 지갑을 챙기고 마침내 그도 갔
지만
마지막 셈을 마치고 제각기 신발을 찾아 신고 떠났지만
어렴풋이 나는 알고 있다
여기 홀로 누군가 마지막까지 남아
주인 대신 상을 치우고
그 모든 걸 기억해내며 뜨거운 눈물 흘리리란 걸

그가 부르다 만 노래를 마저 고쳐 부르리란 걸
어쩌면 나는 알고 있다
누군가 그 대신 상을 차리고, 새벽이 오기 전에
다시 사람들을 불러 모으리란 걸
환하게 불 밝히고 무대를 다시 꾸미리라

그러나 대체 무슨 상관이란 말인가

— 최영미, 『서른, 잔치는 끝났다』(창작과비평사, 1994)

전경린(全鏡潾·1962~)

　전경린은 1962년 경북 함안에서 태어나 1984년에 경남대학교 독어독문학과를 졸업하고 마산 KBS 방송국에서 음악 프로그램 피디와 구성 작가로 일했다. 1990년대 초반에 두 번째 아이를 출산한 후 본격적으로 소설을 쓰기 시작했다. 본명 안애금이 아닌 전경린이라는 필명으로 투고한 「사막의 달」이 1995년《동아일보》신춘문예 중편소설 부문에 은희경의 「이중주」와 공동 당선되면서 문단에 데뷔했다. 염소 한 마리를 몰고 진정한 자기를 찾기 위해 집을 떠나는 기혼 여성을 인상적으로 그린 「염소를 모는 여자」로 1996년에 한국일보문학상을 수상했다. 이후 여성을 주인공으로 한 많은 작품을 발표하며 페미니즘이 이끌어 가는 1990년대 문단의 대표 여성 작가가 되었다. 장편소설 『아무 곳에도 없는 남자』(1997)로 문학동네 소설상을, 「천사는 여기 머문다」(2007)로 이상문학상 대상을 수상했다.

　전혜린의 이름을 본떠 지은 필명처럼 전경린은 진정한 자아를 찾기 위한 여성의 실존적 모험을 강렬하게 서사화한 작가다. 매우 아름답고 독특한 비유로 가득한 문장은 건조하다기보다 장식이 많고 뜨거워서 '여류 작가' 문체 교본을 실체화한 것처럼 보인다. 전경린의 문장은 여성 독자들의 길들여지지 않은 여성성을 깨우며 상투적인 규범과 전통으로부터 이탈해 반란을 시도하라고 부추긴다. 소설집『염소를 모는 여자』(1996),『바닷가 마지막 집』(1998) 등 초기작에서 전경린은 아버지의 감시를 내면화하며 가부장제 사회의 문화적 타자로 길들여진 여성들의 탈출과 성장을 향한 욕구를 그렸다. 변영주 감독의 영화「밀애」(2002)의 원작인『내 생에 꼭 하루뿐일 특별한 날』(1999)과『열정의 습관』(2002)은 불륜을 여성이 가부장제 사회를 내파하는 모험의 한 양상으로 그려 대중적 인기를 끌었다. 2000년대 이후에도『엄마의 집』(2007),『풀밭 위의 식사』(2010),『이마를 비추는, 발목을 물들이는』(2017),『이중 연인』(2019) 등 사랑, 성, 가족과 여성성에 대한 문제적인 작품을 꾸준히 발표했다.

　1990년대 여성문학이 이끌어간 새 시대의 목소리와 접속하면서 여성의 성적 자유와 해방을 중심에 두고 가부장적 가족 제도를 비판하는 전경린의 소설은 불온한 마녀의 서사라고 할 수 있다. 한편 신비주의적 방식으로 여성의 초월과 구원의 비전을 제시하기 때문에 페미니즘을 상품화하고 섹슈얼리티를 신비화한다는 혐의가 붙기도 했다. 그러나 전경린 소설이 보여 준 섹슈얼리티에 대한 과잉된 열정은 초남성적 아버지의 규범 아래 자란 여자아이들이 자신의 육체를 불온한 욕망의 장소로 만들어 검열하는 아버지를 살해하고 자기 해방의 틈을 열고자 하는 열망이다. 그러므로 전경린의 소설은 한국 여성의 사회적·심리적 현실에 깊이 뿌리내린 역사적인 것의 재현이라고 할 수 있다.

김은하

염소를 모는 여자

　나, 윤미소. 처음 만나는 사람들은 언제나 내 이름을 되묻곤 했었다. 미소? 입가에 제각각 나름대로 미소의 기억을 떠올리며. 미소라니…… 나는 종종 그런 생각을 했었다. 아버지는 어쩌자고, 이 심란한 생을 향해 이토록 우화적인 이름을 붙여 나를 내놓았을까? 아마도 아버지는 생이 이 이름에게 조금은 더 관대하기를 바랐던 것인지 모른다. 아니면 이 이름이 생에 대해 관대하기를 바랐을 수도 있겠다. 그것도 아니면 생이란 것의 우스꽝스러움을 일찌감치 꿰뚫어 보셨던 것일까…… 아버지의 염원 덕분인지 몰라도 어쨌든 나는 내 식대로는 관대한 편이다. 이 생에 대해, 그리고 나에 대해. 그러니 제발, 이 참을 수 없는 생도 내게 조금은 관대해 주었으면 좋겠다.

　나는 웨이트리스가 되고 싶다. 물 빠진 긴치마를 입고 어느 작은 해수욕장의 한갓진 모퉁이나 시골 국도변의 휴게소에서 스낵과 쿠키를 팔고 초콜릿과 88라이트를 팔고, 커피와 홍차와 도넛과 라면도 판다. 바다의 해안에는 희디흰 조개껍질들이 밀려와 싸르락싸르락 닳아 갈 것이고, 국도변엔 흐르는 시간처럼 차들이 빠른 속도로 지나다닐 것이다.

　나는 콧등에 검은 점이 박힌 고양이를 한 마리 키울 것이다. 고양이는 내 털실 뭉치를 헝클고 펼쳐 놓은 책장 위에 찢긴 꽃잎 같은 발자국을 내고 늦은 아침마다 내 이마를 딛고 서서 닫힌 눈꺼풀을 깔끄럽게 핥아 잠 깨울 것이다. 그리고 가끔, 냉정하게 표정을 바꾸며 돌연하게 내 손등을 할퀴고 빠져나갈 것이다. 고양이 키우기의 묘미는 거기에 있다. 가끔씩 돌연하게 주인을 할퀴고 카르릉 울며 달아나는 야생의 습성…… 어린 티를 벗으면 고양이는 필시 어둠 속으로 박차고 나가겠지. 그리고 어느 날 하루 이틀 사흘이 지나도 돌아오지 않을 것이다. 일주일이 가고 한 달이 지나도 돌아오지 않으면 나는 그 고양이를 더 이상 기다리거나 그리워하지 않고 잊을 것이다. 그리고 다른 새끼 고양이를 또 키울 것이다.

　바닷가나 국도변의 가게 울타리에는 아침마다 피어나는 나팔꽃을 심겠다. 초여름부터 늦가을까지 수많은 나팔꽃들이 아침이면 스스로 울리는 악보처럼 바람에 흔들릴 것이다. 이른 아침부터 정오까지, 정오부터 늦은 오후까지, 이른 저녁부터 자정까지…… 저녁 일곱 시부터 아침 일곱 시까지, 나는 어느 누구의 간섭도 받지 않고 의무도 지지 않을 것이다. 저녁에 스스로 불을 켜고 그리고 스스로 불을 끌 것이다. 누구에게도 감시받거나 검토당하지 않는 인생이 있을 뿐이다. 무엇을 할 것인가는 중요하지 않다. 그렇게 사는 것이 중요할 뿐, 그곳은 다만 내 생의 중립국이며 완충지대인 것이다.

　물론 나도, 한때는 좀 더 찬란한 무엇이 되어 시간보다도 더 빨리 가리라, 꿈꾼 적도 있었다. 신문이나 여성지가 나의 행보를 주시하지 않을 수 없는 빛나는 존재…… 날개라도 돋친 것처럼 훨훨 나는 자유로운 존재. 그러나 불운이 겹치고 겹치면 좌절도 깊은 잠처

417

럼 깊어진다. 비행을 꿈꾸던 깃털은 오래 쓴 빗자루처럼 망가지고 우리의 눈빛도 낡은 오버의 단추처럼 손상된다. 그런 날들이 참으로 빠르게도 흘러가서 마침내 어느 날엔가는, 찬란하던 꿈의 본질도 물 빠진 치마를 입은 웨이트리스 같은, 그렇게 엉뚱한 모습으로 남기도 하는 것이다.

남편의 꿈은 좀 역설적이다. 농담 같기도 하지만 그러나 그 속에 간절한 어떤 진심이 들어 있을지도 모를 일이다. 어쩌면 그것은 농담이면서 진심이기도 한, 상처의 이름인지도 모르겠다. 그의 꿈은 감방에 들어가 책만 읽는 것이라 한다. 그는 전에 시국사범으로 들어가 정말로 일 년 동안 책만 보고 갇혀 있었던 경험을 갖고 있는 사람이다. 그렇다 해도 비디오를 보는 게 아니라 책을 보겠다는 건 나를 어리둥절하게 한다. 그는 최근 들어 일 년에 세 권도 책을 읽지 않으니까. 그 대신 비디오는 보기 시작하면 일주일 내내 새벽 세 시네 시가 되도록 두 편 세 편씩 겹쳐서 보며 새벽까지 비디오 축제를 벌인다. 왜 그러느냐고 물으면 그는 간단하게 대답한다.

"아무것도 할 수가 없으니까."

그는 아무것도 진지하게 할 수가 없어서 잠도 자지 않고 비디오를 보고 나는 잠을 잔다. 밤에도 자고 낮에도 빈집의 의자처럼 천으로 얼굴을 덮고 잠을 잔다. 우리의 진실은 무엇일까? 인생은 우리의 꿈을 두고 텔레비전 9시 뉴스와 서점 진열대를 덮는 월간지들과 거리를 방황하는 낯모를 패션들과 함께 다른 강물로 흘러간다. 거리 한구석에서 천천히 망가져 가는 공중전화 부스들과 건전지 빠진 장난감 같은 이웃집 여자들과 함께…… 이제 우리에게 남은 진실은 강박관념과 같은 사소한 취미와 습관 들뿐이다.

남편은 비디오를 보며 맹렬하게 발바닥을 비빈다. 커다란 파리처럼 두 개의 딱딱한 발바닥에서 비비 비비 마찰 소리가 난다. 나는 잠을 잔다. 시간이 흘러나오지 않도록 눈을 꽉 감는다. 내가 원하지 않으면 시간은 흐르지 않는다. 우리는 꿈을 이루게 될까. 우린 그 꿈을 진정으로 그리워하는 것일까, 아니면 두려워하는 것일까.

꿈의 모습

아직 남편의 차가 떠나지 않고 있었다. 남편은 재떨이를 비우고 천천히 돌아오는 중이었다. 나는 베란다에서 전날 미처 걷지 못했던 빨래들을 걷어 들이며 남편을 흘깃흘깃 쳐다보았다. 재떨이를 쥔 손과 앞으로 내민 팔, 뻣뻣하게 치켜세운 등, 흔들리는 어깨……몹시 어색하고 낯설게 보이는 몸이다. 나는 그의 양말 한 짝을 든 채 슬프고 초조한 얼굴로 남편의 모습을 지켜본다. 그 살 속에 단 한 번도 닿아 본 것 같지가 않다. 한 번도 들어가 보지 못한 이방인의 집처럼. 그는 천천히 차 속에 들어가 앉고 시동을 걸고 테이프를 갈아 끼우고 옆 의자에 놓여 있던 무엇인가를 뒤 포켓에 밀어 넣고 껌을 하나 까서 입에 넣고 그러고도 잠시 그대로 앉아 있다가 드디어 차를 빼낸다. 너무나 무겁고 느려서 그가 움직이는 게 아니라 염증 난 시간이 그의 목을 끌고 가는 것 같다. 그는 좀체 떠나려 하지 않는다.

나는 양말짝을 바구니 테두리에 걸쳐 버린 채 갇힌 짐승처럼 거실과 부엌 사이를 서성댔다. 청소도 설거지도 빨래도 할 기분이 아니었다. 도로 잠들고 싶어졌다. 눈꺼풀만 덮으면 세상이 덮인다. 나는 다른 곳으로 가 버리고 싶다.

목욕탕 앞에 전날 벗어 놓은 양말이 말똥처럼 구르고 싱크대 위에 아침에 썰어 논 파가 말라 가고 설거지통에 그릇들이 냄새를 피우고 세탁기 바구니에 담긴 빨래의 얼룩들이 말라 가도, 나는 단호히 잠잘 수 있다. 옷을 홀랑홀랑 벗고 아직 커튼이 쳐진 어두운 침대 속으로 기어들면 침대가 내 몸의 반동으로 반기는 듯 출렁 흔들린다. 나는 홑이불 깃을 바싹 구기며 거품처럼 가볍게 얼굴을 묻는다.

잠…… 달콤한 죄책감, 상처 위에 감기는 새하얀 붕대, 내 생의 연인, 마지막엔 한 줄기 눈물이 솟는 마스터베이션, 음…… 나는 조금씩 조금씩 떠올랐다가 몇 번 내동댕이쳐진 뒤, 승객을 버리고 의자도 버리고 스튜어디스도 버리고 낙하산도 창밖으로 내던진 비행기처럼, 드디어 익명의 구름 속으로 붕 떠오른다. 아직 이름이 밝혀지지 않은, 이제 막 뭉치기 시작한 예감에 가득찬 한 덩이 구름 속으로, 거울이 없는 세계로, 기억도 없는 세계로, 의미도 없는 세계로 아득히……

잠 속으로 전화벨이 울려 들어왔다. 벨 소리는 망가진 용수철 동강들처럼 머릿속에서 튕겨 올랐다. 머릿속이 마치 헤집어신 소파 속같이 되었다. 나는 몸을 웅크렸다. 염소 남자일 것이다. 도대체 왜 그 남자는 한사코 내게 염소를 맡기려는 것일까. 염소, 염소, 염소…… 화살 같은 혀를 쭉 뽑아내 먹이를 낚아채는 카멜레온처럼 팔을 획 늘어뜨려 한순간 전화 코드를 뽑아 버릴 수가 있다면 얼마나 좋을까…… 전화벨 소리는 울렸다가 끊기기를 몇 번인가 계속했다.

"너, 잤지?"

정연이었다.

"응, 너였구나. 전화벨 때문에 머릿속에서 연기가 나는 것 같다. 넌 뭐 했니?"

나는 눈두덩을 꾹 누르며 물었다.

"아무것도…… 설거지하고, 청소하고 빨래 삶고 베란다 씻고……"

아무 감정도 싣지 않은 낮은 음성이 머뭇머뭇 말했다.

"뭘 하긴 했네."

"미소야, 너 오후에 우리 집에 올 수 있니? 문주, 재경이, 미화도 오기로 했어."

"무슨 일이니?"

정연의 서늘한 음색으로 보아 생일이나 무슨 기념일 같은 것은 아닐 것 같다.

"현수가, 오늘 오후에 우리 집에 오기로 했어."

"……"

현수, 잠이 어린 뺨 위에 잿빛 소맷자락이 획 바람을 일으킨 듯했다. 본 적이 없는데도, 현수의 승복 입은 모습은 언젠가 보기라도 한 것처럼 선명했다. 가끔씩 바람결처럼 정연에게 소식을 주는 그녀를 한 번만이라도 붙들어 보라고 당부했던 것이 오늘에야 이루어지는 것 같았다.

"언제 온다고?"

"그냥 오후라고만 했어. 와서 있으면 늦어도 서너 시쯤엔 오겠지 뭐."

"그 애 지금 어디 있다니?"

"강원도 어디에 있는 작은 암자에 있대."

대학 사 학년 늦가을이었다. 우리는 자정이 다 되어 가는 시간에 디스코테크에 있었다. 현수에 대한 회상의 정점은 언제나 그 장면이다. 화장실 간 애가 오래도록 오지 않아 가 보니 술 취한 현수는 화장실에 쭈그리고 앉아 변기에 손수건을 흔들어 씻고 있었다. 그녀는 청바지의 지퍼도 올리지 않은 채 손수건을 씻으며 쭈그리고 앉아 산전수전 다 겪은 곰처럼 울고 있었다. 겨우 스물세 살이었을 뿐이었다. 파마도 한번 해 보지 않았고 남자애도 한번 사귀지 못했다. 화장도 한 번 해 보지 않았고 미니스커트도 입어 본 적 없었다. 여름에는 소매 짧은 티셔츠, 가을에는 소매 긴 티셔츠, 겨울에는 그 티셔츠 위에 스웨터를 껴입었고 봄에는 그 스웨터를 벗었다. 그리고 아래에는 사철 내내 값싼 청바지…… 언제 단 한 번이라도 진짜 웃음을 웃어 보았을까. 그 헛헛한 웃음, 언제나 헛웃음을 웃던 아이였다.

그녀에게도 어떤 꿈이 있었을까, 어떤 꿈이 곰 같은 그녀를 울게 만들었을까? 그녀는 화장실을 나오면서 중얼댔다. 학교를 졸업하면 어디로 가지…… 어디로 가지…… 우리 모두가 그랬듯이 현수는 졸업을 두려워했다. 사 년 동안 장학생이었으나 형편이 안 돼 대학원 진학을 포기하자 아무것도 할 수 있는 일이 없었다. 현수는 졸업한 후 두 해째 봄에 훌쩍 출가를 했다. 그녀는 그때까지 취직을 하지 못했었다.

그로부터 십 년쯤이 흘러 우리는 서른둘이 되었다. 우리들 아홉 명 중에 한 명만이 전공 학과와 관계 있는 일을 하고 있다. 잡무에 불과한 것이었지만 결국 몇몇은 한번쯤 직장을 가져 보기도 했었다. 그러나 직장들은 월급을 잘 주지 않았거나, 곧 문을 닫았거나, 상사가 이상한 요구를 하거나 했다. 그렇지 않다 해도 아이 하나쯤 달리고 보면 대부분 여자들은 누가 뭐라고 하지 않아도 제풀에 나가 떨어졌다. 현수까지 포함해 네 명은 아직 미혼이고 다섯 명은 결혼을 했으며 나를 제외한 네 명은 일제히 두 명씩의 아이를 낳았다. 어쩌면 네 명은 일제히 하나씩 더 낳을지도 모른다. 그들은 딸 딸을 낳았거나 아들 아들을 낳았기 때문이다. 그리고, 그리고 말이다. 그 정도, 꼭 그만하게 살아가는 데에도 모두들 전력을 다 기울였다는 사실을 나는 안다. 마치 균열 그 자체를 안고 가는 듯이 양팔로 우리 생을 끌어안고 왔기에 그래도 서로 얼굴 맞대기 부담스럽지 않게, 남들 입에 오르내리지 않을 정도로는 살고 있는 것이다.

정연과의 통화가 끝나고 수화기를 놓자 이내 벨이 울렸다.

"여보세요?"

염소 남자였다. 목소리가 어느 때보다 더 긴장되어 있었다.

"미안합니다…… 아버님이 병세가 급격히 악화되고 있습니다. 제발, 염소를 좀 돌봐주십시오. 나흘이면 충분합니다. 대학병원에 가서 진찰만 받고 치료는 내려와서 하면 된다고 의사 선생님께서 말씀하셨습니다."

언제나 그렇지만 군데군데 비음이 섞여 드는 그 낯익은 음성은 언젠가 알았던 사람과 시치미를 떼고 통화하고 있는 듯한 서늘한 기분이 들게 했다.

"이제 그만하세요, 네? 댁의 사정이 딱하기는 하지만 이곳은 아파트라고 했잖아요."

나는 엄연한 사실을 정확하게 인식시키기 위해 그의 머리카락을 뽑아내듯이 또박또박 말했다.

"이곳도 아파틉니다."

남자는 한결같은 담담함을 유지했다.

"그거야 당신네 사정이니까 참을 수 있겠지요. 우리 집은 안 돼요."

　나는 수화기를 든 채 전화 코드를 뽑아 버렸다. 남자는 지난 삼
개월간 점점 더 자주 전화를 하더니 이제 사나흘 간격으로 전화를
하고 있었다.

　염소라니…… 나는 소파에 털썩 앉았다. 염소에 대한 나의 감
정이 좋지 않은 것은 아니었다. 아니, 오히려 나는 고향을 그리워하
듯 때로 염소를 그리워한다고도 할 수 있을 것이다. 어린 시절을 보
낸 고향 마을의 산과 들에는 염소가 많았다. 흑단같이 검은 그 짐승
의 이미지는 바깥을 염탐하지 않는, 자기 내부에 틀어박힌 자의 침
묵과 존재와 일체가 되어 버린 슬픔이다. 그리고 그 모든 의미를 헛
헛하게 뛰어넘는 가벼움…… 염소들은 염천의 불볕 속 메마른 개울
가나 그늘 한 점 없는 들판 한가운데에, 숯덩이처럼 까맣게 묶여 있
었다. 불볕이 몸을 뚫어 금세라도 화륵 타오를 것 같은 야릇한 평화
를 거느리고…… 한밤중에 어두운 들판에 묶여 노숙하는 염소는 그
곳에서 솟은 산이나, 물길 트인 대로 흐르는 개울물이나, 그곳에 꽂
혀서 자란 나무 한 그루처럼, 운명적으로 느껴졌다. 그렇게 어두운
하늘 아래 고요히 묶여 있을 줄 아는 염소는 세상에 대해 모든 것을
알고 있을 것이라는 근거 없는 예감이 들곤 했었다. 그러나 내가 염
소를 좋아하고 설령 그리워한다고 해도 아파트에 염소를 맡아 달라
니, 어떻게 받아들일 수가 있겠는가.

　마침 아이들 과외수업이 없는 날이었다. 나는 딸아이 미술학
원에 전화를 걸어 오늘은 저녁 차로 데려다 달라고 부탁을 해 놓
고 집을 나섰다. 계단을 내려오는데 이 층 여자의 악다구니가 들려

왔다.

"아, 나가! 나가! 왜 밥을 나한테 달래?"

검은 박쥐우산을 든 청년이 여자에게 가슴을 쥐어박히고 있었다. 나는 청년이 펼쳐 들고 있는 커다란 박쥐우산 때문에 지나갈 수가 없어서 계단에 멈추어 섰다.

"아, 영재 엄마, 이 남자 좀 같이 밉시다. 아까부터 계속 초인종을 누르고, 밥을 달래요. 관리소에서는 왜 이렇게 안 와?"

청년이 천천히 고개를 돌려 나를 쳐다보았다. 그러고는 돌연히, 입을 좌악 벌렸다. 나는 멍하니 청년의 입속을 보았다. 그리고 청년의 치아가 잘 자란 박 속처럼 희고 가지런하다는 사실에 충격을 받았다. 앞 동 우리 집과 마주 보는 삼 층에 사는 청년으로 부모는 어디서 식당을 한다고 들었다. 그 집의 남자는 한때 직업군인이었다고 하는데 여자들은 그 사람이 흡사 간첩같이 수상쩍다고 수군댔었다. 마주 보이는 그 집은 자주 한밤중에 소요를 일으키는 집 중의 하나였다. 한밤중에 불도 켜지 않은 채 사람들이 이 방 저 방을 내달리며 이리 구르고 저리 구르고, 무엇인가를 집어던지고, 찬장이 넘어가는 듯 와장창 부서지고, 남자인지 여자인지 알 수 없는 길고 긴 비명이 고압 전류처럼 흘러 맞은편 집들을 흔들곤 했다. 석 달전, 더이상 참을 수 없었던 나는 그 집을 파출소에 신고했었다. 어떤 효과가 있었는지, 한밤중에 경찰이 사이렌을 울리며 와서 그 집 안에 들어갔다 나간 후로는 아직 새로운 소요가 일어나지는 않았다.

낮엔 집이 텅 비는 모양이었다. 청년은 박쥐우산을 펼쳐 들고 돌아다니며 아무 집이나 벨을 누르고, 밥을 달라며 집 안에 혼자 남은 아줌마들과 싸운다는 소문이었다. 아버지한테 학대를 너무 당해 미쳤다고도 하고, 명문 대학을 다니던 중에 머리가 너무 좋아서 돌아 버린 거라고도 하고, 원래부터 모자란 사람이라고 하기도 했다. 박쥐우산만 아니라면 청년의 겉모습은 멀쩡한 편이었다. 아니, 오히려 상당히 명석해 보이는 반듯한 이마와 해맑은 눈을 갖고 있었다. 실제로 나는 청년이 검은 박쥐우산을 쓰지 않은 모습으로 책상에 앉아 공부하는 것을 자주 보았다. 청년은 삼 층의 작은 방에서 책상 위에 앉은 듯한 높이로 머리를 숙이고 몇 시간이나 같은 자세로 있곤 했다. 그의 방 창문은 비 오는 날을 제외하고는 거의 항상 열려 있었기 때문에 우리 집 거실에서도 잘 보였다.

나는 청년이 뒤로 좀 더 휘청 밀리는 틈을 타서 총총히 계단을 내려갔다.

"아, 나가요. 이 사람이 정말! 이웃이고 뭐고 계속 이러면 경찰을 부를 거야!"

이 층 아줌마가 소리를 꽥 질렀다. 한 시 십오 분이었다. 햇빛이 깨진 벽돌처럼 떨어지고 있었다.

정연의 집엔 작은 딸아이와 정연만 있었다. 반짝거리는 흰관 바닥 타일 위에 아이와 정연의 신발이 가지런히 놓여 있었다. 파란색 줄무늬로 커튼과 소파 덮개와 식탁보를 통일시킨 실내가 청량했다. 딸아인 대자리 위에 밀크색 타월로 배만 살짝 덮은 채 잠들었고, 쾌적해 보이는 어항 속에는 금붕어가 살랑살랑 돌아다니고 있었다. 실내에는 명상 음악이 흘렀다.

"태교 음악이니?"

정연이 고개를 끄덕이며 오디오의 볼륨을 조금 낮추었다.

"너 머리 잘랐구나."

밖에서 우연히 만나면 이상할 것 같았다. 이를테면 길을 걷다가 우연히 택시에 타고 있는 동창생을 볼 때나 혹은 택시를 타고 가다가 길을 걷는 동창생을 볼 때 같은 기분…… 우리도, 결국 나도, 풍문으로만 들어 온 서른둘 먹은, 그런 여자가 되었구나, 하는 기분. 그동안 숨을 쉬어 온 게 아니라 목구멍으로 바늘을 삼켜 온 것 같은 그런 참담한 기분 말이다.

"응, 좀 단정하게 하고 싶어서. 나이 들어 보이지?"

"그래도 얼굴은 더 좋아 보인다. 도톰하게 살쪄 보여. 아직 아무도 안 왔니?"

"오겠지 뭐."

정연의 표정에 쓸쓸한 빛이 스쳤다. 내 눈길은 베란다 빨랫대에 마르고 있는 삶아 넌 흰 빨래들과 하얗게 말라 가는 흰 운동화 사이를 떠돌다가, 거실 여기저기에 엉성하게 놓인 도자기들을 바라보다가 했다.

"현수하곤 직접 통화했니?"

"응, 집에 다니러 왔다면서 잠시 들르겠다고 했어."

"걔가 대학원을 갔어야 했는데."

"집 사정이 안 좋았으니까."

"우리 땐 과외 지도 아르바이트까지 금지되었으니, 정말 암울했었어…… 몸은 어떠니?"

"괜찮아, 이번엔 입덧도 별로 없었고. 차 한잔 끓일게."

"그러지 마. 나중에 같이 마시지 뭐."

정연과 내 눈이 짧게 마주쳤다. 부엌 수도꼭지에서 물이 똑똑 떨어지고 있었다. 반들거리는 싱크대 위엔 물기 한 방울 없고, 물잔 한 개 나와 있는 것이 없었다. 멀리 여행이라도 떠난 사람의 부엌 같았다.

"조용한 시간이네. 보통 뭐 하니? 이렇게 집 안을 다 치우고 나면?"

"별로…… 아무것도 안 해. 할 수가 없어."

정연이 시드는 야채처럼 한숨을 폭 쉬었다.

"아이라도 자 주어서 이렇게 거실 바닥에 혼자 쪼그리고 있으면, 난 무엇을 기다리는 것 같애. 누가 왔으면…… 지금 누가 와서 집 안을 둘러보고, 이제 됐다. 그만해라, 하고 이 반복에 마침표를 찍어 주었으면……."

나는 정연의 가슴께쯤에 눈길을 떨구고 있었다.

"완전한 끝 말이야."

"그건 죽음이야. 그게 아니면 무엇이 와서 이제 됐다고 하겠니."

"그래, 그렇지. 그런데도 난 기다려. 그걸 죽음이라고 느끼지도 않아. 그냥 기다리는 거야."

"끝낼 방법은 없어. 이 반복을 사소한 것으로 만들어 버리는 수밖에는. 다른 중요한 일이 필요한 거야. 눈 부릅뜨고 손가락 사이가 해지도록, 머리에서 구역질이 나도록, 하루에도 두 번씩 세 번씩 반복해야 하는 이 집안일만 하라고 세상이 주어지지는 않았을 거야. 오히려 이 반복을 삶의 배경으로 밀어낼 수 있는 자기 속의 격정을 발휘해 보라고, 반복을 잊을 수 있는 세상의 숨겨진 보석 한 가지씩을 발견해 내라고, 미궁 같은 삶이 주어졌을 것 같지 않니?"

정연이 허전하게 웃었다.

"넌 여전하구나. 여전히 자의식에 가득 차 있어."

정연의 눈은 아득한 거리를 지나 나를 보고 있었다.

"자의식?"

"미소야, 네 속은 스무 살 때로부터 하나도 변하지 않았어."

정연이 심연을 숨기며 다정하게 말했다.

"변하지 않고는 왜 살 수가 없는 거지. 왜 자기를 포기하라고 강요하는 걸까. 난 나 이외의 아무것도 되고 싶지 않아. 그저 나인 채로 끝까지 가 보고 싶어."

"그런 여자는 드물어…… 넌 아직도 꿈꾸고 있는 거야."

정연의 표정 때문에 나는 훗 웃었다.

"그게 그렇게 한심하니?"

"비현실적이니까. 주부가 자아라든가 꿈이라든가 어쩌고 하는 거, 그 자체가 부적응증 아니니? 그걸 버리지 않고는 융화될 수가 없어."

"그래 부적응증이지. 그러니 꿈이라는 것도 말이 꿈이지 점점 이상한 모양새가 되어 가는 거 같애. 그런데 말이야, 누가 꿈이 뭐예요? 그렇게 물으면 난 우스워져. 마치 낯선 남자가 잠자리에서 자, 당신 뽕점이 어디요? 하는 것 같거든."

정연이 킥 웃었다.

"그런데 그것도 스릴 있겠다, 그지?"

나의 장난기에 정연이 질색하는 표정을 지었다.

"그만해, 못 하는 소리가 없네."

"같이 살아 보기 전에는 알 수 없는 거지. 서로의 꿈도 같이 만드는 거니까. 나 자신도 모르겠어. 그걸 꿈이라고 해야 할지, 꽝이라고 해야 할지. 내 꿈에는 파탄의 냄새가 더 짙어…… 하여튼 어느 날 내가 사라지면 아, 그 못 말릴 자아주의자가 드디어 꿈을 이루었구나, 그렇게 생각하면 돼."

"그런데 정연아."

한때 지독한 이상주의자였던 정연이 묻는 눈빛으로 나를 빤히 쳐다보았다. 나는 눈을 몇 번 깜박이다가 주섬주섬 말을 꺼냈다. 눈을 깜박이며 시간을 끄는 것은 난처할 때에 나타나는 어김없는 나의 습관이다.

"누가 나흘 동안 염소를 좀 맡아 달라고 하면 넌 어떻게 하겠니?"

정연의 눈 속에 흥미가 차오르며 얼굴이 생기 있게 빛났다.

"무슨 말이니?"

"염소 모르니? 어떤 남자가 석 달 전부터 계속 전화질을 해서는, 염소를 좀 맡아 달라는 거야. 그 염소가 자기 새어머니의 영혼이래. 새어머니가 죽어서 염소가 되었다는 거야."

정연은 아득한 표정을 지었다.

"야릇한 이야기지? 그런데 진짜야. 그 사람들은 그렇게 믿어. 새어머니 사십구재 날 무덤에서 기어 나왔대. 물론 내가 믿는 건 아니야. 두 사람이 호젓하게 절하는 사이, 무리를 이탈한 새끼 염소가 우연히 무덤 뒤를 지났던 거 아니겠니. 문제는 늙은 남자가 염소를 새 아내의 영혼이라고 철석같이 믿는다는 데 있어. 그 염소를 자기 아내 영혼의 성소라고 생각하는 거야. 자기 생명보다 더 소중히 여긴대. 몸이 아파서 서울대학병원에 진찰을 받으러 가야 하는데 염소 맡길 곳이 없어 가지 않는다는 거야."

정연은 간신히 아연한 표정을 지우면서 말했다.

"네가 그렇게 생겨 먹었으니까 꼭 너 같은 일만 생긴다. 자아주의자와 영혼의 성소인 염소라…… 뭔가 어울리는 것 같은데 뭘. 그런 것도 다 인연이야. 염소와 미소라, 괜찮네."

말끝에 정연은 해실 웃었다.

"염소가 새 아내의 영혼이라고 하는 말이 믿어지니?"

"영혼이 아닐지도 모르지만 그 사람들이 철석같이 믿는 건 사실이잖니? 자기 생명보다 더 소중히 여긴다면서?"

"그래 그건 사실이야. 그 남잔 왜 하필 내게 이러는지 모르겠어. 하긴 내 음성이 꼭 전에 알았던 사람 같애. 게다가 나도 그런 느낌이 들어. 그 남자를 전에 알고 지낸 것 같은 느낌 말이야."

"혹시 네가 알고 지낸 그의 동생이나 형님이 있는지도 모르지."

정연은 표정을 바꾸며 정색을 했다.

"어느 날 어떤 남자가 염소를 맡아 달라고 졸라 대는 일만 이상한 일은 아니야. 생각해 보면 이렇게 사는 건 믿어지지 않을 정도로 이상해."

정연이 혼잣말처럼 낮게 주절댔다.

"조용한 한낮에 아파트에서, 칸칸이 벽만 나누어진 닭장 같은 다른 집들을 바라보면, 그 어떤 기이한 이야기를 들었을 때보다도 더 어처구니없는 기분에 사로잡히게 돼. 칸칸마다 한 명씩 성숙한 여자들이 들어 있고, 남자를 위해 밥을 하고, 청소를 하고, 밤에 남자가 들어오면 섹스에 응해 주고, 남자의 집에 제사를 지내러 가고…… 그리고 하나씩 둘씩 아이를 낳고 남자는 처자식 때문에 죽지도 못해 하면서 툴툴거리고, 그 닭장 안에서 멀쩡한 여자 하나가 혼자 아이를 키우느라 오 년씩 십 년씩 매달리고…… 그리고 어느 날 새벽에 깨어나 보면 발이 뻣뻣하게 굳어 영영 걸어 나갈 수 없는 자신을 발견하게 되는 거야."

정연은 호흡이 엉겨 긴 숨을 내쉬었다.

"나를 견딜 수 없게 하는 더 큰 문제는 그 칸칸들이 너무 훤하다는 거야. 유곽의 쇼윈도에 진열된 여자들의 행복한 표정을 떠오르게 하는 그런 기묘한 밝음."

"그래, 그래 환해."

우리는 거실 벽을 향해 나란히 앉아 지나칠 정도로 오래 고개를 끄덕였다. 아이가 깨어나고 정연이 아이를 안아 올리자 문득 염소를 나흘쯤 돌보아 주는 것도 괜찮을 것 같다는 생각이 들었다. 영혼의 성소와 자아주의자는 어울리는 쌍이니까. 하필이면 나에게 염소를 맡기고 싶어 한 것은 그 남자가 아니라 염소 자신인지도 모를 일이었다. 그 염소가 지난 몇 개월 동안 다른 곳으로 가지 못하고 집요하게 내게 오고 싶어 했던 것이라면…… 어느 날 내가 구름을 보는 것이 아니라 구름이 어느 날 나를 보는 것처럼 말이다. 그러자 갑자기 염소를 만나고 싶다는 욕구가 생겼다.

재경이는 문주의 차에 실려 함께 왔고 미화는 따로 왔다. 재경이는 연애 대장 남편 때문에, 문주는 아직도 혼수 불만을 일삼는 시어머니와 사고뭉치 시동생과 낳아야 할 아들 때문에, 미화는 결벽증 환자인 남편 때문에, 웃음 끝에는 대사가 없을 때 게이지가 올라가는 배경음악처럼 궂은 표정이 완강하게 드러났다가 황급히 감추어지곤 했다. 불행의 얼굴은 가지각색이고 우리가 이루려는 행복은 너무 똑같은 얼굴이어서 친구들이 모이면 삶은 더 뻔뻔스러워지는 것 같다. 우리는 자주 시계를 보며 조금씩 긴장한 얼굴로 현수를 생각했다.

"혼수. 남녀 차별. '시' 자 붙은 사람들."

모두들 문주 얼굴을 쳐다보았다.

"없어져야 할 것들, 잊었니?"

"심하다!"

모두들 와르르 웃음을 터뜨렸다.

십수 년 전, 일곱 살짜리 아이의 이빨 사이처럼 듬성듬성 수업이 비곤 했던 때에 캠퍼스 벤치에 나란히들 앉아, 마치 요즘의 자기 근황과도 같은 그런 놀이를 했었다.

정연이 장난기가 고여 드는 눈을 빛내며 뒤이었다.

"생리. 더러운 수돗물…… 폭력."

그때 문주는 자주 독일어 희곡 강의를 댔고, 정연은 징그럽게 뒤따라다니는 남학생 이름과 그 한 존재만 사라져 주면 세상의 데모란 데모는 다 잠잠해질 것만 같은 최고 통수권자의 성을 댔었다. 속에서 숨을 모았다가 내뱉으며 속삭이는 것이었다. 모 씨라고…… 그러면 우리는 남들이 들어서는 안 될 천한 욕을 한 것처럼 킥킥 웃었다. 그리고 연애에 빠져 있던 미화는 남자 친구를 보내야 할 군대를, 별로 절박한 것이 없었던 재경은 이유도 없이 통행금지를 자주 댔었다. 그런데 그 통행금지가 어느 날 정말로 없어져서 우리는 발을 구르며 깔깔 웃었었다. 나는 무엇을 지명했던가…… 과외금지법을 자주 댔을 것이다. 과외는 대학생 자체보다 더 현실적인 나의 꿈이었기 때문이다. 그러나 확실한 것은, 나는 한 번도 내 깊은 진심을 발설한 적이 없다는 것이다. 어쩌면 그녀들도 그랬을 것이다. 그건 그냥 심심풀이 놀이였으니까.

"실업자. 명절. 도박."

"고정관념. 알코올. 결벽증."

재경이와 미화에 이어 나의 차례가 되었다.

"강간. 텔레비전. 주부."

"주부?"

모두들 나를 쳐다보았다.

"아마도 가장 처음 주부가 되었던 여자는 잡혀 온 포로였을 거

433

야. 포로가 포로를 낳고 포로가 포로를 낳아 온 거지."

"어쨌든 실업자가 무지 생기겠다."

정연이 한숨을 쉬었다.

"주부는 이미 명백히 실업자야. 실수입이 없는 것은 두고라도 주부가 교통사고 나면 남자 실업자에 해당하는 보상을 받는 게 현실이야."

나는 단호히 선언했다. 현수는 오지 않았다. 다섯 시, 우리는 어질러진 거실에 앉아 알이 굵은 청포도를 먹으며 현수가 오지 않는 시간을 쳐다보고 있었다.

"현수 어떻게 그런 엄청난 결정을 했을까? 어떻게 자기 운명을 삶 바깥으로 통째 내던져 버릴 수가 있을까? 우리처럼 이런 게 없어졌으면, 이런 게 생겼으면 저런 걸 가졌으면 하고 염원하지 않고 왜 자기 자신을 던져 버렸을까."

미화가 굵은 포도의 껍질을 벗기며 현수가 오지 않는 시간을 향해 말했다.

"난 이해가 돼. 만약 앞이 막다른 길이거나 길이 끊어진 벼랑이라면 어쩌겠니? 어떤 사람은 그곳에 주저앉아 평생을 보내지. 그런데 어떤 사람은 심연을 향해 떨어지는 거야. 자기 속에 있는 구름의 다리를 믿는 사람들이지. 그런 사람은 자신의 본질을 따르는 거겠지. 어쩌면, 심연은 오히려 높은 곳에 있는지도 몰라. 구름처럼 높은 곳에……"

"그렇지만 벼랑 끝에서 평생을 보내는 것도 추락의 경지가 아니겠니?"

나의 말에 대해 정연이 불만스럽게 항의했다.

"그 상태에서 자족한다면 그럴 수도 있겠지. 미망과 추락에 대한 두려움이 없다면, 혼돈과 망상 따위로 눈이 가려지지 않는다면. 그렇지만 벼랑 끝에 붙어 있는 것들은 언제나 두려움에 떨고 있는 것이 아닐까. 그러니 진정하기도 어렵고 자족하기도 어렵고 순수하기도 어렵지."

나는 다시 염소를 떠올렸다. 탑 꼭대기의 밤처럼 고요하고 먹처럼 검은 염소…… 있는 것보다 더 많이 없는 것으로 직조된 이 삶을 다 아는 듯 고요하고 순수할 수 있다면 그것도 푸른 심연의 경지일 것이다.

고독한 충돌

"광고가 또 나왔군요."

나는 눈만 깜박거리다가 간신히 되물었다.

"제 전화번호가 또 실렸다는 말인가요?"

"그렇습니다."

"그럴 리가 없는데요. 난 다시 광고를 낸 적 없어요."

"사 일만 돌봐 주시면 됩니다. 염소 때문에 아버지는 아직도 진찰을 받으러 가시지 못하고 있습니다. 염소는 지난 육 개월 동안 아파트에서 살았기 때문에……"

나는 귀에서 수화기를 떼 내었다. 나는 염소 남자가 전화하기를 기다리고 있었으나 사흘 만에 그의 전화를 다시 받자 혼란스러워졌다. 더군다나 과외 지도 광고가 또 나갔다니……

삼 개월 전에 나는 과외 지도를 하기 위해 가장 간단한 방법이라는 이유로 별생각 없이 광고지에 의뢰를 했었다. 만약 내가 경험

전경린

이 있었거나 조금만 더 신중했더라면 광고지를 이용하지는 않았을 것이다. 그는 첫 번째 전화를 걸어온 사람이었다.

지금도 그렇지만, 이상하게도 군데군데 비음이 섞여드는 고음의 음성은 언젠가 알았던 사람과 통화하고 있는 것 같은 서늘한 기분이 들게 했다. 그는 자신도 영어 학원의 강사라고 소개했다. 그러고는 대뜸 염소를 좀 맡아 달라는 말을 했다. 나는 맙소사, 하며 그가 말하는 도중에 조용히 수화기를 내려놓았었다. 나는 별생각 없이 전화번호를 공개한 결과 화근을 자초했다는 사실을 인식했던 것이다. 수화기를 놓자마자 다시 벨이 울렸다. 염소를 맡아 달라는 남자는 아니었다.

"여기는 병원입니다. 오후에 이곳에서 아르바이트를 할 생각 없으십니까?"

한곳에 구멍을 파는 듯한 기묘한 억양에다, 입 주위를 벽 같은 곳에 잔뜩 눌렸거나 아니면 입이 귀로 돌아갔을 듯한, 부자연스러운 음성의 남자였다. 나는 말문이 막혀 남자의 숨소리를 듣고 있다가 간신히 항의했다.

"……나는 중학생 과.외.지.도를 한다고 분명히 명시했는데요."

나는 남자의 음성과 어처구니없는 제의 때문에 역겨움과 분노에 휩싸여 감정을 전혀 숨길 수가 없었다.

그는 악의에 찬 음성으로 천천히 말했다.

"그다지 더러운 일은 아닙니다……"

그러자 등골에 소름이 훑고 지나갔다. 나는 수화기를 거의 떨어뜨리다시피 전화를 끊었다. 더러운 일이 아니라는데도 내 머릿속엔 온갖 흉측스러운 것들이 더러운 물에 빠져 허우적거리며 지나갔다. 그 남자가 이그러진 얼굴로 거실 벽 속에 숨어서 나를 엿보고 있는 것만 같았다. 다음에는 아기 같은 목소리였다. 이불 속의 웅얼거림처럼 작고 여려서 나는 몇 번이나 네? 뭐라구요? 하며 되물어야했다. 그 음성은 과외 지도 하느냐고 물었다. 그렇다고 하자 벌레가진물을 묻히듯 잔뜩 망설이더니 대학생이냐고 다시 물었다. 네? 뭐라구요?를 반복하다가 뒤늦게야 그것이 변성기에 접어든 남자아이의 음성이라는 것을 깨달았다. 흡사 이제 막 짧은 몽정으로 팬티를적셔 버린 듯 축축하고 비릿하고 참을 수 없이 더러운 음성. 나는 아줌마야, 하고는 거칠게 전화기를 놓았다. 그리고 전화 코드를 뽑아버렸었다. 너무 많은 벌레를 삼킨 것 같은 기분이었다. 그것들이 기둥처럼 쌓여 꿈틀꿈틀 장을 타고 내려가는 듯했다.

수화기를 다시 귀에 대어 보았다. 염소 남자는 아직도 전화를끊지 않고 있었다. 나는 가만히 수화기를 놓았다. 그리고 다급해진마음으로 광고 회사 전화번호를 찾기 위해 수첩을 뒤졌다. 도대체의뢰하지도 않은 광고가 왜 또 나갔다는 말인가? 지난번 광고 의뢰를 할 때 수첩에 적었던 것 같기도 하고 아닌 것 같기도 했다. 그때또 전화가 왔다.

"오후에 병원에서 아르바이트할 생각 없으십니까?"

맙소사! 한곳에 구멍을 파는 듯한 억양, 벽 같은 곳에 얼굴을잔뜩 누르고 앓는 목소리를 내던 그 남자였다.

"그다지 더러운 일은 아닙니다."

남자가 무엇엔가 눌려 입이 돌아가 버린 듯한 악의에 찬 음성으로 속삭였다. 벽 속에 웅크리고 앉아 커다란 더듬이를 저으며 비웃는 것 같기도 했다. 수화기를 타고 남자의 숨소리가 흘러 들어왔다.

내 귓속으로 전 생애를 통해, 공중전화 부스 뒤에 섰던 남자들과 푸른 신호등에 맞추어 함께 발을 내딛고 횡단했던 남자들과 이 세상의 무수한 계단들을 함께 오르내렸던 모르는 남자들이 흘러갔다. 엘리베이터 속에서 마주 보았던 남자들, 붉은 신호에 일제히 기어를 바꾸며 차를 출발시키던 남자들, 고속도로 휴게실의 간이식당에서나 시청 민원실, 은행이나 동네 약국에서 어깨를 스치며 나란히 서 있었던 무수한 낯선 남자들이 그의 숨소리에 섞여 흘러갔다.

누군가에게 기호화되지 못한 채 떠도는 눈빛들, 그곳에서 벗어나고 싶어 하는 듯 굽어진 어깨들, 바닥을 비비는 검은 구두코, 죽은 짐승을 상기시키는 칙칙하고 짧은 뒷목덜미, 바지 주머니에서 나와 무언가를 쥐는, 의외로 너무 희고 통통하거나 너무 작은 손들, 모든 남자는 난쟁이가 아닐까, 하는 의혹을 갖게 하는 조잡한 뒷모습들, 뒹구는 우환처럼 한결같이 짧고 검은 머리통들, 둥그런 배의 번들거리는 포만과 담배 냄새에 저린 무의식적인 허기…… 남자의 숨소리는 점점 높아졌다. 그는 지금 무슨 짓을 하고 있는 것일까.

나는 수화기를 놓았다. 꿈에서 깨어나듯 머릿속이 싸늘해졌다. 이게 무슨 일일까? 바깥은 여전히 햇빛이 환한 정오였다. 아이들의 외침 소리가 실로폰 소리처럼 맑게 울렸다. 이상한 꿈을 꾸고 있는 것 같았다.

광고 회사에서는 업무 착오로 생긴 실수라며 몇 번이나 사과를 했지만 게재 건수가 적을 때면 으레 쓰는 수법이 아닐까 하는 의심이 들어 몇 번이나 쐐기를 박았다. 그러나 수화기를 들고 한없이 같은 소리를 하고 있을 수는 없는 일이었다. 저쪽에서도 상대방이 제 풀에 지치기만을 기다리는 것 같았다.

"앞으로 절대 이런 일이 없게 하세요."

내가 수화기를 놓자마자 또 전화가 왔고 결국 변성기에 접어든 남자아이의 그 야릇한 음성까지 재회하고 말았다. 놈 역시 그때와 한마디도 틀리지 않게 말했다. 구역질이 올라왔다. 나는 목욕탕으로 달려가 변기를 안고 구부려 앉았다. 그러자 변기 깊숙한 곳에 나와 가족의 배설물이 눌어붙어 있는 것이 보였다. 나는 한참 헛구역질을 하다 목욕탕 바닥에 푸른색 위액을 끄집어내 놓고 긴 솔로 변기의 깊은 곳을 마구 찔러 댔다. 그리고 물을 퍼부으며 광기에 휩싸인 듯 솔을 마구 흔들어 씻었다. 하늘 아래 우리의 운명이란 결국 그저 그런 것이다. 비록 감쪽같이 배설물을 처리하고 있기는 하지만.

나는 기진하여 목욕탕 문 앞 거실 바닥에 드러누워 눈을 감아 버렸다. 몸이 습격당한 캐비닛 속같이 파헤쳐져 닫혀지지를 않았다. 주위가 무척 조용했다. 나는 숨을 모아 의식을 수습하고 눈을 번쩍 떴다. 눈앞에 삭은 풍선 같은 팔이 맥없이 놓여 있었다.

지루하도록 익숙한 거실이 보였다. 거실 바닥에 환등기 화면만한 햇빛이 들어와 있었다. 흰 레이스 커튼이 바람에 날려 햇살 속에 하느작하느작거렸다. 설사 광고지에 전화번호가 또 게재되었다 해도, 그들이 삼 개월 만에 서로 규합이라도 한 듯이 일제히 다시 전화를 걸어 똑같은 음성 똑같은 대사로, 똑같은 애원과 제의와 질문을 했다는 것은 그냥 지나쳐 버리기엔 너무나 이상한 일이 아닌가…… 그들과 그들 사이의, 또 그들과 나 사이의 어떤 연관성이 이런 우연을 만드는 것일까? 고독의 정량이 같은 사람들, 꿈의 정량이 같은 사람들, 운명의 정량이 같은 사람들…….

어느 날 은행이나 서점 따위가 들어 있는 빌딩이 느닷없이 폭발해 내가 깔려 죽는다면, 혹은 느닷없이 인도로 올라온 미친 차가 나를 덮친다면, 그리고 그 사고에서 세 명 혹은 네 명이 더 죽는다면, 그날 어딘가에서 나와 죽는 자들은 바로 그들일지도 모른다. 일상에 예비되어 우리를 기다리는 그런 존재의 교차점들, 너무 고독

전경린

하여 그렇게라도 서로 충돌해야 하는 그 의미 없는 교차점……

전화벨이 다시 울렸다. 나는 눈썹을 치켜든 채 전화기를 노려보았다. 염소를 맡기고 싶어 하는 남자였다. 그는 어쩌면 아는 사람 같기도 한, 예의 그 함정이 깃든 음성으로 염소 이야기를 다시 시작했다. 이 남자는 왜 하필이면 내게 염소를 맡기고 싶어 할까? 내가 애초에 미친놈이라고 하지 않고 아파트여서 안 된다고 했기 때문일까.

"도대체 염소 한 마리를 잠시 맡길 데가 정말 그렇게도 없다는 말인가요?"

"없습니다. 정말 막막하군요, 모두가 염소를 맡지 못할 사정을 가지고 있고 모두가 그렇게 되묻습니다."

그럴싸하게 들리는 말이었다. 살다 보면 그런 때도 있는 것이다. 염소 한 마리도 맡길 데가 없는…… 게다가 나는 염소를 맡을 수도 있다고 마음먹고 있었던 터였다.

"그래요, 가져오세요."

나는 문득 아주 가볍게 말하고 아파트 이름과 동과 호수를 가르쳐 주었다. 나는 자주 가벼워진다. 직업을 가질 때도 결혼을 할 때도 아이를 낳을 때도 직장을 그만둘 때도 나는 불현듯 가벼웠다. 물속에서 허우적거리기를 체념하고 물의 움직임에 나를 맡기듯, 나 자신을 고스란히 맡겨 보는 것. 그것은 문제를 뛰어넘는 방식이기도 하고 문제를 끌어안는 방식이기도 했다. 문제를 문제시하지 않는 방식, 만약 그런 순간들이 없이 내가 인생을 꽉 쥐고만 있었더라면 아마 내 생에는 아무 일도 일어나지 않았을 것이다.

나는 염소가 얼마나 큰지, 사납지는 않은지, 똥 누는 습관은 되어 있는지, 무엇을 먹는지, 밤에 울지는 않는지 그런 것도 몰랐다.

어차피 염소를 맡느냐 맡지 않느냐의 문제에 그다지 영향을 줄 수 있는 사항들은 아니었다. 문제는 전폭적으로 염소를 받아들이느냐 받아들이지 않느냐에 있었다.

고래는 왜 바다로 갔을까

점심을 먹은 아이는 피아노 학원에 간다. 베란다 창밖으로 똑같은 가방을 메고 아래층 남자아이와 걸어가는 딸아이를 본다. 남자아이가 잔발을 두다닥 구르며 뭐라고 꽥꽥거리자 딸아이가 깔깔 웃는다. 아이들은 까딱거리며 흘러가는 작은 배처럼 아파트 모퉁이 길을 돌아 사라졌다. 나는 고개를 박고 창틀에 쌓인 흙먼지를 구석구석 닦아 내었다.

걸레가 새까맣게 되고 장갑을 끼지 않은 손도 참을 수 없을 지경으로 더럽혀졌다. 새시 창틀에 스치며 자그락거리는 굵은 흙먼지가 입속에서 씹히는 듯했다. 목욕탕에 쭈그리고 앉아 대야에 담은 걸레를 손으로 주물렀다. 대야의 물이 시커멓게 흐려졌다. 나는 걸레 대야에 손을 담근 채 어두운 물을 멍하니 바라보았다.

"선생님 우리 내일은 공부하러 못 와요."

상 주위에 동그랗게 둘러앉은 네 명의 남자아이들이 틀림없다는 눈으로 나를 바라본다.

"왜?"

"고래 잡으러 가거든요."

"고래?"

아이들은 저희들끼리 한번 마주 보고는 또 나를 바라본다. 근교 유원지에 고래잡이 놀이장이 새로 설치된 것일까? 컴퓨터 오락게임일까? 아니지. 학교에서 하는 극기 훈련 프로그램의 이름인지도 모르지. 정부에서는 포경을 금지한다고 발표했는데, 금지된 것들은 언제나 상품이 되니까, 거꾸로 금지된 포경에 대한 원시적인 그리움이 그런 프로그램을 만들게 했을까. 고래, 고래는 포유류다. 그런데 고래는 왜 바다로 갔을까……. 아이들이 자기들끼리 마주 보며 빙긋 웃는다. 웃음 속에 암호에 둘러싸인 미묘한 수줍음이 스친다.

'포경, 맙소사!'

나는 안개 속을 헤치고 나와 간신히 과외 선생의 위신을 되찾았다.

"너희들 다 같이 하니?"

"예!"

아이들이 의사소통이 뚫려 상쾌하다는 듯이 꽥 소리를 지른다.

"겁나지 않니?"

"겁나요. 그래도 남자가 되어야 되니까요. 오늘은 수업 마치고 어제 고래 잡은 애한테 가 봐야 돼요. 어떻게 하는 것인지, 얼마나 아픈지 자세히 말해 주겠다고 약속했거든요."

나는 아이들에게 이틀간의 고래잡이 휴가를 주었다. 아이들의 얼굴은 정말 고래와 일대 격돌이라도 치를 듯 결의에 빛났다.

아이들이 책을 챙겨 일어나려 할 때 초인종이 울렸다. 드디어 염소가 온 모양이었다. 몸이 꽉 잠기는 기분이었다. 문을 열어 주고 싶지 않아 연필을 입에 물고 앉아 있으니 얼마간 쉬었다가 다시 벨이 울리고 또 얼마간 쉬었다가 벨이 다시 울렸다. 아이들이 선생님 누가 왔어요, 라며 소리를 질러 댔다. 그리고 벽 너머에서 염소가 울기 시작했다. 정말 염소가 온 것이었다. 나는 앞집 여자가 문을 열고 나가기 전에 얼른 튀어 일어나 문을 열었다.

염소는 검은 수수께끼 덩어리처럼 기묘한 모습이었다. 그것은 아름답고 위엄 있어 보였다. 나는 누군가의 염원에 의한 것처럼 기어이 나에게 도착한 염소를 가만히 바라보았다. 뿔은 뽑아 올린 듯 나란하게 솟아 있고 유연하고 길다란 귀는 얼굴 양쪽에 날개처럼 수평으로 펴져 있었다. 누런 눈 안에는 숯으로 그은 듯한 선이 나 있을 뿐 눈동자라 할 만한 것은 없었다. 털은 흑단같이 검고 윤기가 흘렀다. 염소를 안고 온 남자는 중국인처럼 얼굴 윤곽이 흐리고 살색이 희며 전체적으로 자그마한 사내였다. 한 번도 본 적이 없는 남자였다. 내가 아는 어떤 사람과도 닮지 않은 얼굴이었고 기억할 만한 특징도 없는 사람이었다. 아니 그렇게 인상이 흐린 사람은 처음이었다.

"사료는 없나요?"

나는 마지못한 표정으로 간신히 말했다.

그는 못 알아들은 얼굴로 나를 쳐다보더니 잠시 후 천천히 말했다.

"……사료는 없고 이것저것 잘 먹습니다. 일이 끝나면 음식비까지 쳐서 사례하겠습니다."

사료가 아니고 음식이라니, 나는 터무니가 없어 염소를 다시 쳐다보았다. 다행히 염소는 굴레에 묶여 있었다. 아이들이 현관 쪽으로 나와 염소 주위에 빙 둘러섰다.

"염소다!"

아이들은 비행접시야, 하듯이 흥분을 누르며 속삭였다.

천경린

그는 아이들을 둘러보더니 경황없이 말했다.

"말아 주실 줄 알았어요. 그런 기분이 들었습니다. 선생님 음성은 전에 알고 지내던 사람 중 누군가와 꼭 닮았거든요. 그런데 누군지 아무리 생각해도 모르겠는 겁니다. 이상한 일이에요. 직접 보니, 처음 보는 분이군요."

말하는 동안 그의 얼굴이 급속도로 붉어졌다.

"나흘 뒤에 오겠습니다. 정말 감사합니다."

그는 인사를 한 뒤에도 지갑을 잃어버린 사람처럼 잠시 동안 멍하니 서 있더니 깊숙이 절을 하고 나갔다.

나는 다시 한번 그를 언제 본 적이 있었던가, 내가 아는 사람 중에 그와 닮은 사람이 있는가 생각하며 문을 걸고 돌아섰다. 그와 동시였다. 염소의 꼬리가 들리고 항문이 속이 벌어진 석류처럼 열리더니 검은콩 같은 똥이 소스랑소스랑 흘러나왔다. 오! 아이들이 악악악, 배를 쥐고 웃어 댔다.

"선생님, 염소가 콩 누었어요. 콩이 열네 개나 쏟아졌어요 ─"

나는 웃을 수도 찡그릴 수도 없는 난감한 기분에 빠졌다.

나는 아이들을 내보내고 베란다 바닥에 신문지를 두껍게 깔고 가장자리와 가운데를 쓰고 남은 적벽돌로 누른 다음 염소를 난간에 묶었다. 아파트 베란다에 묶인 염소는 그 기이한 눈으로 거실 안의 나를 한동안 쳐다보고 있었다. 길다란 귀를 가볍게 움직이면서…… 나 자신도 온전히 이해되지 않는 이 일을 남편에게 어떻게 납득시킬 수 있을지 당혹스러웠다. 아파트의 맞은편 동에 불이 하나씩 켜졌다. 염소는 이제, 몇 년 전부터 그 자리에 있는 듯이 벽돌 위에 두 앞발을 올리고 등이 휘도록 뒷발을 힘껏 뻗친 자세로 서서, 방충망 너머 바깥 풍경을 내다보고 있었다. 겨우 벽돌 위에 두 발을 올렸을 뿐인데도 마치 험준한 바위산 꼭대기에라도 올라서 있는 듯이 야생의 위엄을 갖춘 모습이었다.

밖에는 거울에 반사된 박명처럼 비현실적인 긴 여름의 낮이 이어지고 있었다. 좀처럼 어두워지지가 않았다. 부엌 쪽 방향에 있는 놀이터에서는 오히려 소음이 높아졌다. 이른 저녁을 먹은 아이들이 농구공을 가지고 나와 팡팡 공을 튕기고 슛을 넣기 위해 공중 높이 날아올랐다. 습기 찬 저녁 바람이 돛처럼 부푼 레이스 커튼을 둥실 띄웠다. 바람이 집 안을 지나가자 설핏 쉰 지린내가 묻어 왔다.

저녁 준비를 하고 있을 때 딸아이가 돌아왔다. 거실 바닥에 아이가 묻히고 들어온 모래가 서그륵지그륵 밟혔다. 아이는 손과 얼굴과 발을 오랫동안 꼬무락거리며 씻었다. 일찌감치 잠옷으로 갈아입은 아이는 TV 채널을 돌리려고 다가갔다가 염소를 발견했다. 아이는 고개를 갸웃하더니 말했다.

"염소잖아. 샀어?"

"……"

"난 개를 키우고 싶은데…… 하지만 염소도 괜찮아."

남편도 그 정도로만 반응하고 만다면 문제도 아닐 텐데…… 하지만 염소는 벌써 똥을 두 번 누었고 오줌을 한 번 누었다. 아이는 자기 방에서 과자를 들고 나와 염소의 입에 댔다. 염소는 무관심했다. 아이가 몸을 일으키자 염소는 화들짝 구석으로 달아났다. 채소라고는 그것밖에 없었기 때문에 상추와 오이를 썰어 주어 보았다. 염소는 냄새를 맡아 보고는 먹지 않았다. 이번에는 딸아이의 의견을 따라 게맛살과 햄을 잘라 주었다. 염소는 무관심했다. 라면을 한 동강을 갖다주니 와삭와삭 맛있게 부수어 먹었다. 그래서 또 갖다주었는데 이번에는 전혀 관심이 없었다. 식빵도 먹지 않았고 멸치

445

도 먹지 않았다. 나와 아이는 계속 먹을 것 부스러기를 염소 앞에 가져다 날랐고 그사이 가스레인지 위에서 끓고 있던 매운탕 냄비가 타버렸다. 머리통이 탄 듯한 고약한 냄새가 났다.

"이게 뭐야?"

타 버린 매운탕 냄비 냄새는 좀처럼 가시지가 않았다.

열한 시경에 들어온 남편은 현관문을 붙잡고 선 채로 얼굴을 찌푸렸다.

그는 아직 염소를 발견하기도 전이었다. 남편은 공중에 뜬 냄새에 대해 추궁하듯 이게 뭐야, 했다. 하마터면 염소예요, 할 뻔했다.

"찌개 냄비가 타 버렸어."

나는 할 수 있는 한 뻔뻔스럽게 대답했다. 왜냐하면 남편에겐 진짜 놀라야 할 일이 있으니까.

그날 밤 남편이 취한 조치는 간단했다. 그는 염소를 계단참까지 내쫓고 샤워를 하기 위해 목욕탕에 들어갔다. 나는 염소를 뒤따라가 아파트 주위를 몇 바퀴 돌다가 결국은 아파트 뒤 베란다 쪽, 노인회관 건물과 놀이터 사이의 후미진 구석 오동나무 둥치에다 묶었다. 그곳은 가로등 불빛도 멀고 놀이터 가장자리를 따라 사철나무 울타리가 서 있어서 밤사이 염소를 숨기기에 적당했다.

염소를 묶어 놓고 노인회관과 놀이터 사이의 좁은 길을 빠져나오는데 먼 곳으로 보내는 신호 같은 높고 애절한 울음소리가 들렸다. 에에에 — 에에에 —. 나는 걱정스러워서 걸음을 멈추고 뒤돌아보았다. 염소를 숨긴 오동나무를 둘러싼 사철나무 울타리가 울음소리의 진동을 감싸고 사사사 소리를 내며 흔들렸다. 그가 일언반구도 없이 베란다에 묶여 있던 염소를 풀어 계단 밖으로 내몰고 현관문을 꽝 닫았을 때 내 몸을 뚫고 갔던 전율이 되살아났다. 그의 몸을 향해 날아가 꽝 부딪쳐 깨어지고 싶은 폭력적인 충동. 산산이 깨어져 내가 나의 복부를 가르고 영원히 밖으로 나가 버리고 싶은 격렬한 열망…… 남편은 그날도 선풍기를 자기 쪽으로 돌리고 "24시 뉴스"를 시청하며 늦은 저녁을 먹었다. 그리고 캔 맥주를 손에 들고 발을 비비며 비디오를 한 편 보고는 두 시경에 잠이 들었다.

작은 숲의 남자

남편의 차가 떠나자마자 계단을 달려 내려가 염소를 숨긴 노인회관 뒤로 갔다. 염소는 스스로 줄을 친친 감고 돌아서 옴짝달싹도 못 한 채 나무등치에 매달려 있었다. 그 시간엔 이따금 생수를 뜨러 가는 노인들뿐 인적이 뜸했다. 다행히 아는 사람과 마주치지 않고 염소를 끌어다 놓을 수 있었다. 중요한 과제를 해결한 나는 아침 생방송에 눈길을 둔 채 느긋하게 커피를 마셨다. 염소는 밤새 주변의 나뭇잎들을 따 먹었는지 가만가만 되새김질을 했다. 우리의 눈이 가끔 부딪쳐 염소와 나는 잠시 마주 보기도 했다. 나는 손을 흔들어 보이고 다가가서 그의 뿔을 만져 주기도 했으나 염소는 나와 알고 지낼 생각은 전혀 없다는 듯 몹시 고집스럽게 자신의 위엄을 지키고 있었다.

싱크대에 아무렇게나 뜯어 놓은 양배추 겉잎을 꺼내고 식탁의 빈 그릇들을 주섬주섬 고인 물속에 담그는데 멀리서 요란한 진동음이 들려왔다.

"부우웅 — 바아앙 —."

어제는 아파트 관리소 아저씨들이 잔디를 깎느라 하루 종일 털

털거리더니……

그 소리는 멀리서 들렸지만 어제보다 훨씬 강력했다. 게다가 설거지물 속에 손을 담근 채 가만히 듣고 있자니 그 요란한 진동음은 사방에서 포위하듯이 위협적으로 다가오고 있었다.

나는 설마 하며 베란다 창문으로 목을 빼고 내다보았다. 같은 통로의 아줌마들이 맞은편 아파트의 그림자가 진 정원 앞에 자리를 깔고 2박 3일쯤 살림이라도 차리는 듯 부채와 모자와 물통과 과자 봉지 따위를 정리하고 있었다. 그 곁에는 작은 아이들이 자전거와 롤러스케이트를 타고 아파트 동과 동 사이의 광장을 빙글빙글 돌았다. 방독면을 쓰고 소독 통을 메고 뛰어다니는 청년들이 플라타너스나무들 사이로 잠시잠시 보였다가 사라졌다. 벌써 많이 다가와 버린 뒤였다.

소독하는 날. 붉은 색깔로 날짜와 시간을 표시한 소독 공지 사항은 아마도 아파트 통로 현관의 유리문에 붙어 있을 것이다. 나는 아침에 염소를 몰고 들어오고서도 그것을 보지 못한 것이다. 이웃과 교류 없이 지내는 보상을 가끔 이런 식으로 받곤 했다. 그릇들을 싱크대 찬장 안으로 밀어 넣고 집 안 여기저기 놓인 화분들을 뒤 베란다로 옮기고 신문지를 활짝 펴 TV와 오디오와 장식대 위의 물건들을 덮고 귀중품들을 장롱 이불 속에 넣었다. 그리고 베란다에 묶인 염소를 쳐다보았다. 난감해졌다. 염소를 몰고 이웃 여자들 앞을 지나가 자그마치 세 시간 동안을 어디선가에서 보내야 하는 것이다. 할 수만 있다면 염소를 이불에 싸서 장롱 속에 넣어 버리고 싶은 심정이었다.

아파트를 뒤흔들며 한 층 한 층 다가오던 진동음이 문 앞에서 뚝 멈추었다. 문을 열자 영화 〈고스트 바스터즈〉에 등장했던 귀신

잡는 전사 차림의 청년이 서 있었다. 그도 염소를 데리고 서 있는 내 모습에 놀라 눈을 커다랗게 떴다. 자리를 펴고 앉은 아줌마들이 갑자기 튀어나온 나와 염소를 일제히 쳐다보았다.

"웬 염소야?"

아래층 여자가 눈을 동그랗게 치뜨고 물었다. 나는 그냥 해죽 웃었다. 돗자리 위엔 사각형으로 접힌 작은 담요가 놓여 있고 그 곁엔 화투가 비스듬히 쓰러져 있다. 옆구리에 아이들 끼고 하루해 보내기에는 딱 좋다고, 아줌마들은 설거지하고 나면 모여서 화투를 두드렸다. 어서 하루가 가고 달이 가고 해가 가고, 아이들은 자라고 병든 어머니들은 돌아가시고, 시누이들은 시집을 가고 남편은 승진하라고, 어서어서 날들이 지나 월부금들이 끝나고 대출 적금이 만기되어 큰 아파트로 이사 가자고, 바람 든 남편이 늙어 버리고 이유 없이 발바닥이 갈라지는 이 건조하고 무료한 시간이 흘러가 버리라고 푼돈들을 가지고 나와 짤랑짤랑 하루를 녹인다. 어제 한 말을 오늘 또 하고, 한 달 전에 한 말을 또 하고, 일 년 전에 한 말을 또 하면서…… 그들은 대기실에서 기다리는 무시무시하게 긴 장기 공연의 엑스트라 무리 같다. 남의 연기를 보면서 늙어 가고, 한구석에서 어두운 게임을 하면서 늙어 가는 보류 처분된 삶. 나는 게임이 싫다. 게임의 유일한 진실은 시간을 삼킨다는 것이다.

나는 눈인사를 하고 그들이 뭐라고 더 묻기 전에 어디 바쁘게 갈 곳이라도 있는 사람처럼 황급히 걸음을 옮겼다. 최소한 세 시간은 지나야 들어갈 수 있을 것이었다. 나는 아파트 앞 상가에서나 시장에서, 혹은 아파트 안의 약수터나 여러 갈래의 길에서 몇 번쯤은 마주쳤던, 알은체하려면 할 수도 있을 그 이웃 아줌마들에게 눈길을 주지 않은 채 무표정하게 지나쳤다. 그들은 몸을 돌려 세워 염소를 몰고 가는 나를 바라보았다.

"약 해 먹을래나?"

줄레줄레 앞서가던 염소가 놀이터에 이르자 갑자기 딱 버티고 서더니 놀이터 안으로 들어가려 했다. 나는 힘껏 줄을 당겼다. 그사이 염소는 울타리인 사철나무 잎사귀를 하나 따서 입에 넣고 유유히 우물거렸다. 아침부터 햇볕이 난롯불처럼 뜨거웠다. 나는 야구 모자를 푹 눌러썼다. 새삼 내려다보니 사흘 동안 입어 무릎이 튀어나온 베이지색 면바지에 소매 없는 흰색 면 티셔츠 차림에다 납작한 검은색 운동화를 끌고 있었다. 주머니엔 오백 원짜리 동전이 하나 들어 있을 뿐이었다. 나는 줄다리기할 때처럼 몸을 뒤로 젖히며 염소의 끈을 힘껏 당겼다. 염소는 목 부분의 굴레가 조여들자 갑자기 순종적이 되어 고분고분 따라왔다.

놀이터를 지나 급수 시간이 아니어서 바닥이 하얗게 말라 있는 약수터를 지나 아파트 뒷문에 있는 가게를 향해 갔다. 세 종류의 정보 신문을 뽑아 들고 자동판매기에서 커피를 한 잔 뽑았다. 그리고 화단가 단풍나무 둥치에 염소를 묶어 놓고 그늘에 아무렇게나 앉아 정보 신문들을 뒤적였다. 염소는 내키지 않는 듯 잔디와 강아지풀을 조금 맛보았다.

'시골집. 대지 220평. 건평 25평. 방 셋. 부엌 입식 개조. 전방 500m 앞 바다.'

'계곡 끝 언덕 위 헌 집. 대지 80평. 밭 700평. 밭 대지 전용 가능. 바로 아래 연못. 경치 좋음.'

'강가 시골집. 대지 210평, 건평 25평, 밭 50평. 경치 좋음.'

나는 전화번호들을 하나하나 찢어 주머니에 넣었다.

아파트를 빠져나와 두 아파트 사이로 난 하천을 따라 걷기 시작했다. 볕이 따가웠다. 칠월의 세 번째 주이고, 오전 열한 시였다. 하천 난간의 그림자도 제 발밑에 몸을 숨기려 난간 아래로 잔뜩 기어들고 있었다. 어디를 둘러봐도 그늘이라곤 없었다. 풀을 먹여 말리는 듯 적막했다. 양쪽 하천 변에는 키 큰 풀들이 무성하게 엉겨 숲을 이루었고 그다음엔 줄을 세운 듯 달개비, 개여뀌 등의 여름풀들이 잔꽃들을 피워 놓았다. 그리고 가운데로는 끓어오르듯 거품을 게우며 검은 수챗물이 흘렀다. 얕은 물 위로 찢어진 공들과 플라스틱 병이 뒤척뒤척 떠내려오다가 멈추어 서곤 했다.

하천을 따라 주택지로 계속 오르니 문이 젖혀진 채 내버려진 냉장고와 망가진 우산, 몸통과 머리만 남은 플라스틱 인형, 야구 글러브와 책가방…… 심지어 세발자전거와 터진 감자 자루와 작은 찬장까지 하천 변에 박혀 있었다. 드러난 어깨가 따가웠다. 행려병자처럼 비실거리며 그늘을 찾아 두리번거리는 동안 점점 눈이 감겼다. 염소는 이따금 하천가로 올라온 키 큰 풀을 뜯으며 묵묵히 따라왔다. 갈증을 느끼며 세 개의 다리를 더 지나자 주택 사이에 이제 막 지은 듯한 작은 교회가 나타났다. 교회로부터 아직 다 마르지 않은 시멘트 냄새가 났다. 서늘하고 신선한 냄새였다.

나는 교회의 정원에 놓인 가짜 덩굴 지붕 밑, 가짜 나무 탁자 다리에 염소를 묶고 가짜 나무 벤치에 앉았다. 여태껏 울지 않고 따라왔던 염소가 그때서야 에에에 울었다. 한동안 아무도 나타나지 않았다. 교회 현관 곁에 세워진 풍향계는 까딱도 하지 않았다. 졸음이 몰려와 잇달아 하품을 해 댔다.

가득 넘치는 졸음 속으로 한 손에 작은 보퉁이를 든 여자가 들어섰다. 느슨하게 풀린 파마 커트 머리, 푸른색 면 티셔츠를 입고 아래엔 가벼운 천의 흰색 고무줄 주름치마를 입고 맨발에 플라스틱

전경린

슬리퍼를 끌고 있었다. 여자는 교회문 곁 사철나무 울타리 아래 그늘로 들어가 보퉁이를 놓고 앉았다. 사십은 되었을 듯한데 몸동작은 고무줄을 뛰는 계집아이처럼 가벼웠다. 잇달아 한 사내가 햇볕에 붉게 달아오른 얼굴로 들어서더니 곧 여자를 발견하고 사철나무 울타리 아래로 가서 앉았다. 여자가 몸을 홱 틀어 남자 쪽으로 등을 보이자 남자가 엉거주춤 일어서서 여자의 앞쪽으로 엉덩이를 옮겨 앉았다. 여자가 또 등을 돌리고 남자가 여자의 손을 붙들며 뭐라고 달랜다.

옮겨 심은 지 얼마 되지 않은 어린 사철나무 아래에 보퉁이를 놓고 쪼그리고 앉은 남녀는 부부 같지는 않다. 어쩌자고 여자는 저리 작은 보퉁이를 묶어 들고 입은 옷 채로 집을 나왔을까. 한 가난한 여자가 간부와 도망을 치려는 장면일까, 관계가 드러난 두 사람이 허겁지겁 야반도주를 해 오늘 정오의 시간에 이 낯선 곳에 도착한 것인지도 모른다. 이웃집 아저씨였거나 관리소 직원이었거나 아니면 여자의 작업 동료이거나 혹은 남편의 친구이거나 친구의 남편일지도 모른다. 여자의 팔뚝이 굵은 걸로 보아 도배나 페인트칠을 하는 작업 동료일 수도 있다. 그들은 이제 저 보퉁이를 풀고 낯선 곳에서 새롭게 살기 시작할지도 모른다. 방을 구하고 솥과 그릇 몇 개와 컵, 이불 따위를 사 나를 것이다. 그리고 슬슬 나가서 직업을 구하고 새 칼과 도마를 사고 빨랫줄을 치고…… 그리 어려운 일도 아니다.

두 사람은 이제 조근조근 이야기를 나누고 있다. 여자는 턱을 무릎에 괴고 제법 앙증스럽게 고개를 까딱까딱한다. 이글거리며 피어오르는 지열 사이로 그들을 바라보고 있자니 참을 수 없이 졸음이 왔다. 잇따른 하품으로 나의 뺨은 눈물로 얼룩졌다. 잠을 자 볼까 하고 궁리했으나 바닥에 시멘트로 붙여 놓은 테이블과 의자의 거리가 너무 멀었다. 나는 불편하게 엎드려 두 팔 속에 얼굴을 묻고 이내 잠 속으로 빠져 버렸다. 염소가 에에에 울었다. 잠의 입구에 차가운 물방울 하나가 똑 떨어지는 느낌이 들었다.

잠 속에 비가 내리고 어두운 숲속에서 염소 울음소리가 들렸다.
"나는 염소 모는 남잡니다."
목에 커다란 방울을 건 남자가 딸랑딸랑 다가왔다.
"시간은 무한하나, 진정한 시간은 모래 더미 속의 이빨처럼 찾아내기 어렵습니다. 나는 당신이 원하는 것을 알고 있습니다."
나도 목에 방울을 걸고 있었다. 우리는 염소 떼를 몰고 어두운 산길을 따라 내려오고 있었다. 염소의 몸은 어둠 속에 사라져 버리고 기이한 눈에서 흐르는 푸른 광채만 공중에서 흔들렸다. 길 가장자리를 따라 넓은 칡넝쿨 잎사귀가 너울거리고 어둠 속에서 흔들리며 내려오는 푸른 눈들이 빗물에 섞였다. 산 아래 인가의 불빛들이 물안개에 젖어서 희미하게 비쳤다.
"염소들은 야생적입니다. 해안 벼랑 끝에 노숙을 시켜도 끄떡없습니다. 그러나 비를 맞혀서는 안 됩니다. 비 오는 날은 공포에 빠집니다. 모든 떠다니는 것들이 그렇듯이 염소는 젖는 것을 가장 두려워합니다. 산을 넘는 나비, 강을 건너는 갓털 씨앗들, 태양을 횡단하는 새 떼, 삶의 지붕 위에 떠오르는 영혼들, 그리고 당신…… 생각해 보세요. 젖은 숲을. 비에 젖은 어둔 숲을요. 당신은 너무 오랫동안 그것을 견뎌 왔습니다."
산길을 가득 메운 염소들은 젖는 것이 두려워 녹색 광채를 흔들며 커다란 소리로 울어 댔다.

하굣길의 아이들이 쏟아져 나와 신호등 앞에 우르르 섰다. 나는 그 속에 딸애가 있는지 아이들 얼굴을 하나하나 쳐다보았다. 아이들은 입을 꼭 다물고 있었다. 맥 빠져 보이고 조금씩은 다 슬퍼 보였다. 나는 조그맣고 슬픈 얼굴들에서 고개를 돌려 하천이 큰길 아래로 흘러드는 어두운 굴 안을 들여다보았다. 그 앞의 하천 턱에는 다섯 개의 공이 턱을 넘지 못한 채 헛돌고 있었다. 배구공 축구공 농구공 테니스공 그리고 비치볼…… 그것들은 나란히 걸려서 빙글빙글 헛돌았다.

신호등이 바뀌고 아이들이 일제히 달려오자 어느 순간부터 딸아이가 보였다. 나는 깜짝 놀라 아이를 바라보았다. 한나절 동안에 불쑥 자란 것 같은 아이는 생각했던 것보다 훨씬 많이 나를 닮았고, 그리고 따로 흘러가는 배처럼 나와는 무관하게 느껴졌다. 아이는 내가 없는 곳에서 더 많이 자란다. 속수무책, 내가 관여한다 해도 내가 관여하지 않는다 해도 결국 아이에겐 아이의 운명이 있을 것이다.

나는 아이와의 사이에 내가 붙잡아 줄 수 없는 거리를 막막하게 바라보았다. 가까이 오니 아이의 앞머리가 땀에 젖어서 이마에 달라붙은 것이 보였다. 열에 익어 아이 얼굴이 사과처럼 붉었다. 나는 손바닥으로 이마 위의 머리를 쓸어 올려 주고 아이의 얼굴을 감싸 꾹 눌렀다가 놓았다. 어깨에 멘 가방을 받아드는데 아이가 킥킥 웃었다.

"엄마 얼굴에 붉은 줄들이 생겼어."

얼굴에 눌렸던 팔에도 살이 밀리고 접혀 붉은 자국들이 나 있었다.

"심하니?"

"응, 심해. 상처 난 거 같애. 왜 그렇게 됐어?"

"……상처 났으니까."

"그런데 엄마가 염소를 끌고 있으니까 품위가 있어 보여."

"품위?"

"응. 아흔아홉 마리 양을 두고 한 마리 길 잃은 양을 찾아 헤매다 온 사람 같애."

나는 쿡쿡 웃었다.

"엄마, 아까 우리 통로에 사는 이 학년 언니가 복도에서 울고 있었어. 왜 우느냐고 물어보니까 담임선생님이 청소 열심히 안 한다고 귀를 잡고 흔들면서 아무도 모르게 그 언니의 팔 안쪽을 아프게 꼬집었대."

아이는 걱정스런 표정을 지었다가 이내 눈을 반짝이며 내달렸다.

"우리는 내일 방학한다 ─. 우리는 내일 방학한다. 방학하면 나는 할머니집에 갈 거다 ─."

소리를 지르며 달려간 아이는 아파트 뒷문 가게의 자동 뽑기 기기에 돈을 넣고 손잡이를 돌렸다. 아이의 얼굴이 더욱 빨갛게 달아올랐다.

조그마한 투명한 플라스틱 통이 도토록 바닥에 굴러떨어졌다. 조악한 반지가 들어 있고 종잇조각에 꽝, 이라는 글자가 쓰여 있다. 아이는 아 재수 없어, 하며 가게 안으로 들어가더니 조스바를 물고 나왔다.

"엄마, 나 전번에는 초콜릿 타 먹었다."

그런 건 불량 식품이야, 하려다가 그만둔다. 내가 먹으면서 자랐던 숱한 불량 식품들이 떠올랐다. 우울한 결핍과 함께 떠오르는 허술한 불량의 맛들. 아이가 입을 벌리고 웃자 피색으로 변한 혓바닥이 보였다. 걸을 때마다 내 주머니 속에 정보지에서 찢어 낸 종잇조각들이 부스럭거리고 있었다. 햇볕이 너무 뜨거워 달리는 편이 나을 것 같았다.

"조스다!"

내가 염소를 끌며 달리자 아이가 깔깔깔 웃으며 잡으려고 달려왔다. 아하하 웃으며 달리다 뒤따르는 투박한 발소리에 놀라 뒤돌아본 나는 아연해졌다. 아이 뒤에 달려오는 또 한 사람이 있었다. 검은 박쥐우산을 든 청년이었다. 언제부터 우리 뒤를 따라왔던 것일까? 그는 검은 박쥐우산을 작열하는 하늘을 향해 꼿꼿하게 들고 입을 커다랗게 벌리고 웃으며 우리 뒤를 따라 달렸다. 햇볕이 불처럼 쏟아졌다. 나는 모양새가 이상해진 달리기를 멈추려고 했다. 그러나 달리기 시작한 염소는 걷잡을 수 없이 달려갔다. 줄이 주르륵 풀려 나가고 나는 염소의 힘에 끌려 발이 반쯤 들린 채 달렸다. 염소는 무척 힘이 세었다. 청년을 처음 보았던 날이 떠올랐다.

간밤부터 내린 눈이 오전에도 계속 내리고 있었다. 눈은 조용히 쌓였지만 이따금 바람이 불 때면 아파트 동과 동 사이의 작은 광장에 회오리를 치며 날아오기도 했다. 나는 설거지를 하다가도 창가에 다가가 내다보고 마루를 닦다가도 창가에 다가가 내다보았다. 사람이 무상의 웃음을 웃게 되는 순간은 그다지 많지 않다. 나는 창가에 다가서서 눈 내리는 공중을 내다보며 포포 비눗방울을 불어 날리듯 가볍게 웃었다. 목욕탕을 청소하다가도, 빨래를 개다가도…… 그때 눈 내리는 풍경 속에 한 청년이 텅 빈 놀이터를 껑충껑충 가로질러 가는 것이 보였다.

456

그는 검은 우산을 쓰고 한 손으로 그네를 끌고 가다가 놓았다. 그네에 쌓여 있던 눈이 푸스스 떨어졌다. 청년이 뒤돌아보며 웃었다. 그는 미끄럼틀 계단을 올라가, 눈이 소복하게 쌓인 미끄럼틀을 타고, 아 하하하 — 웃으며 내려왔다. 그는 잔디밭을 가로질러 가, 아파트 벽에 가려져서 사라졌다가, 곧 나타나 나무들을 흔들고 지나갔다. 꼿꼿하게 든 검은 우산 위에는 눈이 소복하게 얹혀 있었다. 나는 커피에 비스킷을 적시며 쿡쿡 웃었다. 그를 불러서 함께 커피에 비스킷을 적셔 먹으며, 남부 지방에 내리고 있는 푸짐하고 온순한 첫눈에 대해 이야기를 나누면 어떨까, 생각했었다. 아니 나는 그의 검은 우산 속에 함께 들어가 나뭇가지에 쌓인 눈들을 툭툭 건드리며 그렇게 걷고 싶다고 생각했었다. 이유 없이 찾아온 기쁨을 즐기며, 문득 빛나기 시작한 생을 함께 바라보고 싶었다. 그 첫날은 정말이지 청년이 든 박쥐우산도 전혀 이상하지 않았었다.

나는 꿈속에서처럼 빨리 달렸다. 그리고 정말 꿈속에서처럼 가야 할 이유가 없는 길들을 몇 바퀴나 돌아다녀야 했다. 폭염의 한낮에 검은 염소와 그 염소를 모는 여자와 작은 여자아이와 검은 박쥐우산을 꼿꼿이 든 청년의 달리기라니…… 다행히 하교하는 저학년 아이들 몇이 걸음을 멈추고 지켜보았을 뿐 구경하는 사람은 거의 없었다.

장자의 연인

'강가 시골집. 대지 210평. 건평 25평. 밭 50평. 경치 좋음.'
나는 주머니에 넣어 두었던 쪽지를 꺼내 전화번호를 눌렀다.

"강변이라고 되어 있는데 집과 강이 붙어 있나요?"

"야?"

언제나 내가 첫 질문을 하면 저쪽에서는 못 알아듣는다. 오십 중반쯤 되었을 것 같은 남자의 술에 전 쉰 소리가 들렸다.

"강가 맞소."

"강하고 붙은 집이냐구요."

"그렇지요."

"어느 쪽이 붙었어요?"

"뒤쪽 마당 지나 우리 밭이 붙었소. 제법 돋우어 지었으니 집에 물 들 염려는 없어요."

"집은 어떤 집인가요?"

"슬래브를 친 양옥집이지. 순 신식집이요. 목욕탕도 있고."

나는 조금 실망한다. 함석지붕이라 해도 나는 지붕을 씌운 집을 좋아한다.

"네에, 무슨 색깔이에요?"

"별거 별거 다 묻는구만. 흰색이오."

"주변에 집이 붙어 있나요?"

"야, 뭐라고요?"

남자의 음성이 높아지는 것이 곧 역정을 낼 기세다. 보통 전화 받은 사람들은 이쯤에서 짜증을 낸다. 그리고 빽 소리를 지르고 끊는 것이다. 아, 직접 와서 보시오. 그걸 전화로 어떻게 일일이 설명하고 앉아 있나?

나는 조바심을 치면서도 집요해져서 묻는다.

"옆집이 있소."

"바로 붙어 있나요?"

"웬걸, 제법 떨어져 있소."

나는 주위에 어떤 나무가 심어져 있는지, 밭에는 어떤 작물이 심어져 있는지, 휴일날 낚시꾼들이 오는지, 강폭은 얼마나 넓은지, 근처에 강을 건너는 다리가 놓여 있는지, 배도 다니는지 묻고 싶지만 꾹 참고 이번 일요일에 직접 찾아가겠노라고 인사를 하며 위치를 상세히 묻고 수화기를 놓았다.

물론 나는 단 한 번도 정보지 속의 집들을 찾아가 본 적은 없었다. 이곳이 아닌 다른 곳, 그 어딘가에 있는 비어 있는 집들의 문을 두드리는 그것은 그저 순수한 나의 취미일 뿐이다. 전화를 끊고 창밖을 보면 맞은편 아파트 벽 위로 강가에 있는 대지 210평, 건평 25평의 흰색 집이 상상 속에 천천히 떠오른다. 보통 그렇듯이 강가에는 미루나무들이 서 있을 것이다. 강과 둑 사이에는 좁다랗고 긴 갈대숲이 있을 것이고 강둑에는 염소들도 매어져 있을 것이다. 근처엔 아마 땅콩밭이나 감자밭, 수박밭, 포도밭 등이 있을 것이다. 지금 한창 수박과 감자를 수확하는 철이겠지. 처음 땅속에서 감자를 캐내던 날의 충격이 떠오른다. 흡사 까마득히 묻힌 뱃속의 기억들이 희고 동그란 머리로 달려오는 듯했던 최초의 감자 수확…… 쪽지에 동그라미 표시를 그린 뒤 입구가 막힌 도자기 주전자에 넣고 주머니에 들어 있던 다른 쪽지를 펴는데 초인종이 울렸다. 아이가 학원에서 돌아올 시간은 아직 아니었다.

문을 열자 박쥐우산을 든 청년이 서 있었다. 내가 빤히 보고 있자 청년이 싱긋 웃었다. 머리를 짧게 자른 모습이었다. 아마도 집에서 누군가 깎았을 서툰 솜씨였다.

"우산을 접고 들어오세요."

그는 우산을 접지 않고 들어왔다. 우산이 열을 먹어 후끈후끈

459

거렸다. 나는 현관문을 닫았다.

"이제 우산을 접으세요."

"안 돼요."

발음이 분명치 않은 흐릿한 음성이었다.

"왜 안 되나요? 비도 오지 않고 눈도 오지 않는데."

청년은 신발을 벗고 우산을 든 채 베란다로 가더니 두 개의 빨랫줄 사이에 거꾸로 걸었다. 염소가 벌떡 일어서서 깃처럼 긴 귀를 수평으로 흔들며 그를 향해 에에에 울었다.

"밥을 줄까요?"

청년은 한순간 예의 그 입을 좌악 벌리는 동작을 하더니 고개를 저었다.

나는 갑자기 뭘 어떻게 해야 할지 알 수가 없어졌다. 집 안에 들여 밥을 먹이는 건 간단하지만 아무것도 할 게 없는 건 불안한 일이다. 나는 청년을 소파에 앉게 하고 커피와 비스킷을 갖다주었다.

"존 레논이군요."

FM 라디오에서 '이매진'이 흘러나왔다.

청년은 아무것도 먹을 생각이 없는지 가만히 앉아 있었다. 나는 난처했다.

"존 레논 좋아해요?"

"아뇨."

그가 한참 동안 고개를 저었다.

"아무것도 안 좋아해요."

청년은 또 고개를 저었다.

"염소 좋아해요. 밤중에 내가 데리고 다녔어요. 밤마다요……한밤중에 염소가 많이 울었어요. 어느 날엔 나무에 발이 들리도록 친친 감겨 비명을 지르기도 했어요. 사람들이 깨어 창문을 열고 두리번거렸지요. 그래서 내가 염소를 데리고 가서 달랬어요."

나는 눈이 동그래진 채 한동안 그를 쳐다보았다. 염소가 그를 바라보며 에에에 울었다. 청년은 부끄러운지 얼굴이 붉어졌다.

"고마워요. 어쩐지, 염소 돌보는 일이 그다지 힘들지 않더니…… 정말 고마워요."

왼쪽 머리끝에 맵고 뜨거운 김 같은 것이 차오르더니, 이마를 타고 내려와 콧등을 가득 메웠다. 마치 나 자신이 한밤중에 울었던 그 염소인 것처럼, 나 자신이 한밤중에 그에게 의지했던 바로 그 염소인 것처럼, 슬픈 추억이 가득한 친숙함이 몰려왔다. 나는 청년의 한 손을 꼭 쥐었다. 청년의 손은 컸다. 청년은 허리를 어색하게 세운 자세로 가만히 앉아 얽힌 손들을 내려다보았다.

"난, 염소를 좋아하지만 염소보다 당신을 더 좋아해요."

청년의 다른 손이 나의 손 위에 천천히 올라왔다.

"우리 집 창문으로 당신이 보이지요. 나는 당신을 자주 보았어요. 당신은 그냥 살지요. 집에서는 멍하니 앉아 있고요. 늘 혼자서 다녀요. 다른 사람과 어울리지 않고 화장도 하지 않고 예쁜 옷도 입지 않고 웃지도 않고 집 안을 꾸미지도 않았고요. 당신 염소처럼 당신은 절망해 있어요. 왜 당신은 자신을 한없이 이완시킨 채 시간을 흘려보내고만 있나요?"

청년은 나의 정체를 꿰뚫어 보고 있었다. 그러나 흘려보낸다고? 나의 동의 없이 다가오는 하루하루가 삽으로 산을 떠 옮기는 듯이 힘겨운 것이라는 걸 청년이 어떻게 알 수 있겠는가. 나는 얼굴이 붉어졌다. 손을 빼내려 하자 나의 손을 완강하게 쥔 청년이 천천히 고개를 숙여 나의 손가락들 사이 우묵한 곳에 그의 입술을 눌렀다.

461

무언가가 손가락 사이로 흘러 가슴 안으로 뭉클 들어온 것 같았다. 밑바닥에서 응어리진 서러움이 현기증처럼 치받쳐 올라왔다.

"당신은 아름다워요. 정말이에요. 난 아름다운 것을 구별할 줄 알거든요. 아름다운 것은 형태가 아니라 본질에 관한 말이지요."

청년은 약간 떨리는 음성으로 말하고, 그리고 내 손을 놓았다. 그는 염소의 뿔을 만져 주고 아무 말 없이 우산을 들고 신발을 꿰어 신고 계단을 내려갔다. 인사하는 것을 까맣게 잊어버린 것 같았다. 나는 베란다로 뛰어나가 내려다보았다. 한참 뒤 청년이 나타나 앞 동의 현관으로 들어갔다. 위에서 보니 청년의 모습은 검은 박쥐우 산에 가려져 다리 부분밖에는 보이지 않았다.

우산은 지붕처럼 커 보였다. 어쩐지 그가 언제나 우산을 쓰고 다니는 기행을 이해할 수 있을 것 같기도 했다. 어쩌면 내게 결핍되 어 있는 부분도 바로 저 우산 같은 것이 아닐까…… 나는 손을 펴고 청년의 입술이 닿은 곳을 가만히 보았다. 그것은 불손한 행위가 아 니었다. 그는 나의 형태가 아닌 본질에 입을 맞춘 것이었다. 나는 거 울 속의 나를 하나하나 만져 보았다. 고양이가 제 털을 제가 핥듯이 쓸쓸하고 따스하게, 그것밖에 할 일이 없는 듯이 무료하게…… 두 꺼운 슬픔의 퇴적층을 읽듯, 손등 위로 눈물이 툭 떨어졌다. 놀라운 것은 나 자신까지도 남편과 공모해 나를 방치해 왔다는 사실이었 다. 나의 손가락들, 나의 무릎, 나의 등, 나의 귀, 나의 가슴, 나의 겨 드랑이…… 그것이 왜 남편을 통하지 않고서는 내게 아무 의미도 없었다는 말인가. 어떻게 그토록 오랫동안 까맣게 잊어버리고 있었 다는 말인가. 그것은 무엇보다도 먼저 나의 것이 아니던가.

검은콩 같은 똥이 흩어져 있는 신문지를 걷어 내고 베란다 바

닥에 새 신문지를 깔았다. 염소는 밥을 거의 먹지 않은 채였다. 염소
는 검은 도화지로 접어 만든 속이 빈 공작품같이 가볍게 내 곁에 서
있었다. 정말 아파트에서 자랐는지 염소는 거의 울지 않았다. 나는
염소의 가지런한 뿔 위에 가만가만 손을 얹어 보았다. 인간에게는
단 한 번도 뿔이 없었던 게 확실한 모양이다. 손끝으로부터 섬뜩하
도록 낯선 느낌이 전해 왔다. 살을 꿰뚫을 듯한…… 야생의 기미.

처음부터 그 남자의 말을 믿은 건 아니었지만 염소는 염소일
뿐이었다. 염소는 누구와도 사귀려고 하지 않았다. 염소는 철저히
다른 언어로 고집을 부렸다. 염소가 그리워하는 것은 숲속의 염소
무리뿐이었다. 염소는 밥도, 채소도 라면이나 과자도 거의 먹지 않
았다. 그의 몸속에는 숲속에 묻혀 있는 칡뿌리와 나뭇등걸 들과 푸
른 풀밭을 향한 그리움이 갇혀 있었다.

닷새쩬데도 염소 주인 남자에게서는 아무 연락이 없었다. 어제
는 아래층 여자가 언제까지 염소를 키울 거냐고 항의를 했었다. 냄
새가 아래층까지 퍼져 내려온다는 것이었다. 나는 오늘쯤이면 끝
날 거라고 사정을 해 두었다. 서로 얼굴을 익힌 이웃이어서 불쾌한
기분을 많이 억제하는 눈치였다. 하지만 며칠 더 계속되면 그 여자
가 관리소에 신고할 수도 있는 일이었다. 나는 때때로 몹시 불안해
졌다.

오랜만에 '이매진'이 수록된 비틀스의 레코드를 빼내는데 재
킷 비닐 커버 속에서 바퀴벌레 새끼 네 마리가 후두둑 떨어졌다. 그
리고 전화벨이 울렸다. 전화벨은 계속해서 울렸다. 나는 전화 코드
를 뽑아 버리고, 바퀴벌레들이 어딘가로 달아난 빈 마룻바닥을 망
연히 내려다보았다. 얼핏, 전화 건 남자가 염소 주인 남자일지도 모
른다는 생각이 들었다. 발밑이 일렁거렸다. 마치 네 마리의 새끼를

463

내가 밟고 섰기라도 한 듯 불결하고 미지근한 공포…… 나는 꼼짝 않고 바퀴벌레를 섬멸할 방법을 찾아 머릿속의 살해 차트를 빠르게 돌렸다. 모든 레코드판들을 앞으로 쏟아 버리면서, 동시에 솔 부분을 분리시킨 청소기로 바퀴벌레의 소굴을 빨아들인다. 그러고는 곧장 목욕탕으로 달려가 바퀴벌레들을 욕조에 빠뜨린다. 청소기에 흡입되는 것 정도로는 찰과상밖에 입지 않을 것이고, 결과적으로 바퀴벌레들은 익사할 것이다. 그렇다면 먼저 욕조에 물을 받아 두어야 한다. 그렇지만 익사체들은 어떻게 끄집어내지?

만반의 준비를 하고 레코드들을 일제히 앞으로 쏟았으나 바퀴벌레는 한 마리도 발견할 수 없었다. 그들은 매우 민감하다. 나 역시 마음속 깊은 곳으로부터 그들과의 대면을 극렬하게 거부한 게 아니었을까. 내가 모르는 집 안 어느 구석에 바퀴벌레를 기르게 되더라 해도…… 그 곤충들은 한밤중 깜깜한 어둠 속에서 등을 반짝이며 자르르 퍼져 나갈 것이다. 나는 꼼짝 않고 서서 전의가 상실된 서글픈 눈으로 벽면과 바닥이 면한 집 안의 음험한 이곳저곳을 두리번거렸다.

"이 ─ 상한 냄새가 나."

열두 시가 설핏 넘어서야 들어온 남편이 부엌과 목욕탕을 오가며 씻고 달그륵거리고 하더니 침대 속에 들어와 반쯤 깬 나의 몸을 뒤적거렸다. 나 자신이 마치 시든 배추처럼 닳혀 있는 느낌이었다. 그리고 그의 머리가 내 얼굴에 다가올 때마다 어딘가에서 지독하게 더러운 냄새가 났다.

"무슨?"

"아, 이게 ─ 무슨 냄새지…… 참을 수가 없 ─ 어."

나는 삼분의 일쯤 잠에 묻혀 있어서 내 음성은 나오지도 들어 가지도 않는 질기고 긴 섬유질처럼 목구멍에 감겼다.

"어디서 냄새가 난다는 거야?"

"당신 머 — 리에서. 타 버린 찌개 냄비 — 냄새가 나."

"그게 무슨 말이야? 당신이 태운 찌개 냄비 냄새가 왜 내 머리 에서 난다는 거야?"

"정말 나 — 요."

"그만해. 자, 자, 음 —."

그가 내 몸에 체중을 싣고 귀 뒷목에 입술을 갖다 댔다. 냄새가 코로 들어와 숨을 막았다.

"아 —."

그를 밀어내다가 안 되자 나는 주먹을 불끈 쥐고 그의 등을 내 려쳤다.

"이 여자가 왜 이래?"

"머리 좀 치워요! 못 참겠어."

나는 있는 힘을 다해 발길질을 하며 소리쳤다.

"더러워!"

그가 나의 목에서 입을 뗐다. 그리고 따귀를 후려쳤다.

"쌍년! 더러워?"

눈을 뜨자 미등의 희미한 빛 속에 윗옷을 벗은 남편의 상체가 보였다.

"내려가 줘."

내가 중얼거렸다.

"참 더러워서, 니 몸에서 염소 노린내와 쉰 오줌 냄새가 난다는 거 너 알아? 골이 지끈지끈해. 온 집 안에 쏘는 듯한 염소 오줌 냄새

전경린

가 난다구!"

그가 천장을 향해 소리를 꽥 지르며 내려갔다.

몸이 훌렁 들릴 듯 가벼워졌다. 나는 등을 오므리며 벽 쪽을 향해 천천히 돌아누웠다. 남편은 이불을 꽥 걷어치우고는 담배를 피웠다. 머릿속에 물이 차는 듯 고요해졌다.

내가 남편에게 염증을 내는 만큼은 남편도 내게 염증이 나 있는 것이다. 남편과 싸운 것이 언제였던가. 그게 언제였던가. 서로에게 망설임 없이 각자의 인격과 자존심을 다 걸어 본 것이…… 염소 울음소리가 들려왔다. 염소는 맹렬하게 울고 있었다. 염소 주인 남자는 왜 오지 않는 것일까. 그새 그의 아버지가 돌아가시기라도 한 것일까. 그렇다 해도 왜 전화조차 한 통 하지 않는 것일까…… 남편은 잠들었는지 모로 누워 꼼짝도 하지 않았다. 나는 숨을 죽여 침대에서 빠져나갔다.

아파트 뒤편 모퉁이를 돌자 끊어졌던 염소 울음소리가 다시 들려왔다. 염소는 두 개의 눈동자에 푸른 야광의 광채를 뚝뚝 흘리며 이리저리 날뛰었다. 투다닥투다닥 뛸 때마다 발바닥에서 굽소리 같은 것이 났다. 염소는 한 방향으로 돌다가 굴레가 목을 조이면 반대 방향으로 돌아 줄을 풀었다. 줄을 묶은 오동나무 뿌리가 금세라도 뽑힐 듯 위태로웠다. 나는 난감해져서 주위를 돌며 눈만 깜박거렸다. 곧 근처의 창문마다 사람들이 고개를 빼고 항의를 할 것 같은 위기감이 고압선처럼 머리 꼭대기에 감돌았다.

"저, 내가 염소를 돌볼 테니……"

박쥐우산을 든 청년이었다. 어둠 속에서 보니 별이 총총한 마른하늘에 박쥐우산을 든 모습이 더욱 그로테스크해 보였다.

"하천을 따라 한 바퀴만 돌고 오면 순해질 겁니다."

청년이 공손한 자세로 우산을 바닥에 놓고 염소를 묶은 매듭을 풀었다. 염소가 너무 날뛰었기 때문에 매듭은 번번이 꽉 잠겨 있었다.

　"염소를 왜 데리고 있지요?"

　나는 대답을 하지 못한 채 망설였다.

　청년은 뒤에 서 있는 나를 돌아보았다.

　"염소는 숲으로 가고 싶어 해요."

　"당신은 왜 늘 우산을 쓰세요?"

　내가 묻자 청년은 그것을 모르겠느냐는 듯한 눈길을 던졌다.

　"우산은 나의 숲이에요. 나는 내 숲을 들고 다니죠. 내 숲 아래를 지나는 것들하고만 나는 교류해요. 이 마른 우산 아래로도 가끔 지나는 사람들이 있거든요. 당신과 당신의 딸, 당신의 염소처럼요. 우산 없이는 이 세상을 지날 수가 없어요. 혼돈스럽고 불안하고…… 가슴이 쿵쾅쿵쾅 뛰지요. 두려워요."

　염소가 굳이 나에게로 오려 했다면, 이제 나는 이유를 알 것 같았다. 염소는 자신이 단지 염소일 뿐이라는 그 태연한 사실을 통해 닫힌 우물처럼 내 몸속에 묻혀 있던 또 하나의 염소의 얼굴을 비추어 주는 것이었다. 청년은 매듭을 다 풀고 우산을 들고 일어섰다.

　"함께 가시겠어요?"

　나는 고개를 저었다. 청년은 더 이상 권하지 않고 밤하늘을 향해 박쥐우산을 꼿꼿하게 든 뒤에 염소를 몰고 떠났다. 검은 우산을 들고 어둠 속으로 사라지는 그의 뒷모습은 금세라도 공중으로 날아오를 것 같은 크고 유순한 까마귀 같았다. 우리가 꿈이라고 하는 것은 어쩌면 저 작은 숲의 다른 이름이 아닐까. 그러나, 숲에 대한 은유에 불과한 저렇게 작은 숲으로, 그는 이 세상의 신랄함을, 세상의 혼돈과 폭력성을, 불안과 그 무의미한 경직성을 과연 언제까지 가릴 수가 있을까.

　남편과 나는 푸른 융 커버로 싸여진 의자에 앉아 마주 보고 실려 간다. 치키치키…… 기차가 달리고 차창 밖으로 환한 햇빛이 흘러간다. 내 곁에는 검은 비닐봉지를 손에 쥔 한 늙은 남자가, 그의 곁에는 한 젊은 여자가 앉아 있다. 여자의 머리카락이 짧고 몹시 가늘며 새끼 거미처럼 투명한 밀짚색이다. 얼굴에는 짙은 화장이 되어 있지만 몹시 어린 여자라는 것이 더 강조된다. 윤곽이 흐린 입술은 베이지색에 가깝다. 여자의 몸은 무거워 보인다. 앞으로 튀어나온 불룩한 가슴, 옆으로 벌어진 불룩한 엉덩이, 거대한 허벅지, 통통하고 길다란 손가락……

　남편이 신문을 활짝 펼쳐 든다. 옆에 앉은 늙은 남자가 검은 비닐봉지를 구긴다. 신문은 점점 여자 쪽으로 기운다. 나는 신문의 '오늘의 명언' 란을 본다. '사물의 양은 무궁무진하고 시간의 흐름은 영원하며, 운명은 늘 변하여 끝과 시작이 없이 순환한다 — 장자.' 그러나 진정한 시간은 모래 더미 속의 이빨처럼 찾아내기 어렵습니다. 모래 더미 속의 이빨처럼…… 고개를 드니 남편과 여자는 신문에 가려져 버렸다. 검은 비닐봉지 구겨지는 소리가 신경을 거스른다. 신문이 이리저리 흔들리며 부스럭부스럭거린다. 여자가 끼끼끽 웃는다. 오래된 목조 문을 여는 소리 같다. 오래된 마루를 딛는 소리 같다. 늙은 남자는 왜 자꾸 검은 비닐봉지를 구기나…… 여자의 거대한 허벅지 하나가 신문지 속에서 나온다. 거기 남편의 손이 붙어 있다.

　나는 앉은 채로 쇠막대기 같은 팔을 휘저어 신문지를 걷어 낸다. 남편이 여자의 노출된 가슴을 힘껏 쥐고 깊숙이 입술을 파묻고 있다.

주먹을 쥐고 그들을 때리려고 하지만 손가락들은 모여 주지 않고 팔은 그들에게 닿지를 않는다. 나는 열린 손가락들이 달린 납처럼 굳은 팔을 허공에 힘겹게 내젓는다. 여자가 끼끼끽 웃는다. 사물은 무궁무진하고 시간은 영원하며 운명은 끝과 시작이 없이 순환한다. '장자'…… 늙은 남자가 비닐봉지를 구긴다.

방 안엔 여전히 미등이 켜진 채였다. 남편은 입술을 꼭 다문 채 시치미를 떼며 누워 있는 것 같았다. 나는 남편을 일으켜 침대머리에 기대 앉혔다. 그리고 세 번 잇달아 따귀를 후려쳤다. 그는 눈을 뚱그렇게 떴다. 화가 난 눈이라기보다 의문과 두려움에 휩싸인 눈이다. 그는 한동안 나를 노려보더니 베개를 집어 들고 나갔다. 그도 이제 나에게 인격과 자존심을 걸고 싸우고 싶지 않은 것이리라. 내 몸은 온통 땀에 젖어 있었다.

지난해 봄날, 비 내리던 어느 오후에 남편은 한 여자와 프랑스 영화를 보았다. 나는 그 여자에 대해 좀 더 알았어야 했다. 육 개월여 동안 남편이 늘 함께 점심을 먹었다던 그 이웃 사무실의 아가씨에 대해, 왜 나는 좀 더 충분히 알려고 애쓰지 않았을까? 몰래 그 사무실에 들러 볼 수도 있었는데, 나는 왜 그렇게 하지 못하고 이렇게 온갖 다른 모습의 여자들을 꿈꾸는 것일까……

그즈음 남편은 종종 아주 늦게 들어왔고 밤늦게 문득문득 베란다에 나가 서 있는 것이 발견되곤 했다. 긴 한숨들, 그리고 어느 땐 천성에 맞지 않게 수다스러워져서 현관에서부터 횡설수설 떠들어대기도 했다. 그가 말하고 있다는 의미밖에는 없는 그 의미 없는 지껄임들…… 그런 다음 날 아침엔 빈 세탁기에 젖은 와이셔츠가 담겨 있곤 했다. 어느 날부터 나는 그것이 금요일이라는 것을 알았다. 무슨 이유인지 남편은 금요일마다 자정이 넘어 들어왔고 그리고 와이셔츠의 어깨나 가슴, 팔이나 소매 부분을 가만가만 씻어 낸 뒤 칼라 부분이 더러워진 와이셔츠를 세탁기에 넣어 두곤 했었다.

그리고 그해 봄 남편은 내가 생일날 보고 싶다고 귀띔해 둔 영화를 이미 보아 버렸다. 그 영화를 보고 싶어 한 다른 여자와…… 그리고 나의 생일날 남편은 월남전을 다룬 미국 영화를 상영하는 극장으로 데리고 갔었다. 의자가 좁아 남편은 영화를 보는 내내 끼끼걱거리며 몸을 움직였고 비디오로도 볼 수 있는 걸 꼭 극장에서 봐야 하느냐고 몇 번 더 불평을 늘어놓았다.

다음 날 낮에 나는 혼자서 프랑스 영화를 보러 갔었다. 이미 영화가 시작된 극장 안은 더듬고 들어가야 할 정도로 어두웠고, 의자 위로 솟은 머리통들은 겨우 열두셋쯤 되어 보였다. 나는 아무도 앉지 않은 줄의 왼쪽 끝자리에 앉았다. 부스럭거리던 비닐봉지 소리…… 뒤에 앉아 있던 남자가 내 줄의 오른쪽 끝으로 자리를 옮겨 앉았다. 스크린에는 〈셸부르의 우산〉 이후 처음 보는 카트린느 드뇌브가 긴 금발머리의 젊은 남자와 정사를 벌이고 있었다. 비닐을 든 남자가 부시럭대며 한 칸씩 한 칸씩 의자를 바꾸며 다가왔다. 설마 하는 사이 남자는 나의 옆자리까지 왔고 그리고 서슴없이 나의 허벅지 속에 손을 집어넣었다. 틀림없이 꾀죄죄하고 더러웠을 아주 작은 손이었다. 나는 어둠 속에서 의자에 몸을 부딪치며 달려나왔다. 방음 쿠션이 대어진 극장문을 열어젖뜨릴 때 어쩐지 극장 안에서 질척하게 녹은 아이스크림 냄새가 났다는 생각이 들었다. 차갑고 습기 차고 퀴퀴한 종이 냄새…… 거리는 표백시킨 듯 환했다.

사람들은 반수 상태처럼 낮은 소리로 말했고 자동차들도 반쯤 들린 듯 부드럽게 달렸다. 모든 게 꿈이라는 듯이 고요했다.

　내가 생일날 보고 싶다고 귀띔한 영화를 남편은 다른 여자와 보았다. 그 사실을 안 날 하필이면 한 여자가 아이 둘을 아파트의 오층 옥상에서 밀어 떨어뜨리고 자신도 뛰어내려 머리를 부수었다. 그 여자의 남편은 여섯 달째 자기 사무실의 한 아가씨와 살림을 하고 있었다.

　나는 명백하게 캐내지도 못했고 용서하지도 못했다. 다만 아이를 떠밀고, 자살할 일은 아니라고 생각했을 뿐이다. 길길이 뛰어오르며 이혼할 일도 못 되었다. 그러나 내가 두려워했던 것은 무엇일까. 나는 왜 그토록이나 관대했던가. 나는 알아내려고 하지 않고 가만히 덮어 버렸던 것이다. 그리고 그 여자에 대해 꿈을 꾼다. 내가 본 적이 없거나 혹은 어디선가 한 번쯤 본 적도 있을 그런 여자들의 얼굴…… 남편은 아직 그들이 결백한 사이이며, 다시 만나지는 않는다고 했지만 나는 그 말이 믿어지지 않았다. 믿으려고 노력했었지만 말이다. 꼭 금요일은 아니지만 화요일이나 목요일쯤에 남편은 여전히 아주 늦게 돌아온다. 그리고 일찍 들어오든, 늦게 들어오든, 나는 더 이상 남편을 믿으려고 노력하지 않는다. 우리에게 결혼의 신성한 봉인은 찢겨 버렸다. 사랑 없이도, 믿음 없이도, 살 수는 있는 것이다. 메마른 가시덤불처럼, 바닥이 갈라진 우물처럼, 추운 날들의 차디찬 비석처럼…… 그러나 삶에 있어서 의미는 무엇일까. 왜 실체가 없는 것이 실체를 지배하고 서로의 팔과 다리를, 심장과 귀를, 입과 입술을 하나하나, 이토록 잔인하게 떼어 놓는 것일까.

　올해 3월 남편의 서른다섯 살 생일 아침이었다. 등을 흔들어 깨우자 남편은 돌아누운 채 중얼거렸다.

"전속력으로 달려가서 콱 받쳐 죽고 싶어."

그러자 나의 옆구리가 시퍼렇게 치인 듯 둔탁한 아픔이 몰려왔다. 그는 정말로 전속력으로 달려가 콱 받쳐 죽고 싶은지 모른다. 남편은 정말로 감방 같은 데에 갇혀 책만 읽고 싶은지도 모른다. 남편은 그 이웃 사무실 여자와 함께 살고 싶어서 미칠 지경인지도 모른다. 남편이 꼭 그렇게 하지 말아야 할 이유가 어디 있는가, 아무것도 손에 쥘 수 없는 이 생에서…… 그가 이대로 어느 날 죽어서 돌아오면 나는 얼마나 많은 눈물을 흘리게 될까…… 생전에 남편을 묶어두고 이리도 냉담했으니, 그 회한을 다 씻으려면 눈물을 흘려 못 하나를 다 채워도 부족하리라. 그러나, 그런데도 함께 사는 동안 나는 이 악의를 버릴 수 없다. 그것은 이제 우리가 맡은 배역이며 그와 나 사이에 주어진 유일한 대사와도 같다. 메마른 강폭과 같이 날마다 더 넓어지는, 나날이 더욱 우아해지는 한 쌍의 권태와 냉담…….

숲으로 난 길

"지구에서 가장 크고 장엄한 동물. 가장 큰 놈은 코끼리의 서른다섯 배도 넘으며 지능은 영리한 개와 비슷하고 뜨거운 입김은 수증기가 되어 솟구쳐 오른다. 그리고 자연 수명은 일백 년 가까이 된다."

내가 또닥또닥 도마 위의 감자를 채 썰 동안 아이는 고래에 관한 책을 큰 소리로 읽고 있다.

"엄마, 고래는 네 개의 다리를 가진 육지 동물인데 사천만 년 전에 바다로 들어갔대요. 앞다리는 가슴지느러미가 되고 뒷다리는 꼬리지느러미로 변했대요. 다른 생선과 달리 입김도 따뜻하대요."

"그래? 처음엔 물속에서 어떻게 숨을 쉬었을까?"

따뜻한 입김과 젖꼭지와 네 개의 다리를 가진 고래가 왜 바다로 갔을까……

"연습 많이 했겠지. 우리가 물 먹으며 수영 배우는 것처럼. 엄마, 그런데 왜 고래는 바다로 들어갔을까?"

"바다는 고래의 숲이었을 거야. 육지의 두 배도 넘는 거대한 숲……"

나는 도마질을 멈추고 마치 그 대답을 염소가 하기라도 한 듯 놀란 눈으로 염소를 응시했다. 아이도 말을 멈춘 나를 바라보다가 염소를 쳐다보았다. 염소도 우두커니 서서 우리를 보고 있었다.

눈앞에 파도가 몰려와 하얀 거품을 일으켰다.

"수영 배우기 어렵지 않든?"

"선생님이 그랬어요. 풀장의 물을 좀 먹겠다고 결심만 하면 그다음엔 쉬워진다구요."

"……"

속눈썹마다 베인 풀줄기처럼 통증 어린 눈물이 맺혔다. 나는 두 눈을 부릅뜨고 다시 감자를 썰었다. 가슴속에서 어두운 심연이 넘칠 듯 소용돌이쳤다. 그것은 불가능한 일인 것만 같았다. 하천 턱에 걸려 헛돌던 찢긴 공들처럼, 가방을 쌌다가 풀었다가 할 뿐이었다. 결국 나는 이곳에서 빠져나가지는 못할 것이었다.

한밤중에 소스라치며 깨어났다. 곤충처럼 푸른빛을 발하는 시계는 두 시 사십오 분을 가리키고 있었다. 잠 속에서 벽이 찢어지는 듯한 비명소리를 들었던 것 같다. 나는 저린 다리를 쥐고 간신히 침

전경린

대에서 빠져나와 선풍기를 껐다. 그러자 나뭇잎 위에 싸아싸아 떨어지는 고르지 않은 빗소리가 들렸다. 잠들기 전에 한증막이었는데 이제 방 안은 선풍기를 껐는데도 서늘했다. 문득 염소가 온 지 열흘 쨋날이며, 염소는 첫날 라면 조각을 먹은 뒤로 아무것도 받아먹지 않았다는 사실이 상기되었다.

나는 창가로 다가가 아래를 내려다보았다. 가로등 빛을 받아 젖은 나뭇잎들이 번들거리며 흔들렸다. 누군가 지른 비명 소리가 벽 저쪽에서 울리는 듯도 하고 염소 울음소리가 들리는 듯도 했다. 그러나 숨을 멈추고 귀를 기울이면 빗소리 속에는 구슬을 꿰는 질긴 실처럼 일정한 고요가 관통하고 있었다. 열린 창틀에 굵은 빗줄기가 떨어져 얼굴에 튀었다. 방 안에 비가 들이쳐 발밑에도 물이 흥건하게 고여 있다는 것을 뒤늦게야 알아챘다.

비가 오니 염소가 공포에 빠졌을지도 모를 일이었다. 혹시 염소가 심하게 울었는지도 모를 일이었다. 나는 벗은 몸에 낮에 입던 티셔츠와 청바지를 껴입고 나갔다. 거실에는 TV 화면이 지직거리고 있었다. 남편은 러닝과 반바지 차림으로 소파에 엎드린 채 잠들어 있었다. 베란다의 흰 레이스 커튼이 젖은 채 펄럭거렸다. 남편의 머리도 이따금 튀어 온 빗방울에 젖고 있었다. TV를 끄고 베란다 문을 닫았다. 안방에 돌아와 홑이불을 꺼내려고 이불장을 열자 여행 가방이 굴러떨어졌다. 며칠 전 저녁에 감자를 썰다 들어와 싸 둔 것이었다. 나는 여행 가방 위에 손을 놓은 채 앉아 있다가 한순간 깃털처럼 일어섰다. 홑이불을 남편의 등에 덮고 딸아이 방 창문도 닫아 주고, 그리고 우의를 걸친 뒤 여행 가방을 들었다.

현관문을 열고 불이 꺼진 어두운 계단을 더듬거리며 내려갔다. 발을 헛놓아 몇 번이나 무릎이 꺾였다. 젖은 사철나무 울타리를 스

치며 빠르게 달려갔으나 노인회관 뒤 오동나무 아래에는 염소가 없
었다. 비바람에 오동나무 잎사귀가 펄럭펄럭 흔들리고 내 우의 위
로 빗방울들이 커다란 소리를 내며 떨어질 뿐이었다. 나는 멍하니
서 있다가 청년을 생각해 내고 천천히 걸음을 떼었다. 비도 피할 겸
청년의 집이 올려다보이는 아파트 현관에 서고 보니 삼 층 청년의
집에 불이 환히 켜져 있는 것이 보였다. 그런데 염소 울음소리는 왼
쪽 끝 통로의 오 층 집에서 울려 나오는 듯했다. 방과 거실 부엌까지
불이 환하게 켜진 오 층 집에서 계속 염소 울음소리가 들렸다.

"아악 —"

여자의 비명 소리가 젖은 밤하늘을 찢으며 길게 이어졌다.

"사람 살려요 —"

"악 —"

다시 염소 울음소리…… 그러고 보니 그 소리는 염소 울음소리
가 아니라 여자의 신음 소리였던 것 같았다. 비의 주렴을 흔들며 무
엇이 바닥에 부딪쳐 깨어지는 소리들과 여자의 비명 소리, 악다구
니가 계속 들려왔다. 옆집과 맞은편 집에도 불이 켜져 있고 몇몇 다
른 집에는 불이 켜졌다가 곧 꺼졌다가 했다. 멀리서 비상경보음이
들려왔다. 누군가 경찰에 신고를 해 둔 모양이었다. 비상경보음은
점점 가까워지더니 마침내 모퉁이를 돌아 내가 서 있는 정원 앞 좁
다란 광장에 멈추었다.

뜻밖에도 앰뷸런스였다. 차 안에서 세 명의 남자가 내렸다. 그
들은 맞은편 아파트의 똑같은 입구들을 가리키며 뭐라고 의논하더
니 튼튼해 보이는 들것을 들고 불이 환히 켜진 앞 동의 현관으로 들
어갔다. 그들이 사라지자 흰색 승용차가 광장으로 들어왔다. 내린
사람들은 바로 우리 집 아래층 식구들이었다. 여자는 작은아이를

475

안고 남자는 큰아이를 업었다. 여자는 내 앞에서 깜짝 놀라 발을 멈추었다.

"어마, 여기서 뭐 해요?"

"그냥…… 비가 와서요."

여자는 차 안에서 자다 깬 듯 굳은 빵 같은 얼굴을 찌푸렸다. 이 층 남자가 올라가면서 스위치를 올렸는지 계단에 불이 들어와 갑자기 환하게 밝아졌다. 나는 뒤에 놓인 여행 가방이 신경 쓰여 주춤댔다. 게다가 나는 이미 젖은 우의를 입고 있었다.

"아휴 — 우린 시골 내려가 제사 지내고 오는 길이야. 이날만 되면 날씨가 번번이 이 모양이야! 못 해 먹겠어, 무슨 조상 덕 보는 게 있다고…… 삼 층 청년 또 넘어갔나 보지. 그 병도 참 이상해. 꼭 이맘때쯤이면 발작이 일어나니 말이야. 소란스러워서 깬 모양이네. 원칙적으로 입주민 신병 심사도 해야지, 어디서 저런 사람까지 넣어 가지고 이 말썽인지……"

이 층 집 여자의 눈길이 내 다리 뒤에 놓인 여행 가방을 짧게 스쳤다.

"이제 그만 안 들어가요? 밤도 늦었는데……"

여자는 묵묵부답 서 있는 내 우의 차림과 젖은 머리카락을 훑어보며 잠시 망설이더니 아이를 추스르고 올라갔다. 그 여자는 내일이나 모레, 혹은 일주일쯤이 지난 어느 날, 비 내리던 한밤에 수상쩍게 현관에 서 있던 내 모습을 증언하게 될 것이었다. 사라져 버린 위층 여자의 여행 가방과 우의와 젖어 있던 머리카락과 무릎이 튀어나온 바지에 대해서도 이야기하겠지……

계단 창문을 통해 그들이 삼 층 청년의 집에서 나오는 것이 보였다. 그들은 들것을 들고 나오고 있었다. 나는 앰뷸런스 뒷문으로 바짝 다가갔다. 청년은 기진을 한 듯 들것에 실려 눈을 감고 있었다. 청년의 이마 위에 굵은소금 같은 빗방울들이 툭툭 떨어졌다.

"이봐요, 이봐요."

청년은 눈을 뜨지 않은 채 앰뷸런스 안으로 밀어 넣어졌다.

"이봐요!"

염소는 어디 있느냐고 물으려고 하는데 다리에 둔탁한 것이 부딪혔다.

염소였다. 염소는 아마도 청년과 함께 있었는지 젖지도 않은 채였다. 나는 염소의 줄을 찾아 쥐고 아파트 현관으로 돌아와 비를 피했다. 비를 바라보고 있던 염소가 에에에 울기 시작했다. 뿔을 쓰다듬고 목을 만져 주어도 소용없이 앞발을 잔뜩 내뻗으며 점점 거칠게 울어 댔다. 어떻게 해야 할지 머릿속이 혼란스러웠다.

앰뷸런스는 몇 번 부르릉거리다가 떠났다. 나는 달려 나가려는 염소를 쥐고 서서 아직 불이 켜져 있는 청년의 집을 올려다보며 서 있었다. 청년의 방 창문에 누군가 어른거리고 있었기 때문에 마음에 걸렸다. 잠시 후 창문이 와락 열리더니 한 남자가 활짝 펴진 검은 우산을 창밖으로 내던졌다. 청년의 작은 숲이었다. 작은 숲은 어디로 가기라도 할 듯이 공중에 잠시 떠 있더니 비스듬히 기울어져 잔디밭에 떨어졌다. 활짝 펴진 우산은 바람에 날려 조금씩 뒤채이다 데구르르 저편으로 굴러갔다. 그러다가 우산은 아주 멀리 가 버릴 것만 같았다. 나는 여행 가방을 들고 염소를 끌고 나가 우산을 뒤쫓았다. 바람이 불자 우산은 훌렁 날려 낮은 언덕을 지나 길 저편으로 떨어졌다. 나는 뜻을 같이해 주지 않는 염소 때문에 몇 번이나 우산을 놓친 끝에 놀이터의 미끄럼틀 계단에 걸린 우산을 간신히 덮쳤다. 우산은 녹이 슬었는지 접혀지지 않았다.

나는 잠시 망설이다가 천천히 우산을 썼다. 우산 속에 고여 있던 물이 이미 젖어 버린 머리카락 위에 흘러내렸다.

불 꺼진 아파트는 거대한 벽처럼 평면적으로 서 있었다. 집을 찾기는 쉬웠다. 거실에 불이 켜져 있어서 희미한 빛이 홈통을 타고 흐르는 듯했다. 해변에 밀려 올라온 플라스틱 병처럼 머리카락에 빗물이 묻은 한 남자가 소파에 엎드려 자고 있는 집이었다. 슬픈 꿈이 넘쳐 어린 소녀의 잠든 눈가에 눈물이 배어 나오고 있을 집, 아침에 눈뜨면 한 여자가 사라져 버린 것을 조용히 알아채게 될, 이미 오래전에 훼손된 집이었다. 얼마간의 시간이 흐르면 그도 무언가를 하게 될 것이었다. 누군가 가두어 놓기라도 한 듯 틀어박혀 책만 읽을 수도 있을 것이고, 자동차를 몰고 전속력으로 달려가 어딘가에 꽝 부딪쳐 죽을 수도 있을 것이다. 이웃 사무실 여자와 미친 듯 살아 볼 수도 있고, 혹은 훌쩍 떠나 버릴 수도 있을 것이다. 무엇이든, 그것이 무엇이든 어쨌든 해 볼 수가 있을 것이다.

언제까지 벼랑 끝에 배를 붙이고 심연을 내려다보고 있을 수는 없다. 나아가기 위해서는 끊긴 길 앞에서 두 눈을 감고, 두 귀도 닫고 자신의 본질을 향해 어느 순간 훌쩍 뛰어내리지 않으면 안 된다. 그리고 뛰어내려 본 사람은 알게 될 것이다. 있는 것과 없는 것 사이의 심연 속에 현실보다, 현실의 현실보다도 더 강한 구름의 다리가 있다는 것을. 자신의 숲을 향해 가는 구름처럼 가벼운 구름의 다리……

나는 몸을 돌려 걷기 시작했다. 빗방울 소리가 갑자기 굵어졌다. 우리는 높이 솟은 플라타너스 나무들 아래를 지나고 있었다. 염소는 두 눈에서 푸른빛을 흘리며 먼 곳을 향해 신호를 보내는 듯 더 높은 소리로 에에에 — 에에에 울었다. 플라타너스 가지 끝의 넓다란 잎이 나의 머리를 쓰다듬을 듯 내려왔다가 얼굴에 물방울을 후드득 떨어뜨리고 도로 올라갔다. 비를 몰아가는 바람이 휭 불어 왔다.

　　—《문학과사회》, 1995년 겨울호;
전경린, 『염소를 모는 여자』(문학동네, 1996)

공선옥(孔善玉·1963~)

공선옥은 1963년 전남 곡성에서 농부의 둘째 딸로 태어났다. 1983년 전남대학교 국문과에 들어갔지만 아버지가 키우던 소들이 병들어 죽고 가세가 기울자 대학을 중퇴한다. 전남대학교 사대부속 고등학교에 다닐 때 5·18광주민주화운동을 겪은 작가는 '시민군 차에 타면 밥을 먹을 수 있다더라.'는 자취집 주인 아주머니의 말에 시민군들한테 밥을 해 주는 취사반 반원으로 활동했다고 한다. 20대 초반에 결혼한 시민군 출신과 이혼하고 서울로 올라와 구로공단에서 미싱사로 일하다가 《창작과비평》에 5·18광주민주화운동을 소재로 한 소설 「씨앗불」(1991)을 발표하며 작품 활동을 시작한다. 당시 미싱사 월급이 15만 원이었는데 원고료로 60만 원을 준다는 말을 듣고 '글을 써도 돈이 되겠구나' 싶어 업종 전환을 했다고 한다. 작가는 이혼 후 줄곧 '홀로 어멈'으로 아이 셋을 키우며 광주, 여수, 곡성, 춘천, 전주, 담양 등으로 유랑하면서 글을 써 왔다. 이처럼 성장 과정에서의 가난, 5·18민주화운동, 어느 한곳에 정주하지 못하고 유랑하며 얻은 다양한 삶의 체험, 소설을 써서 아이를 키우고 먹고살아야 하는 절박함 등은 공선옥 작품 세계를 이루는 중요한 요소들이다.

소설집 『피어라 수선화』(1994), 『내 생의 알리바이』(1998), 『멋진 한세상』(2002), 『유랑가족』(2005), 『명랑한 밤길』(2007), 『나는 죽지 않겠다』(2009),『은주의 영화』(2019), 장편소설『오지리에 두고 온 서른살』(1993),『시절들』(1996),『수수밭으로 오세요』(2001),『붉은 포대기』(2003),『내가 가장 예뻤을 때』(2009),『영란』(2010),『꽃 같은 시절』(2011),『그 노래는 어디서 왔을까』(2013), 산문집『자운영 꽃밭에서 나는 울었네』(2000),『공선옥, 마흔에 길을 나서다』(2003),『사는 게 거짓말 같을 때』(2005),『행복한 만찬』(2008),『춥고 더운 우리 집』(2022) 등이 있다. 단편소설「장마」로 1992년 여성신문문학상, 2004년 오늘의 젊은 예술가상, 2005년에는 올해의 예술상을 받았다. 소설집『명랑한 밤길』로 백신애문학상,『명랑한 밤길』과『나는 죽지 않겠다』로 만해문학상, 장편『꽃같은 시절』로 요산문학상을 수상했다.

작가는 등단작「씨앗불」부터 꾸준히 5·18민주화운동이 여성을 비롯한 사회적 약자에게 미친 영향을 소설화해 왔다. 가난과 폭력, 그리고 이를 돌파하려는 여성들의 생존 의지는 공선옥 작품 세계의 주된 특징이다. 특히 하층 계급 여성들의 생명력과 모성을 생동감 넘치는 활달한 문체로 핍진하게 그린 점은 공선옥만의 고유한 작품 세계로 평가된다.

김양선

목마른 계절

    소음은 끝이 없다. 아파트 뒤편 길은 아직 포장도 제대로 안 된 이면 도로인데도 불구하고 남해고속도로로 직통으로 빠지는 길이라서 차량의 소통은 큰길의 그것에 뒤지지 않는다. 아니 오히려 시내로 들어가는 큰길의 교통 체증을 미리 염려한 운전수들은 아파트 뒷길로 난 이 이면도로를 선호한다. 버스와 택시와 승용차만의 통행이라면 또 그런대로 참을 만하겠는데 어디서들 오는지는 몰라도 몸체에 흙을 잔뜩 묻힌 덤프트럭과 레미콘, 지게차들의 무서운 행렬이란, 컨테이너와 트레일러와 유조 차량의 육중한 질주란, 그것들이 질주하며 내뿜는 매연과 굉음과 먼지들이란 숨이 탁 막히고 귀가 멍멍할 정도다. 숨이 막히고 귀를 멍멍하게 하는 소음은 뾰족한 촉감까지 지녀서 골수 구석구석까지 송곳처럼 파고들어, 끝내는 머리를 감싸쥐고 거대한 소음의 벽 속에 갇힌 채 울어 버릴 수밖에 없는 지경이 되고 만다.

    아파트는 복도식이다. 아이들은 복도에서 논다. 차갑고 딱딱한 콘크리트 바닥을 마당 삼아 아이들은 고무줄놀이도 하고 크레용으로 금을 그어 놓고 가위바위보놀이도 한다. 고래고래 고함을 지르며. 어디 차 소리 네가 이기나, 우리들의 고함 소리가 이기나 하고.

차 소리가 시끄러우니 아이들의 목소리도 커지고, 목소리가 커지니 텔레비전 볼륨도 올라갈 수밖에 없다. 소음은 저 혼자만 소음이 되는 것이 아니고 충분히 소음이 되지 않을 수도 있는 단순한 소리들을 제 주변으로 끌어당겨 이내 소음화시켜 버린다.

아이들이 유아원에 가지 않는 일요일 날은 아예 소음의 도가니다. 아이들은 노는 것이 아니고 흡사 싸움질하는 것 같다.

아파트 뒤편의 소음은 그렇다 치자. 그렇다면 아파트 앞편의 소음 사정은 또 어떤가.

아파트는 일렬 횡대로 1, 2, 3동이 늘어서 있다. 일렬 횡대의 1, 2, 3동 앞에 4, 5동이 늘어서 있고. 아파트는 15층이다. 15층짜리 아파트 한 동당 세대수는 한 층에 각 20세대씩 총 300호가 들어가 산다. 일렬 횡대의 세 개 동에 그러니까 900호가 되는 것이고, 앞마당이 따로 없는 앞의 두 개 동까지 합친 1500호의 마당은 세대수가 많으니 의당 드넓은 광장이 되지 않을 수 없는 것이다. 1500호의 마당이 되어야 할 광장, 엄밀히 말해 주차장, 문제는 그 주차장에 있다.

한밤중의 영구 임대 아파트 주차장을 한번쯤이라도 본 적이 있는가. 그것은 화물차 터미널이다. 화물 집하장이다.

언젠가 재벌 회사가 지은 민영 아파트에 사는 친구가 내 집을 방문하고 나가는 길에 그 거대한 주차장의 화물 트럭들을 목격하고는 감탄을 금하지 못하는 것이었다.

"바로 이거야, 끔찍한 리얼리티라는 게."

왜냐하면 주차장에는 승용차라고는, 하다못해 국민차라 불리는 조그만 티코 한 대도 섞여 있지 않았기 때문이다. 거대한 화물 트

483

럭들 속에 섞여 있는 작은 '차'라고는 오토바이와 자전거와 리어카 뿐이었으니.

그러나 진짜 끔찍한 리얼리티는 화물 트럭들이 움직이는 신새벽에 있다. 그것은 말 그대로 끔찍의 극치다.

거대한 산이 무너진다. 새벽마다. 땅이 갈라진다. 새벽마다.

아이가 운다.

"엄마, 내가 막 흔들려. 가만히 있는데."

나는 속수무책으로 아이를 끌어안는다.

"조금만 기다려라. 지진은 아니다."

주차되어 있는 화물 트럭들이 제각각 해산하고 난 뒤에는 또 쓰레기차의 소음이 아이를 더 잠들지 못하게 한다. 세대수가 많으니, 쓰레기 치우는 시간도 길 수밖에 없다.

영구 임대 아파트의 아침은 이렇게 하여 뒤편의 소음과 앞편의 소음이 어울려 이루어 내는 웅대한 소음의 오케스트라로 하루의 서막을 열게 되는 것이다.

견딜 수 없이 화가 났다. 앞과 뒤 중에서 어느 한곳의 소음만이라도 나지 않게 할 수는 없을까. 앞쪽은 어차피 어쩔 수 없는 곳이라 하더라도, 뒤편에다는 방음벽이라도 설치할 수 있잖은가.

영구 임대 아파트의 시공자인 주택공사에 전화를 걸었다. 화가 나서 견딜 수가 없는 심정을 꼭꼭 눌러 삼키며.

"시정하도록 건의 올리겠습니다."

첫 번째 전화를 했을 때, 주택공사의 여직원이 나긋한 목소리로 답변했다.

"서명을 받아 오세요."

무소식을 못 견디다 세 번째 건 전화에서의 답변이다.

서명을 받겠다고 통장 집으로 가서 반상회에 방음벽에 관한 안건을 올려 주십사 여쭈었더니, 내 앞에서는 그러마고 해 놓고 이 또한 감감무소식이다.

통장 아줌마한테 어떻게 된 사연인지 정중하게 여쭈었더니,

"아줌마가 신경을 꺼 부러."

도저히, 도저히 한 번 켜진 신경불을 끌 수가 없어서 없는 시간을 틈내 서명을 받겠노라고 내 가까운 이웃집부터 방문을 하였다.

내 바로 옆집인 302호는 낮에는 리어카 행상을 나가느라 아무도 없음을 알고 있으므로 바로 건너 303호의 초인종을 눌렀다.

나는 이사 와서 한 달 만에 처음으로 303호 여자를 만나 본 것이다. 그 여자는 이제 마악 외출할 준비를 하고 있었다.

"저는 301혼데요. 이 아파트가 너무 시끄럽지 않으세요?"

"모르겠어요."

"아파트 뒤로 저렇게 덤프트럭이 질주를 하잖아요."

"어쩔 수 없는 일 아녜요? 이만한 아파트에 살게 된 것도 어딘데."

나는 서명받기를 일찌감치 포기하기로 마음먹을 수밖에 없었다. 그렇다. 이만한 '아파트'에 살게 된 것도 어딘데. 이만한 아파트에 살게 해 준 것만도 어딘데. 셋방살이 신세를 면하게 해 준 것만도 어딘데 거기가 대고 소음이 어쩌니 환경이 어쩌니, 그것이 도대체 가당키나 한 소리인가. 자고로 중이 저 살기 싫으면 절을 떠날 수밖에.

신경을 끄고 살아 버릴 수밖에 달리 길은 없는 것이다.

303호와의 인연은 그렇게 맺어졌다.

우리는 통성명을 하였다.

"인사가 늦었어요. 저는 아람이 엄마라고 합니다."

유정이 엄마는 그러시냐고, 먹고사는 일에 바빠서 이웃에 사는데도 얼굴을 못 보았다고, 언제 자기 까페에 오면 술 한잔 대접하겠노라고, 오늘은 가겟일 때문에 바빠서 나가 봐야겠다고 했다.

"유정이를 데리고 다니세요?"

"봐줄 손이 없어서요."

"우리 애들이 유아원에서 오면 같이 놀게 두고 가세요."

유정이 엄마는 고맙다고, 친절한 이웃을 만났다고 기뻐하며 다섯 살 유정이를 두고 까페에 나갔다.

유치원 종일반인 내 아이들이 올 시간까지 유정이는 내가 봐주어야 했다. 유정이는 내 아이들의 장난감을 만지작거리며 혼자서 청승스런 노랫가락까지 흥얼거리며 착하게 놀았다.

"나는 나는 저팔개 왜 나를 싫어 하냐아…… 나는 나는 저팔개……."

한 번도 써 보지 않은 장편소설을 무슨 궁리를 써서 쓰겠단다고 덜컥 해 버린 출판사와의 약속 때문에 나오지 않는 그놈의 궁리들을 짜내느라 끙끙대는 날들이었다. 한참을 바스락거리던 장난감 소리가 언제부턴가 나지 않는 것을 안 것은 내가 나오지 않는 궁리들을 짜내느라 정신없이 워드의 자판과 씨름을 하다 어쩐지 등 뒤가 허전한 느낌이 들어 굽혔던 허리를 펴고 뒤를 돌아다보았을 때였다.

청승스레 노랫가락까지 흥얼대며 놀던 유정이가 보이질 않는 것이었다.

나는 서둘러 유정이를 찾으러 아파트 문을 열고 뛰쳐나갔다. 복도에도 아이는 없다. 예의 귀청을 찢는 소음만이 가득할 뿐.

486

"유정아아!"

겁이 덜컥 나서 아파트 계단을 뛰쳐 내려갔다.

아파트 광장에는 오늘도 경로잔치가 벌어졌다. 낮에는 텅 비는 아파트 광장은 아이고 어른이고 뒹굴고 놀고 싶은 유혹을 일으키기 딱 맞게 드넓고도 드넓은 광장이다. 뛰고 춤추고 놀기 딱 알맞은 그 광장을 내버려 두면 괜히 서운해져서 아파트의 노인들은 밤에 편한 잠을 잘 수가 없다는 것이었다. 그래서 '경로잔치'는 날마다 벌어질 수밖에 없다.

때는 바야흐로 봄날, 햇빛은 나른하게 아스팔트 광장으로 쏟아져 내리고, 어디서 구해 왔는지는 모르지만 '전남대학교 민주동문회' 마크가 찍힌 차일까지 쳐 놓고 노인들의 화전놀이가 벌어지고 있던 것이다.

화전놀이는 할머니와 할아버지 편으로 나뉘어 있었고 유정이는 저도 여자라고 할머니들 틈에 끼어 있었다.

술이 오른 할머니들은 덩실덩실 춤을 추었고 다섯 살배기 유정이는 덩실덩실 춤추는 할머니들 틈에서 천연덕스럽게 나비처럼 하느작거리고 있는 것이었다. 유정이는 내가 불러도 빤히 내 얼굴을 바라보며 눈 하나 깜짝하지 않고 하느작이는 손동작을 멈추지 않았다. 그리고 그 애는 하느작이며 내게 다가왔다. 나비처럼.

이상한 일이었다. 아이의 무구한 눈빛이 하느작이며 내게 다가오고 있을 때, 나는 이상하게 가슴이 뭉클해 오는 것이었다. 나는 유정이를 꼬옥 안아 주었다. 햇빛이 내 등 뒤로 따스하게 쏟아져 내리는 봄날이었다.

영구 임대 아파트로 이사 온 지난 일 년 동안 내 아이들은 유정이하고 놀았다. 소음 가득한 영구 임대 아파트의 복도에서. 유달리

겁이 많고 심약한 내 큰아이는 유아원 빼고는 저희 집 문이 빤히 보이는 복도를 벗어나 놀지 않았으므로, 큰아이보다 어린 유정이와 내 둘째 아이는 큰아이를 따라 복도에서 놀 수밖에 없었다. 유정이는 밤이 되어도 제 집에 들어가지 않고 내 아이들하고 잤다. 나는 졸지에 세 아이들의 엄마가 되어 버렸다.

장마비가 쏟아지는 여름밤이었다. 세 아이들을 겨우 재워 놓고 비도 와서였겠지만 이상하게 마음이 착잡해져서 베란다에 나가 흘러간 옛 노래를 소리 죽여 부르고 있었다. 비가 오는 날, 내리는 비를 바라보며 추억 어린 노래를 부를 때면 종종 내가 부르는 내 노래에 내가 위안을 받아 오곤 하던 터였다. 아파트 광장에 켜켜이 주차해 있는 화물 트럭들에도 체념인지 애정인지는 모르지만 웬만큼은 관대해질 무렵이었으므로 나는 비를 맞고 서 있는 그것들을 아무런 적대감 없이 바라보며, 가사가 생각나지 않으면 내가 새로 가사를 지어 낸 노래를 하냥 흥얼대고 있었다. 비를 맞고 서 있는 화물 트럭과 리어카들과 포장마차들을 가만히 바라보고 있자니 기이하게도 어떤 따스한 슬픔 같은 것이 내 가슴을 적셔 오고 있었다. 바로 그때 전화벨이 울렸다.

"애들 자니?"

유정이 엄마 현순 씨하고는 이제 언니 동생 할 정도로 친해져 있었다.

"응."

"애들 자면 나와라 야."

"왜, 또 장사가 안 돼요?"

"장사도 안 되고, 비도 오고 싱숭생숭한 게 도저히 그냥은 못 들어가겠다."

아파트 광장으로 나와 택시를 탔다. 비는 억수로 쏟아졌다. 택시 속에서 듣는 유행가 같은 찬송가 가락도 그런 날은 마음을 울렸다.

……내 영혼이 은총 입어 중한 죄 짐 벗고 보니, 슬픔 많은 이 세상도 천국으로 화하도다…… 할렐루야아……

비가 오는 가로수 밑에 서서 현순 씨는 나를 기다리고 있었다. 심야 영업이 금지되어 있었으므로 지하 까페 '소정'으로 내려가는 계단은 어두웠다. 까페로 들어서자 술 냄새와 습기 냄새가 혼합된 축축한 냄새가 끼쳐 왔다. 까페 소정에는 두 여자가 앉아 술을 마시던 중이었다. 주인 현순 씨와 그리고 종업원 '미스 조'.

술을 마시던 두 여자를 눈매 선해 보이는 생쥐가 의자 밑에서 올려다보고 있었다. 미스 조는 술집 종업원임에도 불구하고 술은 그다지 잘하지 못하는 듯했다. 그녀는 내가 자리에 앉자 곧 일어섰다.

"언니, 나 먼저 갈게. 더 있어 봤자 손님도 없을 것 같고."

"그래라."

현순 씨는 미스 조에게 택시비를 쥐어 주었다. 미스 조는 발등까지 덮는 긴 원피스를 입고 있었다. 그녀가 일어서자 긴 원피스 자락이 커튼처럼 그녀의 아랫도리로 쏟아져 내렸다. 그래서 나는 그녀가 걸음을 옮기기 전까지는 아무것도 알아챌 수 없었다. 그녀가 절름발이라는 사실을. 물결처럼 흘러내린 아름다운 원피스 자락 속에 슬픈 이물(異物)이 존재한다는 사실을. 미스 조는 현순 씨의 부축을 받고 까페 계단을 올라갔다.

현순 씨는 미스 조를 보내 놓고 돌아와서 자리에 앉자마자 자기 신세 타령을 늘어놓기 시작했다. 그래서 내가 미스 조의 불편한 다리에 대하여 물을 수 있는 기회가 주어지지 않았다. 현순 씨는 그즈음 목하 실연의 아픔을 달래느라 몸부림치는 중이었으므로 나는 그날 밤 내가 기억해 낼 수 있는 한도 내에서 온갖 위로의 말들을 현순 씨에게 해 주지 않으면 안 되었다.

현순 씨는 가게에 딸린 골방에서 표구가 안 된 그림 한 점을 들고 나왔다. 그림 속의 사내는 실제로 그렇게 생겼는지 일부러 그렇게 그렸는지는 몰라도 굵은 곱슬머리에 곧은 콧날을 지닌 '유럽풍의 미남형'이었고(그 남자는 그러고 보니 이목구비가 뚜렷한 게 예수의 초상화를 닮은 것 같다.) 현순 씨는 자신이 애써 그린 애인의 얼굴을 발기발기 찢다 말고 또다시 통곡했다.

마흔한 살의 여자가, 두 번씩이나 결혼에 실패한 경험이 있는 여자가 그날 밤 울었다. 그날 밤 마흔한 살 이혼녀가 울고 서른 살의 어린 이혼녀는 말도 되지 않는 위로의 말들을 찾느라 허둥대었다.

소정 까페를 나와 우리는 빗길을 택시를 타고 달려서 해장국집으로 갔다. 광주공원 광장에 즐비한 포장마차들은 빗속에서 퍽이나 이국적인 풍취를 자아내고 있었다. 현순 씨는 포장마차들은 턱없이 비싸서 다 먹고 돈 낼 때 속상하므로 머릿고기집으로 가자고 했다. 돼지머리가 지그시 눈을 감고 있는 술청에서 머릿고기집 주인 아낙도 꼭 그렇게 지그시 눈을 감고 졸고 있었다. 현순 씨는 더 이상 통곡하지 않았다. 더 이상 자신을 배신한 애인 이야기는 뚝 떼어 놓고, 우리는 그날 밤 선거 이야기를 하였다.

"하여간에, 김대중이가 당선되어야 해."

"만약에 김대중 씨가 안 되면 어떡할 거야."

"전부 혀 깨물고 죽을 수밖에 없어."

현순 씨는 빨간 루즈가 두텁게 발린 입술을 다소 과격하게 움직여 혀 깨물고 콱 죽을 수밖에 없다고 말했다. 때는 여름이었고, 꼴에 어울리지도 않게 도대체 지금 우리가 왜 선거 이야기를 하는지에 대한 의의를 찾지 못한 채 우리는 그렇게 다소 정치적인 이야기를 나누었다. 나중에 생각해도 기묘한 느낌이 들던 밤이었다.

현순 씨의 장사는 여름이 가고 가을이 와도 별로 신통하지 않은 모양이었다. 아파트 입구의 우편함에서 관리비가 내리 석 달째 밀려 있는 303호의 관리비 청구서를 발견하고 나는 가슴이 아팠다. 그녀는 이달에도 관리비를 내지 못하면 '가옥 명도 소송 세대 유의 사항'에 나와 있듯이 '제부금이 3개월 이상 체납되었으므로' 가옥 명도 청구 소송에 제소되든지 아니면 경매 처분에 들어갈 입장에 놓인 것이다.

나의 소설 쓰기 또한 지지부진하였다. 소설도 쓰지 못하고 취직도 못 한 상태에 놓여 있었으므로 나 또한 관리비를 못 내게 될 형편임은 마찬가지였다. 이래저래 우울한 계절, 가을이 영구 임대 아파트에 찾아왔다.

어미들의 민생고 문제야 어찌 됐든 아이들은 예의 소음 가득한 복도를 치달리며 기를 쓰고 놀았다.

노인과 모자(母子)세대가 주를 이룬 아파트였으므로 '거택 보호자'인 노인들에게는 한 달에 한 번씩 동 직원이 아파트 한구석에서 쌀을 나눠 주었다. 쌀을 타려는 노인들이 부대 자루 하나씩을 들고 엄숙하게 줄을 서 있었다. 그것은 언젠가 한국전쟁 당시를 찍은 기록사진첩에서 본 것도 같은 광경이다. 그러나 그 사진에서의 초조하고 수척한 사람들보다는 영구 임대 아파트의 노인들은 좀 더 건강하고 경건한 모습이다. 한순간 나는 내가 태어나지도 않은 50년대로 되돌아간 기분이었다. 노인들은 그때나 지금이나 구호양곡으로 생명을 부지해 온 사람들인지도 모른다. 하여 영구 임대 아파트의 거택보호자들에게 50년대와 90년대는 별반 차이 없는 세월인지도 모를 일이다. 어쨌거나 나는 50년대와 90년대를 별반 차이 없이 사는 노인들 곁을 나 또한 엄숙하게 가로질러 갔다. 거택보호 자가 아닌 나는 내 손으로 돈을 벌어 일용할 양식을 사야 했으므로, 취직을 하기로 마음먹고 지역 정보 신문에서 본 취직자리를 찾아가 보기로 했던 것이다. 가을 햇살이 비끼는 아파트 구석에서 배급 쌀 을 타는 노인들을 스쳐 가며 나는 내 가계의 엥겔지수를 계산하였 다. 그리고 밀린 광열비(난방비, 도시가스비 등)와 통화 정지 처분이 임박한 전화료와, 체납금과 연체료를 물지 못하여 소송에 들어간다 한들 소송 비용조차 아득한 영구임대아파트 임대료. 목숨 붙이고 산다는 일의 끔찍함.

취직을 하자고 찾아간 곳은 일종의 인력 수급 용역 회사였는 데, 내 수척한 몰골을 한눈에 훑어본 용역 회사 직원은 고개를 흔들 었다.

"아줌마, 주식만 먹지 말고 앞으로 부식들을 좀 더 기름기 있는 걸로 섭취하셔야겠는데요."

용역 회사를 나오며 나는 아닌 게 아니라 지방분이 부족해서였 는지, 다리가 좀 휘청였다.

휘청이는 다리를 끌며 그날은 좀 많이 걸어 다녔다. 내 집이 없 는 대한민국 사람이 가장 싼 값의 주거 비용을 치르고 살 수 있다는 영구 임대 아파트의 임대료도 못 물고 사는 주제에 소음을 탓하다 니, 소음 타령을 타령으로 끝냈으면 좋으련만 먹혀들지도 못할 서 명이네 전화질이네 그 주접을 떨었다니 스스로가 한심스러웠고 그 리고 서글픔을 견딜 수가 없어서 미친 듯이 걸어 다녔다. 미친 듯이 걸어 다닌 보람이 있어서였는지, 길거리에서 '시인'을 만났다. 시인 은 산동네에서 셋방을 살 때 바로 옆집에 살았었다. 그의 원래 직업은 교사였는데 전교조 일로 해직을 당하고 난 뒤부터는 그야말로 '시'만 쓰면서 살고 있었다.

때는 가을이어서였는가. 시인의 이름에 걸맞게 시인은 바바리 코트 깃을 세우고 수심이 잔뜩 서린 얼굴로 바람 찬 광주 천변 길을 걸어오고 있었다.

시인은 나의 행선지를 물었다.

"취직을 하려는데, 몸에 기름기가 없어서 안 된대요."

"거 골치 아픈데요. 기름기를 채울래도 일단 취직을 해야 되는 것 아닙니까?"

"누가 아니랩니까."

"그렇다면 약소하나마, 제가 오늘 약간의 기름기를 보충시켜 드리지요."

휘청이는 다리를 이끌고 미친 듯이 헤매고 돌아다녔는지라 피곤하였고 어느덧 날도 저물었으므로 나는 시인의 제안을 받아들였다.

시인은 나에게 기름기를 보충시켜 주기 위해서였는지는 몰라도 이 인분의 삼겹살을 시켜 놓고 자신은 한 점도 먹지 않고 깡소주만 들이켰다.

나는 고깃점을 썹으며, 어미를 닮아서 그 또한 기름기라곤 없는 내 아이들이 걸려서 마음이 조급해져 왔다. 그러나 시인이 하는 말의 허리를 자르고 일어설 수는 없었으므로 죄 없는 고깃점만 질경질경 씹었다.

시인은 말했다.

"아줌마가 발표한 글 두 개 있지? 그것도 내리 ㅊ지에다가."

나는 본능적으로 어깨가 움츠러들었다.

"이젠 아줌마도 광주에서 벗어나야 해요. 2, 30년대의 신파가 그보다 낫거든. 한마디로, 아직도 광주? 웬 광주? 거든."

씹고 있는 고깃점이 단물 빠진 껌처럼 입속을 굴러다녔다.

시인과 헤어지고 나서 나는 좀 쓸쓸했다. 사실은 아이들이 저녁도 굶고 기다리고 있을 영구임대아파트 301호로 당장에 들어가야 옳았다. 그것이 어미 된 자의 도리였다. 아직은 제 손으로 끼니를 챙겨 먹을 줄을 알지 못하는 어린 아이를 굶긴다는 것은 이유야 어떻든 간에 죄악이었다.

그런데도 나는 시인과 헤어지고도 저 혼자만 기름기를 채운 부도덕한 어미가 되어 거리를 헤매었다.

가을날 찬바람에 가로수의 잎은 지고 있었다. 다가올 겨울은 무엇으로 양식을 살까. 미물인 산짐승들도 겨우살이 준비를 하는 이 가을에 나는 무엇으로 두 아이의 양식을 사고 무엇으로 추위를 막을 의복을 살까.

주부 사원 모집의 광고가 붙어 있어서 들어가 본 방직공장은 노동쟁의 중이므로 차후에 소식을 주리라 하였다. 용역 회사의 직원은 기름기를 더 채워서 오라 하였다. 그렇다면 오늘 밤 나는 다소의 기름기를 채웠으니, 내일 다시 그 용역 회사에 가 보리라. 그들이 다시 왼고개를 흔들면 나는 기름기를 채운 내 배 속을 까발려 보여 주어야 하리라. 그러나 배 속을 열어 보일 방법은 없다. 내 손으로 내 배를 갈라 내가 죽고 난 연후가 아니고는. 그것 참 난감한 일이로구나.

어이, 현순 씨. 당신이라면 대답해 줄 수 있을지도 모르겠소. 죽지 않고도 배 속을 열어내 보일 방법을 말이오.

용왕님 앞의 토끼처럼. 어떻게든 배 속을 열어 보이지 못하면 나와 내 아이들이 굶어 죽게 된단 말이오.

"토깽이는 뭐 열어 보이기나 했간디? 다아 지혜로써 목숨들을 연명해 가는 것이지."

현순 씨는 새끼들이 불쌍타며 내게 된호통을 치고 좌우당간 자리에 앉기나 하라고 내 지친 몸을 가게 구석방으로 끌어다 앉혔다.

"웬 거요?"

나는 골방에 가득 차려진 음식들을 보고 눈이 휘둥그래져서 물었다.

"내 생일이란다. 에미 생일이라고 우리 딸년이 저렇게 솜씨를 부려 놨어."

나는 그때 처음으로 유정이 말고 현순 씨에게 큰딸이 있음을 알았다.

"저것이 말도 못 하고 듣도 못 하지만 손재주하고 인정은 있어서……."

현순 씨는 울먹이고 있었다. 현순 씨의 딸, 잔디는 말하자면 첫 남편에게서 난 아이인데, 어미 생일이라고 서울서 내려온 모양이었다. 그 아이는 서울에서 장애인 고등학교에 다니고 있다고 했다. 현순 씨는 딸을 서울의 장애인 학교에 넣은 것을 대단히 자랑스러워했다.

"학교는 어떻게 하고 왔어?"

"아파서 며칠 쉬기로 했단다."

잔디는 만성 열병에 시달리는 와중에서도 제 어미의 생일상을 알뜰히 차려 주고 영구 임대 아파트로 돌아갔다.

"우리 잔디가 어떤 애냐 하면, 내가 말이다, 애비없는 자식 낳는 게 우세스러워 오일팔 때 죽은 귀신들 묻힌 산골짝 동네로 들어

가지 않았겠니. 애를 방바닥에 쏟아 놓고 뭐가 잘못됐는지 하혈이 멈추지 않아 이제는 죽었구나 하고 누워 있는데, 그 애가 우리 잔디가, 이제 열 살 먹은 우리 잔디가 그 험한 산골짝 동네에서 십 리나 떨어진 약국으로 비가 억수로 쏟아지는 밤중에 약을 사러 간 애라구. 말도 못 하고 듣도 못 하는 애가 약국 문을 손으로 때리고 발로 차서 어떻게 어떻게 약을 구해 왔는데, 그게 진통제야. 그걸 먹고 나는 그대로 떨어져 버렸는데 한참 만에 눈을 뜨니까, 우리 잔디가 말도 못 하고 듣도 못 하는 애가 이렇게, 이러어케 귀를 내 배 위에 대고 있는 거야. 뭐를 듣겠다고, 제 에미 살았나 죽었나 볼라고.”

　나는 현순 씨에게 홍도야 우지 마라가 따로 없네 얼씨구, 어쩌고 하며 일부러 타박을 주었다. 타박을 주며 울지 않으려고 무진 애를 썼는데 나중에는 그렇게 애를 쓰는 자신이 영 내가 아닌 것 같아져서 결국에는 울어 버렸다. 아무리 독한 사람이라 할지라도 조금이라도 인간의 마음을 가진 사람이라면 어떻게 그런 사연들을 듣고 울지 않을 수 있단 말인가.

　나는 매번 현순 씨의 딸들에게 알 수 없는 감동을 느끼곤 한다. 하느작이며 춤을 추던 유정이, 그리고 말도 못 하고 듣지도 못 하지만 어미의 생일상 하나는 그렇게 멋있을 수 없이 차려 낸 잔디. 사람의 신체 기능 중 어느 한곳이 이상이 있으면 어느 다른 한곳의 감각은 발달하는지도 모른다. 맹인이 청각이라든가 촉각은 성한 사람 이상이듯이. 그런 의미에서 잔디는 특히 미각이 발달되어 있는 것 같았다. 미각과 함께 손재주도. 듣지 못하고 말하지 못하니, 오직 제 눈앞에 보이는 손으로 온갖 ‘만들기’를 하는 것이다. 음식을 만들고 공작을 하고.

　그날도 손님은 들지 않을 모양이었다. 현순 씨는 자신의 장사가 안 되는 건 길목이 안 좋아서도 아니고 제 수완이 나빠서도 아니고, 순전히 서민들의 경제를 파산시킨 정권 때문이라며 술 한잔 들어간 김에 다소 과격한 발언을 서슴지 않았다.

"한참 술 마실 시간에 딱하니 영업을 금지시키니, 죽어 나가는 건 요런 외진 곳에 있는 나 같은 사람들이지."

현순 씨는 그녀가 데리고 있는 유일한 종업원인 미스 조를 불렀다. 나는 그제서야 소정 까페의 미스 조를 내가 깜빡 잊고 있었음을 알았다. 미스 조는 술을 못 마실뿐더러 도통 말도 없었다. 나는 현순 씨에게 미스 조도 들을 수 있을 만큼 노골적으로 물었다.

"주인장 아줌마, 저렇게 얌전한 사람을 써서 장사 되겠어요?"

미스 조는 커튼이 드리워진 구석 테이블 속에서 천천히 걸어 나오고 있었다. 그녀는 오늘도 언젠가 보았던 하얀 원피스를 늘어 뜨리고 있었다. 그녀는 내게 조용히 다가와 술잔을 내밀었다. 나는 미스 조에게 술을 따랐다. 그녀는 술잔을 가만히 응시하고 있다가 단숨에 들이켰다. 술을 마시고 제 잔을 내게 내밀었다. 나는 술을 받았다. 이상한 고요로움. 미스 조의 손동작은 섬세하고 고요했다.

참 이상도 하다. 내 감정이 헤퍼서 터무니없는 감동을 이 사람 저 사람에게 느끼는 것인가. 나는 미스 조가 따라 준 술을 방금 전 미스 조가 내 잔을 받고 그랬듯이 또한 가만히 응시를 해 본 뒤에 마셔지는 것이었다.

못난이 생일에 못난이들의 축제도다. 스텝 바이 스텝.

현순 씨가 손가락을 튕겨 내며 노랫가락같이 읊조렸다. 현순 씨의 소음 속에서 미스 조의 낮은 노랫소리가 은은히 흘러나오고 있었다. 미스 조의 노랫소리가 이어지는 동안 현순 씨는 끊임없이 한옆에서 자작을 하며 떠들어 대었다.

……그러니까 이 가게를 처분하고 단란주점이라는 것을 해 봄이 어떻겠음? 에 또 그러니까, 한 달에 보증금 백에 12만 원씩이면 단란주점을 단란허니 꾸릴 수는 없단 계산이란 말임?

지혜구나. 죽지 않고도 배 속을 열어 보이는 방법. 목숨을 붙여 나갈 수 있는 지혜. 한참을 혼잣말로 장광설을 늘어놓던 현순 씨가 느닷없이 목청을 돋구어 노래를 부르기 시작했다.

……오월, 그날이 다시 오면 우리 가슴에 붉은 피 솟네, 오월 그날이…….

갑자기 쏟아지는 고음이었으므로 미스 조와 나는 잠시 어리둥절하지 않을 수 없었는데, 그러나 금방 무슨 노래인지를 알았으므로 따라 부르지 않을 수 없었다. 세 여자는 발까지 쾅쾅 굴렀다. 현순 씨는 발을 구르고 팔을 휘둘렀다. 노래가 끊어지는 것이 두렵다는 듯 행진곡이 끝나고 나면 너도나도 침울해질 것을 미리 염려하여 우리는 되도록이면 고성방가를 하였다.

"웬 흘러간 노래여?"

고성방가를 한 덕분에 누가 들어온 것도 몰랐다. 우리는 부르던 노래를 딱 멈추고 까페의 입구로 일제히 눈동자를 고정시켰다. 그중에도 유독 현순 씨의 눈빛은 먹이를 발견한 고양이의 것처럼 반짝이고 있다는 느낌이 들었다.

하참, 내 정신 좀 봐. 장사할 생각은 않고. 딸년 덕분에 오랜만에 스트레스만 풀고 앉았었네. 현순 씨는 순식간에 말끔한 카페 주인 본연의 얼굴빛으로 돌아갔다. 미스 조도 굼뜨게 일어섰다.

축제는 끝났다. 나는 이제 내 집으로 돌아갈 일만 남았다. 탈탈 굶었을 아이들이 불쌍해 나는 또 울컥 목이 메었고 목이 메이므로 다리가 휘청거렸다. 내 죄를 사하여 주소서. 주신(酒神)이여. 나는 기도하는 마음으로 마지막 한잔의 술을 마저 마시고 자리에서 일어섰다.

까페 안은 시끄러웠다. 늘 있는 일이겠거니 하고 나는 현순 씨에게 손을 번쩍 들어 올려 작별 인사를 했다.

"봐요. 아줌마, 심야 영업은 불법이란 말이오."

"불법 좋아하네. 동생들하고 생일 파티 한 것도 불법이여?"

"어이, 지금 나가려는 사람 내려와."

사내는 비위 틀어지는 반말지거리를 썼다. 나는 올라가려던 계단에서 돌아섰다.

"지금이 새벽 한 시란 말요. 불법 영업을 하려면 간판 불 끄고 샤타 내리고, 커튼 치고 소리 죽여 하든지, 뭔 배짱이요들?"

들어온 사내는 손님이 아니고 심야 영업 단속을 나온 형사였고 현순 씨와 미스 조와 나는 셋이 한 오랏줄에 묶일 판이 된 것이었다.

심야 영업이 아니었다고 증명해 보일 어떤 증거도 없는 것이다. 상황이 이렇게 된 판이라 나는 이제 불쌍한 새끼들한테로 가기는 다 틀렸구나고 생각하며 계단에 쭈그리고 앉았다. 형사가 먼저 앞장을 서며 따라오라고 말했다.

"어이, 당신도 같이 가 줘야겠어."

형사는 현순 씨와 미스 조에게는 말을 높이면서 유독 나에게만은 반말을 썼다. 나는 불법 영업을 하지 않았는데도(영업을 하려 했대도 손님은 없었을 것이다.) 새벽까지 불을 켜 두었다는 이유만으로 법을 어긴 죄인이 되어야 하는 현순 씨의 상황도 화가 났지만 형사가 꼬박꼬박 나에게만 반말을 쓰는 데도 화가 났다. 그래서 일어서지 않았다. 형사의 미간에 심지가 돋치고 있었다. 현순 씨가 변명조로 말했다.

"내 동생인데, 내 생일이라고 축하 인사차 온 거라구."

형사가 내게 했던 것과 반대로 현순 씨는 형사에게 반말을 쓰고 있었다.

"동생이란 증거 있소?"

"동생이라면 동생이지, 그것도 소설가 동생이라구."

형사가 쌍심지 돋은 미간에 이번에는 조롱기를 담뿍 띄우고 나를 바라보았다.

"쓴 소설 제목이나 한번 읊어 보시지?"

늘 침을 뱉고 싶은 순간을 참아 내며 살아오는 데는 이골이 나 있는지라 나는 형사의 조롱기 어린 미간을 여유 있는 미소까지 띠고 가만히 맞받아 보았다. 이번에도 현순 씨가 나서서 동생을 변호했다.

"위대한 대로망이지, 그런 샤쓰빤쓰하며. '사랑의 종말'이라고 요번에 출간될 거야."

실은 현순 씨는 내가 무슨 글인가는 몰라도 글을 좀 끄적거리는 것으로는 알고 있지만 구체적으로 내가 쓴 글을 한 번도 읽어 본 적이 없었으므로 되나캐나[1] 주워섬길 수밖에 없었던 모양이다. 그래도 현순 씨의 변호가 효험이 있었던지 형사의 미간에 돋쳐 있던 심지가 풀어지면서 현순 씨에게 협상의 제스처를 보낼 기미가 보이기 시작했으므로 '사랑의 종말' 작가는 이제 쭈그리고 있던 계단에서 일어서서 까페 '소정'의 출입문을 나섰다.

내가 출입문을 나섬과 동시에 지하 까페의 간판불이 내려졌다. 바야흐로 심야 영업은 그때부터 시작되었던 것이다. 나는 현순 씨

---

1   도나캐나.

가 쥐어 준 택시 요금을 확인한 뒤에 멀리서 다가오는 택시를 향해 내 빈곤한 팔뚝을 번쩍 들고 사정없이 뒤흔들었다.

목이 말랐다. 속쓰림과 동시에 갈증이 한꺼번에 덮쳐 와 죽을 것만 같았다. 통증과 갈증을 참을 수 없어 불을 켰다. 오늘은 네 명의 아이가 내 집에서 자고 있었다. 현순 씨의 큰딸 잔디와 그 밑으로 조무래기들 셋. 잔디를 정점으로 아이들은 구도도 정교한 대각선을 이루어 난장판을 만들어 놓고 널브러져(자고 있다기보다 널브러져 있다는 표현이 적합할 그런 모습으로) 있었다. 어미는 있되 바람난 어미의 자식들모양. 쓰린 속에서 나를 향한 욕지기가 마른 목구멍을 타고 넘어왔다. 나는 아이들의 널브러져 있는 모습을 대충 일별하고 욕설 서너 마디도 주절주절 뱉어 내 가며 부엌이 딸린 복도로 나가 물 주전자를 기세도 좋게 기울였다. 기세 좋게 기울인 보람도 없이 물 주전자에서는 물이 나오지 않았다. 냉장고에도 물은 없었다. 끓인 물은 아무 데도 없어서 수도꼭지를 틀었다. 이상했다. 수도꼭지에 힘이 없다. 가르륵가르륵, 수도꼭지 속에서 가래 끓는 소리만 난다. 어디서 수도 공사를 하나? 아침까지 나오던 물이 나오지 않았다. 나는 온수가 나오는 쪽의 수도꼭지를 틀었다. 온수는 콸콸 쏟아진다. 할 수 없다. 나는 김이 펄펄 오르는 뜨거운 수돗물을 마셨다. 뜨거운 물도 물은 물이니까. 뜨거운 물이라도 마시고 나니, 갈증은 여전하지만 속쓰림은 좀 나아진 듯했다.

제한 급수는 그때부터 시작되었다. 가뭄이라 하였다. 수원지의 물이 모자라서 격일제 급수를 하는데, 이상하게 뜨거운 물은 계속 나왔다.

아래층의 물 쏟아지는 소리도 격일제 급수가 시작된 그때부터

501

시작되었다.

찬물이 나오지 않는 날은 물소리가 나지 않다가 찬물이 나오는
날엔 여지없이 폭포수 쏟아지는 소리가 밤이고 낮이고 들려왔다.
물소리는 바로 201호에서 올라오고 있었다.

처음에는 물소리 자체가 시끄러워 견딜 수가 없었다. 그러나
참기로 했다. 차 소리도 그렇지 않은가. 참고 살다 보면 난청이 되든
어쩌든 그래도 어떻게 살아지던 것이었으므로 물소리도 마찬가지
라 여겼다. 물이 나오지 않는 날 주인이 깜박 잊고 수도꼭지를 열어
둔 채 어디 외출을 한 모양이다. 이제 곧 집주인이 돌아오겠지. 하루
만 참으면 될 것을. 날마다가 하루만 참으면 되겠지였다. 그러다가
한 달이 갔다. 폭포수 쏟아지는 소리를 하루 건너 하루씩 보름을 들
은 것이다.

가을은 짧아, 겨울이 왔다. 물소리는 계절이 바뀌어도 끊이지
않았다. 관리 사무소에 신고를 했다. 진작에 신고하지 못한 것을 입
술을 깨물어 후회하며 급박한 어조로.

"물소리가 계속 나거든요. 소리도 소리지만 물이 아까워서요."

내 입에서는 차마 '혹시, 속에 무슨 사고나 나 있는지도 모르거
든요.' 소리는 나오지 못했다. 설마, 그런 사고가 나 있을 리는 없을
것이다.

그런데 관리 사무소 측의 대답은 내 급박한 어조와는 사뭇 대
조적으로 느긋하였다.

"문이 잠겨 있으면 어떻게 해 볼 수가 없거든요. 나중에 집주인
오면 크게 혼내 주십시오."

혼을 내 주라니. 그러면 나는 아래층 주인이 돌아와서 물을 끌
때까지 기다리고 있다가 혼내 줄 일만 남았는가. 아래층 201호 옆

집 202호의 초인종을 눌렀다.

"201호에 사는 사람 어디 가신 줄 모르세요?"

"그러고 보니, 어째 요새는 토옹 뵈지를 않네요."

"혼자 사시는 분인가 부죠?"

"예에, 거택 보호자 할머니예요."

202호 아줌마의 거택보호 할머니라는 말이 내 머리끝을 쭈뼛 잡아당겼다. 하지만 내색을 할 수는 없었다.

나는 형사처럼 물었다.

"혹시 할머니가 어디 갈 만한 데는 없나요?"

"글쎄, 딸이 하나 어디 살고 있다던데 거기 갔나. 아니 근데 왜 그러시우?"

"요새 물이 나왔다 안 나왔다 하잖아요. 근데 물 나오는 날에 201호에서 물소리가 그치지 않거든요."

"위층에 살우?"

"예에."

"당신이 캐고 다닐 일이 아니지. 관리 사무소에 신골 하시구 랴."

"예에."

나는 비루먹은 강아지모양 어깨를 움츠리고 내 집으로 가는 계단을 오를 수밖에 없었다. 202호 아줌마 말대로 관리 사무소에 재차 전화를 걸었지만 대답은 처음처럼 어쩔 수 없으니 주인이 돌아올 때까지 기다렸다가 혼내 주자는 것이었다. 화가 났지만 그럽시다 하고 전화를 끊었다. 사람이 죽어 있든지 말든지 당신들이 알 바 아니란 말이지.

영구 임대 아파트에서 거택 보호 노인이 죽다. 죽은 지 몇 달

만에 하냥 쏟아지는 물소리에 의심을 품은 위층 여자에 의해 발견
되다.

물소리가 시끄럽다. 그리고 아깝다. 이 가뭄에 낭비되는 물들
이. 그 말까지는 촬촬 나왔다. 그러나 정작 중요한 그 말, 혹시 사람
이 죽었을지도 모른다는 소리는 이상하게 목구멍 밖으로 나오지 못
했다.

현순 씨는 내가 물소리와 싸우는 그동안 감방엘 들어갔다. 그
것도 빚만 몽땅 지고서. 어느 날 젊고 예쁜 계집아이 둘이 현순 씨네
까페에서 일을 하겠다고 왔더라 했다. 병든 아버지 약값과 동생들
학비를 대야 한다며. 현순 씨는 그러냐며, 갸륵도 하다고 또 솔직히
장사 욕심도 나서 그 애들이 요구하는 목돈을 일수를 내서 주고 일
을 시켰는데 바로 그날 단속에 걸렸다는 것이다. 일수 돈을 챙긴 계
집아이들은 온데간데없이 사라지고 현순 씨만 미성년자를 고용한
악덕 업주가 되어 쇠고랑을 찬 것이다.

면회를 가서 퍼런 죄수복을 입고 고무신을 신은 현순 씨한테,
그녀의 말대로 '그놈의 미(미성년자)자가 들어 있는 줄을 몰랐던 죄
로 빚지고, 장사 못 하고, 몸 버리고, 우세 사고, 전과자가 되어 버
린' 현순 씨한테 나는 한가하게 물소리 타령을 하였다.

"우리 미스 조는 어찌 지내고 있든?"

그제서야 나는 미스 조를 한 번도 찾아가 보지 않은 것이 생각
났다.

"잘 지내고 있겠지. 언니보다야 더하겠수?"

"아니야, 엊그저께 걔 애인이 죽었거든. 면회 와서 울더라 야."

"애인이 죽었는데, 그럼 울지 안 울어요? 그러다가 또 새 애인
사귀는 거고."

"그랬으면 오죽 다행이겠니. 그 애는 그게 아니야."

"그럼 뭐란 말이우?"

"그 애 애인이 오일팔 때 시민군이었대. 감옥 나와 십 년을 시난고난 앓다 요번에 제명을 다 못 살고 죽은 거라. 914호에 산다. 내 대신 한번 찾아가서 위로나 해 줘."

우리는 미스 조의 죽은 애인 얘기를 하느라고 정작 자신들 이야기는 하지 못하고 말았다.

"그럼 미스 조 다리도 그해 오월에 다친 거다요?"

"아니, 사고로 그랬다더라. 열차 사고가 나서 양친 다 잃고 저는 다리 한쪽 나가고. 아파트로 이사 오기 전에 철도변에서 살았던가 보더라. 경비 영감이 소개시켜 줄 때만 해도 신찮더니, 그래도 애가 지 딴에는 살라고 버둥대는 것이 안타까워 쓰기는 썼는데 영 마음이 아퍼야. 애인을 사귓는데 그 애인도 심신이 그리 건강허지는 않았던가 보더라. 결혼을 하기에는 또 미스 조가 책임져야 할 동생이 둘이나 되고."

나는 현순 씨가 나올 때까지 유정이를 맡을 수밖에 없었다. 현순 씨 말로는 다섯 살이라는 유정이는 일곱 살인 내 딸보다 몸집이 컸다. 그래서 나는 그 애의 나이를 의심하지 않을 수 없었다. 내 딸에게 취학 통지서가 왔다. 면회를 가서 취학 통지서 얘기를 꺼냈다. 현순 씨는 그제야 유정이의 나이를 실토했다. 유정이는 올해 학교에 들어가야 할 나이였다.

"어떡허지? 호적에도 안 올렸는데."

"성은 누구 성으로 할 거야?"

"지 애비 성이 박가이긴 하지만 종적을 알 수 없으니 할 수 없는 일, 내 성을 따를 수밖에. 아이고야, 아다리가 딱 들어맞아 분다. 우리 잔디 애비도 김가, 그래서 우리 잔디도 김가. 나도 김가, 그래서 우리 유정이 년도 김가."

현순 씨는 발까지 굴러 가며 좋아라 했다.

요번 참에 성도 박가가 김가가 되었으니, 일습으로 이름도 새것으로 짓자 하여 즉석에서 유정이의 호적에 올릴 성과 이름을 지어냈다. 김향아.

향아, 향항. 교도소를 나와 마침 '향항'이란 선술집 간판이 눈에 띄어 그곳으로 들어갔다. 속이 쓰린지 마음이 아픈지 분간이 안되었지만 나는 좌우간 술을 마셔야만 답답한 속이 풀릴 것 같아 막걸리 두 병을 들입다 마셔 버렸다. 그래서 나는 실지로 목로주점 향항에서 향항을 보았다. 향항의 부두에서 향아가 하냥 웃고 서 있었다.

나는 그다음 날 내 손으로 작성한 현순 씨 이름의 위임장을 들고 동회로 가서 벌금 오만 원을 물고 김향이를 주민등록시켰다.

그러노라고 나는 또 미스 조를 깜박 잊고 말았다. 잊자고 해서 잊은 건 아니고 지척에 있는 미스 조를 찾지 못한 어떤 이유가 있었다. 발을 삐었던 것이다. 발을 삐어서 이틀을 꼼짝 못 하고 누워 있는 중이었다.

발은 왜 삐었는고 하니, 시끄러웠다. 물소리가. 시끄러운 차 소리를 견디며 살고 있듯이 물소리도 견디며 살 수 있다고 이를 악물었다. 소리쯤은 견디며 살 수 있다고 하자. 그러나, 이 가뭄에 하수구 속으로 속절없이 버려지는 물이라니. 그것은 견딜 수가 없었다. 지금까지 쏟아져 내린 양만 해도 아파트 전체가 하루 쓰는 양보다 많으면 많았지 덜하지는 않을 것이었다. 왜냐하면 물이 나오는 날은 여지없이 밤이고 낮이고 한시도 쉬지 않고 쏟아졌으니까.

진정 물이 아까워서인가. 그러나 진정으로 내가 이 층으로 들어가려는 이유는…… 그랬다. 거기에는 노인이 죽어 있을 것이었다.

노인은 지금쯤 썩어서 형체조차도 남아 있지 않을지도 몰랐다. 관리 사무소에 근무하는 주택공사 공무원(공무원인가 공무원이 아닌가?)들에게 할머니의 처참한 주검을 보여 주어야 할 것이었다. 이보세요, 이래도 사람이 올 때까지 기다리고만 있으란 말입니까? 당신들은 부모도 없습니까? 노인이 이렇게 죽어 있는데, 어쩔 수 없으니 기다려 보자구요? 사람 죽일 양반들 같으니라구.

나는 베란다의 철책에다 로프를 묶었다. 현관문이 잠겼으니, 베란다의 새시 문을 통해 들어갈 생각이었다. 창문이 열리지 않으면 깨고라도 들어가 볼 참이었다. 들어가서 나는 할머니의 시체를 관리 사무소의 무정한 공무원들에게 보여 줄 것이었다. 격렬한 항의와 함께. 이러고도 당신들이 아파트 관리비를 챙길 수 있단 말입니까? 사람이 죽어나도 나 몰라라 하는 사람들이 관리비가 웬 말입니까?

향항에서 술을 마셔서였는가. 술을 마신 혼미한 내 의식이 아래층으로 로프를 타고 내려가지 않으면 안 되게 내 가라앉은 도덕성을 자극했다. 세상 사람들 이래서는 안 된다구요. 옆집에 사람이 죽어나는데, 누구 하나 알려고 들지 않는 이런 삭막한 세상을 만들어서는 안 된다구요.

아래에서 휘파람 소리가 났다.

"어이, 당신 도둑이야?"

나는 엉겁결에 로프를 놓아 버렸고 잔디밭으로 떨어져 내렸다. 그날 밤 나는 사람 없는 이 층을 털려던 도둑까지는 안 되었어도 로

프 도둑까지는 되었다. 왜냐하면 로프는 내가 이 층으로 내려가기 위하여 아파트 지하실에서 관리실의 허락도 없이 가져왔던 것이기 때문에.

다친 첫날은 그런대로 견딜 만하여 김향아 주민등록도 시키러 가기도 했는데, 주민등록시키고 난 이튿날부터 어디가 잘못됐는지 발목이 시큰거리며 부어 오르기 시작했다. 그래서 그날부터 연이틀을 누워 버렸다.

사람이 누워 있으면 잠이 한도 끝도 없이 왔다. 황소처럼 미련스럽게, 무작정 부기가 빠지기를 기다렸다. 한숨 자고 나면 나도 모르는 새에 빠져 있겠지. 잠을 잤다. 그리고 눈을 떴다. 발목을 내려다보았다. 부기는 그대로였다. 실망을 하려다가 이상하게 실망을 하지 않아도 될 어떤 변화가 있음을 알아챘다. 물소리. 물소리가 나지 않는 것이다. 시계를 보았다. 오후 한 시. 물이 나올 시간인데도 물소리는 나지 않는 것이다. 역시 발목을 삔 보람이 있었구나. 발이 아파 밖으로는 못 나가고 베란다로 나가 이 층의 창문이 열려 있는지를 확인하고 싶었다. 열려 있으면 아마 할머니의 시체를 발견했을 터이다. 베란다로 나가려고 내가 막 일어서려는 순간이었다. 딩동댕, 인터폰이 울렸다.

"사람이 죽었습니다, 신원을 확인해 주십시오."

나는 발목 아픈 것까지도 다 잊어버렸다. 정신없이 이 층으로 내려갔다. 드디어 이 층 201호 현관문을 열었다. 그런데 이상했다. 문이 열리지 않는 것이다. 이 층 복도에는 사람이 없었다. 사람들은 아파트 뒤편으로 몰려가고 있었다. 바람이 거셌다. 엊그제 내린 눈이 아직 덜 녹아 아파트 뒤편 응달은 황량하기 그지없었다. 황량한 그곳으로 사람들이 몰려가고 있었다.

시체는 응달에서 퍼렇게 얼어들고 있었다. 나는 그때 보았다. 시신의 아랫도리를 적신 물기가 플라스틱 다리 위에서 얼음이 되어 가고 있는 것을.

나는 더 이상 시체 곁으로 다가가지 못했다. 경찰차가 삐용거리며 달려왔고 사람들의 접근을 허용하지 않았다. 영구 임대 아파트 뒤켠 햇빛 한 줌 들지 않는 싸늘한 응달의 시멘트 바닥 위에 미스 조는 퍼렇게 얼어들고 있었고, 사람들은 이만큼 비껴 서서 시체를 건너다봤다. 죽음과 삶의 거리가 꼭 그만큼인 듯. 죽은 시신이 얼어들듯 산 사람들도 얼어 가고 있었다.

미스 조가 죽은 며칠 뒤 나는 201호 할머니를 보았다. 그것도 우연히. 일 층 현관을 들어서는데, 할머니가 무거운 짐 가방을 들고 선 채 경비원으로부터 된타박을 듣고 서 있었다.

"이봐요, 할머니. 어데를 가면 간다고 말을 하든지, 말을 안 하려면 집단속이나 잘하고 다니시든지. 할머니 집에서 물이 계속 쏟아져서 민방공 훈련허드키 사다리까지 동원했단 말이요."

할머니는 중죄나 저지른 사람처럼 하냥 머리를 조아리고 있었다.

"제가 들어 드리지요, 할머니."

할머니가 웃었다. 합죽하게.

"어디 멀리 갔다 오시는 모양이지요?"

"딸년이 애를 낳거든. 백일까장 세고 온다우."

할머니는 201호 문 앞에 멈추었다.

나는 말없이 돌아섰다. 뒤에서 할머니가 호물거리는 목소리로

509

말했다.

"애기 엄마 고맙소."

돌아서 오는 내 눈에 이상하게 그럴 이유도 없건만 뜨거운 것이 용솟음치고 있었다. 할머니는 짐까지 들어다 준 여자가 왜 느닷없이 우는지 영문을 모른 채 자기가 무슨 잘못이라도 저지른 듯 허둥대고 있었다. 나는 계단을 올랐다. 내 집과 현순 씨의 집이 있는 3층을 지나 자꾸자꾸 올라갔다. 이제서야 나는 미스 조가 살았던 9층에 올라가 볼 생각을 먹은 것이다. 9층으로 올라가는 계단에는 소음의 공명이 가득하였다. 늘 그랬듯이, 늘 참고 살아왔듯이, 소음이 대수랴. 나는 소음을 뚫고 계단을 올라갔다. 올라가는 동안 눈물은 어언 말라 있었다.

914호의 문은 굳게 잠겨 있었다. 그래서 913호의 초인종을 눌렀다. 고개를 내민 사람은 키가 몹시 작은 사람인 게라고만 여겼더니, 그것이 아니었다. 913호 사람은 아랫도리가 뭉턱 잘려 나가고 없었다. 그는 썰매를 타듯 제 남은 몸뚱이를 양손으로 밀고 와서 문을 열었던 것이다.

"옆집엔 아무도 없습니까?"

"죽은 아가씨의 동생들이 있어요. 밤에 올 거에요."

913호의 남자는 현관문의 손잡이가 닿지 않아서인지 문따개로 쓰는 듯한 둥근 쇠막대를 만지작거렸다. 속도 모르고 초인종을 누른 것이 한량없이 죄송스러워져서 나는 허둥허둥 문을 닫아 주었다. 문이 닫혀지는 순간에 남자가 꾸벅 인사하였고 그리고 나는 남자가 다시 제 남은 몸뚱이를 밀고 들어가는 소리를 들었다. 실평수 일곱 평 반의 삶의 공간 속으로 제 온몸을 밀고 들어가는 소리.

미스 조가 없는 미스 조 집의 굳게 닫힌 문과 쇠막대로 문을 열고 닫고 하는 옆집의 닫힌 문 앞 복도에 서서 나는 저 아래 찻길을 내려다보았다. 그리고 미스 조가 이렇게 서서 제가 뛰어내릴 곳이라고 미리 봐 두었을 것이 틀림없는 시멘트 바닥. 고소공포증인가. 어지러웠다. 차 소리하고는 구별되는 이명도 들렸다. 미스 조의 목소리. 나는 확실하게 미스 조의 목소리를 들었다. 그리고 느꼈다. 그녀의 딱딱한 플라스틱 다리가 내 등을 툭툭 차고 있는 것을. 죄가 있다면 살아 있다는 것이야. 살아남음이 죄라구. 싸늘한 추위가 내 등 뒤를 훑고 지나갔다. 나는 복도 난간을 붙잡았다. 더 이상의 죄를 짓지 않기 위하여. 그때, 913호의 문이 왈카닥 열리며 거기 앉은뱅이 남자가 눈을 부릅뜨고 앉아 있었다. 아니 그는 서 있었다. 방바닥을 짚은 팔뚝에 푸른 힘줄이 파득거렸다.

그는 눈을 부릅뜨고 내게 소리쳤다.

"못난 짓거리 하지 말아요! 나도 살아요. 나 같은 인간도 산다구요."

나는 쫓기듯 9층 복도를 내려왔다. 뒤에서 앉은뱅이 남자가 계속 소리 질렀다. 내려가, 한정 없이 내려가. 내려가서 살라구. 기를 쓰고 살라구. 밑바닥을 박박 기어서라도 살아 내라구.

현순 씨를 보고 왔다. 하혈이 계속 쏟아진다고 해서 두툼한 생리대도 차입해 주었다. 김향아 주민등록시킨 것도 보고하였고 미스 조의 죽음도 알렸다. 현순 씨는 충격을 받거나 깊은 슬픔을 느낄 때는 늘 하는 버릇인 듯 입술 끝을 일그러뜨리고 그렇잖아도 큰 눈을 땡그랗게 치켜뜨며 말했다.

"아이엔진 거라."

"뭐라고?"

"현재진행형이라구."

"뭐가?"

"그만 얘기하고 그만 덮어 두고 그만 울고 그만 그만하고 싶어도 할 수 없어. 역사란 그런 거야. 갑오년이 따로 없고 기미년이 따로 없다구. 그러드키 오일팔이 따로 있는 게 아냐. 기미년의 삼일운동은 임신년에도 삼일운동으로 이어지듯이 경신년의 오일팔은 계유년의 오일팔로 새로 시작되는 거라구. 역사는 귀신이여. 귀신은 상관있는 놈도 물고 늘어지지만 상관있는 놈하고 끈이 맺어진 상관없는 놈들도 끌고 가거든. 그것이 바로 역사 귀신이거든. 상관없는 년이 어쩌다 상관있는 놈을 만나 덜커덕 물린 게라고. 그 귀신한테, 배곯은 귀신한테 잡아먹힌 거거든. 거 멋이냐, 역사 앞에서 자유로운 사람은 없는 거거든. 그런 거거든."

현순 씨는 계속계속 거거든, 거거든 하고 말했다. 현순 씨의 꼴에 어울리지 않는 '……거거든' 소리가 슬며시 지겨워져서 나는 냅다 큰 소리를 냈다.

"아니야, 그게 아니라 미스 조는 김대중이 대통령 안 되었다고 죽은 거야. 단순한 걸 왜 그리 복잡하게 얘기해. 미성년자 고용한 악덕 업주 주제에."

나는 퍼런 죄수복을 입은 현순 씨 앞에서 터무니없이 씨근덕거렸다. 내 입속에서는 아직도 나오지 못한 말들이 소용돌이치고 있었다.

'미성년자 고용한 악덕 업주 주제에 역사를 입에 올리지 말라구. 그런 식으로 역사를 해석하지 말라구. 당신에게는 역사를 운위할 자격이 없어. 왜 죽음으로 시작되어야 해? 역사가 이어지는 건 살기 때문이야. 죽어서는 안 돼. 죽음으로는 아무것도 이룰 수 없고

이을 수도 없는 거야.'

터무니없이 큰 소리를 내는 나에게 현순 씨는 화내지 않았다. 화낼 시간도 없었다. 현순 씨가 충분히 화낼 시간이 없는 것이 화가 났고 이유 없이 화가 나는 자신이 경멸스러워져서 나는 또 화가 났다. 현순 씨는 면회 시간에 쫓기며 재빨리 말했다.

"김대중이가 지 할애비냐?"

"언니가 그랬잖아. 김대중 대통령 안 되면 모두들 혀 깨물고 죽어야 한다고."

"옘병. 죽을 각오로 살자 그거여. 누구 좋으라고 죽냐 죽기를."

이제 또다시 봄이 왔다. 영구 임대 아파트로 이사온 지도 일 년이 되어 간다. 그리고 귀청을 찢다 못해 뇌수까지 파고드는 듯한 소음은 여전하고 현순 씨는 벌금형이 떨어지긴 했지만 벌금 낼 돈이 없어 아직 징역을 살고 가뭄은 해갈되지 않고 있다. 관리실에 연결된 인터폰이 울린다.

"광주시의 식수 사정이 여의치 못하야 격일제 급수를 삼일제로 실시코자 하오니 이 점 양지하시기 바랍니다."

나는 서둘러 고무 통에 물을 받는다. 물을 한 움큼 떠서 입속으로 흘려 넣는다. 이상하다. 물을 마셔도 마셔도 갈증이 인다. 나는 아예 고무 통 속에다 얼굴을 처박는다. 그리고 허겁지겁 마신다. 찬물 속에 내 눈에서 나오는 미적지근한 액체가 섞인다. 그것을 감추기 위해서라도 나는 물속에 처넣은 얼굴을 들지 않는다. 아이들이 들어온다.

"엄마, 세수를 거기다 하면 어떡해. 삼 일 동안 마실 물인데."

"그래. 미안해."

고개를 든다. 눈물 섞인 물을 아이들에게 먹일 순 없다. 반쯤 찬 물을 버리고 다시 물을 받는다. 그러나 이미 수도꼭지에서는 가르륵 소리가 나기 시작한다. 다시 물을 받으려는 순간에 물은 끊어지고 만 것이다. 나는 또다시 내 딸에게 된호통을 맞는다.

"물을 버리면 어떡해. 거 봐, 인제 하나도 안 나오잖아."

아이는 거의 울상이다. 울상인 아이를 달래느라고 나는 또 허둥댄다.

아이들은 허둥대는 나를 남겨 둔 채 복도로 달려 나간다. 소음 가득한 복도에서 이윽고 아이들의 고함 소리가 들려온다. 아파트 광장에서는 햇살이 속절없이 쏟아져 내리고 그 햇살 아래 올해도 어김없이 영구 임대 아파트의 거택 보호자들이 모조리 나와 화전놀이를 벌이고 있다.

나도 저 속에 들어가 춤이라도 추어 볼거나, 때는 바야흐로 만화방창 호시절, 문민 시대의 위대한 신한국이 열리지 않았는가, 열리지 않았는가 하고 내려갈 참인데, 아파트 광장으로 육중한 컨테이너 트럭이 질주해 와 화전놀이를 벌이던 거택보호자들이 혼비백산하는 것이 보였다.

—《창작과비평》 1993년 여름호;
공선옥, 『피어라 수선화』(창작과비평사, 1994)

공지영(孔枝泳·1963~)

공지영은 1963년 서울에서 태어났다. 1981년 연세대학교 영어영문학과에 입학해 학생 운동 활동을 했다. 대학 졸업 후 6개월간 학습받고 구로공단에 들어가 학출 활동가로 생활하고 1987년 구로공단 시위에 참여한 경험은 1988년《창작과비평》에 발표한 등단작「동트는 새벽」을 쓰는 데 밑거름이 되었다. 이후 1980년대 학생 운동권의 삶과 사랑을 그린 장편소설『더 이상 아름다운 방황은 없다』(1989)가 베스트셀러가 되고 연극과 영화로 제작되는 등 큰 성공을 거두며 운동권 출신 여성 작가로 이름을 알렸고, 장편소설『무소의 뿔처럼 혼자서 가라』(1993),『고등어』(1994)와 소설집『인간에 대한 예의』등으로 평단과 대중 모두에게 사랑을 받았다. 2000년대에 출간한『우리들의 행복한 시간』(2005),『사랑 후에 오는 것들』(2005),『도가니』(2009) 등의 작품 역시 상업적으로 큰 성공을 거두며 베스트셀러 작가로서의 입지를 확고히 다졌다. 21세기문학상, 한국소설문학상, 오영수문학상, 이상문학상 등을 수상했다.

공지영의 초기 작품에서는 1980년대 학생 운동권으로서 작가가 겪은 내적 갈등과 방황이 자전적으로 그려진다.『더 이상 아름다운 방황은 없다』는 학생 운동권인 중산층 출신 여학생 민수와 몰락한 가족에게 마음의 짐을 진 지섭의 사랑과 신념, 좌절과 성장을 이야기하는 작품이다. 당시 운동권 여학생들이 감내해야 했던 정체성의 혼란, 가족과의 갈등, 그리고 조직 내에서의 열등한 위치와 차별적인 시선을 매우 상세히 그린다.『무소의 뿔처럼 혼자서 가라』는 운동권 여학생들이 1990년대에 30대가 되어 결혼하고 가정을 이루어 살면서 맞닥뜨린 가부장주의의 문제를 다룬다. 이 소설에서 공지영은 전업주부로서의 삶을 강요하고 폭력과 외도를 일삼는 남편의 가부장제 권력 아래에서 여성이 자신의 주체적인 정체성을 지키기 위해 몸부림치는 모습을 그리며 여성 문제를 본격적으로 다룬다. 한편「인간에 대한 예의」(1993)나 연작 소설『별들의 들판』(2004)에서는 386세대 작가로서의 문제의식을 이어 가며 1980년대에 대한 망각을 비판적으로 성찰하는 후일담 소설의 전형을 보여 준다. 2000년대 후반부터는 세대 정체성을 사회 모순과 병폐를 고발하는 소설과 르포르타주 창작으로 펼쳐 나갔다. 장애 아동 성폭행 문제를 파헤친『도가니』와 쌍용자동차 사태를 다룬 르포『의자놀이』(2012)가 대표작이다.

공지영의 문학은 여성이 자신의 체험을 소설화하는 여성의 글쓰기가 대중을 사로잡는 가능성이 있음을 입증했다. 또한 그녀의 초기작들은 지식인 남성 중심으로 편집된 1980년대와 민주화 운동 담론을 여성의 서사로 재편하는 성과를 거두었다는 점에서 한국 문학의 중요한 자리를 차지한다.

배하은

무소의 뿔처럼 혼자서 가라

작품 소개

공지영의 『무소의 뿔처럼 혼자서 가라』는 이른바 386세대 여성
들의 독립선언서라 할 만한 작품이다. 남성과 동등한 교육을 받은
386세대 여성들은 결혼과 양육을 경험하며 자신들이 추구했던 남
녀평등과 자아실현의 가치가 허구적이었음을 깨닫는다. 이 작품은
386세대인 세 여성의 삶을 추적하면서 가부장적 가족과 사회질서에
서 이들이 겪는 좌절과 실패, 자기성찰과 새로운 출발을 그린다.

이 책에서 인용한 첫 번째 장면은 여성들에게 모성의 역할을 강
요하고 그 역할에 미달하는 여성들에게 죄의식을 유발하는 가부장적
사회에 강력하게 항의하는 대목이다. 아이를 위해 어머니가 눈을 뽑
는 희생을 강요당하는 동안 사회는 과연 무슨 일을 했는지 통박하는
대목에서 여성으로서의 억울함과 분노를 느낄 수 있다. 두 번째 장면
은 1980년대 민주화운동에 참여했던 여성들의 각성을 그린다. 여성
해방을 외쳤던 자신도 스스로 그것을 쟁취하려고 하기보다는 여성해

양지요

방의 깃발을 들고 오는 왕자를 기다린 신데렐라에 불과했던 것이 아닐까 성찰하면서, 뒤늦게 홀로서기를 시도하는 386세대 여성들을 그리는 대목이다.

이명호

어머니라는 이름에 대한 우리의 기억

"······난 다시 산으로 미친 듯이 달려갔어요. 하지만 아이가 없었어요. 분명 갓난아이가 거기 없었어요. 걷지도 못하고 기지도 못하는 아이가 없었던 거예요······ 산을 헤매고 물을 건너고······ 울면서 헌이의 이름을 불렀어요······ 미칠 것만 같다는 표현을 거기에 아무리 써도 모자라는 그런 심정이었어요······ 그러다 거울을 보니까 내가 할머니가 되어 있었어요······"

아버지는 담배를 더듬어 찾았다. 당황하는 탓이었는지 손이 떨리고 있었다. 내가 왜 이런 이야기를 아버지 앞에서 하고 있나 이 좋은 날, 이 좋은 풍경 앞에서 나는 왜 이런 이야기를 하고 있나 하는 생각이 다시 스쳐 지나갔다. 살림망에 갇힌 붕어들이 철썩 몸을 뒤척이는 소리가 멀리 퍼졌다.

"······난 아니라고 생각하려고 했었다. 니가 헌이를 죽인 게 아니라고 하지만······ 그래 하지만 그렇게 하고도 또 아이가 가지고 싶단 말이니……"

　아버지의 목소리는 떨리고 있었지만 노여움이 배어 있었다. 어미로서 제 임무를 방관한 딸에게 아니 딸 이전의 여자에게 보내는 준엄한 질책 같았다. 혜완이 아버지를 바라보았다. 아버지는 죄를 고백하는 듯, 눈물 고인 딸의 눈에 그러나 연민을 보내지는 않았다.

　"생각이 아니었어요. 꿈이었어요…… 분명…… 하지만 이 세상에서 자기 일을 가진 어머니가 모두 아이를 버리는 어머니와 같은 의미는 아니에요. 헌이가 죽은 것은 단지 사고였을 뿐이에요…… 헌이가 죽지 않았다면 그 꿈도 잊어버리고 말았을 거예요…… 산후에 흔히 있는 우울증의 일종이라고 웃으며 이야기했을지도 몰라요. 하지만 헌이는 죽었고 다른 사람 앞에서 난 내 탓이라고 말해 왔고 또 그렇게 생각했던 것도 사실이었지만…… 억울했어요…… 억울했어요…… 그날 헌이 아빠는 내게 시위를 하면서 자고 있었고…… 나는 그런 시달림에 쫓기고 있었어요…… 직장엘 나갔지만 늘 아이가 내 등에 매달려 있는 것만 같았어요. 불안했고 늘 불안했어요…… 파출부 아줌마가 수면제나 먹여서 애를 재우는 건 아닐까, 혹시 지금 아주머니에게 이유 없이 매를 맞고 있는 건 아닐까…… 남자들이 직장에 나가면 집안일 같은 건 다 잊어버린다죠?…… 집에 들어서면 남편은 날 몰아세웠어요…… 하지만 나는 내가 되고 싶다는 생각을 했어요. 아버지가 사랑했던 서혜완이라는 인간이면서 일을 가진 헌이의 떳떳한 엄마이고 싶었어요. 그런데 헌이가 죽은 거예요. 기가 막히게도 에미가 보는 앞에서 죽어 버린 거예요…… 난 억울하다는 생각을 했어요…… 왜 내가 죄인인가요 아버지. 그런 나는 다시 아이를 낳고 싶다는 생각도 하면 안 되는 건가요."

　혜완은 마치 반항하는 여학생처럼 말했다. 아버지가 이 세상 남자들을 대표해서 넌 죄인이야라고 손가락질이라도 한 것처럼 혜완의 어조는 강렬했다. 이해받고 싶었다면 언니들이라든가 그도 아니면 어머니에게 꺼내야 좋을 말이었다. 아버지가 아니라.

격렬한 혜완의 말투에 놀란 듯 아버지가 어이없다는 표정을 짓고 있었다.

"모르겠어요. 아버지…… 하지만 그럼에도 불구하고…… 내가 헌이를 죽였다는 생각을 해요…… 욕심을 부리지 말았어야 했어요. 행복한 가정과 나만의 일, 두 가지를 모두 가진다는 건 불가능한 일이라는 걸 알았어야 했어요."

혜완은 두 무릎에 얼굴을 묻고 흐느껴 울었다. 아버지는 울고 있는 딸을 외면해 자리에서 일어났다. 혜완이 눈을 떠 보니 아버지는 뒷짐을 지고 들길을 걷고 있었다. 왜 이런 이야기를 아버지 앞에서 느닷없이 꺼냈는지 자신도 알 수 없었다. 고향이기 때문이었을까. 언니의 새로운 임신 때문이었을까. 그도 아니면 이 자연 앞에서 그리고 아버지 앞이었기 때문이었을까. 아까부터 자꾸만 밀려드는 생각들이 소용돌이치고 있었다. 혜완은 눈물을 닦으면서 어떤 동화를 떠올렸다.

국민학교 일 학년 교실 나른한 햇볕. 엄하고 몸매가 뚱뚱한 여자 선생님…… 선생님은 어머니라는 동화를 이야기해 주셨다. 아마 안데르센의 동화였던가…… 아이를 빼앗아 간 악마와 싸워 아기를 되찾는 어머니의 이야기였다. 그저 몇 가지 이미지로 혜완의 머리 속에 남아 있는 그 이야기는 그런 것이었다. 아이를 잃어버린 어머니는 아이를 찾아 나선다.

아이의 행방을 가르쳐 주는 이들은 어머니에게 대가를 요구했다. 거위에게 물어보니 거위는 어머니에게 손을 달라 하고 누구는 어머니에게 눈을 달라 하고 가시밭길을 지나는 어머니의 발은 피투성이가 되고 우물에선가…… 어머니는 드디어 자기 아이를 알아볼 수 있는 눈마저 뽑히고…… 어머니는 아기를 찾는다. ……어쨌든 그 이야기는 슬프고 감동적이었다. 선생님은 말씀하셨다. 어머니의 은혜는 그렇게 큰 것이란다. 하지만 그때 혜완이 감동했던 것은 어쩌면 어머니의 희생보다 엽기적인 그 이야기의 내용이었는지도 모른다. 피, 뽑힌 눈알, 가시밭길, 무서운 여선생님의 목소리, 주황색으로 비추어 들던 햇빛……

선생님은 그것이 어머니의 마음이고 희생이라고 했다. 그건 국민학교 일 학년생이 이해하기보다는 그저 받아들여야만 했던 너무도 가슴 벅찬 희생이었다.

그리고 혜완 자신이 어머니가 되기 전까지 그녀는 그 슬프고 감동적인 이야기를 잊고 있었다. 어떤 어머니든 대개는 아이들에게 헌신적이었다. 혜완조차도 어머니는 당연히 그러해야 한다고 생각하고 있었다. 어머니의 희생을 소재로 한 숱한 이야깃거리들은 어디든 널려 있었다. 둘째 언니의 결혼으로 휘청해진 집안에서 결혼을 하겠다고 떼를 쓴 것도 어쩌면 그 때문이었다. 어머니라면 어떻게든 자식이 원하는 바를 들어주어야 한다고 생각했던 것이다. 고시 공부를 하는 아들을 위해 자신의 병을 숨기고 죽어 가는 어머니들의 일화도 있지 않은가 말이다.

어쩌면 전남편 경환이 혜완을 몰아붙인 것도 그 때문이었다. 아이를 위해서 눈을 뽑아 주고 광야를 헤매지는 않을망정 아이를 생판 낯모르는 파출부의 손에 맡기고 나가 돌아다닌다는 건 이미 어머니로서의 자격을 잃은 터였다. 그에게 그런 혜완의 모습은 이미 어미가 아니었다.

하지만 어머니가 되었을 때 혜완은 생각하곤 했었다. 그 감격
스런 동화 속에는 분명 근본적인 물음이 빠져 있는 건 아닐까?

악마가 아기를 가져갈 때 다른 사람들은 어디 있었던가? 아기
의 아버지는? 친척들은? 사회는? 모두 무엇을 하고 있었나? 그리하
여 그녀가 다시 아이를 찾으러 나섰을 때 그들은 어디 있었는가? 왜
그녀 혼자서만 발을 찔리고 눈을 뽑아내는 고통을 치루어야 했나?
다른 이들은 어디 있었는가? 대체 어디 있었는가?

잠시 마음을 정리하고 자리로 돌아온 아버지가 다시 낚싯대를
던졌다. 잔잔한 녹색의 수면 위에서 오뚜기 같은 찌가 물속에 잠겼
다가 일어나고 또 일어섰다.

혜완은 고향에서의 첫날을 그렇게 보냈다.

(228~231쪽)

무소의 뿔처럼 혼자서 가라

박 감독도 집에 없었대. 애들이 방학이라 제 할머니 집으로 보
내 놓고 혼자서 또 술을 마셨던 모양이야. 술에다 신경안정제를 먹
었던 거야…… 미친 것 죽어 마땅하지…… 50알씩이나 입에 털
어 넣다니…… 감히 어떻게 그걸 50알씩이나 먹을 생각을 하는 거
니…… 죽어 싸지…… 뭘 그렇게 바랄 게 있다고. 대체 뭘 바랄 게
있다고…… 죽으면서까지 바랄 무엇이 있길래……

영안실에서 관이 나왔을 때 혜완의 곁에 있던 경혜가 눈물이
쏟아지는 얼굴을 손으로 감싸며 혜완에게 안겼다.

— 난 우리 연지한테 가르칠 거야. 시집가서 남편 뒷바라지나 하라고…… 그게 여자가 바랄 수 있는 최상의 행복이라고…… 더 이상은 꿈도 꾸지 말라고…… 그도 아니면…… 처음부터 아무것도 줄 생각을 하지 말라고 할 거야. 영선이처럼 그 바보 같은 것처럼 뭐든지 다 줄 생각 하지 말라고 언제나 제 몫은 아무도 모르는 제 몫은 남겨 놓으라고…… 근데 혜완아…… 왜 이렇게 억울하다는 생각이 드니……

두 여자는 관을 바라보며 그 검은 관에 있을 영선의 가냘픈 시신을 생각하며 두 손을 붙들고 울었다. 영선도 그렇게 말했었다.

— 생각해 봤는데 억울한 거 같애……

하지만 지금 이 산사엔 경혜도 아이를 보아야 한다면서 돌아가 버리고 없었다.

혜완은 영정을 바라보다가 마당으로 나왔다. 영선의 오빠가 먼 산을 보며 뒷짐을 진 채로 서 있었다.

박 감독만 혼자 그 법당 안에 무릎을 꿇고 조각처럼 앉아 있었다.

그는 장례식 내내 모든 죄를 혼자서 짊어지기로 한 사람처럼 괴로와 보였다. 하지만 그것이 모두 그의 죄라고는 혜완은 생각하지 않았다.

바람이 불면서 가지들이 쏴아 하는 소리가 들렸다. 갑자기 다들 어디 갔나, 하는 생각이 들었다. 영선이 혼자 남겨 두고 다들 어디 갔나 하는 생각이 들었던 것이다.

높은 가지에서 새 한 마리가 포드득 날았다.

어머니는 말했었다.

— 49제 되기 전에 몸을 받아 태어나는 거란다. 헌이도 좋은

데 태어날 거다. 걱정하지 말아라.

물론 혜완도 그때 어머니의 품에 안기며 말하고 싶었었다.

—— 억울해 엄마……

혜완은 절 뒤쪽으로 돌아갔다. 목탁 소리가 서서히 멀어졌다. 뜰은 텅 비어 있는 듯 보였다. 젊은 비구니가 막 고무신을 벗고 방으로 들어가고 있었다. 뒷모습으로 보이는 머리가 파르랬다.

혜완은 자신도 모르게 그쪽으로 한 발자국을 옮겼다. 하지만 비구니는 돌아보지 않았고 조용히 방문을 닫는 소리가 들렸다.

혜완은 왠지 그 회색빛 옷자락을 붙들고 싶은 기분에 사로잡혔다. 그래서 닫힌 방문을 바라보며 서 있었다. 하늘은 낮고 음울했고 멀리 산 아래로 또 이어져 있는 산들이 보였다. 누구라도 있어 주었으면 했다. 영선을 더 잘 기억할 수 있는 사람이 누구라도 지금 자신의 곁에 있어 주었으면 했다.

다들 모른 척하고 돌아가 버린 지금 누구라도 좀 다가와서 손을 붙들어 주었으면 했던 것이다.

그때 그녀는 비구니가 들어간, 그 닫힌 방문 한쪽에 검은 글씨를 보았다. 나무판 위에 세로로 새겨진 글씨였다.

무소의 뿔처럼 혼자서 가라

그제서야 눈물이 쏟아졌다.

언젠가 불경을 읽다가 영선이 말을 한 적이 있었다.

—— 이 말 참 좋지? 들어 봐…… 소리에 놀라지 않는 사자와 같이 그물에 걸리지 않는 바람과 같이 무소의 뿔처럼 혼자서 가라……

좋다고 혜완도 말했었다.

─넌 결국 여성해방의 깃발을 들고 오는 남자를 기다리는 신데렐라에 불과했던 거야.

선우가 말했었다.

그랬다. 영선은 그 말의 뜻에 귀를 기울여야 했었다. 경혜처럼 행복하기를 포기하고, 혜완처럼 아이를 죽이기라도 해서 홀로 서야 했었다. 남들이 다 하는 남편 뒷바라지를 그냥 잘하려면 제 자신의 재능에 대한 욕심 같은 건 일찌감치 버려야 했었다. 그래서 미꾸라지처럼 진창에서 몸부림치지 말아야 했다. 적어도 이 땅에서 살아가려면 그래야 하지 않았을까.

누군가와 더불어 행복해지고 싶었다면 그 누군가가 다가오기 전에 스스로 행복해질 준비가 되어 있어야 했다. 재능에 대한 미련을 버릴 수가 없었다면 그것을 버리지 말았어야 했다. 모욕을 감당할 수 없었다면 그녀 자신의 말대로 누구도 자신을 발닦개처럼 밟고 가도록 만들지 말아야 했다.

혜완은 어린아이처럼 맨손으로 눈가의 눈물을 닦아 내면서 그 공허한 뒤뜰을 빠져나와 혼자서 산을 내려가기 시작했다.

(292~294쪽)

─ 공지영, 『무소의 뿔처럼 혼자서 가라』(문예마당, 1993)

무엇을 할 것인가

걷다 보니 저녁이었다. 고궁을 따라 이어진 길에는 거의 인적이 없었고 혜화동 로터리 쪽으로는 차들만 길게 늘어서 있었다. 해가 지는 무렵이면 늘 그랬듯이 사물들의 윤곽이 뚜렷했다. 몇백 년 전 쌓았을 고궁의 돌담 언저리, 이끼 낀 기와의 까실까실한 결들까지 선명했다. 문득 눈을 들었다. 희끄무레한 저녁 하늘 사이로 앙상한 나뭇가지가 파들거리며 떨고 있는 게 보였다. 한때는 무성히 이파리가 피어났었고 또 한때는 푸드득거리며 커다란 이파리를 떨구던 나무들이었다. 하지만 이제는 미세한 바람결에도 몸서리를 치면서 그저 파들거릴 뿐이었다.

나는 가방을 고쳐 메며 계속해서 걸었다. 아까 오후에 선배의 출판사에 들른 이후로 나는 계속 거리를 헤매고 있었다. 모든 약속들을 스스로 취소해 버렸음에도 불구하고, 나는 길 잃은 사람처럼 이 저녁 거리가 낯설었다. 늘 걷던 길의 버스 정류장 팻말까지 그랬다. 갈 곳이 없었던 것이다.

생각하지 않으려고 애를 썼지만 다시 그의 생각이 났다. 그가 결혼을 한다고 아까 출판사에서 누군가가 말을 꺼냈을 때부터 나는 계획했던 저녁의 일정들을 혼자서 취소해 버렸다. 아무 일도 일어나지 않았다면, 정확히 말해서 그가 결혼한다는 소식을 듣지 않았더라면 나는 아마도 지금 이 시간, 아마도 김 교수의 출판기념회에 참석해 있을 것이다. 별로 동의하지도 않는 그의 논문에 입에 발린 치하를 보내고 사람들을 만나고 뷔페를 먹고, 어쩌면 쓸데없는 농담들을 지껄이면서 거품도 싱싱한 맥주를 마시고 있을지도 몰랐다.

그, 가, 결, 혼, 을 한다.

이제 나는 아무도 건너지 않는 신호등 앞에 서 있다. 차들이 늘어선 길 건너편에 서 있는 여자가 보였다. 스물이 좀 넘었을까, 시장에서 아무 생각 없이 골라잡은 것 같은 허름한 파카에 무릎이 나온 바지를 입고, 그 여자도 길 건너편에서 내 쪽에 있는 신호등을 바라보고 서 있었다. 나는 그 여자가 몹시 불안해 보인다는 생각을 했다. 그런 생각을 하고 나자 갑자기 지금 나와 마주 보고 서 있는 여자의 모습이 혹시나 환영이 아닐까 하는 생각이 들었다. 저런 모습을 하고 있는 여자를 나는 기억하고 있었던 것이다. 단발머리를 하고 아무렇게나 골라잡은 파카와 무릎이 나온 바지를 입고 저 길거리에 서 있던 스물몇 살의 여자. 지금 저 여자처럼 신호등을 바라보면서 파란불이 들어와 주기를 기다리고 있던 여자……

그러자 이 세상의 모든 풍경들이 내 곁에서 지워져 버렸다. 그리고 그 여자와 나…… 차들이 밀려 있는 한길을 사이에 두고 마주 보고 있는 그 여자와 나만이 이 세상에 남았다. 그리고 이윽고는 그 여자도 지워져 버리고 기억 속의 여자만 남아 거기에 서 있었다. 머릿속에서 달력들이 거꾸로 팔락거리기 시작했고 1986년 겨울이 되었다.

그때 그 여자는 몹시 창백한 얼굴을 하고 있었다. 유난히 검은 눈동자는 불안하게 흔들리고 있었고 온몸이 딸꾹질을 하듯 몇 분 간격으로 가볍게 경련을 일으키고 있었다. 신호등이 바뀌자 그 여자는 빠른 걸음으로 길을 건너 혜화동 쪽으로 향해 갔다.

　　이윽고 어떤 초라한 다방 입구에 다다랐을 때 그 여자는 멈추어 서서 가쁜 숨을 몰아쉬다가 다방으로 들어갔다. 이 층으로 오르는 계단은 그 여자의 낡은 운동화가 닿을 때마다 삐거덕거리는 소리를 냈다. 삐거덕거리는 소리가 혹시 불길의 징조는 아닐까, 그 여자는 그 계단 중간에 서서 잠시 그런 생각을 하기도 했다.

　　그 여자는 조심스레 다방문을 밀쳤다. 그때, 1986년 겨울의 어느 날에는 아직 시간이 일러서 다방엔 아무도 없었다. 조심스레 창가에 자리를 잡고 나서 그 여자는 주머니를 뒤적거렸다. 간절하게 담배 생각이 나는 것 같았다. 하지만 그 여자의 주머니 속에서는 토큰 몇 개만 가련하게 짤랑거리고 있었다.

　　그리고 잠시 후 그가 들어섰다. 불안하게 출입구를 응시하고 있던 여자의 얼굴에 왈칵 화색이 번졌다. 그는 인조 털이 달린 감색 체크무늬 반코트를 입고 있었다. 그 반코트를 보자 그 여자는 설핏 고개를 숙여 버렸다. 이제 와서 그의 반코트를 보면서 눈물이 괴어 버린 게 부끄러워서는 아니었다. 마지막이라는 생각에 그만 가슴이 철렁 내려앉았던 때문이었다.

　　나는 그 여자의 앞자리로 와서 앉았다. 천천히 그 여자가 고개를 들었다. 생각 탓이었을까, 그의 눈은 괴로워하고 있는 듯이 보였다. 여자처럼 그의 눈동자도 몹시 흔들리고 있었다. 그런 생각을 하자마자 여자는 가슴께에서 무언가가 찢겨져 나가는 듯한 통증을 느꼈다. 그 여자는 남자의 시선을 피해 낡은 탁자로 시선을 떨어뜨리면서 자기도 모르게 가슴 한구석에 제 손을 가져다 댔다. 심장이 뚝, 뚝 피를 흘리고 있는 것만 같았다. 하지만 다시 그와 눈이 마주쳤을 때 그 여자는 설핏 웃었다. 마지막이라는 생각도 금기라는 생각도 그 여자는 하지 않기로 했다. 마지막이라도 좋았던 것이다. 그가 여기 있고 나는 또 여기 있고…… 아직 우리는 함께다. 미소 짓는 그 여자의 마음을 헤아린다는 듯 그가 입을 열었다.

— 어젯밤엔 술이 과했던 것 같구나…… 우리 둘 다……

설핏 미소 짓고 있던 여자의 윗입술이 얇게 뒤틀렸고 이어 선명하게 일그러졌다. 술 때문이라고 그가 입을 열었을 때 알아차려야 했었다. 하지만 그 여자는 그러지 않았다. 그건 마지막이었다. 마지막이라는 생각이 그 여자에게 용기를 주었다.

어차피 모든 선을 넘어 버렸다고 그 여자는 생각했다. 지금은 아침 세미나 시간이었다. 말도 없이 빠져나온 그와 그 여자를 모두들 찾고 있을 것이었다. 그 눈초리들, 쏟아져 내릴 그 비판들…… 가뜩이나 그 여자는 지금 사람들의 따가운 눈초리를 받고 있는 처지였다. 하지만 그 여자는 제게로 달려들어 그 여자를 상처 입힐 그 모든 말들을 다 각오하고 여기까지 온 것이었다. 그것이, 마지막이라는 생각보다 더 그 여자에게 용기를 주었다. 그래서 여자는 입을 열었다.

— 난 목숨을 걸 수도 있어요.

술 때문이라고 말한 그와 목숨도 걸 수 있다고 말한 그 여자의 눈이 다시 한번 허공에서 부딪쳤다. 그는 무슨 말인가 하고 싶은 듯했으나 바람 빠진 것처럼 웃어 버렸다.

대학원을 그만두었을 때, 집을 뛰쳐나와 노동운동을 하겠다고 선언했을 때, 그 여자는 어머니와 아버지 앞에서 이해해 달라고 말하며 시선을 떨구었었다. 남자 앞에서 여자는 아직 시선을 떨구지는 않았다. 하지만 술 때문이었다는 그의 말을 다시 생각하자 여자는 결국 시선을 떨구고 말았다.

— ……형은 참 비겁한 사람이군요.

그가 말없이 주머니를 뒤적거려 담배를 꺼냈다. 그리고 그 여자에게 한 대를 내밀었다. 담배를 받아 들면서 그 여자는 어젯밤에 일어난 일들을 생각했다. 그와 그녀에게 돌연히 찾아왔던 밤을 생각했던 것이다. 하지만 그 밤이 돌연하게 찾아온 것이 아니라는 걸 그 여자는 알고 있었다.

1983년의 어느 가을날, 낙엽이 지는 교정의 뒷숲에서 여학생들이 우수수 우수수 강간을 당하고 다음 날 벌어진 시위…… 여학생들의 치마를 벗겨 놓고 유유히 사라졌던 사복 경찰들의 이야기가 흉흉하게 떠돌던 가을이었다.

— 산 자여 따르라! 산 자여 따르라!

그는 도서관 유리창에 매달린 채로 소리쳤다. 물론 그는 끌려갔다. 그리고 건너편 건물에서 유인물을 뿌리던 여자 선배가 사복 경찰들에게 쫓겨 건물 아래로 떨어져 내렸다.

학생회관 뒤편에 숨어서 그 광경들을 바라보면서 엉켜 쥔 주먹으로 눈물을 틀어막고 서 있던 그 여자는 일 년 후 대학원에 진학했다. 대학원을 그만두고 집을 뛰쳐나온 건 어쩌면 당연한 일이었다. 그 여자는 살아 있었고 살아 있는 젊은이들의 갈 길을 알고 있던 탓이었다. 수천 명의 살아 있는 젊은이들이 택했던 감옥의 길을 그 여자도 가고 싶어 했었다. 왜냐하면 감옥 밖에 있다는 사실이 더 괴롭던 시절이었으니까. 이유는 단지 그것이었다.

그 여자는 노동 현장에 투입되기 위한 교육을 받았다. 머리털이 나고 나서 그렇게 혹독한 공부는 처음이었다. 물론 그렇게 궁핍한 것도 처음이었다. 하루분의 아주 작은 식량이 정해지고 하루분의 엄청난 양의 학습 분량이 정해지고 피워도 될 은하수 담배의 개수가 정해졌다. 그 여자는 학습에 몰두했다. 그것은 힘겨웠지만 기쁜 일이었다. 하지만 그 기쁨은 오래가지 않았다. 손질이 간편한 머리와 허름한 옷, 식물 성분의 식사, 공동의 용돈, 닥쳐올 나날들에 대한 구체적인 불안…… 실제로, 모여서 공부를 하고 있다는 사실만으로 끌려간 동료들도 많았다. 여자는 제 선택에 대해 불안해하기 시작했다. 노동자가 된다는 일은 혹은 민중이 된다는 것은 너무 힘겨운 일이었다. 적어도 이미 물질이 주는 쾌락을 맛본 여자에게는 그랬다. 하지만 내색할 수도 없었다. 여자는 노동자가 되고 싶다는 생각과 되고 싶지 않다는 생각이 뒤죽박죽인 채, 실마리를 풀 수 없는 혼돈을 혼자서만 싸안고 그해 겨울을 맞았다.

그리고 어느 날 그가 그녀들에게 왔다.

그는 그녀들을 지도하던 선배가 끌려간 이후로 그녀들에게 왔던 거였다. 물론 그도 수배 중이었다. 그 역시 언제 끌려갈지 모르는 상태였다. 그는 그 여자의 얼굴을 전혀 기억하지 못했다. 그 여자가 자신의 후배라는 사실을 알지 못하는 것 같았다. 하지만 그 여자는 그를 기억했다. 끌려가던 그가 외치던 마지막 소리, 어쩌면 신파적인 대사처럼 보이기도 하는 말, 산 자여 따르라, 라는 소리가 젊은 가슴에 비수처럼 꽂힐 수 밖에 없었던 그 가을날들을 잊지 않고 있었던 거였다.

― 김정석이라고 합니다.

그가 간단히 자신을 소개했다. 물론 이름은 가명이었다. 그 여자도 가명으로 자신을 소개했고 그들은 그렇게 다시 만났다. 공부

를 하는 짬짬이 휴식 시간이 되면 그는 낡은 기타를 퉁겼다. 공부에
지친 그녀들이 그 주위에 둥그렇게 모여 앉아 노래를 불렀다. 기타
를 퉁기며 노래를 부르는 그를 보고 있자면 그 여자는 문득 도서관
에 매달려 있던 삼 년 전의 그를 떠올리곤 했었다. 그때 그는 분명
저런 모습은 아니었다. 그가 외쳤을 때, 외치면서 끌려갔을 때 그 여
자는 그가 그렇게 고운 저음을 가진 사람이라는 건 몰랐었다. 부드
럽게, 마치 휘파람처럼 휘감기는 그의 낮은 노랫소리를 들으면서
그 여자는 왠지 가슴이 아팠다. 그가 그저 외치는 자의 소리로만 남
아 있었더라면 아마 가슴이 아프지는 않았을 것이었다. 그 여자는
사담이 허용되는 시간이면 가만히 그에게 이야기를 걸었다. 외치는
자의 소리와 낮은 휘파람처럼 휘감기는 저음을 동시에 가진 그라면
그 여자의 고민을 안아 줄 것만 같았다. 이해하고 독려하고, 그러고
나서 강철처럼 그 여자를 단련시켜 줄 수 있을 것만 같았다. 그리고
실제로 그는 그렇게 했다.

　누군가의 과거사에 대한 이야기는 서로에게 금물이었지만 그가
없을 때 호기심이 많은 여학생 하나가 그의 이야기를 하기도 했다.

　—우리 대학 삼 학년 때 시위 말야, 그때 도서관 사 층에서 짭
새를 피하다가 떨어진 언니 있잖아, 그 언니랑 결혼한대…… 그 언
닌 그때 떨어진 상처 때문에 지금 하반신 마비가 되었는데 얼마나
열심히 활동하는 줄 아니? 참 잘 어울리는 커플이야. 감옥에서 서
로 편지를 몰래 교환하면서 연인으로 사귀기 시작했대…… 멋지지
않니?

　그리고 며칠 후 그녀들에게 그가 왔을 때 그는 새로운 스웨터
를 입고 있었다. 선명한 배춧빛의 손뜨개 스웨터였다. 휠체어에 앉
아서 저 스웨터를 뜨개질했을 여자의 손가락이 떠올랐다. 둥글게

감은 배추색 털실이 풀려 나가는 모습이 보이는 것만 같았다. 뜨개질이라면 그녀도 자신이 있었다. 후드가 달린 멋진 카디건을 동생들에게 떠 입힌 적도 있었으니까. 하지만 그 여자는 지금 뜨개질을 할 수는 없었다. 더더구나 그를 위해 뜨개질을 할 수는 없었다. 그녀는 그에게 아무것도 줄 수가 없었다. 무엇인가를 받지 못했을 때가 아니라 주고 싶은 사람에게 아무것도 줄 수 없을 때 사람은 가장 슬플 수도 있다는 걸 그 여자는 그때 처음으로 깨달았다. 깨달으면서 그 여자는 생각했다. 대체 어쩌자고 이런 생각을 하는 거지?

그러자 그 여자는 그제서야 아득한 나락으로 떨어지는 걸 느꼈다. 그 여자는 아득바득 그 절망감과 질투심의 정체와 싸웠다. 대학원을 그만두고 집을 뛰쳐나온 것은 결코 그런 식의 감정을 느끼기 위해서는 아니었다. 뛰쳐나오면서 아버지에게 뺨을 맞으면서도 당당하던 그녀가 아니었던가…… 새벽에 일어나 찬물에 손을 담그고 걸레를 빨다가도 눈물이 나왔다. 그 여자는 생각을 잊기 위해 쏴아, 수도를 틀었다. 하지만 수도꼭지에서 쏟아지는 것은 스스로도 이해할 수 없는 어처구니없는 감정의 격류였다.

호기심이 많은 여학생이 다시 말했다.

— 얼마나 지독한 형인 줄 아니? 그 언니가 몸이 아파 누워 있어도 후배들과의 약속 시간이 되면 일어나 나오는 형이야…… 저렇게 늘 웃고만 있어도 강철 같은 형이야…… 그야말로 정석에서 단한 번도 벗어난 일이 없는 사람이야. 그래서 우리 모두 정석이라고 부르기 시작했지…… 정석이 아니면 어떤 행동도 하지 않거든……

그랬다. 그는 절대로 흐트러진 적이 없었고 그렇다고 권위를 보이지도 않았다. 말씨는 언제나 한 옥타브 낮은 '라' 음이었다. 아주 강조를 해야 할 말이 있을 때도 '시' 이상 올라가지 않았다. 물론 아주 높은 음까지 올라가는 노래를 부를 때는 제외였지만 말이다. 만일 그녀들이 하고자 열망했던 그 일에 정답이 있다면 그건 바로 그였다. 경제학, 철학에서부터 역사, 문학에 이르기까지, 영어, 독어에서 일본어, 스페인어까지…… 그는 그녀들을 주눅 들게도 했고 운동에 대한 열망에 눈뜨게도 했다. 그는 빛이었다. 그녀들에게는, 아니, 적어도 아득바득 제 감정과 싸우느라 자꾸 그늘 속으로 숨고 싶었던 그 여자에게는…….

그 여자는 감히 그가 그 여자만을 향해서 특별한 미소를 지어 주기를 바란 적이 없었다. 하지만 한번 그는 그 여자에게 미소를 지었다. 그건 이런 일 때문이었다. 며칠 밤을 지새우면서 세미나가 벌어지던 날 밤…… 그는 드디어 잠깐 쓰러져 버렸다. 지독한 감기였다. 그녀들이 감히 큰 소리도 지르지 못하고 그를 일으켜 세웠다. 그는 창백한 얼굴을 찡그리며 가볍게 손을 저었다. 별것 아니라는 말이었다. 그는 누운 채로 그녀들의 세미나를 들었다. 세미나가 제대로 진행될 리가 없었다. 그 여자는 아까 그가 쓰러질 때부터 마음이 뒤숭숭거려서 갈피를 잡지 못하고 있었다. 발제도 건성으로 했고 그리고 내내 그의 창백한 얼굴만 훔쳐보고 있었다. 세미나가 끝나고 누군가가 새벽 거리로 그의 약을 사러 뛰어나갔다. 그 여자는 그때 식사 당번이었다. 그 여자는 어제 장을 본 여학생들이 사다 놓은 대파의 흰 뿌리를 잘라 깨끗이 씻었다. 그리고 물을 한 컵 냄비에 넣고 그것을 끓였다. 어렸을 때 지독한 감기에 걸리면 할머니가 끓여 주던 파뿌리 생각이 났던 거였다. 새벽 거리로 약을 사러 갔던 여학생이 빈손으로 돌아왔다. 이제 그를 도와줄 사람은 그 여자밖에 없었다.

그 여자는 파뿌리 삶은 물을 내밀었다. 이제사 무언가 줄 수도

535

있다는 생각에 그 여자는 들떠 있었다. 더구나 그 여자의 얼굴을 잠깐 동안이었지만 물끄러미 바라보고 나서 그는 그 여자에게 아주 특별하게 보이는 미소를 지었던 것이다. 그 미소가 하도 눈이 부셔서 그 여자는 그 방 안에 있던 그녀를 제외한 다섯 명 여학생들의 시선이 그녀에게 쏠린 것도 깨닫지 못했다. 하지만 그가 파뿌리 물을 다 마시고 났을 때, 그녀는 자신이 주시받고 있다는 걸 깨달았다. 그녀는 자꾸만 떨리는 입술을 지그시 누르며 그가 내미는 빈 대접을 받아 들고 부엌으로 뛰어 들어갔다. 그녀에게 쏟아졌던 여학생들의 시선은 분명 의혹이었다. 그 여자는 그때 그 조직 내에서 심하게 개인주의적인 성향을 가지고 있다고 비판받고 있던 중이었다. 얼마 전 한 여학생이 앓아누웠을 때 그 여자는 한밤중에 약을 사러 나가는 것을 몹시 귀찮아하기도 했었다. 그때는 분명 부엌에 항상 있었던 파뿌리 같은 건 생각하지도 못했었다.

그 여자가 안절부절못하고 있는 부엌으로 다른 여학생이 들어섰다. 모임 내에서 제일 나이가 많은 여자였다. 그녀는 그 여자를 바라보더니 침착한 목소리로 말했다.

— 잘했어. 정석이 형은 곧 나을 거야……난 다만 네가 동지애를 다른 여자 동료들에게도 나누어 주었으면 해.

그 여자는 그러자 떨리는 입술을 펴고 그것이 동지애였다는 표정을 지었다. 하지만 그 여자도 그리고 나머지 그녀들도 그것이 동지애만은 아니라는 걸 알고 있었다.

그러고 나서 그 여자는 그 모임 내에서 심한 차별을 받았다. 심한 차별이라고 했지만 그건 차별이라기보다 격려였다. 예를 들어 다른 동료들이 살고 있는 방으로부터 책을 전달받기 위해 몇 명이 외출을 해야 할 때도 그녀는 제외되었다. 왜냐하면 그 책을 중간에서 전해 주는 일을 그가 할 때도 있기 때문이었다. 그 여자가 살고 있는 방이라는 공간에서 여섯 명이 모두 모여 있는 시간이 아니면 그 여자는 그를 볼 수 없게 배려되었다. 가끔씩 상상력이 뛰어나다거나 발제를 요령 있게 한다고 그 여자를 칭찬하던 그의 입도 다물어졌다. 그 여자는 그 좁디좁은 비밀 방에서 여섯 명의 여학생들이 누워서 잠이 들 때 혼자서 벽을 보고 깨어 있었다. 그러면 그 여자는 또 생각했다. 대체 어쩌자고 내가 이러는 걸까? 곧 현장에 투입될 상황에서 이런 감정으로 인해 동지들에게 누를 끼쳐도 되는 걸까? 모두들 사랑조차 버리고 이곳으로 오지 않았던가…… 모두들 보고 싶은 사람까지 보지 못하고 어떻게든지 역사를 올바르게 책임져 보자고 눈물을 참고 있지 않은가 말이다.

그 여자는 그 생각만으로 그녀들의 따돌림을 묵묵히 받아들였다. 그래서 다음번에 다른 동료가 감기에 걸렸을 때 그 여자는 손수 장을 보아다가 파뿌리를 끓여 그녀에게 내밀었다. 같은 방에 살던 동료들이 그녀에게 미소를 보냈다. 하지만 여자는 그날 밤 혼자서 또 생각했다. 아아, 나는 혹시 위선자가 아닐까……

그리고 몇 달이 흘렀다. 그 여자에 대한 조직의 엄격한 배려도 조금씩 누그러들었다. 그는 여전히 그 여자에 대해서는 완강히 입을 다물고 있었지만 가끔씩 눈길이 부딪쳤을 때, 아주 짧은 시간 허공에서 두 사람의 눈길이 부딪쳤을 때 그 여자는 그의 눈길이 특별하다는 걸 느꼈다. 사랑을 해 본 사람들만이 알 수 있는 그 짧고도 긴 시간…… 그 여자는 이제 그런 사실들이 두려워지기 시작했다. 이제 곧 노동자가 될 것이었다. 사람들에게 더 이상 누를 끼칠 수도 없었다. 하지만 그 여자는 또 생각했다. 그건 정말일까. 눈동자끼리 허공에서 얽혔을 때, 그의 동공이 검고 크게 확대되어 오는 듯한 그 느낌…… 그걸 확인해 보고 싶었던 것이다…… 하지만 그것도 잠깐, 그 여자는 눈을 내리깔고 그녀가 제일 애를 먹고 있던 『자본론』 공부에 몰두했다.

어느 날인가 그는 기쁜 듯이 그녀들을 찾아왔다. 돈이 생겼고 맛있는 것을 사 주고 싶다는 것이었다. 몇 달 동안 채소와 싸구려 어묵으로 연명하던 그녀들이 환호성을 질렀다. 삼겹살이 구워지고 소주가 날라져 왔다. 그녀들은 오랜만에 낡은 기타를 꺼내 들었고 그리고 토론이 아닌 이야기들을 나누었다.

놀기로 작정한 날이었으므로 모두들 유쾌했다. 그가 술을 마시는 것을 보는 것은 처음이었다. 그는 대접에 따른 소주잔을 여섯 명의 그녀들에게 골고루 돌렸고 그동안 알지 못했던 각자들의 고민에 고루 귀를 기울이려고 애쓰는 것 같았다. 별로 말이 없던 사람이었는데 그날은 아주 우스운 이야기들도 꺼냈고 힘든 생활과 긴장에 지쳐 있던 그녀들을 흐드러지게 웃게도 만들었다. 그 여자도 오랜만에 커다란 소리로 웃었다. 그리고 행복했다. 그것으로 족했던 것이다. 같은 고민을 하는 사람들이 여기 있고 우리는 기필코 역사를 바꿀 수 있고 그리고 여기 빛나는 나날들을 모범적으로 사는 그가 있다.

밤이 깊어지고 하나, 둘 술에 약한 그녀들이 작은 마루에서 방으로 들어가 잠이 들었다. 밤 세 시가 넘었을까, 작은 마루에는 그와 그 여자만 남아 있었다. 문득 그 여자는 그걸 깨달았다. 그와 그 여자의 눈이 오래도록 허공에서 만났다. 그 여자도 그도 눈을 내리깔지 않았다. 눈길을 떼지 않은 채 그가 물었다.

— 내일 종로에서 후배를 만날 일이 있는데 나가지 못할 것 같거든…… 대신 나가서 내가 다시 연락한다고 좀 전해 주겠니?

그가 말했다. 그 여자의 눈이 환희에 빛났다. 그 여자는 거의 한 달이 넘도록 시내 구경을 하지 못했던 거였다. 그의 말은 그러니까 이제 그 여자의 유예기간이 끝났다는 뜻이 되는 거였다. 그는 찬찬히 주머니에서 종이를 꺼내 다방의 약도를 그려 주었다. 약도를 확인하느라 그에게 다가앉은 그 여자의 숙인 머리가 그의 앞이마에서 나풀거리는 머리카락과 맞닿았다.

— 가면 아마도 이런 전화가 올 거야.

다음 말을 듣기 위해 그 여자가 착한 학생처럼 그를 응시했다. 그때 그가 왈칵 손을 뻗어 그 여자의 팔을 당겼다. 아니, 어쩌면 그 여자가 먼저 그의 품으로 안겨 버렸는지도 모른다. 엉거주춤 포옹을 한 채로 그 여자는 생각했었다. 내가 결국 저지르고 마는구나……

그 여자는 남자의 배춧빛 스웨터에 그저 고개를 묻고, 그 스웨터를 뚫고 나오는 그의 체온을 느끼고 있었다. 하지만 그 여자가 그의 어깨에 고개를 묻고 느낀 것은 단순한 환희는 아니었다. 휠체어에 앉은 여자가 짜 주었다는 그 배춧빛 스웨터…… 그의 손길이 그 여자의 등으로 가만히 다가왔다. 그 여자는 그의 배춧빛 스웨터에 얼굴을 묻은 채로 생각했다. 이래도 되는 걸까…… 그가 그녀를 천천히 떼어 내고 두 손으로 그 여자의 얼굴을 감싸 안은 채 그 여자의 눈을 오래도록 들여다보았다. 그 여자가 울음을 터뜨린 것은 그때쯤이었다.

— 잘못했어요. 사실은, 사실은…… 형을 사랑하고 있는 것 같아요.

그가 다시 그 여자를 안았다. 이번에는 아까보다 더 힘이 세었다. 그가 말했다.

— 다 알고 있었어……

539

그 여자가 눈물 젖은 얼굴을 그의 어깨에 비볐다. 배춧빛 스웨터, 휠체어에 앉아 있는 그의 여자…… 그러나 그도 그 여자도 서로에게서 떨어지지 않았다. 얼마나 시간이 지났을까. 그 여자는 그의 어깨가 움찔하고 굳어지는 걸 느낄 수 있었다. 그리고 그가 천천히 그 여자를 떼어 내고, 이번에는 그 여자에게 눈길을 돌리지 않은 채 가만히 집 밖으로 나갔다. 어디로 가는지 알 수 없었다. 생각해 볼 겨를도 없이 그 여자가 그를 따라 집 밖으로 나갔다. 그는 두 손을 바지 주머니에 찌르고 캄캄한 어둠 속에 서 있었다.

　　— 미안하다…… 이러지 말자고 생각했었는데……

　　그 여자는 어둠 속에서 고개를 저었다.

　　— ……한 번만 만나 주세요. 저 사람들 있는 데서 말구…… 그냥 뵙고 싶어요. 내일 열 시 요 앞 다방에서……

　　그 여자의 말을 듣는지 마는지 그는 입술만 욱신거리며 씹어 대고 있었다.

　　그리고 그 여자는 그날 밤 어둠 속에 서 있는 그를 남겨 두고 먼저 집으로 돌아왔다. 불 꺼진 방에서는 그녀들 중 제일 나이가 많은 여자가 자지 않고 깨어 있었다. 집으로 들어간 그 여자는 아무 말 없이 이불을 덮고 언제나 그랬듯 벽을 보고 누웠다. 긴 한숨 소리가 나이 많은 여자의 입에서 흘러나왔다.

　　두 사람 사이를 가로막고 있는 탁자 위로 커피가 날라져 왔다. 그가 그녀에게 말했다.

　　— 어젯밤엔 술이 과한 것 같다. 우리 둘 다……

　　그 여자가 다시 말했다.

　　— 난 목숨을 걸 수도 있어요.

　　그는 설핏 웃으며 눈을 내리깔았다. 미소를 짓고 있는 그 여자의 입술이 얇게 뒤틀렸고 이어 일그러졌다. 그가 담배를 내밀었다. 그 여자는 그가 내미는 담배를 받아 들었다.

　— 무슨 말이든지 하려무나.

　그가 말했다. 여전히 그는 그 여자의 시선을 피하고 있었지만 자석에 끌리듯 다시 눈이 마주쳤다. 그 여자는 피를 뚝, 뚝 흘리는 듯한 자신의 심장을 부여잡고 굳은 듯 앉아 있었다. 그가 담뱃불을 내밀었다. 그 여자는 담뱃불을 순순히 받았다.

　— 형, 참 비겁한 사람이군요.

　잠시 생각에 잠겨 있던 그가 천천히 고개를 끄덕였다.

　— 술 때문이 아니잖아요?

　그는 이번에는 고개를 끄덕이지 않았다.

　그 여자는 마치 그가 도서관에 매달려 있다가 끌려갔던 그 몇 해 전의 가을처럼 주먹으로 입술을 틀어막고 그를 바라보았다. 인조 털이 달린 감색 체크무늬 반코트 속으로 배춧빛 스웨터가 보였다. 그들은 아주 오래된 연인들이고 그녀는 그와 동시에 시위를 하다가 하반신 불구가 되었다…… 둘은 감옥에서 편지를 주고받으며 동지로서의 사랑을 키웠다. 그리고 그녀는 아직도 그를 위해 뜨개질을 한다…… 뜨개질이라면 그 여자도 자신이 있었다. 하지만 그럼에도 불구하고 그 여자는 그를 위해 뜨개질을 할 수가 없다…… 그러자 마지막이라는 단어가 이번에는 그 여자의 머릿속으로 명확히 떠올랐다. 그저 이렇게 마주 앉아 있어서 좋은 게 아니고 정말 마지막이라는 단어…… 그가 떠나든 그 여자가 떠나든 그건 마지막이었다. 그 여자는 울음을 억누르려고 입술을 누르고 있었던 조그만 주먹을 입에서 떼어 내었다. 마지막으로 그 눈빛의 의미를, 그가 그 여자를 바라보았을 때 커다랗게 확대되어 오는 동공의 의미를 확인하고 싶었던 것이었다.

　― 형, 아무것도 바라지 않아요. 단지 정말 이름을 가르쳐 주세요. 그러고 나면 더 떼쓰지 않을게요.

　―……김, 정, 석.

　그가 천천히 말했다. 그는 끝내 그렇게 말했다. 여자의 콧날이 왈칵 시큰해졌고 그리고 서러운 눈물이 맺혔다.

　― 이름은 알아서 무얼 하겠니? 나는 그저 네가 알던 김정석이라는 사람이야…… 우리가 각자의 장에서 열심히 살아간다면 그걸로 족한 거야……아마 다시 이런 자리에서 만날 일은 없게 되겠지…… 그래도 열심히 살면 우린 만나는 거야…… 내 말 알아듣겠니?

　그 여자가 작게 머리를 흔들었다.

　― 그렇게 상투적으로 말하지 마세요…… 그저 난 이름을 알고 싶었을 뿐이에요…… 동지로서의 이름을 원하는 게…… 아니었는데…….

　여자가 말을 다 마치기도 전에 그의 눈에 확 붉은 기운이 몰려들었다. 하지만 그는 그 여자에게서 눈길을 떼지 않았다. 마치 입술로 다 할 수 없는 그 어떤 진실을 그녀에게 전달해 주고야 말겠다는 듯이 그의 눈길은 집요해 보였다. 그 여자도 그를 바라보았다. 그가 입술로 말할 수 없는 어떤 진실들을 해면처럼 하나도 남김없이 빨아들이겠다는 듯했다. 그리고 그 여자는 말했다.

　― 잘못했어요. 다…… 제 잘못이에요.

　그리고 그들은 다방을 나왔다.

　그는 그 여자를 더 돌아보지 않고 버스 정류장을 향해 걸었다. 그러자 다시 마지막일지도 모른다는 생각이 들었다. 그 여자는 굳어진 입술로 그를 불렀다. 몇 발짝 걷던 그가 그 여자를 돌아보았다. 그들은 그렇게 몇 발짝을 사이에 두고 서 있었다.

— 오늘 시내에 있는 다방에 가서 형이 나오시지 못한다고 전하겠어요.

어젯밤 그 포옹의 전조가 되었던 그 약속을 생각하며 그 여자가 말했다. 그가 마른손으로 제 얼굴을 부볐다. 한참을 그렇게 서 있다가 그가 말했다.

— 아니, 그럴 필요 없다…… 들어가 봐. 모두 기다릴 거다…… 다들 힘들잖니!

그가 다시 발을 떼었다. 여자는 그를 잡으면 안 된다고 생각했지만 이번에는 더 큰 소리로 그의 이름을 불렀다. 그가 끝끝내 고집하던 정석이라는 이름…… 그는 돌아보지 않고 어깨를 움츠린 채 뛰듯이 걸어갔다. 그러고는 달려오는 버스를 향해 달음질치더니 그 버스에 올라탔다. 버스의 배기가스가 하얗게 뿜어 나오던 겨울날이었다. 그리고 그 여자가 그를 본 것은 그것이 마지막이었다.

그 여자는 그녀들이 살고 있는 방으로 돌아갔다. 그녀들은 말도 없이 사라졌다가 다시 돌아온 그 여자를 차가운 눈초리로 맞았다. 그 여자 역시 냉랭한 눈초리로 그들과 마주 앉았다. 무거운 침묵이 그 방을 감쌌다.

— 너무 철없다고 생각하지 않아? 대체 이게 무슨 짓이야!

성마른 여자 하나가 소리쳤지만 아무도 더 대꾸하지 않았고 그래서 그 아침이 지나갔다.

며칠 후 그녀들을 지도해 줄 새 선배가 왔다. 새 선배는 김정석이라는 사람이 사정상 그녀들을 더 지도해 줄 수 없게 되었다고 짤막하게 말하고 책을 폈다. 그녀들은 일제히 그 여자에게 시선을 던졌다. 그 여자는 눈을 책에 고정시킨 채 몸을 떨고 있었다. 이렇게까지 할 필요가 있을까 하는 생각이 들었던 것이다. 이름 같은 건 순순히 가르쳐 주지 않아도 좋았다. 다시 그에게 안기지도 않을 것이고 겁도 없이 사랑한다고 말하지도 않을 것이고 그리고 아침에 사라지는 일도 없을 텐데……

그녀는 그 과정을 이수한 후 노동 현장으로 배치되는 일에서 제외되었다. 그리하여 그녀들이 제각기 다른 곳으로 떠나가 노동자가 되었을 때 그 여자는 후배들이 모여 있는 다른 방으로 가야 했다. 거기서 다시 한번 재교육을 받아야 한다고 그들은 말했다. 하지만 그 여자는 거기서 공부에 몰두하지 않았다. 그 여자는 어느 날 저녁 거리를 사러 간다고 그 방을 빠져나와 다시는 그들과 합류하지 않았다.

돌아온 탕자처럼 집으로 돌아간 그 여자는 며칠 후 혼자서 강릉 이모 집으로 갔다. 하루 종일 바닷가를 거닐다가 밤이면 돌아와 잠을 잤다. 겨울 바다에서조차 사람들은 모두 짝지어 있었다. 둘 혹은 셋…… 혹은 여섯.

어느 날 바닷가를 지치도록 걷던 여자는 털썩 백사장에 주저앉았다. 누구하고라도 이야기를 하고 싶었다. 그래서 그 여자는 혼자서 중얼거렸다.

— 목숨을 걸 수도 있다고 말한 적이 있었지. 그래, 분명히 그렇게 말했고 난 정말 그럴 수도 있었을 거야. 그렇지만 일상을 걸 수는 없었어. 자잘한 나날들을 건다는 건 목숨을 거는 일보다 더 힘들었어. 나의 미래…… 나의 젊은 날…… 젊음을 건다는 건 미래를 거는 일이고 일상을 건다는 건 언제까지 이어질지도 모르는 삶을 거는 거잖아…… 목숨을 거는 일이 차라리 쉬웠을 거야…… 하지만

나는 정말 목숨이라도 걸고 싶었었나?

어떤 남자가 그 여자 곁으로 다가왔다. 묻지도 않았지만 그는 자신이 대학원생이며 서울에서 바람을 쐬러 혼자 온 여행객이라고 소개를 했다. 다만 그가 그 여자가 다니던 대학원 이름만 대지 않았다면 그 여자도 대충 그렇게 믿어 버렸을 수도 있었을 것이다.

둘은 바닷가에서 술을 마셨다. 그는 회를 샀고 그 여자는 소주를 마셨다. 그가 머뭇거리며 여관으로 그 여자의 손을 잡아끌었을 때 그 여자는 무표정한 얼굴로 그를 따라나섰다. 하지만 그가 불도 끄지 않고 그 여자의 몸을 끌어당겼을 때 그의 어깨에 얼굴을 묻으면서 그 여자는 불현듯 배추색 스웨터를 생각했다. 그 여자는 상처 입은 짐승처럼 그의 어깨를 강하게 밀쳐 냈다. 당황한 남자가 다시 그 여자를 끌어당겼지만 여자는 벗었던 코트를 입었다. 가짜 대학원생이 그녀의 뺨을 연거푸 후려쳤다.

부풀어 오른 뺨을 잠깐 매만지다가 그녀가 대답했다.

— 미안해요. 아깐 죽어야겠다고 생각했어요. 그래서 따라온 거예요. 하지만 갑자기 살아야겠다는 생각이 들었어요. 죽으려면 당신하고 하룻밤 자는 것쯤 정말 아무 일도 아니겠지만 살아야겠다고 생각하니까 가고 싶어요. 절 보내 주세요.

가짜 대학원생이 어이가 없다는 얼굴로 그녀를 바라보다가 이윽고 욕설을 퍼부었다.

밤바닷가로 뛰쳐나온 그녀는 그때까지 아무렇게나 풀어져 있던 목도리를 꼭꼭 여미며 이모 집을 향해 걸었다. 흰 이빨을 드러낸 파도 소리만 그녀의 귀에 철썩였다. 그 여자는 흘러내리는 눈물을 닦아 내면서 걸었다.

— 스물네 살짜리 여자가 스물다섯 살짜리 남자를 사랑했어.

그뿐이었어. 그게 죄야? 공부방에 여학생들과 같이 앉아서 고기가 먹고 싶다는 생각을 했었지. 그것도 죈가? 남루한 파카에 무릎이 나온 바지 말고 예쁜 치마를 입고 싶다고 생각도 했어. 그도 아니면 수배자들과 나란히 앉아서 혹시라도 끌려갈까 봐, 끌려가서 성 고문이라도 당하게 될까 봐 벌벌 떨었어. 그것도 비겁한 건가? 대체 그게 무슨 큰 죄인 거지? ⋯⋯아니야, 그도 아니면 이름 한번 가르쳐달라고 말했어. 가명 말고 진짜 이름⋯⋯ 대체, 대체 그게 무슨 죄였다는 거야?⋯⋯ 난 당신의 진짜 이름이 무언지 아는데⋯⋯ 사실은 당신이 도서관에 매달려 있다가 끌려가던 그날부터 벌써 알고 있었는데⋯⋯

그에게 그런 말을 했어야 했다. 무식하게, 일자무식하게 대들어야 했었다. 그러고는 얼굴을 바꾸고, 희극을 연기하다가 갑자기 비극을 연기하는 배우처럼 얼굴을 바꾸어서 그 여자와 자고 싶어 하던 가짜 대학원생에게 말해야 했었다.

— 그래도 우리에겐 지켜야 할 것들도 있어. 니 눈에는 우습게 보이겠지만, 무모한 결벽증이라고 생각할지도 모르겠지만⋯⋯ 그건 우리의 무기야. 그것마저 없다면 돈도 없고 힘도 없고 핍박당하는 우리가, 거대한 뿌리를 가진 이 역사의 왜곡에 대항해서 대체 무얼 가지고 싸우겠니? 사랑마저도 버리고 가야 할 길이 있다는데 누가, 누가 감히 그를 나무랄 수 있겠니?

그 여자는 그해 겨울이 끝날 무렵 집으로 돌아와 대학원에 다시 등록을 했다.

그리고 1987년 그 여자는 수배자 해제 명단에서 그의 본명을 읽었다. 그 여자는 그 여자가 감옥보다도 괴로운 곳이라고 생각하던 대학원에 다니면서 교수 집에 세배도 가고 논문도 쓰면서 석사를 마치고 박사 과정에 등록했다. 그러는 동안 동구권이 무너지는 소리가 들리고 그리고 그 여자가 한때 몸담았던 조직의 그 사람들이 모두 끌려갔다는 소식이 들렸다. 그리고 또 한 겨울이 지나자 소련 연방이 해체를 선언했고 그가 폐결핵 2기가 되어서 고향으로 내려갔다는 소식을 들었다. 그런 소식을 전해 준 것은 감옥에서 나온 그의 후배였다. 후배는 그 여자의 동네에서 우유 대리점을 열고 있었다. 딱히 대학원에 마음을 붙이지 못하고 있던 그 여자는 가끔 후배의 우유 대리점으로 가서 남산만큼 배가 부른 후배의 부인과 우유를 마시며 사는 이야기들을 하곤 했었다. 어느 날인가 후배가 그 여자에게 말했다.

— 혹시 정석이 형이라고 불리던 사람을 아세요?

우유를 마시던 그 여자가 잠시 동작을 멈추었다. 삼키려던 우유가 하얗게 엉킨 채로 목구멍을 틀어막는 것 같았다.

후배가 다시 물었다.

— 87년인가 수배 해제되고 나서 그 형이 여기 놀러 왔었어요. 그때 정화 씨를 요 앞길에서 봤다고 하더군요. 내가 우스갯소리로 동네 처녀라고, 자주 놀러 온다고 말했어요…… 그러고 나서 그 형이 우리 집에 자주 왔었죠. ……가만, 그러고 보니 희한하게도 정화 씨랑은 마주친 적이 없네. 한번은 마누라랑 나랑 둘이서 영화 구경을 갔다가 술도 한잔 먹고 새벽에야 돌아왔는데…… 셔터가 내려진 우리 대리점 앞에 그 형이 앉아 있겠죠. 술이 잔뜩 취해서 하는 말이, 발이 가길래 그냥 종로에서부터 걸어왔다고 하더군요. 안됐어요, 폐결핵이라는데…… 조직은 다 깨지고…… 술 먹고 다니지 말라고 내가 그렇게 충고를 해도 안 들어요…… 그 형 결국 고향으로 내려갔어요. 사촌 형님이 골프용구점을 차렸다는데 거기서 일을 도

와줄 건가 봐요…… 원래 집도 가난하고…… 이번에 아버지가 돌아가셨다나 봐요.

우유 대리점을 경영하던 후배는 말을 하다 말고 허공에 시선을 던졌다.

—그 형…… 참 빛나던 사람이었는데…… 약삭빠르게 일찍 빠져나온 우리들만 이렇게 무사하군요.

그 여자는 한 번도 골프용구점에 가본 일이 없었다. 그래서일까, 그곳에서 일하는 그의 모습은 아무래도 떠오르지 않았다. 자가용을 탄 사람들이 와서 달걀만 한 골프공을 고르고 골프대를 만져 보고…… 그럴 때 그가 지을 표정을 상상할 수 없었던 것이다. 다만 닫혀진 셔터 앞에서, 새벽도 아직 먼 어느 캄캄한 밤중에, 닫혀진 셔터 앞에 앉아 있는 그의 모습은 선명하게 떠올랐다.

왜였을까.

그 여자는, 아무렇게나 골라 입은 파카에 무릎이 나온 바지를 입은 그 여자는 아직도 길 건너편에서 이쪽을 향해 서 있었다. 나도 그녀를 향해 서 있었다. 다시 머릿속의 달력이 펄럭이며 1992년이 가고 있음을 알려 주었고, 그러자 밀려 있는 자동차들의 매캐한 배기 내음과 거리의 성마른 소음이 들려왔다.

나는 그 여자가 아직도 서 있는 길 건너편의 붉은 신호등을 바라보고 있었다. 내가 잠깐 회상 속에서 떠올렸던 그 시절의 그 여자는 설사 시간이 좀 걸린다 하더라도, 아무리 이 겨울의 어스름 속에 떨면서 서 있는다 해도 곧 파란 신호등이 들어올 거라고, 그래서 모든 차들을 멈추게 하고 길 건너편에서 이쪽 편으로 자신을 안전하게 걸어가도록 만들어 줄 거라고 믿고 있었다. 하지만 요즘의 나는 아무것도 믿지 못하고 있었다. 어쩌면 영영 파란불은 들어오지 않

을지도 모르고, 그리고 이 자리에 그대로 언제까지나 서 있게 될지
도 모른다는 생각을 했던 것이다.

　나는 길을 건너기를 포기했다. 어차피 방향도 없는 길이었다.
나뭇가지들이 그 봄날과 여름날의 무성한 이파리들을 떨구고 그저
파들거리며 서 있었다. 봄날이 오면 그 나무에 다시 잎이 돋을지도
나는 알 수 없었다. 아니, 그보다 더, 봄이 오는지에 대해서도 알 수
없었다. 나는 원시인들처럼 혼돈에 빠져 있었다. 밤이 오면 그들은
두려움에 몸을 떨었다고 했다. 그 밤도 지나고 나면, 밤을 견디어 낸
자들에게는 아침이 온다는 사실을 그들은 알지 못하고 있었던 때문
이었다.

　그런데…… 그, 가, 결, 혼, 을, 한, 다.

　사복 경찰들에게 쫓기느니 차라리 지구의 중력에 몸을 맡기
기로 결정했던 그녀하고…… 날개도 없이 추락을 택했던 그녀하
고, 그리하여 그날 이후 다시는 두 발로 땅을 딛지 못했던 그녀하
고…… 그녀는 아직도 그를 위해 뜨개질을 하고 있을까.

　— 자식…… 참 좋은 녀석이었는데, 결핵 고치기는 했는
지…… 하기는 서로 나이가 꽉 차기도 했지…… 그 자식, 87년인가
수배 해제되기 전에 헤어진다 어쩐다 소란을 피우더니 결국 결혼을
하는구만…… 어때? …… 정화 너도 물론 올 거지? 그나저나 넌 왜
결혼 안 하는 거야.

　그의 결혼 소식을 전해 준 선배는 사람들을 향해 떠들다가 나
를 향해 명함을 한 장 내밀었다. 금박도 선연한 그의 명함에는 재벌
기업의 기획실장이라는 직함이 박혀 있었다. 나도 곧 전임 자리를
맡게 될 것이라는 이야기를 했다. 그때 그 방에서 배운 지식을 활용
해 나는 「1930년대 소설에 나타난 사회주의 리얼리즘」이라는 논문

을 썼고 그것으로 박사 학위를 받을 예정이었다. 우리들은 별로 놀라운 표정을 짓지도 않았다. 그 출판사에 모인 옛 시절의 동지들은 서로 쑥스러운 얼굴로 명함을 건네고 그리고 공룡이 다니던 시절의 이야기를 했다.

— 맘모스들이 쿵, 쿵 쓰러져 얼음 속에 갇혔대, 글쎄 몇만 년이 지났는데도 하나도 상한 데가 없대잖아…… 파랗게 얼어서…… 그 둥그렇고 날카롭던 상아도, 허공을 향해 치켜뜬 눈매도 모두 다 그대로라는 거야. 얼어붙어 있는 붉은 피까지…… 밀매꾼들이 그 맘모스를 발견해서는 상아만 가져다가 판다는 거야. 그게 돈이 되니까…… 그리하여 맘모스의 치켜뜬 눈동자하고 얼어붙은 붉은 피만 영원히 지하에 갇히는 거지. 돈이 되는 상아만 빼고……

13년 동안 감옥에 있다가 출옥한 선배는 우리들의 이야기를 듣다가 하하 웃었다. 웃다가 그는 후배들보다 먼저 일어섰다. 우리들보다 십몇 년 전부터 반독재 운동을 해 온 그는 후배들과의 자리를 이제 거북해하곤 했다. 한번은 가려는 그 선배를 붙잡았더니 그가 쑥스러운 얼굴로 웃으며 말했다.

— 명색이 선배인데 니들한테 맛있는 거 사 줄 돈도 없고…… 미안하구나……

사라져 가는 선배의 뒷모습을 나는 한참을 바라보고 서 있었다. 그의 등은 벌써 굽어 있었다.

나는 천천히 걸어가며 1986년의 그 다방을 찾았다. 창경원을 지나 돌담이 끝난 곳에서 스무 발짝쯤 더 걸어가면 작은 골목에 있던 다방. 그 다방은 이제 노래방이 되어 있었고 보랏빛과 노란빛의 네온사인이 간판 주위에서 천박하게 번쩍이고 있었다.

나는 말없이 거기에 서 있었다. 그 다방이 노래방 간판으로 바

꿰어서가 아니었다. 그런 일들이야 흔해서 더 이상 상처가 되지 못
했다. 다만 나는 네온사인 같은 종류가 아닌 빛을 기억하고 있었다.
그 빛은 폐결핵에 걸리고, 골프 용구점의 점원이 되었다. 그 빛을 위
해 뜨개질을 하던 여자는 아직도 휠체어에 앉아 있었다. 감옥에서
나온 남자는 우유 대리점을 차리고, 화려한 민주 투사였던 노선배
는 다만 저녁을 사 줄 돈이 없어서 후배에게 굽은 등을 보이며 사라
져 가고…… 우리들은 모여 앉아 금박 글씨가 선연한 명함을 건네
며, 이제 영원히 박제된 맘모스의 이야기만 하는 것이다. 그러자 내
눈앞으로 얼음 속에 갇혀 있는 치켜뜬 맘모스의 눈매가 떠올랐다.
한때는 따뜻했으나 이제는 얼어붙어 버린 붉은 피가 보이고, 그러
자 또 누군가가 말하는 소리가 들려오는 듯했다.

　　— 약삭빠르게 일찍 빠져나온 우리들만 이렇게 무사하군요.

　　나는 어두워져 가는 초겨울의 하늘을 올려다보았다.

　　우리들은 이제 겨우, 겨울의 입구에 서 있을 뿐이었다.

—《문예중앙》, 1993년 봄호;

공지영, 『인간에 대한 예의』(창작과비평사, 1994)

김인숙(金仁淑·1963~)

김인숙은 1963년 서울에서 태어났다. 다섯 살 때 아버지를 잃고 3남 2녀의 가장으로 하숙집을 운영하는 어머니 밑에서 유년 시절을 보냈다. 숙명여중과 진명여고를 거쳐 연세대학교 신문방송학과를 졸업했다. 고등학교 문예반에서 활동하고 백일장에서 상을 받는 등 문학에 재능을 보였고 1983년 스무 살의 나이에《조선일보》신춘문예에 단편소설「상실의 계절」이 당선되어 등단했다. 이를 계기로 방송국 피디를 꿈꾸다가 전업 작가의 길로 들어섰다. 대학 시절 학생운동에 참여했으며 이때의 경험들이 소설에 많이 반영되었다. 중국, 호주 시드니 등 장기간 해외에 체류했다. 보고문학인「하나 되는 날」(1987)로 전태일문학상 특별상을,『먼 길』(1995)로 한국일보문학상을 수상했고「개교기념일」(2000)로 현대문학상을,「바다와 나비」(2003)로 이상문학상을 수상했다. 이외에도 이수문학상, 대산문학상,『안녕, 엘레나』(2009)로 동인문학상을 수상하며 최근까지 활발한 작품 활동을 하고 있다.

김인숙은 386세대 운동권 출신 소설가의 목록에서 빠지지 않고 등장하는 작가다. 82학번인 그는 스무 살 이후 한국 사회의 변동과 중요한 역사적 분기점을 두루 경험한 세대로서 보고문학이라고 불리는 소설집『79~80, 겨울에서 봄 사이』(전 3권, 1987),『함께 걷는 길』(1989) 등 중요한 노동 문학 작품들을 발표했다. 하지만 1990년대부터는 1980년대라는 시대성에서 자유로운 관점으로 다양한 작품 세계를 보여 주었다. 노학연대의 일원으로서 노동 현장을 체험하며 보고문학을 발표했고, 다른 한쪽으로는 운동권 소설의 전형성에 포착되지 않는 균열과 배제의 지점들을 모두 보여 준다는 점에서 더욱 그러하다. 이 시기 소설집으로는 『칼날과 사랑』(1993), 『유리 구두』(1998), 『브라스밴드를 기다리며』(2001), 『그 여자의 자서전』(2005), 『안녕, 엘레나』(2009), 『단 하루의 영원한 밤』(2018) 등이 있다.

　김인숙은 '민중' 중심의 1980년대 문학과 '개인' 중심의 1990년대 문학의 경계를 오간 작가이다. 시대적 이분법을 가뿐히 뛰어넘을 만큼 김인숙의 소설 세계가 넓게 펼쳐져 있다는 점은 분명하다. 김인숙은 1980년대와 1990년대를 시대적 단절로 보기보다는 연속적인 관점을 갖고 문학 세계를 개척해 온 작가이다. 특히 『칼날과 사랑』에서 볼 수 있듯이 기존의 노동 문학에서는 배제되었던 여성, 중산층 주부와 같은 현실 세계의 일상 주체들을 소설 전면에 내세워, 이러한 여성 주체의 삶을 통해 1990년대의 새로운 윤리 감각이 구현되는 방식을 그려 왔다는 점에서 의미가 있다.

오자은

칼날과 사랑

작품 소개

이 작품은 386세대 여성의 가족 투쟁기이자 내적 투쟁기이다. 작품은 인내의 화신이라 할 수 있는 전통적 여성상인 '이모'와 사사건건 남편과 싸우는 '나'의 대립 구도로 전개된다. 386세대에 속하는 화자는 이모가 평생 남편의 외도를 묵묵히 견디는 모습을 안타까운 마음으로 지켜본다. 물론 이모에게도 위악적인 남편에 맞서 복수의 칼을 휘둘렀던 사건이 있었다. 이모는 남편을 죽이고 싶은 복수의 욕망을 낯선 남자와 하룻밤을 보내는 충동적 외도로 실현했다. 그러나 이모는 외도의 상대였던 남자가 죽었다는 사실을 알고서는 복수의 공모자를 잃어버린 허탈감에 빠지고, 결국 종교를 통해 가족 질서로 회귀한다. 평생 외도를 일삼았던 이모부는 교회에 나가 회개의 기도를 올리는 것으로 면죄부를 받고, 이모는 그런 남편을 다시 받아 주면서 현실과 타협한다. 화자는 이모의 타협에 배반감을 느끼며 가부장제가 부여한 편리함을 포기할 생각이 없는 남편과의 싸움을 멈추지 않겠다고 결심한다. 칼날의 날카로움을 잃어버릴 때 사랑은 여성을 옭아매는 허위의식으로 전락한다는 것을 잘 알고 있기 때문이다. 이 작품은 남성들의 허위의식뿐 아니라 여성 자신이 암암리에 공모해 온 허위의식을 직시하고 그것을 찢어 내려는 386세대 여성의 갈등과 투쟁을 그린다.

이명호

김인숙

신경숙(申京淑·1963~)

신경숙은 1963년 전라북도 정읍에서 태어나 중학교까지 보낸 후 1979년 상경해 구로공단 전기회사에 취직했다. 낮에는 전기회사 여공으로 근무하고 밤에는 영등포여자고등학교 야간 산업체 특별학급에 다녔다. 1984년 서울예술전문대학 문예창작과를 졸업하고, 1985년《문예중앙》신인문학상에 「겨울우화」가 당선되면서 본격적으로 작품 활동을 시작했다. 두 번째 소설집『풍금이 있던 자리』(1993)는 평단과 일반 독자의 주목을 동시에 받았다. 이 소설집에서 선보인 부서진 인간관계와 개인의 내면을 섬세하게 드러내는 신경숙 문학의 특징은 첫 장편소설『깊은 슬픔』(1994)에서도 이어진다. 산업체 특별학급에 다녔던 작가의 체험을 소설화한 두 번째 장편소설『외딴방』(1995)이 큰 반향을 일으키면서 신경숙은 1990년대를 대표하는 여성 작가의 반열에 올라선다. 1990년대는 신경숙의 주요 작품인『오래전 집을 떠날 때』(1996),『강물이 될 때까지』(1998),『기차는 7시에 떠나네』(1999)가 연이어 출판되고 주요 문학상들을 석권했던 전성기이다. 현대문학상, 한국일보문학상, 오늘의 젊은 예술가상, 만해문학상, 동인문학상, 한국소설문학상, 이상문학상 등을 수상했다. 2000년대에 들어서는 역사소설 쪽으로도 시선을 돌려 구한말 프랑스로 떠난 한 조선 여성의 삶을 그려 낸『리진』(2007)을 발표했다. 치매에 걸린 어머니의 가출을 계기로 자식들이 고단했던 어머니의 삶을 기억하는 『엄마를 부탁해』(2008)로 대중들의 큰 인기를 얻었다. 이 작품은 이후 미국, 영국, 폴란드 등 22개국에서 출판되었다. 2015년 표절 논란에 휩싸여 절필을 선언했고, 2021년 신작 『아버지에게 갔었어』를 출간하면서 5년 만에 작품 활동을 재개했다.

신경숙 문학은 남성 중심 문학에서 가려졌던 여성들의 생활 체험에 밀착해 그 내면을 섬세하게 드러내는 경향을 보여 왔다. 이런 경향이 내면성으로의 침잠과 가부장적 '여성다움'에 갇혀 있는 것이 아니냐는 부정적 평가를 받기도 했지만, 주목받지 못했던 여성들의 삶과 심리적 체험을 문학적으로 복원한 의의는 인정해야 한다. 여성들의 사적 삶과 내면에 주목하는 신경숙의 문학은 폭압적 역사에 희생된 여성들에게 목소리를 부여하고 그들의 경험에 합당한 문학적 의미를 부여했다. 『외딴방』은 개인적 체험을 사회문제와 연결시켜 1980년대 한국 사회에 대한 여성주의적 해석을 시도한 작품으로 평가될 수 있다. 이 작품에서 작가는 억압적 자본주의와 폭압적 정치체제 아래에서 억눌리고 사라져 간 여공 '희재'의 외딴방을 통해 그녀의 삶과 죽음의 진실을 복원하는 일을 여성적 글쓰기의 윤리, 그리고 그 윤리를 가장 적절하게 실천할 글쓰기 형식으로 풀어냈다. 작가를 둘러싼 여러 논란에도 이 작품이 1990년대 한국 여성문학의 가장 뛰어난 성취 중 하나라는 점을 부인할 수는 없다.

이명호

배드민턴 치는 女子여자

그녀는 의자 위에서 몸을 약간 기울어지게 해 본다.

처음엔 그녀 혼자 창 쪽을 물끄러미 바라보며 거기 앉아 있었다. 그러다가 빗소리와 함께 차차 그가 느껴졌다. 아니다. 그렇게 늦게는 아니다. 그녀는 새벽녘이 다 되어 겨우 잠이 들었었다. 그 잠을 아침까지 잇지 못하고 동이 트기도 전에 다시 눈이 떠졌을 때, 그때도 그의 얼굴이 바로 눈앞에서 그녀를 그윽히 내려다보았었다. 이제 일어났니? 그는 가만 웃는 것도 같았다. 마치 그녀가 잠 깨기를 기다리고 있었다는 듯. 그녀는 그 환영을 외면하기 위해 눈을 질끈 감았고, 그래서 그는 잠시 사라진 듯했다. 그러나 사라진 게 아니라 그가 먼저 창가의 의자로 가 앉아 있었을까? 맨 먼저 눈을 뜨자마자 그의 얼굴을 생각해 내고 말았다는 것이 그녀를 다시 잠 못 들게 해서, 그녀가 아예 일어나 의자로 몸을 옮겨 갔을 때, 그녀는 의자가 아닌 그의 무릎에 앉는 듯한 기분이 들었었다. 비가 오는구나. 괜히 무안해서 그저 말이 나오는 대로 중얼거리는데, 그녀 뺨이 입술보다 더욱 실룩거렸다. 비라든가 바람이라든가 하늘 같은 것에 너무

558

나 예민한 자신이 순간 못마땅해서였다. 방금 그런 자신을 못마땅해했던 그 순간만, 잠 깨고 난 뒤 처음으로 그녀는 그를 잊었다. 그래서 설령 그가 의자에 먼저 앉아 있었다고 해도 그때 그는 그녀로부터 멀어졌다. 그러다가 그는 저기 멀어진 곳에서 조금씩 가까이 오더니, 다 와서는 창 쪽을 향해 물끄러미 앉아 있는 그녀를 물끄러미 내려다보더니, 그녀 속으로 쏙 들어와 버렸던 것이다. 아무도 보는 사람이 없는데 그녀는 확 열이 올라 얼굴이 붉어졌다. 창피해서 눈물까지 글썽여졌다. 열이 가라앉으라고 붉어진 얼굴을 찬 손바닥으로 문지르는데 열은 오히려 이마까지 확 퍼졌다. 그래서 그녀는 방금, 그를 어떻게 해서든 그녀 밖으로 내몰아 보려고 몸을 기울어지게 해 보았던 것이다.

그런데 그는 나가지 않고 그녀 몸속에서 함께 기울어진다. 기울어지면서 손가락을 동그랗게 모아 그녀 뺨을 기타줄처럼 퉁긴다. 팅팅팅. 그녀 뺨이 그의 뜻대로 퉁겨졌다. 깜짝 놀란 그녀는 의자 위에서 일어서다가 넘어진다. 그녀는, 자신을 바라보듯 넘어진 의자를 잠깐 물끄러미 보더니, 냉장고를 씌워 놓은 덧씌우개 주머니 속을 뒤적거린다. 덧씌우개 위에 얹혀져 있던 신문이 툭 떨어진다.

오토바이 납치범 극성, 최근 들어 떼를 지어 다니는 오토바이 족들 주택가에까지 침입. 어젯밤 아홉 시경 퇴근하던 타이피스트 홍모 양을 집 앞 오십 미터 앞에서 납치해 어린이 놀이터에서 폭행하고 도주. 뒤늦게 발견당한 홍 모 양 급히 병원으로 옮기던 도중 사망.

그녀는 신문을 집어 방금 그녀가 앉아 있던 의자에 던져 놓는다. 그녀는 냉장고 덧씌우개 주머니 속에서 수영장 티켓과 사물함 열쇠를 찾아내자, 그걸 들고 거리의 빗속으로 뛰어든다. 확 열을 받았던 그녀의 이마와 눈썹과 뺨, 그리고 목과 어깨와 팔뚝, 허리와 엉덩이와 종아리와 복사뼈에 빗방울이 속속 파고든다. 차가운 빗방울에 열은 씻겨 내려갔지만, 그녀는 이제 간지러운 빗방울 때문에 눈물이 날 지경이다. 그가 어떻게 해서 이렇게 내 속으로 들어와 버렸지? 그녀는 자신의 살갗을 통과해 비까지도 함께 맞고 있는 그녀 속의 그를 다시 느낀다. 불안이 와아, 하고 솟아난다. 빗속을 찰박찰박 뛸 때마다 불안도 자꾸만 와아 와아 와아, 솟아나서 잔올챙이들처럼 와글와글거린다.

어제, 그녀는 문방구에서 사 온 새 노트에 이렇게 적었다.

지난여름 동안 아무 일도 없었다. 오로지 뜨거운 태양 속으로 어떤 영상이 한 컷 잠시 떠올랐다가 사라지곤 했다. 그 영상은 화원의 어떤 여름꽃들보다도 바로 내 곁에 있었다. 나는 그걸 글로 옮겨보고 싶었다가도 더위에 지쳐 그만둬 버리곤 했다. 그 영상 앞에 '오로지'라는 단어를 붙였지만, 생각해 보면 그 영상이 다른 무엇들보다 좀 더 선명했을 뿐, 더위를 핑계 삼아 내가 그만둬 버린 일들은 수두룩했다. 그러니까 나는 지난여름 동안 무엇이든 하려고 마음먹었다가 그만둬 버리는 일을 반복하며 지냈던 것이다. 내가 무슨 일이든 포기를 얼마나 잘하는지를 보여 주기라도 하려는 듯한 그런 전시회 같은 생(生). 그런 여름.

그녀에게 있어서 글을 쓴다는 것은, 그 글 속으로 그녀 자신이 숨는 일이었다. 그녀는 본격적으로 글을 쓰는 사람은 아니었지만, 그럴 기회가 그녀에게 온다면 감사하게 여길 것이었다. 그녀는 가끔씩 지금보다 나은 환경에서 글을 쓰고 싶다는 설렘을 갖곤 했었다. 그녀가 생각하는 나은 환경이란 이런 것이다. 그 누구한테도 방해받지 않는 널찍한 방이 있고, 그 방에 널찍한 탁자가 있는 것. 탁자는 넓을수록 좋다고 생각했다…… 탁자가 넓다면 읽던 책을 다시 제자리에 꽂아 놓지 않아도 될 것이고, 그 한쪽에서 밥을 먹어도 될 것이고, 때때로 나는 그 위에 누워 잠도 자리라…… 그녀는 그런 널찍한 방과 널찍한 탁자를 가지고 글을 쓰고 있는 자신을 생각할 때, 그때만큼은 어쩌면 인생은 살 만한 것인지도 모른다는 느낌을 가지곤 했다. 그러나 지난여름 동안은 글을 쓴다는 것, 그런 열망을 가슴속에 품고 있는 것이 더 이상 아무것도 아닌 듯했다. 될 대로 되라는 식으로 내팽개쳐 둔 것같이 세상은 돌아간다고 생각해서이다. 모든 일에 거의 별 주장이 없이 사는 그녀였는데도 어리둥절할 때가 많았다. 글을 쓸 수 있다면, 갈망했던 것이 지난여름 동안은 남의 마음속 같았다. 어느 구석도 더 이상 가로막는 것 없이 터져 있는데, 내 펜 끝이 어디로 가서 숨을 것이며, 무엇을 찾아낸단 말인가? 그녀는 갑자기 뭔가를 적어 보는 일에 싫증을 느꼈고, 그래서 그녀는 지난여름 동안 노트에 아무것도 적지 않았다. 그러다가 어제 간신히 위와 같은 몇 줄을 적어 봤던 것이다. 그림자같이 따라다니는 그의 환영을 피하기 위해 숨을 곳이 그 노트 속이어서.

까만 수영 모자 위에 걸쳐 두었던 물안경을 끄집어내려 눈을 덮자, 수영장 안은 한 꺼풀 어두워진다. 비가 와서일까? 이른 새벽이라고 해도 다른 날엔 몇 사람씩 첨벙 다이빙까지 하는 사람들이 있었는데 저쪽 풀에 한 남자, 그리고 이쪽 풀에 그녀, 헤엄을 치는 사람은 두 사람뿐이다. 그녀는 무릎을 구부려 물속에 온몸을 담갔다가 팔짝 일어서는 시늉을 서너 번 해 본다. 저쪽 풀에서 두 손을 앞으로 뻗어 접영을 하고 있는 남자의 큰 몸짓은 눈앞의 닭을 채 가려는 솔개처럼 활달해서, 그 남자가 있는 주변 물살은 여러 각도로 활기차게 갈라지다가 튀어오른다.

살갗은 물의 차가움을 분명하게 받아들인다. 그녀는 조용히 물 위에 몸을 대고 두 발끝을 찰박거리며 팔을 내저어 간다. 지금 이 순간은 이 차가움보다 더 확실한 건 없는 것 같다. 그녀는 이제 물 위에 엎드렸던 자세를 뒤집어 물 위에 눕는다. 누워서 팔을 휘저어 간다. 수영장 천장 가까이에 보자기만 한 창문들과 그 사이 커다란 정사각형 환기통으로 바깥 하늘이 내다보인다. 여전히 빗방울. 빗속을 달음박질해 수영장에 도착해서, 여자 라커 룸이라고 씌어진 문을 그녀가 드르륵 밀었을 때, 차마 여자 라커 룸까지는 따라 들어올 수 없었는지, 그녀에게서 떨어져 나간 듯했던 그가, 물 위에 누워 규칙적으로 팔로 물을 가르는 그녀를, 빗방울이 섞인 바깥 하늘에 달라붙어 물끄러미 바라본다. 그녀는 당황해서 들숨을 쉬어야 할 차례에 날숨을 쉬어, 코에 물방울이 쭈르륵 말려 들어간다. 그녀는 누웠던 몸을 다시 뒤집어 개구리가 되어 그로부터 펄쩍 도망친다. 코로 들어간 물이 망치로 때린 것처럼 머릿속을 찡하게 한다. 괴로워서 풀 벽에 올챙이처럼 달라붙어 숨을 크게 몰아쉬고 있는데, 저쪽 풀에서 펄쩍 튀어나온 남자가 그녀 숨을 가로질러 남자 라커 룸 쪽으로 성큼성큼 걸어간다. 멀어질수록 물이 흐르는 남자의 머리가 안 보이더니, 허리가 안 보이더니, 이제는 다리만 보인다. 하얀 남자. 남자의 종아리와 허벅지는 근육질이면서도 하얘서 털만이 까맣다. 어쩐지 얼굴은 없이 그 다리만 다시 확 돌아설 것만 같은 환영에 그녀는 재빨리 남자의 다리에서 시선을 떼고 다시 물속에 납작하게 엎드린다.

그를 만난 건 나흘 전이다. 거리, 어스름이 내리고 있는 거리, 거리에서였다. 그를 그날 처음 본 건 아니다. 이미 그들은 기억할 수 없는 어느 날인가 한 번의 만남이 있었다. 그러나 그날은 중요하지 않다. 그녀에겐 나흘 전만이 살아 있다. 나흘 전, 그날, 그녀는, 팔소매가 짧은 자줏빛 실크 블라우스에 흰 물방울이 그려진 연둣빛 치마를 입고 있었다. 나흘이 지난 오늘은 이렇게 가을이지만, 나흘 전은 가을은 아니었다. 분명 여름과 가을 초입 사이였다. 그녀는 나흘 전과 오늘에 분명히 금을 그을 수 있다. 그건 분명히 서로 다른 날이었다. 그렇다고 해도 팔소매가 없는 블라우스와 흰 물방울이 그려진 연둣빛 치마는 어정쩡한 차림이랄 수 있었다. 그래서 생긴 팔뚝의 그 좁쌀 같은 소름.

그가, 그 좁쌀같이 수두룩히 난 소름을 매만졌던 것이다.

사진기자인 그. 그가 어떤 사진들을 찍는지 그녀는 모른다. 화원 주인은 어느 날 그를, 그녀에게 소개하면서, 그가 하고자 하는 일을 도와주라고 했었다. 그가 하고자 하는 일이 무슨 일인지를 몰라서, 그녀는 처음엔 그가 무슨 지시를 내려 주기를 기다렸다. 그는 손에 카메라를 들고 있었는데, 키가 볼품없이 작아서 나란히 서 있었던 그녀가 그 카메라를 바라보려면 눈을 내리깔아야 했다. 그는 잠깐만, 하면서 눈을 내리깐 그녀를 그대로 서 있게 했고, 그리고는 셔터를 눌렀다. 그 행위는 즉흥적이었을 뿐, 화원 주인이 말한 그가 하고자 하는 일은 아닌 모양이었다. 바이올렛이 어떤 것이오? 그녀가 바이올렛 화분 중에서 꽃이 서너 개 핀 화분을 구석에서 끌어와 그 앞에 내려놓았을 때 그는 인상을 썼다. 이게 바이올렛이란 말이오?

그는 마치 바이올렛은 다른 것인데 그녀가 잘못 가져오기라도 한 듯이 소리까지 쳤다. 그는 그 바이올렛을 화원 탁자 위에 놓고 계속 셔터를 눌러 댔다. 그러면서 뭔가 불만인 듯 계속 중얼거렸다. 이 꽃이 뭐가 예쁘다는 것이지? 이런 순 엉터리. 중얼거리다가 그녀와 눈이 마주치자, 아가씨도 이 꽃이 좋소? 아, 글쎄 국민학교 여선생들이 가장 좋아하는 꽃을 조사했는데 이 바이올렛이라지 뭐요? 보기나 했는지? 이름만 듣고 그러는 건 아닌지? 아니 이 꽃을 어떻게 표지로 하지? 꽃 생긴 건 생각도 않고 내 사진 탓만 할 거 아냐? 그는 생각만 해도 화가 나서 못 견디겠는지 투덜투덜거리면서도, 바이올렛을 이렇게도 찍어 보고 저렇게도 찍어 봤다. 당신 사진 받고 싶으면 여기로 연락해요. 아무래도 만족이 안 되는지 셔터를 눌러 대는 동안 계속 바이올렛에 대한 실망을 누그러뜨리지 못하던 그가 필름을 두 통이나 소비하고 나서 내민 명함에는 월간 원예지 『꽃세상』 사진기자 '이세호'라고 금박으로 박혀 있었다. 그러나 나흘 전의 만남이 그 명함 때문에 이루어진 건 아니다. 바이올렛을 찍어 가던 그날의 그는 그녀에게 아무런 느낌을 주지 못했다. 그래서 그 명함은 다른 명함들처럼 고객들이 놓고 간 명함 통 속으로 들어갔었다.

그의 명함이 그녀에게 아무런 의미도 못 되고 명함 통 속에서 뒹굴고 있을 동안 여름은 지나갔다. 그녀는 틈만 나면 화원 유리창을 물걸레질했고, 거의 삼십 분마다 한 번씩은 화원 앞 길목에 물을 뿌렸다. 여름 햇살은 재빨리도 유리창과 길목으로 물기를 빨아들였다. 금세 메말라 버린 길목을 내다보고 있으면, 그녀는 그녀 살갗이 터지는 듯했고, 유리창에 물방울이 서려 있지 않으면 물통 속의 여름 꽃들은 헉헉, 숨을 몰아쉬는 듯이 보였다. 길목에 물을 뿌리거나 화원 유리창에 물걸레질을 하는 동안은 그녀의 얼굴에서 왜 이렇게 아무 일도 없지? 하는 표정이 풀리는 듯도 해서 어쩌면 그녀는 지난 여름 동안 삼십 분마다 한 번씩은 금방 가라앉을 듯한 그녀 내부를 향해 힘껏 물을 주고 있었는지도 모를 일이었다. 여름은 그렇게 지나갔고, 나흘 전에 그녀는 그 명함 통 속에 섞여 있던 그의 명함을 애써 찾아 그녀 수첩에 끼워 넣었다. 그녀로 하여금 명함 통을 뒤져 그의 명함을 찾게 만든 상황은 거리, 거리에서 생겼다. 그녀가 화원 일을 마치고 화원의 동료와 함께 팔짱을 끼고 광화문에서 종로 쪽으로 걸어갈 때 동료를 아는 남자가 그들을 불러 세웠다. 남자는 같이 차를 한잔 마실 것을 제의했는데, 그녀들도 다른 일이 있었던 것이 아니어서, 남자의 뒤를 따라갔다. 남자는 자신의 단골 찻집이 있는 듯 그녀들을 뒤따르게 하고 성큼성큼 큰 걸음을 걸었다. 찻집 입구에는 이미 고인이 된 카라얀이 지휘봉을 이마 위로 막 쳐드는 사진이 걸려 있었다. 그 사진에 걸맞게 찻집 이름은 '라 뮤즈'였다. 눈을 감고 입술을 얄브스름히 다물고 있는 카라얀. 사진은 제법 생생해서 카라얀이 쳐들고 있는 지휘봉에서는 금방 피아노의 폭풍이 휘말려 나오는 것 같았다. 중앙에 넓은 테이블 하나, 그리고 벽을 향해 붙여진 사 인용 테이블 네 개가 그 찻집의 전부였다. 찻집의 구조는, 어디에 앉으나 주방에서 찻잔 씻는 모습을 환히 볼 수 있게 되어 있었다. 카라얀을 지나서 찻집 한 자리를 차지하고 앉았을 때, 남자와 그녀들이 주문을 채 하기도 전에, 다시 찻집 문이 열렸는데 아아, 바로 그가 들어왔던 것이다. 혼자는 아니었다. 그에게도 두 사람의 동행이 있었다. 분명히 그때 그 남자의 눈은 반가움으로 흔들렸다. 그녀가 그를 동료와 남자에게 인사시키고, 그가 남자와 그녀들에게 그의 일행들을 인사시키고 이렇게 그들은 중앙의 넓은 테이블에 합석을 했다. 그때까지 그녀에게 있어서 그는 공적으로 만난 아는 사람일 뿐이었다. 하지만 불과 십 분도 지나지 않아 그는 그녀의 단조로움을 깨워 놓았다. 차 대신 맥주가 날라져 오고 나서였을 것이다. 아니 좀 더 정확히 말하자면 우리들의 만남을 위하여! 축배를 한 잔씩 들고 나서였을 것이다. 갑자기 그가 말했다.

나, 할 말이 있어. 이런 말 하는 사람이 아니지만 솔직히 말하자면 내가 지난여름에 그놈의 바이올렛 때문에 당신을 처음 봤을 때 내 가슴이 얼마나 뛰었는지 알아? 당신 내 카메라 바라보느라고 눈 내리깔고 있을 때, 아 이 세상에 저렇게 아름다운 눈썹도 있구나, 내내 생각했지. 내 마음 몰랐지요?

갑작스런 고백에 좌중은 물속 같아졌다. 무엇보다도 당황한 것은 그녀였다. 누군가가 농담을 한마디 던져서 그의 말을 희화시켜 줬으면 좋겠는데, 아무도 그렇지 않았다. 오히려 당황해서 얼굴이 붉어진 그녀에게, 저 저, 얼굴 붉어지는 것 좀 봐. 놀려 대었다. 그 놀림을 피해 보려고 그녀는 하아, 웃었지만 갑자기 모든 것이 서먹해지더니 이전엔 바라보기 아무렇지도 않았던 그의 얼굴을 맞바라보기가 창피해졌던 것이다. 창피하고 서먹해서 겨우 한다는 말이, 남자들은, 남자들은 마음을 먹으면 그렇게 할 수 있잖아요, 였다.

여자는 그럴 수 없나?

좌중의 누군가가 되물었을 때 그녀는 어물어물, 여자들은, 여자들은, 글쎄 여자들은…… 그러다가 또 한 번 얼굴이 붉어져서 고개를 숙여 버렸다. 곧 화제는 다른 방향으로 흘러갔으나 휘둥그래진 그녀 마음은 쉽게 가라앉지가 않았다. 하지만 정작 그는 아무렇지 않은 듯했다. 그가 화장실을 가느라 잠깐 자리를 비웠을 때, 그의 동행 중의 대머리가 그녀 얼굴에 입김이 닿을 정도로 몸을 기울이고서 그녀에게 속삭였다. 저놈 말에 신경 쓰지 마십시오. 저놈 집엔 당신보다 훨씬 더 예쁜 마누라가 있죠, 저놈은 누구에게나 다 그래요. 여자 킬러라니까요. 헤어질 때 그는 자연스럽게 손을 뻗어 그녀의 팔에 내려놓았다. 그때 그도 느꼈을 것이다, 그녀의 팔 위에 돋아난 오소소한 소름들을. 추운가 보군, 그는 그녀의 팔을 쓸어내렸고, 소름들은 그의 손바닥에 쓸려 내려갔다. 그 짧은 순간, 그녀는 울 뻔했다. 그 울 뻔한 마음이 무엇이었는지 그 밤을 지내고 난 새벽에 나타났다. 잠에서 깨어나 눈을 떴는데, 다른 날 같으면 하나 둘 셋…… 마흔쯤은 세어야 보일 천장이 눈을 뜨자마자 보였다. 그리고 그 천장에 얼굴이 하나 있었다. 바로 그의 얼굴이었다. 잠자는 내 얼굴을 바라보고 있었나? 그녀는 이불을 당겨 목까지 덮었다. 와아, 슬픔이 솟구치더니, 그 솟구침이 가라앉는 데 한참이 걸리더니, 아아 어쩌는가, 그때부터 그는 계속 그녀 곁에 앉아 있는 것이었다. 차를 마셔도 함께 차를 마시고, 밥을 먹어도 함께 밥을 먹고, 그녀가 화원에서 주문받은 화환을 만들면서 장미를 꽂을 자리에 국화를 꽂고 있으면, 그게 아니야, 속삭이며 장미를 집어 주는 것이었다. 그녀는 꽃을 떨어뜨리며 그만 울고 말았다. 이게 무슨 짓이야, 내내 아무렇지 않다가 이토록 마음을 내주다니. 아, 나란 여자는 웬 틈이 이렇게 많단 말인가. 그러나 그로부터 그녀는 헤어나올 수가 없었다. 그녀는 지난 나흘 동안 그의 명함을 주머니에 넣고 다니면서, 그에게 전화하고 싶은 마음과 사투를 벌이듯이 지냈다. 그에게 전화를 해서 어쩌자는 것인가? 설사 그의 말이 유효하다고 해도 둘이 마주 앉아 무슨 일을 할 수 있을 것인가? 그녀는 걷잡을 수 없이 밑바닥으로 가라앉았다. 너 자신이 지금 끌려다니는 것이 무엇이지? 그의 고백이냐? 아니면 그를 사랑하게 된 것이냐? 두 질문을 놓고 그녀는 지난 나흘 동안 자주 소철에 이마를 대고 서 있어야 했다. 권태로웠던 여름

은 그녀에게 공허한 함정을 파 놓고 떠났던 것이다. 갑자기 사랑이
라니?

　　수영장에서 나와 그녀가 다시 빗속으로 나서려고 할 때, 비 맞
지 마, 그가 나직이 속삭인다. 찬비야, 감기 들 거야. 그녀는 처마 밑
에 우두커니 서 있다. 내내 그녀 속에서 일렁이던 관능은 이제 차가
워져 있다. 그녀 속의 그가 그녀의 뺨을 만지려고 하거나, 그녀의 이
마에 쏟아져 내려와 있는 앞머리카락을 쓸어 올리려고 하지는 않는
다. 그는 다만 물끄러미 그녀가 바라보는 곳을 함께 바라보며 비는
맞아서는 안 된다고, 샤워를 끝낸 뒤라 찬비를 맞으면 감기에 들 거
라고 걱정해 주고 있다. 그녀는 가판대의 차양 밑으로 뛰어든다. 그
녀가 숨차하며 비닐 우산을 손가락으로 가리키자, 신문을 만지작거
리던 가판대 주인은 많은 비닐우산 중의 한 개를 꺼내 주며 그녀 손
의 돈을 가져간다. 그녀가 펼쳐 든 파란 비닐우산 위로 빗방울이 투
닥투닥 떨어진다. 새벽에 거리로 뛰어나올 때의 여자와 지금 치분
히 비닐우산을 받쳐 들고 걸어가고 있는 이 여자가, 분명히 한 여자
인가? 두 얼굴은 너무나 다르다.
　　정오가 될 무렵에, 다시 생각난 듯이 한바탕 소나기가 지나갔
다. 그 소나기 속을 뚫고 처녀 서넛이 몰려와 부케를 맞추고 간 것
이외에는 화원의 문턱을 넘어오는 사람은 한 사람도 없었다. 머리
에 묻은 빗방울을 털어 내며 처녀들은 꽃들 앞에서 와와와거렸다.
비가 와서 어떡하니? 설마 내일까지 오려구. 비 오는 날 시집가면
더 잘 산다던데? 명혜 걔, 여기에서 더 잘 살아 어디에 쓰니. 걔, 오
디오 못 봤니? 시어머니 될 분이 특별히 결혼 선물로 준 거라는데,
그게 글쎄 별것 아닌 것같이 보이잖니. 그런데 알고 보니까 내 방 전

세 돈하고 같더라니까. 그래서 질투 났니? 질투? 그래 솔직히 질투
나더라. 걔가 우리하고 비교해서 나은 게 뭐 있니? 공부 잘했니? 노
랠 잘했니? 운동을 잘했니? 걔가 잘하는 거라곤 눈썹 뽑고서 거기
다가 제멋대로 그리는 거 그것밖에 더 있었니. 너 모르는 소리 말어.
그게 바로 진짜 잘하는 거다, 걔 신랑 그 애의 그 눈썹에 반했대요.
이럴 줄 알았으면 나도 일찌감치 눈썹 뽑고 새로 그리는 일이나 열
심히 해 둘걸. 명혜 들으면 좋아하겠다, 너 알고 보니 명혜의 무서운
라이벌이었구나. 이런 눈썹 때문에 도전도 못 해 보고 케이오패당
한 셈이로구나. 비에 젖은 처녀들은 빗방울과 웃음을 함빡 떨궈 놓
고는 갔다. 그녀들이 부케로 선택한 꽃은 백합이었다. 백합의 노란
꽃술을 툭툭 건드리며 그 무리 중의 한 처녀가 말했다. 이 부케는 내
가 받을 거야.

그녀가 오전에 한 일이라곤 그 처녀가 건드리고 간 백합을 오
래 바라다본 것뿐이었다. 너무 오래 들여다봐서 백합의 흰색이 그
녀의 눈을 되찔러 올 때는, 바로 눈앞이 한없이 멀어지면서, 텅 빈
상태가 되곤 했다. 그녀는 그때마다 눈을 감았다. 어느 하얀 공동
(空洞) 속으로 빠져드는 것 같은 나른함을 이겨 볼 양으로.

그녀에겐 타자 학원을 열 달이나 다녀서 딴 3급 자격증이 있
다. 그녀는 공식적인 것으로는 3급이었지만, 지금도 눈을 감고 오자
하나 안 내고 책 한 권은 쳐 낼 자신이 있다. 타자 학원을 다닐 때에
그녀는 얼마나 타자 치는 일에 몰두했는지, 뭐든 손에 짚이기만 하
면 그 손에 짚인 자판을 생각하며 손가락을 움직여 보곤 했었다. 버
스를 기다릴 때는 정류장의 나무에 열 손가락을 대고, 나는 버스를
기다린다, 라고 쳐 보았고, 버스 안에서는 무릎 위에 손을 얹고, 나
는 버스를 타고 달린다, 라고 치곤 했다. 그녀는 그렇게 열심이었지

만, 회사에서 모집하는 타이피스트 모집에는 번번이 떨어졌다. 그녀가 이 꽃집을 발견한 날도 바로 그런 낙망의 날 어느 한켠이었을 것이다. 이 큰 꽃집 유리문에 '꽃을 돌볼 종업원 구함'이라고 써 있었다. 유리문을 밀고 꽃집으로 들어설 때는 길어야 한두 달만 있으리라, 했었다. 그녀는 무엇보다도 타이피스트가 되어야 했다. 그게 꿈은 아니었지만 일 년여 동안 타자 학원을 다녔고, 마음 놓고 잘하는 일은 타자 치는 일이라고, 스스로 생각해서였다. 더구나 꽃집은 거리에 있지 않은가. 직장에 나와 있으면서도 거리에 나와 앉아 있는 기분을 그녀는 갖고 싶지 않았다. 그러나 그 마음의 기한인 한두 달이 지나도 그녀에겐 별일이 있어 주지 않았다. 거기다가 꽃 가꾸는 일이 손에 익어지면서 식물이 주는 위로가 있었다. 꽃집 주인은 도시 근교에 땅을 가지고 있었다. 그는 한 달에 한 번씩 그 땅에서 뿌리를 키운 식물들을 트럭에 실어서 이 도시로 가져오곤 했는데, 그녀가 할 일 중의 하나는 그 뿌리들을 분에 심어 주고 비료를 주어 땅에서처럼 분 속에서도 잘 자라게 해 주는 일이었다. 그 일은 즐거웠다. 식물들의 초록빛은, 그녀에게서 이미 희미해진 꿈 조각이나 실타래같이 엉킨 기억들까지 일깨워 주려는 양으로, 늘 푸르게 웃자라 주었던 것이다. 그녀는 뿌리를 분에 심어 주고 돌아온 날 밤에 다시 화원으로 돌아가 불을 켜고 앉아 있는 날도 있었다. 손톱 속에 끼여 있는 흙을 파내고 금방 허리가 짜부라들 것같은 피로에 휘말려 자리에 누우면, 방금 분에 옮겨 심어 준 식물의 뿌리들이 후, 후, 숨 쉬는 소리가 들려왔다. 한번 그 숨소리를 듣기 시작하면 그녀는 참을 수가 없어졌다. 피붙이에게서나 느낌직한 본능적인 친밀감이 결국 그녀를 다시 화원으로 들어서게 했다. 밤이 깊은 화원에, 혹은 새벽이 오고 있는 화원에, 그녀는 환하게 불을 켜 놓고서, 천장까지

들어찬 이중 삼중의 식물들 속에 미소를 띠고 앉아 있곤 했다. 어쩌다 지나가던 밤술꾼이 윈도로 그녀의 모습을 보았다면, 그녀의 미소가 조금은 요기롭게도 보여서, 황급히 도망쳤을지도 모를 일이었다. 그리고 날이 밝자마자, 소문을 냈을 것이다. 간밤에 꽃귀신을 보았노라고.

좁다란 통로에까지 들여다 놓았던 벤자민, 소철, 고무, 난 화분들을 바깥으로 다시 내놓다가 그녀는 넘어져서 무릎이 깨진다. 어디에 숨어 있던 햇살인가? 하늘에서 쏟아진 부신 햇살이 그녀 무릎에 맺힌 핏방울 위까지 넘실거린다.

무슨 걱정거리가 있어?

무릎에 연고를 바르고 밴드를 붙이다가 말고 다시 우두커니 백합을 바라보고 있는 그녀의 어깨를 그날 그 자리에 같이 있었던 동료가 툭툭 두드린다. 떼를 쓰는 어린애를 달래는 듯한 투. 걱정거리가 없다는 뜻으로 그녀는 고개를 가로젓는데 뇌 속의 모든 것이 출렁거리며 한쪽으로 쏠려 가는 듯한 편두통이 느껴진다. 그녀는 잔뜩 이마를 찌푸린다.

그렇지 않아. 너 그제 어제 오늘 다 이상해. 도대체 무슨 생각을 그렇게 골똘히 하는 거지? 요즘 너를 보고 있으면 꼭 어디 아픈 것 같단 말야. 너 육신만 여기 앉아 있고 정신은 다른 데 있는 것 같다구. 도대체 무슨 일이 있는 거야? 너 지금 얼굴이 얼마나 하얗게 질려 있는 줄 알아? 도대체 무슨 일이야? 무슨 비밀인 거지?

……

이애! 정신 차리라니깐?

머리가 좀 아파 그래.

머리가?

571

응…… 너무나 아파. 아무 생각도 할 수가 없어. 공중에 붕붕 떠 있는 것만 같아. 나 좀 쉴게. 부케 혼자 만들 수 있겠니? 이 정신으론 백합을 다 이겨 놓겠어. 나 바깥 좀 걸어 다니다 올게.

걸어 다니는 걸로 되겠니? 약을 먹든지? 아님 병원엘 가 보든지 해야 되는 거 아니야?

찬바람을 쐬면 괜찮아질 것 같아.

순하게, 그럼 그렇게 하라는 동료의 꽃그늘 진 목덜미를 잠깐 바라보다가 그녀는 화원을 나온다. 아아아. 맞은편 빵집 유리창에 쏟아지는 햇볕이 저절로 탄성을 지르게 할 만큼 눈부시다. 엄마, 무지개야. 단발머리 소녀가 앞서가는 엄마 손을 끌어당겨 하늘을 보게 한다. 새로 빵을 구워서 배달 나온 청년까지 어깨에 빵 통을 짊어진 채로 하아, 진짜 무지개네, 탄성을 질러서 그녀도 이마에 손을 짚고 하늘을 쳐다본다. 하늘이 그대로 쏟아져서, 푸른 물이 확, 그녀 얼굴을 덮어씌우는 것 같다. 정말 무지개네. 믿기지 않는다는 듯 눈을 깜박거리던 그녀의 눈에 눈물이 글썽여진다. 가슴이 싸르륵 쓰라려 온다. 따라갈 수 없는 서러움. 닮아 볼 수 없는 안타까움. 먼, 멀디먼 그리움. 그녀는 방향도 없이 공허하게 앞을 향해 걷는다.

거리, 어느 고등학교가 있던 자리, 지금은 미술관이 들어선 자리에서 그녀는 걸음을 멈추고, 미술관 뜰을 넘겨다본다. 석조 계단이 끝나는 공터에서는 지하철 공사가 한창이다. 땅을 파먹은 포클레인이 입 벌린 공룡처럼 우뚝 버티고 서 있다. 그녀는 그 공룡의 입 속으로 빨려 들어가는 듯 힘없이 미술관 뜰로 걸음을 옮기다가 주저앉는다. 괴어 있던 빗물이 금방 그녀 치마를 적셔 온다. 그녀는 개의치 않고 그대로 주저앉아 있다. 저만큼, 붉은 모자를 쓴 지하철 공사 인부들이 노란색 철책에 기대어 담배를 피우고 있다. 담배를 피우면서 미술관 공터에서 배드민턴을 치고 있는 여자 둘을 바라보고 있다. 배드민턴 채를 여기까지 일부러 들고 나온 것일까? 무릎 위까지 올라간, 그리고 아주 타이트한, 짧은 진치마 아래로 두 여자의 다리는 미끈하다. 그 여자들의 미끈함만 없으면 근처의 모든 것, 심지어는 미술관까지 한 장의 그림 속 풍경 같았을 것이다. 그 풍경 속으로 스스로 끼어든 그녀는 힘껏 몸을 일으켜서 나무 밑으로 가 쪼그리고 앉는다. 경쾌한 하얀 다리들. 그녀는 거기 무릎을 싸안고 앉아서 붉은 모자를 쓴 인부들처럼 배드민턴 치는 여자들을 바라본다. 공중에서, 참새처럼 날아다니는 하얀 공이나, 그녀들의 머릿결이나 얼굴이나 가슴은 보지 않고, 미끈한 다리들만 눈을 가느스름하게 뜨고 다 바라본다. 울지 마. 어느새 그녀 곁에 와 앉아 있는 그가 나직이 속삭였을 때야, 그녀는 자신이 울면서 배드민턴 치는 여자들을 바라보고 있다는 걸 깨닫는다. 저리 가세요. 그녀는 그를 밀어내는 시늉으로 몸을 옆으로 비키려다, 내가 왜 이러지? 가슴이 철렁 내려앉는다. 울지 마, 속삭였던 그 목소리가 너무 생생해서 되돌아봤지만, 그는 없다. 나뭇잎들만 출렁거리면서 저희들 몸 위에 쌓인 빗물을 털어 내고 있다. 배드민턴 치는 여자들의 미끈한 다리는, 물고기들이 물살을 차 내듯이 미술관 뜰의 잔모래들을 사삭, 차 내며 명랑하게 움직인다. 바닥에 떨어진 공을 주울 때 짧은 진치마는 더욱 아슬히 올라간다. 어쩌면 엉덩이가 보일 듯하다. 그녀는 지레 가슴이 설레어서 얼른 지하철 공사장의 인부들을 바라본다.

저년, 여우 같은 년들!

우리가 보고 있다는 걸 알고 더 그러는 거야!

귀엽잖아, 놔둬! 우리 같은 처지에 돈 안 내고 어디 가서 공짜로 저런 구경을 하겠나? 아, 나는 피로가 다 풀리네그래!

밝히기는!

뭐, 눈으로 바라보기만 해도?

그녀는 더 듣고 앉아 있을 수가 없어 일어선다. 인부 중의 한 사람이 담배를 땅바닥에 내꽂으며 그녀 쪽을 쳐다본다. 그녀는 그 눈길에 황황해져 잔꽃무늬가 퍼져 있는 플레어 치맛자락을 여미며 성큼 인도로 내려선다.

여름이 지나도록 아무 일도 없었던 그녀의 심금에, 그로 인한 슬픔은 한순간에 시작되었다. 아무 연대감을 갖고 있지 못한 그 남자에게로의 이끌림은, 가끔 한밤중에 잠이 깨었을 때, 그녀 가슴을 훑고 지나가던 참담함, 그 불안을 막아 주던 식물들의 위로, 지금 이 칠흑 같은 밤중에도 뿌리들은 흙 속에서 키를 키우겠지 싶어, 눈물을 삼키던, 그 위로까지도 뛰어넘어 그녀를 길게 울게 했다. 그녀는 그 남자에게로의 이끌림이 나흘 전부터가 아니라, 수천 년 묵은 슬픔으로 똬리를 틀고 있었던 것을, 이제 풀어낸다는 듯이 길게 울었다.

그는 사진기자다.

그녀는 그를 처음 만났을 때처럼 눈을 내리깔면서 살포시 웃는다.

그는 사진기자다.

그녀는 얼굴을 하늘로 향하고 목을 젖혀 보기도 한다.

그는 사진기자다.

그녀는 엉덩이를 뒤로 빼며 수족관을 들여다본다.

그는 사진기자다.

그녀는 영화관 앞에 멈춰 서서 예쁜 여배우가 정수리에 총부리를 대고 있는 스틸을 구경한다.

그녀는 자신이 멈출 때마다 그가 사진을 찍는 듯했고, 그래서 그녀의 산보는 다소 포즈를 취하는 듯해 부자연스럽다.

그녀가 지금 움직이지 않고 서 있는 자리는 그의 명함 속에 적힌 빌딩 맞은편이다. 그녀 속에서 그녀와 함께 숨을 쉬던 그가, 정작 진짜 그가 있는 빌딩 앞에서 그녀가 걸음을 멈추자, 재빠르게 달아난다. 그가 빠져나가 버리고 혼자 남아 그녀는 오랫동안 빌딩을 바라보고 서 있다. 그녀는 거기 서 있으면서 자신이 지금 뭘 하고 싶은지를 알아냈지만, 곧 포기한다. 전화를 한다면 그는 나를 멸시할 것이야. 그 생각 속으로 다시 복받쳐 오르는 불안 때문에, 커다란 유리창이 있는 커피집으로 들어가는 그녀의 뒷모습은 금방 쓰러질 듯 맥이 빠져 있다. 바깥에서 오랫동안 바라보았던 빌딩이 잘 보이는 곳에 자리를 잡고, 그녀는 폭삭 무너진다. 커피가 날라져 올 때, 유선 방송 음악이 바뀌었다. 그녀는 그 자리에 무너져 처음으로 빌딩만 바라보던 눈길을 찻집 구석에 매달려 있는 스피커로 옮긴다.

당신의 눈썹처럼 여윈 초승달 숲 사이로 지고
높은 벽 밑동아리에 붙어서 밤새워 울고 난 새벽
높은 벽, 높은 벽, 높은 벽, 높은 벽, 높은 벽, 높은 벽 아래
밤새 울고 난 새벽

그녀는 팔소매로 눈자위를 꾹꾹, 눌러 줘야 할 만큼 금세 눈물이 고인다. 그녀는 찻잔을 밀어내고 햇살이 소복한 그 자리에 엎드린다. 그녀는 그녀 자신이 지금 그녀를 관찰하고 있음을 느낀다. 관

찰하고 있는 그녀는 엎드려 있는 그녀를 어느 정도 알고 있다. 엎드려 있는 그녀가 지금 탁자 위에 눈물을 쏟고 있는 그녀가 나흘 전부터 무언가에 휩싸여 있다는 것을. 한 가지 것에 휩싸인 그녀는 다른 모든 것에 태만해졌다는 것을. 그녀는 바보같이 군다. 걷다가도 아무것하고나 부딪친다. 말투는 평소보다 더 느릿느릿해졌고, 눈초리는 방심해 있다. 무언가를 바라보고 있지만 아무것도 보고 있지 않다. 뭔가를 슬퍼하는 것 같은데도 곧잘 웃는다. 그녀는 자신을 관찰하고 있는 자신이 싫은지 고개를 쳐든다. 고개를 든 그녀의 눈에는, 지금까지 관찰하고 있던 그녀가 전혀 보지 못했던 불안이 넘치도록 담겨 있어서, 관찰하던 그녀는 놀라 사라져 버린다. 고개를 든 그녀는 노트를 꺼내고 거기에 뭔가를 적기 시작한다.

　　지난여름, 그 무위 속에서도 비교적 선명하게 영상으로 떠올랐던 그것은 미나리밭이었다. 어쩌면 그곳은 밭이 아니라 저절로 생긴 야생 미나리 군락지였는지도 모른다. 그 속에 등장하는 여자아이 둘의 나이가 아홉 살이나 열 살 어쩌면 여덟 살이었다는 짐작으로 미루어 보아, 그리고 그 두 여자아이 중의 한 아이는 내 어린 시절이었으니 이십 년은 거슬러 올라가야 하는 그때에, 더구나 그 지방의 농사짓는 사람들의 농작물 선호도로 보아, 일부러 미나리를 가꾸지는 않았을 것이라는 생각이, 영상 속의 그곳이 미나리 야생지였을 거란 쪽으로 기우는 것이다. 하지만 야생지라고만 보기에는 영상 속의 미나리지는 너무 넓었다. 끝도 없는 초원 지대 같은 그런 미나리지를 바라보고 있었다는 기억. 어쩌면, 그래 어쩌면 진짜로는 몇 평 안 되는데 내 영상이 그 땅을 끝도 없이 넓혔는지도 모르겠다. 그만큼 나는 골똘히 그 미나리지를 생각하곤 했으니까. 그곳에 파란 미나리들의 허리가 반쯤 물에 잠겨 있었다. 삼월이거나 사월이거나 오월. 포근한 햇살이 또 거기에 있었다. 여자아이 둘은 파란 미나리지를 바라보며 뭘 하고 있었을까? 도대체 뭘하고 있었길래 옷을 벗기 시작했을까? 그 미나리지 둑 밑으로 도랑이 흐르고 있었으니, 그 여자아이들은 장난을 치다가 혹시 그 물속으로 빠졌던 건 아닌지. 젖은 옷을 말리기 위해 옷을 벗었던 건 아닌지. 왜 옷을 벗었는지는 모르겠는데 그 애 등의 푸른 점은 선명하다. 둑의 돋아오른 풀 위에 엎드려 있던 터라, 처음에 나는 풀물이 묻어 있는 줄 알았다. 파란 풀에 휩싸여 하얗게 엎드려 있던 그 애의 작은 몸. 내 기억 속에선 그 애의 몸만 있다. 그 애에겐 어쩌면 내 몸만 있을 것이다. 하지만 지난여름 무위 속에서, 용케도 그 미나리지를 사진으로 찍어 내면서, 나는 내가 봤던 그 애의 몸과 그 애가 봤을 내 몸을 동시에 만들어 넣었다. 아름다운 쪽은 그 애다. 나는 그 앨 사랑했으니까. 훗날엔 어땠을지라도 그 순간엔 그 애도 나를 사랑했기를. 만약 그렇다면 내 지난 여름날처럼, 그 애가 혹시 그 미나리지를 생각해 낸다면, 그 애의 영상 속에선 내가 더 아름다울 것이다. 사랑이란 그런 것이다. 처음에 여자아이들은 그 파란 미나리지를 바라보며 팔은 괴서 턱을 받치고, 엎드린 채로 발을 허공에 뻗어 대며 흔들었다. 공중에서 둘의 복사뼈가 부딪치지만 않았더라도, 나는 일어나 앉지 않았을 것이다. 일어나 앉지 않았더라면 나는 그 애의 어리고 부드러운 몸을 보지 못했을 것이다. 그 앤 그대로 엎드린 채로 팔을 뻗어 자신의 발을 동그랗게 끌어당겨 복사뼈를 매만졌는데, 나는 끌어당기는 대로 타원형으로 구부러지는 그 애의 몸이 신기해서 내 아픈 곳을 만지다 말고 그 앨 바라봤다. 그 애 하얀 등의 푸른 점도 부드럽게 구부러져 있었다. 내 손바닥이 그 점으로 뻗어 갔으나 그 푸른 점을 다 덮지는 못했다. 내 손바닥은 작았고 그 애의 푸른 점은 넓었다. 지난여름, 그 무위 속에서 나를 버티게 해 준 건 바로 이 푸른 영상이다. 나 혼자만 간직한 이 영상을 그 침묵의 무더위 속에서 생각하고 있으면, 어떤 희열이 시원하게 나를 감싸 오곤 했다. 하지만 내게 이 영상을 글로 옮겨 보게 만든 것은 그 보드라운 희열이 아니다. 영상 속에서 그 애의 푸른 점을 덮었던 내 손바닥은 그 점 위에서 머물러 있지만은 않았다. 내 손바닥은 그대로 그 애의 목덜미 쪽으로 올라갔고, 엎드려 있던 그 애는 간지러운지 돌아누웠다. 그 애의 눈, 잉크빛 하늘이 담겨 있던 눈동자, 하얀 목, 밋밋한 가슴, 도드라져 있던 분홍색 젖꼭지. 그 애가 눈을 찡긋거리면서 내 뺨에 입술을 댔다. 나는 떨었을 것이다. 그러면서 그 애의 메마른 입술에 내 입술을 포갰을 것이다. 영상은 여기에서 끝난다. 영상이 끝난 자리엔 야생 미나리 군락지도, 벗은 여자아이 둘의 몸도 없다. 그 자리엔 내 쓰라린 상처와 그 애의 차가운 멸시가 남아 있다. 풀밭에 벗어 놓은 옷을 입으면서 나는 생각했었다. 너를 나 자신보다 더 사랑할 거야. 하지만 그 앤 나와 반대였었나 보았다. 그 앤 다시는 나와 함께 그 미나리지에 가 주지 않았고, 내가 부르거나 찾아가면, 엄마한테 다 일러 줄 거야, 소리를 쳐서 겁을 주었다. 봄이 가고 초여름이 다 되었을 무렵에야 그 야생 미나리 군락지가 바라다보이는 다리 위에서 나는 그 앨 만날 수 있었다. 내가 이름을 부르자 그 앤 도망쳤었다. 그러다가 되돌아 달려와서 주먹을 꽉 쥐고 내 뺨을 제 힘껏 때렸다. 그 영상의 희열 뒤에 남는 이 아픔……

그녀의 글은 군데군데 눈물에 얼룩이 져서 글씨가 번진다. '야생 미나리 군락지' '나 혼자만 간직한 푸른 영상' '메마른 입술' '어

떤 희열' '그 애의 푸른 점' '너를 나 자신보다 더 사랑할 거야' '영상
이 끝난 자리' 등등에.

　놀랍게도 그녀는, 그의 얼굴을 볼 수 있게 된다. 노트에 떨어진
눈물 자국이 다 말라 가고 있을 무렵, 빌딩 안에서 그가 걸어 나왔던
것이다. 그의 옆에는 한 여자가 서 있다. 그의 어깨에는 카메라가 메
져 있다. 꿈인가? 그녀는 손바닥으로 유리창을 만져 본다. 그는 분
명 찻집 유리창 건너, 빨간불이 켜져 있는 신호등 건너에 서 있다.
신호등이 파란불로 바뀌자, 그 남자와 여자는 사람들 속에 섞여 그
녀가 있는 쪽으로 건너온다. 여자를 바래다주러 온 것일까? 그는 그
녀가 앉아 있는 유리문 바로 앞에서 여자에게 손을 내민다. 여자는
쌩긋 웃으며 내민 그의 손을 가볍게 잡고 흔들더니 길 저편으로 뛰
어간다. 이제 혼자 남은 그 남자. 그녀는 마치 화면을 바라보듯이 유
리문 안에서 그 남자를 바라보고 있다. 방금 헤어져서 저쪽으로 뛰
어간 여자를 뒤돌아볼 때, 그도 그녀를 바라본 듯했다. 다시 신호등
이 바뀌기를 기다리며 무심히 찻집 쪽을 돌아봤을 때도, 그는 그녀
를 바라본 듯했다. 하지만 그는 두 번씩이나 그녀 얼굴을 보면서도,
그녀를 지나쳐 다시 신호등을 건너가고 빌딩 속으로 사라져 버린다.

　그녀는 다시 거리에 있다. 탁자에 엎드려서 눈물을 글썽이며
그 애에 대한 영상을 새 노트에 적어 놓고 나니, 나흘 전부터 그에게
품었던 슬픔이 어느 정도 사라진 듯하다. 아니다. 어쩌면 바로 눈앞
에 두고도 그녀를 못 알아보는 그 남자에게서 받은 놀라움이 아직
도 그녀 마음속에 풀기를 세우고 있어서일지도 모른다. 그날, 소매
가 없는 자주색 실크 블라우스 아래 좁쌀만 한 소름이 돋은 채로 얌
전하게 놓여져 있던 그녀의 팔은, 추운가 보군, 무심한 그의 한마디
로, 무심한 그의 쓰다듬음으로, 그랬다, 욕망을 품게 된 것이다. 아

직 추억이 되지 못한 욕망은 파릇파릇하다. 그것이 격렬하게 불타 올라 그녀는 방심 상태가 돼 버린 것이다. 그녀는 그가, 그녀 내부 안에 일어나고 있는 이 불안을 알아주기를 바라지는 않는다. 알아 주기를 바라다니? 아니다. 그녀는 자신의 욕망을 자신에게 내보이 는 것만으로도 지금 벅차다. 슬픔에 사로잡힌 자신의 육체를 바라 보고 있기만으로도. 그런데도 그가 바로 그의 눈앞에 있는 자신의 얼굴을 그것도 두 번씩이나 지나쳐 가자, 그녀는 지금 야릇해진 것 이다.

이제 그녀는 전화를 건다. 사진기자인 그에게가 아니다. 화원 단골 최에게다. 마흔 살쯤 되어 보이는 최는, 언제나 그녀가 예뻐서 못 견디겠다는 표정을 짓곤 했다. 그녀는 수화기에 매달려 자신이 있는 위치를 그가 혼동하지 않도록 설명하고 나서, 잊지 않고 덧붙 인다.

일 때문에 지나가다 보니 이 앞이잖아요. 그래서 차나 한잔 할 까 하구요.

전화를 끊고 자리로 되돌아온 그녀는, 최에게 전화를 건 것에 대해 후회하는 빛이 역력하다. 이 마음의 이중. 그녀는 우울해져 손 깍지를 깊게 낀다.

잊었을까, 그는? 그날 밤, 내 팔을, 소매 없는 자주색 실크 블라 우스 밑에서 찬 밤바람에 오소소 소름이 돋은 채로 떨고 있던 내 팔 을?

그녀는, 최가 들어와 맞은편에 앉는 것을 전혀 모르는 듯 깊게 낀 제 손깍지만 보고 있다. 최가 팔을 뻗어 그녀의 어깨를 짚는다. 가만히 짚었을 뿐인데 그녀는 거의 무너졌다가 일어난다. 최의 흰 와이셔츠 주머니에 잉크가 한 방울 묻어 있다. 자신의 얼굴에서 곧

시선을 돌려 잉크 떨어진 자국을 바라보는 그녀 때문에 최도 새삼
스럽게 자신의 와이셔츠 주머니를 내려다본다.

이거? 글씨가 잘 안 써져서 만년필을 흔드는데 잉크가 튀었어.
하필이면 여기에 튀었담.

그녀가 하아 웃자, 최는 곧 명랑해진다.

웃으니까 더 이쁜데, 우리 뽀뽀 한번 할까?

흥!

흥이라니! 코 나올라!

그녀는 정말 코라도 나오는 듯이 자신의 코를 손바닥으로 쓱
문지른다. 최는 예의 그 예뻐 죽겠다는 표정을 지으면서 담배를 꺼
내 문다.

그런데 웬일? 이런 적이 없었잖아. 저녁 한번 함께하자고 그렇
게 보채도 사미승이더니…… 오늘 저녁은 어때?

배드민턴 치러 가야 돼요!

그녀의 입에서 엉뚱한 대답이 튀어나온다. 배드민턴이라니?
자신이 말해 놓고, 그녀가 놀라 눈이 휘둥그래진다.

배드민턴?

최가 입에 문 담배를 내려놓지 않고 배드민턴?이라고 반문을
하는 통에 입술에 물려 있던 담배가 탁자에 떨어져 데구루루, 구르
더니 바닥에 팽개쳐져 버린다. 최가 담배를 주우려고 몸을 굽히고
바닥에 숙이는데 흰 주머니에 튄 잉크 방울이 형편없이 구겨진다.
그녀는 갑자기 참을 수가 없어져서 발딱 일어나 재빠르게 최에게서
달아난다. 하지만 곧 뒤따라 나온 최에게 그녀는 팔목을 억세게 붙
들린다. 최근 그녀가 한 번도 본 적이 없는 사나운 표정으로 그녀를
노려보고 있다.

잘못했어요!

뭘?

그녀는, 오늘 처음으로 정신이 번쩍 든다. 최가 뿜어내는 사나움을 그녀는 용케도 알아낸다.

네가 뭘 원하는지 나는 알아!

아니에요, 틀렸어요.

최는 그녀를 끌고 지하 계단으로 내려간다. 그녀는 버둥거리지만 최의 힘은 완강하다. 어떻게 해서든 도망쳐야 한다고, 최로 하여금 노여움을 풀게 해야 한다고 마음을 먹지만, 숨소리만 높아질 뿐 그녀는 버둥거리는 것조차도 힘이 든다.

제발…… 나를 놔줘요, 제발.

왜 나를 찾아왔지? 그런 나태한 표정을 짓고서 말이야. 그리구선 지금은 놔 달라고? 사람을 잘못 봤군. 내가 그래 줄 것 같은가? 자 자, 긴장을 풀라고. 너무 긴장하면 재미없어. 여긴 비상구야. 엘리베이터가 고장이 나지 않는 이상은 아무도 여기에 오지 않아. 또 한두 사람쯤은 어때? 관객이 있으면 더 재밌지 않겠어?

최는 그녀를 계단 모서리로 몰아붙이고 그녀의 치마를 확 들춰 올린다. 그녀가 놀라 최의 어깨를 물어뜯자, 최는 주먹을 꽉 쥐고 그녀의 귀뺨을 내리친다.

제발 이러지 마!

그녀도 있는 힘껏 그의 귀뺨을 내리쳤지만, 최는 재빠르게 그녀의 손을 붙잡아 등 뒤로 억세게 돌려 놓는다. 그녀는 눈을 질끈 감는다. 지하 계단의 천장과 벽이 괴로운 숨을 몰아쉬며 좁혀 든다. 힘이 빠진 그녀를 최는 조금 느슨하게 풀어 준 뒤 그녀의 입술을 더듬는다. 그녀는 입술을 꽉 다문다. 아무리 열려고 해도 열리지 않는 그녀의 입술에 화가 난 최는 다시 힘을 가해 그녀를 벽으로 밀어붙인다. 그녀의 치마는 이미 벗겨져 바닥에 흘러내려 있다.

여기서 이러지 말아요…… 방으로라도…… 나를 방으로라도 데려다줘…….

네가 달아나지만 않았다면 그럴 양이었지. 우선 향기로운 저녁을 먹고, 술을 한잔 곁들이고, 강변이 내려다보이는 곳으로 춤을 추러 가고, 그렇게 부드럽게 순서를 밟을 양이었지. 하지만 네가 급해 보여서 말야, 이렇게 거칠게 바뀌어 버렸구나. 이것도 괜찮잖니. 조금만 협조해 준다면 더 좋겠는데…… 오늘은 이렇게 반항해도 내일은 너 스스로 전화할걸. 여기에서 나를 기다리겠다고 말야…… 니 얼굴에 씌어져 있어. 나 죄 없어. 다만 니가 말 못 하는 걸 내가 알아서 해 주는 것뿐이야…… 자, 그러니 좀 얌전히 굴어.

다시 거리에, 그녀는 놓여졌다. 정신을 온통 무엇인가에 내맡기고 있어서, 그녀는 헛껍데기다. 거리의 그 어느 누구도 그녀가 외로이 그들 속에 섞여 있다는 것을 주의 깊게 보는 것 같지가 않다. 다만 어떤 여자가, 뒤로 묶어 놓은 방울 달린 머리끈이 느슨하게 풀어지는 것도 모르고 가는구나, 하였을 것이다. 조금 더 주의 깊게 본 사람이라면 최에게서 얻어맞았을 때 터진 그녀의 귀가 뺨 쪽으로 통통 부어올라서 갸름한 그녀의 얼굴형이 야릇해진 것쯤은 보았을 것이다. 어쩌면 또 어느 누구 하나쯤은 그녀의 창백한 얼굴빛을 보고 사람의 얼굴이 저렇게 파리해질 수도 있다니…… 어디쯤에서 쓰러지나, 싶어 호기심으로 한번쯤 그녀를 돌아다봤을지도 모른다. 하지만 더 이상은 그녀에 대해 관심 없이 사람들은 그녀를 앞질러 가거나 마주쳐 지나간다. 그녀의 머리를 겨우 한곳에 모아 놓고 있

583

는 방울 달린 머리끈은 곧 땅바닥에 떨어질 것이다. 하지만 그때도 그녀는 그걸 모르고 걸어갈 것 같다. 그래도 지금은 그 방울 달린 머리 끈 때문에 그녀의 검은 머리는 그녀의 목덜미 뒤에 모아져 있다. 그녀가 걷는 대로 그 머리 끈은 따라 움직이면서 그녀의 감춰진 목덜미를 어루만지고 있다. 그녀가 건물 사이사이를 걸을 때 그 머리 끈은 때때로 햇빛을 받아 황금색이 되기도 한다. 넋이 나간 듯했지만 그래도 자연스러웠던 그녀의 걸음걸이가 어느 순간 뻣뻣해지기도 한다. 그럴 때면 그녀는 몹시 오한이 나는 듯 멈춰 서서 오들오들 떨다가 다시 걸음을 옮긴다.

그녀가 걸음을 멈춘 곳은, 그녀가 화원으로 영원히 되돌아가지 않겠다고 마음먹은 곳은, 미술관 앞이다. 어둠이 내려 있는 미술관 앞의 공터는 괴괴하다. 노란 철책에 기대어 담배를 피우던 인부들도 가고 없다. 다만 땅을 깊게 파먹은 포클레인이 여전히 공룡의 형상을 하고, 공터로 내려서는 허깨비 같은 그녀를 지켜보고 있다. 그녀는 지난 오후에 그녀가 앉아 있던 나무 그늘 밑을 지나, 인부들이 피로한 목소리로 음담을 늘어놓던 노란 철책 밑으로 쓸리듯 걸어가고 있다. 철책 밑에서 그녀는 담배꽁초 하날 줍는다. 이걸로 뭘 하지? 어리둥절한 표정이던 그녀는 잠시 후 꽁초를 입에 물고 피로한 듯 철책에 기대어 담배 연기 내뿜는 시늉을 해 본다. 저기였지. 그녀는, 한낮에, 짧은 진치마를 입고, 햇살 아래서, 인부들의 시선을 의식하며, 여자들이 힘껏 배드민턴을 치던 자리를 슬픈 눈으로 더듬는다.

슬픔 때문에 죽을 수도 있다고 생각한 또렷한 기억이 그녀에겐 있다. 나를 사랑하느냐고 묻기도 전에 다가온 그 애의 돌연한 멸시를 갚아 주기 위해서는, 죽을 수밖에 없다, 내 죽음만이 그 애의 마음을 돌이켜 놓을 것이다. 언젠가 죽어야 한다면 지금 여기서 죽으리라. 그녀는 그 푸른 영상 속의 야생 미나리 군락지 앞에 쪼그리고 앉아서, 여기서 어느 날이든 죽으리라, 너의 마음을 돌이켜 놓기 위해서라면 난 죽으리, 그 매일매일을 그 생각으로 버티었다.

그녀가 담배꽁초를 버리고 가만히 일어선다. 그녀가 포클레인을 향해 천천히 걷는다. 그녀가 힘껏 손톱으로 포클레인 몸체를 긁어 본다. 포클레인은 긁혀지지 않는다. 그래도 계속 긁어 대니, 그녀 손톱이 부서져 달아난다. 그녀가 이제 포클레인 아무 곳이나 몸으로 밀어 보고 있다. 미는 게 아니라 부딪쳐 보고 있다는 표현이 맞을 것이다. 몇 발짝 떨어져서 힘껏 달려들어도 포클레인은 꿈쩍도 안 한다. 그녀는 어마어마한 곳을 쳐다보는 양, 포클레인 아가리를 오래 쳐다보더니, 신발을 팽개치고 끙끙대며 포클레인 위로 올라가기 시작한다. 정강이가 쇠붙이에 부딪혀 깨지는 소리가 났고, 기어가느라고 엎드린 몸을 펼 때는 포클레인 모서리에 그녀의 가슴살이 패여 찢겨진다. 그런데도 그녀는 별로 고통스럽지 않은 모양이다. 다만 위험스럽게 포클레인 몸체에 매달려서 아가리 쪽으로 한 땀씩 바느질하듯, 한 뼘씩 좁혀 가고 있다. 최가 사납게 다루어 실밥이 뜯겨져 있던 치마의 호크가, 어디쯤에서 마저 뜯겨져, 치마가 주루룩 흘러내린다. 그동안 간신히 그녀 목덜미에서 대롱거리던 방울 달린 머리끈도 풀어져 나가, 그녀의 검은 머리채는 산발이 되어 있다. 포클레인 아가리 속엔 지하에서 떠낸 흙이 반쯤 차 있다. 그녀는 후욱, 숨을 몰아쉬며 그 흙 속에 두 발을 꼬옥 묻는다. 뭔가 안심이 된다는 표정이다. 자꾸만 흙을 퍼올려 자신의 무릎을 묻고 허벅지를 묻고 엉덩이를 묻던 그녀는 무슨 생각이 났는지 호오, 웃기까지 한다.

당신은 잊었지? 그날 밤 내 소매 없는 자줏빛 실크 블라우스 밑의 팔뚝에 돋아 있던 좁쌀만 한 소름들, 그걸 쓰다듬어 주었던 일을, 당신은 잊었어, 내가 어떻게 해야 당신이 나를 기억할까.

그녀는 더 이상 자신을 매장할 흙이 없어 손짓을 멈추고 밤 별들을 눈으로 올려다본다. 그의 얼굴이 잠시, 별들 속에 섞여 피어났을 때 그녀 눈 속의 공허함이 잠시 사라진 듯했다. 그러나 곧 다시 초점이 없어진다. 너무 짧은 공허한 빛남. 지금 그녀는 넋을 잃었을까? 공허한 빛남이 사라지고 난 뒤 그녀는 아무 짓도 안 하고 끄덕끄덕 졸고만 있다. 가슴살이 찢겨 나갈 때 스며든 피, 그 피비린내가 바싹 말라 갔을 때쯤이었을까? 꼭 한 번 힘껏 눈을 떠 보는 것도 같았다. 그리고 밤 별이 질 무렵, 그녀가 겨우 한 일은, 꾸물꾸물 윗옷 주머니에서 노트를 꺼내 아무 장이나 펼치고서, 해사하게 웃기까지 하며, 뭔가 꾹꾹, 눌러 적어 넣을 양을 하다가는, 힘이 팽기는지 눈물 젖은 얼굴을 푹, 수그리는 일이었다.

—《한국문학》, 1992년 3/4월;
신경숙, 『풍금이 있던 자리』(문학과지성사, 1993)

외딴방

작품 소개

신경숙의 『외딴방』은 1970년대 후반과 1980년대 초반 구로공단 여성 노동자들의 삶을 복원하고 이를 글쓰기 동력으로 삼는 작품이다. 자전적 체험이 녹아 있는 이 작품에서 작가는 희재 언니의 죽음을 트라우마적 사건으로 기억하며 그녀를 글쓰기 속으로 불러들이고자 한다. 이를 위해 작가는 어머니의 반짇고리에서 트라우마를 재현할 글쓰기의 형식을 발견한다.

이 책에서 인용한 첫 번째 장면은 서른일곱 개의 방이 다닥다닥 붙어 있는 집에서 외로이 살아갔던 1980년대 여공들의 삶을, 그중 한 사람인 희재 언니의 삶을 복원하는 것을 화자의 글쓰기의 동력으로 삼는 대목이다. 이 대목에서 화자는 유신 말기 산업 역군의 "풍속화" 수준을 넘어 여성 노동자로서 희재 언니의 삶에 접근하겠다는 의지를 선명히 드러낸다. 두 번째 장면은 화자가 외딴 방에서 죽어 간 희재 언니를 기억에서 끄집어내어 대면하는 장면이다. 희재 언니에게 건네는 말을 통해 자신의 글쓰기가 죽은 언니에게 다가가는 방식이자 그녀가 침묵한 진실을 되살려 내는 길이라고 표현한다. 여기서 신경숙 글쓰기가 뿌리내린 트라우마적 원형과 윤리성을 엿볼 수 있다.

이명호

"여기야."

　큰오빠는 외사촌과 나를 열린 대문으로 들어가게 한다. 여기야, 라고 말하던 큰오빠의 목소리가 그때처럼 지금 내 귀로 흘러든다. 거기였다. 서른일곱 개의 방 중의 하나, 우리들의 외딴 방. 그토록 많은 방을 가진 집들이 앞뒤로 서 있었건만, 창문만 열면 전철역에서 셀 수도 없는 많은 사람들이 쏟아져 나오는 게 보였다. 구멍가게나 시장으로 들어가는 입구, 육교 위 또한 늘 사람으로 번잡했었건만, 왜 내게는 그때나 지금이나 그 방을 생각하면 한없이 외졌다는 생각, 외로운 곳에, 우리들, 거기서 외따로이 살았다는 생각이 먼저 드는 것인지.

　나는 다시 쓰고 있다. 2층으로 올라가는 계단 3미터 앞, 위에서 보면 시멘트로 덮인 마당 중앙에 수돗가가 있었다, 고. 계단 왼편엔 황색 나무 문 두 개. 그 나무 문의 유리창엔 먼지가 두껍게 내려앉아 있었다, 고. 그 먼지 속에 흰 페인트 글씨로 男·女가 씌어 있었다,

고. 아침이면 서로 멋쩍어하며, 전혀 다른 일을 기다리고 있는 사람들처럼 딴전 피우며, 그 집 사람들은 수돗가 근처에서 서성거렸다, 고. 서로 그때만 얼굴들을 볼 수 있었다, 고. 웃지도 아는 척도 하지 않고. 계단 오른편에서 두 번째 문…… 희재 언니는 거기 혼자 살았다, 고.

희재 언니…… 기어이 튀어나오고 마는 이름. 우리는, 희재 언니는 유신 말기 산업 역군의 풍속화. 성이 무엇이었던가. 김홍도의 풍속화첩을 본다. 김홍도가 길거리나 나루터 서당이나 주막이나 씨름판이나 빨래터를 향해 앉아 한번 붓을 쳐들기만 하면 그 시절 사람들은 그의 화폭 속에서 실제보다도 더 실감 나게 그려져서 신기하다, 어떻게 저런 경지에 이를 수 있으랴, 하며 손뼉을 치지 않은 사람이 없었다는데, 그는 희재 언니를 어떻게 그릴 것인지.

풍속화 속의 인물들은 주로 움직이는 모습으로 포착되겠지만 희재 언니는 희미한 웃음으로, 포착될 것이다. 고구려의 풍속화를 생각해 본다. 고분벽화며 수렵도, 전투도, 무용도, 투기도, 곡예도를. 그리고 방앗간과 푸줏간과 외양간과 마구간을. 우리는, 희재 언니는, 동적인 분위기와 힘찬 필치 속에 놓이지 못한다. 우리는, 희재 언니는, 끊임없이 돌아가는 컨베이어 앞이나 언제나 실이 꿰어져 있는 미싱 바늘 앞에서 둥글넓적하거나 동글동글한 눈매 대신 피로한 눈매로, 해학의 흥겨움이 물씬 밴 구수하고 정감이 넘치는 생활 감정 대신, 겨우 점심시간에 옥상에서 햇볕을 쬐는 창백한 그늘로, 존재할 것이다. 복식사 속에서는 뒤에 주름이 잡힌 푸른 작업복을 입고서.

참을 수 없어져서 나, 일어선다.

나, 그녀의 얼굴을 모른다. 기억할 수 없다. 지워졌다. 아니 처음부터 나는 모르는 사람이다. 봐라, 나는 도망친다. 도망치는 나를 내가 붙잡는다. 앉아 봐, 더는 도망을 못 가. 그때나 지금이나, 그리고 언제까지나. 앉으라구.

풍속화 속의 고독의 날들 속에서 내가 자주 힘겹게 떠올린 건 도시로 나오던 그날 밤, 외사촌이 보여 준 사진집 속의, 아득한 밤하늘 아래, 별을 향해 높고 아름답게 잠든 새들이었다. 나, 그들을 내 눈으로 보러 갈 날이 있을 것임을 힘겹게 나에게 기약하며 그 풍속화 속에서의 나날들을 살아 내곤 했다. 훗날, 살아가는 피로와 관계의 부재 속에 처절하게 외로워졌을 때도, 그날 밤 외사촌이 들고 있던 화보 속의 새들, 백로들. 숲속에, 밤이 온 숲속에, 마치 세상의 모든 일을 다 용서한 듯, 서로 올망졸망 기대어 숲을 아름다이 잠으로 뒤덮고 있던 백로들의 무리를 내 눈으로 보러 가겠다는 마음 버리지 않았다. 나, 언젠가, 기차의 창틀에 팔을 흔들리며, 눈앞을 가로막는 능선을 넘어서 가리라고, 절망과 고독의 날일수록 남몰래 나에게 기약하였다.

그 기약으로부터 십육 년.

나는 아직 새를 보러 떠나지 못했다. 잊은 건 아니다.

(52~55쪽)

이때 여공들 중엔 일부가 깨진 유리창 조각이나 사이다병으로 자살을 기도하려 했고, 숨진 김경숙은 왼팔 동맥이 끊긴 채 당사 뒤편 지하실 입구에 쓰러져 있는 것을 당사 건너편 녹십자 병원으로 옮겼다. 4인 1조로 짝을 이룬 경찰은 반항하는 여성 근로자들의 손발을 한쪽씩 잡고 10여 분 만에 전원을 연행했다.

……8월 13일 김경숙의 장례식은 시립 강남병원 영안실에서 모친 등 가족 3명, YH무역 직원, 경찰들만 참여한 가운데 3분 만에 끝나고 유해는 화장되었다.

외딴방의 창을 열면 내다보였던 공터에서 배추 싹이 올라온다. 누가 심었을까. 세상이 어떻게 돌아가건 배추는 자란다. 자라기만 할 뿐 속은 차지 않는다. 푸른 배춧잎에 공장의 검은 먼지가 쌓여 있다.

지금은 새벽 5시 15분. 갑자기 초인종 소리가 길게 울렸다. 누굴까, 설날 연휴, 이 시간에. 나는 얼른 일어나 방문을 드르륵 밀고 현관문 쪽을 향해 턱없이 소리쳤다.
"누구세요?"
조용하다. 두려움이 솟구친 가슴이 두근거렸다.
"누구세요?"
조용하다. 귀를 세우고 문밖 기척을 들으려고 애썼지만 어떤 소리도 수신되지 않았다. 시골의 고모. 일찍 청상이 되어 신작로로 마당이 나 있는 집에서 젊은 날들을 혼자 살았던 고모. 우리 집의 아버지 이전 세대 이야기는 그 고모를 통해서나 들을 수 있곤 했

다. 너희 할아버지는 한약방을 했는데…… 너희 할머니는…… 인공
때는…… 또랑을 지날 때면 저기에서 저기까지 다 너희 땅이었는
데…… 장작이 쌓여 있는 집 담장을 지나가면서는 그 시절에 장작
쌓아 놓고 사는 집은 너희 집뿐이었는데…… 어린 시절 할아버지
밑에서 한약을 저울에 달거나 흰 봉지에 싸거나 했다는 고모는 누
가 어디가 아프다고 하면 무슨무슨 한약초 이름을 일러 주며 뭐하
고 섞어 달여서 금방 마시지 말고 이슬을 맞혀서…… 끊임없이 처
방을 내려 주곤 했다.

청상의 고모. 고모와 함께 있으면 고모와 나 둘이라는 생각이
안 들고 할아버지며 증조할아버지며 할머니, 증조할머니, 전쟁 때
떼죽음을 당했다는 할아버지 형제들과 함께 앉아 있는 것만 같았
다. 그것이 좋기도 하고 싫기도 했다. 청상의 고모는 아무리 깊은 밤
중이라도 인기척이 들리면 방문을 활짝 열고 누구요, 외치며 마당
을 내다보곤 했다.

나는 차마 문을 열지 못했다. 열어서 방금 들린 인기척을 확인
하고 싶지만 그러기엔 이마가 서늘해지도록 두렵다. 기껏 문 닫히
는 드르륵 소리가 크게 들리라고 힘을 주어 방문을 밀어 닫고 들어
왔다. 방으로 들어와 다시 책상 앞에 앉아서도 귀 신경이 문밖으로
쏠렸다. 내가 잘못 들었을까? 분명 초인종 소리였는데. 갑자기 초인
종 소리를 듣다니? 가슴을 쓸어내리는데 등 뒤에서 인기척이 느껴
졌다. 소스라치며 뒤돌아봤다. 의자에 걸쳐 놓았던 어깨에 걸치는
숄이 방바닥에 스르르 떨어져 있다. 엎드려 숄을 집어 올리는데 안
도의 숨이 저절로 새어나왔다.

……누군가 이 방으로 들어온 것 같다.

……누구세요? 라고 물어도 나야, 라고 소리를 낼 수 없는 사람이 내 등 뒤에 서서 내 목덜미를 바라보고 있는 것 같다.

……그만, 불을 끄고 침대로 가서 누웠다. 인기척이 따라와서 내 곁에 웅크리고 누웠다.

희재 언니야?
……
그래?
……
깜짝 놀랐잖아.
……
어떻게 알고 여기까지 왔어?
……
나, 너무 잘 살고 있지?
……
미안해.
……

처음엔 아무 데서나 눈물이 나곤 했지. 언니가 나를 짓눌러서 잠도 제대로 못 잤어. 무슨 꿈을 꾸었는지는 몰라. 그냥 꿈을 꾸고 깨어나서 언니가 죽었다는 것을 실감하고 그러고 나면 꼭 울게 되더라구. 말 안 해도 언니도 봐서 알 거야. 오랫동안 울거나 꿈꾸거나 그랬다는 거. 꽤 오랫동안 언니와 함께 시간을 세곤 했어. 봄이 오면 말이지. 언니가 없는 첫 번째 봄, 또 봄이 오면 언니가 없는 두 번째 봄, 봄이 또 오면, 언니가 없는 세 번째 봄, 언니가 없는 네 번째 봄. 그러다가 조금씩 그런 상태가 사라져 갔어.

......

뭐라구?

......

언니? 뭐라고 하는 거야?

......

못 알아듣겠어. 조금만 크게 얘기해 봐? 뭐?

......

......뭐?

......

안 들려 ── 안 들려 뭐?

......

언니가 뭐라구 해도 나는 언니를 쓰려고 해. 언니가 예전대로 고스란히 재생되어질지 어쩔지는 나도 모르겠어. 때로 생각했지. 언젠가 내가 그녀들을 내 친구들이라고 부를 수 있을 때, 그때 언니와 그녀들이 머물 의젓한 자리를 만들어 주고 싶다고. 사회적으로 혹은 문화적으로 의젓한 자리 말야. 그러려면 언니의 진실을, 언니에 대한 나의 진실을, 제대로 따라가야 할 텐데. 내가 진실해질 수 있는 때는 내 기억을 들여다보고 있는 때도 남은 사진들을 들여다보고 있을 때도 아니었어. 그런 것들은 공허했어. 이렇게 엎드려 뭐라고 뭐라고 적어 보고 있을 때만 나는 나를 알겠었어. 나는 글쓰기로 언니에게 도달해 보려고 해.

......

……뭐라구?

……

조금만 크게 말해 봐? 뭐라는 게야?

……

응?

……

문학 바깥에 머무르라구? 날 보고 하는 소리야?

……

문학 바깥이 어딘데?

……

언니는 지금 어디 있는데?

우리들의 외딴 방 창밖, 118번 종점 옆 공터에, 배추가 새파랗던 10월. 아무도 돌보지 않은 배추가 공장 먼지에 싸여 손바닥만큼 자라나 있던 10월. 외사촌은 배추밭을 내다볼 때마다 누군가 되게 부자라고 속삭인다.

"빈 땅으로 놀리면 벌금 무니까 그냥 배추씨를 뿌려 놓은 거야, 밭처럼 보이려고."

"내년엔 아마 이 앞에 저 앞에 집이 들어설 거야. 그럼 우린 이제 저 공터도 못 보겠다."

(244~249쪽)

— 신경숙, 『외딴방』(문학동네, 1995)

허수경(許秀卿·1964~2018)

허수경은 1964년 경남 진주에서 태어났다. 진주여고를 거쳐 경상대학교 국어국문학과를 졸업하고 서울에 올라와 방송국 스크립터로 일하면서 봉천동, 이태원, 원당, 광화문 근처에서 살았다. 1987년《실천문학》에「땡볕」외 네 편을 발표하면서 시단에 나왔고, '21세기 전망' 동인으로 활동했다. 1988년 첫 시집『슬픔만 한 거름이 어디 있으랴』이후 1992년 두 번째 시집『혼자 가는 먼 집』을 출간하고 그해 늦가을 독일로 건너가 뮌스터대학교에서 고대 근동 고고학을 전공해 박사 학위를 취득했다. 독일인 지도교수와 결혼해 독일에 자리 잡은 후로도 발굴 현장을 따라다니거나 모국어로 시를 쓰면서『내 영혼은 오래되었으나』(2001),『청동의 시간 감자의 시간』(2005),『빌어먹을, 차가운 심장』(2011),『누구도 기억하지 않는 역에서』(2016) 등의 시집을 출간했다. 그 밖에도 장편소설『모래도시』(1996),『아틀란티스야, 잘 가』(2011),『박하』(2011), 창작 동화와 번역서, 그리고『길모퉁이의 중국 식당』(2003)을 비롯한 여러 권의 에세이집을 출간했다. 2018년 암 투병 끝에 별세했다.

허수경은 여섯 권의 시집으로 한국 현대시사에 독보적인 자리를 구축한다. 허수경 시의 변모는 언어와 장소성의 변화로 읽을 수 있다. 첫 시집에서는 진주 방언으로 진주의 장소성과 역사성을 드러냈다면, 두 번째 시집에서는 서울에서의 체험과 외로움이 그려진다. 독일로 떠나고 긴 공백 후에 나온 세 번째 시집에서는 모든 것을 고국에 두고 떠나온 독일에서의 이방인 같은 삶, 그곳에서 얻은 세상의 폭력에 대한 새로운 인식이 드러난다. 네 번째 시집부터는 세계 곳곳의 발굴지를 다니며 체득한 감각으로 반전 평화시의 성격을 보인다. 다섯 번째 시집에서는 인류의 문명사 전체에 대한 통찰이 드러나고, 마지막 시집에서는 기억을 통해 과거와 화해하는 허수경의 시적 주체와 예언적 시간이 포착된다.

1980년대 허수경의 시는 민중·민족·젠더를 교차하고 관통하는 선구적인 인식을 드러낸다. 「폐병쟁이 내 사내」에는 여성 주체가 죽어 가는 사람을 살리는 생명력을 지닌 존재로서 허약한 남성에게 새 생명을 불어넣는 강인한 존재로 그려진다. 허수경의 시는 세상의 아픈 사내들을 모두 끌어안는 강인한 어머니와 사랑에 투신하는 여성의 모습으로 빼앗기고 짓밟힌 이 땅 민중의 역사를 애도하는 슬픔과 사랑의 미학을 구현한다. 이후 세 번째, 네 번째 시집을 거치며 세상의 폭력에 사랑으로 맞서는 반전 평화시라는 새로운 영역을 개척하며 디아스포라적 감각으로 여성 시의 경계를 확장하고 심화한다.

이경수

혼자 가는 먼 집

　당신……, 당신이라는 말 참 좋지요, 그래서 불러봅니다 킥킥
거리며 한때 적요로움의 울음이 있었던 때, 한 슬픔이 문을 닫으면
또 한 슬픔이 문을 여는 것을 이만큼 살아옴의 상처에 기대, 나 킥
킥……, 당신을 부릅니다 단풍의 손바닥, 은행의 두 갈래 그리고 합
침 저 개망초의 시름, 밟힌 풀의 흙으로 돌아감 당신……, 킥킥거리
며 세월에 대해 혹은 사랑과 상처, 상처의 몸이 나에게 기대와 저를
부빌 때 당신……, 그대라는 자연의 달과 별……, 킥킥거리며 당신
이라고……, 금방 울 것 같은 사내의 아름다움 그 아름다움에 기대
마음의 무덤에 나 벌초하러 진설 음식도 없이 맨 술 한 병 차고 병
자처럼, 그러나 치병과 환후는 각각 따로인 것을 킥킥 당신 이쁜 당
신……, 당신이라는 말 참 좋지요, 내가 아니라서 끝내 버릴 수 없
는, 무를 수도 없는 참혹……, 그러나 킥킥 당신

　　　　　　　　　　　　　— 허수경, 『혼자 가는 먼 집』(문학과지성사, 1992)

불우한 악기

불광동 시외버스터미널
초라한 남녀는
술 취해 비 맞고 섰구나

여자가 남자 팔에 기대 노래하는데
비에 젖은 세간의 노래여
모든 악기는 자신의 불우를 다해
노래하는 것

이곳에서 차를 타면
일금 이천 원으로 당도할 수 있는 왕릉은 있다네
왕릉 어느 한 켠에 그래, 저 초라를 벗은
젖은 알몸들이
김이 무럭무럭 나도록 엉겨붙어 무너지다가
문득 불쌍한 눈으로 서로의 뒷모습을 바라볼 때

굴곡진 몸의 능선이 마음의 능선이 되어
왕릉 너머 어디 먼데를 먼저 가서
그림처럼 앉아 있지 않겠는가

결국 악기여
모든 노래하는 것들은 불우하고
또 좀 불우해서
불우의 지복을 누릴 터

끝내 희망은 먼 새처럼 꾸벅이며
어디 먼데를 저 먼저 가고 있구나

— 허수경, 『혼자 가는 먼 집』(문학과지성사, 1992)

배수아(裵琇亞·1965~)

배수아는 1965년에 서울에서 태어나 1988년 이화여자대학교 화학과를 졸업했다. 이후 병무청 소속 공무원으로 일하다가 처음 쓴 단편소설 「천구백팔십팔 년의 어두운 방」이 1993년 《소설과 사상》에 당선되며 등단했다. 정식으로 문학을 공부한 적이 없고 한국 문학 작품들을 거의 읽지 않아 번역문학을 통해 문학을 익혔다고 한다. 그래서 데뷔 초기부터 현재까지 줄곧 '낯섦'이라는 수식어가 따라붙는다. 소설 쓰기와 직장을 병행하다 휴직계를 내고 독일에서 언어를 배우며 독일문학에 강하게 매료된다. 독일 책을 계속 읽어야겠다는 결심 끝에 직장을 그만두고 2001년 가을 전업 작가 및 번역가의 길로 들어선다. 예니 에르펜베크, 사데크 헤다야트, 프란츠 카프카, 페르난두 페소아, W. G. 제발트 등을 번역했다. 『일요일 스키야키 식당』(2003)으로 한국일보문학상, 『독학자』(2004)로 동서문학상, 『뱀과 물』(2017)로 오늘의 작가상을 수상했다.

배수아의 문학이 지닌 '낯섦'은 그간 여러 차원에서 해석되어 왔다. 첫 소설집 『푸른 사과가 있는 국도』(1995)의 인물들은 고립되어 있고 폐쇄적이며 끊임없이 누군가를 만나지만 관계에 얽매이지 않는다는 점에서 무심하면서도 자유롭다. 이러한 인물들은 군사 정권의 억압에 저항하는 공동체를 충실히 반영해 왔던 1980년대 문학과 확연히 구별되며 배수아를 '신세대 작가'로 분류하게 만들었다. 그러나 그가 자본과 노동 혹은 계급과 성을 완전히 외면한 것은 아니다. 배수아의 인물들은 사회적 조건에 영향받지만 그것과 무관하게 살아가려 한다. 이를테면 등단작 「천구백팔십팔 년의 어두운 방」에서 올림픽이 열린 해인 1988년은 "시끄러웠"지만 '나'에게는 "단조로운 때"로 기억된다. 집단적이고 역사적인 풍경을 철저하게 개인화하는 것이다. 이는 개인에게 사회학적 의미를 부여하려는 관습적 읽기를 거스른다. 요컨대 배수아에게서 풍기는 '낯섦'의 정체는 소설에 대한 습관적 독법에서 벗어나려는 집요한 태도와 관련이 있다. 『동물원 킨트』(2002)에서부터 무성적 표현이 가능한 한국어의 특징을 활용해 소설 속 인물의 성별을 애매모호하게 처리한다. 이는 『에세이스트의 책상』(2003)에서 등장인물 M을 둘러싼 논쟁을 촉발시키기도 했다.

배수아는 데뷔 초기부터 낯선 글쓰기와 낯섦의 예리한 감각을 유지하고 있다. 당연하게 여겨지는 것들을 일순간에 낯선 것으로 문제화하는 배수아의 문학은 문학사적으로 매우 독특할 뿐 아니라 의미 있는 시각을 보여 준다.

이소영

여점원 아니디아의 짧고 고독한 생애

　여점원 아니디아는 11월의 마지막 수요일 아침 일곱 시에 눈을 뜨고 생각했다. 아, 오늘은 사촌 혁명의 집에 가기로 한 날이다.

　혁명은 화요일 저녁 아니디아가 일하는 상점으로 전화를 걸어 다음 날 집으로 와 달라고 말했다. 화요일 저녁 아니디아가 일하고 있는 백화점 안의 골프숍은 바빴다. 그래서 아니디아는 혁명에게 응, 응 하고 건성으로 대꾸했다. 아니디아는 혁명을 오랜 시간 동안 만난 일이 없었다. 아마도 가장 최근에 만난 것이 혁명이 결혼하던 해가 아니었을까? 지금 혁명의 아이는 기숙학교에 다니고 있으니 그들은 참 오랫동안 만난 일이 없는 것이다. 혁명이 가끔 전화를 걸어 오기도 하고 아니디아가 전화를 할 때도 있었다. 어쩌면 그들은 그 이후로 한 번도 전화를 한 일이 없는지도 모른다. 더 이전의 일을 더 가깝게 생각하고 있는지도 모른다. 아니디아는 혁명의 전화를 받았을 때 새로운 물품을 주문한 장부의 계산을 맞춰 보는 중이었고 폐점 시간이 가까웠기 때문에 혁명에 대해서 그다지 많이 생각하고 있지 않았다.

"수요일은 비번이라면서?"

혁명의 목소리는 지나치게 침울하지도 않고 별로 들떠 있거나 하지도 않았다. 어느 쪽인지는 알 수 없지만 걱정할 만한 느낌을 불러일으키는 편은 아니었다.

"데이트 약속 같은 것이 있다면 매우 미안하지만, 집에 좀 와줄 수 있겠어? 나 오늘밤에 여행을 떠나. 음, 회사 일이야. 회의에 참석을 해야만 하거든. 짐도 다 꾸려 놓았고 비행기도 예약을 해 놓았어. 아니 잠깐 동안이야. 근데 문제는 이 회의에 내가 참석해야 하는 것이 너무나 갑자기, 갑작스럽게 생긴 거라서 뭐라고 말해야 할지 모르겠다. 내일 누군가가 찾아오기로 되어 있거든. 아니 내 손님이 아니고 누군가가 그 사람에게 집을 안내해 주어야만 되는 상황이 되었다고."

"무슨 말인지 못 알아듣겠어, 혁명. 그러니까 뭐야, 너는 회사 일로 여행을 떠나야 하고 그사이에 반드시 내일, 내일 어떤 손님이 찾아오기로 되어 있는데 내가 너의 집에 있어야 된다는 말이니? 어렵구나. 설명해 줄래?"

"나, 집을 팔기로 했어, 아니디아."

"그래서?"

"부동산에서 경기가 침체되니 뭐니 해서 몇 개월을 끌고 있었어. 고객이 없다는 건데, 우리 집은 기차역에서도 너무 멀고 산비탈에 있잖아. 너무 낡고 오래되어서 개축하려면 비용이 상당히 들 거라는군. 게다가 기차가 지나다니는 길이 가까이에 생겨서 소음이 심해. 나도 이제 포기하는 기분이 되어 버렸는데, 집을 사겠다는 사람이 나타난 거야. 부동산에서 빈집을 보는 것보다는 누군가 집을 안내해 주는 것이 더 좋을 거라는 생각이 드는데. 그리고 아니디아 넌 그 집을 잘 알잖아. 아무것도 특별히 할 필요는 없고 그냥 안내만 해 주면 돼. 아, 이 층 욕실의 수도꼭지가 고장나거나 전등이 들어오지 않는 것은 신경 쓰지 마. 금방 수리할 수 있고 다음 주에 수리공이 오기로 예약되어 있어. 정원이 망가진 것에 대해서도 불평할지 몰라. 값을 내리려고 뭔가 다른 점을 지적할지도 모르고."

"혁명, 왜 집을 팔려고 하는 거니?"

"혼자 살기에는 너무 크고 불편해. 회사에 출근하기도 멀고 난방 비용도 너무 많이 들거든."

"혁명, 너 괜찮은 거야?"

건조한 듯한 대화가 계속되는 동안 혁명의 목소리에서 말로 할 수 없는 예감이 민감하게 느껴졌다. 혁명은 아무렇지도 않은 듯이 부동산에 대해서 말하고 있지만. 오래전 혁명은 이런 목소리가 아니었다. 아니디아는 혹시 혁명이 전화기 저쪽에서 울고 있는 것이 아닌가 생각되었다. 정말로 전화기에서는 한동안 아무 소리도 들리지 않고 파도가 소용돌이치는 듯한 소음만이 멍하게 들려왔다.

"말해 봐. 괜찮은 거니?"

"그래, 난 아무 문제 없어."

"부동산에서 온다는 그 사람은 몇 시쯤에 온다는 거야?"

"그게 정확하지가 않아. 그 사람은 내일 아침이나 낮에 비행기를 타고 공항에 도착해서 바로 우리 집으로 온다고 했는데 비행기가 정확히 언제 도착할지 알 수가 없어. 아니디아, 난 일을 빨리 끝내고 싶어."

"집을 파는 문제는 서두르지 않아도 되잖아?"

"다음 달에 난 상파울루에 가."

"그리고 다시 돌아올 거잖아. 너 직업이 원래 그러니까. 서두를 일이 뭐 있니? 그러니까, 천천히 생각해도 돼. 내일은 내가 가 줄수 있어. 하지만 너 지금 마치 떨고 있는 것 같아. 이마에 땀이 흐르고 있는 게 느껴져. 입술과 혀는 검게 타고 간이 나빠졌지? 술을 마시지 않으면 잠들 수가 없을 정도로 초조해하고 있는 거야. 그렇지? 제발 그러지 마, 혁명."

"상파울루에는, 일 때문에 가는 게 아냐. 그곳에 가게 되면 다시는 돌아오지 않아."

"혁명아."

"그 전에 집을 팔고 홀가분한 마음으로 준비하고 싶어서 그래."

그곳에 가게 되면 다시는 돌아오지 않아, 라고 혁명은 말했다. 아니디아는 순간 아랫배에 날카로운 통증을 느끼고 벽에 몸을 기댔다. 폐점을 알리는 벨이 울리고 있었다. 여점원들은 마지막 손님을 돌려보내고 창고의 재고를 체크하고 유니폼을 갈아입고 퇴근 준비를 서둘러야 한다.

"그런 집을 산다는 사람은 흔하게 나타나는 경우가 아니니까 네가 도와주었으면 좋겠어. 아니디아, 너야말로 괜찮은 거지?"

"응, 난 괜찮아. 잠깐 현기증이 났을 뿐이야."

"건강해야 돼. 빈혈은 이제 없니?"

"그건 오래전 일인데 뭐."

"아니디아, 건강해야 돼. 내가 없어도."

오래전 아니디아가 혁명의 집에서 같이 살았을 때 아니디아는 빈혈 치료를 받으러 병원에 다닌 일이 있었다. 사촌 혁명은 그런 일까지 기억하고 있었나. 그때는 아니디아가 아직 고등학교에 다니고 있을 때였다. 아니디아의 가족은 어느 날 밤 갑자기 갈 곳이 없었다.

아니디아의 어머니가 아니디아에게 두꺼운 속옷을 입히고 가방을 들게 하고 눈이 내리는 거리로 내보냈다. "엄마는 어디로 갈 건데?" 하고 아니디아가 묻자 부산에 있는 먼 친척 집에 가정부로 일하러 간다고 했다. 그리고 아니디아는 한 번도 만날 일이 없었던 어머니의 남동생, 혁명의 아버지의 집으로 가게 되었다. 아니디아의 아버지는 도박 빚으로 집과 자동차와 가구를 팔고 마지막으로 아니디아의 피아노와 개를 팔고 그래도 갚지 못한 나머지 빚더미 위에서 자살하고 말았다. 아버지가 집으로 돌아오지 않은 지 2년 만의 일이었다. 혁명의 아버지는 그 2년 동안 창백해져 있던 아니디아가 빈혈치료를 받을 수 있게 해 주었다. 아니디아의 어머니는 그것에 대해 아주 많이 감사해하고 있었다.

"아니디아, 어머니는 어떠셔?"

"아직도 부산에. 전화해 본 지도 오래되었어."

"내일 와 줄 거지?"

"그래, 알았어. 데이트 약속 같은 것은 없어. 그러니까 너무 많이 미안해하지 않아도 돼."

"고마워, 아니디아."

혁명은 담배를 피우고 있었나, 혁명의 입술에서 담배 연기가 나와 어둠 속으로 사라져 가는 소리가 들려왔다. 백화점 안의 불이 꺼졌다. 갑자기 모든 것이 꺼졌다.

"고마워. 내가 만일 상파울루에서 돌아오게 된다면, 그게 언제가 될지 모르지만 아니디아, 우리 같이 반을 만나러 가자."

반은 혁명의 아들로 장애아들을 위한 기숙학교에 다니고 있었다. 아니디아는 반을 한 번도 만난 일이 없었다는 생각이 들지만 언제나 만나 보고 싶다고 혁명에게 말했었다.

"반은 어때?"

"많이 자랐어. 지난번에 만나러 갔을 때는 시를 써서 보여 주었어."

"시를 썼다고?"

"음, 구름으로 만들어진 인형에 관한 시였어."

"구름으로 만들어진 인형?"

"구름으로 만들어진 인형은, 날개 없이 하늘로 멀리멀리 날아간다. 구름으로 만들어진 인형은, 내가 보고 싶어도 돌아오지 못하고, 비의 눈물을 흘린다. 대충 이런 시였어."

"혁명, 반이 보고 싶지 않아?"

"이제 혼자 살아가는 데 간신히 익숙해지고 있는데, 반도 나도 혼란을 느끼고 싶지는 않아. 아니디아, 키는 우편함에 놓아두겠어. 시간이 나면 내가 오후쯤에 전화를 할게. 아아 약속할 수는 없지만. 아침에 와 주겠지?"

그때 갑자기 전화가 끊겼다. 마치 누군가가 일부러 혁명의 전화를 방해하기 위해 옆에서 전화기 코드를 뽑은 것처럼 불현듯 전화기는 신경질적인 뚜뚜 하는 음을 내더니 끊어지고 말았다. 그래서 아니디아는 혁명이 집을 떠난다면 혁명이 기르는 개는 어떻게 하나, 부동산 회사에서 찾아온다는 그 사람은 이름이 뭔가, 그런 것들을 물어보지 못했다. 어둠 속에서 아니디아는 혁명에게 전화를 걸어 볼까 생각했지만 그만두었다. 도대체 혁명의 전화번호가 아니디아는 생각이 나지 않았던 것이다. 아니디아는 어쩌면 혁명에게 한 번도 전화하지 않았을지도, 혁명도 아니디아에게 전화한 적이 한 번도 없을지도 모른다. 그런데도 아니디아는 기억이 났다. 혁명은 옛날의 그 집에서 홀로 살고 있고 큰 개를 기르고 있다. 집은 낡고 정원은 손보지 않아 황폐해졌지만 화려한 겨울 장미나무가 꽃을 피우고 있었다. 혁명은 출장이 잦은 무역 회사에서 일하고 있고 하나뿐인 아들 반은 청각장애자로 기숙학교에서 살고 있다.

오래전 혁명의 결혼식 날 혁명의 눈이 생각난다. 혁명은 밤새 잠을 못 잔 붉은 눈으로 아니디아를 바라보았다. "혁명, 잠을 못 잤나 보구나" 하고 아니디아가 다가가서 말을 걸었다. 결혼식 날 아침 이슬은 풀잎에 눈부시게 반짝이고 공기에는 차고 청명한 바람이 불고 있었다. 다른 가족은 아무도 없었다. 아니디아는 유일한 친척으로 혁명의 결혼식에 참석했다. 혁명의 회사 사람들 몇몇과 아니디아가 하객의 전부인 결혼식이었고 우스울 만큼 빨리 끝났다. 아니디아는 혁명이 신부의 팔을 잡고 결혼식장을 빠져나가는 것을 보았다. 공항으로 가기 위해 혁명과 그의 신부가 탄 차가 결혼식장을 떠날 때 차 안에 있던 혁명과 아니디아의 눈이 마주쳤다. 그들은 오래오래 서로를 바라보았다. 혁명이 아직도 그날의 사진을 가지고 있다면, 흰옷을 입고 딱딱하게 굳은 표정을 짓고 있는 신부와 함께 마치 겨울 장미처럼 붉은 입술로 웃고 있는 아니디아를 볼 수 있을 텐데.

혁명이 결혼한 여자는 오랫동안 혁명의 유일한 여자 친구였고 혁명을 떠나기 전까지는 헌신적인 아내였다. 그들은 처음에는 행복했고 그다음에는 치열하게 권태로워했고, 반이 태어난 다음에는 반의 장애를 고치기 위해 투쟁하다가 여자는 떠났다. 짧은 결혼 생활 동안 이 세상의 온갖 고통과, 노래와, 희열과, 번뇌가 있었다고 혁명은 생각하고 있었다. 아니디아는 궁금한 생각이 들었다.

'내가 어떻게 그 모든 것을 다 알 수 있는 거지? 난 그 이후로 혁명을 만난 일이 없는데.'

어쩌면 혁명은 아니디아에게 전화를 한 것이 아니라 편지를 썼

는지도 모르겠다. 아주 작은 일상의 느낌들에 대해서. 신기할 것도
없는 결혼 생활에 대해서도.

　'아니디아, 아내는 너무나 오랫동안 알고 있어서 타인이라는
느낌이 들지 않아. 우리는 아주 어려서부터 친구였고 다른 무엇이
이 세상에 있다고 생각해 본 적이 없어. 그녀는 내 피부고 심장이고
그 안을 흐르는 핏줄이야. 아주 따뜻하지. 그런데 사랑이라는 것이
뭘까? 이 세상에 그런 것이 있을까? 강렬하게 집착하고 지옥을 예
감하면서도 떠날 수 없는 그런 감정이 있는 걸까? 아니면 내가 그
냥 모르고 있는 것뿐일까. 아니디아, 너라면 그런 것은 없다고 말하
겠지. 난 내 개를 사랑하고 내 아들 반을 사랑하고 내 아내를 사랑하
고, 그리고 아니디아 너를 사랑해. 그런데 이런 것들이 파이 반죽처
럼 층층으로 엉켜서 나를 이루고 있는 것일까. 어느 날 내가 내 안의
질서를 배반하게 되는 그런 날이 반드시 올 것만 같다. 넌 이 세상
모든 사람들에게 연민을 느낀다고 언젠가 말했지? 행복한 사람, 불
행한 사람, 그리고 행복하지도 불행하지도 않은 사람. 어젯밤 아내
가 잠자리에 없어서 부엌으로 내려가 보니 그녀는 양파를 썰고 있
었어. 새벽 1시가 넘은 시간에 말이야. 불도 켜지 않은 채 냉장고 문
을 열어 놓고 그 불빛만으로. 뭐 하고 있느냐고 물었더니 돌아보는
데 그 눈에 눈물이 가득 고여 있었어. 그리고 수화로 말하는 거야.
자기를 놓아 달라고. 처음에는 그게 무슨 뜻인지 몰랐어. 반이 태어
난 이후로 우리는 서로에게 너무나 긴장하고 있어서 쓸데없는 일로
신경을 곤두세우고 다투기 일쑤였지. 난 너그러워지고 싶었어. 그
녀의 어깨를 감싸 주고 싶고 어려움을 같이하고 싶었던 거야. 그런
데 왜 그런 것들이 그토록 어려운 거지? 나 당신에게 말할 수 없이
다정한 마음을 갖고 있어, 당신을 영원히 지켜 주고 싶어, 하고 말

하려는 순간에 잘못된 시간이 그사이에 끼어들어서 순식간에 기회를 잃고 말아. 입술이 바싹 마르고 입안이 타 들어가지만 아무 말도 하지 못하고 그녀 앞에서 물러나온 경우가 얼마나 많았는지 그녀는 알까? 그녀가 잘 쓰지 않던 수화로 말했어. 날 놓아줘요. 당신은 날 사랑하지도 않으면서 20년 동안 내 곁에 있군요. 이제 난 눈을 떴어요. 여기는 내 자리가 아녜요. 내 눈물은 양파 때문이 아니죠. 다른 모든 어려움은 당신이 가져가세요. 난 오랜 시간의 배반만으로도 버거워요.'

혁명의 편지를 아니디아는 읽었던가? 아니면 다른 수십 가지의 광고지 더미 사이에 묻혀 그대로 쓰레기통으로 들어갔던가. 어둠 속에 서 있으니 또다시 아랫배의 통증이 찾아왔다. 아니디아는 막연한 불안감과 슬픔을 느꼈다. 이제 혁명은 어쩌면 영원히 이곳으로 돌아오지 않을지도 모른다.

그래서 여점원 아니디아는 수요일 아침 7시에 눈을 뜨고 생각했다. 아, 오늘은 사촌 혁명의 집에 가기로 한 날이다. 혁명의 집은 시 경계선 밖에 있고 버스를 두 번이나 갈아타고 가야 한다. 오랫동안 한 번도 가 보지 않았기 때문에 정확히 찾을 수 있을지 잘 모르겠다. 아니디아는 쉬고 싶었다. 백화점 여점원으로 일한 지난 10년 동안 그랬던 것처럼 비번인 날은 늦게까지 잠을 자고 피자를 시켜다 먹고 음악을 하루 종일 틀어 놓고 잡지를 읽으면서. 하지만 오늘은 혁명의 집에 가야 한다. 아니디아는 옷을 입지 않고 잠드는 습관이 있었다. 그래서 아침에 눈을 뜨면 가장 먼저 깨끗하게 세탁된 속옷을 찾아 입었다. 그리고 창문을 열고 자동차 소리에 귀 기울이고 잘못된 그림처럼 섬뜩하게 번지는 아침노을을 보았다. 수요일 아침 하늘은 무겁게 흐렸다. 구름으로 만들어진 인형이라고 했었나, 너는.

혁명의 집은 옛날처럼 그 자리에 그냥 그대로 있었다. 가까운 곳에 기차가 지나가고 있어서 어수선하고 시끄러워진 것을 제외하면 옛날과 다른 것이 없었다. 버스에서 내려 산기슭 길을 한참이나 올라가야 했다. 아니디아는 우편함에서 키를 발견하고 집 안으로 들어갔다. 개 짖는 소리는 어디에서도 들리지 않았다. 마당에는 풀이 자라나 아니디아의 발목을 이슬로 적셨다. 겨울 장미나무가 아직도 꽃을 피우고 있었다. 장미는 붉고 처연하게 보였다. 11월에는 더욱 그렇다. 창문을 꼭 닫지 않으면 러시아워 때는 3분마다, 그렇지 않을 때는 5분마다 기차가 지나가는 소리가 들릴 것이다. 아니디아는 겉옷을 벗어 푸른 꽃무늬의 소파에 던지고 부엌으로 가서 물을 마셨다. 냉장고에는 맥주와 오래된 치즈와 크래커 봉지가 들어 있을 뿐이었다. 그리고 썰다 남은 양파가 어디엔가.

날은 흐리고 추워서 태양은 어디에도 보이지 않았다. 부동산 회사의 사람이 언제 찾아올지 몰라서 아니디아는 불안했다. 샤워를 하고 싶기도 하고 배도 고팠다. 혁명의 침대에는 사람이 잔 흔적이 있었다. 아니디아는 혁명이 바삐 떠나 버리고 난 그 침대에 잠시 누웠다. 혁명의 머리카락 냄새와 연한 보디오일의 냄새가 이불에 얕게 스며 있었다.

"자, 너희들은 사촌이야. 서로 만난 일은 없지만, 혁명, 이 아이는 아니디아라고 하고 아버지의 누이의 딸이다. 그러니 사이좋게 지내야 해. 당분간 이곳에서 같이 살게 될 테니까."

혁명의 아버지는 아니디아를 그렇게 혁명에게 소개했다. 이미 거의 다 자란 상태에서 처음 만난 사촌들은 서로에게 어떤 느낌을 먼저 가져야 하는 걸까? 그들은 아무 느낌 없이 서로 악수하고 잘 지내도록 하겠어요, 하고 부모님에게 약속했다. 아니디아의 어머니는 가정부로 일하러 가면서 혁명의 집에 아니디아를 보냈다. 사이가 별로 좋지 않았던 남동생의 집에 아니디아를 보내면서 어머니의 마음은 아팠을지도 모른다.

아니디아의 어머니와 혁명의 아버지는 같은 아버지를 가졌지만 어머니가 달랐다. 그래서 그들은 갈등 속에 성장기를 보냈고 정식 가족에 편입되지 못한 혁명의 아버지는 상대적으로 어렵게 자라났다. 아무도 그들을 용서하지 않았다. 아니디아의 어머니는 집안이 몰락한 다음 혁명의 아버지의 편지를 받았다. 그들의 어려움을 안 혁명의 아버지가 어떻게 해서든 도와주고 싶다는 내용의 편지를 보냈던 것이다. 사생아인 남동생에 대해서 정통 핏줄의 고고함과 위엄을 보여 주고 싶었던 아니디아의 어머니는 괴로웠지만 어쩔 수 없었다. 그래서 아니디아는 그곳에서 고등학교의 나머지를 마치고 백화점의 여점원이 되어 사회생활을 시작하고, 그리고 그곳을 나왔다.

혁명의 부모님은 은퇴한 다음에 비행기 여행을 하다가 죽었다. 그리고 혁명은 오랜 여자 친구와 결혼하게 되었다. 혁명의 부모님이 죽음 다음에 혁명은 잠을 잘 자지 못했다. 아니디아는 밤에 혁명이 잠들지 못하고 아래층을 돌아다니는 것을 느꼈다. 현관에서 열 걸음, 소파에 앉았다가 부엌에서 스무 걸음, 그리고 마당으로 내려가 그가 사랑하는 개와 함께 밤의 산책을 떠났다. 그래서 언제나 아침이면 혁명의 눈은 눈물을 흘린 것처럼 붉었다. 그때 혁명은 대학생이었다. 아니디아는 아침에 출근하기 위해 집을 나설 때면 혁명의 신발이 흙과 이슬에 젖은 채로 있는 것을 보았다. 어딘가의 창에서 혁명이 아니디아를 보고 있을 것이다. 아니디아는 혁명이 자기를 생각하고 있는 것을 알았다. 그들은 몇 년 동안이나 아침 식탁에서 따뜻한 눈빛을 주고받았고 저녁이면 서로가 샤워하는 소리를 들었다. 그건 일상의 음악처럼 편안하고 신비한 긴장감이었다. 그러다가 그들이 문득 다른 생각을 하게 되었을 때, 그들은 서로의 눈을 피했다.

아니디아가 집으로 돌아오니 혁명은 오랜 여자 친구와 함께 소파에 앉아 있다가 벌떡 일어섰다. 혁명의 여자 친구는 바닥을 내려다보고 있다가 부엌과 냉장고 청소를 한 다음에 혁명이 좋아하는 샐러드를 만들어 놓고 집을 나갔다. 마치 나 때문에 서둘러서 돌아가는 것 같아, 하고 아니디아는 생각했다. 언제나 그랬다. 아니디아가 백화점에서 돌아오면 혁명과 그의 여자 친구는 소파에 밀떡처럼 붙어 앉아 있다가 불에 덴 듯 일어섰다. 혁명은 아미와 함께 섹스를 할 때도 나를 생각할까? 아니디아는 침대에서의 그런 것들이 궁금했다. 그래서 견디기 힘들었다. 그건 혁명도 마찬가지였다. 혁명과 아미, 그들은 결혼할 날을 손꼽아 기다리고 있었다. 아니 그들에게 결혼이라는 세속적인 의식은 특별히 불필요한 것이었는지도 모른다. 아니디아만 아니라면 그들은 곧 결혼할 거였다. 아니디아는 점점 자신이 방해물이 되어 간다는 느낌을 지울 수가 없었고 마침내 집을 나가겠다고 혁명에게 말했다.

"적당한 방도 나왔고, 헌 가구를 얻었어. 침대와 옷장이야. 아무래도 나, 나가는 것이 좋겠어."

혁명은 무슨 소리냐는 듯이 아니디아를 바라보았다.

"아니디아, 여긴 넓고 여유가 많아. 왜 그런 생각을 한 거니?"

혁명은 처음에 전혀 이해하지 못하겠다는 듯한 표정을 지었다.

"공간이 부족하다는 뜻은 아니야, 혁명."

"그럼 무슨 의미야? 당장 이곳에서 못 살 이유가 있어? 너 혹시 나 때문에 뭐가 불편하니?"

"그런 것은 아냐, 알지만……"

혁명은 말없이 아니디아의 얼굴을 바라보았다. 아무도 없는 2층의 방에서 마룻바닥이 삐걱거리고 전화벨이 발작처럼 한 번, 울리다가 끊어졌다.

"나 이곳에서 더 이상 신세 질 수 없다는……"

"아니디아."

"신세 질 수 없다는 그런 생각이 들어서. 아마 엄마도 그렇게 생각하고 있을 거야. 난 이곳에 너무 오래 있었어. 이제 학교도 졸업하고 직장도 구했는데 언제까지나 머물 수는 없잖아."

"아니디아, 우린 사촌이야."

"그래 맞아."

"사촌은 같이 살 수도 있어. 어떤 의미에서는 가족이야."

"그래도 혁명, 난 결정한 일이야. 내일 짐을 옮길 거야."

"아니디아, 혹시 너 아미 때문에 불편해서 그러는 거라면……"

아미는 혁명의 오랜 여자 친구의 이름이었다.

"오, 혁명, 그건 아냐. 정말 아냐. 난 그냥 사촌의 집에서 오래 머무르는 것이 불편해서 그래. 정말이야."

"아니디아, 넌 돈도 없잖아."

"방을 얻을 정도의 돈은 있어."

"네 어머니를 생각해 봐. 걱정하실 거야."

"이제 어머니는 생각하지 않아도 돼. 내가 그냥 여기 있는 걸로 그렇게 알게 내버려 두면 돼. 도대체 왜 내가 어디에서 살 건가 하는 일로 어머니를 생각해야 하니?"

그렇게 혁명의 집을 떠나온 다음에 아니디아는 혁명을 만났던
가. 혁명의 전화를 받고 혁명이 쓴 긴 편지를 읽었으며 비가 오는 깊
은 밤이면 혁명을 생각했던가. 아니면 골프 숍을 찾아오는 손님들
중에서 혁명이 혹시 있지 않을까 잠시 동안 멍해진 적은 없는가. 혁
명이 골프 따위는 절대로 치지 않는다는 것을 알면서도. 아니, 아니
디아는 아무것도 모른다. 어떻게 아니디아가 혁명과 떨어져 있던
동안 그에게 일어났던 모든 것을 제 몸의 면도날 상처처럼 선명히
기억할 수 있는지 아니디아는 모른다. 아니디아가 혁명의 집을 나
온 뒤 2주일 후에 혁명과 아미는 결혼했다. 결혼식은 시청의 강당에
서 치러졌다. 아미는 이미 임신 중이었고 아미가 임신한 아이는 혁
명의 아이가 아니라는 소문이 파다했었지만 혁명은 그런 것에 신경
쓰지 않았다.

아미는 말이 없고 침울한 인상에 머리카락과 팔다리가 어린아
이처럼 가늘었다. 혁명의 쾌활한 친구들은 성적인 매력이라고는 찾
아볼 수조차 없는 아미 같은 여자애와 혁명이 결혼한 것에 대해 신
기해했다.

일요일, 아미와 혁명 둘이 불을 켜지 않은 집안에 있다. 그들은
아침부터 늦은 밤까지 잡지를 읽고 바흐를 듣고 단조로운 음으로
피아노를 치거나 오믈렛을 만들어 먹고 커피를 가득 따라서 마셨
다. 그러는 사이 아미는 아무런 말도 하지 않았다. 혁명이 뭔가 물으
면 네, 아니요, 하는 뜻으로 고개만 움직였다. 그들은 문을 모두 열
어 놓고 밤이 되기를 기다렸다. 풀벌레가 찢어질 듯이 소리를 내면
서 울고 기차가 지나가는 여름밤이다. 혁명이 피아노 건반을 열고

〈Run To Me, Run To Me〉를 연주했다. 이건 아니디아가 연주하던 노래다. 혁명은 창문 밖의 잡초들이 우거진 마당을 내려다보며 아니디아, 하고 불러 보았다. 부엌에 서 있던 아미가 접시를 떨어뜨렸다. 혁명은 기차가 다시 지나갈 때까지 창밖을 내려다보고 있었다.

아미의 출산일은 얼마 남지 않았다. 아미는 문득 아기가 죽어 버렸으면 하고 바란다. 아미의 이마에는 땀방울이 흐르고 아미는 그대로 부엌 바닥에 주저앉는다. 이 아이는 아마 죽어서 나올 거야. 내가 왜 그런 짓을 했을까. 세상의 모든 남자들은 더럽고 섹스는 더욱더 더럽다. 생각만 해도 구역질이 나올 것 같아. 그리고 힘들다. 이 큰 집을 온통 치우고 또 치운다. 하루 종일 요리를 하고 커피를 끓이고 혁명의 셔츠를 다림질하고 화초에 물을 주고 식사를 준비하고 일은 끝이 없다. 아이는 배 안에서 점점 더 자라나고 아미는 점점 더 미소를 잃어 간다.

혁명은 아미의 모든 것이었다. 아주 어렸을 때부터 그들은 같이 자라났고 같이 생각하고 같은 색의 옷을 입고 폐쇄적인 성격마저도 비슷했다. 아니디아가 나타나기 전까지는. 밤이 되면 풀벌레의 울음소리가 높아지고 마당을 걸어 다니는 혁명의 발소리가 기차가 지나다니는 소리 사이에 들린다. 찌는 듯이 무더운 밤이지만 아미는 이불을 턱까지 끌어당긴다. 혁명이 방으로 들어온다. 집 안의 어디에도 불은 켜지지 않았지만 기차가 지나다니는 선롯가의 불빛이 집 안에 비치고 있다. 혁명은 옷을 벗는다. 그들은 일요일 내내 밖으로 나가지 않고 같이 지냈다. 그들은 다른 사람과 얼굴을 마주 보지 않고 대화하지 않아도 되는 일요일을 좋아했다. 혁명이 아미의 손을 잡고 입맞춘다. 아미는 혁명의 눈을 보면서 마음으로 애원한다.

'제발, 혁명, 나는 곧 애를 낳아야 돼요. 너무나 힘이 들어요.'

혁명은 하루 종일 그랬던 것처럼 아무런 말도 없이 아미의 옷을 벗겼다. 아미는 거미 같은 자기의 몸이 드러나는 것이 죽음보다 싫었다. 그래, 이건 언제나 싫어하던 일이야. 나는 이걸 좋아하지 않아. 혁명, 이건 나에게 고통이야. 고통뿐이야. 내가 너와 결혼해서 나는 이제 이 세상으로부터 안전하고 자유로워. 혁명, 그런데도 넌 나에게 장벽이야. 높고 거대하고 안전한 장벽. 그래서 나는 때로는 숨이 막혀 와. 내가 죽은 다음에도 이 집은 여전히 이 자리에 있고 아무도 찾아오지 않는 일요일이 계속되고 불을 켜지 않아도 되고, 우편배달부의 벨 소리에 뛰어나가지 않아도 되는 그런 삶이 계속될 수 있을까?

"불을 켜, 아미."

혁명이 아미에게 속삭였다. 혁명의 이마에서 땀이 흘러내리고 있었다. 땀이 혁명의 이마를 타고 아미의 얇고 마른 가슴에 뚝 떨어졌다.

'싫어, 그건 싫어요. 난 죽어 버릴 거야.'

"난 불을 켤 거야."

'창문에서 빛이 들어와요, 기차가 지나가잖아.'

둘은 머리를 맞대고 엄청난 소음의 기차가 지나가기를 기다렸다. 유리창이 흔들리고 섬뜩한 섬광으로 방의 어둠이 산산이 부서졌다. 그리고 침묵과 다시 찾아온 어둠. 혁명이 불을 켰고 아미가 비명을 지르며 주먹으로 전구를 깨뜨려 버렸다. 아미의 손에서 피가 뚝뚝 떨어졌다. 아미는 충격으로 배 속의 아이가 죽었을 거라고 생각했다. 평화롭고 고요한 일요일이 필연적으로 끝나는 것처럼. 왜 착하고 조용하고 한없이 부드러운 혁명이 이런 일을 좋아하나, 바깥세상의 더럽고 거친 남자들과 다름없이. 결혼하기 전에는 혁명은 이런 일을 좋아하지 않았다. 아니, 아니디아가 오기 전만 해도 혁명은 섹스에 관심이 없었다. 아미는 생각하고 또 생각해도 이해할 수가 없다. 고통과 수치심 때문에 아미의 눈에서는 눈물이 흘러 뺨을 타고 내린다.

'아무도 날 정말로는 좋아하는 게 아냐. 나 아미는 이렇듯 예쁘지도 않고 관능적인 것도 아니다. 다른 사람의 호감을 얻기 위해 상냥하게 말할 줄도 모른다. 나에게는 이 세상에 태어나면서부터 혁명, 너뿐이었다. 그런데 넌 이제 나를 떠나려 한다. 같이 잠이 들고 같은 꿈을 꾸고 꿈속에서도 서로 사랑하고, 그리고 같은 아침에 눈을 뜬다. 그럼에도 불구하고 눈빛은 서서히 멀어져 가고 그리워하는 다른 것이 있다. 혁명, 내가 사라지더라도 난 너와 함께 있는 거야. 어느 날 아침 내가 네 곁에 보이지 않고, 그리고 시간이 지나도 내가 영원히 보이지 않으면 그건 내가 단지 보이지 않는 것뿐이지 날 잃는 것은 아냐. 기억해 줘, 난 영원히 너에게서 떠나지 않아. 이 집에서, 이 고요에서, 이 벽 속에서, 이 인생에서 멀어지지 않는다.'

아미는 가난한 상인의 막내딸로 태어나 말을 채 배우기도 전에 시골의 사당에 놀러 갔다가 수호신인 뱀에게 물려 혀가 굳어져 버렸다. 학교를 졸업하고 우체국에서 잠시 일을 했지만 혁명과 결혼하고 나서는 그만두었다. 아미와 혁명은 같은 마을에서 자라고 같은 학교를 다니고 같은 만화책을 읽고 마침내는 결혼했다. 혁명은 아미와 달리 훌륭한 교육을 받고 경제적으로 풍족한 환경이었고 안정된 정서를 가진 부모를 두었다. 혁명의 부모님은 아버지의 도박벽으로 오갈 데 없게 된 조카를 맡아서 키워 줄 정도로 자비심도 있는 분들이었다. 그들은 아무것도 볼 것 없는 아미에게도 친절했고 혁명과 아미의 사랑을 공명정대하게 인정해 주는 착한 사람들이었다. 그런 사람들이 사고로 죽다니, 너무나 가슴이 아프다.

아미가 아들 반을 낳았을 때는 비가 내리고 있었다. 반은 아미와 혁명, 그 누구도 닮지 않았다. 금방 태어난 반이 빗소리를 들었다. 비는 내리고 또 내려 지하실이 물에 잠기게 만들었다. 아니디아는 신생아실의 유리문 밖에 서 있었다. 혁명은 집에서 피아노를 치고 있었다. 비가 너무나 내려 기차가 지나갈 수 없었기 때문에 집은 고요했다.

세 사람이 꿈꾸고 있던 것은 각각 달랐다. 아미는 아이를 낳는 내내 악몽을 꾸고 있었다. 머리가 셋 달린 괴물이 아미의 머리를 먹고 있는 꿈이었다. 성서에 나오는 괴물이 올바르게 살지 못했던 악한 자들을 벌주고 있었다. 아미의 어머니도 그랬을까? 아미를 낳으면서 그런 꿈을 꾸었을까? 보이지 않는 곳으로 달아나서 괴물에게 잡아먹히고 싶지 않다. 아미는 눈을 뜨면서 병실 벽의 피의 손자국들을 보았다. 저건 내 거야. 아, 저건 혁명, 저건 아니디아. 그리고 아미는 다시 잠이 든다.

혁명은 비행기 사고를 당했어야 하는 사람은 부모님이 아니라 자신이었어야 한다고 생각하고 있었다. 혁명은 부모님이 바라는 것과는 달리 공부를 잘하지도 못했고 성실하고 열심히 자기 인생을 가꾸지도 못했다. 혁명은 비정상적으로 내성적이었으며, 자기보다 불우하거나 약한 사람들의 편에 설 용기도 없었고, 거대한 이데올로기에 한 번도 의심을 가져 본 일도 없었으며, 장애자인 아미에게 강하고 넉넉한 남편이 되어 주지도 못했다. 혁명은 그 이름에 어울리는 어떤 마음도 감히 먹어 보지 못했다. 그리고 아니디아, 가난하게 살고 있는 사촌인 아니디아를 향한 그 터질 것 같은 연민을 가슴 속에서 어쩌지도 못한 채 한마디 말도 없이 이 세상을 마치게 될 터이다.

아니디아는 반에 대해서 꿈꾸고 있었다. 반은 건강하고 아름다운 아기였다. 욕실의 거울을 보면 거울은 항상 더럽고 희미하고 얼굴은 비틀려 보인다. 아니디아는 저것이 정말 내 얼굴일까, 의심하면서 거울을 닦고 또 닦는다. 일주일 내내 혁명에게서는 전화 한 통오지 않고 비는 언제나 내리고 있다. 이것이 인생, 사람들이 말하는 인생이란 거다. 반은 거미같이 마른 아미의 몸에서 자라나서 천상의 아기처럼 이 세상에 태어났다. 반의 얼굴은 아니디아를 닮았다. 비틀린 거울이 아니라 혁명이 똑바로 바라보고 있던 그 아니디아의 정말 얼굴을. 아름다운 아기 반은 우울한 이 세 사람 사이에서 그렇게 태어났다.

아니디아가 언젠가 한번 혁명의 집을 찾아왔을 때 혁명은 싱가포르로 출장 가 있었다. 반이 태어난 지 얼마 되지 않아서 아미는 아직 부기가 채 빠지지 않은 얼굴로 아니디아를 맞았다. 그들이 결혼하기 전과 별로 달라진 것이 없었다. 가구나 그림도 하나도 바뀐 것이 없었고 찬장의 그릇 하나, 욕실의 더러운 거울도 마찬가지고 살이 너무 많이 쪄서 관절염에 걸린 혁명의 개도 여전히 느릿느릿 움직이면서 아니디아의 발을 핥았다. 심지어는 음악마저도 바뀌지 않았다. 달라진 것이 있다면 침실의 전등이 깨져 있는 것 정도. 깨진 전등 파편은 치워지지도 않은 채 널려 있었다. 아미는 아니디아에게 커피를 내왔고 자기는 담배를 피웠다. 반은 잠자코 있었다.

'혁명은 없어요. 그는 출장 중이죠.'

"혁명을 보러 온 것은 아녜요."

'반은 감기에 걸려 잠들었어요.'

"반을 사랑해요?"

아니디아는 커피를 마시면서 아미에게 물었다. 아미는 어떤 말도 하지 않았고 아니디아는 예전부터 그래 왔듯이 일방적으로 말을 걸었다.

"내 말뜻은 그러니까, 아기가 태어나면 그 아기를 처음 보는 건데, 말하자면 낯선 사람, 이상이 아니잖아요. 그런데도 그토록 사랑하게 되나요? 그런 게 뭔가요? 생리적으로 임신했으니까, 생리적으로 사랑하게 되는 건가요? 이상해요. 이상하고 섬뜩해요. 우리 엄마도 그랬을까? 낯선 사람인 나를 팽개치고 그냥 달아났으면 지금 남의 집 가정부로 그 고생을 하면서 살고 있지는 않을 텐데요. 아, 아미 당신 눈빛은 그러니까 시시한 소리 집어치우고 이 식은 커피 마저 마시고 당장 돌아가 주었으면 좋겠다, 그런 뜻이죠? 알아요, 하지만 난 내가 왜 이러는지 모르겠어요. 반이 있는 곳에 오고 싶었어요. 그 애가 태어난 이후로 계속해서 그런 생각이 떠나지 않아요. 아미 당신은 말이 없으니까 아는 것이 많겠죠? 책에서 읽었어요. 말이 없는 사람은 속에 든 것이 많다고. 정말일까요? 날 너무 미워하지 말아요. 혁명을 보러 온 것이 아녜요. 반에 대해서 생각하러 왔어요. 반의 핏속에 내 피가 흐르고 있을까, 그 피는 따뜻할까, 이제 영원히 만나지 못한다면 반은 나를 알까, 그 애도 자라서 어느 날 문득 정체불명의 고독감과 그리움에 시달릴 때 그 대상이 나라는 걸 알까? 이 집을 떠나 살아가면서 마당과 피아노와 개가 있던 이 집에서 내가 그 애를 이처럼 그리워했다는 걸 알까? 아무에게서도 들을 수 없을 테니 그 애는 모르겠지요. 그 지독한 상실감의 원인이 뭔지 모르고 괴로워하겠지요. 이런 것 아세요? 이유 없는 고독은 기억 이전의 기억 때문이라고. 절대로 절대로 기억할 수 없는 기억 이전의 기억이 악마처럼 자라나 병을 만들죠. 그런 걸 갖고 있는 사람은 병이 든 채 이 세상을 살아가게 되고 건강한 사람들에게 모든 점에서 뒤처지게 돼요, 난 반이 그런 운명을 타고난 것이 가슴 아프기도 하고 그 아이의 따뜻한 피를 손바닥에 느끼는 것 같아 기쁘기도 해요."

아미는 메마른 머리카락을 이마 위로 쓸어 올렸다. 아미의 뺨은 튼 듯이 거칠었고 화장기 없는 입술은 창백했다.

"반이 많이 아픈 것 같네요."

아니디아는 아기 침대 곁에 서서 반을 내려다보았다. 반의 작은 얼굴은 붉게 달아오르고 땀에 젖어 있었다. 작은 입을 벌리고 힘겹게 숨을 내쉬고 있었다.

"그냥 단순한 감기가 아닌 것 같네요."

'그러다가 괜찮을 거예요.'

아미는 발을 질질 끌듯 하면서 소파에서 일어나 아니디아가 쓰던 방에서 우편물을 가지고 나왔다.

'혁명이 당신의 우편물을 모아 놨어요. 가지고 가세요.'

아니디아는 어머니에게서 온 편지들을 뜯어 보지 않고 치워 놓았다. 어머니는 아니디아가 혁명의 집에서 더이상 살지 않는 것을 모른다. 계절마다 아니디아에게 돈을 보내고 걱정하는 편지를 보내고 있다. 하지만 아니디아는 어머니에게 전화하지 않은 지가 오래되었고 어머니의 편지조차 뜯어 보지 않은 지도 오래되었다. 그리고 언제나 말하곤 했다. "혁명, 니가 좀 알아서 적당히 해 줘."

"저, 나를 너무 많이 미워하지 마세요. 혁명을 만나러 온 것이 아니에요."

'난 아무것도 미워하거나 하지 않아요.'

"아미 당신을 위해서 난 이 집을 떠났어요. 난 당신이 좋아요. 좀 다른 의미이기는 하지만……."

아미는 아니디아가 마시던 커피잔을 거칠게 싱크에 내려놓으면서 수돗물을 틀었다. 그 소리는 차갑게 들렸다. 반이 깨어나서 울기 시작했다. 힘없고 신경질적인 울음소리였다. 아무도 반에게 가까이 다가가지 않았다. 왜 가지 않는 거예요? 하듯이 아미가 아니디아를 쳐다보았다. 아니디아는 반의 울음소리를 뒤로하고 집을 나섰다. 그리고 그 일을 기억하지 못하고 잊었다.

반은 그 열병으로 사경을 헤매다가 살아났지만 청력 장애를 피할 수는 없었다. 출장에서 돌아온 혁명은 죽음 직전까지 가 있던 반을 데리고 병원으로 갔다. 아미는 깨어진 침실 전등 아래 서 있었고 나중에는 반을 제대로 돌보지 못한 자기 자신을 너무나 심하게 학대했다. 그래서 혁명은 그런 아미를 위로하는 것이 반을 돌보는 것보다 더 힘들었다. 그리고 그들은 싸웠다. 다른 연인들처럼 소리를 지르고 물건을 집어던지고 집을 뛰쳐나가거나 하는 싸움은 아니었다. 그들은 말하지 않았다. 원래도 그랬지만 더욱더 말하지 않았다. 심지어는 눈길도 서로 피해 버렸다. 집 안은 침묵으로 싸늘하고 동굴처럼 어둡고 두 사람 다 초대받지 못한 손님처럼 어색해했다. 집에 있을 때 반을 돌보는 것은 혁명의 일이었다.

가끔 전화벨이 한 번 정도 울리다가 끊어지는 일이 있었다. '아니디아야' 하고 아미는 생각했다. 아미는 양파를 썰고 있었다. 양파가 매워 아미의 눈에서는 눈물이 흘러내렸다. 아미가 섹스를 거부하기 때문에 혁명은 외로워하는가? 혁명, 나는 그것만은 당신이 원하는 대로 해 줄 수 없다. 아니디아는 어떤가, 그녀는 그걸 좋아하나? 아무런 위축감도 없이 당당하게 다리를 벌릴 수 있나? 혁명도 그런 여자를 원하고 있을까? 사랑이란 무엇일까, 사람들이 말하고 있는 사랑이란. 아미는 모든 것을 기다렸다. 혁명이 자라나서 어른이 되기를 기다렸으며 우체국에 근무하면서 혁명이 대학을 졸업하고 직장을 얻기를 기다렸다. 그러고는 혁명의 부모님이 죽기를 기다렸고 아니디아가 집을 떠나기를 기다렸다. 나의 혁명, 그립고 그리운 나의 혁명. 이제 혁명은 나만의 것이다. 아니 그래야만 했다. 아무런 이물질도 없는 완벽한 소유.

우체국에서 상사와의 그 일이 없었다면, 혁명은 아미에게 좀 더 부드럽고 다정하게 대해 주었을까? 아니, 그렇지 않을 거야. 혁명은 말했다. 그런 것은 아무것도 아니야, 이 세상에서 전혀 중요한 일이 아니라구. 내가 아미 너를 사랑하는 이상, 아미 네가 낳은 아이는 우리들의 아이야. 그보다 더한 일이 있었다고 해도 상관없고 지나간 것은 아무것도 아니지. 하지만 아미는 터져 나오는 비명을 감출 수가 없었다. 그들이 같이하는 삶은 피곤했다.

혁명, 당신이 나에 대해서 갖고 있는 것은 연민뿐이죠. 긴장과 스트레스가 온 집 안에 밤안개처럼 자욱했다. 아미는 혁명이 원하는 것을 해 줄 수가 없었다. 우체국 시절 상사에게 강간당한 기억 때문에 섹스를 즐길 수 없었다. 그래서 반을 사랑할 수도 없었다. 썰다만 양파 위로 아미의 눈물이 떨어졌다. 이미 밤이 깊었다. 거실에는 텔레비전만이 홀로 잠들지 않고 있다. 혁명은 어디에 있는가?

"밤에 뭘 하는 거야?"

혁명이 부엌의 입구에 서서 물었다. 아미는 뒤돌아보지 않았다. 아미는 혁명과 같이 살아가는 내내 밤이 두려웠다.

'혁명, 내 당신. 이제 그만 날 놓아줘요.'

"무슨 말을 하고 있는 거야?"

'날 놓아줘요. 당신은 날 사랑하지도 않으면서 20년 동안 내 곁에 있군요. 이제 난 눈을 떴어요. 여기는 내 자리가 아녜요. 내 눈물은 양파 때문이 아니죠. 다른 모든 어려움은 당신이 가져가세요. 난 오랜 시간의 배반만으로도 버거워요.'

아니디아는 잡지가 흩어진 침실과 담뱃재가 가득 쌓인 재떨이가 여기저기 놓인 거실에서 서성였다. 도대체 부동산 회사의 사람은 언제 온다는 거야? 오전이 많이 지나가 해가 높이 뜰 시간이 되었지만 어둠은 완전히 사라지지 않았다. '안개 때문일 거야' 하고 아니디아는 생각했다. 미세한 물방울이 공기 중에 떠다녔다. 그 물방울 사이로 기차가 불을 밝히고 천둥처럼 역을 지나갔다. '왜 저 기차는 역에 서지 않는 걸까' 하고 아니디아는 잠깐 궁금하게 생각했다. 부동산 회사의 사람이 온다면 집을 치우는 것이 좋지 않을까. 아니디아는 더러워진 부엌과 거실을 치우고 침실을 정리했다. 벽과 가구의 틈 사이, 소파와 침대 아래, 찬장의 그릇들 사이에는 믿을 수 없을 만큼 먼지뿐이었다. 그리고 창문을 닫고 커피를 끓이고 아니디아는 기다렸다. 무엇을 기다리고 있는 건지 잘 모른 채로. 그리고 아랫배의 통증을 참았다. 아랫배의 통증은 3개월 정도 계속되고 있었다. '아마 빈혈 때문일 거야' 하고 생각했다. 참을 수 없을 정도가 되면 진통제를 먹기도 했지만 그런대로 견딜 수 있으면 곧 잊어버리곤 했다. 그 통증이 시작된 이후로 생리도 없었고 밥을 제대로 먹을 수도 없었다. 생의 언제 어느 순간에도 겨울 장미처럼 위악적으로 싱싱하던 아니디아의 얼굴이 거칠어지고 여위어 갔다.

아니디아는 집 안을 청소하거나 음식을 만들거나 옷을 다림질하거나 하는 것을 서툴러했다. 그런 것은 언제나 어머니가 하던 일이었고 아마 어머니는 일생 동안 그랬던 것처럼 지금도 그런 일을 하고 있을 것이다. 아마도 죽는 그 순간까지도.

혁명의 침실 서랍에서 아니디아는 오래전 편지들을 발견했다. 그리고 커피 잔을 들고 소파에 앉아 그것들을 읽기 시작했다. 겨우 글을 배운 반이 혁명에게 보내온 편지들이 있었다. 사랑스러운 반, 반은 혁명의 어린 시절을 연상시켰다. 참 이상하게도. 반은 혁명의 핏줄이 아니다. 우체국에 다니던 아미가 상사에게 강간당하고 낳은 아이다. 그런데 왜 우리 모두에게 반은 혁명을 연상시키는 걸까. 아미의 배 속에 있는 동안 아미의 눈에 비친 혁명의 모습이 그대로 반에게 투영되어 있었다. 그건 반이 아미의 배 속에 있는 동안 혁명의 마음에 비친 아니디아를 닮아 있는 것과도 같았다. 반의 편지에는 서투른 그림과 색연필 낙서도 들어 있었다. '아빠' 하고 반은 썼다.

'아빠, 오늘은 비가 왔어요. 마당은 진흙이 되었어요. 선생님이 엄마의 얼굴을 그리라고 했는데 난 생각이 나지 않아서 꿈에 본 엄마의 얼굴을 그렸어요. 사실은 어제 꿈에 아니디아 아줌마의 얼굴을 봤거든요. 사진처럼 움직이지 않고 있었어요. 아빠, 그리고 추파춥스 사탕을 세 개나 먹었어요.'

'아빠, 비가 아직도 그치지 않아요. 비는 열흘도 넘게 왔어요. 아니디아 아줌마가 또 꿈에 보였어요. 그때 아니디아 아줌마가 학교로 날 찾아온 것 같아서 유리창을 내다봤어요. 아빠는 또 출장을 갔나요? 나도 비행기가 타고 싶어요.'

'난 아빠가 있다는 게 좋아요. 엄마가 아프면 돌봐 주실 거죠? 엄마가 아프다는 생각이 들어요. 그렇게 느껴져요. 선생님이 교통사고가 났을 때 나는 미리 알았어요. 뭔가 나쁜 일이 생기기 전에 난

미리 알아요. 어쩐지 엄마가 아프다는 생각이 많이 들어요. 엄마가 피를 흘리고 있어요.'

반의 편지 아래에 아니디아 어머니의 편지가 있었다. 아니디아가 뜯어 보지 않고 내버려 두었던 편지들이다. 아니디아 어머니의 편지는 얌전하게 가위로 개봉되어 있었다. 혁명은 아니디아가 보지 않고 내버려 둔 어머니의 편지를 읽고 답장을 쓰고, 그리고 필요한 일이 생기면 돈을 부쳐 주기도 했다. 아니디아는 혁명이 그러는 걸 알고 있었지만 아무런 참견도 하지 않았다. 망설이다가 역시 아니디아는 그걸 보지 않는다. 어쩌면 아니디아의 어머니는 부산에서 죽었을지도 모른다. 그러면 혁명은 아무런 말도 없이 홀로 부산으로 가서 장례식을 치르고 돌아왔을 것이다. 혁명은 말이 없었다. 아니디아는 혁명의 그런 점을 사랑했다.

커피를 다 마시고 나서 냉장고에 있던 코로나 맥주를 꺼내 두 병을 마셨다. 찬장 어디에도 레몬이 보이지 않았기 때문에 그냥 마시기로 했다. 규칙적으로 기차가 지나가고 마당의 안개가 점점 더 진해졌고 붉은 겨울 장미들이 안개 사이에서 젖어 갔다. 아니디아는 마당을 내려다보고 있었다. 혁명의 개는 어디에도 보이지 않았다. 겨울 안개 사이에서 집과 잡초와 장미가 사라지듯이 그렇게 사라져 버렸나?

더 이상 멍하니 앉아 기다리는 것만 할 수는 없어서 아니디아는 목욕을 하기로 했다. 청소를 하고 나니 먼지가 신경 쓰여서 뜨거운 목욕이 하고 싶어졌다. 이 세상에 태어나서 아니디아가 누군가를 위해 청소를 하고 커피를 끓이고 하는 그런 일을 한 적이 한 번이라도 있었던가? 전혀 그런 적은 없다. 지금 아니디아는 맞은편 소파의 빈자리에 혁명의 커피를 따라 놓았다. 찬장을 뒤져 가장 좋은 커피 잔을 꺼내 따뜻하게 데운 다음에 첫 번째로 뽑은 가장 좋은 향의 커피를 따라 놓았다. 그리고 혁명이 좋아하는 던힐라이트에 불을 붙여 그 곁에 놓았다.

"혁명, 오랜만이야."

마치 혁명이 정말로 그 자리에 앉아 있는 것처럼 말을 걸었다.

"보고 싶었어, 혁명. 맥주 마시겠니?"

혁명은 언제나 그렇듯이 말이 없었다.

"혁명, 넌 모르지? 난 밥 먹으러 가서 누구에게도 수저를 집어 준 적이 없어, 한 번도. 커피를 마시러 가서 내 손으로 커피를 저어 본 일도 없어. 한 번도. 술을 따라 준 적도 없고 젓가락으로 음식을 집어 준 일도 없어. 넌 모르지?"

그리고 아니디아는 웃기 시작했다.

"그리고 태어나서 지금까지 누구를 위해서 침실 청소를 하거나 한 적도 없어. 던힐라이트에 불을 붙여 준 적도 없어."

혁명은 말이 없고 던힐라이트 담배 연기만이 홀로 피어올랐다.

"그리고 가족을 포함해서 이 세상 누구도 사랑해 본 일이 없어. 한 번도."

아니디아는 마시다 만 커피 잔을 들고 욕실로 가서 물을 받았다. 욕조에 물이 채워지는 동안 아니디아는 옷을 벗고 커피를 마셨다. 혁명의 던힐라이트가 아직도 타고 있는 거실을 향한 문을 열어 놓았다. 아니디아는 욕조에 들어가서 보이지 않는 혁명을 향해 겨울 장미와 같이 미소를 지어 보였다.

"혁명, 너와 같이 샤워하고 싶어."

보이지 않는 혁명은 말이 없었다. 아니디아의 표정이 어두워졌다. 아니디아는 완전히 물속에 잠겼다. 물속에서는 아무런 소리도 들리지 않는다. 혁명은 던힐라이트를 다 피웠을까? 아니디아가 끓여 준 커피를 다 마셨을까? 숨이 막힐 때까지 아니디아는 물속에 있다가 얼굴을 내밀었다. 뜨거운 물에 온몸이 빨갛게 익었다.

'난 살이 쪘어. 최근에 더욱 찌고 있어.'

아니디아는 생각했다.

'그리고 난 죽고 싶어. 이 세상은 텅 비었어. 혁명, 넌 말하지 않았지만 이제 다시는 돌아오지 않을 거지? 그렇지?'

아니디아의 눈에서는 소리 없이 눈물이 흘렀다. 배 속에서 이상한 소리가 나고 있었다. 마치 날카로운 바늘이 잔뜩 달라붙은 성게가 배 속에서 요동을 치는 듯했다. 아니디아는 세 번째 맥주병을 따고 혁명이 좋아하는 던힐라이트에 불을 붙이고 욕조 속에서 피웠다. 갑자기, 벨이 울렸다.

벨은 두 번 천천히 울리다가 잠시 사이를 두고 조심성 없이 성급하게 울렸다.

딩, 동, 딩, 동, 딩, 동.

아니디아는 눈물을 닦고 욕조에서 일어났다. 하루 종일 해가 보이지 않는 겨울날은 벌써 어두워지려 하고 있었다. 욕조의 물이 식었기 때문에 아주 춥게 느껴졌다. 젖은 머리에서 물이 뚝뚝 떨어졌다. 아마 혁명이 말했던 부동산 회사의 사람일 것이다. 아니디아가 배스로브로 쓰고 있는 혁명의 엷은 유카타를 걸치고 마당으로 내려가 문을 열었을 때 부동산 회사에서 온 사람의 구두가 내려다보였다. 검고 평범하고 깨끗한 구두였다. 새로 사 신은 지 한 6개월쯤? 하지만 손질을 잘해서 반짝거리고 윤이 났다. 영국이나 그런 곳에서 수입한 듯한 것이고 아주 보수적인 검은 끈이 달린 구두였다. 구두의 주인은 검은 트렌치코트에 검은 장갑을 꼈으며 머리칼은 짧게 자르고 관자놀이에 흰머리가 살짝 보이는 남자였다. 키는 큰 편이었고 운동을 한 듯 몸매가 단단해 보였다. 표정에서는 아무것도 보이지 않았다. 마치 집으로 돌아가는, 결혼한 지 10년쯤 된 남자처럼 아무런 표정이 없었다. 외교적인 마스크는 아니군, 하고 아니디아는 생각했다. 흰 유카타를 걸치고 젖은 머리칼을 하고 발갛게 익은 얼굴을 한 아니디아를 보고도 그는 표정이 전혀 바뀌지 않았다.

"17번지가 맞는가요? 혹시 집을 잘못 찾았다면 죄송하군요" 하고 그 남자는 말했다.

"여긴 혁명의 집이고 17번지도 맞아요. 난 아니디아라고 해요. 혁명의 사촌이죠. 부동산 회사에서 집을 보러 올 거라고 혁명이 얘기해 주더군요."

"혁명은 사촌에 대해서는 한마디도 말하지 않았는데요. 아, 미안합니다. 난 한 시간 전에 공항에 도착해 바로 이곳으로 와서요. 안개 때문에 비행기가 연착되고 이곳으로 오는 중에 안개가 너무 진해서 찾는 것이 힘들었어요."

부동산 회사의 사람은 예의 바르고 단정하게 말했다. 말을 듣고 보니 그의 이마에서는 감출 수 없는 피곤의 흔적이 느껴지기도 했다. 아니디아는 그를 들어오게 했다.

"마당은 손질하지 않은 지가 오래되어서 좀 허물어졌죠. 하지만 손을 좀 본다면 옛날처럼 아름다워질 거예요. 개를 기를 수도 있답니다. 단 좋아하신다면 말이죠."

겨울 장미가 다발을 이루고 있는 잡초의 덤불을 지나 집 안으로 들어오면서 아니디아는 그에게 이렇게 말했다.

"혁명에게 개가 있는 걸로 알고 있는데요."

그는 발걸음을 옮기면서 마당을 둘러보았다.

"난 모르겠어요. 아마 어디엔가 있겠지만, 아, 혁명은 그 개를 너무 사랑했어요. 누군가에게 맡겨 놓았는지도 모르겠어요. 커피나 뭐 드시겠어요?"

부동산 회사의 사람은 검은 트렌치코트를 벗어 소파에 놓고 홍차가 있으면 마시겠다고 했다. 아니디아는 찬장에서 홍차 티백을 찾아내서 물을 끓였다. 열려진 창문으로 기차가 지나가는 소리가 들려왔다.

"기차 소리가 들리는군요."

그는 아니디아가 마시다 둔 코로나 맥주병을 바라보고 있었다. 아니디아는 맨발로 홍차를 끓여 가지고 그의 앞에 놓아 주었다.

"얼마 전부터 가까이로 기차가 다니기 시작했어요. 시내로 들어가는 전철 노선이죠. 하지만 역은 꽤 멀리 떨어져 있고 창을 닫으면 잘 들리지 않아요. 창을 닫을까요?"

"아니, 괜찮습니다. 이곳에서 안개를 바라보는 것도 좋은 기분이군요."

그리고 그는 말없이 홍차를 마셨다. 집을 보러 찾아온 부동산 회사의 사람답지 않다고 아니디아는 생각했다. 무엇보다도 서두르는 기색이 조금도 없다. 사업가적인 눈으로 집을 둘러보려고 하지도 않는다. 외국에서 막 도착했다면 시차나 그런 것 때문에 상당히 피곤할 텐데도 흐트러진 기색이 느껴지지 않는다. 자기통제가 엄격한 교육을 받았을 것 같은 분위기다. 아니디아는 그가 홍차를 다 마시자 집안을 안내해 주겠다고 말했다.

"혁명은 가능한 한 빨리 집을 팔고 싶어 해요."

"나에게도 그렇게 말하더군요."

"집이 팔리면 외국으로 이주할 생각인가 봐요."

"아아."

"2층부터 보시겠어요?"

"그러죠. 아무래도 좋아요."

2층은 전등이 모두 깨지고 없는 상태여서 어둑어둑하고 열린 창문으로 습기 찬 안개가 가득 들어와 있었다. 침실이 두 개 있고 욕실이 하나, 꽤 넓은 베란다가 딸려 있었다. 혁명이 어린 시절을 보냈던 곳이다. 지금은 가구도 거의 없고 종이 박스에 포장된 책들이 잔뜩 한구석에 쌓여 있을 뿐이다. 어린아이용 책들은 보육원으로 보내려고 따로 꾸려 두었다. 한쪽 벽면에 희미한 빗물 얼룩이 진 것을 제외하면 아직도 튼튼해 보이는 집이었다. 베란다는 테이블을 가져다 놓고 여름밤에 맥주를 마시기에 좋았다. 벽은 모두 흰빛으로 칠해져 있고 지은 지 오래되었지만 혁명의 생각보다는 단단하고 견고했다. 아니디아의 손길이 흰 벽을 따라 움직였다. 금이 간 벽은 얼마 전에 손질을 한 듯 칠이 새로 되어 있어서 어둠 속에서도 눈이 부셨다. 혁명은 왜 이 벽만 새로 수리했을까. 그는 집에는 별로 관심도 없고 좀 게으른 편인데도. 그리고 포치에는 바람이 불면 찰랑찰랑 소리 나는 모빌 장식물이 달려 있었다. 지금은 모든 것이 11월 안개에 젖어 아무런 소리도 들려오지 않는다.

"이 집을 처음 보는 것은 아닙니다" 하고 처음에 그 남자가 말을 시작했다. 남자는 아니디아가 냉장고에서 꺼내 온 코로나 맥주와 치즈 카나페를 먹고 있었다. 시계가 저녁 7시를 알리는 소리가 들려왔다. 아니디아는 그 남자의 말을 들으면서 젖은 머리를 빗었다. 규칙적으로 들려오는 기차의 소음 말고는 모든 것이 아무런 소리도 내지 않고 숨죽이고 있었다. 남자의 목소리는 조용조용하고 신비로울 만큼 억양이 없었다. 아니디아는 머리를 빗던 움직임을 멈추고 남자의 말에 귀 기울였다.

"두 번인가 혁명이 초대를 해서 친구들이 모였죠. 한번은 혁명이 아직 결혼해 있을 때고 아들이 태어나기 전이었어요. 친구들이라고 해야 사업 관계로 이리저리 알게 된 사람들이 대부분이었죠. 난 우연한 기회에 혁명의 회사에서 일하는 여비서를 알게 되었죠. 그녀는 어느 날 나에게 전화를 걸어서 수언 씨, 같이 다이아몬드 게임을 할 친구가 있는데 가실래요? 하고 물었죠. 그녀는 귀엽게도 포커를 언제나 그렇게 불렀어요. 난 그 당시 카드를 상당히 즐겼죠. 딸때도 있었지만 잃을 때도 많았습니다. 귀여운 그녀가 말하는 것이니 보통 때라면 당장 달려갔겠지만 그날은 어쩐지 내키지 않았어요. 잘 모르는 사람들과 게임을 한다는 것도 내키지 않았고 이제 슬슬 그녀와의 관계도 정리해야 하지 않을까, 하는 생각이 들기 시작할 때였으니까요. 하지만 그녀는 여러 번 졸랐고 마침내 내가 졌어요. 그래서 난 이 집에서 혁명을 처음 만났습니다. 저녁 8시에 혁명과 그녀와 나, 그리고 또 다른 모르는 남자가 만나서 다이아몬드 게임을 했지요. 그때 만삭이던 혁명의 부인은 저녁을 먹은 후에 일찍 잠자리에 들었죠. 말이 없고 조용하고 상당히 폐쇄적인 사람이더군요. 하여튼 난 그날 밤에 혁명이 스티플을 두 번이나 잡는 것을 봤어요. 처음에는 이거 사기 아냐 하는 생각도 들더군요. 하지만 판돈이 그다지 크지 않은 게임이었기 때문에 표정을 나타내지 않고 여유 있게 있었습니다. 소란을 일으키고 싶지 않은 마음이 더 강했으니까요. 다음 날 새벽까지 우리는 거의 쉬지 않았어요. 그러다가 새벽이 밝아 올 무렵 혁명에게 전화가 걸려 왔어요."

남자는 여기서 말을 멈추고 혁명의 빈자리에 놓인 던힐라이트 담뱃갑을 바라보았다.

"혁명의 것이군요. 혁명은 그날도 밤새 이걸 피웠죠."

아니디아는 혁명의 던힐라이트를 하나 집어 들었다. 그 남자는 아니디아에게 불을 붙여 주었다. 의식하지 않고 하는 듯한 자연스러운 행동이었다. 그는 뭔가 아주 다른 것에 빠져 있어, 하고 아니디아는 생각했다.

"혁명은 전화를 받고 처음에 단 한마디 했어요. 그리고 오랫동안 말이 없었죠."

"뭐라고 했나요?"

"아니디아."

"네?"

"아니디아, 라고 했어요. 당신의 이름을 부르더군요. 아, 그때는 몰랐지만요."

"……."

"전화기 저편에서는 뭐라고 말하는지 들리지 않았어요. 하지만 그 전화를 받는 혁명의 모습과 분위기가 그 자리에 있던 우리 모두를 꼼짝못하게 만들 만큼 압도적이었어요. 혁명은 점점 창백해져 갔어요. 돈을 잃고 애써 여유를 부리고 있는 우리들을 앞에 두고 마치 안에서부터 혁명의 가장 진정한 내부가 붕괴되어 간다고나 할까요? 그때까지 난 혁명을 전문 도박사 정도로 알고 있었는데 이건 굉장한걸, 하는 마음이 들면서 혁명을 주시하고 있었죠. 혁명이 들고 있던 던힐라이트 담배가 맥주잔에 떨어지면서 칙 하는 소리와 함께 불이 꺼졌어요. 불현듯 상대편이 전화를 끊은 듯했습니다. 혁명이 핏발 선 눈으로 자리에서 일어섰어요. 다들 멍한 상태로 혁명을 바라보고 있었죠. 혁명이 말하더군요. 여러분, 너무나 미안하지만 난 게임을 더 이상 계속할 수가 없어요. 아, 오늘은 내가 아주 운이 좋았군요. 하지만 끝까지 게임을 할 수가 없으니 돈은 모두 돌려드리겠어요. 뭐라고 사죄의 말씀을 드려야 할지 모르겠군요……. 난 이제 잠깐 어딜 다녀와야겠어요. 오래 걸리지는 않을 거예요. 아주 잠깐이면 됩니다. 급하게 사람을 만나야 될 일이 있어서요. 그렇게 말하면서 혁명은 겉옷을 집어 들고 서둘러서 자리에서 일어섰어요. 우리들은 모두 다 멍해져서 할 말을 잊고 있었죠. 혁명의 여비서가 물었어요. 이 시간에 나가신다는 거예요? 하지만 혁명은 대답도 하지 않고 집을 나갔어요. 마시던 맥주잔과 카드와 던힐라이트와 넥타이와 우리들을 그냥 남겨 둔 채로. 그리고 우리들은 불도 켜지 않은 채로 그냥 남아 있었죠. 감히 자리를 뜨거나 움직일 생각조차 못한 채로 그렇게요. 아니디아가 누구지? 하고 내가 묻자 여비서가 혁명의 사촌이에요, 하고 짧게 대답했을 뿐이에요. 여비서가 냉장고에서 나머지 크래커와 치즈를 찾아내서 남은 맥주를 전부 마셔 버렸어요. 그때 마당에서 개 짖는 소리가 들렸어요. 그때 처음으로 혁명의 개를 보았어요. 쇠줄을 목에 걸고 나이 든 환자처럼 어슬렁거리면서 움직이더군요. 병든 소처럼 크고 쓸쓸하게 보였어요.”

남자는 여기까지 말하고 목 뒤를 손바닥으로 천천히 쓸 듯하며 목을 움직였다.

“미안합니다. 좀 피곤하군요. 스무 시간이나 비행기 안에 있었습니다. 넥타이를 풀어도 될까요?”

남자는 넥타이를 풀어 아니디아에게 건넸고 아니디아는 그것을 받아 얌전히 의자에 걸쳐 놓았다.

“셔츠 단추를 하나 풀어도 될까요? 목이 뻣뻣하군요. 실례가 많습니다.”

아니디아는 그러라고 했다. 남자는 셔츠의 단추를 하나 풀었다. 이미 어두워진 밖에서 여전히 규칙적인 기차의 소음이 들려왔다.

"두 번째 이 집에 온 것은 그후로 몇 년이나 지난 다음이죠. 아마 지난달이나 그쯤 되었을 겁니다. 많은 것이 바뀌었어요. 나는 더이상 혁명의 여비서와 만나고 있지 않았어요. 아마 혁명의 집에서 다이아몬드 게임을 한 그날 이후로는 그녀를 만나지 않았을 겁니다. 대개 한 여자와 헤어질 때면 난 그 여자에게 눈이 번쩍 커질 만한 선물을 했죠. 다이아몬드라거나 밍크 같은 것일 수도 있고 자동차일 때도 있었죠. 뭐 내 마음을 조금이라도 가볍게 하려거나 허세를 부리려는 그런 의미는 없어요. 그냥 옛날부터의 습관이 굳어진 것이라고 할까요, 자기만이 가지고 있는 강박이라고 할까요, 그런 거였어요. 그런데 혁명의 여비서에게는 그러질 못했어요. 그녀는 어느 날 갑자기 사라져 버렸거든요."

남자는 거기까지 말하고 입가에 보일 듯 말 듯한 희미한 미소를 지었다. 남자의 입가에 떠오른 가느다란 주름이 이상하게 연민을 자아냈다.

"한 6개월 정도 연락하지 못하고 있었는데 문득 생각이 났어요. 어떤 형태로든 헤어짐의 의식이 필요하다는 생각이 들었어요. 그녀는 나에게 아주 잘해 주었거든요. 생일도 기억해 주고 외로운 기분이 들 때면 자기 일을 제쳐 두고 여행이나 이벤트를 제의했어요. 그녀 자신은 아주 가난했지만 그런 티를 나에게 전혀 내지 않았습니다. 말하자면 금전적인 것을 나에게 전혀 요구하지 않았어요. 심하게 들립니까? 하지만 이 나이가 되도록 여자들을 만나면 충분히 느낄 수 있게 되죠. 여자들은 처음에는 결혼을 그다음에는 돈을 원하죠. 인생의 모험이라든가 자기도취를 충족시키려고 한다거나

서스펜스를 위해서 남자를 만나기도 하겠지만 그건 아마 표면적인 것이겠죠. 어쨌든 그녀는 아무런 연락처도 남기지 않고 두어 달 새에 모든 사람에게서 사라져 버렸던 거죠. 난 그녀의 회사로 연락하고 그녀가 혼자 살고 있는 집으로 연락을 했지만 알게 된 것은 그녀는 지금 이곳에 없다는 대답뿐이었죠. 그녀는 혁명의 회사를 그만두고 집을 옮겼어요. 그녀의 가족이 어디에 사는지, 어떻게 사는지, 나는 아무것도 아는 것이 없었습니다. 너무나 아는 것이 없다는 것을 그 순간에야 깨달았죠. 아, 나는 여자를 만날 때 몇 가지 원칙이 있습니다. 완벽하게 지키는 것은 아니고 루즈하기는 하지만 나름대로의 원칙이죠. 그 하나는 여자에 대해서 아무것도 알려고 하지 않는다, 즉 가족이나 친구나 친척이나 셋집의 주인이나 또는 아마도 있을지도 모르는 또 다른 남자 친구에 대해서도. 그런 것들에 대해서 호기심을 갖지 않는다는 것이죠."

아니디아의 눈동자가 남자의 풀어진 첫 번째 셔츠 단추에 가 머물렀다. 손질이 잘된 보수적인 흰 빛깔의 셔츠였다. 이미 집 안은 충분히 어두워서 두 사람은 서로의 얼굴을 자세히 들여다볼 수 없었다. 남자의 얼굴에는 여전히 표정이 없었고 아니디아의 머리칼은 여전히 젖어 있었을 뿐이다.

"두 번째는 뭔가요?"

"섹스를 시작하는 시점이죠."

"그게 언제인가요?"

남자는 다시 한번 얼굴에 희미한 미소를 지었다.

"만나게 된 지 스물네 시간 이내입니다."

엷은 유카타 안에서 아니디아는 다리를 오므렸다. 기차가 지나가고 있었다. 기차는 주인이 없는 혁명의 집을 뿌리째 흔들고 겨울 장미가 가득한 혁명의 마당을 흔들고 허공에 뜬 아니디아의 몸을 흔들었다. 아니디아의 몸은 밤의 안개 속에서 머물지 못하고 죽은 불가사리처럼 떠다녔다. 그리고 몸 안의 통증, 내장이 파괴되어 몸 밖으로 떨어져 나가는 듯한 통증. 아니디아는 몸을 떨었다. 필사적으로 노력하고 있음에도 불구하고 떨림은 멈추지 않았다. 아니디아는 두 손으로 얼굴을 가렸다.

"추우신가요?"

남자가 물었다.

"맥주를 많이 마셨나 봐요."

"술이 약하시군요."

"그리고 몸이 좀 아파요."

"앉아 계신 것이 불편하면 나에게 기대도 좋아요."

아니디아는 남자의 보수적인 흰 셔츠에 기댔다.

"얘기를 계속해 줘요."

"내 이야기만 하고 있는 것 같군요. 지루하실지도 모르는데."

"아니, 그렇지 않아요."

"하여튼 난 그녀를 한동안 찾아 헤맸어요. 우습죠? 완벽하게 헤어지기 위해서 그녀를 찾아 헤맸어요. 그녀는 시골에서 올라왔고 도시에 살고 있는 가족은 아무도 없는 듯했죠. 난 그녀가 어느 학교를 졸업했는지도 몰랐어요. 그녀를 찾아다니는 동안 내가 모르고 있던 걸 조금씩 알게 됐죠. 그녀는 귀여운 용모에 화려한 친구들을 갖고 있었지만 그것은 거품처럼 초라하고 껍질뿐인 것이었죠. 그녀 주변의 사람들은 아무도 그녀가 처한 어려움이나 위기에 대해서는 모르고 있었습니다. 아니, 그녀가 무슨 위기에 처했다는 것은 아니지만 그런 방향으로는 그녀의 친구들 누구도 생각하지 않고 있

었어요. 마치 거짓말 같았죠. 아무도 그녀의 가족에 대해서 아는 것
이 없고 그녀가 숨어 버릴 만한 곳을 몰랐습니다. 아니, 별로 알려
고 하지 않는다는 느낌을 받았어요. 내가 그녀와 확실히 헤어지려
고 생각하지 않았다면 나도 모르고 지나쳤을 그런 점들이죠. 그녀
에게는 그런 것이 있었어요. 그때까지 내가 알고 지내던 다른 여자
들과 그녀는 다르지 않았습니다. 적어도 내가 알고 있는 여자 친구
로서의 그녀는요. 하지만 그녀의 실종은, 나에게 뭔가 다른 것을 가
져다주었어요. 아니 그녀의 실종 이후로 내가 그녀를 찾아다닌 시
간들이 나에게 가져다준 것이죠. 난 시간이 흐르면서 서서히 죄책
감이랄까, 마음의 황폐 같은 것을 느끼기 시작했죠. 아마도 그녀의
어머니나 가족이 큰 병에 걸렸거나 해서 급하게 고향으로 돌아가야
했을 수도 있고 외국으로 이민을 가게 됐을 수도 있어요. 어쩌면 결
혼을 했을지도 모르죠. 그녀는 장난스럽게 말하곤 했어요. '수언 씨,
내가 결혼하게 되면 결혼식에 반드시 참석해 주어야 해요, 다정한
사촌처럼요. 만일, 내가 결혼하게 된다면요.' 왜 그녀는 나에게 아
무런 말도 하지 않고 떠났을까요? 그녀는 적어도 알고 있었습니다.
내가 어떤 생각을 가지고 세상을 살아가는지, 그녀에 대해서 어떻
게 생각하고 있는지, 그런 것들을요. 그럼에도 불구하고 어쩌면 그
녀는 날 사랑했을지도 모릅니다. 어쩌면요. 그녀는 날 사랑했을 수
도 있어요. 내가 굳이 그것에 대해서 알려고 하지 않았으니까 난 몰
랐겠지만. 최악의 경우 그녀는 정신병자에게 납치되어서 변태 포르
노 비디오에 출연당하고 살해되었을 수도 있고 교통사고로 아무도
모르게 죽었을 수도 있습니다. 날 괴롭히는 것은 나쁜 쪽이었죠. 그
리고 난 마지막에 혁명을 생각해 냈죠. 어쩌면 혁명은 그녀에 대해
서 더 알고 있을지도 모른다. 그라면 그녀가 어디로 갔는지 말해 줄

지도 몰라. 어쨌든 그녀는 한때 혁명의 비서로 일했으니까요. 난 혁명이 날 기억하고 있을까 걱정되기도 했지만 그는 기억하고 있었죠. 내가 카드를 속이고 있다고 당신은 의심했었죠? 하고 말하면서요. 그런데 찾아간 나에게 혁명은 그녀에 대해서는 아무것도 말해 주지 않았어요. 그녀를 기억조차 하지 못하는 것 같았죠. 그녀의 자리에는 그녀와 비슷한 용모를 가진 또 다른 여비서가 같은 종류의 서류를 들여다보고 있었어요. 그녀라는 존재의 개별성은 이 세상 어디에도 없었습니다. 나를 포함해서 사람들은 그녀 자체를 원하고 있었던 것이 아니었어요. 그녀가 할 수 있는 일은 다른 보통의 여비서가 할 수 있는 일이었고 그녀가 남자들에게 보내 준 미소는 누군가 다른 연인이 할 수 있는 보통의 것이었습니다. 반드시 그녀여야만 했던 존재의 당위는 어디에도 없었습니다. 그건 그녀의 잘못이 아니었죠. 생의 반 이상을 살게 되어서 이제 마지막 카운트다운이 더 가까워진 사람이라면 눈치채게 되는 모든 운명의 비밀이죠. 난 이제 받아들이는 수밖에 없었어요. 슬프기도 하지만 엄연한 현실의 모습이었으니까요. 그녀는 마치 벽 속으로 스며든 것처럼 그렇게 사라져 버렸습니다."

남자는 말을 멈추고 기대어 앉은 아니디아의 머리칼과 어깨를 천천히 쓰다듬었다. 남자의 규칙적인 숨소리를 따라 그의 어깨가 움직이는 것이 느껴졌다. 흰 셔츠 안에서 남자의 어깨는 미묘하게 동물적인 율동을 하고 있었다.

"그리고 나는 그녀를 잊었습니다. 마지막으로 6개월간 신문의 실종자 광고까지 뒤져 보고 난 다음의 일이죠. 그리고 몇 년간은 외국에 나가 있기도 했죠. 최근에, 그러니까 한 달쯤 전인가 혁명에게 전화가 오기까지는요. 혁명은 나를 집으로 초대하고 싶다고 했죠.

그의 목소리에서 별로 다른 것은 느낄 수 없었지만 난 문득 혁명이 아마도 그녀의 소식을 들었거나 알게 된 것이 아닌가 하는 생각이 들었어요. 혁명은 날 집으로 찾아오게 했어요. 그때 집에는 혁명 혼자만이 살고 있었어요. 다른 사람은 아무도 없었죠. 밤이 되자 우리 둘은 또다시 다이아몬드 게임을 했습니다. 난 그녀에 대해서 얘기할 수 있는 기회를 엿보고 있었어요. 혁명은 술을 마신 것 같았어요. 그는 약간 긴장이 풀어진 채로 게임을 하고 있었기 때문에 그날은 내가 상당히 많이 땄습니다. 나는 혁명을 웃기기 위해 유행하고 있는 유머 시리즈를 얘기해 주었어요. 기억나지도 않는 시시한 거죠. 그리고 혁명이 기분이 많이 좋아졌다고 생각한 순간 그에게 물었습니다. 그녀는 어디 있죠, 하고."

아니디아는 한기와 통증을 견디면서 남자의 말을 듣고 있었다. 소파 위에서 다리를 오므리고 몸을 움츠려서 최대한 고통과 싸우려고 애썼다. 고통은 어디에서 오는가, 아무것도 알 수가 없었고 단지 죽을 듯이 두려울 뿐이었다. 혁명, 너는 어디 있는가.

"혁명은 내 말을 듣는 순간 즉시 대답했어요. 그녀는 벽 속에 있죠. 난 다시 물었어요. 그게 무슨 뜻이죠? 그녀가 벽 속에 있다뇨? 그제야 혁명은 정신을 차린 듯이 다시 대답했어요. 미안합니다. 내가 잠깐 다른 생각에 잠겨 있었어요. 수언 씨, 난 이 집을 팔고 싶어요, 하고. 난 너무나 엉뚱하게 튀어나온 말이라서 어떻게 대답해야 할지 몰라 그냥 테이블 바닥만 바라보고 있었죠. 혁명이 진지하게 다시 말했어요. 난 이곳을 떠나고 싶어요."

"미안해요."

아니디아는 자리에서 일어섰다. 몸이 아프고 추위가 느껴져서 견딜 수가 없었기 때문이다. 남자는 자기의 트렌치코트를 아니디아에게 걸쳐 주고 아니디아를 안았다. 남자에게는 열 시간 전쯤에 바른 듯한 오데코롱[1]의 희미한 향기와, 비행기 안에서 쓰이는 공기 청정제와, 따뜻한 땀 냄새와, 목욕용 젤리의 향기가 신비롭게 스며 있었다. 아니디아는 남자의 가슴에 고개를 묻고 남자의 목을 안고 몸의 고통을 참았다.

"미안해요. 너무 아파요."

아니디아는 다시 한번 더 말했다. 남자는 말없이 아니디아의 유카타를 벗겼다. 아니디아의 몸은 열병에 걸린 듯 뜨겁고 충혈됐다. 누군가가 우리를 바라보고 있어. 아니디아는 문득 이런 생각이 들었다. 이 세상에서 사라져 버린 사람들, 아미와 혁명. 그들이 우리를 바라보고 있다. 이 집 어디에선가. 혁명, 어디 있어? 그 오래전처럼 너를 이렇게 가지고 싶다. 새벽의 몽유 상태에서 내가 너에게 전화했을 때 너는 이 세상 어디에 있더라도 달려와 주었다. 내가 죽어도 기억하지 못하는 혁명, 내 사랑. 너는 마지막까지 이 거대한 상실이 어디에서 왔는지 알지 못한 채 이 세상을 떠나야 하리.

섹스의 시작은 이랬다. 남자는 아니디아를 소파에 엎드리게 하고 등과 엉덩이에 가볍게 키스했다. 너무나 가벼운 입맞춤이어서 아니디아는 열린 창문으로 겨울 장미에 스며 있는 안개의 습기가 몸을 스쳐 지나갔다고 생각했을 정도였다. 그다음 순간 남자가 아니디아의 등에 올라타자 아니디아가, 아파서 견딜 수가 없어요. 난 큰 병에 걸렸어요. 아마 죽어 버릴 거예요, 그렇게 생각하는 순간 남자가 아니디아의 몸속으로 들어와 버렸다. 한여름 밤 번개처럼 짧은 섬뜩한 순간이었다. 다른 것은 아무것도 생각할 수가 없었다. 지

1   오드콜로뉴.

644

독한 고통 때문에 아니디아는 기절할 거라고 생각했다. 남자는 무감동한 표정, 드라이한 몸짓과 어울리게 한없이 비정서적이고 의사소통이 철저히 배제된 섹스를 했다. 기차가 지나가는 소음이 혁명의 집을 뒤흔들 때 아니디아는 입을 벌리고 들리지 않는 비명을 질렀고 남자의 따뜻한 정액이 얼굴에 뿌려지는 것을 느꼈다. 섹스가 끝난 다음 아니디아의 가슴에는 사나운 이빨 자국이 남았다.

"후회합니까?"

셔츠를 입으면서 남자가 물었다.

"아뇨."

"원하신다면 사과하겠어요. 별로 그러고 싶지는 않지만."

"괜찮아요."

"아직도 아픈가요?"

"네. 많이 아파요."

"나에게 기대세요."

"집을 사기로 했나요?"

"내 직업은 사고파는 일이죠. 혁명은 아주 좋은 조건으로 이 집을 팔기로 했어요."

"그래서요?"

"아마 사게 될 겁니다."

"혁명은 이제 돌아오지 않을 거예요."

"아니디아, 잊어요. 물방울과 물방울을 구별할 수 없는 것처럼 그렇게 잊으세요."

"혁명은 이제 나에게서 떠나고 싶어 해요. 기억하지 않기를 원해요."

"기억은 위험할 뿐, 아무런 의미도 없습니다."

아니디아는 남자에게 기댔다. 남자는 나머지 던힐라이트에 불을 붙였다. 이제 밤이다. 아니디아는 혁명의 친구인 부동산 회사의 사람에게 집을 보여 주었다. 혁명에게 약속한 일을 해 주었다. 집을 나가 어딘론가 사라져 버렸다는 아미는 어쩌면 이 집에 그냥 머물러 있을지도 모른다. 집은 혁명이 혼자 살기에는 넓고 언제나 어둡기 때문에 아미가 숨어 있어도 알 수 없을 것이다. 아미는 더욱 여위고 한계까지 가냘파져서 어딘가의 벽 속에 흰 그림자처럼 달라붙어 있을지도 모른다. 어두운 밤 혁명이 홀로 잠들어 있는 이 집을 유령처럼 서성일지도 모른다. 아니, 사실 아미가 사라졌다는 것은 거짓말이고 혁명이 아미를 죽였을지도 모른다. 지하실의 벽이나 침실이나 거실의 벽에 혁명은 아미를 묻고 밤마다 아미가 흐느끼는 소리를 들었을 것이다. 죽은 아미를 벽 속에 묻고 혁명은 그 자리에서 아니디아와 사랑을 나눌 수는 없는 것이다. 죽은 아미를 벽 속에 묻은 그의 인생에서 아니디아를 기억하고 살 수도 없는 것이다.

혁명의 집은 아침노을이 온 세상을 핑크빛 담요처럼 뒤덮는 시간이면 물에 잠긴 수채화처럼 투명해 보일 것이고 어두운 저녁 기차가 지나갈 때면 동굴처럼 음흉해 보일 것이다. 표현되지 못한 어두운 열정과 차마 말해지지 못한 집착이 겨울 장미처럼 아름답게 혁명과 아미와 아니디아의 생을 장식한다. 아니디아는 이 모든 것을 알고 부동산 회사의 남자는 아무것도 모르는 채로 밤의 안개를 응시하고 있었다. 아니디아가 앉은 소파 아래로 마침내 핏방울이 뚝뚝 떨어졌다. 핏방울은 아니디아의 허벅지를 따라 계속해서 흘렀다. 아니디아는 입술을 악물고 고통과 싸우느라고 이마에 땀방울이 맺혔다.

"몸을 들어요."

남자가 타월을 가지고 와서 아니디아의 몸 아래에 받쳐 주었다. 타월은 금세 빨갛게 물들었다. 피는 멈추지 않고 계속 흘렀다.

"아니디아, 이건 유산이군요."

덩어리진 검붉은 피가 아니디아의 몸에서 흘러나왔다. 유산의 흔적은 끔찍했다. 3개월 된 임신을 파괴하는 아니디아의 몸은 열에 들떴고 남자의 팔은 아니디아를 안고 있었다. 남자의 몸은 단단하면서도 따뜻하고 강하면서도 부드럽고, 또 그만큼 싸늘하고 멀었다. 아아, 이 달콤한 몰락의 고통.

당신과의 섹스는 나에게 자해였어요. 그걸 아시나요?

구름으로 만들어진 인형은, 날개 없이 하늘로 멀리멀리 날아간다. 구름으로 만들어진 인형은, 내가 보고 싶어도 돌아오지 못하고, 비의 눈물을 흘린다. 다시는 보지 못할 혁명. 아니디아는 혁명의 집을 떠나온 후 견딜 수 없는 밤이면 꿈속에서 혁명을 만나러 먼 길을 걸어서 왔다. 그러한 몽유 상태는 계속되었고 그녀 꿈속의 인생은 더할 수 없이 리얼하고 치열했다. 그러다 잠에서 깨어나면 아니디아의 자아는 아무것도 기억하지 않고 아무것에도 감동하지 않는 쓸쓸하고 고독한 여점원으로 되돌아왔다.

어렵고 고독한 인생을 겪고 난 뒤, 사람들은 말한다. 그것은 아무것도 아니었어. 살아간다는 것은 어차피 견디고 또 견디는 것. 모든 고통과 경험은 보편성과 일반성을 떠나서는 존재하지 않는다. 그래서 이 세상 모든 정서는 한줄기 강물처럼 도도하게 삶이라는 거대한 테마를 따라 흐른다. 아무도 반역하지 못하고, 아무도 반란의 음모를 꿈꾸지 못하고 아무도 저항하지 못한다. 내 마음의 치열한 혁명도, 고통스러운 자아도 강물의 거센 흐름에 사라지고 아무도 개별의 생을 살 수는 없는 것. 그리하여 이 세상이 끝나는 날, 너는 내 꿈속의 낯선 사람의 뒷모습이었을 뿐이라고. 스물네 시간 안에 이루어진 비정서적이고 의사소통이 부재한 섹스에서 멀리 보이는 배경일 뿐이었다고. 내가 너의 생에서 무엇이 될 수 있나? 단지 너의 집 벽 속으로 걸어 들어가 짧고 고독하게 여점원 아니디아의 생애를 걸어가는 것. 절멸(絶滅).

— 배수아, 『심야통신』(해냄출판사, 1996)

이수명(李修明·1965~)

이수명은 1965년 서울에서 태어났다. 서울대학교 국문과를 졸업하고, 중앙대학교 대학원 문예창작학과에서 김구용에 대한 연구로 박사 학위를 받았다. 1994년《작가세계》를 통해 시「우리는 이제 충분히」외 네 편으로 등단했고, 2001년《시와반시》에「시론」을 발표하면서 평론 활동을 시작했다. 시집으로『새로운 오독이 거리를 메웠다』(1995),『왜가리는 왜가리놀이를 한다』(1998),『붉은 담장의 커브』(2001),『고양이 비디오를 보는 고양이』(2004),『언제나 너무 많은 비들』(2011),『마치』(2014),『물류창고』(2018)가 있다. 연구서『김구용과 한국 현대시』(2008), 시론집『횡단』(2011),『표면의 시학』(2018), 비평집『공습의 시대』(2016) 등을 출간하며 시와 비평 모두에서 활발히 활동하고 있다. 박인환문학상, 현대시작품상, 노작문학상, 이상시문학상을 수상했다.

이수명의 시 세계는 사람보다는 사물에 의해, 선택이나 구상보다 부딪힘의 결과로 구축된다. 시인으로서 그는 무엇을 추구하지 않는다. 그의 시는 미지의 것들을 향해 서성거린다. 첫 시집『새로운 오독이 거리를 메웠다』는 사유의 극단을 보여 주면서도 정확한 문법 구조에 따라 꼼꼼하게 쓴 문장들로 치열한 시적 긴장을 획득한다. 이후 이수명은 일상적인 관념이나 어법을 전복하는 시인으로 평가받아 왔는데, 최근에는 전복 없이 전복하는 작업에 관심을 기울이는 듯 보인다. 시집 『물류창고』는 왜곡과 변형을 최소화하는 방향으로 구성되었다. 이 시집에서 나타나는 무위의 세계는 초창기 시 세계와는 또 다른 지평을 열어 보인다. 「물류창고」라는 제목으로 수록된 열 편의 시는 일련번호도 없고 상호 연관성도 없는 별개의 시이다. 이수명의 시 세계는 하나의 고정점에 입각해서 설명하기 어려운, 부단한 시적 갱신의 움직임을 보여 준다. 그럼에도 부딪혀서 휘어지는 움직임의 방식을 선호하는 시인의 태도는 모든 시집에서 일관되게 유지된다.

이수명은 쉽게 포착되지 않는 시로 이상, 김춘수, 이승훈 계열의 난해성을 보여 주는 시인이라는 평가를 받기도 한다. 하지만 비슷한 계보에 묶인 다른 시인들과도 달리, 기성의 시뿐 아니라 스스로의 시와도 결별하며 시 세계를 확장해 나간다는 점에서 새로운 개성을 지닌다. 세계의 질서 밖에서 낯설고 초현실적인 감각을 선보이는 이수명의 시는 고도의 지성을 내장하면서도 기존 시의 문법과 결별하는 자리에 서 있다. 이수명은 시적 주체 '나'가 아닌 시적 대상, 의미가 아닌 존재에서 시를 길어 올린다. 이수명은 모더니즘 대 리얼리즘이라는 범박한 도식으로 요약되곤 했던 한국 현대시에서 새로운 맥락을 형성하고 현대성의 의미를 재배치한 여성 시인이며, 첨예한 문제의식으로 시론을 개진하고 시문학사의 정전을 재조망한 성실한 이론가이자 연구자라는 점에서 그 개성이 돌올하다.

황선희

왜가리는 왜가리놀이를 한다

왜가리는 줄넘기다.
왜가리는 구덩이다.
왜가리는 목구멍이다.
왜가리는 납치다.

왜가리는 왜가리놀이를 한다.

테이블은 하나다.
테이블은 둘이다.
테이블은 셋이다.
테이블은 숲 속에 놓여 있다.

손을 들고
숲이 출발한다.
테이블은 없다.

이수명

테이블 위로 왜가리는 도착한다.
걸어 다니는 테이블 위로 왜가리는 뛰어든다.

테이블은 부서진다.
숲이 출발한다.

왜가리는 하나다.
왜가리는 둘이다.
왜가리는 셋이다.
왜가리는 없다.

왜가리는 숲 속에서 왜가리놀이를 한다.

— 이수명,『왜가리는 왜가리놀이를 한다』(세계사, 1998)

나희덕(羅喜德·1966~)

나희덕은 1966년 충남 논산에서 태어났다. 연세대학교 국어국문학과를 졸업하고 동 대학원에서 석사 학위와 박사 학위를 받았다. 수원 창현고등학교 교사를 거쳐 조선대학교 문예창작학과, 서울과학기술대학교 문예창작학과 교수로 재직했다. '시힘' 동인으로 활동했고《녹색평론》의 편집 자문위원,《창작과비평》의 자문위원을 역임했다. 1989년《중앙일보》신춘문예에「뿌리에게」가 당선되며 시단에 나왔다. 시집으로『뿌리에게』(1991),『그 말이 잎을 물들였다』(1994),『그곳이 멀지 않다』(1997),『어두워진다는 것』(2001),『사라진 손바닥』(2004),『야생사과』(2009),『말들이 돌아오는 시간』(2014),『파일명 서정시』(2018),『가능주의자』(2021) 등이 있고 '여성성'을 주제로 시를 묶은 자선 시 선집『그녀에게』(2015), 시론집『문명의 바깥으로』를 출간했다. 김수영문학상, 현대문학상, 소월시문학상, 미당문학상, 백석문학상, 임화문학예술상 등을 수상했다.

첫 시집『뿌리에게』에서부터 나희덕 시의 주제는 생명과 모성, 여성성이었다. 땅에 굳건히 내린 뿌리처럼 나희덕의 시는 일관되게 단단한 서정성을 길어 올렸다. 견고하고 단단한 형식미가 돋보이는 나희덕 시의 서정성은 때론 수동성과 단정함 같은 수식어로 평가되었다. 생명의 떨림과 온기를 섬세하게 포착하는 감각으로 나희덕의 시 세계는 점차 바깥으로 사유의 폭을 확장해 갔다.

"여성성은 내 시의 존재 기반 자체를 건드리는 가장 민감한 문제 중 하나"라는 고백처럼 나희덕의 시는 여성문학사에서 모성성의 사유를 확장시킨 시로 평가된다. 나희덕은 에코페미니즘에 기반한 모성과 생명에 대한 탐구를 지속적으로 해 왔다. 등단작 「뿌리에게」는 뿌리의 성장과 삶을 지켜보고 함께 단단해지며 생명을 키우는, 뿌리를 향한 흙의 아름다운 사랑의 언어이다. 「어린 것」의 화자는 "깊은 산길/ 갓 태어난 듯한 다람쥐새끼"의 "맑은 눈빛"과 마주하고 "나를 어미라 부"르는 "세상의 모든 어린 것들" 앞에서 "핑그르르 굳었던 젖이" 도는 체험을 한다. 어리고 여린 생명을 품어 안는 모성을 아름답게 그려 낸 에코페미니즘의 정수를 보여 주는 시다. 나희덕의 시는 삶의 본질에 드리워진 고통을 바라보고 생명과 모성을 품는 여성성을 통해 고통의 치유를 꿈꾼다.

이경수

어린것

어디서 나왔을까 깊은 산길
갓 태어난 듯한 다람쥐새끼
물끄러미 나를 바라보고 있다
그 맑은 눈빛 앞에서
나는 아무것도 고집할 수가 없다
세상의 모든 어린것들은
내 앞에 눈부신 꼬리를 쳐들고
나를 어미라 부른다
괜히 가슴이 저릿저릿한 게
핑그르르 굳었던 젖이 돈다
젖이 차올라 겨드랑이까지 찡해오면
지금쯤 내 어린것은
얼마나 젖이 그리울까
울면서 젖을 짜버리던 생각이 문득 난다
도망갈 생각조차 하지 않는

난만한 그 눈동자,
너를 떠나서는 아무데도 갈 수 없다고
갈 수도 없다고
나는 오르던 산길을 내려오고 만다
하, 물웅덩이에는 무사한 송사리떼

— 나희덕, 『그 말이 잎을 물들였다』(창비, 1994)

하성란(河成蘭·1967~)

하성란은 1967년 서울에서 태어나 부친의 사업 실패로 인문계 진학을 포기하고 실업계 고등학교를 졸업한 뒤 4년 동안 직장 생활을 했다. 뒤늦게 서울예술대학 문예창작학과에 입학해 소설을 썼고, 습작 10년 만인 1996년에《서울신문》신춘문예에「풀」이 당선되어 등단했다. 데뷔 초기부터 치밀하고 정교한 '마이크로' 묘사로 주목받으며 특히 단편소설의 장인으로 정평이 났다. 1999년「곰팡이 꽃」으로 동인문학상, 2000년에는「기쁘다 구주 오셨네」로 한국일보문학상, 2004년에는「강의 백일몽」으로 이수문학상, 2008년에는「그 여름의 수사」로 오영수문학상, 2009년에는「알파의 시간」으로 현대문학상, 2013년 단편소설「카레 온 더 보더」로 황순원문학상을 수상했다.

등단작「풀」이 증명하듯이 하성란의 문학 세계는 '본다'는 행위에서 시작된다. 그러나 그가 바라보는 대상은 인물의 내면이 아니라 도시인의 건조하고 지루한 일상이며 그중에서도 사람의 눈길이 가닿기 쉽지 않은 온갖 사물이다. 이러한 외부 세계에 대한 현미경 같은 포착은 추상적인 기호로만 겨우 존재하는 익명화된 인물들과 대조되어 그들의 존재감을 더욱더 미미하게 만든다. 소설집『루빈의 술잔』(1997)과 장편소설『식사의 즐거움』(1998)에서 선보였던 일상의 사물에 대한 정밀한 묘사는『옆집 여자』(1999)에서도 지

속된다. 특히 「곰팡이꽃」은 타인과의 소통을 인간적인 대화 대신 쓰레기봉투를 뒤짐으로써 시도하는 남자를 통해 발신자와 수신자가 어긋날 수밖에 없는 도시인의 삭막한 소통 양상과 동시에 타자와 소통하고자 하는 실낱 같은 욕구를 보여 준다. 섣불리 희망을 말하지 않는 하성란의 소설에서 「곰팡이꽃」의 결말은 따스하게 느껴지기까지 한다. 『푸른 수염의 첫 번째 아내』(2002)에서부터 극사실적 묘사 대신 서사성을 강화하는 변화를 보인다. 그러나 특징 없는 기호로 전락한 현대인의 익명성과 적의와 폭력뿐인 관계에 대한 하성란의 관심은 꾸준히 이어졌다.

하성란은 1990년대에 등장한 작가들처럼 고독한 현대인의 부조리한 일상에 주목하지만 '본다'는 행위를 문체의 차원에서 구현했다는 점에서 차별화된다. 그의 세밀한 문체가 보여 주는 일상의 순간들은 그 자체로 문학사적 의미를 지닌다.

이소영

치약

    고층 빌딩의 옥상 위에 광고탑이 서 있다. 꽃무늬 비키니를 입고 목에 레이를 건 원주민 처녀가 이십 층 아래의 사거리를 내려다보며 시종일관 웃고 있다. 처녀의 뒤로 연둣빛 태평양이 펼쳐져 있다. 모터보트가 물살을 가르며 지나가고 서핑보드에 올라선 구릿빛 피부의 청년들이 파도 위에서 균형을 잡느라 몸을 활처럼 구부린다. 야자나무 꼭대기에는 럭비공만 한 열매들이 달려 있다.

    남자는 버스 손잡이를 움켜쥔 채 먼지 낀 유리창 너머로 광고탑을 올려다본다. 왁자지껄한 외국어와 웃음소리들이 귓가에서 웅웅거린다. 속이 비치는 바다지만 정작 맨발로 들어가려면 산호 부스러기에 발바닥이 찔리기 십상이다. 버스는 좀처럼 움직이지 않는다. 이 도로는 서해 바다의 해안선과 평행을 이루며 나란히 간다. 간척지 위로 아파트 단지들이 들어서기 시작하면서 도로는 한꺼번에 늘어난 교통량을 감당해 내지 못했다. 오늘 만조시간은 새벽 네 시 십 분이었다. 버스 창밖으로 본 바다는 벌써 물이 빠지기 시작해 방파제에서 멀어지고 있었다. 오늘은 버스는 배차 간격을 건너뛰고 정류장에 도착했다. 그사이 정류장에는 평소의 배가 넘는 승객들이 몰려들었다. 버스가 좌회전 신호를 받기 위해 끼어들기를 하면서 뒤에 선 짐짝 같은 여자의 몸이 남자를 덮친다. 하중을 이겨 내지 못한 남자는 손잡이를 놓치고 쓰러지며 유리창 위에 얼굴이 짓눌린다.

지난 일 년 동안 이 상습 정체 구간을 버스로 오가면서 남자는 늘 그 광고탑을 올려다보았다. 광고판은 다섯 정거장 떨어진 곳에서부터 서서히 모습을 드러낸다. 지상의 낙원. 당신의 생각보다 가까운 곳에 있습니다. 지금 바로 출발하세요. 광고판에 적힌 문구가 가시거리 안에 들어오는 한 정거장 전까지 남자는 한 번도 광고판에서 눈을 떼지 않는다. 두 번이나 좌회전 신호로 바뀌었지만 버스는 여전히 사거리를 벗어나지 못한다. 광고판 속의 처녀는 진눈깨비가 흩날리거나 겨울비가 추적추적 내리는 날에도 어김없이 사거리를 내려다보며 웃고 있다. 나프탈렌 냄새가 채 가시지 않은 겨울 양복을 입고, 오리털 파카에 가죽 장갑을 끼고서 남자는 늘 그 광고탑을 쳐다보았다. 쓰러지면서 놓친 손잡이는 이미 뒷사람이 앗아가 쥐고 있다. 남자는 버스의 움직임에 따라 회뚝거리면서 여전히 광고판을 올려다본다. 일 년 전 처음 보았을 때부터 그 구조물은 낡아 있었다. 직사광선을 고스란히 받고 있어 색이 바래고 안료가 들떠 벗겨진 곳도 눈에 뜨인다. 처녀의 미소도 농익어졌다.

보푸라기가 인 나일론 의자 시트의 찢긴 틈을 비집고 스펀지 조각들이 새어 나오고 있다. 사거리를 벗어나 고속도로로 접어들면 버스는 종착지인 서울역까지 그 속력으로 내처 달릴 것이다. 남자는 얼굴 앞으로 수없이 교차한 팔뚝들 틈으로 광고판을 본다. 버스는 이제 고층 건물 바로 앞에 서 있다. 광고판의 윗부분이 잘리고 보이지 않는 대신 먼 곳에서는 보이지 않는 잘디잔 글씨들을 읽을 수 있다. 이국 처녀의 허벅다리 부분에 행선지와 요금표가 적혀 있다. 방콕/파타야 5일 499,000 보라카이 5일 749,000 랑카위 5일 649,000 하와이 5일 999,000—— 프랑스 식당의 메뉴판처럼 낯선 이름들이 섞여 있다. 광고판 속의 처녀는 '천 원 빠진 백만 원이면 하와이로 날아와 저와 5일을 보낼 수 있어요'라고 사거리를 지나는 사람들을 내려다보며 연방 추파를 던진다.

정작 남자가 보고 있는 것은 고층 빌딩 위 사면이 광고판으로 가려진 옥상의 안이다. 그곳은 땅 위에서는 보이지 않는다. 헬기를 타고 저공비행해야만 볼 수 있는 곳이다. 남자는 군 생활 삼십 개월의 대부분을 간판 뒤에서 보냈다. 용산에 있는 이십오 층짜리 빌딩의 옥상이었다. 한 번에 두 시간씩, 하루 서너 번의 보초 근무 교대를 위해 빌딩으로 들어설 때마다 남자는 빌딩의 옥상 사면을 가리고 선 거대한 광고판을 올려다보았다. 광고판에는 진홍색 스포츠카 한 대가 그려져 있다. 스포츠카의 보조석에는 반라의 금발 미녀가 앉아 있다. 고개를 한껏 뒤로 젖혀야 볼 수 있다. 남자는 단독 군장의 차림새로 비어 있는 운전석을 올려다본다. 남자는 상상 속에서 수백 번도 넘게 6기통의 컨버터블 자동차를 몰고 도로를 질주했다. 엘리베이터를 타고 건물 꼭대기로 올라간다. 옥상으로 가려면 엘리베이터에서 내려 비상구 계단을 올라가야 했다. 계단마저 끊기고 출입 엄금이라는 글씨가 쓰인 벽이 나타난다. 벽에 쇠사다리가 걸려 있다. 천장에 뚫린 사각형의 철제문을 밀치고 머리를 내밀면 거대한 물탱크와 프로펠러가 쉼 없이 돌고 있는 환풍기들이 널린 옥상이 한눈에 들어온다. 옥상의 사방은 광고판으로 가려져 있다. 광고판들 때문에 옥상 위는 뚜껑 없는 상자 속 같다. 그림이나 문구가 없는 광고판의 뒤는 각목들이 양철판에 가로세로로 어지럽게 붙어 있고 녹슨 대못들이 툭툭 불거져 있다. 남자는 그곳에서 혼자 또는 둘이서 대공포와 휴대용 미사일을 지켰다. 간판 뒤에서 '원산폭격'과 구타가 끊임없이 이어졌다. 몽둥이가 엉덩이로 떨어질 때마다 신음 소리가 흘러나왔지만 빌딩 밖의 소음에 빨려들었다. 밤이면 정사각형의 하늘 위로 달이 떴다. 교대를 하고 빌딩 밖으로 나오면 그곳에는 여전히 금발 미녀가 있었고 퓨마처럼 날쌘 스포츠카가 있었다. 사방이 막힌 곳에 있으면 초조해지는 신경증이 생긴 것은 그때부터였다.

버스가 광고탑이 선 빌딩을 끼고 둥그렇게 돈다. 버스 한쪽으로 승객들이 일제히 쏠리면서 손잡이 없이 서 있던 남자가 넘어진다. 유리창에 얼굴이 부딪치면서 벌어진 입 사이로 튀어나온 점액질이 유리창에 끈끈하게 달라붙는다. 눌리지 않은 한쪽 눈으로 버스 측면에 붙은 둥근 백미러가 들어온다. 볼록거울 속에 여자의 얼굴이 담겨 있다. 창가로 쏠리는 낯선 얼굴들 사이에서 그 여자의 얼굴은 단박에 두드러진다. 최소한 한 번 이상 만난 적이 있는 얼굴이다. 여자는 앞으로 넘어지지 않기 위해 의자의 등받이를 두 팔로 힘껏 떼밀며 뒷사람들을 버텨 내고 있다. 하지만 볼록거울 속에서 눈 코 입 사이가 벌어지고 일그러진 얼굴은 스마일 뱃지처럼 우스꽝스럽게 보인다. 화장기 없는 맨얼굴 위의, 어딘가를 노려보고 있는 두 눈 밑으로 검보랏빛 그늘이 져 있다. 고속도로로 진입하면서 버스는 균형을 찾았고 간신히 몸을 일으킨 남자는 다시 백미러를 본다. 하지만 거울 속에서 여자는 감쪽같이 사라지고 없다.

찌그러진 콜라 깡통이 발에 채어 저만치 달아난다. 아이들이 먹다 버린 아이스바 비닐 껍질이 발에 밟히며 안에 녹아 남아 있던 내용물이 뿜어져 나와 구둣등을 적신다. 햇빛빌라는 외양이 똑같이 생긴 달빛빌라 옆에 바싹 붙어 있다. 이곳에 쓰레기를 버리는 자는 엄벌에 처하겠음. 빌라로 들어가는 입구의 담벼락에 경고문이 적혀 있다. 붉은 페인트칠이 글자의 획을 따라 흘러내리며 그대로 말랐다. 경고문을 조롱하기라도 하듯 쓰레기 봉투가 쉰 냄새를 풍기며 쌓여 있다. 남자는 지린내가 진동하는 빌라 마당을 가로지른다. 완공된 지 일 년이 되었지만 건물 외벽을 따라 식물의 뿌리 같은 가는 금들이 타고 오른다.

남자가 서울에서 떨어진 외곽에 집을 산 것은 두 가지 이유에서였다. 남자는 조간신문에서 이 빌라의 분양 광고와 첫 대면했다. 높은 투자가치와 저렴한 평당 분양가, 15% 옵션 수준 마감재, 최고급 가스오븐 그릴 장착, 열두 개의 약수터라고 쓰인 천편일률적인 광고들 틈에서 그 광고는 단연 돋보였다. 첫째, 창문을 열면 당신의 눈앞으로 서해 바다가 펼쳐집니다. 매일 저녁 일몰이 진풍경입니다. 둘째, 서울까지의 진입 시간 사십 분. 인천교통 24번 종점. 앉아서 서울까지 출퇴근할 수 있습니다.

이삿짐을 부리고 서쪽으로 뚫린 미닫이 창문을 밀쳤다. 서해 바다의 수평선 대신 빨래가 잔뜩 걸린 앞 동의 베란다가 남자의 시야를 가로막고 있었다. 빨래는 베란다 안쪽이 아닌 난간 밖, 길 위에 걸린 채 바람에 날리고 있었다. 두 동의 사이로 난 길 폭은 너무 좁아서 바람을 한껏 안은 흰 러닝셔츠가 펄럭거릴 때마다 남자의 코를 스쳤다. 서해 바다는 남자가 사는 빌라와 큰길 하나를 사이에 두고 지어진 고층 아파트에 가로막혀 있었다. 밤늦게까지 송도 유원지에서 흘러나오는 대중가요와 놀이 기구의 요란한 기계음이 안방까지 스며들었다. 비가 오거나 날씨가 흐린 날이면 유원지의 한쪽에 있는 동물원에서 배설물 냄새가 실려 온다. 어쩌다 창문 앞을 지나칠 때면 앞 동 베란다 너머로 텔레비전을 보고 있는 사람들과 눈이 마주쳤다. 남자는 커다란 패널을 창문 위에 걸어 두었다. 홍콩의 야경을 찍은 사진이었다. '당신을 최고로 상쾌하게 해 준다'는 코카콜라와 '드라이 드라이어 드라이스트'라고 적힌 아마도 드라이진의 광고인 듯한 네온싸인의 불빛들이 한데 엉겨 반짝거린다. 그 후로 남자의 서쪽 창밖은 언제나 네온사인이 반짝이는 깊은 밤이다.

알루미늄으로 만든 경비실 부스의 쪽창 문이 열리며 늙은 경비의 얼굴이 나와 남자를 불러 세운다. 전할 편지가 있습니다. 경비가 편지를 찾는 동안 남자는 부스에 기대 서서 빌라의 창문들을 올려다본다. 베란다 밖으로 내걸린 빨래들이 유령처럼 어둠 속에 떠 있다. 긴 장대에 빨래들을 꿰어 집 밖으로 널어 놓는 홍콩 뒷골목의 풍경이 떠오른다. 한낮에도 집안으로 해가 들지 않아 베란다 밖에 빨래를 넌다는 것을 안 것은 얼마 되지 않았다. 경비는 한 번에 편지를 찾지 못하고 책상에 달린 서랍마다 뒤적거리고 한쪽에 쌓인 폐지 더미를 들썩이기도 하며 부산을 떤다. 갑자기 생각난 듯 경비는 입고 있던 유니폼 바지의 뒷주머니에서 반으로 접힌 편지 봉투를 끄집어낸다. 빌라 마당에 굴러다니던 걸 며칠 전에야 발견하고 보관하고 있었습니다. 경비는 가래침을 돋우어 어두운 화단 너머로 뱉는다. 흰 봉투를 가로지르면서 워커 발자국이 찍혀 있다. 편지 봉투는 습기가 배어 눅눅하다. 수취인란에 박성철이라는 이름이 적혀 있다. 가운뎃자가 틀리기는 하지만 남자의 이름과 엇비슷하다. 받침을 유난히 작게 써서 글씨들은 외발자전거 묘기를 보이는 서커스 소녀처럼 위태위태해 보인다. 남자는 방범등 아래에 선 채 서류 가방을 무릎 사이에 끼우고 편지봉투를 뜯는다. 방범등 불빛을 따라 크고 작은 날벌레들이 현란하게 날아오른다. 며칠째 오락가락 비가 왔다. 편지지에 적은 글씨는 종이 뒷면으로 배어 번져 있다.

　— 당신의 주소를 알아내는 데 좀 애를 먹었어요. 회사 인사부에 전화 걸었지요. 좀처럼 알려 주지 않더군요. 주소를 알아내는 동안 거짓말만 늘었죠. 당신 팬이고 잡지사 기자라고, 인터뷰를 하고 싶다고 하니까 그제서야 주소를 대 주더군요. 뭐라고 말을 꺼내야 할지. 물론 모든 것이 당신 본의가 아니었다는 것, 알고 있어요. 그 땐 당신도 나도 햇병아리였죠. 하지만 그후로 전 모든 게 틀어져 버렸어요. 피어 보기도 전에 져 버렸죠, 당신 때문에. 박성철 씨, 재주를 허튼 데 쓰지 마세요. 거짓말을 밥 먹듯이 했지만 한때 당신 팬이었다는 건 거짓말이 아녜요.

　남자는 방범등의 불빛 가까이에 편지를 갖다 대고 몇 번이나 읽고 또 읽는다. 좀처럼 감이 잡히지 않는 내용이다. 앞뒤가 잘린 신문기사의 가운데 토막만 읽고 있는 듯한 느낌이다. 글씨체로 봐선 여자가 분명하다. 편지 봉투의 앞뒤를 살펴보았지만 발신인의 이름이나 주소를 발견할 수 없다. 아무래도 제게 온 편지가 아닌 것 같습니다. 경비는 책상 위에 두 발을 얹어 놓고 텔레비전을 보고 있다. 이틀 동안 이 빌라를 샅샅이 뒤졌습죠. 부스 안쪽에 좌변기 한 개가 달랑 달린 화장실이 보인다. 경비가 칵 소리를 내며 변기 속에 가래침을 뱉는다. 결론은 박성철이라는 이름을 가진 사람이 이 빌라 안에 살지 않는다는 겁니다. 하지만 주소가 여기 이렇게 적혀 있지요? 햇빛빌라 나동 201호, 선생님 주소 맞죠? 경비는 편지봉투에 적힌 주소를 손가락으로 또박또박 짚는다. 경비는 박하 향의 사탕을 물고 있다. 입을 벌릴 때마다 군내와 섞인 박하 향이 남자의 얼굴로 날아온다. 홀쭉한 뺨에 든 사탕이 이와 부딪치면서 달그락 소리를 낸다. 아까도 말씀드렸다시피 제 이름은 박성철이 아니라니까요. 남자는 책상 위에 편지를 던져 두고 계단을 올라온다.

스테인리스 개수대 안에 남자가 아침에 흘리고 닦아 내지 못한 치약 찌꺼기들이 말라붙어 있다. 책상 위에는 한 다스가 될 양의 치약이 흩어져 있다. 아직 제품의 이름도 정해지지 않아 흰색 튜브 위에는 내용물을 알리는 '치약'이라는 글자만 적혀 있다. 광고 제작은 이십 일 정도의 여유가 있을 뿐이다. 벽을 타고 옆집 202호의 그릇 부딪치는 소리가 건너온다. 남자는 칫솔에 치약을 덜어 입에 물고 부엌 겸 거실을 어슬렁거린다. 위층 301호에서 버린 물이 남자의 목욕탕 천장에 얼룩을 만든 후부터 남자는 세수와 양치질을 개수대에서 해결하고 있다. 칠 년이 흘렀지만 옥상 위에서 보낸 군 생활에서 크게 달라진 것이 없다. 여전히 남자는 사방이 꽉 막힌 정사각형의 협소한 공간 속에 있다. 이곳에서는 달조차 보이지 않는다. 타액과 섞인 치약이 금세 거품으로 변해 와글와글 입안 가득 차오른다. 거품을 문 채 책상으로 다가가 펼쳐진 노트에 몇 글자를 끼적거린다. 입 밖으로 흘러나온 거품이 바닥에 떨어진다. 잇몸 질환, 입 냄새, 충치, 트리클로산, 억제, 상쾌함, 키스 — 치약 광고의 타깃을 키스에 맞추는 것은 이미 한물간 것이다. 수돗물로 입안을 헹궈 내고 다시 치약을 덜어 칫솔질을 시작한다. 치약의 민트 향에 혀와 입안이 얼얼해진다.

영사기의 피딩 릴(feeding reel)이 돌아가면서 영사막 위에 새로운 그림들이 나타났다 사라진다. 창에는 두꺼운 커튼이 늘어져 있다. 남자는 조심스럽게 영상 자료실로 통하는 두꺼운 스펀지 문을 밀친다. 남자보다 먼저 들어간 복도의 불빛이 영사막 위로 먼지 소용돌이를 일으킨다. 지휘봉을 들고 영사막 앞에 서 있던 김 부장이 눈을 찡그리며 손바닥으로 얼굴을 가린다. 영사막 위로 엉거주춤 선 남자의 그림자가 너울거린다. 서울역에 내리니 벌써 출근 시간이 한참 지나 있었다. 서울 진입 시간 사십 분이라는 분양 광고에 적힌 글은 교통량이 적은 심야나 새벽, 시속 백이십 킬로로 고속도로를 달릴 때에야 해당되는 것이었다. 잦은 지각 때문에 시말서를 쓸 뻔한 적도 있었다. 오늘도 버스는 배차 간격을 건너뛰고 정류장에 와서 섰다. 버스에 채 올라타지 못하고 문에 매달린 사람들을 그대로 달고 버스가 출발했다. 버스 난간에 가까스로 올라탄 몇몇 사람들이 떨어져 나갔다. 버스 문이 닫히면서 버스 문 사이에 낀 남자도 할 수 없이 버스에서 내려서야만 했다. 정류장으로 되돌아가 다음 버스가 도착하기를 기다렸다. 서울역 지하도에서부터 회사까지 두 블록의 길이를 전력 질주했다. 골목에서 튀어나오는 자동차와 부딪칠 뻔하기도 했다.

바닥에 널린 전깃줄에 발이 걸려 넘어지면서 남자는 허겁지겁 두 손으로 바닥을 짚는다. 영사막으로 향해 있던 눈길들이 일제히 뒤를 돌아 남자를 쳐다본다. 어둠이 눈에 익지 않은 남자는 두 팔을 휘적거리면서 의자를 찾는다. 영상실의 바닥은 극장처럼 경사가 져 있다. 가까스로 출입구에서 가까운 의자에 걸터앉는다. 렌즈에서 뿜어져 나오는 빛 한줄기가 영사막 옆에 서서 지휘봉을 휘두르고 있는 김 과장의 얼굴을 관통한다.

영사막 위에서는 치약 광고들이 지루하게 이어진다. 곱슬머리의 여자 모델이 와삭 소리를 내며 푸른 사과를 한입 베어 문다. 치약 이름과 함께 떠오르는 붉은 립스틱을 칠한 여자의 입술. 여자가 혀를 내밀어 법랑 냄비처럼 반짝거리는 치아들을 차례로 핥으면 나오는 멘트. 깨끗해요.

책상 위 곳곳에는 메모할 때 쓸 묵은 광고지들이 산더미처럼 쌓여 있다. 소모품 절약이라는 취지 아래 쓸데없어진 광고지의 뒷면을 재활용하고 있었다. 남자는 이면지에 크고 작은 글씨로 치약이라고 쓰고 또 쓴다. 영사막 위에는 또 다른 치약 광고가 이어지고 있다. 젊은 미남 미녀가 멀리서 뛰어와 부둥켜안는다. 가까이 더 가까이. 클로즈업. 종이 한 면이 치약이라는 글씨로 꽉 메워지자 오히려 치약이라는 단어는 '천국'이라는 단어만큼이나 생경해진다. '아얏'이나 '삐약'처럼 의성어의 한 종류처럼 느껴지기도 한다. 수많은 '치약'들로 낙서된 광고지의 반대편에는 낯익은 여자 탤런트의 얼굴이 박혀 있다. 샤워를 막 마친 듯 여자의 머리카락은 물기를 머금고 있다. 목욕 후 갈증이 난 여자가 차게 냉장된 맥주를 잔에 가득 따라 들고 막 한 모금 마시려는 장면이다. 남자는 광고지의 여자 얼굴에 싸인펜으로 낙서를 한다. 코밑과 턱에 괴끼 같은 수염을 그려 넣는다. 한쪽 눈에 검은 안대를 그려 넣어 애꾸눈을 만든다. 활짝 웃느라 드러난 고른 치열에 하나씩 건너뛰며 검정칠을 한다. 남자의 기억에 의하면 이 여자 탤런트는 언젠가 건치 연예인 중의 한 명으로 뽑혔었다. 야, 그 이를 다 뽑아도 그 모델은 여전히 웃고 있을 거다. 언제 왔는지 동기생 최가 옆자리에 앉아 남자의 광고지를 넘어다보며 낄낄거린다. 그런 모델 써 봐라, 어디 맥주가 팔리나. 이번에는 모델의 광대뼈 부분에 흉터 자국을 그려 넣는다. 바늘땀을 그려 넣는데 갑자기 광고지가 남자의 얼굴 위로 솟구쳐 날아오른다. 광고지는 김 부장의 손에 들려 있다. 김 부장은 몰골이 흉측해진 여자 모델을 훑어보고 남자가 낙서해 놓은 이면지를 본다. 종이 위에는 수많은 크고 작은 '치약'들이 벌레처럼 꼬물거린다. 김 부장이 남자의 책상을 지휘봉 끝으로 톡톡 친다. 뭔가 그럴듯한 말을 하기 전이면 김 부장은 말에 뜸을 들인다. 적시적소에 어울리는 광고 문구나 고사성어로 허를 찌르는 듯한 말솜씨가 일품이었다.

고맙군, 지금 우리가 하고 있는 게 치약 광고라는 걸 상기시켜 줘서. 참고하도록 하지. 김 부장이 영사막 쪽으로 돌아섬과 동시에 여기저기서 웃음이 터져 나온다. 김 부장은 천천히 걸어 내려가 수프 접시의 바닥처럼 오목한 자료실의 한가운데 선다. 그사이 되감기 릴에 다 감긴 필름이 매미 소리를 내며 헛돌고 있다. 누군가 전등을 켜려 했지만 김 부장이 손을 들어 제지했다. 영사막 위에는 희붐한 정사각형 화면이 떠 있을 뿐이다. 누구에게랄 것도 없이 김 부장이 목소리를 높인다. 그렇습니다. 지금 우리에게 맡겨진 건 치약입니다. 물론 저도 에어백이 장착된 볼보나 코카콜라, 맥도날드 햄버거 같은 광고를 맡고 싶습니다. 높은 값과 전통으로 상표 그 자체가 스스로 자기 광고를 할 테니까요. 김 부장이 별안간 말투를 바꾸며 빠르게 중얼거린다. 이것들 봐, 뭘 어려워하고 있는 거야. 치약이 치약이지 별수 있어? 치약이 뭐야? 이빨 닦는 거야, 이빨. 치약, 써 봐야 알아? 뻔한 거지. 충치? 치약이 충치를 백 퍼센트 예방한다면 전국의 치과들이 왜 지금 성업 중일까.

그렇다면 저희더러 과대광고를 하란 겁니까? 어둠 속에서 기어 들어갈 듯 가느다란 목소리가 묻는다. 김 부장은 대답 대신 손에 들고 있던 지휘봉을 삼단으로 접어 양복 안주머니에 꽂는다. 적확한 대답을 위해 일부러 시간을 벌려는 행동이라는 것을 남자는 알고 있다. 김 부장은 횡설수설하지 않고 늘 지름길을 택한다. 슈퍼마켓에 가 봤어? 치약만 해도 수십 종이야. 치약은 다 똑같아. 잇몸 질환·구취·충취 억제, 어쩌구저쩌구. 산더미처럼 쌓인 치약들 앞에서 무슨 치약을 사야 할지 망설이고 고민하는 소비자들을 도와주는 거지. 조금 낭만적이고 현혹적인 광고를 통해.

김 부장은 이십 년 전에 한 소주 광고를 히트시킨 당사자이다. 아직도 많은 사람들이 '차차차'라는 노래로 시작하는 그 만화 광고의 코가 빨간 주인공을 기억하고 있다. 하지만 김 부장은 정작 술 한 방울도 입에 대지 못한다. 김 부장이 손짓으로 맨 앞자리에 앉아 있던 누군가를 부른다. 남자가 앉은 자리에서는 의자 등받이 위로 드러난 머리통만 보일 뿐이다. 김 부장이 다시 손짓을 하자 의자 등받이 위로 천천히 상반신이 나타난다. 긴 머리의 여자다. 자, 이 얼굴이야. 그렇고 그런 치약 광고에 활력을 줄 뉴 페이스. 이번 광고의 포인트는 열아홉 살에서 스물다섯 살 사이의 젊은 사람들에게 맞추는 거야. 그러자면 기성 모델들은 참신함이 떨어지지. 개중 대부분의 모델들은 겹치기 광고를 하고 있고 말야. 치약 회사 쪽에서도 신인을 원했고. 다들 이 모델을 보면 전광석화처럼 뭔가 떠오르는 게 있을 거야. 미스 최.

미스 최라고 호명된 여자가 쭈뼛쭈뼛 걸어 나가 김 부장 옆에 선다. 김 부장의 반쯤 벗겨진 머리가 여자의 귀쯤에 닿는다. 몇몇이 키드득댄다. 처음 뵙겠습니다, 최명앱니다. 어두운 실내조명 때문에 여자의 길다란 윤곽만 비친다. 창가 쪽에 앉은 누군가 일어나 커튼에 달려 있는 끈을 잡아당긴다. 커튼이 조금씩 한쪽으로 젖혀지면서 서서히 얼굴 윤곽이 드러나기 시작한다. 여자는 햇빛 때문에 실눈을 뜬 채 바닥 어딘가를 보고 서 있다. 여기저기서 휘파람과 환호성이 터져 나온다. 여자의 얼굴이 조금 상기된다. 하관이 빤 얼굴과 꾹 다문 얇은 입술. 어디선가 분명 마주친 얼굴이다. 적어도 한 번 이상.

직원들이 자료실 밖으로 하나둘 빠져나가기 시작하면서 영상실 안에는 김 부장과 최명애 그리고 남자만 남았다. 김 부장은 영상실 안쪽에 있는 자료실의 문을 열고 이곳저곳을 손가락으로 가리키며 연방 속삭이고 있고 최명애는 김 부장의 얼굴과 손가락 끝을 번갈아 바라보며 가끔 고개를 끄덕거린다. 남자는 책상에 펼쳐진 서류를 천천히 주워 모으면서 최명애의 얼굴을 흘끔거린다. 생각날 듯 생각날 듯 좀처럼 떠오르지 않는다. 김 부장을 따라 최명애가 출입구 쪽으로 올라온다. 남자의 곁을 스쳐 가면서 잠깐 두 사람의 시선이 마주친다. 혹시 우리 아는 사이 아녜요? 복도로 나가는 최명애의 뒤를 따라잡으며 묻는다. 최명애는 남자의 시선을 피하며 먼저 복도로 나간 김 부장을 눈으로 찾는다. 맞죠? 우리 언제 만났었죠? 이렇게 마주 보고 이야기한 적이 있죠? 남자가 다그치며 묻자 최명애가 조금씩 뒷걸음질 친다. 아뇨. 사람을 잘못 보셨어요. 전 초면인데요. 복도로 나간 김 부장이 문안을 힐끔거리면서 최명애에게 어서 나오라고 손짓을 한다. 최명애가 김 부장을 바라보며 웃는다. 김 부장님, 제 얼굴이 흔한 인상인가 보죠? 김 부장이 최명애의 어깨에 자연스럽게 한 팔을 올려놓으며 남자와 최명애를 번갈아 쳐다본다. 야, 따봉. 허튼 수작 말고 광고 문구나 이번 주 내로 뽑아 내. 그럴싸한 걸루다가.

광고 기획팀 안에서 직원들은 이름 대신 별명으로 불리고 있었다. 자신이 히트시키거나 완전히 빛을 보지 못한 광고의 구절이나 제품 이름 중 가장 인상적인 단어 하나가 별명이 된다. 남자도 이름 대신 '따봉'이라는 별명으로 불리고 있다. 오 년 전 오렌지주스 광고를 맡은 이후부터 얻은 별명이다. 김 부장이 남자를 따봉이라고 불렀을 때, 남자는 최명애의 한쪽 뺨이 파르르 떨리는 것을 놓치지 않았다. 하지만 금방 최명애의 얼굴은 새치름한 표정으로 되돌아갔

671

다. 우리 밥이나 먹으러 가지. 김 부장의 말에 최명애는 김 부장에게
바싹 붙어 서며 팔짱을 낀다. 걸을 때마다 최명애가 신은 하이힐 굽
이 복도에 닿으며 경쾌한 소리가 난다. 최명애는 무릎 위로 깡뚱 올
라간 짧은 검정 원피스 차림이다. 등 뒤로 다닥다닥 달린 단추들이
엉덩이뼈까지 내려와 있다. 저 둘 사이 어째 이상야릇하지 않어? 복
도에 놓인 재떨이 앞에 서서 담배를 피우고 있던 최가 부스스한 머
리를 긁적이며 복도 끝으로 멀어지는 김 부장과 최명애의 뒷모습을
바라다본다. 저 원피스의 단추들 말야, 저 많은 걸 혼자서 끼우고 풀
려면 힘이 들 텐데 말야. 남자는 최의 말을 흘려들으며 안개 낀 기억
속을 헤치고 있다. 좀처럼 생각나지 않는다. 분명 남자는 최명애와
초면이 아니었다. 멀어지는 최명애의 뒤에 대고 남자가 소리친다.
우리는 분명 만난 적이 있습니다. 기어코 생각해 내겠습니다. 최명
애가 남자의 말을 들었는지 듣지 못했는지는 알 수 없다. 최명애와
김 부장은 곧 구부러진 복도 쪽으로 사라진다.

　누군가 전등을 깨고 달아났습니다. 벌써 세 번째입니다.

　플라스틱 원통형 의자를 밟고 올라서서 출입구 계단참의 전구
를 갈아 끼우고 있던 경비가 남자를 보고 알은체를 한다. 아 참, 전
에 그 편지 말입니다, 주인은 나타났습니까? 백열등의 수나사 부분
을 소켓에 끼워 맞추지 못해 쩔쩔매는 경비를 내려오게 하고 대신
남자가 의자 위로 올라선다. 웬걸요, 아직도 책상에 그대로 있습죠.
그런데 그저께 또 편지가 배달되었습니다. 편지를 분류하다가 그건
우편함에 넣지 않고 따로 빼 두었죠. 여기 어디 그 편지가…… 경비
는 유니폼에 붙은 크고 작은 호주머니에 손을 집어넣는다. 전구를
다 끼우고 의자 밑으로 내려설 때까지도 경비는 여전히 호주머니를
뒤적거린다. 벽에 붙은 스위치를 올리자 전등에 불이 들어온다. 경

비가 편지봉투를 건네주면서 가래침을 화단 쪽에 대고 뱉는다. 어차어피에 총각이 첫 번째 편지도 봤으니, 두 번째 걸 본다고 큰일 날 것도 없겠죠. 첫 번째 편지와는 달리 이번 것은 갓 구운 센베이 과자처럼 와삭거린다. 편지지를 펼치자 받침이 작은 글씨들이 기우뚱거리며 나타난다.

　　── 오늘 단추가 많이 붙은 원피스를 샀어요. 단추를 다 꿰고 마지막 단추를 꿰려는데 그 단추 몫의 구멍이 없는 거예요. 거울에 뒷모습을 비춰 보니까 목덜미 부분의 천이 울어 있더군요. 세 번째 단추를 네 번째 단춧구멍에 끼운 거예요. 단추를 일일이 다시 풀고 다시 끼워야 했죠. 단추를 끼우는데 그런 생각이 스치는 거예요. 내 인생의 단추는 어디서부터 잘못 끼워진 것일까. 암만 생각해도 그후부터였어요. 박성철 씨도 물론 힘들었을 거예요. 돌아가서 처음부터 다시 시작하고 싶지만 너무 멀리 와 버렸죠. 유행가 가사처럼 들리겠죠? 하지만 유행가 가사처럼 가슴에 와닿는 것도 없어요. 당신은 까맣게 잊어버렸겠죠. 시행착오 정도로 생각하고 말았겠죠. 아무도 날 알아보지 못할 거예요. 난 너무 변했어요. 아니 아무도 날 몰라보는 게 내 소망이에요. 한때는 날 알아봐 주는 사람이 있기를 바란 적도 있었지요. 하지만 옛날 일이에요.

　　편지를 쓴 여자는 박성철이라는 사람을 원망하고 있었다. 이번엔 뭐라고 썼어요? 어느새 남자 곁에 다가온 경비가 슬쩍 편지를 넘어다본다. 싸한 박하 향 냄새가 날아온다. 보시겠어요? 경비는 호주머니에서 돋보기를 꺼내 코끝에 걸치고 편지를 멀찍이 떨어뜨려 놓고 중얼거리면서 읽어 나간다. 남자는 화단 턱에 앉아 담배를 꺼내문다. 순간 최명애의 얼굴이 떠오른 건 아마 단추가 많은 원피스 때문일 것이다. 내 경험에 의하면 말이죠. 편지를 다 읽은 경비가 남자

옆에 쭈그리고 앉는다. 박하사탕이 입속에서 달그락거린다. 왜 이런 속담 있잖아요? 무심코 던진 돌에 개구리는 맞아 죽는다는. 남자는 담배 한 대를 경비에게 권한다. 경비는 손을 내저으면서 호주머니 속에서 박하사탕을 꺼내 껍질을 벗긴다. 금연한 지 삼 년쨉니다. 폐가 석탄가루를 뒤집어쓴 것처럼 까맣게 변했다고 의사가 그럽디다. 사탕 하나 드시려우? 경비가 엉거주춤 일어나며 호주머니 속에 손을 집어넣어 뒤적인다. 아뇨, 박하 맛이라면 물릴 대로 물렸습니다. 마감은 일주일 앞으로 다가와 있다. 여전히 남자의 상상은 '키스'에서 더 나가지 못하고 머물러 있다. 치약 생각을 하자마자 또다시 검정 원피스를 입은 최명애가 떠오른다.

최명애를 다시 본 것은 구내식당에서였다. 최명애는 여전히 김 부장과 동행이었다. 둘은 식당 입구에서 멀리 떨어진 창가에 앉아 식사를 하고 있었다. 자율 식당에는 밥과 반찬이 든 통들이 일렬로 늘어져 있어 차례로 그 앞을 지나면서 원하는 반찬을 원하는 만큼 덜어 먹도록 되어 있었다. 입맛 당기는 것이 없어 그릇들 앞을 건너 뛰다 보니 식반 위에는 밥과 국이 달랑 있을 뿐이다. 남자는 식반을 들고 창가 쪽을 훑어보았다. 빌딩 광장의 꽃밭으로 난 창가 쪽에는 이미 빈자리가 없었다. 밀폐된 곳이나 시야가 막히는 곳은 잘 견뎌내지 못해 창가를 골라 앉는 것이 버릇이 되었다. 또 다른 창가 쪽으로 시선을 옮기던 남자는 최명애의 얼굴을 발견했다. 그곳은 잔반통이 놓인 자리였다. 계속 스테인리스의 식반과 수저 들이 요란한 소리를 냈다. 창가 쪽의 빈자리는 그곳뿐이었다. 옆 식탁 위에 빈자리가 있었지만 남자는 식반을 들고 일부러 최명애 옆자리로 가 앉는다. 활짝 웃고 있던 최명애의 얼굴이 굳어졌다. 부장님, 이거 식당 반찬이 이래도 되는 겁니까? 두부된장찌개에 두부조림, 두루치기.

혹시 다음 광고는 두부 아닙니까? 남자는 괜히 너스레를 떨었다. 최명애는 의자를 조금 옮기며 남자에게서 떨어져 앉았다. 두부조림을 먹던 최명애가 김 부장을 향해 물었다. 두부가 좀 짠 것 같아요. 입에 맞으세요? 남자는 젓가락으로 밥알을 깨작거리고 있었다. 입안에는 늘 민트 향의 잔맛이 남아 있었다. 양념 맛도 느낄 수가 없었다. 남자는 젓가락을 입에 물고 최명애의 옆얼굴을 물끄러미 바라보았다. 남자의 시선을 느낀 최명애가 숟가락으로 떠서 입으로 가져가던 국물을 찔끔 치마 위에 흘렸다. 최명애 씨, 우리 전에 어디서 만났죠? 그죠? 최명애가 순순히 고개를 끄덕였다. 네, 만났죠. 남자는 최명애 쪽으로 돌아앉으면서 물었다. 어디에서였죠? 답답해서 미치기 일보 직전입니다, 전. 최명애가 남자의 눈을 정면으로 들여다보았다. 한 열흘쯤 전에요, 영상 자료실에서요. 지각해서 늦게 들어오셨고 넘어지셨어요. 김 부장이 밥알이 가득 든 입을 벌리고 웃기 시작했다.

……그래서 지금은 어린아이처럼 사탕만 빨고 있습죠.

최명애 생각에 마음이 뺏겨 남자는 경비의 이제껏 중절거린 이야기를 흘려듣고 있었다. 이야기를 마친 경비가 엉덩이에 묻은 모래를 털어 내며 일어선다. 내가 지금까지 말한 건, 그냥 늙은이의 푸념이라고 생각해 두시고. 경비는 사탕 알을 입안에서 굴리며 알루미늄 부스 안으로 들어간다. 경비가 왜 사탕을 끊임없이 빨아 먹고 있어야 하는지는 끝내 알 수 없을 것이다. 유원지 쪽에서 가사를 알아들을 수 없는 가요가 흐릿하게 들려온다.

남자는 지금 스크랩북을 보고 있다. 국내외 팜플렛과 그동안 남자가 맡은 광고지들을 모아 놓은 스크랩북이다. 그동안 치약을 네 개나 썼지만 별다른 것이 떠오르지 않았다. 생각은 늘 '키스'에서 머물렀다. 키스를 부르는 숨결. 자신이 키스에 집착하고 있는 것은 단지 치약 때문만은 아닐 것이라는 생각이 들면서 얼굴이 후끈 달아오른다. 치약의 맛을 보고 치약을 짜서 손가락으로 문질러 보며 질감을 느껴 보려고도 했다. 식욕이 없어졌다. 된장찌개에서도 박하 냄새가 났다. 시중에 나와 있는 치약만 해도 수십 종에 달했다. 차별화된 치약을 만드는 것이 관건이었다. 남자는 스크랩북을 한 장 한 장씩 넘겨 나갔다. 아카시아, 죽염, 소금, 안티프라그, 클로즈업…… 그때 낡은 광고지 한 장이 스크랩북 어딘가에 끼여 있다가 팔락거리며 바닥으로 떨어졌다. 광고지를 줍기 위해 바닥으로 상체를 구부리는 순간 남자의 머릿속에 스쳐 가는 것이 있었다. 박성철이라는 사람 앞으로 온 두 통의 편지였다. 간혹 경비와 마주쳤지만 세 번째 편지를 전해 주지는 않았다. 남자는 숨이 차오르고 머릿속이 뜨거워질 때까지 바닥에 떨어진 광고지를 들여다본다. 광고지는 누렇게 변색되어 있다. 신문 사이에 간지로 들어가는 종이 질이 좋지 않은 광고지다. 광고지 위로 마침표만 한 하얀 벌레 한 마리가 기어가고 있다.

이제는 쉴 시간입니다.

A4 용지만 한 광고지에는 낯익은 그림이 프린트되어 있다. 밀레의 「만종」이라는 그림이다. 그 그림의 복사품들은 종종 이발소나 시골 역사 근처의 다방 벽에서 마주치고는 했다. 해 지는 들판에서 농사 일을 마친 젊은 부부가 교회의 종소리를 들으며 기도를 올리고 있다. 그 광고지는 값싼 인쇄 탓에 색깔이 제대로 나오지 않았다. 원화가 전해 주는 해 질 녘의 평온함을 느낄 수는 없다. "그땐 당신이나 나나 햇병아리였죠." 첫 번째 편지에 적혀 있던 한 구절이 떠오른다. 남자의 발치로 떨어진 이 광고는 남자가 처음으로 맡은 광

고였다. 이제는 쉴 시간입니다. 라는 헤드라인과 평수와 분양가가
적힌 그 사이에는 여러 시의 구절들을 빌려 와 꿰어 맞춘 글이 인쇄
되어 있다. 고등학교 때 처음 서울로 올라와 취직을 할 때까지 남자
는 열세 곳의 전셋집을 옮겨 다녔다. 이삿짐을 꾸리고 풀 때마다 뿌
리를 내리고 편안히 쉴 수 있는 방 한 칸이 그리웠다.

　남자가 그 아파트에 대해 알고 있는 것은 시공 회사의 이름뿐
이었다. 이 광고가 채택되었을 때 남자는 포상금까지 받았다. 아파
트가 날림 공사로 급조되었다는 것을 알게 된 것은 이 년 후 텔레비
전 뉴스 보도를 통해서였다. 건설 회사 광장에서 시위를 하고 있는
입주자들이 비춰지고 있었다. 오합지졸처럼 대열은 흐트러져 있었
고 앞에 서서 구호를 선창하던 사람은 카메라를 들이대자 자꾸 말
을 더듬었다. 시위를 하다 기진해서 바닥에 쓰러진 노파를 카메라
가 잡기도 했다. 거북 등처럼 검게 그을리고 두꺼운 피부의 노파는
서울에 집 한 칸 갖는 것이 평생 소원이었노라고, 모든 것이 물거품
이 되었다면서 울음을 터뜨렸다. 입주자들은 엉성하게 만든 피켓을
들고 있었다. 종이 집을 만든 세호건설은 각성하라. 입주금 반환 때
까지 우리는 투쟁하겠다. 카메라가 피켓들을 훑어 나갔다. 그때 남
자는 피켓에 적힌 낯익은 문구를 발견했다. 우리에게 쉴 공간을 달
라. 이 년이 넘는 시간이 흘렀는데도 사람들은 아직까지도 분양 광
고지에 적힌 문구를 기억하고 있었다.

　그 후로 또 오 년이라는 시간이 흘렀다. 그때 그 누구도 광고 문
안을 작성한 남자를 문책하지는 않았다. 그 시위는 흐지부지 끝이
났다. 당시 김 과장이었던 김 부장은 말했다. 그건 네 탓이 아니야.
그 사람들의 대부분은 먼저 분양가와 투자가치를 살폈을 거야. 모델
하우스도 꼼꼼히 살펴보았겠지. 자식 교육에 신경을 쓴 사람이라면

학군도 따져 보았을 거야. 그리고 맨 나중에 네가 쓴 문구를 보았겠지. 오 년이 흐르는 동안 남자는 자연스럽게 그 일을 잊어버렸다.

　다섯 번째 칫솔질을 하고 있을 때 전화벨이 울린다. 입안에 치약 거품을 문 채 전화를 받는다. 전화를 건 사람은 아무 말 없이 조용히 전화를 끊는다. 남자가 들은 것은 전화기 저 너머에서 흘러나온 음악의 한 소절이다. 빠른 템포의 춤곡이었다. 남자는 입안에 든 치약 거품을 뱉어 내기 위해 서둘러 개수대로 뛰어가다 방바닥에 떨어진 치약 튜브를 밟는다. 뚜껑이 퉁겨 날아가면서 방바닥으로 치약이 뿜어져 나온다. 개수대에 거품을 뱉는다. 하수구를 타고 흘러드는 거품이 핑크빛이다. 거울에 비춰 보니 잇몸이 발갛게 부어오르고 상처가 나 있다.

　서울역에 내리니 벌써 약속 시간은 십 분이나 지나 있다. 오늘도 변한 것은 아무것도 없었다. 광고판 속의 원주민 처녀는 변함없이 웃고 있었고 교통 체증도 여전했다. 남자는 서울역 지하도의 계단을 한달음에 뛰어 내려가 지하도를 통과해 반대편 입구로 뛰어 올라간다. 땀이 흐르면서 양복 속에 받쳐 입은 와이셔츠가 등에 바싹 달라붙는다. 뒤에서 누군가 남자처럼 뛰어오고 있다. 가벼운 발걸음이 금세 남자를 따라붙는다. 또 지각이시네요. 최명애다. 가볍게 목례를 한 최명애는 남자를 앞질러 회전문 안으로 뛰어 들어간다.

　촬영 장소로 정해진 곳은 남자가 근무하고 있는 빌딩의 로비였다. 화분을 한쪽으로 치우고 공중전화 부스를 로비 가운데로 끌어오고 회전문을 가설하느라 직원들이 분주하게 움직인다. 치약 광고에 칫솔질하는 장면이 나오지 않는 건 처음이다. 욕실도 나오지 않고 머리를 수건으로 동여맨 여자 모델이 등장하지도 않는다. 도대체 치약 없는 치약 광고가 가능한 거야? 최가 담배를 피워 물며 광고 콘티를 뒤적인다. 최명애와 상대역을 맡은 신인 남자 모델은 로비 한쪽에서 분장을 하고 있다. 최명애는 머리를 틀어 올리고 허리와 엉덩이에 달라붙는 정장 투피스 차림이다. 남자 모델 역시 넥타이까지 매고 있다. 이 치약 광고에서는 푸른 사과도 키스도 나오지 않는다. 여러 개의 콘티 중에 마지막에 채택된 것은 김 부장이 제출한 것이었다. 수많은 사람들이 지나치는 빌딩 로비, 회전문을 통해 들어오던 남자 모델이 회전문을 향해 다가오는 여자 모델과 마주친다. 여자 모델이 환하게 웃는다. 여자 모델이 회전문을 밀치고 나가면 곧이어 남자 모델이 여자 모델을 쫓아 회전문을 밀치며 뛰어간다. 그 위로 떠오르는 멘트. 천사만이 천사를 알아본다. 우리들만의 치약, 1004.

촬영은 오후 늦게서야 끝났다. 최명애와 남자 모델은 스탭진에 둘러싸여 있다. 야, 신인들이 기성 모델 뺨치는데. 최명애 씨, 정말 한 번도 이런 일 해 본 적 없어요? 감독이 큰 소리로 떠들어 댄다. 저기, 잠깐만요. 최명애가 무리에서 벗어나 누군가를 부른다. 그냥 지나치려는 남자를 향해 최명애가 다시 소리친다. 박성철 씨. 남자는 주위를 둘러본다. 주위에는 남자 말고 아무도 없다. 최명애가 웃으면서 다가온다. 따봉 씨라고 해야 알아듣나 보죠? 그동안 감사했어요. 언제 시간 내 주시면 저녁 한 끼 대접할게요. 최명애는 무리들에 섞여 엘리베이터를 탄다. 남자의 이름은 박성철이라고 잘못 알고 있는 사람은 한 사람뿐이다.

책장 가득 수백 개의 비디오테이프들이 연도별로 꽂혀 있다. 남자는 책꽂이 맨 위칸에서 비디오테이프 한 개를 빼낸다. 영상실에 설치된 비디오덱에 테이프를 넣고 화면과 가까운 자리에 앉는다. 텔레비전 속으로 영상이 떠오른다. 오렌지주스 광고다. 이국의 오렌지 농장이 나오고 금빛의 오렌지들이 앞으로 굴러온다. 오렌지 품질을 검사하는 검사관이 오렌지를 들고 엄지손가락을 들어 올리며 말한다. 따봉. 오렌지 농장은 축제 분위기로 바뀐다. 농장에 있던 브라질 원주민들이 오렌지나무 아래서 따봉을 외치면서 춤을 추고 웃는다. 팔자 콧수염을 한 브라질 원주민이 밀짚모자를 쓰고 엄지 손가락을 치켜올리면서 익살맞게 말한다. 따봉. 그 옆에 긴 머리의 원주민 아가씨가 주스를 마시고 활짝 웃는다. 그 밑에 떠오르는 자막. '따봉'은 '매우 좋다'는 뜻의 브라질 말입니다. 남자는 재빨리 정지 버튼을 누른다. 바로 그 원주민 아가씨가 최명애였다. 그 당시 최명애는 고등학교 졸업반 학생이었다. 얼굴에는 아직도 젖살이 남아 통통하고 두 눈망울은 크고 맑았다. 콧방울이 둥글해서 원주민 처녀로 보였다.

이 광고는 선풍적인 인기를 모았다. '따봉'이라는 말을 모르는 사람은 없었다. 술집에 들어가면 테이블 여기저기서 따봉이라고 외치는 소리를 들을 수 있었다. '따따봉'이라는 신조어도 만들어졌다. 사람들의 입에 오르내리고 있었지만 이 광고는 실패작이었다. 사람들은 슈퍼로 가서 '따봉주스'를 찾았다. 하지만 따봉이라는 이름의 주스는 없었다. 이 주스의 원이름을 기억하는 사람은 한 사람도 없었다. 뒤늦게서야 주스 회사에서는 따봉주스라는 신제품을 내놓았다. '따봉'에 묻힌 건 또 있었다. 바로 최명애였다. 원주민 남자 뒤에 선 최명애를 주의 깊게 본 사람은 한 사람도 없었다. 최명애를 불러 주는 곳도 없었다. 그렇게 최명애는 사라졌다.

최명애가 써 보낸 편지에서처럼 그때는 남자도 최명애도 햇병 아리였다. 광고의 주연을 따냈으면서도 스포트라이트를 받지 못한 그 충격을 감당하기에 최명애는 어린 나이였다. 오 년 동안 최명애가 어떻게 살았는지 남자는 알지 못한다. 김 부장과 최명애가 어떻게 어디서 만났는지, 어떻게 최명애에게 치약 광고의 주연 자리가 돌아갔는지 추측할 수 없다. 두 통의 편지를 통해 오늘 이 광고의 주연을 따 내기 위해 최명애가 얼마나 먼 길을 돌아왔는지 어렴풋이 짐작만 할 뿐이다.

페인트공들은 광고판의 좌우에 매달려 있다. 버스는 좀처럼 움직이지 않는다. 이 도로의 끝은 서해 바다에 닿아 있다. 간척지 위로 고층 아파트 단지가 들어서면서 도로는 한꺼번에 늘어난 교통량을 감당하지 못한다. 오늘 만조시간은 새벽 세 시 십오 분이었다. 바닷물은 남자가 잠든 사이에 가득 찼다 밀려나간다. 로프에 매달린 널빤지에 앉아 페인트공들은 긴 자루 끝에 달린 롤러로 간판에 흰색을 덧칠한다. 도르래에 연결된 끈을 잡아당겨 높낮이를 조절하고 간판 아랫부분으로 내려오면 간판을 발로 차서 옆으로 조금씩 이동한다. 그들이 움직일 때마다 흰 부분이 와짝와짝 늘어난다. 이제 저 광고판 속에는 어떤 것이 그려질까. 남자는 손잡이를 움켜쥐고 광고탑을 올려다본다. 이 도로가 상습 정체 구역이 되면서 광고탑 사용료도 부쩍 뛰어올랐을 것이다. 버스가 한쪽으로 쏠리면서 남자의 얼굴이 유리창에 짓눌린다. 찌그러지지 않은 한쪽 눈에 버스 측면에 달린 백미러가 들어온다. 볼록거울 속에 낯익은 여자의 얼굴이 담겨 있다. 남자는 사람들 틈을 비집고 최명애에게 가까이 간다.

난 인천 토박이예요. 용현동에서 탔지요. 최명애가 웃는다. 그런데 오늘은 그 질문 안 하세요? 우리가 어디서 만났죠? 그 질문. 오 년 전의 통통하던 얼굴은 아니지만 웃을 때마다 슬쩍슬쩍 밑그림처럼 고등학교 삼 학년 소녀의 얼굴이 비친다. 최명애를 한번에 알아

681

보지 못한 것은 바로 코의 모양 때문이다. 둥글둥글하던 콧방울이 날카롭게 서 있다. 최명애 씨와 어디서 만났는지 생각났어요. 남자는 최명애의 뺨이 파르르 떨리는 것을 본다.

어디, 어디서요? 최명애가 말을 더듬는다.

한 달 반쯤 전이던가. 우리 회사 영상 자료실에서요. 난 그날 지각을 했고 넘어졌죠.

최명애가 이를 활짝 드러내 놓고 웃는다. 그렇게 웃는 모습은 오 년 전 주스 광고 이후로 처음이다. 버스가 고속도로로 진입하면서 속력을 높이기 시작한다. 광고가 나가기 시작해서 얼굴이 알려지기 시작하면 이렇게 버스를 타고 다닐 수도 없을걸요? 버스를 타고 다니던 걸 그리워하게 될지도 모르죠. 그런데 이거 아세요? 빌딩 옥상을 가리고 서 있는 간판들 말이죠. 그 간판 뒤에 뭐가 숨겨져 있는지 아세요? 최명애가 양미간을 모으며 남자의 얼굴을 쳐다본다. 법랑 냄비처럼 하얗고 가지런한 최명애의 이에 자꾸 남자의 눈길이 머문다. 누가 뭐래도 최명애는 신제품 치약 1004와 가장 잘 어울리는 모델이 분명하다.

—《문학사상》, 1998년 10월;
하성란, 『옆집 여자』(창작과비평사, 1999)

한강(韓江·1970~)

한강은 1970년 광주에서 태어났다. 교직을 그만두고 작품 활동에 전념하게 된 아버지 소설가 한승원을 따라 열한 살에 서울로 이사했다. 연세대학교 국어국문학과를 졸업한 후 《샘터》 출판부에서 일하던 중 1993년 《문학과사회》 겨울호에 시 「서울의 겨울」 외 네 편을 발표하면서 문단에 데뷔했고, 이듬해 《서울신문》 신춘문예에 단편소설 「붉은 닻」이 당선되어 소설가로 작품 활동을 시작했다. 중편소설 「아기 부처」(1999)로 한국소설문학상, 「몽고반점」(2005)으로 이상문학상을 비롯해 오늘의 젊은 예술가상, 동리문학상, 만해문학상, 황순원문학상, 김유정문학상을 수상했다. 2016년 연작소설집 『채식주의자』(2007)로 맨부커상 인터내셔널 부문, 2017년 장편소설 『소년이 온다』(2014)로 말라파르테 문학상, 2023년 장편소설 『작별하지 않는다』(2021)로 프랑스 메디치 외국 문학상을 수상했다.

한강의 문학은 죽음, 고독, 폭력과 억압에서 비롯된 내면의 상흔 등 인간의 실존적인 고통을 극한의 차원에서 다룬다. 첫 소설집의 표제작인 「여수의 사랑」에서는 어린 시절 아버지가 여동생을 껴안고 자살한 사건에 대한 상처로 우울과 염오감, 결벽증에 시달리는 여성 '정선'과 부모에게 버림받은 후 홀로 이곳저곳을 떠돌며 살아온 또 다른 여성 '자흔'을 그린다. 또 「내 여자의 열매」의 '아내'는 자유로운 삶 대신 결혼을 택하며 시작된 서울 변두리 아파트살이로 심인성 질병을 극심히 앓다가 식물로 변한다. 폭력과 억압에 물든 현실과 실존적 고통에서 벗어나 식물과 같은 존재로 화하기를 열망하는 인물형은 『채식주의자』의 '영혜'로 반복된다. 고통에 몸부림치는 여성 인물들의 구토, 자학, 나체로 돌아다니는 등의 병적인 행동과 식물(또는 채식)에 대한 광기 어린 집착은 한강의 소설 속에 자주 등장하는 지배적인 모티프이다. 이처럼 죽음에 육박하는 극단적인 몸부림은 모든 폭력에 대한 저항, 극복과 초월, 치유와 구원을 향한 강렬한 열망의 반증이며, 동시에 자아와의 화해, 그리고 타자에 대한 이해와 공감, 연대로 나아가는 과정을 다루는 한강 특유의 문학적 방식이다. 그러나 한강의 소설은 결코 쉽게 화해나 용서, 해결에 이르는 길을 보여 주지 않는다. 5·18민주화운동을 다룬 『소년이 온다』는 국가 폭력에 의한 희생자와 유가족이 경험한 고통을 생생한 통각으로 재현한다. 이 고통은 한강 소설의 미학적 탁월함이 날마다 "내가 인간이라는 사실과 싸"우도록 하는 고투로서 문학의 윤리에 기반해 있음을 보여 준다.

한강의 문학은 그 자체로 한국 현대문학사에서 남다른 위상을 확보했을 뿐 아니라, 다양한 페미니즘 문학 이론적 반응 및 비평 담론을 생산하는 원천으로서 여성문학사의 풍요와 깊이, 편폭을 더했다. 특별히 주제와 미학 차원에서 가부장주의적 사회 현실과 남성중심주의적 근대 문명의 폭력성에 대응하는 타자로서 여성 주체의 저항과 해방에 대한 새로운 여성문학적 상상력을 보여 주었다는 의의를 갖는다.

배하은

내 여자의 열매

작품 소개

이 작품은 1990년대 여성문학의 한 갈래를 이루었던 여성적 욕망의 추구를 식물적 상상력과 결합해 보여 준다. 한곳에 뿌리박은 식물은 이동과 변화가 불가능한 존재이자 동물적 욕망이 거세된 존재로 흔히 여겨져 왔다. 그러나 이 작품은 식물을 이런 고정된 이미지에서 해방시켜 자유롭고자 하는 여성적 욕망의 표상으로 재해석한다. 작품 후반부 어머니에게 보내는 편지에서 '아내'는 자신의 몸이 자라나 "베란다 천장을 뚫고 (……) 옥상 위까지 콘크리트와 철근을 뚫고 막 뻗어 올라가" 마침내 "이 집을 떠나는" 꿈에 대해 쓴다. 식물로의 변신은 여성적 섹슈얼리티를 실현하려는 의지의 표현이다.

이명호

송경아(宋京娥·1971~)

송경아는 1971년 서울에서 태어나 연세대 전산학과를 졸업하고 같은 학교의 국어국문학과 대학원에서 박사과정을 수료했다. PC통신으로 글을 쓰다가 1994년《상상》소설「청소년 가출협회」로 등단하고 같은 해에 소설집『성교가 두 인간의 관계에 미치는 영향에 대한 문학적 고찰 중 사례 연구 부분 인용』을 출간했다. 같은 시기에 등단한 김영하, 백민석, 배수아 등과 더불어 1980년대와 구분되는 신세대 작가로 주목받았다. SF, 판타지, 장르문학 등 다양한 작품을 출간했고 번역가로서 활발히 활동했다. 다양한 장르와 형태로 소설의 시공간을 낯설게 변용하여 현실에 내재한 권력의 문제성을 시사하며 한국 소설 문학의 영토를 넓힌 작가로 주목받았다. 2004년에는 대한민국 제17대 총선 민주노동당 비례대표 후보로 출마했으며, 2008년 3월 심상정, 노회찬 등이 탈당하여 진보신당 연대회의를 구성했을 때 진보신당 대변인으로 활동했다.

소설집『책』(1996),『엘리베이터』(1998),『테러리스트』(1999),『백귀야행』(2020),『우모리 하늘 신발』(2020), 장편소설『아기찾기』(1997),『무지개나래 반려동물 납골당』(2023) 등을 출간했다. 청소년소설『누나가 사랑했든 내가 사랑했든』(2013) 등을 창작하고, 스콧 니컬슨의『뱀파이어 유격수』(2018) 같은 청소년 문학도 번역했다. 작가는 이 땅의 소수자 문제에 주목하고 SF, 미스터리, 판타지 장르에 많은 관심을 보였다. 대표적인 번역서로는 셰릴 빈트와 마크 볼드의 『SF 연대기』(2021), 한국계 미국 SF작가 이윤하의 『드래곤 펄』(2020)과 『호랑이가 눈뜰 때』(2023), 스타니스와프 렘의 『사이버리아드』(2022)가 있다.

송경아는 디지털 시대 다매체 환경이 만들어 낸 작가다. 실제 체험과 현실보다 이미지와 판타지를 활용하는 작가로서 장르소설에 두각을 나타낸 SF 페미니즘 작가로 알려졌다. 여성의 자의식과 현실의 여러 문제에 관심을 가지고 소설화했다. 과거 여성에게 적대적이었던 SF 장르를 전유해 인류가 경험해 보지 못한 세계에서 '지금 이곳'의 문제를 환기시키고, 환상적 요소와 현실적 요소를 활용해 사회 문제를 우회적으로 제시한다. 송경아는 SF소설로 차별이 없는 세계를 상상하고 지향했다. 장르소설을 통해 본격소설이 감당하는 시대적 책무를 실현하려 한다는 점에서 송경아 문학의 판타지는 현실의 속살을 새롭게 읽기 위한 전복의 방편으로 평가된다.

안미영

바리—길 위에서

두 여행자는 창밖을 바라보고 있었다. 한 여행자는 긴 머리를 뒤로 묶고 체구가 크다. 체구만큼이나 큰 가슴과 흰 얼굴에 달린 짧지만 잘 다듬어진 턱수염이 눈에 띈다. 양성 인간이다. 다른 하나는 햇빛에 그은 듯한 갸름하고 가무잡잡한 얼굴과 마른 몸집을 하고 있다. 검은 머리는 짧게 커트되어 있다. 둘 다 긴 여행에 걸맞은 옷차림을 하고 배낭 하나씩을 들고 있다. 초고속으로 운행하는 차의 승객은 그들 둘뿐이었다. 창밖의 경치는 빠른 속도 때문에 식별하기가 어려웠다. 그저 푸르고 노란빛들이 가닥가닥 갈라져 차를 휩싸고 드는 것만 같았다. 푸른 것은 숲, 노란 것은 그 사이를 흐르고 도는 안개려니 하고 바리는 생각했다. 그러나 지금 그녀는 바깥 경치보다 바로 손위 언니인 석금이 한 말에 더 관심이 있었다.

「그럼 우리가 지금 가는 것도 아무 소용이 없단 말예요, 석금 언니?」

바리는 까맣고 반짝거리는 눈을 커다랗게 떴다. 석금은 동생을 보며 고개를 끄덕이고, 걸걸한 목소리로 대답했다.

「그래, 예쁜 동생아. 네가 생각하듯이 그렇게 간단한 일이 아니란다. 단순히 서천 서역국에 가서 불로초와 불사약만을 가져온다고 되는 일이 아니야. 그보다 훨씬 더 미묘한, 그리고 정치적인 데이터 흐름(data flow)의 문제야」

그리고 석금은 입을 다물어 버렸다. 바리는 더 묻고 싶었지만, 어떻게 물어야 자신이 원하는 답을 얻을 수 있을지 알 수 없었다. 석금은 바위처럼 단단하게 침묵을 지키고 있었다. 바리는 검은 턱수염을 기른 석금의 얼굴을 다시 한번 아쉽게 바라보았다. 바리가 어떻게 물어도 해답은 얻을 수 없으리라는 것, 설령 바리가 석금에게서 해답을 얻는다고 하더라도 그 해답을 바리 자신의 내부에서 연산해서 유용한 결과로 바꿀 수 없으리라는 판단이 석금의 얼굴에 결연하게 쓰여 있었다. 바리는 한숨을 쉬고 다시 시선을 창밖으로 돌렸다.

가끔 가다 분간하기 힘들 정도로 작은 검은색 점도 스쳐 지나갔다. 꽤 큰 점도 있었다. 그것은 빠른 속도로 스쳐 지나가는 새들이었다. 새들은 보통 두 가지 역할을 한다. 그 속도 때문에 새들은 간단하고 빠른 정보를 먼저 전하는 역할을 맡거나, 초기 조건에 민감한 작은 서브루틴으로서 테스터 내지 파수꾼의 역할을 했다. 그러나 바리는 그것도 알지 못했다. 그녀는 사흘 전까지 그녀 자신 외의 다른 정보를 거의 접해 본 일이 없었다. 그녀는 고립자였고, 처리할 변수가 외부에서 주어지지 않은 서브루틴이었고, 아무곳도 가리키지 못하고 고립된 산과 동굴 속에서 지워지기만을 기다리던 포인터였다. 어머니 길대 부인이 다시 불러 주지 않았다면 그녀는 쓸데없이 세계의 기억 장소만 차지하고 아무것도 하지 못하는 허수아비(dummy)가 되었을 것이다.

그리고 그녀가 불라국에 들어가서 본 세계! 아! 바리는 그렇게 아름다운 세계를 본 적이 없었다. 잉여도 없고 부족도 없었다. 모든 사람들은 세계 안에서 나름대로 역할을 수행하고 있었다. 사람들은 변수로서 다른 프로그램의 다른 사람들과 접촉하며 자기 삶을 살아갔고, 물건들은 상수였다. 부패하지도 퇴색하지도 않았다. 그 모든 것이 우주가 요구하는 한 가지 결과를 얻어 내기 위해 움직여 가고 있었다. 전 우주를 수행하는 하나의 프로그램! 불라국의 중요성은 절대적이었다. 가끔 에러가 나면 시스템은 가장 신속하고 가장 완벽하게 에러를 수정할 수 있는 방법을 스스로 고안해 실험했다. 시스템은 작성된 곳까지 항상 분석되고 분석을 토대로 작성되었기 때문에 대부분 에러를 두 번 수정할 필요는 없었다. 어린아이들은 가끔 문법에 관한 초보적인 오류를 저지르기도 했지만, 모두 너그럽게 봐주고 있었다. 문법은 문제가 아니다. 그들이 어떤 창조적 의미를 가지고 불라국에 도달해서 어떤 의미로 쓰이게 될 것인가가 중요했다. 모두가 미래를 생각하는 세계! 수천 수억 번이나 다시 실행할 수 있는, 우주를 위한 거대한 프로그램!

모든 일의 처리가 빠르고 화려한 궁중에서 바리가 처음 자신의 언니들에게 그런 감상을 털어 놓았을 때, 여섯 언니들은 모두 바리를 좋아하고 있었는데도 낄낄 웃었다. 마침내 바로 손위 언니인 석금이 난처한 듯 말했다.

「음, 바리야, 우리 모두 널 좋아하지만 네 오류나 정보 부족까지 좋아할 수는 없지. 사정은 좀 복잡해. 아마 네가 여기서 조금 더 살면 알게 되겠지만, 그렇게 낙관적이지만은 않아. 아직은 모르겠지만 우리 불라국은 병에 걸렸어. 전 세계라는 네트워크가 병에 걸렸을지도 모르지. 정보들, 그러니까 우리들의 삶은 끊임없이 조금씩 분실되고 파손되고, 사람들은 자기 목적지를 향해 가다가 목적지가 어디인지 잊어버리고, 그중 어떤 것들은 복구 불능일 때마저 있단다. 네 말대로 하자면 여기는 병에 걸린 사람 같은 건 없어야 해. 하지만 당장 우리 아버지 오구대왕도 병에 걸려 있잖니. 그래서 우리도 지금 어떻게 운신을 못 하고 허공에 매달려(dangling) 있는 상태야. 부모 프로그램에게 문제가 생기면 문제를 수정하기 전까지 자식 루틴들은 보통 쓰일 길이 없는 법이지.」

바리의 얼굴이 창백해졌다. 맏이인 천상금은 바리의 후리후리한 키와 가무잡잡한 얼굴을 보면서 어깨를 으쓱했다. 어린아이들은 자신에게 주어지는 정보가 부족하거나 질이 낮으면 추론도 질이 낮아질 수밖에 없다는 것을 잘 인정하려 들지 않는다. 천상금 자신도 자랄 때 그랬고, 바로 밑인 지상금도 그랬고, 여섯째인 석금도 마찬가지였고, 그리고 이제 바리, 십육 년 만에 다시 불려 온(called) 이 매력적인 아이도 마찬가지다. 천상금은 자매들이 모두 바리를 좋아하고 있다는 것을 알 수 있었다. (태어날 때부터 삶의 양성적인 면을 선택한 석금은 바리에게 이성의 매력까지 느끼고 있는지도 모른다.) 이 아이는 아직까지 한 번도 주어진 데이터를 제대로 처리해 본 적이 없었고, 수정 여부에 따라서 꽤 쓸 만한 루틴이 될지도 몰랐다. 아직 많은 사람과 정보들을 접해 보지 못해서 흥분을 잘한다는 단점이 있긴 하지만……. 바리가 떨리는 목소리로 물었다.

「그러면 이 아름다운 체계가 병에 걸려 있다는 말이에요? 더구나 우리의 부모가? 언니는 저보다 훨씬 현명하고 많이 아니까 어떻게 해야 할지도 알지 않아요? 아…… 아시다시피 전 아무것도 모르고 실제로 해 본 적도 없어요. 하지만 전 어떻게 해서든지 이곳이 치유되었으면 좋겠어요. 만약 이 아름다운 불라국이 그런 병으로 해서 무너진다면 이곳의 사람들은 어떻게 되는 건가요?」

「쓰레기(garbage) ── 쓸모없는 데이터들의 무너진 폐허가 되는 거야. 우리 중에 운 좋은 몇몇 데이터들은 살아남아서 별들 사이를 날아다니며 체계에 소속되었던 과거를 그리워할지도 몰라. 하지만 아무것도 실행하지 못하고 어떤 처리 과정에도 끼지 못하는 데이터 란 오히려 없느니만 못한, 독과 같은 존재가 될 거야. 그렇게 우주는 멸망에 가까워 가겠지.」

석금이 약간 냉소적인 표정으로 말했다. 별금이 석금의 허리를 쿡 찔렀다.

「혼자 너무 비관적인 체하지 마. 바리가 놀라겠다.」

석금은 어깨를 으쓱하며 바리를 쳐다보았다.

「바로 이렇다니까, 바리야. 멸망이 항상 우리 눈앞에 기다리는 데도 사람들은 태평으로 살아. 하기야 태평으로 사는 것밖에 다른 선택이 없기도 하지. 정해진 처리 과정(process) 안에서 정해진 쓰임 에 따라서. 지금 사람들이 걱정하는 건 단 하나밖에 없어. 그 〈정해 진 쓰임〉에 대한 정보, 아버지 오구대왕께서 병에 걸려 죽어 버리면 어쩌나 하는 것이지. 사실 그것은 세계가 멸망하는 수천 수만의 길 중 한 가지에 지나지 않는다는 걸 사람들은 생각하지 않아요. 어쩌 면 그게 현명한지도 몰라. 근본적인 문제들은 언제나 하나의 법칙 이야. 어떤 일이 잘못될 가능성이 있다면 그 일은 잘못될 수밖에 없 다는 머피의 법칙이라든지, 원인과 결과가 같은 수치의 선 위에 존 재할 때 그 경로를 따라가는 사건의 곡선을 접하고 지나가는 수많 은 우연 중에서는 그 원인과 결과만큼이나 공평한 우연이 하나 이 상 존재한다는 중간값 정리처럼. 그 법칙에 저항할 수 없다면 우리 에게 주어진 하나의 경우만 생각하는 것도 그렇게 나쁜 일은 아니겠지, 아닐 거야」

「아버지의 병을 고칠 수는 없을까요? 이 불라국의 모든 정보에 대한 정보가 복구된다면 불라국의 병도 낫지 않을까요?」

「뭐…… 고친다면 당분간 훨씬 나아지긴 하겠지. 고치는 방법도 이미 제시되어 있어. 서천 서역국이라는 네트워크에 가서 불로초와 불사약을 얻어 오면 된대」

「그건 어떻게 알았어요?」

「어떤 스님이 어머니 꿈속에 나타나서 그렇게 이야기를 했다더라. 그 스님이 네 태몽에 나타났던 스님과 얼굴이 똑같다는 거야. 어쩌면 시스템 운영자가 변장을 하고 나타나 구원의 손길을 뻗은 거였을지도 몰라.

하지만 우리 중에 서천 서역국에 가는 방법을 아는 사람은 아무도 없고, 서천 서역국에 간다 하더라도 그 〈불로초〉와 〈불사약〉이라는 것을 얻기가 그렇게 쉬울까? 그것이 한 네트워크의 병을 고칠 수 있을 정도로 희한한 것이라면, 그쪽에서도 엄청나게 중요한 정보로 취급할 거야. 그쪽의 왕밖에 손대지 못하는 귀중한 것일 수도 있구. 차라리 해답을 몰랐으면 좋았을 텐데, 해답을 알기 때문에 더 속태우는 경우지. 요즘 우리는 어머니를 말리는 데 정신이 없어요. 어머니가 서천 서역국에 가시겠다고 난리니…… 아버지가 병든 것도 그렇지만, 어머니가 자리를 비운다면 혼란은 더욱 가중되리라는 걸 어머니는 생각을 못 해. 어쩌면 아버지의 역할은 어머니를 한두 번 순서에 맞게 부르는 것일 수도 있고, 어머니와 아버지가 서로 적절히 자극(invoke)하듯이 부르고 쓰다듬어 주는 것으로 이 프로그램은 끝나는 것인지도 모르는데. 아니, 이런 이야기는 해야 소용없지. 아직 살아 보지 못한 것에 대해서 할 수 있는 말이 어디 있겠어. 그래서 우리는 동화처럼 우리 대신 서천 서역국에 가 줄 기사나 기다리고 있는 형편이야. 점점 세상은 더 엉망진창이 되고, 우리가 물려받는 건 그런 세상이야. 젠장」

석금은 과장된 한숨을 폭 쉬었다. 잠시 아무도 말이 없었다.

다음 날 바리가 일어났을 때, 길대 부인에게서 온 전갈이 도착해 있었다. 바리는 서둘러 옷을 갈아입고 어머니의 방으로 향했다.

어머니의 방은 정갈했다. 상당히 큰 방이었지만, 장식은 얼마 없었다. 방은 자신의 기능에 충실했다. 어머니는 만날 사람들만을 만나면 되는 것이고, 나머지는 그 사람들이 알아서 처리할 문제인 것이다. 바리는 십육 년 동안 헤어져 있던 어머니를 바라보았다. 어쩐지 낯설구나…… 바리는 생각했다. 그녀의 다갈색 얼굴과는 달리 어머니의 얼굴은 희었다. 여섯 언니들의 얼굴도 희었다. 길게 늘어뜨린 어머니의 머리를 보고 갑자기 짧게 깎은 머리가 어색해지는 느낌도 들었다. 그러나 어머니는 어머니였다. 그저께 아침 바리를 처음 발견하고 눈물을 쏟은 것도 얼굴이 흰 이 어머니였고, 지금 햇빛이 쏟아지는 이 하얀 방에서 미소를 지으면서 그녀를 바라보고 있는 것도 어머니다.

「바리야, 일곱 번째 딸아, 불라국은 어땠니? 언니들은 모두 친절하게 해 주든?」

「슬픈 이야기를 들었어요, 어머니. 불라국이 병에 걸려 있다는 것이 사실인가요?」

길대 부인이 한숨을 쉬었다. 한숨은 커다란 창밖을 넘어 조용히 사라졌다.

「누가 그런 이야기를 했니? 수다스런 석금이가?」

「그냥…… 언니들한테 조금씩 들은 이야기예요.」

희고 커다란 창문 밖에서 꽃향기가 가냘프게 흩날려 들어왔다. 코스모스, 마타리, 국화, 벌개미취, 초롱꽃…… 가을꽃들이었다. 가을의 문턱을 지키는 이들이 하나씩 떨어져 갈 때가 되면 겨울이 조금씩 다가올 것이다. 길대 부인도 꽃향기를 느낀 듯, 아무 말도 하지 않았다. 바리가 헛기침을 하며 말했다.

「저 많은 꽃 중에 불로초가 하나도 없다니, 너무 안타까운 일이에요」

길대 부인의 큰 눈에 물기가 서리기 시작했다. 저 눈만은 어머니를 닮았구나. 자신의 커다란 눈을 의식하며 바리가 생각했다. 길대 부인이 울음에 꽉 막힌 목소리로 말했다.

「바리야, 바리야. 아픈 이야기는 우리 하지 말도록 하자꾸나. 고칠 수 없는 병에 대한 기약 없는 이야기를 너한테까지 들어야 한다는 건 너무 힘들어……」

「아녜요, 어머니. 제가 말하려던 건 그게 아니었어요. 제가 서천 서역국에 가도록 허락해 달라는 거예요」

「네가?」

길대 부인의 어조가 미묘하게 높아졌다.

「아시잖아요, 어머니. 전 지금까지 불라국에서 아무런 연결도 맺지 않고 잘 살아왔어요. 아버지께서 병에 걸리셨다고는 하지만 아직 불라국은 그럭저럭 돌아가고 있어요. 아버지의 병이 나으면 더 잘될 거예요. 불라국에서 지금 어느 누가 사회적인 그물망에서 효용 가치가 없는 사람이 있겠어요? 저는 지금까지 없었던 사람이니 괜찮을 거예요. 저 하나 없다고 해서 불라국에 큰 기능상 장애가 생기지는 않잖아요. 별일 없을 거예요」

수많은 눈물과 한숨, 비탄, 그리고 설득. 마침내 바리는 서천 서역국으로 떠날 여장을 챙길 수 있었다. 그때 석금이 바리의 방으로 급히 들어오면서 「자, 떠나자!」 하고 외친 것이다. 바리는 어리벙벙했고, 석금의 손에 들린 배낭을 보았다.

「언니가 왜? 언니는 남아 있어야죠」

「내가 왜? 내가 왜 남아 있어야죠?」

석금은 입술을 비죽이며 바리를 흉내 냈다.

「얘, 바리야, 내 말 좀 들어 봐. 내가 왜 여기 남아 있어야 한단 말이냐? 나도 아직 사용되는 인간들의 그물망에 들어가려면 멀었어. 난 지금 대학에 다니고 있고, 사회에 들어가려면 유예기간이 이 년이나 남았지. 더구나 난 뭐지? 아무것도 아니야. 태어날 때 양성의 삶을 선택했기 때문에 아들도 아니고 딸도 아니야. 더구나 네가 있기 때문에 막내조차도 아니지. 언니들은 결혼이라도 해서 각자 지니는 사회적 위치가 있지만, 난 잉여 존재일 뿐이야. 어떤 손이 나를 세계에서 삭제해 버린다고 하더라도 난 불평할 자격도 없어. 내가 여기 있는 이유는 단지 너를 일곱 번째 딸로 만들기 위해서, 다만 그뿐일지도 알 수 없는 일이야. 네 말마따나 없어도 사회 전체의 기능상 장애를 일으키지 않는 사람이 서천 서역국에 가야 한다면, 제일 먼저 가야 할 사람이 나라구. 다만 내게는 지금까지 별 동기가 없었던 것뿐이지. 지금 내가 널 따라간다는 것도 아버지 병을 고치겠다는 게 아니고 그저 널 따라간다는 거야. 그래서 내가 너를 따라가서 내 힘닿는 대로 지켜 주겠다는데, 네가 지금 반대하겠다는 거니?」

그렇게 떠나온 것이 오늘 아침이었다. 불라국은 넓고도 넓었다. 이제야 바리와 석금은 불라국 국경에 가까워지고 있었다. 가끔 길이 험해서 지체되는 경우도 있었지만, 패킷으로 그럭저럭 갈 만한 길이었다. 수도에서 국경까지 가는 패킷은 딱 하나뿐이었다. 그나마 3, 4개월마다 한 번씩 승객의 유무를 체크하는 것에 그치는 명목상의 운영이었다. 불라국 국경 밖은 지옥처럼 생각하는 미지의 세계여서 불라국 국민이라면 아무도 갈 생각을 하지 않았다. 길대 부인은 불라 데이터 링크 회사에 연락해서 오늘 아침 바리와 석금이 탈 임시 운행 패킷을 하나 마련했다.

바리는 다시 석금의 얼굴을 바라보았다. 석금의 얼굴은 아무리 바라보아도 싫증 나지 않았다. 저 얼굴 속에 어떤 수수께끼가 숨어 있을까. 내가 완전한 정보체로 기능하기 전까지 석금 언니에게 배울 것은 얼마나 많을까. 하나의 정보체, 다른 데이터들과 연결(link)되고, 서로 연결된 속에서 사회적 존재로서 쓰임을 갖는다…… 언제쯤 그렇게 될 수 있을까.

「왜 그런 길을 택했을까?」

석금이 입을 열었다. 멍하니 있던 바리는 깜짝 놀라 앞좌석에 머리를 부딪칠 뻔했다.

「네?」

「옛날 이야기를 잠시 생각하고 있었어」

「어떤 옛날 이야기요?」

「우리가 잠이 안 와 칭얼거리고 있을 때마다 어머니가 해 주던 이야기야. 너는 태어나자마자 버려졌으니 들을 수가 없었겠지. 인간이 정보체로서 스스로를 자각하기 전에 있었던 어떤 수도승 이야기야」

「수도승이라…….」

「일종의 성자라고 해 두자. 어쨌든 그는 다른 수도승보다 꽤 덕이 높았다고 하니까. 그 성자는 다른 누구도 찾아와서 그에게 정보를 전해 줄 수 없고 아무도 그를 사회적, 유기체적인 망에 들어오라고 초대할 일 없는 사막에서 살고 있었어.」

「그런 삶이 가능한가요?」

「옛날에…… 인간들이 정보를 만들어 내고 정보를 수송해서 세계에 새롭고 유용한 정보를 보태는 존재라는 자기 자신을 부정하는 것이 하느님에게 조금이라도 더 가까워지는 길이라고 생각한 때가 있었어. 그 성자도 그런 생각을 하며 자기 딴에는 하느님을 열심히 열심히 섬기며 살고 있었지. 그런데 그 성자에게 세 번의 유혹이 닥쳤던 거야.」

석금은 침을 삼켰다. 바리는 멍하니 기계적으로 창밖을 바라보며 석금의 말을 재촉했다.

「그래서요? 세 번의 유혹을 이겨 내고 그가 신에게 도달했나요?」

「그가 신에게 도달했는지 하지 않았는지가 요점이 아니야. 문제는 그에게 다가왔던 세 번의 유혹과 그가 거기서 벗어났던 방법이야.

첫 번째는 물론 성과 타락이었지. 좋은 술과 고기, 아름답고 사근사근하고 지적인 여자들이 그에게 다가왔어. 자기 개체를 번식시키려는 욕망은 그 종교를 따라 수행해야 하는 수도승들에게는 정말로 죄악이었지. 그는 잘 견뎠고, 자기 재산을 몽땅 수도원에 기증해 버렸대. 그건 별로 중요한 것이 아니야.

두 번째는 좀 더 심각한 거였어. 악마들이 그에게 평범한 삶에 대한 욕구를 느끼게 만들었던 거야. 물론 악마들이 그 욕구를 만들어 낸 건 아니고, 그의 마음속에 있었던 욕구를 좀 더 예민하게 해준 거겠지. 난 그 점에 있어서 그가 악마들에게 감사해야 한다고 생각해. 둔감한 인간이 신에 가까이 갈 수 있다는 생각 자체가 난 신성 모독이라고 생각해. 악마가 그를 예민하게 만들어 줬다면 악마에게 감사할 건 감사해야지. 그래서 그는 평범한 삶에 대한 욕구를 느꼈어. 잘 절제되고, 다른 사람들과 노이즈 없는 깨끗한 정보들을 교환하고, 집에 돌아오면 순결하고 정숙한 아내와 자식들이 기다리고 있는 꿈을 꾼 거지. 그는 그것도 그럭저럭 잘 빠져나왔어. 그의 생명과 감각과 두뇌를 오직 신과 우주에 집중하기로 했대. 신과 우주에게서 도대체 어떤 보상을 그가 기대했는지는 아무도 모르지」

「흠…… 그러고요?」

「세 번째는…… 세 번째 유혹이 가장 심각했지. 늘 그렇듯이 말야. 세 번째로 등장한 악마는 그때까지와는 모습부터가 달랐지. 밤의 입구에서 불꽃에 싸여 나타나는 그의 검고 거대한 모습은 웅장했고, 어쩌면 성스럽기까지 했어. 성자는 자기도 모르게 성호를 그었지. 그 성호가 신의 가호를 바라 그은 것인지 악마의 신성성에 놀라 그은 것인지는 성자 자신도 몰랐대. 악마가 말했어.

〈당신을 여자나 평범함 따위로 유혹하려 든 건 내 실수였소. 인정하지요. 그래서 내가 가지고 있는 것 중 가장 괜찮은 품목을 당신에게 제공하기로 했소.〉

성자는 평범한 삶의 유혹이 견디기 힘들 정도로 큰 것이었다고는 그에게 말하지 않았어. 다만 그는 이렇게 말했지.

〈어떤 품목?〉

악마가 빙그레 웃었어. 그의 미소는 황금빛이었어.

〈나는 아무것도 바라지 않소. 전통적인 거래 방식인 영혼이나 배교나 그 외 모든 것을. 다만 나는 당신에게 한 가지 역할만을 제공하겠소. 당신은 그 역할에 충실하기만 하면 되는 거요. 그게 내 거래

조건이요. 내가 당신에게 제공할 역할은 이런 거요. 세계를 구원하기.〉

그리고 천둥과 함께 그는 사라졌어.

성자는 생각에 잠겼지. 이건 그에게 어려운 시험이었어. 어째서인지 악마가 세계를 구원할 능력을 그에게 줄 수 있다는 것을 그가 믿어 의심치 않았기에 그의 시련은 더욱 혹독했지. 그는 초라한 동굴 안에서 생각하고 생각하고 또 생각했어. 다음 날 저녁놀이 질 때까지 아무것도 먹지 않고 묵상에만 잠겼어. 물론 그것이 그에게 어려운 것은 아니었을 거라고 생각해. 그는 기본적으로 한 주일에 이틀씩은 신에게 바치는 단식과 묵상을 하고 있었고, 한 달마다 또 특별한 단식을 한 주일씩 행했으니까.

마침내 똑같은 시간에 악마가 다시 나타났어. 악마는 제안이 거절당하리라고는 절대 생각하지 않는 확신의 미소를 지으며 말했어.

〈어떻소? 세계를 구원할 결심은 섰소?〉

성자는 고개를 들었어. 그의 머리 뒤에는 후광이 빛나고 있었어. 성자는 주름진 얼굴에 어린애같이 소박하고 짓궂은 미소를 지으며 악마에게 반문했어.

〈왜 내가 세계를 구원해야 하지요?〉

악마는 아무 말도 못 하고 사라져 버렸어. 이렇게 해서 성자는 세 가지 유혹을 다 빠져나왔지. 그래서 그는 천국에 갔는데, 천국에서 하느님이 그에게 맡긴 역할이 무엇이었는지 알아?」

바리는 고개를 저었다. 석금이 웃으며 말했다.

「하노이의 탑 원반을 옮기는 역할[1]이었대.」

---

1 (원주) 세 개의 다이아몬드 기둥이 있고, 제일 왼편 기둥에는 64개의 금으로 된 원

바리는 웃음을 터뜨리고야 말았다.

「정말 우스운 이야기예요. 그 시대의 사람들이란! 그 사람이 도대체 무얼 원했을까?」

「아무도 모른다고 했잖아. 또 모르지. 시공간을 신이 창조할 때의 비밀스런 순간을 조금이라도 엿보고 싶었을지」

「그렇지만 그런 건 없잖아요. 시간과 공간이라는 것은 충분히 이산적인 점들의 집합이고, 창조란 그 점들에 의미를 부여하는 행위, 신은 자기 자신이 들어 있는 시스템 안에서 새로운 조그만 시스템을 만들어 내는 사람일 뿐이잖아요. 불라국에도 자기 시스템 안에서 신 노릇을 하는 사람들은 꽤 많은 것 같던데」

그러나 석금은 더 이상 웃지 않았다. 유리에 물든 저녁놀에 비치는 석금의 이마에는 생각에 잠길 때 보이는 가는 주름이 이리저리 얽혀 있었다.

「그게 중요한 게 아니야. 바리야, 세계가 멸망하는 원인에 나는 나름대로 두 가지 가설을 세워 봤어. 이 세계, 이 시스템에 어쩌면 레지스탕스가 있는지도 모른다는 게 그 하나지. 그 레지스탕스들은 혼란을 가중시키고 연산에 오류를 범하게 하기 위해서 자기 자신의 의미를 상실해 버리려고 기를 쓰는 사람들이야. 그들은 시스템 내부에서 정치적인 자살을 하면서, 우리의 기억 장소들을 조금이라도 더 점령해 버리고 부동소수(floating point)들의 오차 한계를 조금이

반이 꿰어 있다. 규칙은 한 번에 하나의 원반만을 움직일 수 있으며 큰 원반이 작은 원반 위에 올라와서는 안 된다는 것이다. 이렇게 해서 모든 원반을 왼편 기둥에서 가운데 기둥을 이용해 오른편 기둥으로 옮겨야 한다. 브라흐마 사원의 사제들은 끊임없이 이 원반 옮기기를 반복하고 있으며, 이 원반 옮기기가 끝나면 세계는 멸망한다고 한다.

라도 더 늘리려고 노력하는 사람들이야. 그들이 이루려고 하는 세계가 무엇인지는 나도 몰라. 그들이 세계를 이루려고 하는 건지, 아니면 단지 이 시스템을 망가뜨리는 것에만 집착하고 있는지도 모르겠어. 이건 내 가설일 뿐이니까.

또 하나는 이 세계, 이 우주, 이 시스템, 네가 무어라고 불러도 좋은데, 하여간 우리를 둘러싸고 있고 우리도 포함되어 있는 이곳이 처음부터 잘못된 프로그램이었다는 거야. 혼란은 우연히 생겨난 것이 아니고 혼란의 정도가 점점 가중되도록 프로그램이 진행되고 있다는 것. 그렇다면 성자의 의문은 맞아. 세계를 구원하는 행위가 신이 프로그램한 것의 목적을 저지하는 것뿐이라면, 왜 그가 그 역할을 맡아야 했겠어? 단지 그 역할을 맡는다는 것만으로 악마는 그의 영혼을 빼앗고 그를 배교시키는 것 이상의 일을 충분히 해 낼 수가 있는데?

네가 불라국을 구한다고 서천 서역국으로 떠나는 것 자체가 그 유혹에, 성자가 벗어난 마지막 유혹에 빠져 버린건지도 몰라, 바리야. 넌 시스템의 유혹에 빠진 걸지도 몰라. 그런 생각을 하고 있었어」

「언니는 그럼 내가 돌아가야 한다고 말하는 건가요?」

「아니, 돌아가든 돌아가지 않든 큰 차이가 없을지도 모른다는 이야기를 하고 있는 거야」

석금은 바리를 지그시 바라보았다. 바리의 눈에 이해의 빛이 떠오르지 않자, 그녀는 바리의 어깨에 손을 얹었다.

「바리야, 내 귀여운 동생아. 난 널 정말 좋아해. 내가 불라국을 떠나서 널 따라오겠다고 결심한 건 순전히 너 때문이야. 네가 어떻게 들을지 모르지만, 난 우리 불라국이나 어머니나 아버지한테도 관심이 없어. 지금 내 앞에 나타난 새로운 개체(Object)인 너만이 내 관심을 끌 뿐이야. 그래서 네가 가는 길을 좇아 왔지만, 네가 처음부터 완전히 잘못된 목적 때문에 이 길을 떠나지 않았나 하는 생각이 들면 나 자신도 무서운 혼란에 빠지는 거야.

넌 다른 개체들에게서 찾아볼 수 없는 특성이 있어. 호기심과 지적 욕구지. 호기심과 지적 욕구는 같은 것 같으면서도 달라. 호기심은 어떤 사건, 우연히 일어나는 어떤 사고들에 대한 관심이지. 그런 것에만 집착하는 개체들은 꽤 보아 왔다고 생각해. 그런 사람들은 결국 호사가나 수집가밖에는 되지 못해.

지적 욕구는 조금 다른 거야. 지적 욕구를 가진 개체들은 자기 자신을 확장할 줄 알아. 그들은 어떤 사물을 바라보는 것에 그치지 않고 그 사물 뒤에 있는 의미를 바라볼 줄 알아. 바라보려고 노력해. 그리고 그것을 자기의 일부로 만들고 자기 자신의 용량을 더욱 넓히고 연산 속도를 빠르게 만들어. 그것이 무엇을 의미하는지는 나도 몰라. 어쩌면 그것은 개체가 새로운 네트워크로까지 발전하는 것, 한 사람이 자신의 왕국을 자신 안에 가지고 있는 것을 의미하는 건지도 몰라. 좀 더 크게 말하자면, 한 사람이 온 우주를 자기 안에 포용하게 되는 경지에 이를지도 몰라. 난 네가 그런 경지에 도달했으면 좋겠어」

둘은 잠시 아무 말 없이 창밖으로 스쳐 지나가는 수많은 빛 가닥으로 보이는 경치를 바라보았다. 갑자기 차의 속도가 느려지며, 칙칙 갈라지는 안내 방송이 나왔다.

「이 직행 패킷의 종점인 불라국 국경입니다. 불라 데이터 링크 회사를 이용해 주신 여러분께 감사드립니다. 불라 데이터 링크 회사는 지금까지 10,000,000cps의 속도로 여러분을 모시고 왔습니다.

본 회사는 사 년 전부터 프레임 릴레이 방식을 채택하고 있습니다.
국경을 넘어가실 때는 패리티 검사를 잊지 마시……」

바리는 속으로 다른 생각을 하고 있었다. 패킷이 멈추고 난 창
밖은 이미 밤의 짙은 암흑으로 덮여 있었다. 그 어둠을 보며 바리
는 자신이 자라 왔던 산속 생활을 생각했다. 동물들의 영역을 침범
하지 않으려고 노력하며 돌아다녀야 했고, 때때로 비가 내리면 낮
과 밤을 구분하기 힘들었던 동굴 속에서 보내야 했던 정체의 생활.
산신령이라고 자처하는 인물이 잠깐씩 들러 그녀에게 아주 초보적
인 지식을 조금씩 가르쳐 주기는 했었다. 매개변수(parameter)를 받
아들이는 법, 생각의 가지들을 따라가 어떤 경우의수를 배제하는
법, 간단한 반복적인 일들을 실행하는 법, 사람들끼리 서로 상대방
의 의견을 들어주며 이야기할 때 어떻게 끝없는 순환논법에 빠지지
않고 상대방의 추론을 자기의 지식으로 삼는가, 외부에서 받아들
인 비슷비슷한 종류의 데이터들을 여러 개의 칸으로 된 하나의 기
억 장소 배열에 저장하는 법, 그렇게 받아들인 데이터를 중요한 순
서대로 정렬하는 법…… 하지만 그는 가장 초보적인 것만을 가르쳐
주고 떠나가 버렸고, 불라국에서는 배워야 할 것들이 너무나 많았
다. 가장 중요한 것은 지금 석금이 이야기 한 것처럼 혼란되고, 논리
에 맞지 않는 것처럼 보이고, 어쩌면 상호 배제적으로 보이는 이야
기들 사이에 있는 하나의 논리, 가상적으로 세워져 있는 우주의 논
리를 바리가 스스로 터득해 내는 것이었다. 그것이 언제 이루어질
지는 알 수 없었다. 바리는 한숨을 쉬었다.

패킷에서 내렸을 때, 그들에게 주어진 것은 아무것도 없었다.
암흑 속에서는 불라국 국경을 벗어났는지 벗어나지 않았는지조차
분간하기 어려웠다. 만약 국경을 벗어났다면 그들은 이제 여섯째

공주와 일곱째 공주가 아닌, 어떤 망 속에도 속하지 않은, 아무 짝에도 쓸모없는 정보들일 것이었다. 벗어나지 않았다고 해도 이 암흑 속에서는 분간할 길이 없었다. 석금이 바리 쪽으로 얼굴을 돌렸다. 바리는 그녀의 하얀 눈자위만 간신히 알아볼 수 있었다.

「여기서 더 가는 건 힘들 것 같다. 좀 자는 게 낫겠어」

「노숙을? 언니가 할 수 있겠어요? 나야 산에서 자랐으니까 괜찮지만」

「염려하지 마. 내가 너보다 더 잘 잘걸. 난 보이스카우트 대장도 해 봤어」

대강 평평한 자리를 고른 뒤, 둘은 침낭을 폈다. 이미 꽤 쌓여 있는 낙엽들 위에서 침낭은 부드럽게 그들 둘의 몸을 감싸 주었다. 바람과 함께 나뭇가지 사이로 달이 천천히 움직였다. 두꺼운 구름 사이에서 달이 간간이 뿌려 주는 은빛이 그들의 몸 위에 희미하게 비치곤 했다.

시간이 흐르자 바리의 호흡이 달빛을 따라 점점 고르게 흩뿌려지기 시작했다. 잠을 이루지 못하고 눈만 감고 있던 석금이 살그머니 침낭을 들쳤다.

「바리야, 자니?」

아무 대답이 없었다. 석금은 살짝 침낭에서 빠져나와 바리의 얼굴을 지켜보았다. 머리를 짧게 깎은 바리의 얼굴은 명멸하는 달빛 아래서 창백하고 연약해 보였다. 석금은 자신의 턱수염을 단단히 잡아 바리의 얼굴을 스치지 못하도록 하고, 조심스럽고 부드럽게 그녀의 이마로 입술을 옮겼다. 아마 바리는 꿈속에서 아주 작은 미풍이, 귀엽고 장난스러운 바람이 이마를 스치고 지나갔다고 생각할 것이다. 석금은 웃으며 작은 소리로 속삭였다.

「이봐, 심각해지기도 좋아하고 흥분 잘 하는 동생아. 우리 우주는 하나의 목적을 위해 프로그램을 실행하고 있는 거대한 컴퓨터지. 또 알겠니. 그 프로그램이 단지 너를 하나의 별로, 밝고 빛나며 천체의 운행을 감독하는 중심에 있는 별로 만들어 주려는 목적에서 짜인 건지. 아니면 우리는 중간 연산 과정에서 잠깐 쓰이다 버리는 무가치한 존재일지도 모르고. 나한텐 상관없는 일이지만, 넌 아직 의욕이 있어. 난 새로울 것 없는 외부에 이르는 채널을 슬슬 닫아 가고 있는 중이지만, 넌 호기심이 있어. 삶을 처음 시작하는 사람들한테 호기심은 참 강력한 무기란다. 잘 자라. 내일부터는 정말 아무도가 본 일 없는 새로운 세계로 들어가야 하니까. 잘 자. 귀여운 동생아. 내가 지금까지 네가 들어 보지 못한, 하지만 네가 잘 알고 있을 자장가를 들려줄게」

계속 구름이 덮여 있는 어두운 밤하늘 아래에서 별을 불러내려는 듯, 석금은 조용히 중얼거리기 시작했다.

「옛날 옛적에 불라국이라 하는 나라에 오구대왕이 있었단다. 오구대왕은 왕위에 올라 길대 부인과 결혼하여 세상만사 부러울 것이 없는 한 나라의 왕이 되었으나 스물일곱 살이 되도록 슬하에 자식이 없어 걱정이었는데, 그러는 중에 날이 가고 달이 가고 또 해가 가서 십수 년이 그대로 흘러갔단다……」

거대한 밤은 누워 있는 한 사람과 앉아 있는 한 사람의 입술에 똑같이 입을 맞춰 주며, 자신의 영역을 조용히 돌아보고 있었다. 어디에서 흘러내리고 있는지 모를 냇물과 이끼가 덮인 바위 사이로, 가만히 잠들어 있는 새들 사이로, 비단결 같은 밤의 고요를 깨고 석금의 중얼거림은 조금씩 퍼져 나간다. 끝도 없는 우주의 공허와 침묵 사이로, 풀린 문제와 영원히 풀리지 않을 문제들 사이로, 이미 알아 버린 것들과 알려지지 않은 것들 사이로. 그들은 내일 아침 일어나 또 모험을 계속할 것이다. 세월은 그렇게 흘러갈 것이다.

—《문예중앙》, 1995년 가을호;

송경아, 『책』(민음사, 1996)

엮은이 소개

여성문학사연구모임

남성 중심의 문학사 서술에 의문을 품고 한국 근현대 여성문학의 유산을 여성의 시각으로 정리하기 위해 2012년 결성된 모임이다. 국문학 연구자 김양선, 김은하, 이선옥, 영문학 연구자 이명호, 이희원으로 구성되었고, 시 연구자 이경수가 객원 에디터로 참여했다.

김양선

서강대학교 영어영문학과를 졸업하고 동 대학원 국어국문학과에서 박사 학위를 받았다. 현재 한림대학교 일송자유교양대학 교수이며, 한국여성문학학회 회장과 《여성문학연구》 편집장을 역임했다. 저서로『한국 근·현대 여성문학 장의 형성』,『1930년대 소설과 근대성의 지형학』,『근대문학의 탈식민성과 젠더정치학』,『경계에 선 여성문학』 등이 있다.

김은하

중앙대학교 문예창작학과를 졸업하고 동 대학원에서 문학박사 학위를 받았다. 현재 경희대학교 후마니타스칼리지 교수, 한국여성문학학회 회장이며, 《여성문학연구》 편집장을 역임했다. 저서로『개발의 문화사와 남성 주체의 행로』 등이 있다.

이선옥

숙명여자대학교 국어국문학과를 졸업하고 동 대학원에서 박사 학위를 받았다. 현재 숙명여자대학교 기초교양대학 교수이며, 《실천문학》 편집위원, 한국여성문학학회 회장을 역임했다. 저서로 『태권V와 명랑소녀 국민 만들기』, 『한국 소설과 페미니즘』 등이 있다.

이명호

경희대학교 영어영문학과를 졸업하고 뉴욕주립대학교에서 박사 학위를 받았다. 현재 경희대학교 글로벌커뮤니케이션학부 영미문화 전공 교수이며, 경희대 글로벌인문학술원 원장, 한국비평이론학회 회장을 역임했다. 저서로 『누가 안티고네를 두려워하는가』, 『트라우마와 문학』 등이 있다.

이희원

이화여자대학교 영어영문학과를 졸업하고 미국 아이오와대학교에서 석사, 텍사스 A&M대학교에서 박사 학위를 받았다. 현재 서울과학기술대학교 영어영문학과 명예교수이며, 한국영미문학페미니즘학회 회장을 역임했다. 저서로 『영미 드라마 속 보통 여자들』 등이 있다.

이경수

고려대학교 국어국문학과를 졸업하고 동 대학원에서 문학박사 학위를 받았다. 현재 중앙대학교 국어국문학과 교수이며, 한국시학회, 한국여성문학학회 편집위원장을 역임했다. 대표 저서로 『한국 현대시와 반복의 미학』, 『불온한 상상의 축제』, 『춤추는 그림자』, 『이후의 시』, 『백석 시를 읽는 시간』 등이 있다.

집필에 참여한 연구자들

강지윤

연세대학교 국학연구원 비교사회문화연구소 연구원

공현진

중앙대학교 교양대학 강사

남은혜

서울대학교 기초교육원 강의 교수

박지영

성균관대학교 동아시아학술원 연구원. 저서로『'불온'을 넘어, '반시론'의 반어』, 『번역의 시대, 번역의 문화정치』등이 있다.

배하은

대구경북과학기술원 기초학부 교수. 저서로『문학의 혁명, 혁명의 문학』이 있다.

백선율

가천대학교 리버럴아츠칼리지 강사

성현아

중앙대학교 교양대학 강사. 문학평론가.

손유경

서울대학교 국어국문학과 교수. 저서로 『고통과 동정』,『프로이트의 감성 구조』, 『슬픈 사회주의자』,『삼투하는 문장들』 등이 있다.

안미영

건국대학교 글로컬캠퍼스 교양대학 교수. 저서로『서구문학 수용사』,『문화콘텐츠 비평』,『소설로 읽는 한국근현대문화사』등이 있다.

오자은

덕성여자대학교 차미리사교양대학 교수

이미정

중부대학교 학생성장교양학부 교수

이소영

카이스트 디지털인문사회과학부 강사

이승희

성균관대학교 동아시아학술원 연구교수. 저서로『한국 사실주의 희곡, 그 욕망이 식민성』,『숨겨진 극장』등이 있다.

이혜령

성균관대학교 동아시아 학술원 교수. 저서로『한국 근대소설과 섹슈얼리티의 서사학』등이 있다.

정고은

성균관대학교 문과대학 강사

한경희

한국학중앙연구원 신집현전 태학사 과정생

황선희

중앙대학교 인문콘텐츠연구소 HK+사업단 연구교수

한국 여성문학 선집 7

1990년대
성차화된 개인과
여성적 글쓰기

1판 1쇄 찍음 2024년 6월 21일
1판 1쇄 펴냄 2024년 7월 5일

지은이   여성문학사연구모임
발행인   박근섭·박상준
펴낸곳   (주)민음사

출판등록 1966. 5. 19. 제16-490호
주소   서울특별시 강남구 도산대로1길 62(신사동)
          강남출판문화센터 5층(우편번호 06027)

대표전화 02-515-2000
팩시밀리 02-515-2007
홈페이지 www.minumsa.com

© 여성문학사연구모임, 2024. Printed in Seoul, Korea
ISBN 978-89-374-5687-9 (04810)
ISBN 978-89-374-5680-0 (세트)

* 잘못 만들어진 책은 구입처에서 교환해 드립니다.
* 이 책의 작품 수록은 저작권자의 확인 및 이용 허락
  절차에 따라 진행되었으며, 저작권자를 찾을 수 없는
  일부 작품의 경우 저작권자가 확인되는 대로 필요한
  절차를 밟고자 합니다.